チーム・オベリベリ

Team Oberiberi

乃南アサ
Nonami Asa

講談社

目次

装丁　柳谷志有（nist）
装画　森泉岳士
地図　網谷貴博（アトリエ・プラン）

第一章

1

校門を出て坂の上に立つと、吹き抜ける風は微かに潮の香を含んで、首筋をすうっとすり抜けていく。ああ、季節が変わったのだなと思わず小さく身震いして、鈴木《すずき》カネは頭上に広がる空を見上げた。すっかり秋の色になった大空は見事なほどに高く澄みわたり、ところどころに刷毛《はけ》で掃いたような白い雲が見える。一方、眼下に見えている港には、今日も大小の船が浮かんでいて、それぞれが午前の陽に照り映えていた。

今日もいい一日になりますように。

汽船から、ぼーっと汽笛が上がった。さらにどこからか、たーん、たーんと槌《つち》を打つ音も響いてくる。いずれも耳に馴染《なじ》んだ、この街の音だ。そういえばもうどれくらい、こんな音を耳にしながら、この風景を眺めているだろうか。

ひい、ふう、と指折り数えると、もう六年になることに改めて気づいた。横浜《よこはま》は、カネが東《とう》京《きょう》から越してきた七年前にはもう既に多くの外国人が出入りする港町として、東京とはまた異なる華やかさと賑《にぎ》わいを持っていたものだが、それから年月がたって街はさらに大きくなり、夜にはガス灯の明かりも瞬《また》くようになったし、家々の屋根も確実に増えていることが感じられる。

この山手《やまて》地域は、港近くに広がる山下《やました》という平坦な地域に続いて小高い丘になっており、どちらも西洋人たちの居留地になっている。彼らはこの一帯に故国で暮らしていたのと変わらない様式の家を建てていく他、自分たちの生活様式をそのまま持ち込むつもりらしかった。たとえば今も坂の下に見えている、埠頭から真っ直ぐに延びる日本《にほん》大通り一つとっても、それまでのこの国の道とはまったく趣が違っている。道幅そのものからしてとても広いし、ただ土を踏み固めただけでなく雨でも泥濘《ぬかるみ》にならないように煉瓦《れんが》で舗装というものがされていて、しかも道の両脇には見事な植樹帯が出来ているのだ。

日本大通りと並行して、西洋人たちが馬車を走らせるだけでなく、東京行きの乗合馬車も通っている馬車道も整備されたし、その二本の道を海沿いでつなぐ格好の海岸通りには各国の領事館が並んで、様々な国旗をはためかせている。この三本の道が囲む地域には特に時計店や印刷所、薬局をはじめとして、他にもレストランやパン店など、西洋人たちが持ち込んだ新しい商売をする店が多く軒を連ねていた。

「あ、やっぱりカネさんの方が先に来てた」

「今日こそ私たちが一番になるつもりだったのに」

下級生の少女たちが校門から出てくるなりカネを見つけて残念そうな顔になった。カネは当たり前でしょうと言う代わりに、小さく微笑《ほほえ》んで見せる。自分が下級生よりも遅くなるわけにいかないではないか。そういう気持ちが、常にある。続いて、次々に生徒たちが集まり出した。

「ねえねえ、カネさん」

いつでも人なつっこく甘えてくる下級生の一人が瞳を輝かせながらカネの袷《あわせ》の袖を引っ張ってきた。振り向いて視線が合ったとき、彼女の背丈がまた少し伸びたらしいことにふと気づく。この分では、小柄なカネはじきにこの子にも追い抜かれてしまうだろう。別段、何に不自由しているというわけでもない。けれど、本音を言えば本当はカネだってもう少し背丈が欲しかった。何でも大きいのが好きなのだ。

「私、今度ね、南京町《なんきんまち》にある中国料理のお店に連れていってもらうの。親戚のおじさまが横浜に越してきて、石鹸《せっけん》工場を始めることになった、そのお祝いなんですって」

「へえ、中国料理。どんななのかしらね」

この街で新しい事業を始めているのは西洋人ばかりではない。彼らが大陸から連れてきた中国人も、また日本人も同様だった。西洋料理店やパンを焼く店も出来て、そこで西洋人から技術を学んでいるそうだし、貿易会社はもちろん、楽器店や写真館なども増え、さらに西洋人向けの靴店や服の仕立屋、それから帽子店を始めた人もいると聞いた。この街を目指す人間たちは、誰もが今を絶好の機会と捉えているらしい。いち早く西洋の衣食住を取り入れ、新しいものに飛びついて、ものにした方が勝つのだと言い切る人たちもいる。

こんなにも人が増え、家や店が建て込んできたら、横浜はいよいよ狭くなるだろうと思うのに、西洋人の考え方というのは不思議だ。彼らは何年か前、普通の家なら何十軒も建つだろうと思うような大きな広場を街のど真ん中に造った。ちょうど港から延びる日本大通りがぶつかる場所だから、つまり横浜でも一等地に違いない。日本人しか住んでいなかった時代には何か他のものが建っていたのだろうが、わざわざそこを整備して、果たして何に使うのかと思えば、彼らはそこでテニスやフットボール、クリケットなどといった遊びに興じるようになった。

お城が建っても不思議ではないような場所を広場にして、大の大人が昼日中から外で遊ぶなんて、これまでの日本人の生活ではまずあり得なかったと思う。それればかりでなく、近くには立派な劇場も出来たし、音楽会を開く建物もある。

音楽！

その不思議な音色や旋律は、中でもカネが大好きなものだ。学校で賛美歌を習うときでも、まずオルガンの音色にうっとりするし、音の高低や緩急のある流れには、いつ聴いても心が震える。ことに二部合唱するときなどは、自分たちの歌声でありながら、人の声というものの澄んだ滑らかさや調和の美しさに鳥肌が立つほどだ。

こうした音楽も、また広場で繰り広げられる娯楽の数々も、カネの目にはすべてが西洋人たちの豊かさのあらわれに見えた。物質的な、というだけでなく、気持ちの余裕、喜びの見出し方の違いのように思えるのだ。たとえば、ひたすら無駄を嫌い、質素倹約に努めて生きる日本人の、中でも武士の家の静寂に包まれた暮らし向きなどとは、まったく正反対なもののような気がする。広々としている。のびやかだ。美しく鮮やかな色彩を好み、女の人でもどんどん外に出てくるし、よその国に来ているというのに遠慮している風などまるでない。それが、カネが日頃から目にしている西洋人達の印象の一つだった。

その上、彼らはどこかしら華やかだ。住まい一つとっても日本の家とは比べものにならないくらいに大きくて堅牢そうで、色や形も均一でなく、それぞれが思うままに個性を出したものを建てていく。カネたちが寮生活を送りながら学んでいる山手二一二番地こと、この共立女学校《きようりつじよがつこう》にしても、広々とした芝生の庭を持ち、ところどころにこれから大きく育っていくはずの木が植えられたり、子どもたちも遊べるブランコや緑色の素敵なベンチが置かれたりしていて何とも清々《すがすが》しい。そこに建つ校舎や寮も、すべてが大きくて立派な造りだし、廊下も広く、清潔でゆったりした建物だ。六年間もそういう環境で生活してきただけに、たまに両親や弟妹のいる自宅に帰ると、家の暗さや天井の低さ、息苦しいほどの間取りの狭さに内心がっかりするほどだった。

生徒がまた一人、下駄を鳴らして小走りに出てきた。

「先生はまだいらしてないですよね？　よかった、間に合った！」

ちょうど、陸《おか》蒸気の汽笛がピーッと鋭く聞こえた。いつも決まった時刻に横浜駅を出る陸蒸気のこの音が、そろそろピアソン先生が出てこられるという合図にもなっている。

「さあ、お行儀良くならんでね」

下級生達から順番に、坂道に二列に並ばせながら人数を確認していると、やがて長いスカートの裾《すそ》を揺らし、ピアソン校長がいつもの通り、西洋人にしては小柄な身体をせかせかと揺らしながら現れた。

「ミス鈴木、全員揃っていますか？」

今から十年くらい前、アメリカからやってきたプライン、ピアソン、クロスビーの三人の女性宣教師が、この学校の前身を創った。そのうちの一人であるミセス・ピアソンは、見た感じからすると多分、もう五十歳前後なのではないかと思う。どんな嘘も見通してしまいそうな深い色の瞳と、強い意志を感じさせる口元を持った先生は、本当は日本語もずい分お話しになる。だがミセス・ピアソンは、日頃の授業はすべて英語だし、カネたち生徒にも常に英語で話しかけてこられた。

「イエス、メアム」

カネが大きく頷いて見せると、ピアソン先生は「オーライ、デン、レッツゴー」と列の先頭に回り込んでいく。スカートに靴という出で立ちの先生に率いられて、着物姿の少女たちが十数人、列を作って歩く風景は、ちょっとした日曜日の見ものになっているらしい。中には坂の途中にある洋館から西洋人の女性が出てきて、門の横でにっこり微笑んでいることもあった。カネが歩くのは、常に列の一番後ろだ。誰に命じられたわけでもないが、下級生達を見守ることを忘れてはならないのも校費生の役割の一つだと、自分で自分に言い聞かせている。

校費生は授業料や舎費、食費などすべてが免除になる代わりに、学校の事務の手伝いをする他、低学年の生徒の面倒を見ることが役割として義務づけられている。この校費生という制度がなければ、正直なところカネの家の経済力では、女学校へ通うことなどとても無理だった。

江戸《えど》が東京と呼ばれるようになるのと前後して、カネの父上、鈴木親長《ちかなが》が父祖の代から仕えていた信州《しんしゅう》の上田《うえだ》藩も消え去った。その後、家禄は奉還することになり、父上はついに失業の憂き目に遭う。もともと江戸詰だった経験もあることから、ならば心機一転とばかりに一家揃って東京に出て、父上は土地を購入し、養蚕《ようさん》業を始めたのだが、ほどなくして周囲から「武士の商法」と陰口を叩かれる有様の、惨憺《さんたん》たる結末を迎えた。その時点で、一家はほとんど路頭に迷う状況に陥ったことになる。当時カネは十四くらいだったが、その頃暮らしていた駒込東片町《こまごめひがしかたまち》の旧同心組屋敷で、母上の直《なお》が商家だった実家を訪ねるために身支度を整えながら、「どんな顔をすればいいんだか」などという独り言を繰り返してはため息ばかりついていたのをよく覚えている。

母上の里のお蔭で当面の暮らしは何とかなったものの、父上はなかなか新しい職を見つけられず、生活の目処が立つこともなかった。世間では「ザンギリ頭を叩いてみれば文明開化の音がする」などという歌が流行《はや》っていたが、父上は髷《まげ》を落とすこともせず、毎日のように歯を食いしばるような顔つきで、新たな職を探して心当たりを訪ね歩く日々だった。母上の機嫌は常に悪く、弟妹たちの口数も減って、家の雰囲気は得も言われぬ重苦しさだったことを、カネは今でも覚えている。

「あ、さんま焼いてる匂い」

列の中ほどから下級生の囁《ささや》きになっていない内緒話が聞こえてきた。

「ああ、いい匂い。私、今度家に帰ったら、絶対に食べるわ」

また後ろの方から別の声。

「それに、お味噌《みそ》汁とお漬物も」

寮生活の食事は完全な洋食だ。食事の度に真っ白いテーブルクロスを敷き、ナイフとフォークを使って、テーブルマナーも厳しく教わっている。パンにバターやジャム、ハチミツなどを塗り、ホウレンソウのソテーやポテトの添えられたソーセージ、ベーコンエッグなどにケチャップをかけたものがテーブルに並ぶ食生活は、焼きメザシに香の物、味噌汁などで育ったカネにしてみれば、まさしく天と地ほどの違いだった。お茶の時間ともなれば何とも言えない香りのする甘いクッキーや、ときには特別にアイスクリームなどを食べさせてもらえることもあって、そんなときはカネだけでなく、誰もがうっとりとため息をつくくらいに感激する。それでもやはり日本人は日本人だった。週に一度こうして教会へ行くために街を歩くとき、どこからか漂う日本食の香りを感じる度に、生徒達は歩きながらのお喋りを禁じられているのに、ひそひそと食べ物の話をすることが多かった。カネ自身、醬油《しようゆ》や味噌の香りが懐かしいし、出汁《だし》を取る匂いがしてくれば刻みネギをたっぷりのせた信州のそばが食べたくなる。ご飯や納豆も恋しかった。

カネたちがこうして日曜ごとに礼拝に通っている海岸教会は、日本大通りよりも道一本、山手寄りにある居留地の、埠頭の近くに建っている、ごっちりと石を積み上げたようなとんがり屋根の建物だ。女学校に入った翌年、カネはその海岸教会で洗礼を受けた。つまり、父上や兄上と同じ、耶蘇《やそ》教の信徒になった。

もともと、あれほど厳格に武士道を貫いてきた父上がタムソン先生という宣教師から教えを受けて、耶蘇教の信徒になると聞かされたときには、いくら元の主君・松平忠礼《まつだいらただなり》さまの異母弟・忠孝《ただたか》さまからのすすめがきっかけとはいえ、にわかには信じられなかったものだ。母上は、目をつり上げて猛反対した。だが、もしもあの時、耶蘇教と出会わなかったら、仕える藩も、家禄も、家も仕事も財産も失い、ついでにいえば養蚕事業に失敗したことで母上に対する威厳だって損なっていた父上は、それこそ生きる気力さえなくしていたのではないかと思う。それを救ってくれたのがタムソン先生であり、まさしく耶蘇教だった。聖書の存在を知り、その教えを学んでいくことで、父上は気力を取り戻していったのだ。以来、父上はかつての主君に対するよりもさらに忠実に天主さまに仕え、聖書の教えを少しでも世の中に広めることを自分の新たな使命として生きている。

カネとは三つ違いの兄上も、それまでは鈴木家の嫡男としての役割を果たすことこそ生きる道と信じて育ったのに、世の中が大きく変わったことで進むべき道を見失っていた。そんなときに父上と一緒に教会に通うようになって、やはり救われたのだと思う。今では父上に勝るとも劣らぬ熱心さで伝道の道を歩んでいる。

そんな二人の姿を見ていたからこそ、カネも西洋人の宣教師が開いた女学校に行ってみないかと言われたときに、迷うことはなかった。耶蘇教に恐れや偏見といったものもなかったし、何より学校というものに通えることが、小躍りするほど嬉しかったからだ。ただし母上だけは、婦女子に理屈っぽい学問は不要という考えの人だから、決していい顔はしなかったけれど。

「あ、来た来た、また来やがった！」

坂道を下りきったところに流れる小さな川の近くにさしかかったとき、ふいに耳障りな声が聞こえてきた。このあたりは川を挟んで日本人の居住地も近い。橋のたもとに何人かの日本人少年らがたまって、にやにやと笑いながらこちらを見ていた。先週も、その前の週もいた連中だ。

「いっつもいつも、よく飽きねえなあ」

「女のくせに隊列なんか作っちゃってよぉ」

脇目も振らずに黙々と歩く女学生の列に向かって、彼らは今日も野次を飛ばしてきた。

「よう、また、耶蘇の作り話を聞きに行くのかよ」

「雨雨ふれふれアーメンうどん、だ！」

「やーい、異人かぶれの、耶蘇かぶれ！」

「破れかぶれの、西洋かぶれ！」

いずれも十歳くらいから、せいぜい十二、三歳といったところだと思う。全体に垢《あか》じみていて幼いなりに野卑な顔つきをしており、瞳には強烈な憎悪にも近い色を浮かべて、彼らはそれぞれにつま先で下駄をぶらぶら揺らしたり、欄干《らんかん》に寄りかかったりして、一人前の与太者《よたもの》のようだ。ところが先頭を行くピアソン先生は、そんな連中にまで「みなさん、おはようございます」など と陽気な日本語で話しかけている。すると少年達は妙に癇《かん》の強い裏声を張り上げて、芝居がかった大げさな身振りで笑いころげた。

「何だぁ、まてまた下手《へた》っくそな日本語使いやがって」

「オッハヨ、ゴザイマッスってよ、何弁だよぉ」

「ガイジンばばあ、とっとと国に帰ぇれよぉ！」

カネは思わず唇を噛《か》み、ぐっと握りこぶしを作った。本当は正面から「お黙り！」とでも怒鳴りつけてやりたいぐらいだ。

「何だっていうのよ、いつもいつも」

つい口の中で呟《つぶや》くと、すぐ前を行く同級生の木脇《きわき》さんが、ちらりとこちらを振り向いた。

「ほら、またカネさんの短気。相手になったら駄目って、いつも言われてるでしょう？」

「分かってます。今のはね、私の心の声だから。あれ、おかしいな、人には聞こえないはずなんだけど」

「ちゃあんと聞こえてますったら。よろしくて？　私たちは、むしろあの子たちを哀れまなければいけないのよ」

木脇さんと並んで歩いていた皿城《さらしろ》さんまでが、いかにも分別のありそうなことを言う。こういうとき、普段は自然に接している同級生たちが少しばかり生意気に思えてしまう。確かに三人の中で一番小柄ではあるが、何といってもカネはもう二十二歳、彼女たちとは五歳も違うのだ。

カネが生まれたのは江戸幕府も終わりに近づいていた安政六年だ。もともと父上が藩校で教えていたこともあるほどだから、幼い頃から世の中が明治に変わっても、父上から直接、学問を教わっていた。漢文や和文、書道、算盤《そろばん》などの他、論語も覚えさせられた。また、行儀作法、茶道、裁縫などといったものは奥女中だった経験を持つ母上から教わった。その上で、母上はカネを行儀見習いにでも出すつもりでいたのだろうが、時代が変わり、家の状態もガタガタになって、それどころではなくなった。そんなときに縁あって、この女学校で学んでみないかと言われたのだった。カネが幼い頃から「三従の教え」を説いてきた父上が、あの時初めて違うことを言った。つまり、父、夫、子以外にも仕える相手がいる。それこそが天主さまであり、エス・キリストさまである、ということだ。だからエスさまのことを学んだ方がよい。さらに父上は、天主さまの前では、人はすべて同じであるとも言った。殿様も家来も、日本人も西洋人もないと。

以来、カネはこの学校の生徒として、懸命に勉強に励んできた。週に二回の祈禱《きとう》会にも必ず参加して、聖書の教えも学んでいる。英語、ことに発音に関しては、幼い頃から学び始めた同級生たちに今ひとつ敵わない点もあったが、もともと意地が強いこともあって、必死で食らいついてきた。だからこそ校費生でい続けることが出来たのだ。だが、何しろおっとり育っている同級生に比べて、カネの方は年上というばかりでなく、少しばかりせっかちというか、気が短いところがある。その上、思ったことは口にせずにいられない性分でもあった。だから今のようにたしなめられると、つい妹に対するように「おなま言うんじゃないの」くらいのことを言い返したくなってしまう。

「可哀想よ。エスさまのことも何も知らないから、あんなことを言ってしまうんだわ」

いかにも優等生らしい皿城さんの言葉に、カネはやはり「だから」と反応してしまった。

「分かってるんだってば。でも、頭では分かってても、腹が立つもんは仕方ないじゃないの。あんな汚らしいガキどもに馬鹿にされるなんて」

大体うちの先生達が、日本人のためにどれだけのことをして下さっていると思っているのだ。

「ピアソン先生に対してだって、失礼だったら、ありゃしない。その辺のばばあと、ばばあが違うっていうのよ。一緒にしてもらったら困るんだっていうの」

木脇さんたちが「ばばあなんて」と眉をひそめながらもくすくす笑うのを尻目に、カネはまだ小声で文句を言い続けた。

「日本人がそんなに偉いとでも思ってるのかしらね。こっちにしてみれば、いい迷惑だわ」

実は道行く大人たちの中にも、カネたちをまるで奇異な生き物でも見るような、または冷ややかな目つきで眺める人たちは少なくない。西洋人嫌いということもあるのかも知れないが、おそらく未《いま》だに耶蘇教を邪教扱いしているのだ。ご禁制が解けたのは明治六年。つまり、もう八年も前のことなのに。同じ言葉を話す、同じ国の人間にそんな眼差しを向けられること自体がカネには理不尽に思えたし、何しろ不快でならなかった。いくら「汝《なんじ》の敵を愛せよ」と言われたって、ああいう人たちのことを愛するなんて無理ですと、つい天主さまにもエスさまにも、文句を言いたくなるほどだ。

これが日本人というものなのだろうか。

自分たちと異なるというだけで、すぐに排除しようとするのが私たちなのだろうか。何と狭量な。異国の人たちの方がよほど心も広く、大きな信念を持ち、何より日本人のためになることを考えているではないか。カネたちに嘲《あざけ》りの目を向ける日本人の中に、生命をかけて大海原《おおうなばら》を越えてまで、自分たちの思いを遂げようという勇気と信念のあるものが、どれほどいるものか。

そこまでの覚悟が、あんたたちに出来るとでもいうの。

そんなことを考えると、カネの目には自分たちをはやし立てたり、冷ややかに眺める人々が、ひどく俗悪で煩《わずら》わしい存在にうつり、どうしても苛立《いらだ》ちと共に不快感がこみ上げてしまうのだった。

2

礼拝の後で教会に集まった人たちと雑談をしていると父上がすっと近づいてきて、目顔でカネを呼んだ。耶蘇教の信徒になってからというもの、刀剣類を売り払って東京の麴町《こうじまち》に耶蘇教の講義所を開いたり、故郷の上田まで伝道の旅に出たり、西洋人の宣教師に日本語を教えたり、またカネの在籍する共立女学校で国漢の講師を務めたりしながら、どうにか糊口《ここう》をしのいできた父上は、現在はこの海岸教会の執事を務めていた。

「こういう話を聞かせてよいものかどうか、迷ったのじゃが」

礼拝堂の外までカネを呼び出した父上は、天皇さまも斬髪されたという話が流れてだいぶ経ってからようやく髷を落とした。とはいえ、月代《さかやき》を剃っているわけでもないのに、頭頂部の髪がきれいになくなっているせいで、髷を結っていた頃と、あまり印象は変わらない。

「何かあったのですか？　母上か、弟たちがどうかしたとか？」

父上は鼻から大きく息を吐き「そうではない」と口をへの字に曲げる。

「家の方は相変わらずじゃ。みな、変わりなく過ごしておる」

父上はそこで懐手《ふところで》を組み、またひとつため息をついた。

「他でもない、銃太郎《じゆうたろう》がな」

そういえばこのところ、埼玉《さいたま》の兄上から便りがないことを思い出した。普段は筆まめな人なのだが、それだけ伝道活動が忙しいのだろうとさして心配もしていなかった。だがこの父上の顔つきからすると、どうやら何事か起こったらしい。

「実は今、ワッデル師のところに戻っておると言うてきた」

話の内容が分からないだけに、つい目を瞬《しばたた》いた。

宣教師のワッデル先生は、いわば兄上の恩人だ。経済的に困窮の極みにあった鈴木の家から、自分一人の食い扶持《ぶち》だけでも浮かせようと兄上が家を出て行ったのはカネが女学校に入ったのと同じ年のことだった。その後、兄上が身を寄せることになったのが東京の芝《しば》区にあるワッデル先生の私塾だ。そこで世話になりながら、兄上は東京一致神学校に通い、牧師を目指すことになった。そうして努力した甲斐《かい》あって今では埼玉の教会で初代牧師として伝道の日々を送っている。

それなのに東京に舞い戻っているとは、どういうことなのだろう。

「お身体の具合でも悪くされたのですか？　または、ワッデル先生に何かあったとか？」

「そういうことなら、まだいいのじゃが」

父上は難しい表情のまま、どうやら兄上は教会を罷免《ひめん》されたらしいと言った。

今度は、え、と言ったまま言葉を失っているカネをちらりと見て、父上はさらに口元を歪め、それがどうも要領を得ない話なのだと続けた。

「噂《うわさ》によれば、銃太郎の教会に通っていた家の――奥方との間に、そのう、よからぬ噂が立つようなことをしでかしたとか」

カネは、思わず自分の眉間《みけん》に力がこもるのを感じた。

「奥方って――つまり、兄上が間違いを犯したということですか？　ご亭主がいらっしゃる方と？」

あれほどひたむきに信仰の道を歩んでいたはずの兄上に、そんなことのあるはずがないと言いかけたとき、父上は、無論、兄上本人はそれを認めているわけではないと言った。

「噂を確かめようと文を送ったところ、銃太郎から返事が来たわけじゃが、それによれば、自分は天に恥じるようなことは何一つしておらぬし、まったくの誤解だということじゃ」

「そうでしょう、そうでしょうとも」

カネがほっと胸を撫《な》で下ろそうとする間もなく、父上は「じゃが」と言葉を続けた。

「そういう誤解を招くようなことになったこと自体が、自らの不徳のいたすところだと、そう書いてきおった。武士として言い訳はせんし、見苦しいこともしたくはない。何より、こんなことで教会に悪い噂が立てば、それこそ宣教師の諸先生方や神学校や、他の伝道者たちにも迷惑をかけかねん。したがって、ここは罷免という処分も甘んじて受けることにした、ということなんじゃが」

カネは、つい言ってはならないことを口にしそうなのを感じて、今度は口元に力を入れた。だってもう、武士ではないでしょうに。

思わず喉元まで出かかった言葉を、何とか呑み込む。時代が変わって、その変化を受け容《い》れようとしながらも、父上も兄上も結局は武士の心を捨てていないことは百も承知している。カネ自身もまた、武家の娘としての誇りを失うまいと思っている部分があった。

だが、武士としての誇りもさることながら、つまり兄上はまた行く末を案じ、懐具合を心配しなければならない日々に戻るのかという落胆の方が、カネには勝っていた。一体いつになったら兄上に、また自分たち家族に、平穏な日々というものが訪れるのだろう。別段、贅沢《ぜいたく》したいなどとは思っていない。ただひたすら信仰と共に心穏やかな日々を過ごしたいだけなのだ。

「それで、兄上はこれからどうなさると言っておいでなのですか」

「今はまだ、先のことまで考えられる心持ちにはなっとらんらしい。とにかく、わしの顔に泥を塗る結果になって申し訳ないと書いてきおった」

けれど、ここまでひたすら信仰の道を歩んできた兄上に、他に何が出来るというのだと、思わず天を仰ぐようにしたとき、はたと思い当たった。

「母上は、このことは？」

途端に父上は首を横に振る。

「そう簡単に、言えると思うか？」

「無理でしょうね」

ただでさえ耶蘇教を快く思っていない母上にそんな話を聞かせたら、罷免されるくらいならこちらから辞めてやれとか、好い加減に目を覚まして、少しでもまともに生活出来る仕事を探せとか言い出すに決まっている。

「よいな。これは、カネだけに聞かせる話じゃ」

「承知しました」

「銃太郎にも、向こうから言ってこない限りは問いただしたりするでないぞ」

「承知しております」

カネは生真面目《きまじめ》すぎるほど生真面目で家族思いの兄上の顔を思い浮かべ、それにしても何という不運に見舞われるものかと、ため息をつくしかなかった。家にはまだ四人の弟妹がいるし、生活は常に苦しい。

どこかで突破口を開かなければならないというのに。

兄上にその力がないとなると、長女である自分が頑張らなければいけないところだが、未だ学生の身分では、何をする力もない。

「落ち着いてくれれば、銃太郎もまた新たな道を考えようとはするじゃろうが、今の世の中では、ただでさえ我らが生きていく道は、そう容易《たやす》くは見つからんからのう」

それは、ことあるごとに父上が言っている。今さらどう足掻《あが》いても、侍が肩で風を切って歩き、その家族が、たとえ質素であろうとも、明日の米の心配などせずにいられる時代には戻れない。出自などに関係なく、目端の利く世渡り上手から先に豊かな暮らしを手に入れて、文明の恩恵にあずかるのが、今の、またはこれからの時代ということだ。

お気の毒な兄上。

学校に戻ってからも、カネは兄上のことが気にかかってならなかった。何も知らないふりをして便りを出してみようかと思う。だが、不在と分かっていながら埼玉の教会に宛てて出すような無駄はしたくないし、かといってワッデル塾に宛てて出したら、それだけで兄上は、カネが何か聞きつけたに違いないと感づくだろう。父上に言われるまでもなく、噂の内容が内容なだけに、兄上に恥をかかせるような真似《まね》だけはしたくない。あれこれ考えながら結局、何も出来ないまま日が過ぎた。

ただでさえ卒業を来年に控えて、授業の内容は以前にも増して難しくなっていた。午前中はすべて英語を使って、暗唱、数学、天文、物理、化学、聖書などを学ぶ。午後になると今度は日本語で漢文や国文を習った。その他にも手芸や裁縫、賛美歌合唱、礼法の授業もある。

それらの勉強に加えて、カネには校費生としての仕事があった。やっと雑務が終わって少しでも予習や復習をしようかと思うと、下級生の誰かが腹痛を訴えてきたり熱を出したりして、それどころではなくなる。また寮生同士で小さないざこざが起こることもあった。そんな中で、どうにか時間をやりくりしては教科書を開き、石盤に向かう。水曜日には学校で祈禱会があるし、日曜日は礼拝のために海岸教会だ。その都度、兄上の様子を尋ねても、父上は黙って首を横に振るばかりだった。結局、気を揉《も》んでいる間に季節はまた一歩前に進み、次第に寒さが感じられるようになった。

師走《しわす》に入って少しした日曜日、礼拝の後でまた父上がカネを呼んだ。このところしばらく見なかったほど、いつになく目の表情が明るいことに、カネはすぐに気づいた。

「銃太郎から便りがあってな」

カネは「それで」と身を乗り出すように先を促した。父上は、うん、と一つ頷いて、どうやら兄上は北海道《ほっかいどう》開拓について考え始めているらしいと言った。

「北海道、ですか？」

あまりにも意外な言葉に、カネは一瞬、言葉を失った。それも、開拓？

開拓って。

北海道といえば、ついこの間まで蝦夷地《えぞち》と呼ばれていた土地だ。露西亜《ロシア》にも近く、いつ攻め入られるかも分からないという、遠く遥かな極北の大地だという。気候は厳しく熊や狼が跋扈《ばっこ》する、この上もなく危険な場所だとも聞いている。どうしてまた、そんな最果ての地に、しかも開拓に行くなどということを思いついたのだろうか。そして、この父上のどことなく楽しげなお顔つきといったら。

「何でも、神学校で一緒だったことのある男がおってな、最近になって偶然、再会したらしいんじゃが」

その人物が兄上を北海道開拓に誘ったということだった。さらに、ワッデル塾にも通ったことがあるという別の人がいて、もとはといえばその人物が開拓に興味を持っているらしい。つまり、縁あって耶蘇教でつながりあっている知り合いたちが、北海道開拓を言い出しているということのようだ。

「最初に言い出したというのは、なかなかどうして大した男らしいぞ。何しろ、この夏には実際に一人で北海道まで行って、相当な奥地までずっと歩いてきたそうじゃ」

「一人で？　そんな方がいらっしゃるのですか。おいくつ位なのでしょう」

「銃太郎よりも三歳ほど年長だということじゃった。神学校で一緒だった男というのは、二歳上なんじゃと」

つまり、もう三十歳近いのではないかとカネは頭の中で素早く計算した。そんな年齢の人が単なる夢物語を口にして、周囲まで巻き込むとも考えにくい。父上の話では、最初に開拓を言い出した人物は何でも伊豆《いず》の素封家《そほうか》の息子だということで、かれこれ五、六年も前から北海道開拓に興味を持っていたという。既に、具体的に準備に取りかかるところまで来ているらしいと、兄上からの便りに書かれていたと語る父上は、気持ちの高ぶりからか、何となく落ち着かないようにも見えた。

「ほれ、以前わしが読んでおった書物があるじゃろう。『没落士族ノ北海道移住説』という。銃太郎は、あれのことも思い出したらしい」

そういえば確かに何年か前、父上は、自分たちのような没落士族が生きていく道は、北海道移住より他にはないかも知れないと言っていたことを思い出した。つまり父上は、兄上に自分の夢を託そうとしているのだろうかと、思いが至った。けれど、あの時だって母上から即座に反対されたのだ。何を夢物語のようなことを考えているのです、と。

「わしからは何も言うておらんが、銃太郎も今の世の厳しさは経験しておる。何をするにせよ、生半可な覚悟では生きられん時代じゃ。あれも、そのことを十分に承知した上で、どうにかして道を拓《ひら》きたいと考えておるのだろう」

カネは不安半分、興味半分で父上の話を聞いていた。自分が女学校の寮という、ある意味で周囲から切り離された環境にいて、衣食住の心配もなく信仰と勉学の道に励んでいる間に、兄上は一体何を考え、どこまで行ってしまうつもりなのだろうかと考えると、何かしら羨ましいような、一方で心細いような気持ちにもなった。

3

その年の暮れ、女学校でのクリスマス礼拝が終わり、寮生活を送る生徒のすべてが自宅に戻るのを見届けてから、カネは久しぶりに家族のいる家に帰った。すると、いつ戻ったのか、狭い借家の四畳半では兄上が一人、炬燵《こたつ》に当たりながら何かの書物を広げていた。

「ただいま――母上は？」

「妹たちを連れて暮れの買い物に行った」

牧師でなくなった以上、自分でクリスマス礼拝を執り行うことも出来なかったに違いない兄上は、以前と変わらない物静かな佇《たたず》まいで、父上は今日も教会の関係の仕事らしいと続け、それから「元気か」とカネを見あげてきた。もちろん、と言うように少しばかり大げさなくらいの笑顔で頷きながら、カネも炬燵に入る。

「三月には卒業試験があるんだけれどね、それ全部、英語で行うんですって。覚悟はしていたけれど、心配だわ。だから年が明けたらもうすぐに、少しずつでも準備に入らないとと思っているところ」

ふうん、と頷く兄上はいつの間にか髭《ひげ》も生やし、全体に髪も伸びていて、ほんの少し前まで牧師だったとは思えないくらい、まるで昔の野武士のような風貌になっている。それでも目元だけは、相変わらず柔和な兄上らしいものだった。

「三月か。その頃、俺は何をしているかな」

兄上の身の上に起こったことには触れない方がいいのだから、こういうときにはどう応えるべきなのだろうかと考えている間に、兄上の方が「父上から聞いたろう」と本を閉じながら口を開いた。


「俺が教会をやめさせられたこと」

カネは仕方なく小さく頷いた。

「何か、行き違いというか、誤解があったのでしょう？」

兄上は自分の髭に触れながら今度は宙を見上げてため息をつく。

「まあ、俺も脇が甘いというのか、油断していたのだ。だが、今度のことでは学ばせてもらった
よ。つくづく、女は、こわいものだな」

「つまり、変な女に引っかかったっていうことなんじゃないの？」

「やけに熱心に通ってくる人だとは思っていたんだが、まさか聖書を学ぼうと思うような人が、
人の生き方を左右するような嘘をつく人だとは思いもしなかった」

兄上は髭に囲まれた口元に苦笑とも自嘲の笑みともつかないものを浮かべている。

「取り返しはつかないの？」

「無理だな」

カネはつい、たたみかけるように「だから」と兄を見た。

「だから、北海道なの？　開拓なの？」

兄上は「だから、というわけでもないが」と、小首を傾げる。

「父上から聞いてるのか」

「大体のことはね」

「これも、天のお示しか、巡り合わせかなと思ってな」

神学校時代の友人と最近になって再会したのは、まったくの偶然だった、と兄上は言った。父上が語っていた通りだ。

「渡辺《わたなべ》くんというのだが、あの男は伊豆に行ったと聞いていたから驚いた。共にいた期間は短かったが、俺とは妙にうまが合う男だったんだ」

その渡辺勝《まさる》という人物が英語教員として勤めている学校を設立したのが、地元の素封家である依田《よだ》という家で、北海道開拓を言い出しているのは依田家の三男、勉三《べんぞう》という人物なのだそうだ。一時期は慶應義塾《けいおうぎじゅく》にいたこともあり、英語を学ぶためにワッデル塾に通っていたこともあるという。

「渡辺くんが、その依田勉三という人を、それは褒めるんだ。身体は小さいが、考えることはとてつもなく果てしがないと。その辺の連中には到底、理解など出来んくらいだとな。それに、何しろ生一本なところがあって、一度こうと言い出したら何が何でもやり遂げてみせるという性格らしい。その男が、今の時代に生まれたからには、是非とも人のやらないことをするべきだ、これまで誰も踏み込まなかった世界へ行くべきだと、それは力説するんだそうだ」

いくら北海道開拓の話など出てきていても、あんなことのあった後だ。よほど落胆して表情も暗いのではないかと思っていたのに、兄上はカネが想像していたのとは違って、案外、快活な様子で、教会での出来事も吹っ切れている様子だった。

「依田くんと渡辺くんは、年が明けたらもうすぐに、共に北海道に渡る小作人たちを集める作業に取りかかるんだそうだ」

「もうそこまでお話は進んでいるの」

そうだなと、自分も見知らぬ大地に思いを馳せている様子の兄上を眺めながら、カネは改めて、もしも自分が男だったらと想像した。

北海道。

誰も拓いたことのない土地。獣がいて、厳しい自然が立ちはだかって。そんなところに行こうと思うだろうか。

想像がつかない。

だが、何となく憧れた。

この頃、カネは漠然と考えることがある。

来年卒業したら、カネはそのまま女学校に残ることになっている。校費生になると決まったときの約束で、舎監を兼ねて教壇に立つのだ。また、もっとも得意としている皇漢学をさらに学んでみたいとも思っている。それは間違いなく、カネにとってもっとも着実で安定した将来像であり、また家族を安心させる生き方でもあった。

でも。

それで本当にいいのだろうか。満足なのだろうか。

「実はこの年明けに、渡辺くんが横浜に来ることになってるんだ。いい機会だから父上に彼の話を聞いていただいて、渡辺くんの人となりはもちろん、話の内容を見極めていただこうかと思ってる」

「父上はきっと反対なんてなさらないわ。出来ることならご自分も開拓に加わりたいと思っていらっしゃるみたいだもの。問題は、母上なんじゃない？」

兄上は、とたんに憂鬱《ゆううつ》そうな顔つきになって「そうだな」と低い声を出した。

「まあ、折を見て話すつもりではいるが」

「頼むから、お正月の間くらいは穏やかに過ごさせてちょうだいね。たまに帰ってきて、家の中がゴタゴタするのはいやよ」

兄上は「分かったよ」と苦笑気味に頷き、実際、年末年始は父上も兄上も家族の前で北海道開拓の話をすることはなかった。兄上が罷免になったことも知らないままの母上は、カネや妹たちを手伝わせながら、上機嫌で忙しく立ち働いた。そんな母上に心の片隅で申し訳ないような気持ちを抱きつつも、カネは家族の笑顔に囲まれることの幸せを噛みしめ、久しぶりの家庭の味に舌《した》鼓《つづみ》を打った。雑煮《ぞうに》を食べ、おせち料理をありがたくいただいた。そして何より家族揃って健康で穏やかな新年を迎えられることを天主さまに感謝した。

松が取れると兄上は再びワッデル塾へ帰っていき、カネも女学校での日常が戻ってきた。だが、次の日曜日に海岸教会に行くとすぐに、父上が母上のことを告げてきた。兄上の罷免のこと、北海道開拓行きのことを知って激怒しているというのだ。

「お話しになったのですか。母上に」

「いつまでも黙っておくというわけにもいかんじゃろう」

父上は相変わらず口をへの字に曲げていたが、その割には大して気にしている様子もない。

「銃太郎にしても、もう一人前の男じゃ。己の人生をかけて新しい道を進もうというものを、たとえ親とはいえ、引き留められるものでもないからな」

それに、父上自身が兄上の計画に、いかにも乗り気なのだ。その証拠に、翌週も、その翌週も、父上はカネと教会で顔を合わせる度に兄上の近況と北海道の話をするようになった。

「依田勉三という人物は、開拓団を結成するにあたって、株式会社というものを設立するつもりなのだそうじゃ。財力のある依田家が後ろ盾となって、まずは株主を募って、じゃな、相当な資金を投入して北海道開拓を後押しするということらしい。これはいよいよ本気じゃな」

父上は、それは嬉しそうだった。そして新年に会った渡辺勝という男性のことも「面白い男」と評した。

「尾張名古屋《おわりなごや》から出てきてしばらくは、我らと同様、金のことで相当に苦労した様子じゃが、あれは、なかなかの硬骨漢と見た。やはり武家の出じゃが、北海道開拓に当たっては微塵《みじん》もためらうことなく自らの手をとことん汚し尽くして、どんな百姓よりも働いてみせると言うておった」

「神学校へ行っていらしたということは、その方も受洗しておいでなのですよね？」

「じゃから、北海道開拓は天主さまの示された道に違いなく、その道を突き進むのみとも言うておったぞ。あれはいい。まず、眼差しがいいな」

要するに、素封家の息子の依田勉三、名古屋出身の渡辺勝という二人が北海道開拓を計画し、そこに兄上も加わって、開拓農民たちを募り、株式会社という組織を作った上で未開の大地を切り拓こうという計画らしかった。

「渡辺くんも銃太郎と同様、長男ということじゃから、やはり、いつまでも寄る辺ない身で浮き草暮らしを続けるというわけにはいかんと思うておるようじゃ」

依田勉三という人は食べるに困るということもないだろうが、兄上と渡辺という人は、まず自分たちが誰にも頼らず食べていかれるようにならなければと考えている。さらに武士の誇りを失わないまま、確かに根づくことの出来る世界を探している様子だった。そしてそれは、父上も同じ気持ちらしかった。

「会社の名前が決まったそうじゃ。『晩成社《ばんせいしゃ》』じゃと」

三月、カネが最後の試験を受け終わったのを待ちかねたように、父上がそわそわとした様子で兄上からの便りについて知らせてきた。

「私の試験の結果は心配なさらないのですか」

半分すねたように言ってみると、父上は意外なことを聞いたような顔つきになる。

「そんなことを心配するわけがなかろう。カネなら大丈夫に決まっておる。おまえはいつだって、しっかりしとるから。それよりも『晩成社』じゃがな」

その晩成社に兄上も幹部として正式に名を連ねることになったという。開拓事業とひと口に言っても、何もない大地を切り拓くなど短期間で出来るはずもなく、並大抵の努力で成し遂げられるものではない。それだけに「大器は晩成す」から社名をつけ、どこまでも粘り強く、最後に大きな結果を生み出してみせるという決意のもとにつけたのだという。

「では、兄上は本気なのですね」

「本気も本気。これからは依田くんと、渡辺くんと、晩成社の三幹部として生きていくことになる。農民たちには土を耕す以外の、知識も教養もないからのう、『晩成社』という組織として必要なことや、出来高の計算や、土地の測量、それから役場との交渉、その他のことはすべて学問を身につけておる三幹部で片づけていくことになるらしい」

カネは「晩成社」という耳に馴染まない組織の名前を呟いてみた。

「何となく、北海道を開拓するような会社に聞こえませんけれど」

だが父上は最近になって伸ばし始めた薄い髭を撫でつけながら、「いやいや」と、まるで自分が名付け親にでもなったかのような表情で首を横に振る。

「なかなかどうして、心意気の伝わる名前ではないか。五年や十年で結果など出るものではないという、そのことを承知した上で向かうということが、よう分かる」

ああ、父上は羨ましいのだ。

そして、私も。

試験はきっと及第点だった。これで五月には無事に卒業を迎えられるはずだ。こんなに喜ばしいことはない。それなのに、心のどこかに何か物足りないような、隙間風が吹くような感覚があった。このままでいいのかと、常に誰かが問いかけてくる気がする。正月以来、どれほど「これでいい」と答えても、その問いかけは未だに止むことがなかった。

兄上は、にわかに忙しくなったらしかった。カネには簡単な便りがたまに来るだけだから、あとは父上を通してしか分からないが、晩成社の幹部として北海道開拓について調べ始めただけでなく、自分も依田勉三たちの暮らす伊豆に赴き、渡辺勝だけでなく、依田家の人々や、近隣の農民らとも話したりしているらしい。

父上からそんな話を聞くにつけ、カネは「もしも」という前提で想像を膨《ふく》らませることがあった。もしも、北海道開拓へ赴くことになるとしたら、どんなことが必要なのだろう。持ち物、服装、知識、技術。大自然以外に何もない場所へ乗り込むためには何を心配し、どれほどの準備をしなければならないのだろうか。

本当は、少し前までのカネは、出来ることなら自分もいつか海を渡って、布教の人生を送ってみたいと夢見ることがあった。またはピアソン先生たちを育んだアメリカに行って、もっと学んでみたいと思ったりもした。今だってそんな未来を夢見ることがある。だが、自分のすぐそばで北海道行きを現実のものにしようとしている兄上たちの話を聞いていると、何もアメリカまで行かなくとも、この同じ日本の中に「新天地」はあるのだという気がしてきた。それでも、開拓の話にカネは関わることが出来ない。非力な女の身で、学問しかしてこなかったカネに、共に大地を拓こうという誘いなど、来るはずがなかった。

〈俺は六月に入ったら依田くんと二人で開墾地選定のため北海道へ向かうつもりでいる。カネの卒業式は五月末日と聞いた。函館《はこだて》行きの船は横浜からの出航だから、カネの卒業式には俺も列席出来るだろう〉

時折、兄上から届く短い文には、兄上らしい几帳面《きちようめん》な文字が連ねてあったが、その行間からでも、兄上の弾む気持ちが伝わってくるようだった。既に準備に入っているという。調べれば調べるほど必要な知識、用意すべき事物が増えていくから、依田、渡辺の二人と共に、ますます忙しい日々を送っているなどと読むと、心配な反面、やはり羨ましいと思ってしまうのが常だった。

やがて桜の花が咲き、四月生まれのカネは二十三歳になった。春霞《はるがすみ》に包まれ、時として優しい雨に降られる横浜の風景は、柔らかい色彩に満ちてのんびりと美しく、耳を澄ませばいつものように、船の汽笛や様々な暮らしの音が響いてきた。そんな景色を眺めながら、カネは気がつけば北海道のことを考えるようになっていた。そこに桜は咲くのだろうか。どんな鳥のさえずりが聞こえ、雨はどんな風に感じられるのだろう。今ごろの時期はどんな気候だろうか。何も分からないまま思いばかりを膨らませて、カネは女学校での生活を続けていた。

明治十五年五月三十一日、午後七時半。

横浜共立女学校英文全科第一回卒業生として、鈴木カネは同級の皿城ひさ、木脇そのと共に卒業証書を授与された。何かしら甘い蜜のような香りのする夜気の中、点々と灯《とも》されたランプの光に包まれて、卒業式は多くの人々に見守られ、厳粛な雰囲気の中で進んでいった。式の始まりには在校生たちが賛美歌を歌い、来賓として招かれた海岸教会のジェームズ・バラ牧師が祝辞を述べる。カネは二人の同級生と共に、晴れがましい気持ちで壇上に並んだ。この日ばかりは日頃、あまり学校には来ることのなかった母上が、父上や兄上と共に列席してくれて、しきりに目元を押さえているのが見えたときには、胸に迫るものがあった。

「よく今日まで頑張ったな。見事なものだ」

授与式の後、兄上がまず話しかけてきてくれた。カネは、厳《おごそ》かな雰囲気の中で味わった高揚感に包まれたまま、皮紙に手書きの卒業証書を広げて見せ、両親に今日まで勉学に励むことの出来た礼を述べた。母上も「よかった」と何度も繰り返し、満足そうに頷いてくれた。

「これで一つ心配事が減って、俺も北海道へ行ける」

ところが、兄上のひと言に母上の表情が一変した。そういえば兄上は、明日はもう旅立ってしまうのだ。カネは改めて兄上を見た。

「明日、本当に行かれるの?」

「天候がどうにかならない限りはな」

「依田さんはもう横浜にいらしてるの?」

「何日も前に着いている。写真館をやっている親戚の家に泊まっているんだ」

「あら、写真館を」

「偶然にも、そこも鈴木という家でな。俺もこの前、依田くんにすすめられて写真を撮ってもらってきた。もしかすると二度と内地の土は踏めんかも知れんから」

そんな、と言いかけたカネを制する勢いで、ついに母上が「もう」と、いかにも悔しそうな声を絞り出した。

「何という親不孝なことを言うんだろう、縁起でもない。ねえ、今からでも取りやめにすることは出来ないの? 母からその依田さんという人に掛け合おうか、『うちの長男を巻き込まないでいただきたい』って」

父上が「やめんか」と小声で制する。母上はまだまだ言い足りないという表情で父上を睨《にら》みつけ、唇を噛んだ。思った通り、母上は納得していないのだ。それを振り切ってでも、兄上は旅立つという。

思えば昨年の暮れに北海道開拓を言い出してからというもの、兄上も、そして父上も、まるで何かに取り憑《つ》かれたかのようだ。その勢いは、耶蘇教に出会ったときと同様か、または、それ以上にも見えた。それほどまでに彼らをかき立てるものが北海道にあるのだろうか。カネはいつもと変わらず物静かな表情の兄上を改めて見上げた。

「必ず、お便りを下さいね」

すると兄上は、どこか諦めたような、または悪戯《いたずら》っぽくも見える表情になる。

「便りなど出来るような環境ならいいが」

「お便りも出せないような土地へ行かれるつもりなの？」

「まだ皆目、見当もつかんのだ。取りあえず船は函館の港に入るから、小樽《おたる》を回って札幌《さっぽろ》に向かうことになっている。そこで役場に寄って、色々と詳しい事情を聞いてみないことには、どこを目指すかも、まだはっきりしていない」

「ねえ、銃太郎。考え直しなさいったら」

また母上が身を乗り出してきた。父上が「好い加減にせえ」と厳しい顔をする。

「みっともない。一度、心に決めたことを、そう簡単に翻《ひるがえ》すわけがないじゃろうが」

「そんなこと言ったって、教会はやめたんじゃありませんか。あ、ちがう。そっちはやめさせられたのね」

「――そのお蔭でさらに大きな目標が出来たのじゃ。よいではないか。それが天主さまのお導きでもあると考えたからだと、説明したじゃろう」

兄上も「分かって下さい」と困ったような顔になった。

「何度もお話ししたではありませんか。これは鈴木家のためでもあるのです。長年、禄を食《は》んできた我々が、これからは自分たちの土地を持ち、誰に遠慮することなく生きていく、これがただ一つの道と、熟考の末に下した決断なのですから」

それでも母上は、到底、納得出来ないという表情を変えない。カネはそんな母上を見ているのがいたたまれなくて、授与されたばかりの卒業証書を再び広げて、ピアソン先生と共に日本に来たクロスビー先生が描いて下さったという美しい模様を眺めたり、また「神の御言葉が入り光を与える」という聖句を噛みしめたりしていた。

翌日、両親と共に港まで兄上の見送りに行ったカネは、そこで初めて依田勉三という人と会った。兄上と比べるとずい分と小柄だが、なかなか整った顔立ちの人だ。そして確かに、そのぎょろりとした印象的な瞳の奥に、何か分からない力を蓄えているようにも見えた。

「兄を、よろしくお願いいたします」

むっつりと黙りこくったままの母上の横で、兄上よりも三つ年長だという人に丁寧に頭を下げると、勉三は「いやいや」と、表情を動かさずに軽く手だけあげて見せた。

「よろしくも何も、お互い助けあわんと。何しろ前人未踏の地を目指すんだもんで」

勉三の隣で兄上も一緒に、うん、うん、と頷いている。それから、ふと思い出したようにカネの名を呼んだ。

「この間撮った我らの写真だが、渡辺くんに送ってもらう手はずになっている。万が一の場合は、その写真が最後の記念だと思って、もらい受けるといい」

するとまた母上が「そんな」と唇を噛む。カネは、母上の袖をそっと引っ張って、なだめるように頷きかけた。

「気持ちよく見送ってさし上げましょう。これから何が起きるか分からない旅に出られるのですから」

それでも母は頑《かたく》なな表情を崩そうとはしなかった。代わりに父上の方が、兄上や勉三に、何かと話しかけていた。いよいよ出発の時刻が近づいてきたとき、カネは大切なことを聞き忘れていたことに気がついた。

「それで、いつお帰りになるの？」

「分からん。今、開拓地は肥沃な土地から早い者勝ちだという話になっているそうだ。もしも最適だと思う土地が見つかったら、まず晩成社の開拓地として確保せねばならんだろう。それに、向こうの生活に慣れる必要もあるし、本格的に移民が入る前に、ある程度の準備もしておかなくてはならないから」

「それを、依田さんとお二人だけでなさるおつもり？」

すると兄上は勉三と顔を見合わせ、その辺りは手分けをしながらやっていくことになると言った。他に誰もいないのだから、と。

「まあ、向こうにだって人っ子一人おらんわけじゃないけん、何せ『晩成社』としては二人だけで行くもんで。何もかんも、まずは鈴木くんと二人で手分けしてやるしか、ないもんで」

勉三は固い意志をうかがわせるように口元を引き締め、「必死でやるだけずら」と、にこりともせずに言った。

「無理をしないでとは、とても言えないけれど、とにかくお身体に気をつけて。お便りをお待ちしていますからね」

「言ったろう、約束は出来んと」

「兄上がお便りを下さらなかったら、こちらから出そうにも、宛先も分からないじゃない」

「手紙くらい、何してでもやり取り出来るら。ちったあ日にちはかかんだろうが、俺だってうちっちに手紙一つ出せんようじゃあ、困るもんでさ」

場合によっては今生《こんじょう》の別れになってしまうかも知れないという切羽《せっぱ》詰まった雰囲気が、勉三の真面目くさった顔と方言混じりの言葉に、わずかでも和らいだように感じた。そうして兄上たちは、沖に停泊している「九重丸《ここのえまる》」まで運ぶ小舟に乗り込んでいった。

「それでなあ、カネ」

兄上たちを乗せた船が行ってしまい、それでも未練がましく沖を眺めていたとき、父上が口を開いた。

「無事に女学校も卒業したことだし、いい機会だから尋ねるのだが」

「何でしょう？」

「嫁にいく気はないか」

あまりにも唐突で、さらに意外な言葉に、カネが耳を疑うようにしていると、父上は、兄上たちの仲間である渡辺勝と一緒になる気はないかと重ねて言った。その途端、母上の「あなたっ」という悲鳴のような声が辺りに響いた。

「そんなお話は一度だって聞いておりませんっ。第一、銃太郎たちのお仲間と言ったら、その方も開拓に行くということではないですか！」

カネはまなじりを決して父上を睨みつけている母上を、半ば呆気《あっけ》にとられたように見つめながら、一方で、自分の心の中に小さな何かが灯ったのを感じた。

そうだわ。そういうことよ。

私も行くことになるのかも知れない。北海道に。結婚したら。

結婚。私が。

何だか急に、考えなければならないことが増えたような気がした。

4

〈一昨日、函館に無事到着した。ここは二、三年前に大火に遭ったということだが、もうだいぶ落ち着いている。港の近くまで山が迫っていて少ない平地の先には坂道が延びている。坂の途中には洋館もあって、後にしてきたばかりの横浜を思わせる街だ。西洋人も多く見かけるし華僑《かきよう》もいる。耶蘇教会も見つけた。だが、何しろ寒い。依田くんと、毛布をまとってきたのは正解だったと話しているところだ。

それにしても洋服とは、着物に比べるとずい分と活動に適しているものだな。裾さばきが不要だし、袖も下がっていないお蔭で、何をするにも動きやすい。野良仕事には向いていそうだ。

昨日は日曜日だったので、礼拝所を探して行ってきた。民家を使った小さなところだったが、近いうちにきちんとした教会を建てたいと話していた。伝道師の夫人、桜井《さくらい》ちかという人は、偶然にも共立女学校で英語と割烹《かつぽう》の勉強をしたことがあるのだそうだ。内地でも、今も教員をしておられると聞いて、ついカネの話をした。あちらも共立の名を聞くと懐かしそうにして喜んでおられた。礼拝では、主は世の終わりまで、いつも共におられるという言葉が特段、心にしみた。

数日のうちに小樽行きの船に乗る。小樽から先は陸路、札幌に向かう。そちらは変わりないか。カネのことだ、教員となって、また忙しく動き回っていることだろう――〉

兄上から届いた北海道からの初便りは六月五日付のものだった。つまり三日には函館に到着したことになる。一日に横浜を発って、たったそれだけの日数で北海道まで行かれるものなのか、こうして無事に便りが届くのかと、カネはまずそのことに感心し、何よりも兄上が無事であることに胸を撫で下ろした。次の日曜礼拝の時には早速、父上とその話になった。

「カネのところにも便りが届いたか」

「礼拝所に共立女学校の先輩にあたる方がおいでだったそうです」

「ほう」

「それにしても、こんな時期でもあちらは寒いんですね。きっと今ごろは、もう札幌に着いている頃かと思いますが」

「札幌では忙しくなりそうなことを書いておったな。役人に会ったり札幌官園に行ったりするそうじゃ。それから県庁に、土地の下付《かふ》願書も出さねばならんという。その辺りは依田くんが詳しいのじゃろうが、銃太郎も一緒に段取りなど考えておるらしい」

生徒から教師へと立場は変わったものの、舎監を兼ねていることもあって、カネはやはり自宅から学校へ通うことが出来ていない。しかも、新たに皇漢学科に進んで学生の身分も続いていたから、大枠としての女学校生活は、そう変化しているとも言えなかった。そんな毎日を送っているカネに対して、兄上は何と遠くまで行ってしまったことか、活発に動いていることかと思う。日々どんな空気の中で、何を見聞きしているのか、もはやカネには想像もつかなかった。

「二十四日に札幌を発ったようじゃ」

　七月に入ると、父上のところへはまた新しい便りが届いた。函館から小樽経由で札幌に着いた兄上は依田さんと手分けして役場の書記や地理係に会い、開拓の現況を尋ねたり土地の下付願書を作成したりしたらしい。何度も同じ相手を訪ねては頭を下げて、やっと時間を割いてもらうなど、思わぬ手間がかかった様子だと父上は教えてくれた。それでも何とか必要な情報は入手出来たので、札幌を後にしたのだろう。

「これでいよいよ入植地を探しての旅が始まったということじゃな。県庁では札幌の郊外や石狩《いしかり》方面に行くことをすすめられたようじゃが、依田くんは、もう既に人の手が入っておる土地の隙間なんぞを狙うより、文字通り手つかずの、前人未踏の地を拓きたいと言うて、役人の説得を振り切る形で十勝《とかち》に向かうことにしたらしい。十勝はよそ者が入ることを制限しておった漁業組合が解散になって間もないとかで、ようやっと誰でも自由に出入り出来るようになったというが、海から離れた奥地となると、まだ役所もほとんど手をつけておらんのだそうじゃ」

　最近、父上は北海道の地図を持ち歩いている。それを広げて見せる父上と向かい合い、カネも一緒になってしばらくの間、指でなぞるようにしながら札幌の位置を確かめたり、十勝という場所を探して地図を覗《のぞ》き込んでいたが、少しすると「実はな」という、父上の押し殺したような声が聞こえた。

「直にはまだ言うておらんことじゃが、銃太郎たちが無事に入植地を決めた暁《あかつき》には、わしも晩成社に加わり、共に北海道に行こうかと考えておる」

「やっぱり、それをお考えだったのですね」

　何もないところから土を耕し、新たな土地を拓いていくことこそが、これからの日本ではお国のためになると、かつて熱っぽく語っていたこともある父上だ。ここしばらくの高揚した様子を見ていても、いつかそんなことを言い出すのではないかと思っていた。父上が「それで」とこちらを見た。

「おまえはどうする」

「え――私ですか」

「縁談の話は、考えてみたか」

「でも、あのお話は母上が――」

父上が渡辺勝という人との縁談を切り出してきたのは、ちょうど兄上が出発した日だから、かれこれひと月以上も前の話になる。だがあの時は母上が即座に、それも激しく反対したし、カネはカネで、これから始まる新生活のことを考えたかったこともあって、結局そのままにしてしまった。

「あの時は間が悪かった。だが単なる思いつきで言ったわけではないぞ。わしはな、あの男なら申し分ないと思うておる。人柄はもちろんじゃが、つり合いという点から言うても」

父上は懐手を組んで「こういうことはつり合いが大事なのだ」と言った。

「高等教育を受けたおまえに、たとえば英語の挨拶《あいさつ》ひとつ分からんとか、聖書も天主さまも知らん、何をとっても太刀《たちう》打ち出来んという亭主では、向こうも面白くなかろうし、カネも物足りんに違いない。家と家とのつり合いという点も同様じゃ。両家のつり合いが取れない縁談というものは、どちらにとっても不幸せなことになる。だが渡辺くんなら武家の出でもあるし、その他の点も心配いらん」

父上の言葉に一応は頷きながらも、カネは果たして自分の方が、嫁として喜んで受け入れられるものだろうかと考えていた。

たしかに、世間一般の目で見れば平均以上、いや、かなり恵まれた教育を受けてきたカネだが、一方ではそうこうするうちに二十三という年齢になり、既に少しばかり婚期を逃しつつある。そのことは否定出来ない事実だ。母上がことあるごとに口にする台詞《せりふ》ではないが、学問と屁理屈ばかり身につけて、結局は男性から煙たがられる存在になってしまったのではないかという不安が、カネ自身にもないといえば嘘になる。もしかすると自分はこのまま一生、誰とも結婚せず、子ももうけず、女学校という閉ざされた世界の中だけで生きていくことになるのだろうかという、うっすらとした淋しさのようなものも、ないわけではなかった。

それならそれで構わない。天主さまのお導きに従うまでのこと。教師というやりがいのある職をまっとう出来るのなら十分満足と、ことあるごとに自分に言い聞かせてはいる。だが、この生き方で本当に間違ってはいないのか、悔やむことはないだろうかという疑問が時折ふと頭をかすめるのもまた正直なところだった。特に兄上が北海道へ行ってからというもの、その思いは以前にも増して強くなっている。

「実は四、五日前に渡辺くんから便りがあってな。方々で流行っておるコレラが、このところ伊豆の方でも流行っておるとかで、勤めておる学校の夏休みが繰り上げになるんだそうじゃ。そうしたら東京に来るつもりだが、そのついでに横浜にも足をのばそうと思うと書かれておった」

いい機会だから一度会ってみないかと続けられて、カネはつい返答に詰まってしまった。柄にもなく急に気恥ずかしい気持ちになる。

つまり、お見合い。

私が。

その人と。

一瞬のうちに色々なことを考えようとしたとき、父上は「ただ」と少し口調を変えた。

「あの男と所帯を持つとなると、共に北海道に渡る決心が必要じゃ。そのことを承知の上でないとな」

「でも、北海道行きを決心したとして――」

カネは、改めて父上を見た。

「私に務まるでしょうか。開拓者の妻が」

父上は一瞬、虚を突かれたような顔になった。

「カネに出来んことなど、あるものか。家のことにしても仕立物から料理まで、一通り身につけておるのだし」

「でも、あとは学問しかしてこなかったのです。農業のことなど何も分からないし、力仕事一つしたことのない私が、夫となる方や、他の開拓団の方々の足を引っ張ることには、ならないでしょうか」

最初に父上から縁談の話を切り出されたとき、その場では適当に受け流しはしたものの、カネだって一応は自分なりに北海道という土地を思い描き、そこで夫と暮らしていく自分の姿を想像してみた。何度か繰り返す想像の中で、どうしても消すことの出来なかった不安がそれだった。

開拓するということは、これまで人が足を踏み入れたことのない土地を切り拓いていくということだ。この身体をとことん使い抜いても、まだ足りないかも知れない。だがカネはこれまで、校庭の草一本さえ満足に引き抜いたこともなかった。それに、たとえばいつも食卓に上る卵が鶏の産んでいるものだとは教えられていても、実際に鶏が産んでいる場面は見たことがない。そういう点が、我ながらあまりにも無知だと思う。

「わしとて農業の経験はないぞ。歳から言うても、とても若い連中のようには動けんじゃろう」

父上は口をへの字に曲げて大きなため息をついた。

「だが、力仕事でかなわん分は頭を働かせるまで。すべて無の状態から学んでいく覚悟じゃ。そうすれば、必ず何かしらの役に立つ。カネにしても、同じことではないか。女手が必要なことは、いくらでもあるじゃろう。それに幸い、おまえは今まで病気一つしたこともなく、健やかに生まれついておる。これが病弱であれば、開拓団に加わるなど考えることも出来んじゃろうが」

とにかく相手がどうしても気に入らないとなれば話にならないのだから、まずは会うだけでも会ってみることだと父上は諭《さと》すような表情になる。

「父上がおっしゃるのなら」

素直に頷いてはみたものの、会うと決心した先には、いくつもの課題が立ちはだかっている。結婚。退職。旅立ち。すべて、一度決めてしまったら取り返しのつかないことばかりだ。父上の言いつけに逆らうつもりは毛頭ないが、それで本当に大丈夫なのだろうか。

これまで経験したことのない大きな不安が胸一杯に広がっていく。その一方では、何かしら心が浮き立つような、足もとが定まらなくなりそうなふわふわとした気持ちもこみ上げてきた。お芝居の場面が変わるように、すとん、と何もかも変わるかも知れないことへの期待が、不安と同じだけカネの中で頭をもたげてきていた。

〈横浜を発ってひと月あまり。札幌から先は山を越え川を渡り、何足もの草鞋《わらじ》を履きつぶし、ひたすら歩きに歩いて、ようやくこの六日、大津《おおつ》という港町に着いた。やっと風呂にありつけると思ったら、湯銭が何と三銭だというから驚きだ。どれだけ高い風呂なのだと文句を言っても仕方がない。久しぶりの湯（臭くて汚い）で汗と汚れをすっかり落として、依田くんと祝杯をあげようと焼酎《しょうちゅう》を買い求めたところ、こちらは二十五銭で今度は安さに驚かされた。行く先々で違うものだな。

ここは存外賑やかで、函館から船が入るせいか、必要なものは大体揃っている。人の往来も多いし、アイヌという土着の人たちもずい分と多く見かける。ここまで来る途中でも何度も出会い、時として世話になってきたが、アイヌは人なつこく、素朴で善良な人たちだ。大抵は日本語が通じるが、彼らには彼らの言葉があって、我ら和人《わじん》のことはシャモと呼ぶ。シャモ、シャモと言われると、鶏にでもなった気分だよ。

この大津では戸長《こちょう》役場を訪ねたり、色々な人から話を聞いて数日を過ごす。その後は舟で川をさかのぼるつもりだ。ただの物見遊山《ものみゆさん》ではない、海辺ばかり歩いていても開拓に適した沃土など見つかるものではないからな。

父上母上にはここに着いてから撮った写真も添えて便りをするつもりだ。届いたら、見せてもらうといい——〉

兄上から二通目の便りが届いたのは既に八月に入った暑い日で、カネが渡辺勝と会うことになっていた、まさしくその日だった。こんな偶然さえ何かしら縁のような気がして、カネは手紙を繰り返し読んだ後、心の中で兄上に話しかけた。

これから渡辺さんという方にお目にかかるのよ。もしも、その方と一緒になると言ったら、兄上は賛成する？　兄上とはうまが合う方なのでしょう？

せめて兄上の居所が定まっていて、便りの一つも出せるのなら、ぜひとも尋ねてみたかった。だが、どのみち今からでは遅すぎる。ことの顚末《てんまつ》を伝えられるようになる時、果たして兄上はどこにいて、自分の運命はどうなっているのだろうかと漠然と考えながら、カネは身支度を整えた。とはいえ見合いそのものが初めてなのだから、まるで実感が湧いてこない。夏休みの女学校に生徒たちの姿はなく、家庭の事情で寮に残っている数人のうちの誰かが弾くオルガンの音だけが、のんびりと響いていた。

蟬《せみ》の声に包まれながら日傘をさして坂道を下り、指定された知人の家に着くと、玄関先には既に父上のものと分かる履き物が揃えられていて、奥からは何やら楽しげな笑い声が聞こえていた。案内されて客間の外に立ったとき、また笑い声が上がった。その大きく伸びやかな声を聞いた途端、それまで冷静な気持ちで歩いてきたつもりのカネは、自分の心臓が小さく跳ねるように感じた。

いやだ。私らしくもない。

深呼吸を何度か繰り返している間に「おいでになりましたよ」と、家の人が声をかける。障子戸の向こうが急に静かになって、父上の声が「通してやってください」と聞こえた。カネは伏し目がちのまま、障子戸が開かれるのを待った。

畳敷きだが洋式のテーブルが置かれた部屋の奥に、父上の顔が見えた。手前には単衣《ひとえ》姿の大きな背中があって、しきりに団扇《うちわ》を動かしている。開け放たれた窓からは心地良い風が入り、軒先の風鈴が涼しげな音を立てていた。

「こっちに来て、座りなさい」

言われるままにテーブルを回り込み、父上と並んで腰掛けた後も、カネは顔を上げることが出来ないままでいた。視界の片隅に、ぱたぱたと動く団扇が見えている。ひたすらかしこまっていると、しばらくして「に」という詰まった声が聞こえた。何事かと顔を上げた目の前に、団扇で自分を仰ぎながら、首を突き出すようにしてこちらを見ている彫りの深い顔があった。

「あ、いや。に、似てますね、と言おうとしました。やっぱ兄妹だなも。銃太郎くんと面差しが」

言った後でえへん、えへんと咳払《せきばら》いをしている。カネは妙に顔がかっかして、額の汗を押さえたりしていたが、それからはっと思い出し、慌てて「カネでございます」と頭を下げた。

「あ、ご無礼。僕が渡辺勝です」

団扇を置いてひょこりと頭を下げた後、渡辺勝はまた咳払いをして、今度は懐から紙を出す。

「いきなりだが、これ、釣書《つりがき》です」

カネも風呂敷包みから生まれて初めて書いた釣書を出し、テーブルの上を滑らせた。渡辺勝は「拝見」と言って早速、カネの釣書に目を通し始めている。その表情を、カネはそっと盗み見た。

本当に彫りが深い。それに、まつげの長いこと。

秀でた額に豊かな前髪が少しかかっている様子など、教師というよりは剣術師のような雰囲気もなくはなかった。

〈渡辺勝
生年月日　安政元年九月十一日
出生地　尾張国名古屋城下武平《ぶへいちょう》町
父　渡辺綱良《つなよし》　尾張藩徳川《とくがわ》家槍術指南役
母　桂
経歴　明治六年　名古屋洋学校
明治七年　上京
工部大学汐留《しおどめ》修技科

明治八年　教員と争って退学
明治九年　ワッデル塾入塾
明治十年　受洗
　　　　　東京一致神学校
明治十一年　伊豆伝道
明治十二年　豆陽《とうよう》学校教頭（英語）
明治十五年　晩成社幹部
　　　　　　破談〉

　悠々とした書体に目を通すうち、「教員と争って退学」という一文にまず目が留まり、さらに最後の一行まで読んだところで、思わず目の前の男を見てしまった。渡辺勝は、まだカネの釣書に目を落としている。

　破談ですって？

　どういうこと。

　それに、教員と争ったって。

　気が短いの？

　それとも正直な人なのだろうか。

　こんなことまで書くなんて。

　戸惑っている間に、渡辺勝がカネの釣書から目を離して顔を上げた。

「さすが、親父さまや銃太郎くんが自慢しやあすだけあるなも。ずっと校費生を続けてきたとは、さぞ辛抱も努力もしやあしたわなも。僕みたゃあにちいと向こうの言うことが筋が通らんがやって、教師に食ってかかって辞める羽目になるものとは、違うわなぁ」

あっはっはと笑う相手と目が合いそうになっては反射的に顔を伏せ、またそっと相手を見る。勝は笑顔のまま、こちらを見つめていた。涼やかで、真っ直ぐな目をしていると思った。最初は剣術師のような印象を受けたが、それは口髭のせいで、目元はむしろ穏やかで優しげだ。

それでも。

教員と争ったのは正義感の表れだと解釈するとしても、破談にもなったというのだから。見かけによらない人なのだろうか。

しかも、そのことを釣書にまで書いてしまうなんて。

「何か質問はござるかなも」

「あ、あの」

「何でも聞いてちょうだゃあ」

「では、あの、破談になったというのは」

これは父上も初耳だったらしい。うん、という意外そうな声と共に隣から手が伸びてきて、カネの前から勝の釣書を持っていった。渡辺勝の目元がふっと弛《ゆる》んだ。

「やっぱり、そのことかゃあも。何、簡単なことだがなも」

髭の下の勝の口元に微かな笑みが浮かび、その表情のままで、彼は父上の方も見ている。

「名古屋で、親のすすめる縁談が持ち上がっとったんで、僕は向こうの素性も聞いとらんまんまですが、何せ長男だもんで、好い加減、嫁取りせないかんということで、話が勝手にすすんどったんだがゃあ。それが、北海道へ開拓に行こうと思っとることを伝えたら、すぐに向こうの家から『ほんな相手に、嫁になんかようやれん』と言われたとかで、破談にされたがゃあ」

言った後で、また、あっはっはと笑っている。その声が、窓からの風が微かに吹き抜ける部屋の空気を揺らした。

「要するに、まあ、勝手に許嫁《いいなずけ》が出来て、勝手に消えたいうわけだばなも」

カネは、ついつられて自分も頬を緩めてしまい、それから慌てて口元を引き締めた。ちらりと隣を見ると、父上は「なるほど」というように頷きながら、まだゆっくりと釣書を眺めている。けれど、変な人。

そんなことならいちいち釣書になど書くこともないだろうに。

馬鹿正直なのかしら。

それとも、誠意を見せているつもりだとか。

「ほんじゃあ、こっちからも質問さしてまってええですかね」

今度は勝の方が聞いてきた。カネはわずかに背筋を伸ばして「どうぞ」と頷いた。渡辺勝は、ちらりと父上の方を見た上で、改めてカネを見つめてくる。ああ、この人はまつげが長いばかりでなく、二重まぶたなのだなと気がついた。だから、少しばかり日本人離れして見えるのかも知れない。彫りの深いことと合わせて。

「おカネさんは本当に、北海道へ行ってもええと、思っていらゃあすか」

とん、と胸を衝かれたように感じた。実を言うと兄上からの便りを読んでも、ここに来るまでの間も、カネの中ではまだはっきりとした結論が出ないままだったのだ。それなのに、気がついたら「はい」と応えてしまっていた。

「本当がゃあ？」

「父からも、共に行こうと言われておりますし」

渡辺勝の瞳が一瞬わずかに細められた。

「ただ行くだけではなゃあんですわ。向こうに骨を埋める覚悟あるかゃあもと、こういうことだがゃあ」

「はい」

「たとえば伝道しようにも、人なんぞおれせん場所ですよ」

「はい」

「今の仕事をうっちゃってでも？」

「それが、天の思《おぼ》し召《め》しなら」

今度は、渡辺勝は口をすぼめるような顔つきになって、ほうう、という相づちとも嘆息ともつかない声を出す。それから、はっと我に返ったように出された麦茶をひと息に飲み干すと、また団扇に手を伸ばしてぱたぱたとあおぎ始めた。窓の方を向いて「今日はまた、どえらゃあ暑いもんで」と呟く勝の横顔を見つめながら、カネは密かに自分自身に驚き、改めて、言ってしまった、と思っていた。

5

カネの頭から、渡辺勝の面影《おもかげ》が消えなくなった。

だって、嫌な感じじゃなかった。

父上の言葉通り、気骨のありそうな雰囲気だったし、率直なのも好ましい。何よりもあの眼差しが、目に焼きついている。

深みがあって、つい引き込まれそうな力がある。これまでにカネが関わることのあった男性といえば、家族の他は女学校か教会の関係者だけだから、比べる対象があまりにも少ないが、それでもああいう風貌と雰囲気を持つ人は、これまでにいなかったと思う。それに、声もいい。

その上、渡辺勝という人は長身だった。それなりに背丈のあるはずの兄上より、もしかするとさらに高いのではないだろうか。自分が小柄であることを気にしているせいか、そんなところにも目が行った。そして自分が案外、人柄とは関係のない外見なども気にするらしいと分かって、我ながらおかしくなってしまった。

「手紙を書くでなも。返事をもらえんかなも」

あの日は父上と渡辺勝とで北海道の話ばかりしているのを、カネはひたすら聞いているだけで終わってしまった。晩には東京に戻らなければならないという渡辺勝は、別れしなに言った。

「僕は、これからやらないかんことが山ほどあるもんで。それに伊豆からでは、そう簡単にこっちまで来れんでしょう。手紙ででも僕という人間をちょっとずつ分かってもらえば、ええと思うんだがなも。僕にもカネさんのことを知らせてちょうだゃあ。そして今度の正月休み、またこっちに来るときには、お互いよう納得したところで答えを出すというんで、どうだゃあ」

だから、カネは手紙を待つようになった。すると一週間ほどして最初の手紙が来た。だがそれは、待ちわびていた気持ちがしおれるほど素《そ》っ気《け》ない内容の、ごく短いものだった。これではとりつく島がないと思い、少し腹も立ったから、こちらも挨拶状に毛が生えたような返事を出すと、ほどなくして二通目が来た。今度は前回とは異なり、まず兄上から便りがあったことが記されていた。

〈――ついにたどり着いたというのです。条件にかなった土地が見つかったと。銃太郎くんは『是《これ》ぞ十勝国オベリベリにぞありける』と高々とうたっておる。勉三くんと銃太郎くんとが野宿も厭《いと》わず、日によってはアイヌの小屋でノミにたかられる夜を過ごして旅を続けた果てに選び出した土地は『東北に十勝川、東南に札内《さつない》川、北にヲビヒロ川を帯び、遠山遥《はるか》に西南に横たわり、実に広漠たる平原にして地味すこぶる膏腴《こうゆ》なり』とも書かれている。オベリベリ。そこが、我ら晩成社が入る新天地に違いない――〉

続けて渡辺勝は、自分も彼らと行動を共にしてオベリベリという場所に一番乗りしたかったという思いと、だが、一緒に行っていたらおカネさんには会えなかったのだから、ここは致し方ない、第一、今の自分の役割は内地に残って晩成社の準備をすることと三人で決めたのだから、不平不満を持つ理由はないとも書いていた。

〈――ここは勉三くんとおカネさんの兄上とが受け入れ態勢を整えるのを待ちながら、黙々と進むのみと自分に言い聞かせつつ、日々、教壇に立っています――〉

手紙は前回に比べてずっと長く、また、渡辺勝の開拓への希望と責任感とが感じられるものだった。

オベリベリ。

何ていう不思議な名前。カネは手紙を何度も繰り返して読み、耳慣れない地名を噛みしめた。

「もともとがアイヌの土地じゃから、山も川もすべてアイヌの言葉で名前がついておるところに、おそらくは蝦夷地探査の草分け、松浦武四郎《まつうらたけしろう》どのか、役人の誰かが漢字をあてたんじゃろう。オベリベリには帯広という漢字をあてておるようじゃが」

ほぼ同時に父上のところにも兄上からの便りが届いていて、オベリベリへは大津からアイヌが操る舟で川をさかのぼるしか行く方法はなく、「上るに三日、下るに一日」の距離だと書かれていたという。

「文字通り原始の土地らしいな。川縁には密林とも呼ぶべき巨木の森が広がっておって、オベリベリは人の背丈よりも高い草の生い茂るばかりの大平原じゃと書かれておった。道などあるはずもない」

「道が、ないのですか」

幼い頃には信州上田に住んでいたこともあるから、カネだって東京や横浜といった開けた町しか知らないというわけではない。それでも、道さえない大平原や密林というものが、まず想像がつかなかった。さらに驚かされたのは、そんな場所で、兄上はどういう手づるからかこの地で商売をしている大川宇八郎《おおかわうはちろう》という人物の小屋を譲り受け、この冬を越すつもりらしいということだ。しかも一人で。依田さんは、札幌に戻ってしまったらしい。開拓地を決めたからには、正式に土地を手に入れる手続きや、開拓団を受け入れる準備などが必要になるからだ。

〈――あれから、銃太郎くんからの手紙を読み返さない日はありません。あの手紙が書かれたのが八月に入ったばかりの頃だ。つまり、こちらに届くまでにひと月あまりかかっている。すぐに返事を出したが、向こうに届くまでにも、やはり同じくらいはかかるだろう。大津で留め置かれる手紙を銃太郎くんが受け取るまで、さらにどれくらいかかるものか。おカネさんも同じことを思い、気をもんでいることだろうと思う。

今、銃太郎くんを励ますことが出来るのは、天主さまの他は自分たち仲間と家族だけです。だから、おカネさんもぜひとも天主さまに祈り、また励ましてやって欲しい。我々が開拓のひと鍬《くわ》目を入れる土地を、銃太郎くんは一人で守って冬を越し、勉三くんは諸事万端整えようと奮闘し

ているのです。二人を落胆させないためにも、僕もやらねばという思いを強くする毎日です――〉

渡辺勝から来る手紙は、いつでもその大半が北海道のことに割かれていた。それでも、カネを「おカネさん」と呼んで、兄上の話題と何とかからませようとしているらしい努力が伝わってくるようで、それだけでもカネは嬉しかった。だから、すぐに返事を書く。すると、また次の手紙が来る。やり取りを繰り返すうちに「晩成社」というものについても少しずつ形が分かってきた。

依田勉三が北海道開拓を強く希望したために、勉三の長兄であり依田家の当主、豆陽学校を設立し、他にも様々な事業に乗り出している伊豆大沢村《おおさわむら》の依田佐二平《さじべい》という人物が、近親者に声をかけて数名で発起人となり、「大器は晩成す」という言葉から社名を取って結成された株式会社、それが晩成社だという。会社の代表である社長には、やはり親戚の依田園《その》という人が就き、勉三は副社長という立場にあるということだ。そして、カネの兄上である鈴木銃太郎と渡辺勝は幹部になっている。晩成社は依田家の人々の他からも出資者を募り、資本金五万円を集めて、十五年を目処として一万町歩を開拓するのが目標とされている。

一万町歩といったら、三千万坪。

三千万坪を十五年で拓くということは、一年あたり二百万坪。

二百万坪。

そんなに拓けるものなのかという思いと共に、つまりオベリベリにはそれだけの広さがあるのかという驚きもある。

三千万坪の開拓のために、晩成社は農夫を募集して北海道へ送る。実際に開拓にあたる農夫たちは、活動がまだ軌道に乗らないはずの最初の年は除外するとして、二年目からは収穫したものの二割を、本社に地代として納めることになっているという。つまり、開拓が進めば進むほど収穫も増え、株主も潤《うるお》うという計算だ。

家財道具や農機具などはすべて移住者が自分で都合し、費用も支払わなければならないが、買い物などの煩雑さを避けるために、まずは晩成社がまとめて購入し、それらのものを借り受けることも出来る。ただし、この支払い料金には利子がつく。

〈――だから僕は暇さえあれば伊豆中を歩き回ってあらゆる人に北海道開拓の可能性を説いて回り、晩成社という会社について話し、農夫を集める役割を負っている。伊豆は平地がほとんどなく、山また山の狭い土地だ。もうこれ以上、耕す場所もないではないか、ここにいても先はない。それならば無尽蔵に土地のある北海道へ行こうではないかと、どこへ行っても懸命に話すのだが、誰もが尻込みするばかりで、特に土への執着の強い農夫は、たとえ小作人であっても田畑から離れようとはせず、どうあっても首をたてに振ろうとはしない――〉

秋は深まっていった。カネは教師としての仕事と学業の両方に追われながら、日々、聖書を開くことだけは忘れず、あとは暇さえあれば渡辺勝のことを考え、また兄上の身を案じて過ごした。

兄上からカネに宛てた便りが届いたのは、もう師走に入ろうかという頃だ。

〈――一昨日、オベリベリから川を下り、大津まで出てきたところだ。こちらに来てから色々と世話になっている江政敏《こうまさとし》氏という人の家に寄ったら、父上母上、カネ、弟妹ら、渡辺くんからも手紙が届いていて、無性に嬉しかった。兄は生きているよ。手紙を書いたとしても容易に出すことさえかなわない土地にいて、それでも生き抜いている。

去る七月十五日に到着、依田くんと共に、ここぞ我らの入植地と定めたのは、オベリベリという土地だ。大きな川から枝分かれした小さな川が幾筋も流れる他は、見渡す限りの蘆《あし》の野だ。それに大きな柏《かしわ》の森もある。俺は毎日、背丈よりもある蘆を刈り、少しずつ畑を開いては『晩成社付与願地』という標杭を立て、一人で（依田くんは札幌に行った）色々な野菜の種を蒔《ま》いては、芽の出方や育ち具合などを見て過ごしてきた。多少なりとも収穫もあった。だがこのところは想像以上に寒くなって、土も凍りついて鍬も入らないほどになったから、畑仕事は春まで無理と諦めて、まずは必要な物を手に入れるために大津まで来たというわけだ。

オベリベリ到着から今日までの日々は、とても簡単に語り尽くせるものではないが（おこりも患《わずら》った。小さな怪我《けが》はしょっちゅう）、こんな未開地にも和人が何人かいる他、アイヌたちも何かと親切にしてくれるお蔭で救われている。それがなければ未知のことだらけのこの土地で、とても一人きりでなど暮らしてはこられなかった。

ところで父上からの便りにあったが、渡辺くんと縁談が持ち上がっているのだそうだな（渡辺くんからは何も書いてきていない。柄にもなく照れているのだろう）。渡辺くんは真っ直ぐな、気持ちのいい男だ。俺は終生を共に出来る友だと思っている。カネが渡辺くんに生命を預けて、オベリベリで一緒に生きるつもりさえあるのなら、俺はこの縁談に賛成だ。

ただし、夏からこれまで過ごしてきた俺が言うことだから間違いないと思ってくれ。こちらでの暮らしは、生半可な覚悟で出来るものではない。気候、自然、何もかも違っている上に、まず『暮らし向き』というものが、まだ何一つとしてないのだ。ここで生きていくためには、箸《はし》の一膳、椀《わん》の一つから手に入れなければならない。幸い、草木だけは豊富だから、それらを使って作れるものなら何でも作る。アイヌは衣服から生活道具まで自分たちで作っている。

辺りにはアイヌの小屋がぽつぽつとある以外はまとまった集落もないし、人もいないのだから、もちろん学校などあるはずもない。カネがこれまで積み重ねてきた学業や経験などは、ほとんど役に立たないことを覚悟しなければならないだろう。

俺は、ことあるごとに聖書を読み、日曜日には一人で朝昼晩と祈りを捧げている。そのお蔭で毎日を耐え忍び、乗り越えていられるのだと思っている。

依田くんも、今ごろは札幌で奮闘しているはずだ。渡辺くんも伊豆で開拓農民を募りつつ、来たるべき春に備えていることだろう。離れていても俺たちは一つの目標に向かって迷うことなく進んでいる——〉

例によって几帳面な兄上の文字だった。ここ何年も聖書を開いたり、祈りを捧げるばかりだったはずの手に鍬や鋤《すき》を持ち、たった一人で荒れ地を拓きつつ、「箸の一膳」から手に入れなければならない暮らしをしているのかと思うと、何ともいえず胸に迫るものがあった。そんな兄上が「終生を共に出来る」と書いてくるのだから、渡辺勝という人は間違いがない。ここまで来たら、後はカネ自身が決断するだけだった。

暮らし向きというものが、まだ何もないという土地、こちらはまだ秋の色を楽しんでいる頃に、土まで凍るという厳しい自然の中で生きる覚悟。そんなことが出来るものなのかという不安というより、さらに大きな恐怖が先に立つ。

けれど、現に兄上はそこで暮らしている。アイヌもいるという。どうしても無理というわけではない。

考えようによっては、そんな処女地に足を踏み入れて、一からすべてを築き上げていこうというのだから、無限の可能性と未来とがあるとも言える。集落さえない土地に人々が集い、アイヌという人たちと交わり、やがて子どもたちの声が聞かれるようになって、そしていつか学校も出来たら素晴らしいではないか。それは、アメリカからはるばるやってきて、この女学校を設立したピアソン校長やクロスビー先生たちの歩んできた道と似ているという気もする。

渡辺勝は学校が冬休みに入ったら、横浜に来る。そのときにはカネの気持ちをじかに聞きたいと、手紙にも書かれている。

「心を決めようと思います」

次の日曜礼拝の後、カネは思いきって父上に伝えた。

「渡辺さんに嫁いで、父上と一緒に、北海道へまいります」

「そうか。決めたか」

「ただ、気がかりなのは母上のことです」

母上は未だに父上の決心も、カネの縁談も知らないままだ。申し訳ない、後から分かることになれば余計に反対され、また叱《しか》られると分かっていながら、どうしても言えないまま今日まで来てしまった。

「直には、わしから話して聞かせる」

「それで容易に承知してくださるとも思えませんが」

「するもせんも、わしが決めたことじゃ」

どれほど意に染まなくても、結局、母上だって最後は父上に逆らえない。それはそうなのだが、だからといって母上は、何もかも黙って飲み込んでしまう性格でもなかった。

そして心配していた通り、翌週カネは母上に呼びつけられた。遅かれ早かれこういう日が来ると覚悟はしていたものの、女学校からさほど離れていない家までの足取りはやはり重たいものだった。

「本気なの？」

玄関先でカネを出迎えたときから険しい表情をしていた母上は、薄暗い茶の間で向き合うなり、眉根を寄せて切り出した。

「父上のことは、もう諦めています。私がいくら夢物語でしょうと申し上げても、これまでと同じように、あの人に通じないことは百も承知していますからね。けれど、カネ、あなたまで、どういうことなの。そんな、どこの馬の骨とも分からないような男のところに本気で嫁ぐつもり？　その上、北海道へ行くだなんて。一体、これまで何年も努力して女学校で学問を身につけたのは何のためだったの」

「馬の骨だなんて、母上」

つい言い返すと、母上はさらに表情を険しくしてカネとの距離を詰めてきた。膝の上に置いた手が、握りこぶしになっている。

「そうじゃないのっ。尾張名古屋だか剣術指南役の息子だか知らないけれど、結局は食いっぱぐれて流れ者のような生き方をしてきた人なんじゃないの」

「槍術です。それに、そんなことを言うのなら、うちだって同じではありませんか」

「何という――誰の責任でそんな風になったと思っているのっ」

ここで父上の悪口は聞きたくない。カネは大きく一つ深呼吸をした。

「渡辺さんは兄上が『終生の友』と信じている方です」

だが母上は表情を変えない。むしろ、眉間の皺《しわ》をさらに深くした。

「銃太郎だって、何を考えているんだか。せっかく耶蘇教の牧師でなくなったと思ったら、鳥も通わないような土地に行ってしまって、その上、たった一人でこの冬を越すんですって？　いくら手紙で親不孝を詫びてきたところで、だったらすぐに戻ってきなさいとも言えないどころか、手紙も届かないところなどで。とても正気の沙汰《さた》とは思えない」

こういうやり取りになるのが分かっていたから、これまで言えずにいたのだと、カネは唇を噛んだ。母上には申し訳ないと思うけれど、この話は、まず父上が言い出したことだ。そして、カネももう決めてしまった。

「いいですか、まともな人は、そんな馬鹿なことはしないものなのよ。いくら父親に言われたからって。あなたは誰よりも賢いはずではなかったの？」

母上の目は半分、血走っていた。カネは母上から視線を外し、畳の目を見つめた。

「きっと、これも天主さまの思し召しなんだと――」

「まずそれが気に入らないのですっ。父上も銃太郎も、そしてあなたまで、何かというと天主さま、天主さまって。だから弟や妹たちまで染まってしまう。いいですか。天主さまが、あなた方に何をしてくれたっていうの。あれだけお仕えしてきたお殿さまでさえ、時代が変われば知らん顔というのが、ことに今の、世の常となっているのですよ」

「お殿さまと天主さまとは全然、違います」

ちらりと見ると、母上はうんざりした様子でこめかみを押さえている。腹に据えかねたことがあったときの、いつもの癖だ。

「それくらいのことは分かっています。それでも私にとっては同じこと。どれほどひれ伏したところで、いざというときにお米粒一つ、金子《きんす》の一枚も都合して下さるわけではないでしょう。カネだって忘れたわけではないはず、父上が蚕《かいこ》で失敗したときに、力になってくれたのは私の実家ですよ。だからこそ父上だって私たちだって、今日まで何とか体面を保ち続けて、生きのびてこられたのです」

母上は「それでも」と、恨めしげにこちらを見る。

「天主さまの思し召しだと言うの？　蝦夷地へ行くのも、その渡辺という人のもとへ嫁ぐのも」

　カネは「すみません」と頭を下げるより他に出来ることがなかった。もともと、カネは父上とは話が合うし、よく分かり合えると思っている。だが母上とは、どうも今ひとつ噛み合わない。ずっと以前から、そうだった。逆らいたいなどと思っていないし、諍《いさか》いも好きではなかったが、結局はいつもこうしてむっつり黙り込んで、根比べのような形になるのだ。

「私もよくよく考えて、覚悟もしたつもりですから」

「そんな覚悟をする必要があるの？　何もわざわざ――」

「もう、決めましたから」

　ずい分長い間、二人の間に沈黙が流れた。やがて母上から深く長いため息が洩《も》れた。

「どうして母親の気持ちを分かってくれないんだろうか」

「――」

「あなたの、その頑固さはどこから来たんだか」

　母上の瞳には、悲しみとも哀れみとも、また絶望ともつかない色が浮かんでいた。カネは膝の上に揃えた自分の手元に目を落とした。おそらく苦労するだろうとは、自分でも思っている。これまで積み上げてきたことがすべて無になるかも知れないのも承知の上だ。それでも仕方がない。今カネは、父上や兄上と、そして、あの渡辺勝という人に賭けてみたいという気持ちで一杯だった。こんな気持ちは、母上には到底、分かってもらえないのだろうけれど。

「これほど言っても、気持ちを曲げないというのですね」

「――すみません」

　それからどれくらいの時間が過ぎただろう。陽が翳《かげ》り、やがて部屋の片隅から夕暮れが忍び寄ってきた。カネは心の中で、ひたすら天主さまへの祈りを唱え続けていた。膝の上に揃えられているのは、どちらかというと人よりも小さめな手だ。この手で、土を摑《つか》むことになる。道具を持ち、草を刈り、汗を流して生きていく。それが、天主さまのお導きなのだ。もう、後へはひけなかった。

「銃太郎もあなたも、私なりに懸命に育ててきたつもりだけれど、本当に、何一つ思い通りにはなってくれなかった」

やがて母上から大きなため息と共に、淋しい呟きが洩れた。そして最後に「決して許すわけではない」と前置きした上で、母上は、とにかく武家の娘として、せめて義理のあるところには筋を通し、けじめをつけて、決して人から後ろ指を指されるような真似だけはしてくれるなと念を押すように言った。

「必ず、きちんといたしますから」

忌々《いまいま》しげに口元を歪めて相変わらずこめかみを押さえているままの母上に深々と頭を下げる。飛び上がって喜べる状態ではないにせよ、これでようやく長い間、胸につかえていた重石《おもし》が取れたと思った。後ろ指など指されるものか。これからはオベリベリの地で、誰よりも先頭を行くのだ。きっといつか、あの人らはすごいねと言わせてみせる。

〈――暮れに上京したら、その足で横浜に向かう。おカネさんに会いにいく。出来るだけ何度でも会おう。僕は、正月はそのまま依田くんの叔父である鈴木真一《しんいち》氏の写真館にでも泊めてもらおうと思っている。その後はワッデル師に介添えを頼んで、おカネさんの学校を訪ねるのがいいのではないだろうか。おカネさんが長年、世話になってきた女学校なのだから、校長はじめ先生方にも結婚を承知してもらい、気持ちよく送り出してもらえるよう、お願いしよう――〉

女学校がクリスマスの準備に明け暮れる頃、渡辺勝から手紙が届いた。

もうすぐ会える。

やっと。

この嬉しさを誰にも言えないのが残念だった。たった一度しか会っていない渡辺勝の面影を密かに追いかけながらも、学校の日常は変わらない。毎日教壇に立ち、また生徒たちに賛美歌の練習をさせ、自分の勉強のために石盤に向かい、さらに寮内を見回って日々を過ごすうち、再び兄上から便りが届いた。そろそろ大津を離れてオベリベリへ戻る、次はいつ大津へ来られるか分からないから、カネからの便りが届く前にしたためておく、と書かれていた。

〈――今ごろは、渡辺くんとの縁談もまとまりかけている頃だろうか。兄は、たった一人で、真っ白い景色の中で聖夜を過ごし、厳寒の正月を迎えることになると思う。だが俺の傍には常に天主さまがおられ、そして、依田くんと渡辺くんがいる。彼らの開拓への思いを一番乗りしている俺が無にすることのないようにと自分に言い聞かせることで、俺は心まで凍えることはないと信じる。我ら三人は、そういう間柄なのだ――〉

読み進めるうち、カネの頭にふと「チーム」という英単語が思い浮かんだ。兄上と依田さん、そして渡辺勝とは、一つのチームなのだ。一人では不可能なこともチームで乗り越えていく。農民たちを率い、彼ら三人は互いを鼓舞しあいながら進んでいく。そのチームに寄り添いながら、これからの自分は生きていくことになるのだと、カネは改めて身震いするような気持ちになっていた。

第二章

1

明治十六年正月四日。渡辺勝はワッデル師と共に共立女学校にやってきた。そしてピアソン校長とクロスビー先生とに面会し、まずワッデル師が口を開いた。

「この青年と、鈴木カネさんの婚約を、許可していただきたいのです」

暮れのうちから予《あらかじ》め、こういう人物が大切な話をしに来るので会って欲しいと頼んであったから、ある程度は話の内容を予測していたはずだが、実際に勝と会い、ワッデル師から話を聞いたピアソン校長たちは、カネが想像していたよりもずっと驚いた様子だった。それは婚約や結婚についてというよりも、この男性と結婚したらカネもまた開拓農民となって北海道へ行くことになるということについての驚きだ。

「けれどミス鈴木、これも天主さまのお導きです。あなたは信じた人と歩むことですよ」

先生たちは交互にカネを抱き寄せ、キスと共に祝福の言葉をくれた。

これでいよいよ新しい世界に向けて足を踏み出すことになる。

カネは、ワッデル師やピアソン校長たちと談笑する勝を見つめながら、本当にこの人が自分の夫になるのだと、半ば信じられない思いで自分に言い聞かせていた。何しろ、じかに会うのはこれが二度目だ。改めて、勝の背の高さや彫りの深い顔立ち、朗々とした声を確かめるようにしながら、カネは勝を見つめていた。

その夜、ワッデル師を横浜駅まで送って戻ってきた勝は、父上のすすめもあってカネの家に泊まることになった。母上がにこりともせずに出した手料理を「うまゃあうまゃあ」と絶賛して旺盛な食欲を見せ、いかにも嬉しそうに父上と酒を酌み交わす婚約者を見ていると、カネは母上の不機嫌も気にならないほど気持ちが弾むのを感じた。見ているだけで、独りでに口元がほころんできてしまうのだから、どうしようもない。

「おカネさんはもちろんだがなも、何と言っても親父どのが晩成社に参加してもらえるということが、実にもう、ありがたゃあことです。そらゃあもう、我らの間に、でん、と、こう、ぶっとぇ柱が立つようなもんだがゃあ。銃太郎くんも、さぞ待ちわびておりゃあすでしょう」

盃が進むほど饒舌《じょうぜつ》になり、勝の声はより大きく響く。わっはっはっという豪快な笑い声は、いかにも正月らしい明るさを家にもたらすように感じられた。

「それにしてもよく呑む人だこと」

だが、母上の気持ちは一向にほぐれない様子だった。ひとたび水屋に立つと、正月料理の残り物などを器に盛りつけながら、その表情はあからさまに険しくなり、小声で文句を言い始める。

「大丈夫なのかしらねえ、あんなに呑んで。もう、キリがないわ。それも、初めて許嫁の家に来たというのに。遠慮も何もあったものじゃない」

確かに、呑んでは喋り、笑っては呑んで、勝は夜が更けるのも一向に気にする風がない。家にあった酒はすっかりなくなって、カネはさっき酒瓶を抱いて酒屋に走ったところだ。白い息を吐いて暗い夜道を進みながら、勝にはこういう一面もあるのかと思うものの、嫌だとは感じなかった。むしろ、不思議な高揚感に包まれていたくらいだ。やはり、手紙のやり取りだけでは分からない。実際に嫁いだら、もっと驚くことも出てくるのだろう。そして、何もないというオベリベりで、あの人の空腹を満たせるだけの煮炊《にた》きをし、酒の都合もつけられるようになるには、それなりの才覚が必要だろうと思う。

兄上は、大津まで行けば何でも手に入るようなことを書いてきているけれど。

そうは言っても、大津は気軽に出かけられるような場所ではないらしい。第一、買い物に行くためには、まず現金が必要だ。だが開拓農民になったら、果たして現金はどうやって手に入るものなのか、そのあたりがカネには分からない。土を相手に畑を拓き作物を育てて、何かしら収穫したものを売ればいいのだろうが、すると、収穫時期を過ぎなければ現金は手に入らないということではないのか。それまでの間はどうやってしのげばいいのだろう。晩成社が立て替えてくれるのか、または掛けで買ったり出来る仕組みがあるものなのだろうか。

「あの図々《ずうずう》しさだから、正式に結納もせず、仲人《なこうど》もたてずに婚約が整ったなどと言っていられるんでしょうよ」

カネが未来に思いを馳せている間にも、母上はぶつぶつと文句を言い続けている。ここまで来て気持ちを殺《そ》ぐようなことを言って欲しくない。カネはわざと背筋を伸ばし、大きく息を吐き出した。

「渡辺さんは約束した通り、ワッデル先生と一緒に女学校まで来てくださったのですよ。きちんと筋を通してくださいました。ピアソン先生も、とても喜んでくださったし」

「そうは言っても——」

「ワッデル先生が証人です。結納とか仲人とか、そういう旧式なものは必要ないという考えに、私も賛成したのです」

母上はまなじりを決して「ちょっと」とカネを見た。

「あなた方は日本人なのですよ。何でもかんでも西洋かぶれになって、異国の真似ばかりすればいいというものではないでしょう」

かぶれてなんて、と、カネの方もつい口元に力が入った。赤の他人ならともかく、身内の、しかも母上にそんな言い方はして欲しくない。それでは日曜ごとに、海岸教会に向かう途中で待ち伏せをして口汚い言葉を浴びせかけてくる野卑な少年らと変わらない。耶蘇教だから、女のくせに、それも白人のもとで学んでいるなんてと、冷ややかな目を向けてくる人らと同じではないか。

「もう、お殿さまの命じるままのことをして、与えられた場所で暮らしていれば何とかなっていた時代ではないのですよ。そして、私たちはもう武家でも何でもなくなったのです。これからは、どこへでも行って、知恵を働かせなければ生きていかれない時代です。それが分かっているからこそ、父上は私たちに新しい教育を授けようとしてくださったのですし、北海道へも行こうとしているのではないですか」

「よくも次から次へと理屈ばかり並べられること。でもねえ、言っておきますけれど、時代がどう変わろうと、家柄というものは変わらないものよ。うちは間違いなく武家なんです。武家には武家としての暮らしぶり、生き方というものがあるの」

「そんなことを言うなら、渡辺さんだって」

「どうだか知らないけれど」

動かしていた手を止めて、母上は客間も兼ねている居間の様子をうかがう。相変わらず勝と父上の話し声が聞こえていた。

「武家だろうと何だろうと、とにかくね、呑みすぎよ、あの人は」

母上は突き放すようにふん、と小さく鼻を鳴らし、あとはカネに任せると言い置いて、さっさと部屋に引っ込んでしまった。それからも、勝はまだずい分長い間、父上を相手に盃を重ねた。次第に話がくどくなり、酒をこぼしたり上体が揺れるようになって、それでも「いやあ、愉快だ」などと繰り返す勝を、確かに少し心配だと思いつつも、やはりカネは飽きることなく見つめていた。

翌日、ずい分と陽が高くなってから起きてきた勝は、さすがに恐縮した顔つきで、胃がもたれているので朝食はいらないと言い、それよりも自分はこれから鈴木写真館に戻るが、カネも一緒に行って写真を撮らないかと言い出した。

「記念だで、こういうときに撮っておかんと」

写真なんてと、咄嗟《とつさ》に断りの文句が出そうになった。もともと写真は苦手なのだ。第一、勝と二人で写るなんて恥ずかしいではないか。だが、これが内地で撮る最後の写真になるかも知れず、何より勝の言う通り婚約記念になることを考えれば、拒否すべきではなかった。よくぞ思いついてくれたと、それについては母上までも嬉しそうな顔になって、気持ちよく送り出してくれたくらいだ。

「ほう。こちらが鈴木銃太郎くんの妹さん」

まだ正月気分の抜けていない街を歩いて鈴木写真館まで行くと、依田さんの叔父にあたるという五十がらみに見える主人は、そういえば兄上と面差しが似ていると、カネに向かって目を細めた。顎髭《あごひげ》を長く伸ばして、山水画などに描かれている仙人のような風貌の人だ。聞けば、鈴木写真師の師匠は下岡蓮杖《しもおかれんじよう》という、日本で最初に写真師になった人だという。

「下岡蓮杖さんですか？　海岸教会でお目にかかったことがあります」

やはり仙人風の髭を生やした人で、比較的最近になって、奥さんと共に信仰の道に入ったという話だった。こんな部分で縁がつながるものかとカネは感心してしまった。

「それにしても、よく決心したものですな」

自分は耶蘇教とは関係ないが、と言いながら、鈴木写真師は撮影の準備を進める。肩の力を抜いて、どれ一つ深呼吸をして、などという言葉に続いての、さらりとしたひと言だったが、それは勝との結婚についてか、それとも北海道行きのことを言っているのだろうか。

きっと両方だ。

椅子に腰掛ける勝の傍に立って、写真機の前でかしこまりながら、カネはそんなことを考えていた。

「さて、これからは、今まで以上に忙しくなるで。依田くんも手ぐすねを引いて俺の帰りを待っとるに違いなゃあ。本格的な準備に取りかからんと」

港に寄っていこうと誘われて、写真館を出た後は二人並んで埠頭に向かった。いつも坂の上に立って、行き来する船を眺めるばかりだったのに、自分も近い将来この港から旅立つことになるのだと思いながら潮風に吹かれていると、隣に立つ勝はようやく昨晩の酒も抜けたのか、「うーん」と気持ちよさそうに大きく伸びをしている。背後を西洋人を乗せた馬車が通って行った。馬の蹄《ひづめ》の音が何とも長閑《のどか》に響く。

「春まで、あっという間だに」

出発はこの春と決まっている。オベリベリに着いたらすぐに農作業に取りかからなければならないから、作物を育てる時期を考えると、どんなに遅くとも三月中には発たなければならないという話を昨晩、父上にしていた。それでもオベリベリに着くのは五月に入ってしまうかも知れないということだ。

「こうしとる間も、きっと依田くんは気ぜわしく動き回っとるだろう」

オベリベリから札幌に行っていた依田さんは、昨年の師走に入ってようやく伊豆に戻ったらしい。札幌滞在に予想外の日を費やしたのは、まず役所が十勝方面の開拓に対してなかなか首をたてに振らず、依田さんが提出した土地の下付願書も受けつけてくれなかったからだということだ。役所が言うには、開拓は結構だが、十勝はまだあまりにも手つかずな状態で、一般の人間が入るには時期尚早だということだ。しかも、会社を組織したといっても、その程度の資金では到底、先が続かないとも言われたらしい。他にも色々と難癖をつけられて、いくら依田さんが食い下がっても話が前に進まなかった様子だと勝は語っていた。役所の人がそう言うのに、それでもオベリベリ以外の土地を目指すつもりはないと依田さんは言い切って一歩も退かなかったことを、勝は自分の手柄のように誇らしげに語っていた。

「役場の人間の言うことなんぞ、蹴散《けち》らかしてやらゃあ、ええに。我ら晩成社が見事オベリベリを、ただ草の茂る大平原から、人の暮らしやすい豊かな農地に生まれ変わらせて見せたらゃあっていう話だでなも」

オベリベリをおいて他に適地はない、あんな肥沃な土地を諦められるはずがないという依田さんの言葉を、兄上も、また勝も、まっすぐに信じている。だからカネも、絶対に諦めたくない土地、それがオベリベリなのだと思うことにした。

「まずは学校を辞める手続きを取らんといかんでしょう。それから、話がここまで進んできた以上は、名古屋の渡辺家を継ぐことは無理だで、ここは弟に譲ることにして、俺はきっぱり分家することも必要だと思っとるで。うちの父上も納得してござるもんで、その手続きも必要だに。北海道に行くには移住願を届けないかんし、向こうに行くのに渡航願も必要ときとる」

「大変。手続きだけでも、色々としなければならないことが多いのですね」

「それより何より、とにかく時間が許す限りは、依田くんと伊豆中の村々を歩き回って開拓者を募るのが一番の仕事だがゃあ。株主だって出来るだけ増やしたゃぁ。これが永《なが》の別れになるつもりで、義理のあるところに挨拶回りもせんならん。時間があれば自給自足に役立つようなことも色々とやってみるつもりだでね」

それでも、これからは自分一人ではないという思いが大きな励みになると、勝は冷たい風に吹かれながら、顎の辺りをさすったりしている。そんな許嫁を見上げて、カネは何とも嬉しいような照れくさいような気持ちになり、つい肩掛けの襟元《えりもと》を握りしめた。そのまま言葉も見つからず、しばらくの間は港に浮かぶ船を眺めていたとき、ふいに「そういえば」と思いついた。

「依田さんは、北海道へはお一人で行かれるのでしょうか」

「依田くんには細君がおるし、子どももおるでね。まだ二歳、いや三歳かゃぁな、ちいさゃぁ子が」

そんなに小さな子どもがいる人なのかと、これには少しばかり驚いた。あまりにも身軽に長い間、家から離れているから、家庭など持っているとは思わなかった。

「小さな子を連れて北海道まで渡るのは大変でしょうね」

「人の心配をしとる暇はなゃあぜ。おカネさんも、これから春までの間に首尾よく準備してくれんと。学校は今月で卒業出来るようだで区切りがついてよかったけど、身辺の整理は無論のこと、荷造りだって一様じゃすまんでしょうよ。なるべく少なくせないかん、かといって必要なものは必ず持ってかないかんでなも」

とにかく二人で所帯を持つのだから、持ち物のことなどは相談しあって無駄な重複は避け、必要なものだけは忘れないようにしようと勝は言った。カネは「あの」と、このところ考えていたことを思い切って切り出すことにした。

「私、出来れば向こうでも子どもたちを教えたいんです」

「子どもらを？」

「もちろん、最初の頃は教えようにも子どもがいないかも知れませんけれど」

「そりゃあ、ええがゃあ。やらゃ、ええ。どこにおっても教育は必要だで」

本当に？　と、つい勝の顔を見上げた。もしかしたら、そんな余計なことを考えている暇などない、ひたすら畑仕事に打ち込まなければならないと、ぴしゃりとはねのけられるのではないかと内心びくびくしていたのだ。カネは、勝がむしろ当然だというように頷くのを見て、「それで」と勢い込んだ。

「せめて小学生用の教本や読み聞かせをする物語や、それから石盤なども持っていきたいと考えていて。荷物は増えてしまうとは思いますけれど」

勝はふんふんと頷いていたが、それでは教本などはカネが自分で選んだものを持って行くとして、石盤と石筆とは自分が用意しようと請け合ってくれた。

「どれくらゃあ用意しよか。まずは十枚もあらゃ、ええかなも」

「渡辺さんが用意してくださるのですか？」

勝は、武士に二言はないと胸を張った。

「何せ、これからわしらは夫婦になるもんで、協力出来ることは何でもするのが当然だでなも。それに、わしだってこう見えても教師だもんで。おカネ――の気持ちは、よう分かる」

これからも思ったことは何でも言ってくれ、互《たが》いに遠慮したり隠し事をするのはやめにしようと、勝は念を押すようにこちらの顔を覗き込んでくる。さん付けで呼ばれなくなったことを、また内心でくすぐったく感じながら、カネは「はい」と頷いた。

これが、私の夫になる人。

生涯を共にする人。

それから二日後には、勝は出来上がってきた写真を女学校まで届けにきて、自分も一枚持ったからと言い残し、風のように去ってしまった。写真の中の勝とカネは、互いに寄り添っているというよりも、気兼ねしながら結局は別々のものを見ている感じで、どちらもひどく緊張した顔をしている。これがいつか同じものを見つめ、同じような表情で一枚の写真におさまるときが来るのだろうか。

その日からは、一枚の写真がカネにとって聖書に次ぐ支えになった。朝に晩に眺めては、心の中で勝に話しかける。

あなた。勝さん。

お元気ですか。どうしていますか。私のことを思い出すことはありますか。今日もいい一日になりますように。天主さまのお導きがありますように。

それから間もなくして、カネは皇漢学全科を卒業した。

2

勝からの便りは、毎日どこへ行き、誰に会い、何をしたかという内容に加えて、持つべき荷物が思いつくままに並べられていることが増えていった。石盤の用意もする。「ナイフとホークも持とう」などという一文を読んだときには、勝がカネのこれまでの暮らしぶりを思ってくれているのかと、また心が浮き立った。カネはカネで、常備薬はどの程度必要だろうか、ランプを持つとして燃料は都合がつくものか、布団や鍋釜などは函館あたりで揃えた方が荷物が少なく済むのではないかなどと、気にかかる一つ一つを書き送った。

〈――昨日からの雪は、今日になったらずい分と積もって、深いところでは二尺ほどになっている。一面の銀世界を眺めながら、思い出すのは銃太郎くんのことだ。長く厳しい冬をたった一人で耐え忍んでいると思うと、我らも雪など気にして出かけずにいられるものかという気持ちになる――〉

二月に入ると、勝はいよいよ勤め先の豆陽学校に別れを告げ、その送別会や挨拶回りなどでも忙しくなった様子だった。カネの方もせっせと持ち物の整理をしたり、荷造りを始めようとしていた二月下旬、思いもよらないことが起こった。カネと父上とが提出した北海道移住願と渡航願に関して、春までには許可が下りそうにないという連絡が来たのだ。これにはカネはもちろん、父上も困り果てた様子だった。つまり、勝と共に北海道へ渡れないということだ。出鼻を挫《くじ》かれるとはこのことだった。カネは途方に暮れた。

「ものは考えようじゃ。性急になるでないと、天が言われているのかも知れん」

役所に掛け合っても杓子定規な対応をされるばかりで、当初は顔をしかめていた父上だったが、ある日、自分自身に言い聞かせるように大きく一つ息を吐き出した。

「渡辺くんや依田くん、そして銃太郎は、ずっと前から準備に入っておる。相応の覚悟も決まっておるじゃろう。彼らと北海道へ渡るのは、生まれついての農民たちじゃ。土のこと、畑のことなら知りぬいておる。そこにカネやわしのように農業を何一つ知らぬものが、気持ちだけそのつもりになって加わったとしても、最初から足手まといになるだけかも知れん。ここは渡航許可が下りるまでの間、さらに学べるだけのことを学び、皆の役に立てる方法を考えて、抜かりないように準備せよということじゃろう」

はい、と素直に頷いたものの、だがそうなると、勝との結婚はどうなるのだろうかということが心配になった。カネたちが北海道へ渡るまで待つことになるのだろうか。もしかすると、このまま運命の糸が切れてしまうことにはならないか。急に不安がこみ上げた。カネは、そのままの思いを勝に書き送った。

〈――おカネから便りが届いた日、奇《く》しくも依田くんに宛てて、銃太郎くんからの便りも届いた。それによれば向こうでは、鶏が産んだ卵が寒さのためにたちまち「凍破」するのだそうだ。夜ごと狐の鳴き声に起こされるとも書かれていたらしい。筆を持つ手も、さぞかじかむことだろう。そんな毎日の中で、銃太郎くんは我らの到着を待ちわびておる。そちらにも何か言ってきているだろうか。

渡航許可が下りぬものは、仕方がない。我らは予定通り出発せねばならぬから、僕はおカネたちが少しでも早く来ることを祈りながら、一足先にオベリベリの地で鍬を持つことにする。この手にいくつもまめを作って、せいぜい汗を流すつもりだ。二人の住まいも準備しておこう。

結婚の儀式に関しては、女学校の先生がたやワッデル師らに見届けてもらうためにも、横浜にいる間に執り行うのがいいと思う。いずれにせよ三月二十日頃にはすべてを引き払って農民たちとそちらに行くつもりだから、そこで相談しよう。

ところで今日は「パンノモト」を作った。おカネが共に行かれないとなったら余計に、食事のことも何もかも自分で出来るようにならねばならぬからな。今は発酵を待っておるところだ。明

日はきっと旨いパンが食えることだろうと思う。もしもうまくいったら、彼の地で焼いて食わせてやろう――〉

あの勝にパンなど作れるのだろうかと、手紙を読みながらつい微笑みたくなったのに、逆に涙がこみ上げた。会いたい気持ちが急速に膨らんで、息が苦しいほどだ。けれど、やっと会えたと思ったら、それは、そのまま別れにつながる。

勝が開拓に希望を抱いていることが、特にこのところの便りからは、強く伝わってくるようになった。必ず根づいてみせる、新しい渡辺家の初代となり、家を栄えさせたいといったことが頻繁に書かれている。実際に向こうでの生活が始まれば、おそらく苦しいことも多いに違いないのに、酒を仕込めるようになりたいとか、猟に出て鉄砲を撃ちたいとか、何かしら楽しみを見つけ出して、実りあるものにしようとしていることが分かる。

あの人は。

きっと、物事をよい方向に考えようとする人なのだ。たとえ何かあったとしても、お酒を呑んで、笑い飛ばして、明日を迎える人に違いない。そう考えると、新たに頼もしさが増してくる。

そういう人と出会わせていただいた。

これから一生涯を共にするのだから、共に暮らせるようになるのが少し遅れるくらい、どうということもない。結局、渡航許可のことも何もかも、すべては天主さまの思し召しだ。それなら余計なことで思い悩むのはやめようと、カネは自分に言い聞かせることにした。それよりも勝が焼いたパンの味を想像する方が遥かに楽しい。

三月に入ると、依田さんから父上に宛てて、晩成社移民団の名簿が送られてきた。

〈晩成社移民団

藤江《ふじえ》助蔵《すけぞう》（三十四）・フデ（二十六）
農商、炭焼き
山田《やまだ》勘五郎《かんごろう》（五十四）・のよ（四十四）・広吉《こうきち》（二十）
農業
山本初二郎《やまもとはつじろう》（四十九）・とめ（四十七）・金蔵《きんぞう》（十四）・新五郎《しんごろう》（七）
農商、炭焼き
池野登一《いけのといち》（四十三）・あき（四十三）
農業
進士文助《しんしぶんすけ》（四十六）・ちと（四十三）・五郎右衛門《ごろうえもん》（二十二）
農業
土屋広吉《つちやこうきち》（二十五）
農業
高橋利八《たかはしりきち》（二十二）・きよ（二十七）
農業
山田喜平《きへい》（十二）
農業
山田彦太郎《ひこたろう》（三十三）・せい（二十七）・健治《けんじ》（五）・扶治郎《ふちろう》（二）
農業

高橋金蔵《きんぞう》（五十三）
　農業
吉沢竹《よしざわたけ》二郎《じろう》（三十五）
　農商、大工
依田勉三（三十一）・リク（二十二）
渡辺勝（二十九）

総勢二十七名。ただし、これに鈴木銃太郎が加わる。また山田喜平は十二歳ながら単身、開拓団参加の意思が強いため、山田彦太郎の家族ということにしました。

以上〉

二十七名。

それだけ。

兄上と父上、それにカネ自身を入れてもたった三十人にしかならないのかと、カネは名簿を眺めて衝撃を受け、同時に何とも心細い気持ちになった。開拓移民団というからには、少なくとも四、五十名、多ければ百名近い人が一斉に海を渡ると思っていた。勝が、それは熱心に人集めをしていたことを知っているし、当然それくらいの人が集まるだろうと信じ込んでいたのだ。それなのに、これだけしか集まらなかったということは、誰もが北海道という未知の土地に恐れを抱き、尻込みをしたからに違いなかった。そんなところに、あえて自分は飛び込もうとしている。

まさしく無謀な、まるで火中の栗を拾うような真似をしようとしているのではないだろうか。そう考えると、はやっていた気持ちが急に萎えて、恐ろしさに身震いしそうな心持ちになる。

誤った？　選択を？

彼らを率いるのは依田さんと、近い将来、夫になる人。そして、兄上。三人はチームだ。父上もまた、まったく揺るぎない気持ちで彼らと行動を共にする決意でいる。

後へはひけない。もう。

運命の輪は回り始めてしまった。カネはこの先、運命を共にするはずの人たちの名前を改めてじっくり眺めていった。中に何人か子どもがいる。つまり、すぐにでも勉強を教えられるということだ。その発見は、カネにとっては一つの希望につながった。

「そういえば、依田さんには小さいお子さんがいらっしゃると聞いていますが、この名簿には載っていないのですね」

父上は「ふうん」と腕組みをして名簿を眺めていたが、厳しい自然環境ということもあるし、おそらく開拓に打ち込みたい思いもあって、幼い子どもは連れていかない方が賢明と判断したのではないかと言った。

「暮らし向きが落ち着いて子どもを呼び寄せることが出来るまで、その子の面倒は実家か親戚かが見てくれるのじゃろう」

「それでも、奥さまはどんなお気持ちでしょう。この名簿によれば私よりもお若いのに。納得されたのでしょうか」

母親が幼い我が子を置いていくと、自ら言い出すとはとても思えない。すると、父親である依田さんが、まるで生木を裂《さ》くように、我が子を置いていけと言ったと考えられる。

依田勉三という人は。

非情なのか、それとも強情なのだろうか。

兄上と横浜を発つときの、ぎょろりとした目つきが印象的な顔を思い出す。口をぎゅっと引き結んで、容易に笑わないような雰囲気の人だった。

何といっても、もともと開拓を言い出したのは、その依田さんだ。一度オベリベリと決めたからには頑としてその意志を曲げないのも、依田さんだからだ。社名で大器晩成を誓っているくらいだから何があろうと簡単に諦めたりせず、粘り強く取り組む覚悟は出来ているのだと思うし、単なる思いつきで皆まで巻き込んで動いているわけでもないとも思う。だからこそ兄上も、そして勝も、依田さんとチームになった。

それなら、私もその人を信じてついていくだけのこと。

何度となく自分に言い聞かせてきた言葉を再び繰り返す。そうせずにいられなかった。

伊豆を出発する前には大沢村にあるという依田さんの家に開拓団一同が集まって、盛大な別れの宴が開かれるという内容の便りが届いたのを最後に、勝からの便りが途切れた。もう伊豆を発ったのか、果たしていつ頃こちらに到着するのだろうかと気を揉みながら過ごしていた三月二十一日、女学校に電報が届いた。勝からだ。

〈横浜到着。コノ後スグ東京ニ行キ諸事済マセ二十六日マタハ二十七日、ワッデル師ト女学校ヘ行ク。結婚ノコト相談スルタメ〉

いよいよ会える日が来る。

そして、行ってしまう。

北海道へ。オベリベリへ。

カネはにわかに落ち着かない気持ちになった。そわそわしてしまって、何をしていても手につかない。

「ミス鈴木。あなたらしくないですね。こういう時ほど落ち着かなければいけませんよ」

クロスビー先生にもたしなめられるほどだった。確かにいつもの自分らしくないと恥ずかしく思いながら、それでも、ため息とも深呼吸ともつかないものを繰り返す日が続いた。運命が変わる、運命が変わると自分の中で何度でも声がした。

3

四月九日。月曜日。

ほころんだ桜の花が夕闇の中にとけ、すっかり日も暮れた午後七時半、カネは勝との結婚式に臨んだ。日取りが決まったのはつい三日前のことだ。たった三日の間に挙式については女学校の会堂で行わせてもらえることになり、司祭が決まり、周囲への告知に人々が走り回り、いつの間に用意してくれていたのか、母上が打掛を運んできて、挙式後の晩餐《ばんさん》会の料理などを段取りするという大変な慌ただしさだった。伊豆からやってきた開拓団の人々と依田さん、勝たち一行は、挙式の翌日には横浜から船に乗って出発することになっていたから、この日に挙式するより他、もう日がなかったのだ。

三月下旬に上京してきた勝は、その後は依田さんと手分けして東京と横浜とを頻繁に往復しながら、開拓に必要な農機具や鉄砲などを買い集めに走り回り、一方で会っておかなければならない人と会い、内地で過ごすのはこれが最後と心に決めて、思い残すことがないようにと飛び回って過ごした様子だった。その間を縫うように女学校を訪ねてきて挙式の相談をし、父上にも会い、もちろんカネにも会う。そうかと思えば、注文していた荷物を受け取りにまた東京に行き、またカネの荷物も先に運んでしまおうと受け取りに来るといった具合だ。それでもどうにか床屋に行く時間は作れたらしく、鈴木写真館で借りたという紋付き袴《はかま》姿で、挙式の三十分前に息を切らしながら女学校に現れたときには、いつになくこざっぱりとした姿になっていた。そして、髪を島田に結ってもらって打掛姿で待っていたカネを見て、「ほほう、こらぁあ」と目を丸くした。

「よく見てさし上げて下さいよ。三国一の花嫁さんでしょう？」

髪結いさんが話しかけても、勝はせっかくさっぱりした髪をかきむしるようにして、ただ「ああ」とか「はあ」とかを繰り返し、ウロウロと歩き回るばかりだったが、そのうちようやく少し落ち着いてきたのか、やっと立ち止まって初めてカネを見る。

「銃太郎くんにもひと目見せてやりたかったなぁあ。昼間だったら写真にも撮れたに。へえ、これが、俺の嫁御かぁぁ」

カネが、何もかも母上が用意してくれていたのだと言うと、勝は飛び上がるようにして母上のもとに走り、手をとって頭を下げた。このときばかりは母上も「あの子を頼みますよ」と目頭を押さえた。

昨年の卒業式のときと同様、いくつものランプが並ぶ会堂には百名を超える人々が集まった。光と影とが幻想的な雰囲気を生み出す中にオルガンの音色が響く。式を司る海岸教会の稲垣《いながき》信《あきら》牧師の声はゆっくりとよく響き、あくまでも厳かだった。司祭に導かれる形で、勝とカネとは、今日からはいついかなるときも互いに愛し、慈しみ、死が二人を分かつまで貞操を守ることを誓い合った。

その後の食事会は和やかで美しいものだった。カネの両親や弟妹たちをはじめ女学校の先生方も、ワッデル師や海岸教会の関係者たちも、さらに依田さんや仙人のような鈴木写真師まで、誰も彼もがランプの光の中で穏やかな笑顔を見せている。半分、夢でも見ているような光景だった。
「ステイションまでワッデル先生を送ってくでね。こんな時間だもんで、そのまんま今夜は依田くんと、鈴木写真館に泊めてもらうわ。おカネも今日はえらゃあ疲れたろうから、早よ休むとええぜ」

食事会が済むと、勝は「明日会おう」と言い残して帰っていった。続いて父上と母上たちも帰っていく。花嫁になった最初の夜だというのに、カネはいつもと変わらない静かな夜の中に一人残された。

これで明日になれば、夫は旅立ってしまう。次にいつ会えるとも約束出来ないまま。

これまでに経験したことのない淋しさと心細さがこみ上げて来た。自分が急にか弱く頼りなく、一人では立ってもいられない存在のように思えてくる。こんな気持ちで明日からどう暮らせばいいのかと不安にもなった。ただ、ありがたいのはピアソン校長たちの理解があって、横浜を発つ日まで、この女学校にいて舎監を続け、また教壇に立ち続けられることだった。忙しく立ち働いていれば余計なことで思い悩むこともない。子どもたちと接することで気も紛れるだろう。何より、これから先の生活のことを思えば、わずかでも蓄えを増やしておいた方がいいに決まっていた。

翌日、昼過ぎに父上と共に鈴木写真館を訪ねると、そこには勝や依田さんを始め、晩成社の人たちが集まって、がやがやと記念写真を撮影している最中だった。

勝が「おーい、みんな」と人々に声をかけてカネを紹介する。すると彼らはそれぞれに好奇に満ちた目つきで遠慮なしにじろじろとカネの全身を眺め回した。

「へえ、この人が勝さんのお内儀さん」

「また色が白ぇ、ひなひなっとした人じゃねえか」

農民たちは男も女もよく日焼けしていて、いかにもたくましく、またその視線は遠慮のない不《ぶ》躾《しつけ》なものに見えた。カネはつい身構えそうになるのをこらえて、出来るだけ腰を低くして彼らと向き合った。勝の評判を落としてはいけないと思うし、何よりいずれ運命共同体になる人たちだ。偉ぶっているように思われたくない。

「少し遅れて、私も父と共に皆さんのお仲間に加わります。何も分からない素人ですが、一生懸命に努力いたしますので、どうぞ、よろしくお願いいたします」

丁寧に頭を下げると、農民たちは一瞬、意表を突かれた表情になり、鼻白んだように半ばおどおどと頷いたり、小さく頭を下げて返してくる。ああ、悪い人たちではない。ただ、町場の人間のような如才なさなど持ち合わせていない人たちなのだと思ったとき、「おうい！」と、また違う声が響いた。振り返ると依田さんが、見たこともないようなみすぼらしい笠と崩壊寸前の莚《むしろ》を持って、草鞋姿で仁王立ちになっている。

「何だね、若旦那さん、その格好は」

「また酔狂な。まさか、そんな格好で蝦夷地まで行こうっていうんじゃねえずら」

「そうじゃねえ。これから俺は、この格好で叔父貴に写真を撮ってもらおうと思う」

依田さんは一同をぐるりと見回して、これが自分の覚悟だと言った。

「俺は晩成社の副社長として、相当な覚悟で開拓という大事業に挑む。楽なことばっかあるわけじゃねえことは覚悟の上だ。そんでも、たとえ落ちぶれ果ててこんな乞食《こじき》の姿になろうと、石にかじりついてでも開拓を成功させるという、これが俺の心意気だ。だからみんなも、俺のこの姿をようく覚えておいてくれ」

胸を反《そ》らせるようにして周囲を見渡し、きっぱりと言い切る依田さんの少し後ろには、いつの間にか細面《ほそおもて》の小柄な女性が寄り添うように立っていた。肌の白さも髪の結い方や着る物も、他の農民たちとは明らかに違っている。あれが依田さんの奥さんだろうとカネは見当をつけた。

依田さんが写真機を抱えた鈴木写真師と写真館の外に出て行った後、カネはすぐに彼女に歩み寄った。自己紹介をすると、相手も「依田リクでございます」と頭を下げる。

「渡辺さんとご一緒になられたとうかがいました」

声もか細い。表情は硬かった。

「少し遅れますが、私も皆さまのお仲間になりますので、よろしくお願いいたします」

「こちらこそ――あの、学校で教えていらっしゃるとうかがいましたけど、そんなにご立派な、きちんと学問を修めておいでの方が、どうしてまた開拓に」

「もともと兄も、もう向こうに行っておりますし、父もひどく乗り気ですし――そのお仲間と一緒になることになりましたものですから」

リクは困ったようにふっと薄く微笑む。

「うちも、主人がああいう人だもんで。言い出したら後に退きませんし」

周囲を見回しても、リクの子らしい存在は見当たらない。あの名簿の通りに幼い子を故郷に置いてきたのなら、さぞ後ろ髪を引かれる思いでいることだろうと、カネはリクの心中を察した。乞食の姿などに扮装して、覚悟を示すと言いながら、一方ではしゃいでいるように見える依田さんが、何かしら情のない人のように思えてしまう。それとも逆に、ああして気を紛らそうとでもしているのだろうか。

「おカネ、手伝ってちょうせんか」

考えている間に勝に呼ばれた。周囲の視線が再び自分に集まるのを感じながら、カネはリクから離れた。

「依田さんの奥さまは、お淋しそうです」

「仕方なゃあな。依田くんが、やはり子どもは置いてくと決めたもんだでなも」

他に聞かれないように小声で話しながら、鞄《かばん》や風呂敷包みの中を一つ一つ改めていく。

「実際にオベリベリを見ておるのは依田くんだけだもんだでなも。自分の目で見て、確かめたとこで、子どもは連れていかん方がええと決めたことに違ぁなゃあで」

「中には小さいお子さんを連れていく方もおいでになるのに」

「預ける先がなゃあもんは仕方がなゃあ。依田くん家《ち》には力があるもんで、いいんでなゃあかなも——聖書はそっちの鞄に入れといた、と」

「お忘れにならないで」

そうだな、と言いながら勝が持ち物の確認をしている間に、カネは夫の鞄の中にそっと、昨夜のうちにしたためておいた紙を忍ばせた。賛美歌の一節を書き写したものだ。

〈わかるるとき　かなしけれど
ふたたび相見る　さちやいかに〉

伝えたい言葉は百ほどもある。けれど、すべての思いをこめて、この一節を選んだ。勝になら、これですべて通じるに違いないと信じている。

「渡辺さん、大きい荷物だけ、先に港に運べってさ」

「おう、分かった。今行くで」

その後は二人きりで話せる時間も作れないまま、荷物を運ぶのを手伝ったり、大人たちの足手まといにならないように幼い子どもの相手をしている間に時間は過ぎ去り、とうとう夕方になった。出立のときが来て、人々は別れの盃を交わす。港には、他にも見送りの人たちが集まっていた。彼らを函館まで運んでいく高砂丸《たかさごまる》は、煙突から白い蒸気をあげながら、しずかに沖に停泊している。

「我ら晩成社一行、これより函館に向かうことになる！　長ぇ道のりになるが、途中、一名の脱落者も出すことなく、必ずや全員無事にオベリベリの地にたどり着くからな！　刻苦精励して北の原野を切り拓き、果てしない大地を見事な作物の宝庫とした暁には、堂々と晩成社の大旗をはためかせようぞ！」

依田さんの言葉に歓声が沸いた。カネは何とか背伸びをしながら、とにかく勝の姿を追っていた。人より背が高いからそれだけで目立つのがありがたい。たとえ後ろ姿であっても、勝だけを見ていたかった。

「待っとるでなも」

最後に、勝はカネと父上の前まで来ると、晴れ晴れとした笑顔を見せた。

「行かれるときが来たら、すぐに行きます。それまで、お気をつけてね」

「なあに、心配いらんで。昨日の食事会でもいっぱゃあ食って、力が漲《みなぎ》っとるで」

「銃太郎も、さぞかし待ちわびておることじゃろう。力を合わせて励んでくれ」

「親父どのも、お待ちしております」

それだけ言い残すと、勝はいかにも意気揚々とした後ろ姿を見せて開拓団の方へ戻っていく。

やがて、大きな荷を背負い、中には幼い子の手を引いて、人々はぞろぞろと埠頭に向かって歩き始めた。急ごしらえの灰色の旗が遠ざかっていく。一行の他にも高砂丸に乗船する人たちが次々と続いて、勝たちの姿は人混みに紛れ、すぐに旗がひらひらと見えるだけになった。埠頭からは、まず小舟に乗って高砂丸まで近づき、そこから乗り移ることになる。人々が小舟に分乗して高砂丸に向かう一方では、荷役作業員たちが何艘《そう》かの舟に山ほどの荷物を積んで、やはり埠頭と船の間を往復していた。陽が傾いてきて、辺りに夕暮れの気配が迫ってきた。

午後六時。

ぼーっと汽笛が鳴った。それまで頻繁に埠頭との間を行き来していた小舟や艀《はしけ》はいつの間にか姿を消して、高砂丸の甲板には大勢の人たちが並び、こちらに向かって手を振っている。

「父上、勝さんは？」

「どこかな、ここからでは、よう分からん」

「あ、あそこ、あれかしら、ほら、旗の傍で手を振ってる！」

「え、どれどれ。どこ」

薄闇が広がる中で、カネはただひたすら勝の影を探し、船に向かって手を振り続けた。こちらからは見えなくても、きっと向こうからはカネが見えているはずだと信じた。

あなた。勝さん。

きっと待っていて。

きっと行きますから。

無事でいて。

涙は出ない。夫といっても名ばかりで、まだ何の実感があるわけでもないのだ。ただ、これが永久の別れにならないこと、いつか本物の夫婦になれることを、今は祈るばかりだった。

4

カネの日常が戻ってきた。それまでとまるで変わらない日々の中で唯一、変わったことがあるといえば「渡辺先生」「ミセス渡辺」と呼ばれるようになったことだ。そう呼ばれる度に一瞬、誰のことかと辺りを見回し、ああ、呼ばれているのは自分だった、もう自分は結婚したのだと思い出す。

十日に横浜を発った一行は、十四日には無事に函館に着いたと、四月下旬になって勝から最初の便りが届いた。

〈――銃太郎くんも会ったという桜井宣教師と、ちか夫人にも会ってきた。ちかさんに、じきに妻カネもこちらに来ると話したら、函館に着いた折には是非とも立ち寄って欲しいと言っておられた。今お二人は、函館に教会を建てたいと活発に動いているのだそうだ。

ここから先は二手に分かれて、陸地を行く隊は依田くんが、船に乗る隊は俺が率いて大津を目指すことになった。ここまで来る船がひどく揺れて船酔いするものが続出したせいだ。もう二度と船はご免だと言って譲らないものが半分ほどいる。俺自身はまったく船酔いもせず元気なままでいるから心配はいらぬ。

函館は、まだ雪が残っているところも多く見られて冬のままだ。坂の上から港を眺めていると自然、横浜を思い出し、おカネはどうしているだろうかと思う。出港の翌朝、鞄の中にカネの書きつけを見つけたときには本当に嬉しかった。一体いつの間に、あんなことをしてくれたのだろうか——〉

函館から大津まで、果たして陸路と海路のどちらを選んだ方が早いのか分からないが、それでも、そろそろ大津に着いている頃のはずだった。カネからも、それを見越して大津の江政敏氏気付で便りを送ってある。勝は、便りを読んでくれただろうか。

時間があるときは書店に行って、北海道や農業に関する本などを探したりして過ごす。また、ある休みの日には汽車に乗って東京まで行き、葺手町《ふきてちよう》にワッデル師を訪ねた。兄上も依田さんも世話になり、勝が一番信頼を寄せているアイルランド人のワッデル師は、日本へ来る前には中国大陸の東北地方で二年ほど伝道生活をしていたことがあると聞いていたからだ。ひどく寒いところで、最後には喉を痛めて帰国したという。

「カネさん、よく来ましたね」

秀でた額を持ち、豊かな髭をたくわえている四十代くらいのワッデル師は、結婚式以来のカネとの再会を喜び、改めて勝と夫婦になったことを祝福してくれた。そして、カネが来意を告げると、少しの間、考えをまとめるように宙を眺めてから、ゆっくり口を開いた。

「やはり一番怖いのは冬の長いことと、その寒さですね。あとは、風土病」

「風土病、ですか」

気候も何もかも違う土地には、往々にしてその土地特有の病気があるものだとワッデル師は語った。そういえば、たしか兄上からの便りに「おこりも患った」と書かれていたことがあった。おこり、とは何なのかと思いながら、あの時は深く考えもしなかった。

「おそらくマラリアのことですね」

ワッデル師は何か思い出そうとするような顔つきになっている。

「マラリアの、一番の特徴は間欠熱です。たとえば昼間は大丈夫でも、夜になると高熱が出ます。その逆の場合もあります。そういう症状が何日も続きます。身体もとても怠《だる》くなります。ひどくなったら、死ぬこともある病気です」

「そんなに恐ろしい病気なんですか」

兄上は、そんなものを患ったのか。それで平気だったのだろうかと、今さらながらに心配になった。では、勝たちは大丈夫なのだろうか。父上やカネ自身も、向こうに行ったら、その病気にかからないとは限らないのではないか。そんなことを心配しなければならないとは思っていなかった。

「マラリアにかからないようにするには、どうしたらよろしいのでしょう」

かからない方法はない、と、ワッデル師は静かな口調で首を横に振った。

「マラリアはその土地か、土地に生きる虫などが原因ではないかと言われます。特に、蚊ね。誰でも蚊に刺されるでしょう？　だから、誰でもマラリアにかかる可能性があります」

「では、かかってしまったらどうすれば治るのでしょうか」

「キニーネという特効薬があります。とても強い薬ですから、使い方は注意しなければなりませんが」

ちょっと待っていてと言い残して部屋から出ていったかと思うと、ワッデル師は両手に茶色いガラスの薬瓶を持って戻ってきた。

「これがキニーネです。これを、北海道へ持っていきなさい」

カネは思わずワッデル師と薬瓶とを見比べてしまった。どこに行けば手に入れられるのか訊ねようと思っていたのだ。

「私からの餞《はなむけ》です。もしもマラリアにかかった人が出たら、きっとこれが役に立ちます。カネさんが責任を持って管理して、病気になった人に飲ませてあげて下さい」

それからワッデル師が説明するキニーネの服用方法を、カネは帳面に一言一句洩らさず書きつけた。女学校では色々なことを習ってきたが、薬や医術については学んでいない。多少のことを知っておいた方がいいと、その時に思った。

キニーネの使用方法に次いで、今度は寒冷地での過ごし方の話になる。何しろ鶏が産んだ卵が「凍破」する寒さだという。並大抵の衣類や寝具では、とても役には立たないに違いない。

「いちばんいいのは、そこで暮らしている人たちの知恵を借りることです。ミスター鈴木から手紙をもらいましたが、彼はアイヌの人たちに大変助けられていると書いていました。アイヌには独特の神がいますから、聖書の教えを受け入れることはないけれど、とても善良で親切な人たちだと書かれていたね。そういう人たちから教わるといいでしょう」

確かに厳しい環境の中で長い間、暮らしてきた人たちには、計り知れない知恵がそなわっているに違いない。その人たちと親交を持つことだ。

「私が思うに、カネさんの一番の役割は、農民たちの持ち合わせていない知識と知恵を活かして、開拓の人たちみんなの助けになること。これが、とても大切なことだと思います」

ワッデル師は身体の前でゆったりと両手を組み、おそらく開拓団の農民たちは文字の読み書きもさほど出来ないはずだと言った。

「みんな貧しい人たちでしょう、学校も行っていないと思います。アイヌはもっと、日本語の読み書きなど分からないでしょう。カネさんは立派に学問して知識もある人です。だから必要なときはみんなの目や耳になって助けてあげるといい。代わりにカネさんは、畑のことは農民たちから教わり、その土地のことはアイヌから教わることが出来るでしょう」

その教えはカネの心にしみた。これまでも子どもたちを教えたいとは思ってきたが、自分の役割はそれだけでなく、もっと幅広く、晩成社やアイヌの人々全体の役に立つことを考えるべきだと、初めて目を開かれた気持ちだった。カネは、ワッデル師からの助言に従い、それからは怪我の応急処置の仕方や、手足が疲れたときにはどこを押したり揉んだりすればいいかといった、簡単な按摩の方法なども可能な限り学ぶことにした。

〈――依田くんからの便りと共に、渡辺くんからの便りにも、カネとの婚儀のことが書かれていた。

めでたい。

一人で祝杯をあげた（酒はある。時々アイヌが持ってきてくれることもあるからな）。

カネとも、また父上とも、このオベリベリで再会出来る日が来ようとは思わなかった。母上や弟妹たちには申し訳なく思うが、新たに鈴木家としてこの地に腰を据えられればいいと思っている。

最近は、ようやく畑の土もゆるんできたから、エンドウ豆やネギの種をまいたりしている。食事はアイヌから鹿の肉を分けてもらったり、エハという、土を掘って採る豆らしいものを米と炊いたりして食いつないでいるところだ（その礼に、こっちからは米や味噌、マッチなどをやったりする）。

楓《かえで》の木からは甘い樹液が採れて、これがうまい。どうにかこうにか、ひと冬乗り越えたと、ほっとする甘さだ。
これからいよいよ畑が忙しくなるから容易に大津まで出られないが、この地にも大川宇八郎氏、国分久吉《こくぶひさよし》氏という和人がいて、彼らは毎日のように俺のところに顔を出すし、またよく大津へも行くから、そのたびに色々と頼み事をしている。この便りも、彼らのうちのどちらかに託すことになるだろう。江政敏氏の家にも寄ってもらい、そこに溜まっているはずの郵便物や新聞などを運んできてもらうことになる。ここでは内地では考えられぬほど、ずっと互いに助け合わなければ生きていかれぬのだ。神は、そのことを我らに教えているのだと日々、感じているところだ

――〉

五月に入ってから届いた兄上からの便りには、一日も早く晩成社の諸君に会いたい、やっと季節もよくなってきたのだから、少しでも早く本格的な開拓に取りかからなければならないとも書かれていて、何かしら切実なものが感じられた。

着いているだろうか。今ごろはもう。

いくら心配するまいと思っても、何を勉強していても、どうしても気が塞《ふさ》ぎそうになる日がある。そんなカネに気づいて、クロスビー先生は度々励ましの言葉をかけてくれた。また、ある日はピアソン校長がカネを自分の部屋に呼んで、校長自身のこれまでの人生を語って聞かせてくれることもあった。

早くに夫とも子どもたちとも死別して、孤独と絶望の底にありながら、ついに日本に来る決心をしたというピアソン先生の人生は、カネには想像もつかないほど凄絶で、また、強い信仰心に裏付けられたものだった。今は大勢の子どもたちに囲まれて、こんなに幸せなことはない、自分はこのまま日本に骨を埋めるつもりだと校長は語った。

「だからミセス渡辺、あなたも勇気を出して。今は待つときなのですよ。心が迷ったときはいつでも聖書を開いて、主の御ことばがあなた自身に届くことを祈りましょう。大丈夫、主はかならずあなたと共にあります」

ピアソン校長の口調はいつになく柔らかく、慈愛に満ちて聞こえた。

今は待つ。ひたすら。

それしか出来ることはない。朝に晩に聖書を開き、また、勝と写した写真を眺めて、カネは日々を過ごした。

〈――九死に一生を得るとは、まさにこのことだ。主のご加護がなければ、あの場面で船が転覆しない方が不思議なくらいだった。おそらく誰もが死を覚悟したはずだ。そのため猿留《さるる》で上陸したときに、山田勘五郎親子、進士五郎右衛門、山田喜平が、ここから先は陸路大津へ向かいたいと言い出したので、俺も彼らと歩くことにした。そうしてこの二十七日にようやく大津に着いたというわけだ。函館を発ったのが十八日だから、十日近くかかったことになる。

猿留から先も船で向かった六人は、俺たちよりも一日遅れて二十八日に四十個の荷物と共に上陸した。今は、かねてから連絡を入れておいた江政敏氏に宿を紹介してもらったり倉庫を貸してもらったりと、色々世話になっている。旅の疲れを癒《い》やしつつ、やっと月が変わったと思ったら、まだ雪が降る。もう五月だぞ。北海道とは広さといい季候といい、実にすごいところだ。それでも準備が整ったものから順に、丸木舟でオベリベリに向かわせているが、何しろ依田くんと陸行組がまだ着かぬので、俺はまだ大津にいて彼らを待っている。

ところで、農商務省の若林《わかばやし》という官吏と会った。オベリベリに近いシカリベツという村にトノサマバッタが大量発生しているのだそうだ。そのために人夫を百五十人も連れてバッタ退治に向かうのだという話を聞いて、そんなことがあるのかと目を丸くしている。

結婚の儀を執り行ってちょうどひと月になろうとしているな。その間ずっと旅を続けて、今こうして大津でバッタ退治の話を聞いているのかと思うと妙な気持ちになる。おカネは変わりはないか。親父どのも元気にしておられるだろうか――〉

六月に入ってようやく届いた勝からの便りは、いかに苛酷な旅だったかということが行間から滲んでいるものだった。

「大津まで、ずい分と大変な思いをしたようです」

日曜日、父上にその話をすると、父上の方には兄上からの便りが届いていたということで、やはりトノサマバッタのことを心配しているようだと言った。

「アイヌに案内してもらって、バッタの卵を探して歩いたりもしているようじゃ。卵のうちに始末せんと大変なことになるらしい。バッタの大群が飛来したところは辺り一面の植物という植物が、何もかもすべて食い尽くされるらしい。もしも、我らが拓いた畑がそんなものに襲われたら、ひとたまりもないな」

さすがの父上も心配そうな表情になっている。バッタなど、ささやかで小さな生き物ではないかと思う。そんなバッタが大群になって畑を襲うなど、カネには想像もつかなかった。やはり、北海道はあまりにも未知の土地らしい。もう少し何かしら気持ちが浮き立つことを知りたいと思うのに、心配や憂鬱ばかりが増えていく。

学校はちょうど学年末試験を迎えようとしていた。カネは、一人の落第者も出ないようにと、このところは特に熱心に生徒たちを指導してきたから、試験の結果クラス全員が合格したときには、みんなで歓声を上げて喜び合った。笑顔の子どもたちを見ると、何とも言えない満ち足りて晴れやかな気持ちがこみ上げてくる。

こういう日々が、これから先も続いたってよかったんだ。

ふと、そんな気分になった。今さら無理だと分かっていながら、これからもこの学校にとどまって教壇に立ち、生徒たちと関わり、何よりもピアソン校長に守られていたい気持ちになってしまう。


〈——最初に山田勘五郎が丸木舟に乗って現れたときには一瞬、我が目を疑い、それからあまりの嬉しさに、不覚にも涙が出そうになったほどだ。依田くんと渡辺くん、三人がやっと揃ったのは五月十四日。その日の酒の何と旨かったことか。おれのひと冬の苦労がすべて洗い流されるようだった。

だが、困ったことも起きている。この辺りにはアイヌ五十人ほどがいるのだが、これだけの数の和人がまとまってやってきたことに驚いて、逃げていってしまった。中でも一人の不注意から火を出して、アイヌの小屋を焼いてしまったことで「シャモは我らの家まで焼き払うのか」と激怒させたことが大きい。この冬の間も、ずっと俺に親切にしてくれた人たちが、惣乙名《そうおとな》のモチャロクをはじめとして俺を見る目つきまで変わった。急いで依田くんと共に酒を持ってモチャロクの小屋に行き、火を出したことを詫びて、決して彼らを脅すつもりではないことを何とか分かってもらった。今はようやく少しずつ、逃げ出したアイヌたちも戻ってきたところだ。

もとはと言えば、俺が晩成社の話をアイヌに切り出せずにいたことが原因だ。もともと太古の昔から、この土地で暮らしてきたのはアイヌだ。そこを俺たちは晩成社の土地として拓こうとしているのだから、アイヌが怒るのも無理もない。だが、アイヌはもともと畑仕事などしない人々だ。川の魚を獲り、獣を獲り、森や草原にあるものを採って暮らしている。俺から見ると風任せのようにも思える暮らしだ。そんなアイヌと戦うつもりなどないし、互いに助け合って生きていきたいだけなのだということを、ことあるごとに態度で示して、何とか分かってもらいたいと思っている。

予定していたよりみんなの到着が遅かったから、その分、精を出して畑仕事に取りかからなければならないし、全員の小屋もすぐに造れるわけではないから、まずアイヌと交渉して、彼らの小屋を買い取ったりもしている。小屋一軒が酒四升と米二斗、煙草《たばこ》二個との交換だったりするのだ。彼らは現金よりもそうしたものを喜ぶ――〉

兄上からの便りに続いて、八月の初旬に勝から来た便りには、早くも晩成社内でもめ事が絶えなくなり、不和が生じていることが書かれていた。

〈――ただでさえ大人数とは言えないのだから、どうにか丸く収めながら力を合わせて何でも助け合ってやろうと、依田くん、義兄どの、そして俺とで額を寄せ集めては相談する日が続いている。小屋一つ建てるのでも、とにかく力を合わさねばならぬのに、ついこの間も、俺の小屋を建てるのに予定していた三人が来てくれずに気を揉んだ。

だが、そうは言いつつ面白いこともある。義兄どのが「鱒《ます》」という魚をアイヌからもらってきて、俺も食わせてもらった。これはうまいぞ。その鱒を使って、五目寿司まで作った。俺は、もしかしたら料理人が向いていたのかも知れんと思うほどの出来映えだった。

それからアイヌの知り合いも増えてきた。ある程度、日本語を話すものがほとんどだから、会話もそうは困らない。特にアイヌの言葉でセカチと呼ぶ若者たちに少しばかりの礼を渡しては、色々なことを手伝ってもらっている。とにかく、おカネがこちらに着くまでには、きちんとした住まいが準備出来ているようにするつもりだ――〉

手がまめだらけになり、そのまめが潰れるとこんなに痛いものかと驚いた、身体中の節々が音を立てるのではないかと思うほどきしんで感じられる朝があるなどとも書かれていて、初めて農作業に取り組む苦労も感じられる。こうなったら大きな魚もさばけるようになっておかなければとか、まめが潰れたときの薬は何がいいのだろうかとか、次から次へと新しい課題が生まれていった。

「もう脱落者が出たそうじゃ」

父上が依田さんからの便りと共に、晩成社名簿を広げたのは、九月に入って間もなくのことだ。カネたちへの渡航許可がもうすぐ下りそうだという話になって、いよいよ北海道へ渡る際には依田さんの末弟である依田文三郎《ぶんざぶろう》という人も同行することになり、気持ちが高まってきていた矢先だった。

「高橋金蔵、藤江助蔵とフデ、土屋広吉。この三軒か」

「まだ開拓が始まったばかりではありませんか、どうして——」

「依田くんの手紙によれば、『故郷への思い捨てがたく』ということらしい。依田くんたち三人でかなり引き留めたらしいが、無駄だったと」

最初から兄上も入れて二十八人という少なさだったのに、もう四人減ってしまったことになる。ますます心細いことになると思っていたら、今度は勝からカネにあてて便りがあった。以前の便りにも書かれていたトノサマバッタが、ついにオベリベリにも来たのだという。そして、ようやく育ち始めていた初めての野菜のすべてを食い荒らしていったというのだ。

〈——何しろすごい。大群で来るから空は暗くなるほどだし、ものを食う音まで大きく響くのだ。奴らは生えているものなら何でも食う。野菜ばかりでなく、葉から茎まで食い尽くして、ついでに莚や縄まで食っていった。小屋の中まで入ってきたら、窓に貼った紙から衣類まで食うのだから、まるで化け物だ。奴らが飛び去った後に残ったものといったら、小豆《あずき》と瓜《うり》くらいのものだった。これには正直なところ、力が抜けた――〉

大量の蚊やブヨに悩まされながら、懸命に拓いた畑でやっと育てた作物がほとんどすべて駄目になるとは、まさしく計算外だったという便りを読んで、カネは、これは思っていた以上に苛酷なことになりそうだと、ため息をついた。母上のように、理解しないものには徹底的に理解出来ない、単なる愚かしい行為にしか見えないことを、この自分がしようとしているのだと、つくづく思う。

九月十九日。うろこ雲が空に広がり、秋風が立つ日、カネは父上と、数日前に横浜に着いたという依田さんの弟、文三郎さんと共に、ついに新潟丸《にいがたまる》に乗りこむことになった。見送りには学校の関係者など大勢の他、高崎《たかさき》にいる弟の定次郎《さだじろう》も駆けつけてくれた。妹のみつとノブもいる。勝との結婚にも、北海道行きにも一貫して反対してきた母上は目を真っ赤にして、父上とカネとを交互に見ては「達者で」と繰り返した。母上が急に弱々しい人に思えて、カネは自分も目頭が熱くなるのを感じた。

「きっとまたお目にかかりますから」

「当たり前です。当たり前ですよ」

「それまで、必ずお元気で」

「カネも、とにかく身体に気をつけなさい。帰りたいと思ったら、すぐに帰っていらっしゃい」

はい、と頷きながらも、そんなこと出来っこないと思っている。夫から離れない。そう決めているのだ。だから、場合によってはこれが最後の別れになるのかも知れない。

容赦なく別れの時が来た。

さようなら横浜。

さようなら女学校。先生方。生徒たち。

さようなら、私の家族。

船に乗るのも、およそ一カ月もの長旅をするのも生まれて初めてのことだ。だが、それにしては、あまりにも心弾まず、むしろ悲愴な覚悟での出発になった。唯一の心の支えといったら、勝と会える、勝との暮らしを始められるという、その一点のみだ。

それでも、決して後悔しない。

絶対に。

汽笛が鳴った。カネは甲板に立ち、大勢の見送りの人たちに向かって精一杯に手を振った。次第次第に人々の姿が小さくなって、母上や弟妹たちの姿も判然としなくなり、横浜の街全体も作り物のように小さくなっていく。陸地との距離がどんどん開いていく分だけ、胸の中に痛みとも悲しみともつかないものが溢れ出てきた。右手が疲れれば左手を振り、カネは人々が小さな点にしか見えなくなり、やがて消えるまで、ずっと甲板に立ち続けていた。

5

十月十七日。丸木舟はゆっくりと左右に揺れながら霧の中を進んでいく。三日前に大津を発ったときから比べると、川幅は確実に狭くなっていた。ところどころ大きく蛇行したり流れの速いところに差し掛かるときは、舟の舳先《へさき》と艫《とも》に立つアイヌの男らが声を掛け合いながら櫂《かい》を操る手に力を入れる。川の両岸には鬱蒼と生い茂る高木の森が続いているが、昨日今日はその樹影も霞んでいた。時折、白く煙る中から水鳥が姿を現しては翼で水面を叩いて飛び立ち、その音に驚かされる。あとは、まったくの静寂だ。

別世界。

ひんやりと湿り気のある寒さから身を守るために、着物の上から毛布を羽織った格好で、カネはぼんやりと霞む風景を一心に眺めていた。新潟丸で函館に着いたときこそ、賑やかな槌音を響かせて工事を進めている港の周辺や、埠頭近くから坂を上った界隈《かいわい》に建ち並ぶ白漆喰《しろしっくい》の新しい家々、賑やかに往来する日本人や西洋人、またロシア人や中国人などを眺めては、横浜とさして変わらないではないかと思ったものだが、それからひと月近くの間、ひたすらオベリベリを目指して旅するうち「別世界」という言葉が身にしみてきた。もともとは函館で会った牧師夫人の桜井ちかさんが口にしていた言葉だ。

「北海道は、まさしく別世界です。季候ももちろん違っていますけれど、街から一歩でも離れたら、内地の人間には想像もつかないほど深い森が果てしなく広がっていて、本当に見たこともないような風景ばかりになりますよ」

兄上や勝からの便りで知らされていた通り、共立女学校の先輩にあたる桜井ちかさんは、見たところ年齢はカネよりも三つ四つ上といったところだと思う。話してみると、女学校に在学していたのはカネが十六歳で入学するよりも前のことだそうで、在校期間は重なっていなかった。卒業後は私財を投じて学校を開き、今も函館で教壇に立っているという彼女は、カネも短い間だったが教壇に立っていたこと、これから開拓地に入っても可能な限り子どもたちを教えていきたいと考えていることを話すと、強く賛同してくれた。

「そういう方が一人でも開拓地にいて下さることは本当に心強いことです。是非とも諦めずに頑張って。新しく土地を切り拓くのと同じくらい、子どもたちを教育することは国の基盤を作っていく上で大切だと思うの」

ちかさんは東京日本橋《にほんばし》の生まれで、結婚した当初、夫は海軍士官だったのだそうだ。ところが運命は二転三転し、海軍士官だった夫は牧師となり、その後は思いもしなかった函館暮らしになった。人の運命というものは本当に分からない。だからこそ天主さまを信じて、自分に出来ることをするだけだという彼女の言葉にカネは励まされた。まったく未知の世界だと思っていた北海道の、地続きの土地に同じ信仰を持ち、学校の先輩にもあたる女性がいてくれると思うと、それだけで心強い。お互いに手紙のやり取りをしようと約束したことが、早くも懐かしく思い出される。

今、大きな木をくり抜いただけの舟に揺られて、カネの前には父上が、すぐ後ろには文三郎さんが連れてきた洋犬が乗っている。文三郎さんは一番後ろだ。福《ふく》と名付けられた洋犬は賢くておとなしく、カネや父上にもすぐになついて、長い旅の慰めになった。

「ほう、また鮭《さけ》が上っておる」

父上の背中がわずかに動いて、舟の左右を覗き込むようにしている。なるほど霧が這《は》う水面近くを、黒っぽい魚影が遡《さかのぼ》っていくのが見えた。

これからが本格的な鮭の季節になるということを、カネは今回、大津に着いて初めて教えられた。浜辺には大勢の人が出て、網で獲れた鮭をさばいており、その多くはこの旅の間にずい分と見慣れた感のあるアイヌたちだった。顔立ちそのものが和人とは異なっている上に、何より着ているものが違うからすぐに分かる。

「この時期が一年で一番忙しいもんでね、アイヌもかき集めてるんです。食うにも困る連中が多いですから、声をかければすぐに集まってきます」

兄上や勝が便りで度々その名を記していた大津の江政敏という人は、漁場の総元締めのようなことをしているらしく、そういうアイヌたちも雇っているようだった。

「オベリベリにも、じきに鮭が上るでしょう。冬の間の貴重な食料になりますから、せいぜい獲って、蓄えることだ」

田舎の漁村には珍しいほど豪奢《ごうしゃ》な家に暮らす江氏はそう言って、江氏気付で晩成社の誰彼に宛てて届いていた郵便物などを渡してくれた。

「まあ、あたしから見たら、特に鈴木さんが一人きりで冬を越したときなんぞ、何とも物好きなと思えんこともなかったですがね。それでもいったん始めたことだ、うまくいくことを願ってますよ」

実は、オベリベリに入って間もなく逃げ出した藤江助蔵夫妻も、江氏のところに泣きついてきたことがあったそうだ。彼らは伊豆が恋しいと言いながら、そのまますぐに帰る様子もなく、大津でぐずぐずしていたらしい。そして最近になって「やっぱりもう少し我慢する」と、オベリベリに戻っていったという話も、江氏の口から聞かされた。

「ここはねえ、人の出入りが自由になってからは、意外と流れ者が多いんですわ。函館から来る連中もいるし、内地からもね。結構ワケありな連中も来てますよ。小さな村だが選り好みさえしなけりゃあ、食っていくだけは何とかなる。それでも、生まれたときから百姓仕事だけしてきた人らにすれば、そうそう暮らしやすい場所とは言えんのかも知れんなあ」

確かに大津という村はそれなりに活気がある。だが、その一方ではどこか荒々しい雰囲気が感じられないでもなかった。荷車を引く男同士が怒鳴り合っているかと思えば、一見しただけでは何をしているか分からない着流し姿の男たちが数人で、辺りを睨《ね》め回すようにして歩いていたりする。赤い提灯《ちょうちん》をぶら下げた店先には、カネの目から見ても明らかに素人とは違っていると分かる女が、ぞろりとした着こなしでキセルを吸っていることもあった。女学校と教会しか知らないカネの目には、彼ら彼女らは、どこか底光りするような不気味さを秘めている異界の存在に感じられた。

「船で運んできた荷を、艀を使って岸まで運ぶ連中が、気が荒くて結構なくせ者ばっかりなんだそうだや。船着場までなんてほんの少しの距離なのに、その運び賃が、函館からここまで運ぶ料金と同じくらい高いんだとか。それを、ちょっとでも値切ったり支払いを渋ったりすると、わざと荷物を海に沈めたりするそうだ」

オベリベリまで行ってくれるアイヌを探してもらうために大津で数日を過ごすうちに、文三郎さんがそんな話を聞きつけてきた。こんな豊かな自然に囲まれていれば、誰もが心洗われて、素朴で純粋な人たちばかりに違いないと思っていたカネは、ここでも目を丸くしなければならなかった。

舟は、川が二つに分かれているところにさしかかった。流れの具合がまた変わって、男たちが右に左にと櫂を持ち替える。身体が大きく揺られて、カネは舟縁にしがみついた。

「もうすぐ、もうすぐ」

しばらくすると、背後から声が聞こえた。アイヌの男たちは丸木舟の端と端とで互いに言葉を交わすときには自分たちの言葉を使っているから、カネには何を話し合っているのかまるで分からない。日暮れや昼食時に陸地に上がっても彼らは寡黙《かもく》で、父上が話しかけても必要以上の話はしなかった。そんな彼らが珍しく日本語を口にした。

もうすぐ。

もうすぐ夫になった人と会える。

実のところ、この旅の間は横浜にいたときほど勝のことばかり思っていたわけではなかった気がする。もちろん忘れているはずはないのだが、横浜でじっと祈り続けていたときと違って、毎日異なる風景が目の前に広がることの方にすっかり気を取られていた。

函館から先も、馬車に揺られたり蒸気船に乗ったり、またひたすら歩いたりという日々は、女学校という限られた空間で規則正しい生活を送っていた年月とはあまりにも違っていた。日に何度となく「あれは何」「ほら、あそこに見えるのは」と驚きの声を上げて、大きな翼で空を舞うツルや、時としてキツネやリス、鹿などを見かける珍しさ、嬉しさと言ったらない。一歩でも外に出れば耶蘇教徒というだけで奇異の目で見られた煩わしさからも解放されたと思うと、それだけで気持ちが晴れ晴れした。長い間カネを取り囲んでいた見えない柵が一気に取り払われた、そのことを実感しない日はないほどだった。

父上は父上で、どこを歩いていても引っ切りなしに立ち止まっては懐から帳面を取り出して、見聞きしたあらゆるものを記録することに夢中になっていた。風景の変化や天候はもちろん、アイヌの小屋を見かければ中に声をかけ、たまに行き交う人とも必ず何かしら話をする。そんな父上と、さほど速く歩けないカネと一緒では、まだ十八だという文三郎さんは焦れったく感じることも、また退屈することもあっただろうが、そんなときは洋犬の福が気を紛らす相手になった。そうして三人で続けてきた旅がいよいよ終わろうとしている。流れる霧の向こうから木の枝が大きく伸びてきていて、手を伸ばせば触れることさえ出来そうなところもあった。

「あ、あれ！　左側！」

背後から文三郎さんの声がした。思わず岸を見ると、ずっと続いていた林の影が途切れがちになり、その向こうに、確かに人の建てた小屋らしいものが霞んで見えた。

「父上、父上、あれ」

「見えとる、見えとる。ようやっと近づいてきたらしいな」

樹影がまばらになってきて、櫂を操るアイヌが何か節をつけて歌い始めた。後ろの男が歌うと、前の男もそれに合わせる。二人で掛け合いのように声を出す間にも、また一軒、建物が見えた。それまで毛布にくるまって背を丸めていたカネは、背筋を伸ばして川面《かわも》よりも高くなっている岸の方を眺めた。気のせいか、薪《まき》か藁《わら》のようなものが燃える匂いが漂ってくる。

川幅はいよいよ狭くなってきて、両岸から伸びる木々の枝が霧に霞む景色を遮るほどになってきた。やがて細い流れを遡った先に、薄ぼんやりと、明らかに人が造ったものと分かる小さな舟着場らしいものと舟をもやう棒杭が姿を現した。近くに数人の人影も見える。背後から文三郎さんが「おうい！」と声を上げた。すると、間髪《かんはつ》を入れず岸辺からも「おうい！」という声が返ってくる。

「おうい！　依田文三郎だやぁ、ただ今着いたっけよ！」

カネも思わず声を上げた。

「渡辺カネでございます！　父と、まいりました！」

歓声のようなものが聞こえて、人影が増えてきた。その中の一人が岸辺をかけて舟着場まで下りてくる。

「着いたがゃぁ、よう来た！」

ひょろりとした背の高い姿から発せられたのは、間違いなく勝の声だ。次いで、もう一つの人影が走り寄ってくる。

「父上！　銃太郎ですっ」

「おう、銃太郎！」

二人は揃って洋服姿だった。今にも川の中まで入ってきそうな勢いで、身を乗り出してカネたちの乗った舟を待ち構えている。

「文三郎さん！　リクだや！」

「俺だ、文三郎！」

「あ、兄さん、義姉《ねえ》さん！」

舟と岸辺との間でやり取りをするうち、丸木舟は、最後はゆっくりと滑るように舟着場に近づき、舳先に結わえつけられていた縄をアイヌが放ると、兄上がそれをたぐり寄せた。

まず、舟から飛び降りたのは福だ。それから順に、差し伸べられた手に摑まりながら立ち上がり、霧に湿る舟着場に降り立ったときには、思わずよろけそうになった。咄嗟に勝がしっかりと手を握ってくれる。カネは笑いかけようとして勝を見上げ、つい息を呑んだ。

やつれた。

たった数カ月の間に何があったのかと思うほど、勝は面やつれしていた。それでも「よく来た」と、いかにも嬉しそうに目を細めているのを見ると、何だか急に泣き出したいような気持ちになった。そうだった。この人はもうカネの夫なのだと、その荒れた手の温《ぬく》もりを感じながら、初めて思った。

「銃太郎くんと、今日は来るか明日は来るかと毎日、待ちわびとったに。道中、危なゃあ目に遭うことはなかったかゃぁ」

「おかげさまで、文三郎さんにも助けてもらって、思いの外楽しい旅になりました」

縄からも解き放たれて嬉しそうな福は大きく尾を振りながら人々の間を走り回っていたかと思うと、今度は土手の斜面をそのまま駆け上がっていく。カネも集まった人々に続いて、段々のついた小道を上った。霧のせいで全体に薄ぼんやりしているものの、ぽつり、ぽつりと小屋が建っている風景が目の前に開けた。

「皆への挨拶は、また改めるとして、取りあえず今日は荷を解いてくつろぐことにしよう。父上もお疲れでしょう」

父上の荷物を手にした兄上が周囲の人たちに声をかけ、それからカネの方を向いた。昨年の六月以来だから一年以上も会っていなかった兄上は、思った以上に元気そうだったが、髪も髭も伸びている上にすっかり日焼けしていて、牧師だった頃の面影などほとんど感じられない風貌になっていた。

「カネも勝くんと、少しゆっくりするといい。俺の家は西の端だ。後で一緒に来い、晩飯を作って待ってるから」

じゃあな、と霧の中に消えていく父上と兄上の後ろ姿を見送っていると、隣に立つ勝が、自分たちの家は東の端にあると、兄上が行ったのと反対の方向を指さす。

「ほんで、大体、村の真ん中へんに建っとるのが依田くんの家と晩成社の事務所だ」

「その途中に、他の皆さんの家があるという感じですか？」

「そんなところだがゃあ。全部で十軒しかなゃあ村だもんだで、ちっぽけなもんだなも」

霧の中に続いている細い道を、勝について歩きながら、カネは視界が悪いなりに何か見えるのではないかと周囲に目を凝《こ》らした。ひっそりとした空気が全身を包み込む。

「ほんでも俺が来たときは、この辺りはまだ一面の草っ原しかなゃあところだったもんだで。ちょっとずつ道を拓いて、どうにかこうにか、ここまできたがよう」

そうして案内された東の端にあるという勝の家とは、屋根から壁まで全体が茅《かや》で覆われている、実に小さな文字通りの掘っ立て小屋だった。隣にもう一つ建っているのは、ここに来た当初アイヌから買い取った小屋だそうだ。

「そっちは、今は納屋にしとる。見た目は似たようなもんだが、何せ古いこともあって入ってみらゃあ匂いも違っとるし、暗ゃあし、使い勝手も悪いもんで。こっちは新築の匂いだなも」

新築といっても、玄関といえばただの戸板一枚、室内を明るくしているという窓はいわゆる蔀戸《しとみど》で、下から押し上げた板をつっかえ棒で支えているというものだ。

「入ってちょうだゃあ」

促されても容易に足が出せないまま、カネは、ただ小屋全体を見回していた。一体いつの時代の住まいなのかと思う。東京や横浜では無論のこと、御維新《ごいしん》よりも前の、たとえば信州上田の相当な田舎に行ったたって、そうそう見かけるものではなかったような気がする。まるで「三匹の子豚」に出てくる藁の家と変わらない。

「――ここが」

いかにも驚いた顔をしていたのだろうか、勝は何となく照れくさそうな表情になって「そう、ここだがや」と髭に囲まれた口元を歪めている。

「まあ、見ててちょうだゃあ。こうしておカネも来たからには、こっから手ぇ加えて、どんどん住みやすくしていくもんで。あらかた畑の方も終《しま》いになってきたもんだで、最近は毎日のように木挽《こび》きもしとる。何しろ、ここでは材料なら何でも手に入るんだで、あとはどんだけ自分らが身体を使うかにかかっとるでな」

何もないところから暮らしを作っていくというのはこういうことかと、勝の言葉を聞きながら、カネは改めてその思いを嚙みしめていた。考えてみれば畑仕事は無論のこと、大工仕事にだって慣れているはずのない勝が、人の手を借りたとはいえ、よくぞこれだけの小屋を造ったものだ。そう考えれば上出来ではないか。カネは覚悟を決めるように大きく一つ頷いて、勝が引いた扉の中に足を踏み入れた。

薄暗く、ひんやりとした小屋の中には、入ってまず小さな土間があり、右手には粗末な水屋があった。土間と奥に続く板の間をまたぐような格好で炉が切られていて、炉の上を通っている梁《はり》からは鈎《かぎ》が下がり、鍋がかかっていた。天井板など張られていないから、他にも何本かの梁が丸見えになっているが、それらからもいくつもの袋や籠《かご》、また魚などが吊されている。板張りの床に敷き詰められているのは、見慣れない茣蓙《ござ》のような敷物だ。

「ネズミが多いもんだで、食われんように吊しとる。この敷物は、アイヌの茣蓙だなも」

部屋の片隅にはランプの載った小さな座卓とお膳に碁盤など。そして横浜から運んできた簞笥《たんす》。奥には戸はついていないものの押入らしい棚が出来ていて、そこに布団を始め、茶箱や行李《こうり》の類《たぐ》いが積み重ねられていた。それでも小屋の中は粗末なりに片付いていて、今日まで勝が一人で暮らしを紡《つむ》いできたことが確かに感じられた。だが、とてもではないがナイフやフォークで食事など出来る家とは言えない。さて、この空間をどうやって少しでも暮らしやすくしていったものだろうかと辺りを見回していたとき、突然、抱きすくめられた。土と草と、たき火のような匂いがカネを包み込んだ。

「よく来た」

「――はい」

「驚いたかゃあ」

「――かなり」

「もう、帰れんぜ」

「――はい」

勝の温もりが頬に触れる。

この人が、私の夫。

そしてここが、私の家。

もう、帰れない。

着物を通して感じられる、勝の腕の力強さに包まれながら、カネはその思いを噛みしめていた。

6

ほどなくして、依田さんが結婚の祝いも兼ねて、酒と反物を持ってやってきた。旅の間は弟の文三郎が世話になったと、相変わらず目をぎょろりとさせて、ぶっきらぼうな様子で頭を下げるでもなく、こちらを見ている。

「カネさんも、早くここに慣れてくれるといいと思ってるさー」

「不慣れですが、一生懸命やってまいりますので。皆さんにも色々と――」

「俺ら、渡辺くんと鈴木くんとは、毎晩とは言わんけど、まあ、しょっちゅう誰かの小屋を行ったり来たりしとるもんで。ここにもちょいちょい顔出さしてもらうけーが」

「それはもう、もちろん――」

「カネさんも、まあ、うちのと仲良うつきあってくれや」

カネが「こちらこそ」と手をついて頭を下げている間に、依田さんは「そんじゃあ」と、もう出て行ってしまった。カネは呆気にとられて閉じられた扉を見つめ、それから勝の方を振り返った。腕組みをした勝が苦笑している。

「――こちらの話はほとんどお聞きにならないで。いつも、あんななのですか？」

「依田くんにしてみりゃあ、あれで精一杯だなも」

髭を撫でつけるようにしながら、勝は、依田さんという人にはひどく不器用なところがあるのだと言った。口が重たいし、心には常に熱いものを秘めているのだが、それを容易に表に出さないのだそうだ。その上、緊張すると余計に、人の話も聞かずに自分の言いたいことだけを言って終わらせてしまう。

「もともと人付き合いが得意じゃねぁとこにきて、特にこっちに来てからは、いっつも気が張っとるんでねぁかね。余計に難しい顔をしとるもんで、村の連中も話しにくそうにしとるわ。何ていうても地主のお坊ちゃんだもんで、そう気軽に話せる相手とも思うとらんとこに来て、あれだで」

確かに、依田さんはこの村に皆を連れてきた責任を背負っている。結局は誰もが自分たちで望んだこととはいえ、依田さんがいくつもの人生を変えたことは間違いがない。そういう人が呑気に笑ってなどいられないというのが、この村の今の状態なのだろうかとカネは思いを巡らせた。そういえば、さっき舟着場に姿を見せた人たちにも、さほど明るい笑顔というものは見られなかったような気がする。秋の盛りだというのに、晴れ晴れとした収穫の喜びは、この村には縁遠いのだろうか。

夕暮れが近づいた頃、兄上の小屋に向かうために、初めて勝と共に村の中を歩いた。ようやく霧が晴れてきて、小さな茅葺き小屋が点在する風景は、いかにも侘《わび》しく、貧しげなものだった。

「まるで、水墨画の世界のよう」

「横浜や函館から比べたら、信じられん風景だろう」

それでも夕餉《ゆうげ》の支度をしているらしく、家々からほのかな煙が立ちのぼるのを眺めると、どれほどささやかであろうとも、確かに人の暮らしがあるのだと感じる。人が踏み固めて出来ただけのような小道の脇には、一段低くなっているところに小さな川の流れがあって、川岸の繁《しげ》みや石の上などには鴨だろうか、水鳥が羽を休める姿も見られた。

「この辺は、こういう川が何本も流れとる。最初、大津から上ってくるときは十勝川だったもんが途中で枝分かれして、札内川とかヲビヒロ川とか、こういう小さい川になってな。飲んでみらゃあ分かるが、うまゃぁ水だ」

並んで歩きながら、勝はこのオベリベリの大体の特色について話してくれた。川べりによく生えているのはドロノキなどの柳が多く、ところどころに見える大木の林は柏だそうだ。

「柏餅に使う柏ですか」

「あの木はええがゃあ。丈夫で、小屋を建てるには一番だがゃあ。薪にもなるし、どんぐりも食べれるそうだ」

他にハルニレや白樺、オニグルミ、シナノキ、イタヤカエデなどといった木もあるという。林に入れば実に様々な植物が生えているが、見つけたら必ず摘んでくるといいのが、まずヨモギだそうだ。よもぎ餅などを作るのにももちろんだが、夏が過ぎても蚊やブヨが出続けているこの辺りでは、ヨモギは燻《いぶ》すことで虫除けになるし、さらに傷薬にもなるのだと勝は言った。

「アイヌはヨモギをノヤと呼んどってよー、葉っぱから茎まで全部、使うんだげな。あいつらの世界では、ヨモギがこの世で最初に生えた草とか言われとって、魔除けにもなると言っとった」

魔除け、と、カネは小さく呟いた。少なくともカネたちの信仰する耶蘇教の世界には、魔除けは存在しない。だが、だからといって「そんなもの」とはねつけていては、アイヌの人たちと親しくなることなど出来ないのだろう。

「よう、来たか」

思ったよりも離れていた兄上の小屋に着くと、旅の装束からも解放された父上が、早くもくつろいだ表情で炉端に陣取り、薪をくべたりしていた。勝の住まいと似たり寄ったりの小屋で兄上が用意してくれていた料理は、畑で採れたといぅ豆の煮付けやアイヌから分けてもらった鹿肉、野草の和《あ》え物、鮭の汁物などで、おまけに赤飯まで炊いてあった。

「すごい。兄上の手料理というだけでも驚きなのに」

カネが感心すると、兄上は、こんな粗末な小屋でも、その気になればこういうものも作れるものだと自慢した。

「普段は芋を食ったり、黍飯《きびめし》にしたりしているんだがな。今日は特別だ」

全員で炉を囲み、まずは勝が父上に「親父どの」と徳利を差し出した。縁続きになった男たち三人はそれぞれ酌をしあい、カネは白湯《さゆ》を注いだ茶碗を持って、皆で乾杯をする。男たちは酒を一気に呑み干して、同時に何とも言えない声を絞り出したかと思うと、声を揃えて笑い出した。ほっとくつろいだ雰囲気が漂って、ささやかな住まいに一気に温もりが拡がったように感じられる。

「去年の今ごろのことを考えると、父上も兄上も、勝さんも、私も、みんな、まるで夢のようですものね」

まず兄上が「まったくだ」と唸《うな》った後、しみじみと宙を見上げた。

「今だから言えることだが、俺の場合は、去年の今ごろからだんだん寒くなるにつれて、どうにも気持ちが沈んで、いくら聖書を開いても、どれほど祈っても、心が安らぐことがない日もあったくらいだ」

早速、料理に箸を伸ばしながら、父上が、うん、うん、と頷いている。

「来てみて分かったが、お前を見直した。この土地で、たった一人で、よく乗り切ったもんじゃ」

父上に労をねぎらわれて、兄上は照れたように口元をほころばせる。日々の暮らしは厳しかったかも知れないが、穏やかな目元は相変わらずだ。

「俺がこのオベリベリを守り抜かないことには、依田くんの思いも勝の計画も、何もかも無になると思えば、やせ我慢をしてでも乗り切るしかないと、毎日自分に言い聞かせていましたからね。それに、やはり神のご加護だと思います。こんな場所でも助けてくれる人はいるものです。アイヌはもちろん、この近くに住む国分久吉という商人や、モッケナシというところにいる大川宇八郎にもずい分と助けられました」

父上は「なるほど」と頷いて、ぐい呑みを傾ける。

「それで、どうなんじゃ。その後の晩成社は」

兄上は、今度はちらりと勝と顔を見合わせた。勝が大きく息を吐き出した。

「なかなか、容易にいくもんでは、なゃあですわ。色んなことが起きるし、一人一人、考え方も違っとるもんで」

「僕らだってもちろん、最初から何もかもうまくいくということはないだろうとは考えていましたが、手紙でお知らせしたことの他にも、色々と厄介なことは起きています」

野火が頻繁に起きるという。この辺りには野生の鹿がいる。年に一度生え替わる鹿の角がいい商売になることから、草原のあちらこちらに落ちている角を拾い集める連中が、角を見つけやすくするために火を放つのだそうだ。

「そういう連中は見境なしですからね」

天候や風向きによっては火が瞬く間に燃え広がり、この村に近づいてきたこともあって、その時は村人総出で迎え火を放ったこともあると兄上は語った。

「依田くんが、火を放つのは禁止にしてもらいたゃあって、すぐさま大津まで行って戸長に嘆願書を出したけど、結局それっきりになっとるがや」

勝がぐい呑みを傾けながら苦々しい表情になっている。やつれた分だけ余計に顔の陰影が濃くなったようだ。

「あん時もみんな、もうたまらん、こんなとこからは帰りたゃあって言い出して、えらゃあ騒ぎになったもんで」

そうでなくとも伊豆の温暖な気候に慣れた農民たちは、オベリベリの気候と天候に閉口しているとのことだった。夏でも遅霜《おそじも》が降りる日があるかと思えば、突如として激しい雷雨に見舞われ、また旱《ひでり》が続くといった具合で安定しない。その上ここは畑に向かないと言う農民も少なくないのだという。木を伐採する手間が省けるからと、深い森など広がっていないこの平原を選んだが、太古の昔から人の手が加わったことのない大地は思った以上に草の根が張っていて、鍬を打ち込むのも容易ではない。しかも大量の蚊やブヨが湧いているからたまらない。肌の出るところはすべて布で覆い、ヨモギを燻し続けなければ、小屋の中までも入ってきてしまうのだそうだ。そんな思いをしながら必死で畑を拓いているというのに、野火などにやられたのでは弱り目に祟《たた》り目だというのは、カネが聞いていても、もっともな話だった。

「しかし、何と言ってもバッタ騒動です。あれが、みんなをもっとも動揺させました」

「あれには、本当まいったぜ。まさしく空から災難が降り注いできたみたゃあなもんだなも。あいつらが何でもかんでも食い尽くす音は、今でも耳から離れんぐちゃあだがゃあ」

「どんなに必死で種をまいて育てても最後に収穫出来ないっていうことが、農民にとっては何よりこたえるんだって、骨身に沁みて分かりました」

「ほんでも、そこで諦めるわけにいかんで、何とか皆のことも励ましながら、また種下ろしをするわけだがゃあ。ほうしたらついこの間、今度は早霜が降りて、やっと育ってきた収穫前の野菜が、またほとんどやられてまったもんで」

兄上と勝とは交互に、それも堰《せき》を切ったように話した。何もかもが手探りの日々の中で、二人ともずい分と心に溜まっているものがあるのだろうとカネは感じた。

「でも――それほど作物が穫れないのなら、生活はどうなってしまうのでしょう」

つい呟くと、兄上は、取りあえず初年度ということもあり、生活に関わるすべてのものは晩成社が手配し、また立て替えることになっているから、当面の心配はいらないと言った。

「何から何までオベリベリまで運んでは来れんもんで、大津に倉庫を一つ借りとって、そこに貯めたるで。ほんだで俺たち三人か他の誰かが大津まで行って、必要なものを運んで来ることになっとるて。それと一緒に、戸長役場に行って必要な書類を出《だ》ゃあたり、手続きしたり、江さんのところにも寄って溜まっとる郵便やら何やらもらってきたり、まあ、することは色々とあるんだて」

なるほど、と頷きながら、覚悟していたこととはいえ、ずい分と日々が不便なものだと、カネは密かにため息をついた。大津まで行かないことには何一つ手に入らない上に、その大津までも歩いては行かれないのだから、まるで原始の世界のようだ。川一本が、自分たちの生命線ということになる。

「それでも取りあえず、今は、村の人たちは一つにまとまっておるのかね」

「それも、そうとは言い切れーせんのが頭の痛ぁところだがゃあ」

勝が手酌で酒を注ぎながら、口元を歪めた。橋を掛けよう、道を造ろうと相談しても、容易に皆が力を合わせようとしない状態が、最初からあまり改善していないという。

兄上も大きくため息をつき、しばらく口を噤《つぐ》んでいたが、はっと思い出したように、急に表情を変えた。

「それより、父上、カネも、今日はまず向こうの話を聞かせて下さい。母上や弟たちは元気にしていますか」

「そうだがゃあ。せめて今夜ぐらゃあは、そういう話を聞きたゃあもんだ」

便りを送っても内地からでは一カ月近くかかり、新聞も届くことは届くがやはり大津まで取りに行かなければならないから、どうしても半月やひと月遅れのものを読むことしか出来ないという土地にいて、勝たちは身近な人たちの近況を含め、外の世界のあらゆる情報に飢えている様子だった。父上やカネが何を話しても、二人は杯を重ねながら「それで」「それで」と先を聞きたがり、時のたつのも忘れた様子で笑ったり感心したりを繰り返した。

夜も更けて自分たちの小屋に帰る道は、ランプに頼らなくてもすむくらいに月が青白く光って辺りを照らしていた。蘆のざわめきが波音のように聞こえてくる。その音に包まれて勝と並んで歩くうち、カネは、まるでこの世界に自分たち二人しかいないような気分になった。これから先ずっと、この人とこうして並んで生きていく、子どもを作り、産み、育てていくのだと自分に言い聞かせていた矢先、いきなり肩を抱き寄せられた。咄嗟のことに声も出せずにいると、勝はそのまま大きく前のめりになるように身体を屈めている。その重みに、カネは思わずよろけた。

「あの——ちょっと、まだ——」

「——いかん」

「え？」

「また、熱が出てきたみてぁだ」

青白く浮かび上がる景色の中で、勝はカネの肩を抱いたまま、今度は背をそらして、満天の星を仰ぐようにしている。ふう、と息を吐き出した音が聞こえた。

「このところ、ずっと続いとる」

「どうして？　どうしたんでしょう？」

「銃太郎が言うには、おこりでなゃあかということだった」

「おこり——」

「昼間は何ともなゃあと思っとっても、夜になると、いきなりこうして熱が高くなるもんで」

勝は「どえりゃあもんだ」と、早くも喘《あえ》ぐような声になっている。おこり、と聞いて、カネは即座にワッデル師のことを思い出した。寄り添って歩く勝の身体の熱さを感じながら、青白い月明かりを頼りに自分たちの小屋まで帰り着いたところで、すぐに荷の中からキニーネの薬瓶を探し始める。その間に勝は早々と布団を敷いて、もう倒れ込むように横になっていた。

「あの、渡辺——勝さん」

「——おカネ、来て早々に、すまんことだがや」

「実は、ワッデル先生から、お薬をいただいてきたんです」

「薬？　おこりの？」

肩で息をしながら、勝が潤んだ目を向けてくる。ランプの火の下で、カネは大きく頷いた。

「おこりは、おそらくマラリアという病気で、それなら必ずこのキニーネが効くと」

「本当かゃあ。そんなら、飲まな、すぐにでも」

必死で身体を起こした勝に、カネは薬瓶を差し出して見せながら、ただし、これは非常に苦みが強いそうだから、それにも耐えなければならないという説明をした。

「かまわん、かまわん。おこりが治るんなら、苦がゃあくらゃあどうということもなゃあ。早よ、飲ましてちょう」

「けれど、私も説明を聞いただけで、実際に使ったことは一度もないんです。もしも分量を間違えたら、勝さん——あなたの身に何が起こるか——」

使い方を一つ間違えば内臓を傷めたり目が見えづらくなることもあると、ワッデル師は言っていた。まさかこんなにいきなりキニーネを使うときが来るとは思っていなかったから、心の準備も何も出来ていない。カネは、自分で薬を取り出しておきながら、果たして大丈夫なものだろうかと急に恐ろしくなった。医者はおろか薬局などあるはずもない未開の地に着いて早々、夫を危険な目に遭わせるような真似はしたくない。だが勝は「かまわんで」と大きく息を吐いた。

「ワッデル師がよこしてくれて、カネがすすめるもんなら、おらゃあ迷わんで飲むわ。それで妙なことになったら、そらゃあ俺の運のなさだがや。それに今、この村には他にもおこりで苦しんどる人らがおるもんだで。俺を使って、どんぐらゃあの量を飲ませりゃあええか分かると、必ず他の人の役にも立つがや。だから、ひと思いにやってちょうだゃあ」

それだけ言うと、勝はまた布団の上に倒れ込んでしまった。この面やつれは、おこりのせいだったのかと、カネは改めて苦しそうな呼吸を続ける夫の顔を見つめ、それから意を決して立ち上がった。

そのために、いただいてきたのだもの。

こうなったら迷っている余裕はなかった。カネはランプの光を頼りに、まずは火を熾《おこ》して湯を沸かし始めた。その間に茶箪笥の中から湯飲み茶碗を取り出し、息を殺して耳かき数杯分ほどのキニーネを茶碗に入れる。

天主さまが守って下さる。きっと。

祈っているうち湯が沸き始めた。カネは柄杓《ひしゃく》で湯をすくい、そっと茶碗に注ぎ込んだ。箸でゆっくりとかき混ぜて、キニーネが十分に溶けるのを待つ。茶碗の湯気を吹き、適度な温度になるまで冷ました。

「勝さん――あなた」

額に汗を浮かべて喘ぐようにしている勝のそばまで茶碗を持って行き、何度か身体を揺すって、ようやく目を開いた勝は、一瞬カネのことが分からないような表情をしたが、それでもやっと上体を起こして、茶碗を手に取った。

「苦いと思いますから、出来ればひと息に」

「ほうだな。ひと息にな」

勝は、ちらりとカネを見て、虚《うつ》ろな表情のまま、無理矢理のようににやりと笑う。

「まさか初夜も迎えんまんま、おカネを後家さんにさすわけに、いかんもんでね」

こんな時に何を言っているのかとカネが言葉に詰まっている間に、勝は湯飲み茶碗に口をつけ、まるでためらう素振りも見せずに喉を鳴らして薬を飲んだ。そして、全部飲み干したところで、初めて大きく顔を歪めた。

「こらあ、どえらゃあ苦がゃあわ。苦がゃあなんて、もんでなゃあ！」

それだけ言うと茶碗をカネに押しつけて、また布団に倒れ込む。

「すまんな——おカネ」

それからまだしばらくの間は呼吸が荒かったが、やがて規則正しく深くなり、勝は眠りに落ちたようだった。しばらく息を殺して見つめていたが、急に苦しみ出すというようなこともない。どうやら落ち着いたらしいのを見届けてから、カネは自分もそっと寝る支度をし、天主さまに祈りを捧げた。

無事にここまでたどり着けたことを感謝いたします。

隣に眠るこの人を、どうぞお助け下さい。

身体は疲れているはずだが、気が張っているせいかすぐに眠れる気がしない。それに、どこからか獣らしい鳴き声が聞こえてきて、それも眠りを妨げた。勝の寝息を聞き、闇に目を凝らしながら、ここにたどり着くまでの道のりを思い出し、また、横浜の港から船が遠ざかるときの光景などを次々に思い出しているうちに、いつの間にか眠りに落ちていた。

翌朝、カネが起き出した後も、勝は深い寝息を立てていて一向に目を覚ます様子がなかった。

だが呼吸は落ち着いているようだし、そっと額に手をあててみると熱もない。

効いたんだろうか。

カネは身支度を整えて、まずは小屋の周りを一巡りしてみることにした。外に出ても鳥の声以外、何も聞こえない。小屋の前から拓かれた畑は思い描いていたよりずい分と狭く、その向こうには聞いていた通り背の高い蘆原が広がっている。いつか、ここが一面の畑になったら、その向こうには何が見えるのだろう、どんな風景に変わるのだろうかと想像しながら、カネは上る朝陽を浴びた。

今日もいい一日になりますように。

昨日までと打って変わって朝から雲一つない、澄みわたった日になった。まだ何をどうすればいいのか勝手が分からないから、とにかく畑の中を歩いてみたり、その土にそっと触れたり、また納屋に使っているという小屋を覗いたりするうち、日が高くなった。

「ああ、どえらゃあ寝たわ！」

大きく伸びをしながら勝が起き出してきたとき、カネは洗濯の真っ最中だった。指先から雫を垂らしながら「具合は」と尋ねると、勝は首を左右に動かしたり肩を回したりしながら「爽快、爽快」と目を細める。

「まるっきり、憑きもんでも落ちたような気分だなも。こんなにスッキリしたのは、どれぐらぁぶりか分からんぐらぁだ」

「じゃあ、やっぱりキニーネが効いたんでしょうか」

「ああ、効いた、効いた。よう分かる。まるっきり違うなも」

言葉通りにすっきりした顔つきで、勝は腹が減ったなと言いながらカネのそばまで歩み寄ってくると、ふいにカネを抱き上げた。長身の勝の顔がぐっと間近になって、足が宙に浮く。

「おカネのお蔭だがや！」

「――人が見ますってば」

だが勝は「見る人なんか、おるもんか」と笑っている。

「第一、俺らはもう夫婦だもんだでね、こうしとって何が悪いもんか。誰に遠慮のいるもんでなゃあ」

陽の光の下で、これほど間近に夫の顔を見るのは初めてだ。その瞳には、確かに昨日は見られなかった力が戻っているように見える。抱き上げられたまま、カネは思わず「よかった」と呟いた。

「元気になって」

「おう。これでこそ源頼光《みなもとのよりみつ》の四天王の一人、渡辺綱《わたなべのつな》の第三十五代、渡辺勝だがや！」

勝はカネの身体を振り回すようにしながら、「そんで、これが俺の嫁さんだ！」と声を上げて笑っている。

「やっと来た、俺の嫁さんだがやっ！」

カネの好きな、よく響く朗々とした声が、全身を通して伝わってきた。カネは思わず勝の首にしがみついて、自分も一緒になって笑った。

その日から、厨《くりや》仕事の一切はカネに任されることになった。米や塩、味噌などといった一切は、大津から運んでこなければ手に入らないのだから、出来るだけ減らさない工夫が必要だ。自分たちの畑から収穫したものや、この辺りで自生しているフキやゴボウを使って食料の足しにすることを教わり、さらに、アイヌが口にするトゥレプという澱粉《でんぷん》を煮物や粥《かゆ》に混ぜたり、また

「お焼き」のようにして食べる方法もあるということも教わった。水屋そばの梁からは、丸く平たく固めてあるそのトゥレプがいくつかぶら下がっている。それらもアイヌから分けてもらったものだそうだ。

「トゥレプって、どうやって作るんでしょう？」

「何かの草から作るらしいが、夏に作るって話だったもんで、何なら今度の夏が来たら教わらゃええが、アイヌから分けてもらうのが一番だなも。代わりにこっちからは味噌なり何なり、分けてやると向こうもそりゃあ喜ぶもんだで」

まずはフキを混ぜて炊いた粥が、この小屋での初めての食事になった。

「そしたら、まずは他の家に挨拶回りをせんとな」

食後、茶葉はもったいないからと白湯をすすりながら、それでも勝は満足げな表情で落ち着いていた。

「そんとき、おカネ、昨日のあの薬も持っていこう。具合の悪い人にゃあ、すぐにでも飲ませてやりたゃあ」

確かに一軒ずつ小屋を訪ねていくと、家族のうちの誰かが具合を悪くしているという家がほとんどだった。改めてカネを紹介し、挨拶をすませた後には、勝は必ずキニーネを飲むことをすすめた。

「そんな、わけの分からんもん、薄気味悪いだや」

中には怯えたような表情で尻込みする人もいたが、勝が「俺はたったひと晩で楽になってまったがね」と言うと、その場で意を決したように湯飲み茶碗を差し出してくる人もいた。

「苦いですけど、我慢して下さいね」

昨日、勝にしたようにキニーネを湯に溶いてやり、カネが湯飲み茶碗を手渡すとき、受け取る手はどれも節くれ立って土の色が染みついており、爪の縁まで染まっていた。

これが、畑で働く人の手。

自分の手もやがてこうなるのだと思いながら、カネは訪ねる先ごとに、落ち着いたらすぐにでも読み書きをお教えしますと誘うことを忘れなかった。

晩成社の人々に挨拶をすませた後は、今度は林を抜けて近くに住むアイヌの小屋も何軒か訪ねた。この辺りの酋長《しゅうちょう》にあたる惣乙名《そうおとな》モチャロクは、肩まで届くほどの波打つ髪と長い髭の大半が白くなっている、小柄だが眼光鋭い老人だった。

「モチャロクは酒好きだもんだで、俺とはウマが合う。よう呼ばれて、アイヌの酒を馳走になったりもしとるがや」

そして、モチャロクの跡を継ぐと言われているのがトレツという男だ。

「トレツには最初の頃から、この辺りをよく案内してもらっとるがや」

勝がカネを紹介すると、おそらく三十代くらいだろうと思われるトレツは濃い眉の下から、いかにも興味深げな瞳を向けてきた。それからパノとアンネノの父子、ウエンコトレとコサンケアン、アイランケの父子にも会った。カネが日本語の読み書きを教えると伝えると、中でも十一歳になるというアイランケという少年は、目をきらきらさせて身を乗り出してきた。

「俺も、和人《シャモ》の字を読めるようになるか？」

「なりますよ。書けるようにもなるわ」

アイランケは黒目がちの目を大きく見開き、ウエンコトレの顔色をうかがっている。

「アイヌは文字は必要ない」

だが父親のウエンコトレは、表情を動かさないままで短く言うだけだった。秀でた額に濃い眉、大きくどっしりとした鼻を持つウエンコトレは、その瞳に独特の力がこもっているようで、カネは一瞬怯《ひる》みそうになった。それでも、出来るだけ柔らかく微笑みかける。

「和人の文字を使って、アイヌの言葉を書き留めていくことも出来ますよ。読んだり書いたり出来ることは、きっとこれから皆さんの役に立つと思います」

だから、是非とも、息子だけでも勉強に寄越してほしいとカネは繰り返した。ウエンコトレはいいとも悪いとも言わず、ただ息子の小さな肩に手を置いていた。

7

朝から晩まで、無我夢中で動き回る日々が始まった。煮炊きや洗濯だけでも不慣れなところに来て、すぐ裏の川から水汲みするのも初めての経験だ。まだ少しは収穫出来るという畑の仕事も覚える必要があったし、冬に備えて薪を貯めておかなければならないから、勝が伐り出してきた木の薪割りも手伝った。その合間合間に村の誰かが顔を出しては、また新たにキニーネを欲しがっているものがいると告げに来る。カネはすぐに薬瓶を抱えて出かけていった。少しでも時間があると蘆の原に鎌を入れるが、すると蚊やブヨが襲いかかってくる。痛いかゆいと嘆いている間に陽が傾いた。そうこうするうち兄上が鶏を五羽、持ち込んできた。

「これの世話はおカネに任せるでよう」

「世話って、どうすれば？」

「さあ、分かれせん」

勝にあっさり言われて、カネは口答えも出来ず、まずは近くに住む高橋利八の小屋を訪ねてみることにした。

「そんなもん、放っときゃあいいだら」

利八の妻きよは、カネよりも三つ年上の二十七歳ということで、あっさりして話しやすそうな人だった。夫の利八は二十二歳で、姉さん女房なのだという。

「鶏なんぞ勝手にその辺を歩き回って、一日中エサを突っついとるもんだよ。毎朝、小屋をのぞいて卵を産んどるかどうかだけ見てやりゃあいいずら」

きよはいかにも簡単そうに言うと、「それよか」とカネを手招きするように、手をひらひらと動かした。

「渡辺さんの奥さんは、まるで女神さんだって皆、言ってるよ」

「何ですか、それ」

カネが目を瞬いている間に、きよは、村のみんながカネが持ってきたキニーネに救われた、カネはすごい人だと言っていると教えてくれた。

「うちの亭主も、もうすっかりよくなったよ。ありがてえことだ。本当、この通り」

「やめてください。すごいのは薬で、私じゃないんですから」

それでも、きよは拝む真似をやめない。

「やっぱり学のある人は違うもんだって」

「そんなこと。私だって薬のことなんかほとんど何も知らないんですから」

むっちりと太いきよの手を取って、やっと拝む真似をやめさせると、彼女は「なあ」と、またこちらの顔を覗き込んできた。

「そんな人が、どうしてまた、こんなとこに来たずら。だまされただらか？」

カネが「まさか」と笑っても、きよはまだ疑い深げな表情でこちらを覗き込んでくる。

「こんなとこにいたって、何もなんねえと思うよねえ。働いたって働いたって、畑は広くなんねえし、何の種まいたって、ぜんぜん実入りがないんだよ。こんなとこ、早いとこ見切りつけて、いっそ皆で帰ぇらねえ？　ねえ、そうすべえ」

来たばかりのカネに、いきなり何を言い出すのかと、カネは返す言葉が見つからなかった。それでもきよは「なあ、なあ」とせがんでくる。

「帰ぇろう、なあ？　あたしらは読み書き出来ねえけど、カネさんが一緒にいてくれりゃあ、迷わずに帰ぇれるだに」

「だって私、結婚したばかりだし」

「渡辺さんはここにいたいんだから、いりゃあいいだに。長居すりゃあ、そんだけ情が移るんだから、カネさんは早く切り上げた方がいいよぅ」

「私は――ここにいます」

するときよは「へーえ」と口をへの字に曲げて、恨めしげな顔になっている。カネはつい苦笑しながら、内心ではため息をつくしかなかった。たった十軒しかない村なのに、果たしてこれから先どうなるのかと思う。だが、そんな不安の一方では嬉しいこともあった。オベリベリに着いて十日ほどした夕暮れ過ぎ、山本初二郎の息子、金蔵と、山田勘五郎の息子、広吉、そしてアイランケの三人が訪ねてきたのだ。

「よく来たわね。さあ、入って入って」

カネは嬉しくなって、いそいそと彼らを小屋に招き入れた。ちょうど夕食を済ませて誰かに手紙を書いていた勝も「こりゃあ、ええわ」と自分が座っていた場所を譲る。

「俺、もっと色んなこと知りてえんだ」

最初にひょこりと頭を下げた十四歳の金蔵は、勝が一人で暮らしていたときにも時々、習字や勉強を教わりに来ていたということで、既に多少の算術も出来るようになっていた。一方、二十歳の広吉も簡単な読み書きは出来、加えて聖書にも興味を抱き始めているという。残るはアイランケだった。アイヌの少年は、日本語の文字をまったく知らない。カネは、金蔵と広吉にはそれぞれに一人で出来る課題を与え、ことにアイランケに丁寧に「いろは」から教えていくことにした。そして、ひとしきり授業をした後は三人に物語の読み聞かせをした。堅苦しい勉強ばかりでは子どもはじきに飽きてしまうことは経験上よく分かっている。

「文字が分かるようになったら、こんなお話もどんどん自分で読めるようになりますよ」

「ものがたり」というもの自体を知らなかった三人の少年は、カネが読み聞かせる物語に瞳を輝かせ、一心に耳を傾けた。そして「明日もまた来たい」と、恥ずかしげに笑って帰っていった。

「毎日これじゃあ、疲れるんじゃねぇか」

初めての授業に、やれやれ、と思わず息を吐き出しているカネに、勝が気遣《きづか》うような顔をした。カネは微笑みながら首を横に振った。昼間の慣れない労働で身体は疲れているはずでも、カネにとってはそれが貴重なひとときだった。

そうしてようやく少しずつ生活が落ち着いてくるかと思っていた矢先の十一月一日、前日から降り続いていた雨のせいで札内川が増水し、ついに溢れ出したと、起き抜けにきよの亭主、高橋利八が知らせに来た。

「下手すっと、土手を越えてくるかも知んねえ！」

勝が跳びはねるように利八について外の様子を見に行き、すぐに駆け戻ってきた。

「いかん、このまま水が引かなゃあようだと、畑はおろか、小屋までやられるかも知れん！」

とにかく土間や床に置いてあったものは少しでも高いところに上げ、梁から吊せるものはすべて吊して、いざとなったら逃げるしかない。カネは、自分も慌てて勝の手伝いを始めた。米や味噌などをすべて押入に抱え上げ、濡れては困る聖書や衣類も箪笥の上に乗せる。流されては哀れだから鶏も捕まえて籠の中に入れた。やるだけのことをやってしまったら、あとはひたすら祈るだけだ。

天主さま。せめて耐えきれる分だけの試練にして下さいませ。今、私たちにはこれが精一杯です。

激しい雨音を聞きながら勝と肩を寄せ合うようにして共に祈るうち、雨音は次第に小さくなって、やがて、辺りに静寂が戻った。

「助かった！　この分じゃ、土手を越えてはこんだろう」

外の様子を見に行った勝が、帰ってくるなり万歳をした。その笑顔を見て、カネは全身の力がどっと抜けるのを感じた。

「どうなることかと思いました」

「仕方がなゃあわ。川が近かゃあと、こういうこともあるもんだや」

冬支度を始めようというこの時期になって、新しい小屋など建てることにならずに本当によかったなどと言いながら、勝は窓を押し開け、鶏を庭に放し、まるで何事もなかったかのように「飯にしようか」と言う。

「飯を食ったら俺は薪を採りに行くもんだでよう、まだ当分、水は引かんだろうから、荷物は下ろさんまんまがいいな。万が一ってこともあるもんだでよう」

どれ、自分が火を起こしてやろうと言って、竈《かまど》の前で腰を屈める勝を眺めながら、カネは新しい発見をした気分だった。

この人は、強くなっている。

もちろん結婚前のことはほとんど知らない。だが初めて会った当時から横浜を発つ直前までの勝の印象といったら、悠々としたおおらかさを持つ一方で、どこかに線の細さを感じさせるものがあった。それがこのオベリベリへ来て、何もないところから小屋を建て、畑を拓き、何度となく自然の脅威にさらされながら暮らしてきたことで、どこか肝が据わった雰囲気を持つようになったと思う。大概のことには一喜一憂しない、そうでなければオベリベリでは生きていかれないという覚悟のようなものが定まったのかも知れない。

洪水騒動が嘘のように水が退いた後は、川に鮭が上り始めた。すると勝はヤスを片手に鮭獲りに行くようになった。獲り方はトレツやパノに教わるという。日によって三匹、五匹と獲れる鮭を運んでくると、勝は器用に捌《さば》いて白子やイクラを取り出し、それぞれを塩漬けにしていく。なるほど以前、パンを焼いたとか五目寿司を作ったと自慢するだけのことはあって、勝の包丁さばきは不慣れなカネ以上で、鮭の数も日増しに増えていった。

「おカネ、カネ！」

そうしてさらに数日が過ぎたある午後、前日から水に浸しておいた小豆を炊こうとしていたカネの耳に、外から勝の声が聞こえてきた。何事かと外に出てみると、しばらく前から大津に下っていたはずの兄上もそこにいて、勝と二人で何やら妙な顔つきで笑っている。

「兄上、いつ帰ったの？」

冷たい風に小さく身震いしながらカネが二人を見上げると、並んで立っていた勝たちはさっと左右に分かれる。すると彼らの背後から、真新しい風呂桶が現れた。端に鉄の筒が立てられた、いわゆる鉄砲風呂だ。鉄の筒に燃えた薪を入れて湯を沸かす仕組みになっている。カネは「まあ」と口元に手をやったまま、思わずその場に立ち尽くした。

「前から勝くんが注文しておいたものが、ちょうど届いてたんでな」

「――注文しておいてくださったの？」

オベリベリでの暮らしが始まって、まず何が困ったといって温かい風呂に入れないことが、カネには一番辛かった。衛生という点でも気になったが、ことに、これから寒さが厳しくなってきたら、湯で身体を拭《ぬぐ》うだけでは、どうにも身体が冷えるに違いないと不安にもなっていたのだ。それを、勝はちゃんと分かってくれていたのかと思うと、胸に温かいものがこみ上げた。

「横浜にいたときと同じ生活は無理でも、ここなりに出来るだけのことはしてやりたゃあと思っとる。今日からすぐに入れるようにするでよう。これで、よお温もってちょうよ」

共に暮らすようになってから、日に何度でもカネを抱きしめ、どんな粗末な料理でも「うまゃあ」と笑い、こちらから言ってもいないのに風呂桶まで取り寄せてくれる、そんな人と一緒になったのだと、カネはしみじみ結婚してよかったと思った。もはや、勝と一緒になる前、誰を思うこともなく暮らしていた頃の自分の心持ちが思い出せないくらいだ。

「預かってきた手紙や新聞は後で皆に配る。食料や小間物、灯油も運んできたからな。また当分は心配いらん」

「酒もあるかゃあも」

「忘れるはずがなかろう」

「さすが銃太郎だがや」

「じゃあ、私、今日はおはぎを作るわね。ちょうど小豆を煮ようとしていたところだから」

カネの思いつきに、勝も兄上も「おう」と嬉しそうな声を上げている。カネはいそいそと小屋に戻り、竈の火を起こしにかかった。外からは、風呂桶をどこに置こうか、囲いはどの程度の大きさにしようかなどと銃太郎と相談する勝の声が聞こえて、何が楽しいのか、二人で声を揃えて笑っている。

「銃太郎が言うには、とにかく俺らには想像もつかんぐらぁの寒さになるげな、本格的に雪が降る前に、小屋の壁ももっと厚くして、色々と足りとらんもんは今のうちに作らんとな。よし、働くぞぅっ！」

その言葉通り、勝は天気さえよければ半日は鮭獲りに費やし、もう半日は大工仕事に汗を流した。物干しや薪小屋を作ったり、そうかと思えば水屋に棚を吊り、自分用の釘箱を誂《あつら》えたかと思えば、鶏小屋や便所を直し、すると次には雪解け水や排水などを流せるように、小屋の周りに溝を掘るといった具合だ。

「渡辺さんはずい分と大工仕事にも慣れてきたようじゃねえですか」

時折、大工の吉沢竹二郎が訪ねてきて、勝の仕事ぶりを眺めては細かい手直しをしてくれたり、また、いかにも本職らしく壁や囲炉裏の補修を手伝ってくれたりした。囲炉裏《いろり》の傍に、新しく炬燵も掘ってくれた。勉強を教わりに来る金蔵の父親、山本初二郎は伊豆でも農閑期に炭焼きをしていたということで、こちらに来ても炭を焼いているから、その炭を分けてもらうことが出来た。

「ああ、おこたは本当にありがたいです」

「どこの家でも欲しがってますよ。伊豆ってえのは、そんなに暖けえとこなのかね、やたら怖がってます、ここの寒さを」

竹二郎だけは伊豆ではなく東京の出身ということで、しかも独り者ということもあり、他の農民たちとは少しばかり雰囲気が違っている。彼のお蔭もあって、カネがオベリベリに着いたときには、文字通り掘っ立て小屋に毛が生えた程度の住まいだったものが、たったひと月ほどの間に細かい造作が加わり、小屋の周りには風呂の他にも薪小屋や鮭を保存するための棚なども出来て、「三匹の子豚」の小屋から、ずい分と人の住まいらしくなった。カネは、女学生当時、やはり原文で読んだ「ロビンソン・クルーソー」を思い出していた。今のカネの暮らしは、「ロビンソン・クルーソー」の世界そのものだ。

「寒くなったら、野ウサギの毛皮を糠と灰を使って脂を抜いてね、縫い合わせる。これもメノコの仕事だね。それを着物の下に着るんだよ」

トレツの妻からは、そんな知恵を授かった。最初、他のアイヌたちも彼女を「メノコ」と呼ぶから、そういう名前なのかと思っていたら、どうやらメノコとは女性という意味らしいということが次第に分かってきた。

「それで、ウサギの毛は着物に詰めるんだ。それで、すごく温かい」

なるほど、そうやってアイヌは寒さの中を生き抜いてきたのかと感心し、カネがお礼に縫い針を三本やると、彼女は大層喜んで、そのまたお返しにと、自分が着ていたアットゥシというアイヌの着物をくれた。アットゥシはアソピウという木の皮から繊維を取り出して織った布で作るのだという。

「木の皮から、着物が出来るの？」

口の周囲に入れ墨をしたトレツの妻は大きく頷いて、この大地にあるものは動物も植物も火も水も、すべてに魂が宿っているのだと、アイヌの信仰する世界について教えてくれた。

「その中でいちばん強い魂がカムイね。水のカムイ、火のカムイ、山のカムイ、木のカムイ、家のカムイ、たくさんいるよ。いいカムイもいるけど、悪いカムイもいる」

だからアソピウにも魂があり、その魂をもらって作るアットゥシの袖口や背中、裾に施す刺繍《しし ゅう》には、きっと魔除けの意味があるに違いない、とトレツの妻は言った。

確かヨモギも魔除けになると聞いたが、そういうものが多いのだろうかと思いながら、カネは、もらったばかりのアットゥシにその場で袖を通して見せた。トレツの妻は、それは嬉しそうな顔をして、アイヌの神さまはきっとカネたちのことも守ってくれるだろうと何度も頷きながら帰っていった。

そうして今年の畑仕事が、すっかり終わりになった。暇を見つけては各戸を回って作物の出来高を記録したり、畑の測量なども行ってきた兄上によって、初めてオベリベリに入った今年は、予定の三十町歩に遠く及ばない二町七反あまりしか開墾出来なかったことが明らかになった。

「十分の一にも届いとらんがや」

兄上がやってきたある晩、勝と二人で酒を酌み交わしながら、彼らは深々とため息をついた。

「この分じゃあ、一万町歩も拓くまで、何年かかるか分からゃあせんがや」

「三十町歩でさえ、夢のまた夢だもんなあ」

二人は憂鬱な顔をして囲炉裏の火を見つめている。畑の収穫量も惨憺たる有様であることは既に聞いている。

「そんなことで大丈夫なの？」

つい口を挟むと、兄上がわずかに眉をひそめた。

「おい、男の話に――」

するとと勝が「まあまあ」となだめるように手を振った。


「この場は俺ら身内だけだもんで、まあええわなも。おカネにもおカネなりに言いたゃあことはある。でも、ここに依田くんもおったら、またちょっと違うがよう」

「依田さんがいたら、話しては駄目なの?」

カネが多少ふくれっ面になって尋ねると、兄上は半ば諦めたような顔つきになって頷いた。

「依田くんは武家でもない割には、そういうとこは結構うるさいからな。カネも、気をつけた方がいい」

結局こういう環境になっても、慣習や三従の教えなどから解き放たれるわけではないのだと思いながら、カネは再び繕《つくろ》い物をする手を動かし始めた。勝や銃太郎が着ている洋服は、軍や警察から出る古着を安く買っているのだそうだ。着物よりも動きやすいということだが、古着の上に労働が激しい分だけ傷みも早い。それをこまめに洗っては繕うのが、子どもらが勉強を教わりに来ない晩の、カネの大切な仕事になっている。

「こらゃあまた『帰りたゃぁ』と言い出すヤツが出てくるがや」

「どんなに帰りたくたって、冬の間はとても無理だ。取りあえず依田くんが、それをどう分からせて、説得するかだよなあ」

「依田くんにだけ任しとくってわけにもいかんぞ。あの言葉数では、そうそう納得させられるもんでもなゃあ。ここは俺らも一緒んなって、何としてでも来年に希望を持たせるようにせんことには」

茶碗酒をぐいとあおり、兄上は「希望か」と顔をしかめた。

「難しいなあ。この暮らしで希望を抱き続けるのは」

「そんでも銃太郎。とろくさゃあなりに、前には進んどるがや。こらゃあ間違いなゃあことだ」

「まあ、それはそうだが」

「焦《あせ》りは禁物だなも」

「晩成社として動き出して、まだ一年もたっとらんのだもんな」

とにかく、まず初めての冬を皆で乗り切ることだ、そうすれば必ず春が来て、また気分も変わると、二人の話は常にそんな終わり方だった。一方、依田さんがやってきた日には、勝は依田さんの聞き役になっていた。

「目標の十分の一も開墾出来なかったって、それをどう伊豆に説明すりゃあいいら。兄貴らが納得するだらか」

依田さんは、勝と兄上に対してはさほど口が重たいということもなく、言いたいことを言うようだ。

「今年は初年度だから仕方がないとしよう。向こうだって、それぐれえのことは織り込み済みだもんで。そんでも来年こそは、きっちり予定通りにせんと、兄貴も親戚連中も、そらあ黙っておれんと思う。伊豆の信用をなくすことになるら」

依田さんは、二言目には「兄貴が」「伊豆が」という言葉を使った。開拓の資金を出してもらっている以上は意識しないわけにいかないのだろうが、ここに暮らす誰一人として遊んでいたわけではないことを、きちんと説明するのが依田さんの役割なのではないかと、カネは口にこそ出せないものの、一人で密かに苛立った。依田さんのことなら勝がよく分かっているのだから、勝が上手に説得してくれるのを期待したが、言いたいことは言うはずの勝も、何となく煮え切らない返答をするから余計に焦れったくなる。ある晩、依田さんが帰っていった後でカネがそのことを言うと、勝は困ったような顔つきになった。

「そりゃ、年上の依田くんには銃太郎にするみたゃあに思うまんま、好き勝手なことは言えぇせんがや。それに、依田くんは狷介孤高《けんかいここう》の士というか、容易に人の言うことを聞きゃあせん」

「そんな狷介孤高の人が、どうしてあんなに伊豆のことばかり気にするのかしら」

まだ酒が足りていないような顔つきだった勝は弁解するように「もう一杯だけ」と一人で酒を注ぎながら、それは依田家の大きさと、依田さんの長兄の偉大さのせいだろうと言った。

「武家でなゃあといったって、伊豆では大変な豪農だ。格式でもしきたりでも、落ちぶれ士族の俺らなんぞより、よっぽどこだわりがあるでよう」

その家にしばらく食客として身を寄せていたのだから、自分にはよく分かる、と勝は茶碗酒を傾ける。

「その上、一番上の兄さんの佐二平さんは、そりゃあ志も高けれぱ実業家としても立派に成功しとる、大したお人だで。依田くんは佐二平さんをえらゃあ尊敬しとるし、一方で、自分も兄さんみたゃあにひとかどの事業家になりたゃあと思っとるんでなゃあかな」

「事業家？　開拓者としてここに入ったのでしょう？　目指すのは事業家ではなくて開拓農民ではないの？」

「どうかなあ。度外れたことを考えとるような気もするがね」

何をするのでも構わない。とにかく何事に関しても勝や兄上と相談しながら、この土地で成功してくれるのなら文句はないとカネは思った。

そうして勝と二人、どうしても身体を寄せ合って寝ていなければ耐えられない程に冷え込んだ朝、震えながら起き出して外に出てみたら、辺り一面が雪景色に変わっていた。

いよいよ来た。オベリベリの冬。

信州の上田でも、また横浜でも、雪を経験したことがないわけではない。だが、たったひと晩の間に、すべての色を失って白一色になっている世界を目《ま》の当たりにすると、もうそれだけで内地とは違っているという感じが迫ってきた。村の人たちの間にも、不安げな空気が広がった。

「凍え死ぬなんてことは、ねえんだらか」

「うちでも何とかして鹿の皮を手に入れなけりゃって話してるとこだら。あれを敷いて寝れば温《ぬく》といらしいって」

おかみさん連中と集まって、畑から掘り出した野菜を漬け込んだり、切り干し大根を作る間も必ずそんな話になる。モッケナシの大川宇八郎はヤマニという屋号で商売をしており、鹿皮も扱っているということだ。

「今度ヤマニが来たら、うちでも鹿の皮を頼むとするか。あと、鉄砲の弾ももらわななららんもんで」

本格的な冬に入ったら今度は猟をすると張り切っている勝も、大川さんの来訪を待ち望んでいるらしかった。そんな十一月も終わりに近づいたある日、札幌県の勧業課吏員を名乗る男が数名でやってきたと、隣の高橋利八が知らせに来た。よその土地から人が来るのは、それだけで珍しいことだ。勝はすぐに晩成社の事務所へと出かけていった。カネも、果たしてどんな話が聞けるものかと楽しみにしていたが、しばらくして戻ってきた勝は、ひどく難しい顔つきになっていた。

「勝手なこと言ゃあがって」

荒々しく炉端に腰を下ろし、眉根をぎゅっと寄せて、勝は口をへの字に曲げている。

「これからは、十勝川やこの辺の川では、鮭の捕獲は禁止になったとこかゃあがった」

「え——どうして？」

カネは驚いて仕事の手を止めた。このところ毎日のように食べているのが勝が獲ってくる鮭だ。これのお蔭で、どれほど助かっているか分からないというのに、これ以上獲れないとなったら余計に心配の種が増える。

「監視員を置くし鉄砲も持たすもんで、見つけたら罰するだと」

「だって、川を上ってくる鮭は、べつに県のものでも何でもないでしょう？」

「あたりまゃあだ。大津の海で獲っとるんなら、そらゃあ江さんとこみたゃあに仕切る人がおるもんだで、漁業権だなんだ、あるかも知れなゃあが」

勝は憮然《ぶぜん》とした表情のまま、自分たちはもちろんだが、アイヌにとってはもっと大きな打撃になるに違いないと言った。

「何せ、今年は鹿もいつもほど獲れんて話だから、そんだけでも連中は食うもんに困っとる。もともと自然任せに生きてきた連中だで、こんで鮭まで獲ってはならんてことになったら、どうなるか分からんがよう」

つまり、ここで生きているものたちみんなが飢えることになる。それを分かっていて、お役所はそんなことを言うのだろうか。その理由とは何なのだろうとカネが首を傾げている間に、勝は「ま、ええがゃあ」と鼻を鳴らした。

「監視員に見つからんようにしとかゃあ、ええだけの話だで。役場の言う通りばっかししとったら、顎が干上がるわ。こっちが頼んだことは、ここの下付願を受けつけんばっかりか、郵便局も開ゃあてくれんわ、道路の開削《かいさく》願もそのまんまで、何一つやってくれんくせしくさって。冗談じゃなぁあわ、獲ってやるがや、どんだけでもよう」

その言葉通り、勝はそれからも毎日、鮭を獲り続けた。たまに監視員と出くわすこともあるにはあったらしいが、そんなときはうまくごまかしたと笑いながら帰ってくることもあった。本当に鉄砲を向けられたらどうするのだろうかと、聞いていてヒヤヒヤしないでもなかったが、それでも勝は「そんなことにはならねぁわ」と息巻くばかりだった。

師走に入ると雪の降る日が増えた。冷え込みがきつくなり、ついにカネは勝と交互に風邪をひき、床に伏せる日があった。熱など出したのは何年ぶりか分からない。しかも、医者もいない土地で具合を悪くすると、こんなにも心細いものかと、カネは布団の中で身体を縮こめていた。

「こんな寒さだもん、無理もないわ」

カネが熱を出したと聞きつけたらしく、依田さんのところのリクが、薬を持って訪ねてきてくれた。その場で煎じてくれたものを飲んで、カネは終日うとうととまどろんだ。

色々な夢を見た。自分がまだ横浜にいて、女学校で教えている錯覚に陥る夢が続き、目が覚めたときには一瞬どこにいるのか分からなかった。勝はいない。また狩にでも行ったのだろうか。風の音だけが聞こえる貧しい小屋に、カネは一人で寝ていた。

もう帰れないんだ。本当に。

後悔はしていないつもりだ。それでも、母上はどうしているだろう、妹や弟たちは元気だろうかなどと次々に思いが浮かんで、どうにも切ない気持ちになった。ピアソン校長やクロスビー先生たちは今もあの坂の上の校舎で、生徒たちに囲まれながら祈りと宣教の日々を送っているのだろうか。短い間しか教えられなかったけれど、可愛かった生徒たちは、さぞ大きくなっただろう。カネのことを思い出すことは、あるのだろうか。ああ、食事の度に敷かれる白いテーブルクロスが懐かしい。寒い日に飲むミルクチョコレートを今、飲むことが出来たなら——気がつくと、目尻から涙が伝い落ちていた。

それでも、私はここにいる。

そう決めたから。

カネは固く目をつぶって寝返りを打った。そうしてまた眠りに落ちた。

リクが持ってきてくれた薬が効いたのか、翌日には熱も下がり、カネはまた忙しく立ち働く日々に戻った。忙しくしていた方が余計なことを考えずに済む。横浜での暮らしや母上たちのことを思って気持ちが沈むこともない。そのことが、熱を出したお蔭でよく分かったから、余計に忙しく動くことにした。そうして迎えたクリスマス前の日曜日には兄上もやってきて、三人でささやかにクリスマスの祈禱会を開いた。

私たちはここで生きてまいります。天主さまの御心の通りに。

今このオベリベリで、ようやく新しい年を迎えようとしている我々と、我らの行く道を守りたまえ。

明治十六年の暮れ、冬枯れの野には鴨だけでなく、鷲《わし》や鷹《たか》、それに白鳥などが姿を見せるようになっていた。

「初めて見るが、白鳥も鷲も、あらゃあでっかゃあもんだなあ。ぶっ放すにも度胸がいるがや」

勝は、今度は鉄砲を担いで出かけていくようになった。どんなものも、獲れるものは獲り、食べられるものは食べて、売れるものなら売りさばく。すべて無駄にせず、鮭の皮は水を弾くことから接ぎ合わせて藁靴の上に履く靴にしたし、白鳥の美しくて大きな羽根も箒《ほうき》にしたし、鷲の羽根は何羽分もまとめて売ることが出来た。それがオベリベリで生きていくということだった。

第三章

1

明治十七年は、暮れから泊まりに来ていた父上も交えて、勝とカネとの三人で迎える新年になった。正月といっても門松を飾るわけでも鏡餅があるわけでもなく、新しく袖を通す着物一つ用意できていない、ただ三人揃って雪原に朝陽を拝み、雑煮を食べるだけのものだ。

「横浜にいたときは、年の変わり目っていったら港から船の汽笛がいくつも響いてきて、どこからともなく外人さんたちの歌う声が聞こえたり、年越しの礼拝も行われたし、それは賑やかでしたね」

「伊豆でさゃあもそうだがや。除夜の鐘が響いて、山寺に続く道に初詣《はつもうで》の人らがようけ出てな、長い列を作っとった」

だが、鶏のひと鳴きで明けたオベリベリの元旦は人家の多い街では味わえない、いかにも厳かな空気に満ちていた。その清冽さや静寂に、カネは心が震えるような感動を覚えたし、ごく自然に手を合わせて祈りを捧げたい気持ちになった。天主さまの存在が、より身近で確かなものに感じる、それは間違いなく、都会では味わうことの出来ないものだ。

「なかなかどうして、こういう心持ちになった新年は初めてじゃ。上田におったときとも違う、まさしくオベリベリでしか味わえないものがあるな」

父上も同じことを感じたのかも知れない。勝と並んで早朝から漢詩を詠み、朝陽を浴びて乾布摩擦をした後はひとしきり竹刀も振るという、実に清々しいひとときを過ごした後だったから、彼らは貧しい料理にも舌鼓を打ち、実に和やかで上機嫌だった。

雑煮を食べた後、勝は村内の家々を年賀に回ると言って出かけていった。カネは、昨年の正月のことなどを思い出しながら、父上を相手に母上たちは今ごろどうしているだろうか、海岸教会ではいつものように新年の礼拝が執り行われているだろうかなどと話しながら、これからやってくるに違いない年始客のために、限られた食材とありったけの鍋を使って、時折、父上に味見をしてもらいながら、普段よりも多めの料理を用意し続けた。

「向こうでも、さぞかしわしらのことを案じておるじゃろう。カネも、暇を見つけて文を書きためておくことじゃ」

「そうします。女学校の先生方にもお伝えしたいことがたくさんあるし、函館の桜井さんにもお便りしたいし」

夕方になってほろ酔いの勝が帰宅し、入れ替わりに父上が兄上の待つ家へ帰っていくと、しばらくして依田さんが自家製の濁酒《どぶろく》を持って現れた。簡単な新年の挨拶かと思ったら、そのまま腰を据えて勝と酒を酌み交わし始めて話に際限がなく、結局そのまま泊まっていくことになったから、代わりにカネが依田さんの家に泊まることにした。正月早々リクを一人にしておけないだろうと勝が言い出したからだ。普段は一緒に暮らしている文三郎さんも、独り者同士で気楽だからと暮れから吉沢竹二郎の家に行っているという。

「まあ、頼むわ」

酒で顔を赤くした依田さんは、相変わらずぶっきらぼうな口調でそれだけ言うと、もうカネの存在など忘れたかのように勝の方に向き直ってしまう。いつものことだから、カネの方でも、もう何とも思わなくなった。とりあえず手ぬぐいと櫛だけを持ち、綿入れの上からアットゥシを羽織って家を出る。外は雪明かりでほの明るく、吐く息も髪の根も、すべて凍りつくほどに凍てついていた。

「来てくれたの？　わざわざ、悪かったたね」

依田さんの家までたどり着くと、新年の挨拶もそこそこに女二人で暖かい炬燵に足を入れ、一緒に汁粉をすすりながら、しばらくは当たり障りのない話などして過ごしたけれど、そのうちに会話が途切れた。もともとカネ自身、さほど人の噂や世間話が得意な方でもないところにきて、リクという人はさらに口数も少なく、どちらかといえば内向的な印象を受ける。何より、いつにも増して青白い顔をしているのがカネは気にかかった。

「リクさん、どこか具合でも悪いの？　風邪？」

尋ねると、リクは力なく微笑みながら首を横に振る。

「ずっとね——気鬱なだけ」

「気鬱？　何か、あった？」

炬燵布団の下に手を潜り込ませ、肩をすくめて、カネはこの村の女たちの中で唯一自分より年下のリクの顔を覗き込んだ。彼女は少しの間ごまかすように曖昧《あいまい》な微笑みを浮かべていたが、やがて「ごめんねえ」と小さく頭を下げた。

「お正月早々、辛気《しんき》くさいだら」

「そんなことないのよ。ただ、顔色がよくないみたいだから」

リクは、それからもまだ唇を噛み、しばらく宙を見つめている。

「——カネさんだと思うから、話そうかな」

思えばこんなときでもない限り、朝から晩までコマネズミのように働いていて、ゆっくりと話をする機会もない。聞くだけならいくらでも出来るとカネが応えると、リクは、まだ少し迷う様子を見せていたが、やがてふう、と一つ息を吐いて、「実はさ」と俯《うつむ》きがちに口を開いた。

「私さ、子どもがいんだ。男の子が一人」

ああ、やはりその話かと思った。初めて横浜でリクと会ったときのことを思い出す。あの時も、今から考えれば信じられないほどはしゃいでいた依田さんのそばで、リクの方はずい分と淋しそうにしていた。

「俊助《しゅんすけ》っていって――主人が、開拓の足手まといになるから、どうしても連れてきちゃなんねえって言うもんで、しょんねえから伊豆に置いてきたんだけんど」

「聞いてるわ、うちの人から」

リクの眉や口元が、痙攣《けいれん》でも起こしたようにぴりぴりと震えた。

「その俊助がね――あの子がさ」

リクは大きく深呼吸をするように何度か肩を上下させて、死んじゃったんだよね、とかすれる声で呟いた。カネは一瞬、息を呑んだ。

「そんな――いつ？　知らせが、来たの？」

「文三郎さんが来たとき、私が真っ先に『俊助はどうしてる』って聞いたら、最初は黙ってたんだけど――主人の兄に口止めされてるからって」

「それで、文三郎さんが言ったの？　亡くなったって？」

リクは唇を噛んで小さく頷いた。

「――つまり、私たちがこっちに来るよりも前に、亡くなってたっていうことなの？」

リクはもう一度頷いて、自分の息子は昨年の九月七日に息を引き取ったらしいと、震える息と一緒に、囁くように言った。

「まだ三歳だったのさ。どんなにか心細かったか知らねぇのに——私を呼んでたに違いないよ。なのに、私はあの子を抱いてやることも出来んかったばっかりか、死んだことさえ知らんかったんだよねえ」

リクの瞳からぽろりと涙が伝い落ちた。あまりにも思いがけない話に、カネはしばらくどう声をかけたらいいのかも分からなかった。しばらくは「そうなの」と言ったきり口を噤んでいたが、それからはとにかく懸命に、思いつく限りの言葉を口にした。気の毒だったね、可哀想に、リクさんもさぞ辛かったわねと繰り返すと、リクはぽろぽろと泣きながら、うん、うん、と頷いている。

「本当に亡くなってしまったんなら——今はもう、安らかにお眠りくださいと祈るより他にないわね。亡くなった人は戻らないものねえ。息子さんはまだ小さくて気の毒だったけれど、これも寿命だったと思うより——リクさんも依田さんも、さぞお辛いだろうと思うけど」

すると、リクの顔つきが急に変わった。そして、実は、このことは依田さんには伝えていないのだと吐き捨てるように言った。

「だって、悔しくて——あの人が、私と俊助を引き離しただ。そんなことさえせんかったら、俊助は死んだりせんかったかも知れんし、そうでなくたって、せめて母親の私がそばについててやれたのに——だもんで、あの人は今も、何も知らんまんま。文三郎さんにも絶対に言ったらだめだら、開拓の邪魔だって叱られるんだからって、きつく口止めしたずら」

リクは涙で頬を濡らしたまま「当たり前だら」と吐き捨てるように言った。

「あんな人――後から知って、自分が私と俊助にどんな仕打ちをしたんだか、私がどんなえらい気持ちで、たった一人で耐え忍んできたもんだか、思い知ればいいずら」

カネは、背筋をぞくぞくする感覚が這い上がるのを感じた。夫婦でありながら、この人は依田さんを恨んでいるのだろうか、憎んでいるのだろうか。そんな相手と一つ屋根の下にいるのだろうか――そう思うと何とも言えない冷え冷えとした気持ちになる。

「伊豆にさえおったら、今ごろは家族全員、揃って盛装して、お祝いのお膳だって用意して、俊助は元気に一つ大きくなってたかも知れんけん。そんなのに、自分の子が死んだことも知らんで、こーんな小屋で雑煮だけすすって、一人でいい気んなって『意気揚々』とかって小難しい漢詩なんか作っとるら。あの人、自分からは俊助の名前さえいっぺんだって口にせんもんね。もう、俊助のことなんか忘れたんだ。そういう人だら」

せめて一緒に泣けたらいいと思うのに、そんなことも出来そうにない夫といるのが今日に限っては特につらく、また気詰まりで仕方なくて、リクは珍しく自分から勝のところにでも呑みに行ったらとすすめたのだと言った。

「いっつも難しい顔して、家にいるときだって、ずっと帳簿をつけたり役場に出す願いとか届けとか書いたり、そんなことばーっかしとるもんで、正月くらいは頭も気持ちも休めたらって言ってやっただ。私だって、あの人といたら俊助に手を合わすことも出来んだし、泣きたくったって泣けんもんで」

リクは顔に手ぬぐいを押し当てて、せめてもう一度でいいから息子に会いたいのだと肩を震わせ、ついに炬燵に突っ伏して嗚咽《おえつ》を洩らし始めた。カネには、そんなリクの背中をさすってやることしか出来なかった。リクが哀れでならなかったし、一方、息子の死を未だに知らされず、妻からこんな風に思われている依田さんもまた、哀れに思えた。

翌朝、寝不足のまま家に戻り、入れ違いに同じく寝不足の顔をした依田さんが帰っていって間もなく、今度は村の人らが順番に訪ねてきて、新年の宴会になった。カネは、リクから聞かされた話を胸に抱えながら、男たちが陽気に騒ぐのを横目に立ち働いた。彼らはカルタをしたり手拍子と共に民謡を歌ったり、ついには狭い小屋の中で踊り出したり、誰かが帰ればまた違う誰かが加わるという具合で、時には下世話な話題も飛び出せば伊豆の思い出などを語り出し、勝はそんな人々と上機嫌で笑い合い、そうこうするうちに夜になった。すると、既に相当出来上がっているはずの勝が「よしっ」と腰を上げる。

「気分を変えんとな。ちいと、依田くんのとこでも行ってくるで」

一瞬「やめておいたら」と引き留めようとして、カネはすぐに考えを変えた。昨晩のことが心に引っかかっている。カネ自身が暮れに風邪を引いて寝込んだとき、離れて暮らす家族のことや横浜での日々などをあれこれと思い出して余計に気持ちが沈んだから、息子の死を一人で抱え込んでいるリクもまた忙しくしていた方が、かえっていいだろうと思ったからだ。

「行ってらっしゃい」

にっこり笑って見せると、勝も「おう」とにこやかに出かけていった。そしてその晩は、もう戻らないのではないかと思うほど遅くなるまで帰ってこなかった。

「あー、呑んだ。呑んだがやぁ、カネぇ！」

相当な夜更けになってから、ぐでんぐでんに酔って帰宅した勝は、外の凍てついた空気を全身にまとい、藁靴も脱がないままで、土間から倒れ込むように寝転がったかと思うと、そのまま一人で笑っている。

「笑っている場合じゃないわ、凍え死にしますよ」

カネは震えながら小屋の戸をしっかりと閉め直し、勝の藁靴を脱がせて、やっとの思いで寝床まで引っ張っていった。すっかり脱力している勝は重たくて、足先に巻いている毛織物を剝《は》がすだけでも一苦労だ。

「もう。こんなになるまで呑むなんて」

「いいがね、正月だもんだで、カネ！　めでたゃあこったが。ええがゃあ、カネ！　我ら、このオベリベリで、必ず、必ずよお、こがねの花を咲かせてみせたるでよう！　ああ——ちぃと喉渇いたなぁ——水、水くれえせんか」

木桶の水はもう表面から凍りはじめている。それを柄杓で割って水を汲んできてやると、勝は半分ほどこぼしながら喉を鳴らして茶碗を傾け、そのまま酔い潰れて眠ってしまった。そして案の定、翌日は気分が悪いと言って、まるで起きられない。

「俺ぁ、ゆうべはいつ頃戻ったかゃあ」

「真夜中ですよ。じきに空が白んでくるんじゃないかと思うほど、遅くなってから」

わざと睨む真似をしながら、カネは囲炉裏にかけた鍋で煎じていたシケレペニの皮を煮出した黄色い汁を茶碗に注いでやった。勝は「こらまた苦がゃあ」と顔をしかめながら、それでも素直にそれを飲む。アイヌの人たちも酒好きが多く、翌日まで酔いが残っていたり、また胃の調子が悪いときには、このシケレペニという木の、黄色い皮の部分を嚙んだり煎じたりするのだと、これもトレツの女房が分けてくれたものだ。

「そんなになるまで呑まなけりゃいいのに」

「ああ、頭が痛たゃあんだで、キンキンした声で話しかけんといて」

勝はうるさそうに寝返りを打って、またしばらく眠ったが、昼には起き出してきて雑煮を食べ、「正月とはこうやって過ごすものだ」と涼しい顔をしている。そうして日も暮れかけた頃、今度は兄上たちの小屋を訪ねると言って、また出かけてしまった。

翌日も、翌々日も、小さな村の誰かしらがやってきては酒盛りが続いた。カネはひっきりなしに水屋に立って煮炊きをし、子どもらが来ると勉強を教え、あとは繕い物をしたり、鶏の様子を見たりして過ごした。

「熊送りの祭りに呼ばれたもんだで、ちぃと行ってくるわ。何でもアイヌには大切な祭りだげなで」

数日後、今度はモチャロクからの誘いを受けて、勝はアイヌの独特の風習だという祭り見物に出かけていった。そうして帰ってきたときにはまたもや泥酔状態だ。

「カネぇ、あぁ、あらゃあすげえもんだぞ、熊祭りはぁ。可愛がって育てた熊の子をなあ、神さまんとこに戻すんだと。ああ、天井が回っとるなも——」

その頃には、カネも分かってきた。勝という人は、どんな相手からでも誘われたり頼られたりしたら、決して嫌だと言わない。その上ひとたび酒を呑もうということにでもなれば、断らないどころか、ほどほどで切り上げるということが、もう出来ないのだった。何でもとことん進まなければいられない。その結果、泥酔して翌日は使い物にならないとしても、誘われればまた出ていくし、やはり酒もやめられないのだ。

「ああいうの、懲《こ》りない性格っていうのかしら」

「それだけ一本気なんじゃろう」

「お酒に一本気も何もあったもんじゃないと思うけど」

雪道を父上が訪ねてくるときなど、カネがこぼすと、父上は他に楽しみもないのだから大目に見てやることだと勝をかばった。

「だって、父上。お金だってろくすっぽないのに」

「だから、みんなそれぞれに工夫して濁酒も造っておるし、こんな季節でも何とか収入を得ようと猟にも出ておるじゃろう」

「それは分かりますけれど、こんなに呑み続けていたら、身体にだってよくないんじゃないかと思って」

父上だと思うから、ついふくれっ面でため息をついて見せると、カネの言うことも分からないではないと父上は苦笑まじりに腕組みをした。

「確かに、いい若い者が酒ばかり呑んでおるのももったいないと、わしも思う」

「そうでしょう？」

「それで、じゃ。農閑期の間だけでも、わしは、あの三人に『大学』の講義をしようかと考えておってな」

父上は、カネが子どもたちに読み書きを教えているのを見ていて、自分なりに出来ることを考えてみた結果だと言った。

「人間というものはどこで生き、暮らしておっても、徳というものを忘れてはならぬ。そのことを、この村を引っ張っていく立場の彼らには、よく分かっておいてもらいたいからな」

父上は、中でも依田さんには、徳を積むことを知り、考える時間を与えたいのだという意味のことを言った。

「依田くんには、どうも性急なところがある。この地に入ってまだ一年とたたぬのに、もう農民たちが言うことを聞かぬ、伊豆の株主が心配じゃと、うちに来ても銃太郎にそんなことばかりこぼしておる。これでは『晩成社』とは名ばかりになる。もっと泰然自若としておらねば人はついては来んし、志は遂げられんということを、依田くん自身が学ばんといかんじゃろう」

「それはいいお考えです。是非とも、依田さんにも落ち着いて物事を考える時間を持たせてあげてくださいな」

正月にリクから聞かされた話を、カネは結局、ずっと自分一人の胸にしまっていた。そしてあれ以来、未だに何も知らないままらしい依田さんに対しては哀れだと思う以上に「心配な人だ」という印象を持つようになった。リクの辛い心情に、ここまで気づかないというのはどういうことなのか。鈍感なのか、または周囲が見えていないのではないだろうか。依田さんはいわば村長、そして、勝と兄上との三人チームのリーダーだ。だからこそ人々の様子にも目を配ってほしいし、我が子にはあまり示さなかったらしい情愛のようなものも、多少なりとも持っていてほしい。そうでなくてはこの先、何かあったときに、みんなが依田さんについていかなくなってしまうのではないか、みんなが困ることになるのではないかと心配になる。

「依田さんにはみんなの運命がかかっているのですから。父上が教育して差し上げてください」

「教育は大げさじゃが、まあ、さしずめ、わしは目付役といったところかな」

さすが御維新を経験して、数々の苦労を経てここまで来ただけのことはある。父上は晩成社の中でいつの間にか扇《おうぎ》の要《かなめ》のような存在になりつつあるようだった。そして実際に数日後から講義を始めると、その日は勝も依田さんを誘って兄上の小屋を訪ねていき、熱心に講義を受けるようになった。

「しばらく眠っとった脳味噌が、大きく揺り動かされた気分になったわ」

講義から戻った後、勝は実に晴れ晴れとした表情で、そんなことも言った。オベリベリの冬はなるほど長く厳しいが、こういう過ごし方を探していけば、冬ならではの楽しみも、新たな喜びも見つかるのに違いない。久しぶりに教師だった頃を彷彿とさせる表情で読書などしている勝を眺めて、カネはほっと胸をなで下ろした。

2

三月に入ると、依田さんは村の全員を集めて、昨年の移住時からこれまでの帳簿を示した。結局、現金化出来るだけの作物がほとんど穫れないまま昨年は終わってしまったから、そこから先の日々の生活は、すべて晩成社からの借金で賄《まかな》われていた。そのことを、依田さんは一同にはっきりと示したかったのだろうと思う。

「今はまだ、誰かの責任を問うときでないことはよく分かってるら。だが、これから春んなったら、今年こそは去年とおんなじことになるんじゃ困るってことを、みんなにも知っておいて欲しいと思ってな」

依田さんがみんなの前で難しい顔をしてみせると、農民たちの間からはそれぞれにため息ともざわめきともつかないものが洩れた。

「だってよう、聞いてたのとあんまり、違うずら」

「ほうだら。俺ら、伊豆にいた頃よりよっぽど辛ぇ思いして、こんな寒さの中で、やれ借金だけ増えてるの何の言われたって、どうすることも出来やしねえずら」

「暮らしが落ち着くまでは、晩成社とやらが面倒見てくれるっていう約束でなかっただけ？」

「ほうだほうだ、こんな食うや食わずの毎日で、俺らに、どうしろっていうだ！」

ざわめきの中から次々に声が上がると、依田さんは戸惑った様子で全員を見回し、両手を広げて「まあまあ」となだめた。

「分かっとる、分かっとるって。今すぐ、あんたらから何か搾《しぼ》り取ろうなんて気は、こっちにだってねえずら。ただ、今の状態——」

「うんにゃ、分かってねえ。文句言いてえのは、こっちだって話だ！」

カネは、少しずつ殺気立ってきた人々をそっと眺め回し、そして勝や兄上を見た。依田さんの傍で難しい顔をして口を噤んでいる勝たちは、依田さんの気持ちも、また農民たちの思いもよく分かる立場にいる。どっちの肩を持つことも出来ないまま、とにかく何とか殺気立った雰囲気をおさめて、みんなの心を一つにまとめたいと思っているのに違いなかった。

「まあ、春を待つだけだがや」

家に戻ってくると、勝はふう、とため息をついて、天を仰ぐようにした。寒さが長く厳しかった分だけ、余計に春は待ち遠しい。さらに、このオベリベリで暮らしていく以上は、春の待ち遠しさとは畑を耕し、拓いていくという意味もあるのだとカネは自分でも噛みしめていた。

横浜にいれば桜の便りが待ち遠しく感じられるはずの三月半ば、ドカ雪が三度続いた。放っておいたら小屋全体が雪に埋もれ、屋根も雪の重みで潰れてしまうかも知れないと、勝と二人で外に出て雪かきをしていた日のことだ。真っ白い雪景色の中に人影が現れたと思ったら、トレツがふらつきながらやってきた。

「おう、どうぞしたかゃあ」

雪雲の向こうにぼんやりと太陽の輪郭だけが見える日だった。トレツは雪に足をとられるような歩き方でやっというように近づいてくるなり、力のこもっていない手を、こちらに差し伸べてきた。

「何か――何か食わせてくれ」

勝が訝《いぶか》しげな表情のままでこちらを振り向き、目顔で頷く。それを合図のように、カネは小屋に戻って鍋の底に残っていた粥を椀にすくい、匙《さじ》と一緒に持ってきてやった。するとトレツはカネから椀をひったくるようにして粥をかき込み、激しくむせた。

「ゆっくり食べてください、ね」

背中でもさすってやろうかと思うが、そんな暇も与えずに再び仁王立ちになり、トレツはまた椀に口をつけて、あっという間に粥を平らげ、肩で息をしながら宙を見据えた。

「オトプケプトの仲間も、モッケナシコタンのアイヌも、みんなもう腹が減って、腹が減って――何人か、死に始めた」

勝が表情を変えた。

「死に始めたって――そんなに食うものがなゃあのか」

「何もない。もう、木の皮しか食うものがないんだ――」

見れば、髭に覆われたトレツの顔は以前よりも頬がそげている上に目も落ちくぼんで、椀を持つ手は震えている。勝が眉根を寄せ、表情を険しくしてこちらを見た。

「ほれ、思った通りだがや。やっぱりこういうことになったがゃあ。俺ぁ、ちょっと銃太郎の家に行ってくるでなも！」

言うなり、もう走り出している。トレツは力が抜けたのか、その場にへたり込みそうになっていた。カネは、トレツの腕をとって家に招き入れ、残っているわずかな粥もすべてさらって彼に食べさせ、温かい白湯を飲ませた。

「飢餓はそんなにひどいの？」

「キガ？」

「食べるものはそんなにないの？」

トレツは絶望的な表情になって首を縦に振る。饐《す》えたような垢じみた臭いがした。

しばらくすると勝は兄上と共に戻ってきて、これからすぐにモッケナシコタンとオトプケプトコタンの様子を見てくると蓑笠《みのかさ》をつけ、トレツを連れて出かけていった。カネは、寒さとは異なる恐ろしい震えのようなものが、心の奥底の方から上ってくるのを感じた。

「あらゃあ、ひどぇもんだ。本当に死んどったがや」

昼過ぎに戻ってきた勝は、絶望的な表情に怒りにたぎった目だけをぎらぎらとさせながら、とにかく応急措置としてでも彼らに食べるものを渡さなければならないと言った。

「俺らの分は、またみんなに掛け合って何とかしよう。あいつらの飢えは一刻を争うほどだで。今、渡せるだけのもんを渡してやってくれんか」

小屋の外では虚ろな表情のアイヌが数人、立ち尽くしていた。今ごろは兄上のところにもトレツが他のアイヌを連れて行っているはずだという。

「ま――待っててくださいね。今すぐに、用意しますから」

カネは、自分たちが今日明日食べるわずかな分だけを残して、米や味噌、干し鮭、鴨やウサギの干し肉、もともとアイヌから分けてもらったトゥレプなどをかき集めて、それらを渡してやった。

すると翌日、雪の中を再びアイヌがやってきた。

「奥さん、もう少し、もう少し、何か食うもの、もらえないか」

長い髪を振り乱したような姿で、彼らはすがるようにカネを見る。カネは急いで勝を呼び、勝は即座に家にあった残りの米などをすべて渡してやった。

「すまんな、もうこれしか残っておらんでよう」

手渡した食料を、アイヌたちは押し頂くようにして細かい雪の降る中を帰っていく。その後ろ姿を見送りながら、勝は「何とかせんといかんな」と白く見えるため息をついた。

「あいつら全部、死なせるわけには、いかんもんで」

「それで——今日の私たちのご飯はどうしましょう?」

早速、座卓の前に座り込んで墨をすり始めている勝に尋ねると、勝は思い出したように顔を上げ、取りあえずは依田さんのところにでも行って、何か借りてくればいいだろうと答えた。カネは小さく頷きながら、勝は何をするつもりなのだろうかと眺めていた。

「大津の戸長役場と、札幌県庁に宛てて、アイヌの救助願を出すつもりだがね。あいつらを何とかしてやってくれ、何としてでも生きのびさせてやるのが、役所の仕事でなゃあのかって」

もとはと言えば鮭を禁漁にしたのが間違いなのだ。アイヌは自分たちで井戸を掘ったり畑を耕すということをしない。古来から野山や川、海から自然にあるものを必要なだけ手に入れて、それで暮らしてきた人たちだという。鹿でもウサギ、熊でも何でも獲るが、決して無駄にはしない。海で大きくなり、秋になると産卵のために川を遡ってくる鮭は、そんな彼らがずっと昔から獲り続けてきた、冬の間の貴重な食料に違いなかった。

「密漁の監視員に、せめてホッチャレぐらゃあ自由に獲らせてやれって相当にねじ込んだつもりだが、そんでも足らんかったたってことだがゃあ。も一回、くどぇぐらゃあに言わんとな。鮭を助けて人を助けんとは、本末転倒もええとこだがや」

ホッチャレとは産卵を終えて、あとは死を待つばかりの鮭のことだ。本来は美しい紅色だった身も白っぽくなって脂気が抜けており、味も格段に落ちることを、ここに来て初めてカネは学んだ。

「たぁけた役人のせいで、これ以上、死なすわけにはいかんがや。どんなことしてでも」

机に向かう勝の背中からは、まるで青白い炎でも立ちのぼっているかのように見えた。

この人は、本気で怒ってる。

心の底からアイヌのことを心配しているということが、強く伝わってくる。自分たちの食べる分まで惜しみなくアイヌに分け与える、そういう心を持っている勝を、カネは誇らしく思った。

天主さまが、きっと救ってくださる。

カネは、自分も共に戦うつもりになって、身体の中に熱いものを感じながら小屋を出た。

「アイヌのことは、それはそれとして」

依田さんの家を訪ねて事情を話すと、取りあえずリクがあれこれと食料を集め始めてくれている間に、珍しく依田さんの方からカネに話しかけてきた。

「なあ、今度の日曜でも、渡辺くんに聖書の講義をしてもらえんだらか」

「聖書の講義を？」

頭の中がアイヌのことで一杯だったカネは、急に思ってもいなかったことを言われて、ついぽかんとなった。すると依田さんは、村人たちを少しでも教育したいのだと言葉を続けた。

「俺ら、鈴木先生から『大学』の講義を受けるようになって、久しぶりに学問の楽しさも感じとるし、その後、三人で議論をするのもええ刺激になってるら。だけんど他の連中には、そういうもんがねえ。子どもらはまだ、あんたから読み書きも教わっとるからええが、逆に大人の方が、まるで学のないもんばっかだもんで、まず天主さまの教えを渡辺くんからやさしく講義してもらって、少しでもみんなが一つにまとまることを考えさせたいと思っとるずら」

小柄な依田さんは、話をするときに少し背をそらす癖がある。カネはいつも、その姿勢をおかしく思うのだが、面長の大きな顔の顎を引くようにして、背をそらしてぎょろりとした目を向けて話されると、何となく従わなければならないような気持ちになるから不思議だった。こういうところが依田さん独特の迫力というか、貫禄のようにも思う。

「そういうことなら、もちろんうちの兄も喜んでご協力するでしょうし、村の皆さんにもお声をかけて、来ていただきましょう」

リクが「少しだけど」と分けてくれた食料をありがたく受け取って気持ちを弾ませながら雪道を戻り、依田さんの要望を勝に伝えると、ちょうど役場への上申書を書き終えたところだったらしい勝は「そらゃあ、ええ」と表情を輝かせた。

「アイヌを助けるには、我が晩成社が力を貸すことが一番だと考えとったところだがや」

「晩成社が？」

勝は、うん、と大きく頷く。

「アイヌが自分たちの暮らし向きをちいと変えて、畑仕事さえ覚えらゃあ、飢えて死ぬようなことはのうなるに違ぁなゃあ。それを教えていくぜ、役所だけに頼っとったって、どうせ時間ばっかかかるわりに、大ゃあしたこと出来んに違ぁなゃあ。実際にアイヌと関わって、一緒に歩むつもりになるのは、我ら晩成社の大切な仕事になるんでなゃあかと思っとる。そういう助け合いの心を学んでもらうためにも、皆に集まってもらってエホバの教えを説くことは、こらゃあ必要なことに違ゃあなゃあ」

勝は張り切った表情で、次に大津に行くのは誰だろうか、とにかく早く役場に書状を渡して具体的な行動を起こしたいなどと言いながら、早速、兄上のところに相談に行くと出かけていった。ところが次の日曜日、実際に集まったのは依田さんと兄上を除けば、たった三人だけだった。しかも誰もが窮屈そうな表情で、もぞもぞと落ち着かない。それでも勝は聖書を開き、創世記の第一章を易しい言葉に直して読んだ。

「はじめに、神が天地を創造した。

地は茫漠として何もなかった。やみが大水の上にあり、神の霊が水の上を動いていた。

神は仰せられた。『光があれ。』すると光があった――」

勝の朗々と響く声が読み上げていくと、カネは自分も久しぶりに肌が粟立《あわだ》つような感覚を覚えた。混沌とした闇ばかりだったこの世界に、まず光を生み出された天主さまの何と偉大なことか。今、この何もないオベリベリで聞くからこそ、その言葉の意味はより一層、深みを増して感じられる。本当なら自分が朗読の役目を引き受けてもおかしくないはずの兄上も、静かに耳を傾けている。依田さんの方は腕組みをして、時折、他の人たちの様子をうかがうようにしていた。

「駄目だらなあ。おらには難しくて、よく分かんねえずら」

ところが、ひとしきり朗読を終えると、まず聞かれた感想がそれだった。

「俺らに必要な神さまってえのは、とにかく飢えねえように、食うに困らねえようにしてくれる神さまだら？　そんでなきゃあ、意味はねえずら」

「そんじゃあ、おらあ、これで帰るとするわな。下駄を作っとる最中だもんで」

男たちはそそくさと立ち上がり、カネが白湯をすすめる暇もなかった。残された勝と兄上、依田さんとは、何とも言えない表情で互いに顔を見合わせていた。それからも何度か日曜ごとに朗読会を開いたが、人は増えるどころか次第に集まらなくなり、結局は、いつもの三人が集まるだけになってしまった。

「まあ、しようがなゃあわなぁ。信仰は無理強いして出来るものとは違っとるもんで」

それでも勝は特に落胆した様子も見せず、こうしている間にも次第に水は温むし、やがて雪も消えるだろうから、そこから先のことを考えた方がいいと言うようになった。

「こうなったら、俺が真っ先に動くしかなゃあな。よし、一つ大津へ行ってくるでよう」

四月に入ると、陽射しが目映《まばゆ》く感じられる日などは木の枝から雪が落ちる音や、雪解け水の流れる音が周囲から聞こえるようになった。このときを待ちわびていたとばかり、勝は依田さんと吉沢竹二郎との三人で大津へ下ると言い出した。

「何日くらいで戻れます？」

オベリベリに来て、一人で留守宅を何日も守るのは今回が初めてだ。これまで、どんなに遅くなっても帰宅しなかったことのない勝が数日でも帰ってこないとなると、さすがにカネも心細くなった。

「心配いらんて。留守の間は、親父どのに来てもらやぁ、ええがね。怖がりで甘ったれのカネのために、俺ゃあ道草も食わんし、ちゃっちゃとあれこれ片付けて、出来るだけ早う帰れるようにするもんだで」

自分が怖がりだとも甘ったれだとも思ったことはないが、カネはおとなしくその言葉を受け入れて、「出来るだけって、どれくらい？」と重ねて尋ねた。小柄なせいもあるのだろうか、勝は何かというとカネを子ども扱いしようとする。そうすることが嬉しいということも何となく分かってきた。

「まあ、早よても五、六日ってとこでなゃあかな」

その代わり、カネが喜びそうな土産物《みやげもの》も探してこようと思う。だから、帰ったらすぐに酒盛りが出来るように支度を怠らずにいてほしいと、実際は土産を買う余裕などあるはずもないのに、勝は本気なのか冗談で言っているのかも分からない言葉を残して、ある晴れた日の朝、依田さんたちと丸木舟に乗り込んでいった。初めて舟着場から夫を見送るカネの目には、まだまだ雪が残る景色の中を黒々と蛇行する川に浮かぶ丸木舟は、ひどく小さく、また頼りないものに見えた。

「あんなにちっぽけなものに生命を預けているのかと思うと、改めて天主さまのご加護がなければ生きてなどいられたものじゃないと思うわ」

「この時期、川の上り下りは本当に寒いものだからな。ことに、こっちに戻るときは途中で最低でも二泊はせねばならんし、時間もかかる。帰ってきたらすぐに風呂でも焚いてやるのがいいだろう」

勝の留守中は父上が泊まりに来てくれたが、兄上も毎日のように顔を出しては、鶏の様子を見たり、洗い場のちょっとした修繕をしてくれたり、時には鮭の「めふん」を持ってきてくれたりした。めふんというのは鮭の血腸を使った塩辛だそうで、おそらく酒の肴として、勝が喜ぶだろうということだった。

「兄上は何でも出来るのね。知らなかった。器用ねえ」

カネが感心すると、兄上は、こういう暮らしが向いているのかも知れないとまんざらでもなさそうな顔になる。

「慣れてきたせいもあるだろうが、何をするのも意外と苦にならん。何事も鍛練だからな」

めふんを作るのに鍛練という言葉を使うところが、いかにも生真面目な兄上らしい。伸び放題だった髪も正月を迎える前にさっぱり切ったし、髭も多少は手入れするようになったらしい兄上を見て、カネはほっと息を吐くような気持ちになった。せっかく牧師になったのに、罷免になったと聞いたときにはこの先どうなることかと思ったものだが、そのお蔭で、兄上は本当の意味での新天地を見つけたのかも知れない。

「兄上は確かに、オベリベリでの暮らしが向いてるみたいだわ」

「これで畑がどんどん広がって収穫さえ上がっていけば、ここは、我らのような寄る辺ない没落士族にとっては新たに根を下ろして生きていかれる、天国のような土地になるだろう」

「今年からは、少しずつでもそうなっていくといいわねぇ」

心の底からそう思う。勝の無事と共に、カネは夜毎、天主さまに祈りを捧げた。

出発から五日後、勝は本当に最短の日数で帰ってきた。ところが、吉沢竹二郎はいるものの、依田さんが一緒ではない。

「依田くんは急に、東京に行くことにしたがや」

自分たちの乗った丸木舟の他に別の丸木舟も雇って、そこに山積みにされていた荷物を下ろすために声をかけて集まってもらった村人たちの前で、勝は「そのまんま、伊豆にも足を延ばすことになるだろう」と言った。本当はすぐにでも故郷に帰りたい村人たちからは、一斉にため息が聞かれた。

「それで、主人はいつ戻ると言ってただ？」

リクが不安げな表情で尋ねてくる。勝は「さあ」と首を傾げるばかりだ。

「行くとなったら東京だけでも方々に寄って、色んな用事も済ませる気でおるだろうし、その他にも、途中で豚と山羊《やぎ》を買ってこようかとも言っとったもんでよう」

「豚と山羊を、どこで？」

今度はカネが尋ねた。それにも勝は首を傾げている。

「これから伝手《つて》を探すつもりでなゃあか。大津でも、そういう話を聞き込んで歩いとったが、大津でさゃあ、それほど色んな話を聞けるってわけでぁなゃあでな。せめて函館までは行ってみんことには何にも分からん。そんでもまあ、リクさんとこには文三郎くんもおるんだで、心配いらんだろう？」

「ほうだよ。義姉さん、大丈夫だよ。俺がおるもんで」

舟からの荷下ろしを手伝っていた文三郎さんが励ますように言うから、リクも渋々といった様子で頷いている。確かに文三郎さんがいれば一人きりになるということはないだろうが、それでも、何の断りもなく行ってしまった依田さんが、リクから見たら薄情に思えるかも知れないし、きっと恨めしいに違いない。それより何より、依田さんは伊豆に帰れば息子の死を知ることになるだろう。その時、果たして依田さんはどうするのだろうかと、カネは一人で落ち着かない気持ちになった。

翌日は、みんなで鍬下ろしを迎えることになった。これから本格的な農期が始まる。勝は大津から運んできたばかりの酒を開け、村の全員に振る舞った。依田さんがいない間は、勝と兄上が互いに相談しながら農民たちに号令をかけて、彼らを引っ張っていこうということになったらしい。

「さあ、いよいよ始まるでね。去年は予定通りこの地に入れんかったもんで、ちいとばっか出遅れたことが一つの失敗だった。だが今年は初っぱなから取り組める。みんなで、ばりばり気張っていこまゃあ、なあ！　秋にはうまゃあ酒、呑も！」

もともと畑を耕して生きてきた村の人たちの表情も、これまでになく明るく、浮き立っているように見える。カネはそんな彼らを見ていて、本当の農民とはそういうものなのだと、改めて感じていた。カネとしては不安の方が大きいし、土に取り組むことを楽しいと思えるかどうかも分からないのに、彼らにはそういうところは感じられない。それどころか、これからの種まきや作柄の話をして、それだけで楽しげに杯を重ねていくのだ。

「今日の酒は、またどえらゃあうまゃあわ」

勝も人に酌をして回っては自分も茶碗酒を傾けて、あっという間にいい気分になったらしかった。

「勝さんは、いつでもうめえ酒、呑んでるら」

「ほうだ、ほうだ。若い嫁さんにうめえ肴を作らせてよう」

普段はむっつり黙り込んでいるような人までが酒が進むにつれ軽口をたたくようになり、すると勝の方も、カネは横浜で西洋人と変わらない生活を送ってきたから、どんな料理でも作れるのだなどと自慢げに笑っている。

「何せ、うちにはナイフとホークも揃っとるもんで。カレーでもシチューでもビフテキでも、何でも西洋風のもんが正式な作法で食える家だがゃあ」

「へえっ、そりゃあご大層なことだらなあ。そんなご立派な西洋の飯ってえもんを、ひと目でも見せてもらいてえもんだに」

村人が大げさに感心してみせると、勝は本当にナイフやフォークを取りに行きそうな勢いになる。カネは慌てて「まさか」と顔の前で手を振って見せた。

「そんな材料があれば、の話なんですから。今はただただ、頭の中で思い描いてるだけ。いつか作れるようになったら、真っ先に皆さんをお招きしてディナーパーティーをしましょう」

「でなー、ぱーちー？」

「あ、宴会です」

「へえ、パーチーか」

「パーチー、いいだに！」

人々の間から久しぶりに賑やかな笑いが起きた。

「これから、そうして暮らせるようにならんと、いかんがや」

勝は張り切った顔で「そんでだ」と一つ、息を吐いた。

「みんなも知っとるように、俺らぁアイヌから知恵をもらってこの冬を乗り切った。そんで、連中が飢えとったときには、我ら晩成社が、自分らの食いもんを減らしてでも、何とかした。ここだゃあ、まずアイヌたちと力を合わせて生きていかないかんことが、よお分かったがや」

するど、やはり酒を満たした茶碗を手に、兄上が「それでなんだが」と後を引き受けた。

「これからはアイヌにも畑の仕事を教えていけたらと思うんだ。そうすれば、連中も飢えて死ぬようなことはなくなる。俺らにしてみても、働き手は一人でも多い方がいい。つまり、お互いのためになる。だからみんなも、そのことを承知して、もしも働きたいというアイヌがいたら、力を貸してやってほしいんだ」

村人たちは、それぞれに納得した表情で頷いている。たった十軒の小さな集落だが、こうして一堂に会して同じ方向を向いているように見えるのは、カネには初めてのことに思えた。たとえ聖書を知ろうとはしなくても、自然に天主さまの導かれる道へとつながっているのではないか、それならそれでいいではないかと思える光景だった。

作付けが始まった。

裸麦《はだかむぎ》、大根、エンドウ、茄子《なす》、煙草。次から次へと蒔いていく。

「何しろ、この土地に何が合うもんか、または合わんもんかも、まだ分からんもんで、今はこうして、あるもんなら何でも蒔ゃあていくしかなゃあ」

カネも、まずは隣の高橋利八の家を訪ねて、きよから鍬の持ち方から耕すときの姿勢、力の入れ方に種の蒔き方まで教わり、また他の家々も回りながら、天気さえよければ日が昇るのと同時に畑に出るようになった。半年近く雪に埋もれていた大地は黒々と湿り気を帯びて、日が高くなって気温が上がるとほかほかと湯気が上った。

そうしていよいよ忙しくなった頃、勝が提出した書状を受けて、大津から戸長と警察の人たちがやってきた。彼らはアイヌに分けるための米などを運んできていて、それを晩成社の事務所に預けていくという。とにかくこれで一時的にしてもアイヌを窮状から救うことが出来ると、勝は兄上と喜び合い、すぐにアイヌにも知らせてやった。

「えらゃあ喜んどったなも。こんでもう飢え死にする心配がのうなったって言うてな」

「こうなったらいよいよ志のあるものには我らの仕事を教えていくことを考えねばならんな」

「だけど、そう簡単に言うことをきかゃあすかなも。先祖代々、田畑なんか起こしたこともなゃあ連中が」

「そこを説得するんだ。これから毎年、同じ心配をして、同じように飢える人を出すというわけにはいかんだろうと、根気よく話して納得させて」

夜、兄上が来たときは決まってアイヌ救済策の話が出るようになった。以前、一度ここにも顔を出したことのある、札幌県庁の栂野四方吉《つがのよもきち》という人の名前も頻繁に登場するようになった。ことはアイヌ全体にも影響を及ぼしていくかも知れないことだ。そうなれば、晩成社は常に県庁とも連携を取っていかなければならない。それに、もしも正式に晩成社としてアイヌを雇い入れることを考えるのであれば、何よりもまず依田さんの賛成を得なければならないという話にもなった。

「依田くんに反対する筋合いはなゃあだろう」

「だが、依田くんのことだ。そうとなれば、まずは株主たちに諮《はか》らなけりゃならんと言い出すだろうな」

「株主は、晩成社が早ゃあとこ利益を出しさえすらゃあ文句はなゃあはずだなも。第一、アイヌのことなんか何一つ知れせん人らだで」

「それにしても、依田さんは今ごろ、どこにいらっしゃるのかしら」

馬鹿騒ぎするでもなく、ぽつり、ぽつりと酒を呑みながら話をするときの勝と兄上とは、カネが途中で口を挟んでも別段、不快そうな顔をするわけでもなく、穏やかに「そうだな」などと頷いている。いつも、こういう呑み方をしてくれるのなら文句も言わなければ心配もせずにいられるのにと、カネはそんなときの彼らを好もしく思った。

ある日、パノとウエンコトレがやってきた。

「ニシパには助けてもらったから、俺たちもニシパのために何かしたいんだ」

陽が高くなってきた頃、畑の中まで入ってきて「手伝うことはないか」と言ってきた二人を、勝はいかにも嬉しそうに受け入れた。彼らはカネに対しても「奥さん」と言って少しばかり気後れしたような顔でひょこりと頭を下げる。よく見ると、あの雪の中を食べ物が欲しいと言ってきた中にいた顔だった。

「ねえ、ニシパって、どういう意味？」

鍬を動かしながらカネが尋ねると、パノたちはしばらく顔を見合わせたり首を傾げたりしていたが、そのうちに「立派な男」というような意味のことを言った。

「俺たちは、この男はいい、この男はすごい、この男の言うことは聞きたいと思う相手をニシパと呼ぶな」

「つまり、旦那さん、みたいな意味かしら」

カネが重ねて尋ねると、パノは、うんうんと頷いている。

「渡辺ニシパは背が大きいし、歩くのがすごく速いな。だから、俺たちはチキリタンネ・ニシパと呼んでる」

「チキリタンネ？」

「足長いの意味だ」

「鈴木ニシパは、あれは、パラパラ・ニシパだ」

ウエンコトレが笑いながらパノに続いて言った。今度もカネが「パラパラ？」と首を傾げると、パラパラとは泣き虫の意味だと言う。

「泣き虫旦那なの？」

カネはつい鍬を使う手を休めた。二人のセカチは、うん、と大きく頷いて、カネの兄上は「本当に泣き虫だ」と繰り返した。

「鈴木ニシパは前の冬にたった一人でいたとき、寒い、怖い、心配、淋しい、いつもいつも、色んなこと言って泣いた。このまえ、俺たちのコタンに来て、死んでる年寄り、腹すかせて泣いてる子ども見て、可哀想、つらい、つらいとまた泣いた」

「そうだ、そうだな。鈴木ニシパは、よく泣くんだ。だから、パラパラ・ニシパ、泣き虫ニシパだ」

ウエンコトレの言葉にパノも頷いている。そうか、兄上は一人の冬をそんな風に過ごし、それをアイヌたちはみんなで見ていて、おそらく慰めてくれていたのかと、カネは改めてそのときの様子を思い描き、胸に染み入るものを感じた。常に飄々《ひょうひょう》としているように見える兄上の、ことにオベリベリに来てからの本当の心情を知っているのは、このアイヌたちなのかも知れない。そんな兄上と、そして勝が、彼らからニシパと呼ばれるくらいに受け入れられたのが、カネは嬉しかった。

「うちの主人が足長ニシパ、兄上が泣き虫ニシパなら、依田さんは？」

軽い気持ちで尋ねると、パノたちは一瞬きょとんとした表情になり、「依田さん？」と首を傾げている。その様子には、カネの方がかえって驚いた。

「依田さんを知らないわけがないでしょう？　ほら、うちの主人たちと、何度もあなた方のところにも行ってる人よ。こう、目の大きな」

するとパノたちは、ああ、というように頷いて、依田さんは依田さんだと言った。

「ニシパじゃないの？」

「依田さんだな」

「——そう」

彼らの中でなにが違うのかは分からない。だが、アイヌたちに向かっても分け隔てなく接し、ときとして冗談などを交えながら肩をたたき合い、共に涙し、酒を飲むとなればとことんつきあう勝や兄上と、もともと言葉数も少ない上に滅多に笑顔を見せることのない依田さんとでは、確かに雰囲気そのものが違っている。それをアイヌも敏感に感じ取っているのかも知れなかった。

四月末、勝は兄上と相談した上で、依田さんに向けて、アイヌを正式に晩成社の小作人として雇いたいという内容の提案書を送った。それと前後して、晩成社よりも古くからオベリベリに入っていて毛皮などを扱う商売をしていた国分久吉さんが、この地から去ると言ってきた。この数年めっきり鹿が少なくなったし、だからといって、ここで本格的に農業をするつもりはないというのが理由のようだった。

「そんなら、あんたが拓いた土地を、そのまんま俺らが引き継いでも構わなゃあか」

勝が切り出すと、国分さんは土地には何の未練もない様子で、好き勝手にしてくれて構わないと応えて女房と共に去って行った。そこで五月に入ると、勝は国分さんが出て行った後の土地も耕して、種まきを始めた。オベリベリの遅い春は瞬く間に過ぎ去り、周囲は一斉に目に染み入るような瑞々《みずみず》しい緑に包まれて、何とも言えない豊かで清々しい香りと小鳥たちの声が、朝から晩までカネを包むようになった。

3

種まきが一段落すると、いよいよ蘆の原の開墾に入ることになった。少しでも繁みに分け入っていくと早速、大量のブヨが襲いかかってくる。話には聞いていたが、たった一カ所刺されただけでも、こんなにも痛く、また大きく腫れるものなのかとカネは驚き、細い柳の枝を輪にして薄い布を張ったもので顔や肌が出る部分をすべて覆い隠したり、また、ヨモギを燻したものを絶やさないようにして、とにかく必死で虫を払いながら蘆の原に挑み続けた。そうして新しく拓いた畑には、すぐにゴマ、ケシ、エゴマ、南瓜《かぼちゃ》、麻などをまいていく。種は、大津まで取り寄せてあったものも、また依田さんや他の人が送ってくれたものもあった。

そんなある日、どこからともなく誰かの叫ぶような声が聞こえてきた。何ごとかと腰を伸ばして辺りを見回すと、もうもうと煙が上がっているところがある。カネは一瞬呆然となってその煙を眺め、次の瞬間には「あなたっ」と声を上げた。

「火事っ、火が！」

「見えとるっ。いかん、こっちに来るんでなゃあかっ」

顔に巻きつけていたブヨ避けを乱暴に引きはがすようにしながら、勝は蘆の原の中から飛び出してきた。

「また、野火かしら」

「どうかな、分からん」

その時「誰かぁっ」という叫びにも似た声が遠くから響いた。

「うちが燃えるぅ！　誰かぁっ」

間違いなく、隣のきよの声だ。カネは、汗で濡れていた首筋から頬にかけて、一瞬のうちに震えのようなものが駆け上がるのを感じた。

「利八さんの家の方だわっ」

カネが声を上げたときには、勝はもう駆け出していた。灰色の煙の下には、明らかに火の粉《こ》を散らしてめらめらと燃える炎が見えている。カネは自分も鎌を持ったまま、懸命に走り出した。自分たちの小屋はもちろんだが、とにかく利八ときよが心配だ。

ようやく利八の家が見えてきた時には、彼らの小屋は既に大きな炎に飲み込まれていた。生き物のように踊り狂う炎の鮮やかな色と、立ち尽くす利八ときよの姿が、パチパチという音と共にカネの脳裡に焼きついた。風が吹いて、炎が渦を巻く。青空さえも煙に覆われ、辺りはさながら地獄絵図のようだ。風向きによっては、炎はそのまま蘆の原を焼き、場合によってはカネたちの小屋の方まで広がってくるかも知れなかった。

「カネっ、うちに戻ってちいとでも荷物を運び出せっ」

勝が叫ぶ。息を切らしていたカネは「はいっ」と答えるなり、今度は自分たちの小屋に向かって走り始めた。

ああ、天主さま。どうかお守り下さい。どうか、私たちを。

目の前の景色が上下に揺れる。心臓が口から飛び出すかと思うほど高鳴っていた。途中でわら草履の鼻緒が片方切れて、弾みで畑の上に突っ伏して転んだ。手にも顔にも、柔らかい土が触れる。カネはその土も払わずに必死で起き上がり、懸命に駆けた。

何から運べばいいの。

焦げ臭い匂いが漂ってきた。今にも自分の髪に火の粉が降ってくるのではないかと思う恐怖の中で、カネは髪を振り乱し、必死で小屋にたどり着くと、中に飛び込むなりアイヌからもらったサラニプという手編みの袋に飛びついて、手当たり次第のものを詰め込んだ。

「ええと、聖書と、それから――」

紙と筆、硯《すずり》、墨、文箱《ふばこ》、子どもたちの教本。いびつに大きくなったサラニプを肩から斜めに掛け、次に持ち上げられる限りのものを小屋から運び出そうと辺りを見回す。

でも、どこに運べばいいんだろう？

火の勢いが強かったら、どんなことをしたって間に合わないに決まっている。これでは昨年の冬、川の水が迫ろうとしていたときよりも、さらに悪い状況ではないか。

せめて鶏たちの生命は救わなければと思いついて小屋から転がり出たところに、仁王立ちで肩で息をしている勝がいた。

「あなた――」

「風向きが変わったなも」

「本当に？」

「もう、もう大丈夫だで」

思わず全身の力が抜けた。カネは、ほっと息を吐き出しながら、改めて利八の小屋のある方向を眺めた。なるほど確かに煙は少なくなり、焦げ臭い匂いも漂ってこない。

「利八さんたちは？」

今度は、勝は首を左右に振った。

「物置と納屋は残ったし、怪我もしとらん。だが、小屋は丸焼けだがや」

何ということなのだろう。こんな一瞬のことで、何もかも失わなければならないのか。呆然とするカネに向かって、だが、勝は「生命あってのものだねだがや」と呟いた。

「こうなったら早ゃあとこ利八の小屋を建てる算段して、暮らしの目処がつくまでは、うちにでも泊まらしてやるしかなゃあ」

カネは、いつの間にか裸足になっていた自分の足もとを見つめながら、これが開拓というものなのかという思いを噛みしめていた。どんな天候に見舞われても、飢えても、焼かれても、何度でも立ち上がり、ただひたすら日々を過ごさなければならない。前に進んでいると信じ続けて。

これが開拓。

いつ終わるとも知れない、そういう生き方を、自分は選んでしまったのだと改めて思う。だが、嘆いている余裕はなかった。過ぎてしまったことは振り返らないに限る。一インチ、一寸でも先のことを考えるしかないのだ。そうでなければ、きっと倒れ込んでしまう。一度、倒れたら、もう二度と、再び起き上がることなど出来ないかも知れない。

「――うちはこの狭さだし、布団も足りないわね――それなら、私はしばらくリクさんのところにでも、泊めてもらうのがいいかしら――」

勝は何も言わず、ただ俯いて、しばらくの間は気持ちを整理しているように見えた。

「――後始末を手伝ったら、さっさと自分らの仕事に戻ろう」

それだけ言って歩き出した勝は、その数時間後には、あれほどの騒ぎが嘘のように、いつもの日常に戻って、また鎌を手に蘆の原に入っていった。

数日後、雪が降った。

「だから、もう伊豆に帰ろうって言ったら。五月んなったって雪が降るなんて、この土地は端っから、内地のもんの入り込めるような場所じゃあねえんだら」

利八ときよとは着の身着のままの格好で、それでも早く新しい暮らしを築かなければと朝から晩まで小屋掛けに通っていた。そうしてカネたちの小屋に戻ってくるとは喧嘩になる。

「ここまできて、簡単に諦めるわけにいかねえずら！　帰ぇるんなら、おめえ一人で帰ぇれ！」

年下の利八に怒鳴られて、ふくれっ面のまま、それでもきよは農家の女房らしくてきぱきと手を動かし、器用に馬鈴薯《ばれいしょ》の芽をとっては皮をむき、黙々と鍋に放り込んでいく。その様子は、悲しみも何も感じていないようにさえ見えた。

「きよさん、強いねえ」

思わずカネが感心していると、きよは口をへの字に曲げたまま、ふん、と鼻を鳴らした。

「強くなんねえで、どうするら。涙なんか、もうとっくのとうに涸れ果ててるに。ここで生きていくには、働くだけ働いたら、何でもいいから腹に何か詰め込んで、食ったら早く寝るに限るだ。そうすりゃあ、嫌でも明日がくるら」

実際に夕食が済んでしまうと、他にすることもないからと、きよはとっとと横になる。そして、勝と利八とが炉端で酒を飲み始めても、まるで気にする様子もなくいびきをかいた。

「きよさんが羨ましい」

リクは、カネが泊めてもらいに行く度に、決まってそんなことを言った。

「ああやって毎日のように利八さんと喧嘩してても、二人いつでも一緒にいるら。うちなんか、今ごろ主人がどこにいるもんかも、何も分からんけん」

確かに、文三郎さんが頑張ってはいるけれど、彼だって若いし畑仕事に慣れていないせいもあって、依田さんの小屋の前だけは、よそに比べて畑の拓け具合も遅れている様子だ。それより何より、いつでも何となくひっそりとした感じがして、これが一家の主人がいないということなのかと、カネもこの家を訪ねる度に感じた。

「そうだ。主人がね、今度モチャロクと引き網を作るんですって。そうしたら畑の合間に漁に行くつもりらしいわ。獲れたら、持ってくるわね」

カネが気持ちを引き立てるように言っても、リクの表情は相変わらずで、その淋しげな雰囲気は変わることがなかった。

数日後、新しい利八の小屋が出来上がった。彼らが移っていくのと同時に、カネもリクの家に泊まることはなくなり、またいつもの生活に戻った。夜明けと共に起き出して、鶏の様子を確認し、次いで畑の作物を見て歩いて水を撒き、新しく拓けた畑に、豆類、稗、粟、ゴマ、ケシ、南瓜などといった種をまいて、その合間に洗濯をしたり煮炊きをする。少しでも時間が出来れば、迷うことなく虫除けを全身に巻いて蘆の原に入った。人の背丈よりもずっと高い蘆はカネの視界をすっかり遮る。一体どこまで拓き続ければ果てが来るのか、この蘆の原に終わりがあるのかと思わない日はなかった。

来る日も来る日も変わらない。

働いても働いても終わらない。

気持ちがささくれ立ってきて、どうにかして気分を変えたいときには歌でも口ずさみたいと思うが、農作業と賛美歌とではあまりにも合わないような気がしたし、他に思い浮かぶ歌もなかった。手は荒れ、爪も汚れて、虫刺されの他にも細かい切り傷がしょっちゅう出来るから、絶えず痛むし、水さえも沁みる。それでも日が暮れれば子どもたちが勉強を教わりに来るのだ。このときとばかり気持ちを奮い立たせて教師の顔に戻ろうとするが、全身が綿のように疲れてしまって、すべてを投げ出したいこともあった。だが、どんなときでもカネは子どもたちと声を揃えて教本を読み、数式を解き、彼らに読み聞かせをすることで、自分を支えようとし続けた。

五月二十八日の朝、起きてみたら辺り一面、霜が降りていた。

「あなた、マメの葉が全部、枯れちゃってる」

まだ眠っていた勝を揺り起こして告げると、勝は布団から飛び出していき、「しょうがねぇな」と肩を落として戻ってきた。

「また、やり直し？」

「これこそ新規まき直しだがや」

「――冗談？」

やっとそのことに気づいて聞き返すと、勝は諦めたように口元を歪めて見せた。そしてまた、黙々と畑に出るのだった。

雨が降れば勝は畑を休んで釣りに行き、カネは鶏の世話を欠かさず、アイヌに教わって採ってきた野草を干したり、兄上たちからも頼まれることの多い繕い物や、時として仕立て物もした。いつ誰が大津へ行くことになるか分からないから、その時に託せるようにと、時間を見つけては思いつく限りの人たちに便りも書いておく。少しでも気持ちを静めたいときには聖書を開く。そうして日々を過ごしていたある晩、カネは、何かの物音に目を覚ました。

誰かいる？

しばらくは夢かうつつか分からない中で、ぼんやりと耳を澄ましていた。

ガタン。

また突然、大きな音がして、今度は全身がびくんと震えた。さらにガタゴトという密やかな音が響いてくる。どうやら物置小屋の方からだ。隣からは勝の規則正しい寝息が聞こえている。日中は身体を酷使しているから、一度、眠りについたらそう簡単に目覚めるものではない。

知らん顔をしていようかと思ったが、またもガタンという音が聞こえたから、今度こそカネは布団の上に起き直った。こんな場所で泥棒に襲われるとは考えられない。すると、何が物置小屋に入り込んでいるのだろう。

寝間着のまま草履を引っかけて、小屋の外に出た。辺りは月明かりを浴びて青白く輝いている。足音を忍ばせて物置小屋まで近づいていくと、やはり中からごそごそと物音が聞こえてきた。入口に吊した筵をそっと引き上げて中を覗く。目が慣れてくるに従って、少しずつ中が見えてきた。

あれは。

月の光を浴びて、ふさふさと長い尾が輝いて見えた。耳の大きな、尖った顔の生き物が、梁から吊してある鮭の塩漬けを取ろうとして、小屋の中の棚に前脚をかけているのだ。その姿をはっきりと認めたところで、カネは筵を戻し、家に駆け戻った。

「――あなた――あなたっ」

勝を揺り起こすと、勝は「ううん」と寝返りをうつ。

「ねえ、あなた。物置小屋に、キツネが入ってる」

「え――な――何ぃ、キツネだと？」

「間違いないわ、キツネが来てるの」

カネは、夫の腕を摑みながら、キツネが餌《えさ》を漁《あさ》りに来ているようだと声を押し殺して繰り返した。ようやく勝が起き上がった。

「カネ、明かりをつけておけ」

「――どうなさるの？」

「一発で、しとめてやる。キツネなら、毛皮もいい銭になるに違ゃあなゃあ」

部屋の片隅に立てかけてある鉄砲を手探りで取り上げて、勝は素足のまま小屋から出ていく。カネは急いでランプに火を灯して、自分も再び小屋の外に出た。

物置小屋の少し手前で、勝が地面に片膝をついて鉄砲を構えていた。地面に月明かりの作る勝の影が長く落ちている。その向こうに、確かにキツネの姿があった。口に何かくわえている。

キツネは、立ち去ろうとしてこちらを振り向いているような姿勢だった。長い尾をくるりと丸め、そこに月の光が集まっていて、まるで不思議な光る玉でも持っているように見える。雪がある間は足跡を見ることも珍しくなかったが、これほど間近に、生きているキツネを見るのは、初めてのことだ。しかもその姿は月の光のせいで全身が輝いて、神々《こうごう》しい光を放っているようにさえ見えた。

キツネは確かにこちらを見ている。何を言おうとしているのか、何を伝えたいのかという思いがカネの頭をかすめた瞬間、ダンッという音が辺りに響いた。キャーン、という声と共にキツネの身体は大きく跳ね上がり、再び地に落ちて、そのまま動かなくなった。

「――ほうれ、見い。我ながら、たゃあした腕前だが」

ふう、と息を吐きながら勝が立ち上がる。カネは胸の中で「キツネよ」と呼びかけながら、自分も勝に従った。

やすらかに、天に召されておくれ。

翌日、勝がパノに教わりながらキツネの処理をしていると、隣の利八がまた役人が来ていると知らせに来た。

「山林掛だとか言ってるら」

「今、手が離せん、こっちゃに寄ってもらってくれんか」

利八は大きく頷いて、やがて洋服姿に足もとをゲートルで固めた男を案内してきた。

「何もありませんが」

カネが白湯をすすめると、鼻の下に髭をたくわえた役人は「どうも」と手刀を切るようにして湯飲み茶碗を手に取り、実は依田さんが春、戸長役場に来たときに「薪の払い下げ願」というものを出していったのだと言った。

「ヲビヒロ川、札内川、十勝川、これらの川からは、いずれも岸より三十間《けん》以上離れたところでなら、木の伐採は問題ありません。ただし、ドロノキとヤチダモは伐採を禁じます。伐採した木は検査を受けた上で許可が出れば使用を許すとのことです」

広げた書類を読み上げるようにして、役人はドロノキは建築用材には適さないので引き取り手がないし、ヤチダモの方は逆に住宅の柱や梁には向いているものの、湿地に生えることから、これらを伐ってしまうと洪水になる恐れが高まるのだという意味のことを言った。

「三十間とはまた、ずい分とひっこまんとならんのだなも」

勝は合点《がてん》がいかないという顔をしていたが、だからといって役場の言うことに異を唱えることも出来ない様子だった。

「これまでだって薪なんていくらでも、この辺りの木を伐ってきたのに」

役人が帰っていった後でカネが首を傾げると、勝は、これは単なる薪の話ではなく、開拓を進めていく上での林の伐採のことだと言った。

「依田くんは、この辺り一帯を大農場にしようとしとる。そのための準備をしとるわけだがね。森でも林でも、ぐんぐんと拓いていかんとな」

「ぐんぐんとなんて──そんなに壮大なことを考えていたって、出来るのかしら。ヤマニの大川さんが馬を使ったらって言ったときだって、依田さんは断ったんでしょう?」

思わず首を傾げていると、勝は憮然とした顔つきになる。

「どんなことをしてでも拓いてみせるわ。我ら晩成社が、この土地を何町歩拓くつもりだったか、忘れたのかゃあ」

「ええと──一万町歩」

「ほうだがや。今でこそまだこんなだが、我らは、このオベリベリを、地平線が見えるところまで拓くもんでね」

昨晩しとめたキツネの皮を片手にぶら下げながら胸を張ってみせる勝に、カネは、曖昧に頷くことしか出来なかった。一万町歩は三千万坪。一年あたり二百万坪と計算した日のことを思い出す。だが、たかだか十世帯の人間の手だけで、果たしていつになったら最初の二百万坪だけでも拓けるのだろう。それだけ拓けたときの光景を、カネだって是非とも目の当たりにしたいとは思っている。それでもやはり、あまりにも途方もない話に思えて、ため息が出た。

六月に入ると暑い日が増え、本格的に蚊も出てきたから、家の中に蚊帳《かや》を吊すようになった。同時に、またもおこりにかかる村人が出てきて、カネのところにキニーネを分けて欲しいと言ってくる。その都度、カネは仕事の手を休めてキニーネの瓶を持って走った。

「もう、嫌だよぉ。去年に続いて、今年もだもん。ねえ、カネさん、私らみんなで、帰ぇらねえ?」

その日も、カネが湯に溶いてやった苦いキニーネを飲むとすぐ、藤江助蔵の妻フデが、カネの腕をとってすがるように眉をひそめた。藤江夫婦は、もともと一度はオベリベリから逃げ出した二人だ。それで懲りたのかと思っていたら、少なくともフデの方は、今だって出来ることなら逃げ出したいと思っているらしかった。

「ねえ、カネさん。そうしよ。帰ぇろ」

カネと同世代のフデは「ねえ、ねえ」と何度でもカネの腕を揺する。それを叱ることも出来ないし、ただ励ますことの虚しさも今となってはよく分かっているカネは、ただ小さく首を横に振ることしか出来なかった。

「私は——私は我慢するわ」

「なんでぇ」

「なんでって――主人が取り組んでることだもの」

するとフデは、一人で農作業に出ている夫の助蔵の方を見やるような真似をして、自分ならば夫を置いてでもここから逃げたいのにと、わざとらしく声をひそめた。

「誰か、あたしを連れ出してくれる人さえ出てきたら、すぐんだって出ていくよ。どんな男とだって逃げてやる」

本気か冗談か分からないことを言って、がっくりと肩を落とすフデに「とにかく、お大事に」とだけ言い残して、カネは彼らの小屋を後にした。

我慢する。

前に進むことしか考えていない勝と一緒になった以上、このオベリベリで生きていく。それがカネの人生だ。今さら悔やんだところで、どうすることも出来はしない。いくら日々を嘆き、思い悩んだとしても、とにかく身体を動かさないことには、畑の一坪も広がるわけではないと自分に言い聞かせるより他なかった。

来る日も来る日も汗みずくになって開拓に打ち込む中で、兄上や吉沢竹二郎、また他の誰かがたまに大津に行き、内地から届いて留め置かれていた荷物や新聞、数々の便りなどを持って戻ってくるときだけが、数少ない生活の刺激であり、また大きな慰《なぐさ》めだった。あるとき、リクのところに伊豆の本家からたくさんの菓子や海苔《のり》、鰹節《かつおぶし》などが届いたからと、カネのところにもお裾分けがあった。

「ありがとう」

押し頂くようにして、さっそく包みを開いた途端に、震えるようなため息が出てしまった。何もかも、ずっと味わっていなかったものばかりだ。

「ああ、何ていい匂い！」

一つ一つを手に取っては撫でさするようにして香りを確かめ、カネはうっとりと目を閉じた。味わう前から、もう口の中一杯に唾液がしみ出てくる。何もかもが懐かしく、愛おしい。考えるまいと思っていても、どうしても様々な光景や懐かしい顔が瞼《まぶた》に浮かんできて、つい目の奥が熱くなり、カネはしばらくの間目をつぶったまま、何度となく喉を上下させた。

4

七月十三日はひどく暑い日曜日になった。朝から兄上が来て三人で聖書を読み、礼拝を行った後は、カネが作った団子や麦もちを食べながら、勝も兄上も、のんびりとした時間を楽しんだ。碁を打ったり庭に出て片隅に植えてある花を眺めたり、また家の中に戻って雑談を交わすうち、中でもカネのところに勉強を教わりに来ているアイランケという少年の話題に花が咲いた。アイランケは、もともと人なつこい性質だが、ことに兄上になついていて、毎日のように顔を出しては畑仕事を手伝ったり、薪採りや大工仕事も一緒にこなしているという。アイヌらしい、眉が濃くて彫りの深いはっきりとした顔立ちに、まだあどけない笑みを浮かべることのあるアイランケは、カネも可愛く思っている生徒の一人だ。

「あの子は少し飽きっぽいところはあるけれど、それでも何日か顔を見せないなと思うと、またちゃんと来るようになるから、あれが、あの子なりの調子の取り方なのかと思っているのよ」

「確かにそういう部分はあるな。だが、読み書きもずい分と出来るようになったことは、本人なりに嬉しいらしいぞ。『いろは』は全部言えるようになったし、俺がちょっとした文字を書いて見せるとちゃんと読んで、まんざらでもない様子だ」

「ああいう子らが増えていったら、この先、学校にも行きてぇという子が出てくるかも知れん。次の代のアイヌの暮らし向きは、今よりかぐんと変わっていくに違いねぇ」

他にもウエンコトレ、コサンケアンといったセカチたちが、兄上のところに通ってくるという。カネのところにくるナランケなどもそうだが、皆それぞれに野を駆け回り、弓を引いて獲物を捕まえ、また魚を獲ってきた人たちだから、等しく体つきはたくましい。これで百姓仕事に慣れていき、ゆくゆくは彼らも自分たちの農地を持てるようになると、アイヌの生き方は大きく変わるだろうなどと話しているうち、夕方になって札幌県庁の栂野四方吉さんが訪ねてきた。

「やあ、鈴木さんもおいででしたか。ちょうどよかった」

栂野さんは殖民掛にいて、今後のアイヌ政策のために、アイヌの実態調査をしている。彼は勝や兄上が実際にアイヌと関わりながら、彼らの救済について真剣に考えていることを知っていて、これまでも何度か意見を交わすことがあった。夜になって、カネがいつもながら質素な夕食を振る舞うと、栂野さんは嬉しそうに箸を動かし、食後は栂野さんが野営している場所に席を移して、そちらで話を続けると腰を上げた。

「これから子どもたちが来るのでしょう？　勉強の邪魔をしちゃ、いけませんから」

「お風呂にでも入っていただこうかと思ったのに」

「気を遣わんでください。この季節ですからね、川の水で十分です」

栂野さんは、軍が使っているのと同じ野営道具を一式背負って旅をしており、このオベリベリのように宿などない土地を訪ねたときには適当な場所に天幕を張って荷を解き、眠るときには寝袋というものを使っているのだそうだ。

「栂野さんに晩成社の社則を見せてな、これを、アイヌを雇えるように変えるつもりだという話をしたがゃあ。今ごろは、依田くんが伊豆で総会に諮っておるはずだと」

夜更けに戻ってきた勝は、栂野さんがいかに熱心に兄上と勝の話を聞いたかということを嬉しそうに話した。栂野さんは、札幌に戻ったらすぐに役所に報告書を提出すると請け合ってくれたという。

「明日、ここを発つ前に銃太郎のところに寄って、社則の写しをもらっていくとも言っておったがや。これで我ら晩成社の名前も県庁で認められていくに違ゃあなゃあ。依田くんがいくら出しても却下されてらゃあす土地の下付願や道路の開削願なんぞも、これがきっかけで許しが出るかも知れんで」

「そうなると、いいですねえ」

「所詮は役場の許可が下りんことには何一つままならんというのも、癪《しゃく》に障ると言えばそうなんだが、それならそれで、どこまで役場の理解と協力を取りつけられるかが問題だがや。アイヌを利用するつもりはなゃあが、そこは我らももうちょっと知恵を使わんといかんだろうと、銃太郎とも話しながら帰ってきたわ」

そんな話を聞いていると、カネの頭に浮かんでくるのは今とは格段に異なる、どこまでも広がる畑に青々とした作物が育つ風景だった。その景色の中で、カネや勝、アイヌたちが思い思いに働いている光景は、何と広々として美しいことだろう。そんな日が早く来ればいい。いや、きっと来る。信じていれば、そうなるはずだった。

ところが翌日、いつものように畑に出て汗を流していた午後三時頃、どこからともなくブリキ缶を叩く音がガンガンと響いてきて、何事かと辺りを見回したカネの耳に「バッタだ！」という声が遠くから聞こえてきた。同時に、北の空に黒雲のような小さなかたまりが浮かんでいるのに気がつく。

　バッタ？　あれが？

　畑の真ん中に立ち尽くして、カネはしばらくの間ぼんやりと宙を見上げていた。動く黒雲のようなかたまりは、全体が一つの生き物のように絶えず形を変えていて、やがてそのうちの一部がちぎれるようにして、カネたちの村に向かってくる。残った大きなかたまりは、そのまま東の方向へ移動を続けるようだった。

　来る。

　そこで初めて我に返った。急いで辺りを見回すと、もう納屋の方に向かって走っている勝の後ろ姿が見えた。

「あなたっ！」

「鎌を持ってくるもんで！　もう小麦は刈れるがゃあっ。やつらに食われるぐらゃあなら、少しぐらゃあ早よても構わん！」

　それからは陽がとっぷり暮れるまで、カネは勝と共に無我夢中で小麦を刈った。幸いなことにその日はバッタの群はカネたちの畑まで来ることはなく、どこか他の方向へ降りた様子で、翌日の午後になってふわりと大地から湧き出すように飛び立つと、また一つの雲のようになって去っていった。

「どうやら去年とは様子が違うようじゃないか」

　翌日もブリキ缶の音と共にバッタの来襲が知らされたが、ありがたいことにオベリベリは素通りに近かった。夕方、兄上がやってきて、いかにもほっとした様子で「こんな程度で助かった」

と息を吐く。カネも、聞いていたほど恐ろしいものではなかったと頷いた。すると勝が「うんね」と首を横に振る。

「まだ分からん。去年のことを考えても、やつらが来るのが一日や二日で終わりってこたぁ、まずなゃあはずだがや」

だが勝の予想は外れたらしく、翌日以降、バッタは姿を見せなくなった。

「このまま来ないといいですねぇ」

「まだまだ油断は出来んと思うんだがな」

あら、意外に用心深いところもあるのだな、などと思いながらも、種まきと草刈り、開墾に明け暮れた七月が過ぎて八月に入ると、勝はまた大津へ出かけていった。大津での用事の他に、トシペツプト、トビオカ、ウシシベツといった土地に入り始めている開拓者の様子も見てみたいし、何より今年のバッタの状況を調べたいというのが理由だ。

「あなたがいない間に、またバッタが来たら、どうしましょう」

舟着場に向かって土手を下りる途中、カネが背後から不安を口にすると、勝は、もしもバッタが近くまで来たら、とにかく家の中に逃げて、窓も戸もしっかりと閉めることだと振り返った。

「ブリキ缶の音が合図だもんだでね。あの音を聞いたら、まずはバッタのいる場所を確かめて、こっちに来るようなら、何やっとる途中でも放り出して、家の中に走らんとならん。窓も戸も、きっちり閉めてな」

それから「まあ、だゃあじょうぶだろう」と小さく笑って、勝は丸木舟に乗り込んでいく。今回も吉沢竹二郎が同行することになっていたが、それは彼が大津の病院で診察を受けるためだった。このところ、どうも胃の調子がよくないというので、一度、診てもらった方がいいと勝たちがすすめたからだ。

「ちゃんと、お医者様に診ていただいて、お薬をもらってきてくださいね」

カネが声をかけると、いつもは威勢のいい吉沢竹二郎も、さすがに意気消沈した様子で、笑顔にも力がこもっていない。それでも、まるで自分たちの旺盛な生命力を見せつけるかのように茂った豊かな緑に囲まれて、いかにも涼やかに朝の陽をきらめかせている川に浮かぶ丸木舟に乗り込むと、不思議とほっとした様子になり、表情も和らいだように見えた。

「早く帰ぁるもんで」

雪の季節と違って、こんな季節に川を下っていくのは竹二郎でなくとも、いかにも気持ちが晴れそうだ。丸木舟は、棹《さお》を扱うウエンコトレとコルンゲの姿も含めて、まるで一枚の絵のように美しく見えた。

「お気をつけて。何か手紙が来ていたら、忘れずに持っていらしてくださいね」

丸木舟が見えなくなるまで一人で舟着場に立ち尽くし、ふと気がつけば、深々とため息が洩れている。次に自分があの丸木舟に乗って、大津へ、または函館へ、あるいは内地へ行かれるのは、果たしていつのことになるのだろう。ここにいると、外の世界のことがまるで分からない。今このときも世の中は動いているはずなのに、一体何が起こり、どんなことになっているのか、想像もつかなかった。普段は考えている暇もないが、そんなことをふと思った瞬間、まるで自分一人がこの世界から取り残されたような気持ちになる。

だけど。

考えたってしようがない。

何しろ働くこと、身体を動かすことだ。

ただでさえ少しでも放っておけば、瞬く間に夏草が伸びる季節だった。畑の作物も同様に毎日ぐんぐんと育っていく。今回は、泊まりに来てくれた父上も畑に出ようと言ってくれた。兄上との日々でも、草むしりや鶏の世話をはじめ、さほど力のいらない作業はどんどん手伝っているという父上は「よいせ」「どっこい」などと自分にかけ声をかけながら、せっせと身体を動かしている。その姿は、カネの目から見ても横浜にいた頃に比べて、ずい分と身のこなしが軽くなり、また日焼けしていた。

「ああ、喉が渇くな」

「これだけ陽が強いと、畑の土もすぐに干上がってしまいそうです」

実際、日によっては横浜の夏よりも厳しいのではないかと思うほど、じりじりと焼けつくような陽が照る。手ぬぐいを姐《あね》さんかぶりにして、アットゥシにたすき掛けという妙な出で立ちで、顎からも汗を滴らせながらひたすら畑に向かっていると、だんだんと頭の中が空っぽになって、やがて何も考えることがなくなる。そうして空っぽになった頃に、ぽん、と意外な記憶が蘇《よみがえ》ることがあった。それは信州上田のお城のそばにあった屋敷の庭だったり、ほんの短い間、父上が持っていた東京麴町の桑畑の風景だったり、女学校の授業で、どうしてもうまく発音出来ない英単語とにらめっこをしている場面だったり、我ながらどうして今になって思い出すのだろうかと不思議になるほど意外なものばかりだった。その度にカネは、今となっては遠い思い出を味わう暇もないほど、何と遥かで、また苛酷な道を選んでしまったものだろうかと、つい腰を伸ばすついでに空を仰いだ。

――カネさんは立派に学問して知識もある人です。

ある日ふいにワッデル先生の、身体の前で組みあわされていた手が蘇った。あれは、カネが北の地で暮らしていく心構えを尋ねにいったときのことだ。真っ白いシャツの袖口から出ている先生の手は大きくて厚みがあり、指の背にまで毛が生えていて、独特の表情を持っていた。——必要なときはみんなの目や耳になって助けてあげるといい。代わりにカネさんは、畑のことは農民たちから教わり、その土地のことはアイヌから教わることが出来るでしょう。

本当に、言われた通りになった。そして、あの時にもらってきたキニーネが、この村の人々を今も救い続けている。そのお礼を、いつの日かお目にかかって直接伝えたいと思っていたのに、ワッデル先生はこの四月に母国のアイルランドへ帰られたと、つい先月、勝のところに来た友人からの便りに書かれていたそうだ。あの時の勝はずい分と気落ちした様子だった。

「同じ離れとるんでも、日本におれるのと遠い外地へ行ってしまわれたのとだゃあ、こっちの気の持ちようが、どえらゃあ違うもんで」

たとえ滅多に連絡出来なくても、また容易に会えない状況であったとしても、そこにワッデル先生がいてくれると思うだけで支えになっていたと肩を落とす勝を眺めながら、カネは、もしもミセス・ピアソンがアメリカへ帰ってしまったら、自分もさぞ心細い気持ちになるに違いないと考えていた。

それが天主さまの思し召しなら、仕方がないとしても。

今のカネにとっては、ピアソン先生やクロスビー先生、いや共立女学校そのものが、心の故郷のような存在になっている。最後の最後には自分を受け入れてくれる場所だと、密かに信じている。そういう存在があるからこそ今を耐えていられるのだという気持ちもあった。もしもこの先、身も心もボロボロになり、骨の芯まで疲れ果てて、もうどうにも前に進めないと思ったら、何一つ希望を見出せず、聖書を開く気力さえ失せてしまったら、そのときは這《は》ってでも女学校に戻りたい。そう思うことで、この日々を乗り越えられるのだ。

「いやあ、俺らの村がいちばん、どの村よりも出来がええように見えたがや」

五日ほどで帰ってきた勝は、まず「土産だ」と、カネに内地から届いていた何通かの便りと、薄茶色の紙を差し出した。

「まあ、これ、新聞！」

これで外のことが少し分かる。どんなことが起きているのかを知り、活字を追うことが出来る。懐かしい人々からの手紙はもちろんのこと、新聞が読めるという、たったそれだけのことが嬉しくてならなかった。端から手紙の差出人の名を確かめ、また新聞にざっと目を通す間、勝はカネが汲んできてやった冷たい川の水でバシャバシャと顔と足を洗い、手ぬぐいを絞って身体を拭いていた。

「トシペップトは俺らの村より小ぃさくてな、たったの六戸だけだったなも。ほんでも一所懸命、粟とか小豆なんかを作っとったが、まあ、俺らよりも半月ぐらゃあ遅れとるように見えたし、畑もぐんと狭まゃあもんで、あっちもあっちで苦労しとるわ」

そのトシペップトで、農商務省の若林《わかばやし》高文《たかふみ》に会ったと勝は続けた。その人は、晩成社にも分けてくれるつもりで、フランス麻とキリ麻の種を持ってきていたのに、何かの拍子にうっかり他のものと一緒に火にくべてしまったのだそうだ。

「どうしてまた」

思わず新聞から目を離して、カネは改めて勝を見た。フランス麻やらキリ麻やらが何の役に立つのかは知らないが、せっかくくれるつもりだったものを燃やされたと聞くと何とも残念な気持ちになる。勝も憮然とした表情で、だから次回は必ず持ってきてくれるようにと念を押してきたと言った。

「若林さんが言うには、だ。この先まだ三、四年は、バッタの駆除は難しいんでなゃあかってことだ。役場なりに方法は考えてらゃあすらしいが、今んとこ出来るっていったら、卵のうちに探し出して焼き払うことと、バッタの害を受けにくいものを育てるしかなゃあだろうって。フランス麻もキリ麻も、そのために用意したげな」

「その麻だったら、バッタは食べないんでしょうか」

「どうだかなぁ」

「ちゃんと育ったら、高く売れるものなのかしら」

「それも、よう分からんが」

「それにしても、そんな大切な種を燃やしちゃうなんて」

「実際にバッタにやられとるもんの身にならゃあ、そんなたぁけたこと、しようにも出来んはずだが、だから役人なんて呑気なもんだって言われるんだがや」

そんな話をしてから三日ほどした八月十四日の午後、先月以来、ひと月ぶりにバッタの群が姿を現した。

「くそっ、やっぱり来たがや！」

ブリキ缶を叩く音が耳に届くと、勝は苛立った声を上げて空を見上げ、大急ぎで胡瓜《きゅうり》をはじめとする野菜の摘み取りにかかり、葉ニンジンを掘り出した。だが、今度はバッタの勢いにはかなわなかった。結局それから九月に入るまで、バッタは毎日か、または数日ごとに群でやってきて、畑の作物に大きな打撃を与えた。無論、通り雨のようにさっと行ってしまうこともあるにはある。そうかと思えば翌日までも村にとどまって、そこいら中の作物を食べ尽くしていくこともあった。

先月の被害がさほどではなかっただけに、この勢いには、カネも呆然とするばかりだった。

「こんな風に、何かを憎らしいと思ったことが、これまでにあったかしら」

「片っ端から斬って捨てたゃあところだが、斬っても斬っても、そんなことで追いつく相手でもなゃあしな」

　多いときには空が暗くなるほど頭上を覆い尽くし、耳障りで不気味な羽音を立てて、地上に降り立つなりジャクジャクと畑の作物を食い荒らしていくバッタは、それまでカネが知っていたバッタとはまったく別の生き物としか思えなかった。恐ろしい上に、忌々しい以外の何ものでもない。だが去年の大被害を経験している勝たちは意外に淡々としたもので、ただひたすら作物を刈り、または家に逃げ込んでバッタをやり過ごした。雨が降って畑に出られない日はバッタも来ない。そんなときは互いの家を行き来しあって、実に静かに碁や将棋に興じたり、兄上とは詩や歌を詠みあったり、また新聞や講談本を読んだりして過ごす。そうこうするうち次第に秋の気配が感じられるようになってくると、そろそろ冬支度の心構えなどが話題に上るようにもなった。

　今年は鮭はどれくらい上ってくるだろうか。鉄砲の手入れもしておく必要があるし、弾の補充もしておかなくては。小屋はどこを補修すればいいだろう。より暖かく過ごすためには床に何を敷けばいいだろうかなどということを淡々と話し合う様子に、カネは半ば拍子抜けした気持ちになった。

「私、もっと四六時中バッタのことに振り回されて、大騒ぎになるのかと思っていました」

「騒いでどうなるものでもなゃあのは、もう分かっとるもんで。嵐や地震と同じ、どうやったって逆らえるものでなゃあ。張り合うだけ疲れるって、もう分かっとるがや」

　それでもやはりバッタに作物をやられた日には、やりきれない思いにもなれば腹も立つに決まっている。そんなときは、勝は兄上や高橋利八、山田勘五郎、山田彦太郎などと誘い合っては、酒を飲んで憂さを晴らした。ときにはモチャロクやナランケの招きで「カムイノミ」に出かけていくこともある。

「カムイノミって何のことです?」

カネが尋ねると、勝は、アイヌの中ではどうやら大切な儀式らしいと言った。

「カムイは、あの人たちの神さまのことでしょう?」

「そんでも、俺らの耳には『カムイ呑み』に聞こえるもんで」

勝はにやりと笑っている。

「アイヌにとったぁあ、この世の中は隅から隅までカムイだらけだもんで、今日はどのカムイに祈ってるもんだか、俺らには皆目、分からんがや。儀式のときは、全部アイヌの言葉でやるもんだで。まあ何でも構わんで連中の真似をして、その後は一緒になって呑んどるってわけだ」

そのカムイノミに出かけていくと、勝は必ず泥酔し、足もともおぼつかない状態で帰ってくる。カネたちが信仰する天主さまとは違っていたとしても、神さまの前でそこまで酔って大丈夫なものかと心配になるほどだった。

「そのうちカムイさまに怒られて、夜道の途中で川にでもはまるんじゃないんですか」

酔いが覚めたところで心配半分、皮肉半分にカネがそんなことを言ったときだけは、例によってシケレペニの煎じたものを飲みながら、勝は殊勝な面持ちで次からは必ず気をつけようと言う。だが、それが守られたためしはなかった。それでも、自分でも呑みすぎた、失敗したと思うらしい日の後には、川辺で見つけたからと愛らしい花を咲かせているセキチクなどを掘ってきてカネを喜ばせたりする。それが、勝という人の反省の示し方のようだった。

全体に天候不順の九月だった。晴れればバッタに襲われるし、大雨が降ってまたもや川の氾濫《はんらん》に怯える日もあった。それでも何とか大根は、これなら出荷できるだろうというところまで収穫出来た。馬鈴薯やうずら豆も穫れたし、麦も刈れた。小さな種をまいたときから毎日毎日、芽が出ることを祈り、本葉が広がるのを待って水を撒き、世話をして形になったものが、こんなにも愛しく思えるものかとカネは初めて畑から抜き取った大根を抱きしめて、撫でさすってやりたいほどの気持ちになった。ちょうど一年前の今ごろは、父上と、文三郎さんと犬とでこのオベリベリへの旅を続けていたのだ。そのときには、一年後の自分が大根を抱きしめてうっとりしているなどとは、想像もつかなかった。

「鶏が初めて卵を孵《かえ》したときも、それは嬉しかったものだけれど、野菜も変わらないのですね。どれもこれも可愛く見える」

「こうやって育てたものが売り物になって初めて、暮らしが成り立っていくんだもんな。気の長がゃあ話だがや」

気がつけば、もうバッタは来なくなっていた。日によっては驚くほど冷たい風が吹き抜けて木々の葉も数を減らし、毎日確実に秋の色に変わっていく。家の裏の川を隔てた林の中に、立派な角を生やした鹿を見かけることもあった。その美しい凜《りん》とした姿に、カネは息を呑み、鹿が動き出すまで、ひたすら見守った。勝が見つけたら即座に鉄砲を持ち出すかも知れないから、「早く行きなさい」と、そっと話しかけたりもした。一頭仕留めれば、収入にもなるし食料にもなると分かっていながらも、あの顔を見てしまうと、気持ちが揺らいだ。

「新しい小屋を建てることにしたがや。銃太郎んとこと、利八んとこと、順番にな」

ある日、勝が言い出した。そうなれば、これまでの住まいはまた倉庫になる。この先、畑が広がり、収穫が増えるのを見込んでのことだ。それぞれの家やセカチらも手伝いに来てくれて、いつになく賑やかで、また長閑な日々が過ぎた。ところが十月に入って新しい小屋も出来たと喜んでいた矢先、早々に霜が降って、あと数日で収穫出来ると楽しみにしていた大豆《だいず》や小豆などの豆類がすべて枯れ果ててしまった。たった一日のことで、いとも簡単に命絶えてしまった作物が並ぶ畑に立って、カネは言葉を失い、ただ肩を落とすことしか出来なかった。

天主さま。

私たちはこんなにも無力です。

そのことを、こんな風に日々思い知らされることになろうとは。泣いても笑っても、どうすることも出来なかった。

5

鮭が川を遡り始めた。その数が増え、家の裏を流れる川にも上ってきて、夜など眠れないほどバシャバシャと音がすることがある。トレツの女房がやってきて、一緒にガラボシを作ろうと言ってくれた。ガラボシというのはホッチャレの内臓を取り出して乾燥させたもののことだ。十分に乾燥させたら、それを薪のように倉庫に積んでおいて、春までの食料として使う。塩は使わない。

「色々なものを乾《ほ》しておくのはアイヌの知恵ね」

「ウグイやヤマベも、焼いてから乾すよ」

「ああ、それは夏に、主人がモチャロクさんと釣りに行って、たくさん釣れたときに教わりました」

「塩漬けもする。フキとかワラビ。あとは少しの米があれば、粥を作ってガラボシや塩漬けを入れて、それで冬は何とかなる」

トレツの女房は拾ってきたホッチャレの内臓を自分専用のメノコマキリという、男たちが使うマキリよりも小さめの小刀を使って手際よく取り出しながら、そんなことも教えてくれた。

「フキやワラビは春でしょう？」

「そう、春。ああ、前の春に作った塩漬けを今度、奥さんに持ってきてやろうか。あと、プクサもいるかい」

「プクサ？　あの、ニンニクみたいな匂いのする草？」

「あれも葉っぱと茎を刻んで干してある。プクサは食べるだけじゃない。こんな、小さい袋に入れて、着物に縫いつけることもあるんだ」

カネは「へえ」と、つい仕事の手を止めてトレツの女房を見た。すると、口の周りに入れ墨を入れた彼女は、プクサの匂いを病気のカムイが嫌うのだと教えてくれた。

「あの匂いに、風邪のカムイが逃げていくんだ」

「風邪にもカムイがいるの？　嬉しくないカムイね」

「木にも風にも、何にでもカムイはいる。いいカムイも、悪いカムイもいる」

この人たちの考え方は、嫌いではない。耶蘇教の考え方とはまったく違っているが、天主さまがお造りになったすべてのものに意味があると解釈すれば、さほど分からないこともないと思えたし、第一、医者もいなければ満足な薬も手に入らないこの土地で、病気や怪我から身体を守り、健康が維持できるのなら、どんなことでもしなければいけないと、この一年でカネはつくづく思うようになっていた。現にアイヌはそうして生き続けてきたのだ。何をするにも迷信とばかり決めつけるわけにはいかない。オベリベリで生き抜き、これから来る厳しい冬を乗り越えるための知恵ならば、どんなことでも知りたいし、身につけたかった。

「風邪のカムイから、身を守るのね」

「そう。あとは生きるために食べるだけだ。奥さんのとこのニシパが、ホッチャレを獲ってもいいようにしてくれた。筋子《すじこ》はとれないが、それでも今年はアイヌは生きられるよ」

確かに、再びアイヌが飢えて死ぬことなどないようにと、勝は早々と鮭の監視員のところに出向いて、せめて産卵を終えたホッチャレを獲ることだけは黙認するようにと掛け合っていた。もしかすると、その礼のつもりもあって、トレツの女房はガラボシ作りを手伝いに来てくれたのかも知れない。

「鮭は、アイヌの命綱だもんで。そこまで奪うのは人殺しと同じだって、言ってやったがや」

あの、食べ物を分けて欲しいとアイヌたちがやって来た日、勝はアイヌのコタンを訪ねて本当に飢えて死んでいるアイヌの老人と子どもを見て、相当に衝撃を受けたらしかった。だから余計に、もう二度とアイヌがあのような思いをせずにすむようにしなければならないと、ことあるごとに繰り返し言っている。七月には札幌県庁の栂野四方吉さんにも熱心に話をしたし、八月に、まだ伊豆にいる依田さんから便りが届いて、アイヌの雇用について晩成社の役員会に諮った結果、正式に承認されたということが書かれていたときには「一歩前進だがや！」と大喜びした。それでも、こうして農期が過ぎて冬場になれば、アイヌを雇ってやりたくても仕事そのものがない。だからこそ余計に、鮭の捕獲は文字通り死活問題なのだった。

「今の俺らにとってだって、鮭は貴重この上もなゃあもんだ。今年も、開墾も思い通りに進まなかったし、収穫も思っていた程にはならんかったってからな。だが、その鮭の保存方法から何から、教えてくれたのはアイヌだなゃあか。恩を仇《あだ》で返すようなことは、これ以上はしたくなゃあって、監視員にも強ぉく言ってやったがや」

兄上が来たときにも、やはり話題はアイヌのことになることが多かった。だが実のところ、最近の兄上はアイヌの話を聞きつつも、浮かない顔をしていることが多い。おおよその畑仕事が終わりに近づいたところで、晩成社の社務として村中を回っては、それぞれの家の収穫見込み高を調べているせいだ。

「バッタのこともあるし、他にも色々あるにはあったが、結局はあの早霜が、決定的な打撃だったことがよく分かる。あれのお蔭で、我らが見込んでいた収穫量からは、さらにがくんと減ったからな」

常日頃から互いの家を行き来しているのだし、それぞれの家の状況は手に取るように分かっているから、今さら言われるまでもないことだったが、改めて数字で示されると、ことの深刻さが余計に感じられるものだと兄上はため息をついた。これには勝も「まったくな」と唸るような声を出すより他にない様子だった。正直なところアイヌのことばかり心配していられる状況ではないのだ。

「バッタに霜、この二つさえなかったら、我ら晩成社の歩みは、もっと速くなるに違いなゃあんだがなあ」

「村のみんなだって、頭では分かっていると思うんだ。それでも、文句の一つも言いたくなるんだろう。今日など山田勘五郎さんが、まるで、最初に俺がオベリベリで越冬などしたから、結局はバッタにやられることになったんだと言わんばかりの剣幕で怒り出してな」

「そらゃあ、理屈になっとらんがや」

「それは本人も十分、承知してるんだ。それでも、言わずにおられんのだろう。いやあ、なだめるのにひと苦労した」

村人たちの落胆は、そのままカネの落胆でもある。収穫の喜びが大きければ大きいほど、その寸前で作物がやられてしまったときの衝撃と落胆とは、思っていた以上のものがあった。実際、数カ月間の苦労が一瞬のうちに水の泡となるのだ。収入が断たれることも打撃だが、何よりも自分たちがしてきた努力がすべて無駄になるというのが、どうにもたまらない。

「これが農業というものなのかしら」

厨仕事の傍らで、カネもつい呟いた。出来ることなら、もう二度とこんな思いはしたくないと思う。それでも来年も、再来年だって、同じ思いをしなければならないかも知れないのだ。農業を続けるとは、そういうことに違いなかった。

「御維新も俺らがどうこう出来るもんでなかったが、天下国家を論じる必要もない百姓仕事まで、いや、考えようによってはこっちの方がもっとお天道《てんと》様に左右されようとは、考えたこともなかったがや」

「気候や天候は、たとえば剣の道のように鍛練次第でどうにかものになるというものでもないしなあ」

「鍛練のしようがなゃあ」

「だからって手を抜けば、そこはすぐに作柄に出る」

「厄介でいかんわ、農業は」

互いの茶碗に酒を注いでは、勝と兄上は大きなため息をつく。

「この出来高を見たら、依田くんは何て言うだろうか」

兄上の言葉に、勝は「それにしても」と口をへの字に曲げた。

「依田くんは、今ごろどこにおるんだ」

竈の火を吹きながら、カネもつい「本当だわ」と勝たちの方を見た。

「リクさんと顔を合わせるときなんか、気の毒で見ていられないときがある」

「どうして」

兄上に聞かれて、カネは、「だって」と囲炉裏端に歩み寄りながら、ああ、そうかと思い出した。子どもと引き離された上にその子に死なれ、さらに一人で放り出されているからだとは、とても言えない。

「――心細いに決まっています。こんなに長いこと依田さんがお留守では。いくら文三郎さんがいるとはいったって」

依田さんがオベリベリを発ったのは、春まだ浅い四月のことだ。つまり、かれこれ半年以上も家を空けていることになる。手紙だけは頻繁に届いているらしいが、それでも月遅れのことしか分からない。生身の人間が傍にいるのとでは比べものになるはずもない。

一体、何を考えてるんだか。

無論この地からではそう易々と帰れるものではないし、東京にだって故郷にだって、行けばそれなりに会うべき人、済ますべき用事はあるのに違いない。それくらいのことはカネにだって想像はつく。だが、それにしたって開拓団の長、チームのリーダーが、農期の間中すっかり留守にしていたのでは、土と向き合う人たちと心を一つになど出来るとは、カネには思えなかった。実際にこの半年、初めて農民として暮らしてみて、自然を相手にしながら土に取り組むということの難しさが骨身に沁みたから、余計にそう思う。

「来月中には帰れるようにするからとか、今度の手紙には書いてあったと文三郎くんは言っておったが」

「それを、我らはじっと待つより、どうしようもなゃあわけだ」

茶碗の酒が空き、話の切りのいいところで兄上は腰を上げる。父上の待つ小屋まで、カネの足ならば十五分ほどの距離だったが、その道のりを苦にもせず、兄上は夜道に消えていくのが常だった。

数日後、村の東寄りにある畑に熊が出たと騒ぎになった。

「わしを見たら、すぐに逃げたけんど」

「あらあ、どでけえもんだってな」

「そのくせ、逃げ足が速ぇときてるら」

熊を見た人たちは興奮して、各家を回っては同じ話を聞かせ、聞く方も同じように興奮した。本当なら収穫の後には村祭りがあって、祭り囃子《ばやし》が聞こえたり神楽《かぐら》があったり、また夜店が出たり色々な演し物があって、人々は正月の次に楽しみにする季節のはずだった。さらに言うなら、普段はひたすら黙々と働く日々の中にも、たまには旅芝居が来たり門付けの芸人が来たり、そういう楽しみもあったという。それなのに、オベリベリでは笛の音一つ聞こえるはずもなく、たまに顔を見せるのはヤマニの大川宇八郎のような商人か、役場の人間だけだ。神社もなければ旅芸人も来ない。それだけに、ただ熊が出たというだけでも、人々は久しぶりに気持ちを沸き立たせ、刺激的に感じるらしかった。

さらに二、三日して、大津に野菜を運んでいた丸木舟が食料品や村人への手紙類、新聞、薬などを運んで戻ってきた。人々はまた舟着場に集い、多少なりとも賑やかな声を上げた。その中に、またも依田さんからの文があったと、例によって菓子や乾物などのお裾分けを持ってきてくれたついでにリクが話してくれた。

「前から言ってた通り、豚と山羊を買ってくるそうだら」

「豚なんて、どうやって飼うのかしら」

「それも、教わって帰ってくるらしいって、文三郎さんが言ってたら」

「そう――とにかくよかったじゃないの。やっと帰っていらっしゃるっていうんだもの」

カネが気持ちを引き立てるように言っても、リクは相変わらずどこか憂鬱そうな表情でひっそりと笑っているばかりだ。カネはふと思いついて声をひそめた。

「それで、依田さんは、俊助くんのことについては、何か書いていらした？」

思っていた通り、リクは力なく首を左右に振る。

「だけんど、知らねぇはずはないら。本家にも、私の里の方にも行っとるんだし、第一、俊助がどこにもいねぇんだもん、気ぃつかんわけが、ないに」

それなら依田さんなりに、今回の旅は辛いものになったかも知れない。もしかするとリクの顔を見るのが辛くて、それが旅を長引かせる一因にもなったのだろうか。そう考えると、一方的に腹を立てているのも気の毒だという気持ちになる。

「私も、もう覚悟決めたに。帰ってきたら、今度こそ話さんわけに、いかんもんで」

「そうしたら、一緒に手を合わせてあげるといいわね」

半ば諦めたように小さく頷くリクは、正月に、カネの前で突っ伏して嗚咽を洩らしたときに比べれば、一年近くの月日のお蔭か、ずい分と落ち着いたように見える。だがそれは、淋しさも悲しさも薄らいできたというよりは、そういう心持ちで暮らすことに慣れてしまったせいかも知れないと思わせた。そんな様子を見ていると、本当は少し前から折り入って相談したいことがあったのだが、やはり今回も言いそびれた。

月のものがない。

気がつくと先月も、たしか先々月もなかった。

ひょっとして身ごもったのだろうか、という思いが少し前からカネの頭の片隅に、常にひっかかっている。だが、何しろ初めてのことだし、確信の持ちようがなかった。他に身体の調子が変わったということもないのだ。だから余計に誰かに相談したかったのだが、いちばん心やすくしている利八の妻きよはまだ子どもがいないから勝手が分からないかも知れないし、勉強を教わりに来ている山田広吉や山本金蔵の母親たちはいずれも年が離れている上に、キニーネの効果もあってか、カネを「先生」と呼んで必要以上にへりくだるようなところがあって、何となくこういう話まではしづらかった。だからリクにと思っても、子を亡くして傷心のままでいる彼女に、果たしてこんな相談をしていいものかどうかという迷いが、やはりカネを躊躇《ためら》わせた。

気のせいかも知れないし。来月になってもないようなら、そのときでも。

カネが一人で密かに気を揉んでいる間も、勝はモチャロクの家に熊の肉をもらいに行ったり、ナランケに手伝ってもらって新築の小屋に棚を吊ったり、また米を搗《つ》いたりして毎日、退屈するどころではなく、また楽しげな様子で過ごしていた。そうして十月も末になると、今度は兄上と一緒に大津へ向かった。まだ残っている野菜を売ってこなければならないし、やはり他の村々の状況も見たいからということだった。水夫を引き受けてくれたのは、エサンニヨエにウエンコトレ、シヤトンガ、シュテケの四人だ。それに大津へ行きたいというメノコとセカチも乗り込んで、二艘の丸木舟はゆっくりと冬枯れの景色の中を滑るように下っていった。

6

さらにひと月ほどが過ぎると、悪阻《つわり》らしい症状が現れた。どうやら本当に身ごもっているらしいと思っていた矢先、きよが身ごもっているという話を聞いた。カネは大急ぎで利八の家を訪ねた。

「そうなんだよね。もう大分、でっかいら」

もともと丸っこい体型をしているきよは、そう言われてみれば腹の辺りが膨らんでいるようにも見える。カネは思い切って、実は自分も身ごもっているらしいのだと打ち明けた。

「へえ、カネさんも？　じゃあ、うちらの子どもは同い年になるらかね」

きよは嬉しそうにころころと笑っている。カネは、きよが落ち着き払っていることに、まず驚いた。

「心配なこととか、ないの？」

「そんなもん、心配したって、しようがねえよ。月が満ちれば赤ん坊の方で勝手に出てくんだし、伊豆の村でも、女たちはみんな産気づいたら自分らで産んで、自分らでその後の始末もしてたもんで」

けろりとした顔で答えるきよに、カネは彼女のたくましさを感じ、一方で自分のひ弱さを恥ずかしく思った。こんなことではいけない、オベリベリで子どもを産み育てていくには、相応の覚悟をしなければならないのだと改めて自分に言い聞かせる。

「そんで、このこと、勝さんももう知ってるだか？」

「それがね、まだ言ってないの」

すると、きよは「何でまた」と頬の肉を震わせる。

「言ってやりゃあ喜ぶに。特に最初の頃は重たいもん持ったりしねえ方がいいっていうから、早く伝えて大事にしてもらった方がいいら。女が大事にしてもらえる間なんて、他にそうそうあるもんじゃねえんだから」

きよからもはっぱを掛けられて、こうなったらいつ勝に打ち明けようかと頃合いを見計らっていた十一月末、朝から兄上と山田彦太郎とが小屋に駆け込んで来る日があった。

「池野登一が今日これから大津へ行って、そのまま戻らないと言ってるんだそうだっ」

息を切らしながらの兄上の言葉に、勝は「何っ」と囲炉裏端から立ち上がる。

「また、なんでだが。彦さん、どう聞いてらぁあす」

「なんも聞いとらん。だけんど、こりゃあええれえことだと思って、とにかく鈴木さんとこに駆け込んだら」

彦太郎も肩で息をしている。

「こうしちゃおれんっ、すぐに登一さんを呼んでくるがねっ」

言うが早いか、勝はもう小屋を飛び出していく。カネはすぐに囲炉裏の火を大きくして鍋の水を足した。これから何が始まるのか分からないが、日増しに冷えてくるこの頃からは、とにかく外から来た人には温かい物を出してやるのが何よりの気遣いになる。アイヌから分けてもらったトゥレプを葛湯《くずゆ》の要領で薄めに湯に溶き、そこに少量の煮豆でも加えれば小腹を満たすことも出来るから、カネは好んでそれを作ることが多かった。

「俺ぁ仕事があるもんで、帰ぇるとするわ」

彦太郎がそそくさと帰っていった後は、残された兄上だけがむっつり黙り込んだまま、囲炉裏の火に手をかざしている。ふと、兄上に妊娠のことを打ち明けようかと思い、やはり夫に言う方が先だろうと考え直している間に、やがて勝が風呂敷包み一つ抱えた池野登一を伴って戻ってきた。四十をいくつか過ぎている池野登一は頬骨が高く、頬の肉はそげ落ちていて、普段から暗い淵のような印象を与える目に、今日は明らかに怒りの色を浮かべていた。カネはその登一に「いらっしゃい」と出来るだけ柔らかい笑顔を向けて、彼と兄上、そして勝にも、温かいトゥレプ湯の椀を出してやった。

「いや、驚いたよ、登一さん」

三人で囲炉裏を囲み、まず口を開いたのは兄上だ。

「俺たちの前で、ちゃんと事情を話してくれんか」

椀をひと口すすってから、勝も努めて落ち着いた表情で彼を見る。すると池野登一は口をへの字に曲げ、肩で一つ息をしてから、「だから」と眉間にしわを寄せた。

「つくづく、嫌んなったってことだ」

登一は顎を突き出すようにして、勝と兄上とを一瞥《いちべつ》した。

「ほれ、土屋の広吉が死んだら?」

土屋広吉というのは、カネと父上がオベリベリに入るよりも前に、早々と開拓に見切りをつけて出ていった若者だ。カネは横浜で船出する一行を見送ったときに会っているはずなのだが、はっきりとは記憶に残っていない。その彼がここから出ていった後、どこをどうさまよった挙げ句か、小樽で死んだという知らせが役場を通じてもたらされたのは、比較的最近のことだった。入植者として役場に名前を届け、また、出ていったことも届けてあったから、それで連絡があったらしい。

「俺ぁ、あいつが哀れでなんねえだ。結局は伊豆に帰ぇることも出来ねえまんま、こんな地のはてみてえなとこで、たった一人でおっ死ぬなんてよう。だから、せめて墓参りだけでもしてやりてえと思って」

「その気持ちは分からんじゃないが、今この時期から行くっていうのは、ちょっと無理があるんじゃないかな。これから雪が深くなるっていうときに」

「——ついでに、働き口も探してぇ」

兄上と勝とが、ちらりと視線を交わした。カネはその様子をそっと眺めながら、火鉢の傍で静かに縫い針を動かしていた。本格的に寒くなる前に仕立てなければと、兄上と父上の襦袢《じゅばん》を引き受けている。勝と自分の綿入れも縫いたいし、本当は生まれてくる子のための準備も早め早めにしておきたいと思っていた。だからこのところは少しの時間も惜しんで針仕事をしている。

「そんでは、あんたは晩成社を辞めるつもりってことかね」

勝の口調がわずかに厳しくなる。池野登一はうなだれる姿勢で黙っていた。

「苦しいのは、あんただけでなゃあがや。それに、開拓なんてもんは、一年や二年で簡単にできるもんでなゃあことは、最初から織り込み済みではなかったかゃあ」

「登一さん。あんた、自分も開拓農民として生きようと思ったから、晩成社に加わったんじゃなかったんですか」

勝と兄上に言われて、池野登一はますます肩をすくめるようにしている。やがて、その口から「そんでも」という言葉が洩れた。

「もうよう——身体が、保たんもんで」

小屋全体に広がるほどの大きな息を吐き出して、池野登一は、実は今年は春の種まきの季節からずっと身体の調子がよくなかったのだと、ぼそぼそと語り始めた。何しろ疲れて、その疲れが一晩寝ても抜けないし、体力が落ちてきているのが感じられる。自分でも痩せたのが分かる。このまま無理に働き続けていても、おそらくどこかで思わぬ怪我をするか、畑の中で倒れてしまう時が来るに違いないと思うと池野登一は語った。

「どっか悪りぃのかも知んねえだら。そうでなくっても、おらぁ、もう、百姓は無理だと思ってるら」

だから、このオベリベリにいても意味はないと、池野登一は言った。カネは、そう言われても特段、以前よりも痩せたという印象でもないし、力ない様子も感じられない池野登一を密かに眺めていた。嘘かも知れない。ただ単に、嫌になっただけかも知れない。だが、それを言ってどうなるものでもない。

「そんなら大津で、病院に行ったらいいんでなゃあか」

「いんや――おらぁ、出ていきてぇ」

「ほうかね――だが、それにしたって黙って出て行くって法は、なゃあんでなゃあか。俺ら、仲間でなゃあのかね」

「そうだとも。それに、さっきも言ったが、小樽までの道のりを行くとなったら、これからの季節は雪の中を進まなければならんということになりますよ。奥さんだって難儀なことだ。健康に自信がないっていうんなら余計に、そこのところも考えた方がいいんじゃないですか」

「それは、そうか知らんけんど」

勝と兄上の言葉に、池野登一はますます意気消沈した様子になってうなだれ、それでもずっと前から考えていて、やっと腹を決めたのだと、絞り出すような声で呟いた。勝が腕組みをして背筋を伸ばした。

「実は先月、我らが大津におる間に、ちょうど依田くんから電報が届いたがよう。近々、帰ってくる目鼻がついたそうだわ。おそらく月が変わった頃には、オベリベリに帰ってくるんじゃなゃあかと思う。そうなったら依田くんにもちゃんと話して、筋を通して、それで春になっても気持ちが変わらんようなら決心するっていうのは、どうだゃあ」

「悪いことは言いません。もし登一さんがまた伊豆に戻りたいと思っているんだとしたら、依田の本家に知られないはずがないじゃないですか。それなのに、依田の人たちと顔を合わせるのが気まずいようになったら、あそこで暮らすのは辛くなるでしょう。だからこそ、きちんとした方がいい」

池野登一は文字の読み書きも出来ない、百姓仕事以外はしたことがないという人だ。最初から勝や兄上とやり合ったところで、理屈ではかなうはずもない。二人に畳みかけるように言葉を続けられて、彼はもう言い返す言葉も見つからない様子で、ひたすらうなだれるばかりになった。そして結局、本当にオベリベリを離れるかどうかは四月に結論を下すと約束させられる格好になった。

「大津に行くのはかまわなゃあが、今日は戻ってこんと駄目だがや」

「だから、分かったって。今日は、嬶《かかあ》は連れていかんもんで」

「大津で多少の息抜きでもして、冬支度に必要なものでも買ってくればいいですよ」

「そんな余裕が、どこにあるらっ」

最後は捨て台詞のような言葉を叩きつけて、池野登一は憤然として帰っていった。

「やれやれ、朝から頭ん痛ゃあことだ」

勝が大きく伸びをしながら、頭をかきむしる。カネは針を動かす手を止めて「依田さんは」と顔を上げた。

「もう、大津へは着いていらっしゃるんでしょうか」

「そのはずだがね」

「それなら登一さんは、大津で依田さんに直談判なさるかも知れないですね」

「それにしたって女房を置いていくもんで、一度はこっちに戻ってこんならんがや」

さて、では朝食にしようと促されて、カネは針を針山に戻した。

「兄上も、召し上がっていったら。その後、利八さんを誘って帰ればいいわ」

「おう、そうするか」

今日、勝は利八と共に兄上の小屋掛けを手伝いに行くことになっている。本格的に雪が降り積もる前のこの時期は鮭獲りに茅刈り、薪採りといった冬支度に加えて、測量や帳簿つけ、報告書の作成など、晩成社の仕事もこなさなければならないから、勝も兄上も忙しい。その上に、二人は合間を縫ってはアイヌのコタンを訪ねて、彼らの様子も見たりしている。小屋掛けにも、そう何日も割けるものではなかった。

「なあ、うちで生まれた猫だが、どうだ、何匹か、もらってやってくれないか」

三人揃って粥を食べ始めたところで、兄上がふと思いついたように言った。カネは「猫ねえ」と、つい勝の様子をうかがった。これから赤ん坊が生まれようというときに、猫まで増えるというのはどうなのだろう。第一、猫は鶏を襲ったりはしないのだろうか。

「思ったほどではないにせよ、多少はねずみが減ったように思うんだ」

するど勝が「そらゃあええわ」と頷いた。

「ねずみは実に厄介でいかん。少しでも役に立つんなら、猫もいいんでなゃあか」

カネだって、もともと猫が嫌いというわけでもない。つい「そうですね」と頷いてしまってから、こうなったら早めに身ごもったことを勝に打ち明けなければならないと自分に言い聞かせた。だが、いざとなると、やはり切り出しづらい。毎日ためらっている間に、もう二匹の仔猫が来た。何にでもじゃれつく小さな猫を面白く眺めている間に師走に入り、八日の日も暮れようという頃、依田さんが帰ってきたと文三郎さんが息を弾ませて知らせに来た。ちょうど食事の支度をしている最中に急な吐き気に襲われて、カネが土間の片隅に屈み込んでいるときだった。

「そうかね、依田くんが」

勝は嬉しそうに声を上げ、すぐにも会いに行きそうな気配を見せる。カネは慌てて「あなた」と勝を呼び止めた。依田さんが戻れば、また互いに行き来する回数が増える。いよいよ打ち明ける機会を逃しかねないと思ったからだ。

「私、身ごもったかも知れません」

他の家にも知らせてくると文三郎さんが帰っていった後、カネは改まって勝と向き合い、思い切って打ち明けた。すると勝は不意打ちでも食らったように目を大きく見開いて、一瞬、信じられないという顔つきになった。

「身ごもったって――カネ、それぁ――」

「赤ちゃんが、出来たみたいです」

「――本当かゃあ」

「――多分」

「いつっ」

「いつって――」

「いつ分かったかゃあ」

「実は、少し前から、そうではないかと思うようにはなっていたんですけれど」

言いながら、自然に自分の腹部に目が行った。同時に、帯の上に手を添えると、その手首を勝が摑んできた。

「でかした！　でかした、カネ！　渡辺の家に、赤ん坊が出来たってことだがや！」

言いながら、勝はわっはっは、と笑い出している。その、あまりの声の大きさに、つい背をそらすようにしながら、カネは、思わず自分も笑顔になっていた。

「俺ぁ、とっつぁまになるがね！　いやあ、この俺が、とっつぁまかぁ！」

勝は、さらに大きな声で笑い、それからようやくカネの顔を覗き込んできた。

「そんで、いつ生まれる？」

「多分、五月か、六月か」

勝は、それはいい季節だと、うん、うん、と頷いている。

「きよさんの方は、この暮れにも生まれるかも知れないっていうから、お産の時は私もお手伝いに行って、色々と教えてもらおうと思って」

それには勝も神妙な顔つきになった。

「産婆もおらん村だからな。きよにでも、広吉や金蔵のおっかぁにでも、何でも教わるとええがね。アイヌの中にも子どもを取り上げたことのあるメノコがいるかも知れんな、今度、聞いてみるか」

そのときだけは少し真剣な表情になったが、すぐにまた「俺がとっつぁまか」と、勝は何とも言えない表情になって笑っている。それから、今夜は依田さんの家に行くのはやめにして、ここで二人で祝杯を上げようと言い出した。

「いやあ、こんな嬉しいことも、あるもんだなぁあ」

生まれてくる子は男だろうか、女だろうか、その子が大きくなるまでに、オベリベリはどれほどまでに拓けているだろう、学校や商店も出来始めているだろうかと、その晩の勝はカネを相手に上機嫌だった。これほど喜んでくれるのなら、もっと早く打ち明ければよかったと、カネは自分一人でお腹の子のことを考えていた日々を、少し申し訳なく思った。いつにも増してしんしんと冷えると思っていたら、外は雪が降り始めていて、そのせいもあってか、子どもたちもやってこない。

「一人の身体でなゃあんだから、これからの季節は余計に冷やさんようにしとかんとな。出来るだけ滋養のあるものを食って、そうだな、卵も毎日、食ったらええがゃあ」

それからも、話は尽きることがなかった。子どもたちが勉強を教わりに来ない晩に、勝が家でゆっくり過ごし、こうして二人であれこれと話をするなど、考えてみれば久しぶりのことだった。これも、お腹の子のお蔭だ。あとどれほど持てるか分からないこういう時間を大切にしたいと、カネは改めて感じていた。

翌日、意外なほど積もった雪の中を、勝は依田さんの家に行ってくると支度を始めた。

「赤ちゃんのことは、まだ言わないでおいてくださいね。頃合いを見て、私からリクさんに話しますから」

カネが念を押すと、勝はあっさり頷いて出かけていき、午後になって兄上と一緒に戻ってきた。二人は依田さんから聞いてきたらしい話に興奮が冷めやらない様子で、しきりに自由党がどうの、薩長《さっちょう》がどうのといった話をしている。その様子からすると、どうやら兄上もまだカネの妊娠は聞かされていないらしかった。

「世の中は動いておるな」

「西欧列強に対しても、本腰を入れて対等な関係を築こうとしとるということだがね。それが鹿《ろく》鳴館《めいかん》とやらにも出とるに違ゃあなゃあ」

日が暮れる頃、依田さんが徳利を下げてやってきた。半年以上も会わなかったというのに、カネを見ても「久しぶり」でもなければ「ただいま」でもなく、相変わらずにこりともせずに「上がらしてもらうだ」と、当たり前のように藁靴を脱ぎにかかる。カネは、つい苦笑するしかなかった。そう、これが依田さんだ。この無愛想な感じこそ、依田さんだった。

「そんで、さっき言うておった農民騒擾《そうじょう》の話をもうちょっと詳しく話してくれんか」

勝が待ちかねていたように口火を切った。依田さんは早速、勝たちに交ざって囲炉裏の前であぐらをかき、自分が持ってきた酒をそれぞれの茶碗に注ぎながら「そうだらな」と一つ、息をついた。

「つい最近も、秩父《ちちぶ》で物騒な事件があったらしい。俺が函館にいる間のことだが。どこに行ってもこの話題で持ちきりだっただ」

「秩父って、どこだがゃあ」

「武蔵《むさし》国だら。今は埼玉県というらしい。そこいらの農民が、新政府に対して武装蜂起《ほうき》したそうだで」

農民が、と、勝と兄上が声を揃える。カネもつい耳をそばだてた。

「それは、百姓一揆《いっき》のようなものか？　やはり不作が原因なんだろうか」

「一揆といやあ、一揆だらか。だが、相手は代官所や庄屋でなくて、政府だもんで」

「政府に、農民が」

「何でも大蔵卿《おおくらきょう》の松方正義《まつかたまさよし》のやり方がまずかったという話だら。今の政府は、西南《せいなん》戦争でずい分と懐具合が苦しくなっとるらしい。そんなもんで、出費を少なくして財布の紐を締めにゃならねえっていうことで、無理矢理ものの値段を下げたって話だ。農作物の買い取り値段まで下げたもんで、このまんまじゃあとても食っちゃいかれねえと、百姓らが怒ったらしい」

農民たちは政府に対して、税の徴収を免除して、負債に関しても支払いを延ばしてくれと主張して武装蜂起したのだという。その勢いは村単位どころか秩父の周辺にも飛び火して群馬《ぐんま》県や長野《ながの》県にも騒ぎが広がり、最終的には数千人規模という大騒動になったのだそうだ。

「そんで、内地は凶作というわけではなかったのか」

「凶作は凶作だったらしい。だけんど普通、作物が穫れなけりゃ物価が上がるのに、逆に物価の収縮ってやつが起こったもんで、こりゃたまらん、余計に食っていかれねえってことになったんだら」

野中の一軒家にいて、しかも外には雪が積もっているのだから、誰が立ち聞きしているとも思えないのに、三人はときに声をひそめ、ときに囲炉裏に向かって額を寄せ合うようにしながら、真剣な表情で話し続けていた。そこには、どうやら自由民権運動の影響があるらしい。憲法の制定や議会の開設を要求する一方で、これからは言論の自由、集会の自由が認められなければいけないと主張する社会運動は、カネがまだ横浜にいる頃から既に始まっていたものだ。

ああ、外の世界は動いているのだ。

カネは一人、針仕事を続けながら、遠い内地を思った。埼玉でそのような武装蜂起が起きている一方で、華やかな横浜や東京は、どんな様子になっているのだろう。さっき、勝たちは鹿鳴館がどうのという話もしていた。政府がそういう建物を建てて華族たちが外国人を招き、誰もが洋装で夜な夜な舞踏会を開いているのだという。日本人に洋装など合うものだろうか。丸髷にドレスなのだろうか。考えれば考えるほど、実物を見てみたいという気持ちになる。無理だと分かっていながら、せめて絵でもいいから見てみたい。いつか月遅れの新聞ででも見られるだろうか。

「これからは農民も黙っていないという時代になるのかな」

兄上が、ぐい、と酒を呑みながら一つ、大きく息を吐いた。

「そらゃあそれで、ええことでなゃあか」

勝がすかさず、空いた茶碗に酒を注いでやる。すると依田さんが、また難しい顔で「いや」と言った。

「そうとばかりも言えねえら。たとえば我が晩成社の身になって考えてみい。自分らの思い通りにならねえからって、小作人に反発されて、ましてや武装蜂起なんぞされでもしたら、たまらんに」

たったこれだけの村で武装蜂起も何もあったものではないが、それにしても、今の言い方は、自分と他の農民を完璧に隔てた考えから来ているのではないかと、カネはつい「あなたの立場は違うのですか」と口を挟みたくなった。

「まさか、そんな物騒なことにはならんだろうが」

「ほんでも、その武装蜂起した連中の気持ちも、分からなゃあじゃなゃあ。自分らのしてきたことが一つも報われとらんと感じれば、そらゃあ誰だって腹も立つし、自分らの頭にいるもんを敵だと感じるわね」

勝の言う通りだった。このオベリベリで働く農民たちは、自立できるまで晩成社が面倒を見るというから開拓団に加わった人々ばかりのはずだ。父上、兄上だって、勝だって、没落士族として内地で新たに根付く道が見つけられないからこそ、思い切って新たな場所を求め、農民になる覚悟を決めた。晩成社が約束さえ守ってくれれば、今が苦しくとも武装蜂起など心配する必要はどこにもないはずだ。そのためには晩成社がしっかりしてくれるのでなければ困る。

お腹の子のためにも。

子どもが行き場を失い、飢えに苦しむようなことにだけはなって欲しくないと、カネはまたそっと腹に手をあてた。

7

だが、カネの心配は、それから間もなく現実のものになろうとした。身ごもったことを父上と兄上にも知らせ、家族が増えることを喜んでもらって、これから正月にかけては心穏やかに、皆で楽しく過ごしたいと思っていた、ちょうどクリスマスの日に依田さんが晩成社の皆を集めた。そして、いきなり今年中に貸し付けた諸経費を精算すると申し渡したのだ。どの家だってこの一年どれほど働いたか分からなくとも、結局は雀の涙ほどの収入しか得られていない。だから、食費をはじめとする生活費も農機具代も、すべては晩成社に立て替えてもらっていた。今その総額を告げられたところで、どうすることも出来ないのは明らかだ。

「いきなり、そんなことを言われたって」

「そうだら。払える金なんて、どこにあるだ」

「それは承知しとるもんで。聞けば今年もバッタが来たというし、霜にもやられたそうだな。無理もないとも思うとるら。そんでも、俺らは晩成社という会社だら。会社なら、貸したものは貸したものとして、きっちりしとかんと、わしも伊豆の株主に説明のしようがねえだら。それに、貸したもんには利息がつくと決まっとるら。それをだな、年の瀬の内に精算して、一軒ずつ、証文を書いてもらわんと──」

「なんだとっ」

父上と共に晩成社で最年長の山田勘五郎が、いきり立った声を上げた。

「あんた、この上、利息までしぼり取ろうっていうだらかっ」

それを合図のように、男たちが口々に、たまりにたまっていた鬱憤をぶつけるように依田さんを責め始めた。

「大体、俺らはあんたにだまされたも同然だらっ」

「そうだらっ。あんた、別天地みてえないい土地へ俺らを連れていくと、そう言ったらっ」

「そうだ、いい土地だら。こんないい川が何本も流れて、水は旨いし、材木でも何でも取り放題で、その上、こんだけ広ぇ土地がある。そんなとこは、他にそうそうあるもんじゃねえ」

依田さんも一向に引く気配がない。

「ふざけんなっ」

山本初二郎が、こぶしを震わせて立ち上がった。

「あんた、最初に何て言ったら、ええっ。一年に三十町歩ずつ拓いていけるって、そういったら。そうならねえのは、あんた、俺たちのせいだとでも言うつもりか」

「去年が二町八反歩、今年が五町四反歩、そこまで拓くのに、俺らがどんな思いしたか、ずっと内地に行っとったあんたに、分かるわけがねえっ」

依田さんが、ぐっと顎を引いた。カネは、はらはらしながらことの成り行きを見ているより他なかった。誰の気持ちもよく分かる。皆、必死で生きている。それなのに何も今、借金の利息の話までしなくてもいいではないかと、実際に思う。

依田さんは、下手くそなんだ。

人に説明をする間合いを測るのも、人の気持ちを測るのも。

「それに聞いた話じゃあ――」

ついに、若い進士五郎右衛門までが、おずおずと言いにくそうに口を開いた。この一家は、オベリベリを出ていくと言ってては大津の周辺をあてどなくさまよっていたことがあるかと思えば、やはり伊豆まで戻る旅費もないからと舞い戻ってきた。彼らの気持ちは未だに不安定なのに違いなかった。

「ヤマニの大川さんは旦那さんに、人の手だけで畑を拓くのはいくら何でも無理だもんで、馬を使ったり、プ、プラウか、そういう器械を使ったりしたらどうかって、そう言ったそうだらな」

依田さんの眉間にぎゅっと皺が寄った。そうか、その手があったかと、カネは膝を打ちたい気持ちになった。馬が一頭いるだけで、どれほど労働力が違ってくるか分からない。カネが考えている間に、依田さんは、「あんなもの」と吐き捨てるように呟いた。

「危ねえに決まっとるら。よう操れんもんには、馬に怪我でもさせられるかも知れんし、下手すりゃあ、蹴り殺される。馬だって、高い銭払って買い込んで、呆気なく怪我でもされたら、元も子もねえら」

「だけどヤマニは、ああして商売やりながら、馬のお蔭で畑も広がってるっていうでねえかっ」

今度は、五郎右衛門の父親の進士文助が、たまりかねたように声を上げた。

「あんた、ここの代表だ、村長だっていうんなら、どうしてそういう工夫を考えんだら」

「ただ人の手だけで拓いていくのは、もう無理だって、実際にやらねえお人には、分かんねえだらかっ」

「そのくせ、今度は俺たちに豚だか山羊だかまで飼えって言うだらかっ、ただでさえ畑が拓けねえっていうだにっ」

狭い集会所が騒然となった。女たちの中で顔を出しているのはカネの他はリクときよだけだが、二人とも、すっかり怯えたように首を縮めている。

「一体俺らは何を支えにして、慰めにして生きていけばいいらっ。何も、面白おかしく暮らしてえとか、遊びてえとか、そんなことまで抜かしちゃいねえ。ただ人間らしく生きてえって言ってるらっ。そんなことも、俺らには贅沢だらかっ。その上、利息だと？　信じらんねえっ」

全員の怒りで冷え冷えとした室内が暖かく感じられるほどになったとき、ようやく兄上が「まあまあ」と立ち上がった。吐く息が白く見える。

「皆の言うことも、もっともだ。俺も、この一年も実に苦しかった。なあ、苦しかったなあ、皆の衆。おこりを患った人もいた。腹こわしたり、熱出したり、色々とあったが、それでもようよう、年の瀬まで来たんだもんなあ」

ようやく室内が静かになった。カネは、息をひそめて兄上を見つめていた。

「ここは一つ、皆、頭を冷やして考えよう、なあ。依田くんは何も、今すぐに晩成社が立て替えた金を払えとか、利息を支払えとか、そんなことを言ってるわけじゃないんだ。そんなことが無理なことくらいは、いくら長いことオベリベリから離れていたって、よく分かっている」

だが晩成社は株式会社であり、株式会社は利益を出すためのものだ。それに、株主、出資者がいる。株主を納得させるためにも、我々はただ借金すればいいと思っているわけではない、ちゃんと会社として利益を出し、利子も含めて借金は返済する意志があるのだというところを見せなければならないのだという意味のことを、兄上は出来るだけ易しい言葉を使って、ゆっくりと丁寧に説明した。

「もともと晩成社の社則だゃあ、二年目からは地代として収穫品の十分の二を本社へ収むべしと決められとるがや」

社則を手にしていた勝が、感情を押し殺したように口を開いた。すると、せっかく静かになった人々の間から、またざわめきが起きる。だが勝は「続けて」と、手元に用意した社則に目を落とす。

「我らが晩成社から借り受けたものには、金百円につき十五円の利子を支払うとも決められとる。社則第十八条だがや」

人々は互いに顔を見合わせて、ひそひそと何やら言い合っていた。そのざわめきを鎮《しず》めるように、勝の朗々とした声が「ほんで」と響いた。

「ここにおる全員は伊豆を発つときに、社則を読み上げられて、説明も受けて、こういう内容で承知しましたと、約定書を納めてきたはずだがや。つまり皆、そのことを承知で来たってことになっとる。そんなら支払わんならん」

勝はそこで一つ息を吐き、周囲を見回しながら「だが」と続けた。

「まあ、なゃあ袖は振れんわね」

「ほうだらっ」

「ない袖は振れんっ」

「払いたくないもんだで言うておるのと、わけが違うらっ」

「第一、約束だけはさせられたって、オベリベリってとこが、聞いてたとこと、まるっきり違っとるじゃねえかっ。そこは、どう責任とってくれるんだらっ」

口々に声を上げる人々を、兄上が「だから」とひと際大きな声で制した。

「とにかく、とにかく、だ。社則は承知しておる、だから決められた通りに利息を支払う意志もあるというところを、ちゃんと見せなければならないということなんだよ。現に我々は今のところ、晩成社に立て替えてもらった金を頼りに暮らしを立てているんですよ。株主を怒らせて、万一その送金が途切れるようなことにでもなれば、その日から米も味噌・醤油も買えなくなります。それでは暮らしが立ちゆかない。株主の信頼を損なうことになってはならないんです。それは分かるでしょう?」

「だから、もう帰ぇろうって言ってるだに」

利八の妻きよが、大きく膨らんだお腹に手を添えて、横座りのままで呟いた。その途端、集会所はまたしん、となる。その静寂に驚いたように、きよは辺りを見回して小さく舌を出した。利八がそんな女房を片肘で突くと、きよは転がりそうになった。

「なあ、皆の衆」

それまでずっと黙っていた父上が、静かに口を開いた。

「晩成社という社名の意味を、常日頃からわしは考えとる」

父上は、ぐっと背筋を伸ばし、いつもの癖で腕組みをして、人々を見渡した。

「晩成とは『大器は晩成す』という、もともとは『老子《ろうし》』という中国の思想家が残した言葉からとっておる。その意味は、これまでも聞かされておるとは思うが、偉大な人物は大成するのが遅い、ということじゃ。そういう考えを、このオベリベリ開拓のための社名に掲げたことが、わしは素晴らしいと思うておる」

オベリベリに来て以来、農民たちの前では意識的に寡黙に過ごし、武士であったことも、藩校で教えていたことなどもあえて自分からは言わずにきた父上が、こうして皆の前で口を開くところを見るのは、ほとんど初めてに近かった。それだけに、人々は多少なりとも神妙な表情になって父上を見ている。

「その、社名に掲げた志を忘れずに励めば、やがて畑は大きく拓け、作物も豊かに実るときがくるであろうと、わしは信じておる。内地では考えられぬほどの大きな農場が出来るじゃろうと。投げ出すのは簡単じゃ。さらに言えば、ここでオベリベリを放り出したからといって、誰に責められることもないじゃろう。それでも、最初のひと鍬はもう入っておる。あとは、どこまで耐え抜くことが出来るか、大器を夢見ることが出来るか、そこにかかっておる。去年も、今年も、皆の衆は耐え抜いた。ならば来年も、再来年も、この地で生き抜く力は持っておるはずじゃ。そうするうちに知らず知らず、我らは成功を手に入れるに違いないと、こう思うておる。そして、晩成社という会社に出資した人たちにも、社名の意味をよくよく考えてみて欲しいと思う」

依田さんは眉間の皺を深くして、口を真一文字にしたまま一点を見据えている。そうして、やがてふうう、と大きく息を吐いた。

「これは一つの事業だら」

瞑目《めいもく》していた兄上が一瞬、え、という顔をして依田さんを見た。カネも、これは農業ではなくて事業なのかしら、と思った。だが依田さんは、以前と変わらずに心持ち背をそらし、顎を引いて言葉を続けた。

「俺は晩成社という会社を、このオベリベリで必ず大きく成長させる。その責任があるら。そのためには山羊でも豚でも飼うし、それに慣れたら牛も飼う。出来ることなら何でもするつもりだら。そんで、もうけが出れば、自分らで学校も建てる、病院も建てる、道も引くし橋もかけて、困っとる人らがいたらアイヌでも誰でも、助けてやりたいと思うとる。そのためには利益を出すことだが、まず晩成社という会社が、きっちり体裁を整えておらにゃならん。規則は規則として守ってもらわにゃならんだら。そのために今日は、こういう話をしとるだら」

もうこれ以上、何か言う人たちはいなかった。それは、父上の言葉や依田さんの意思表明に同意したというよりは、たくさんの理屈を浴びせられて、半ば疲れてしまったからのようにも、カネには見えた。

「とにかく、これでまた借金が増えたことだけは、確かだら」

結局は依田さんに言われた通り全員が証文に署名させられて、それぞれの家に帰る途中で、きよが大きなお腹を抱えながら白い息を吐いた。

「ねえ、そんでも帰ぇらねえの？」

「何言ってるの、きよさんだって、今となってはもう無理よ。そんなお腹を抱えて、帰れるもんですか」

カネがにっこり笑って見せると、きよは自分の腹部に目をやって、「あーあ」と声を上げた。

「ここまで膨らんできちゃったら、もう、にっちもさっちもいかんだら。こうなったらもう、早く出てきて欲しいよ」

「もうじきね」

「カネさんだって、じきだら」

きよが笑いながらカネの腹部に手を伸ばした途端、カネを挟んで反対側を歩いていたリクが「え」と声を出した。

「カネさんも、おめでたなの？」

一瞬どんな顔をすればいいのか分からないまま、カネは、おずおずと頷いた。リクは、ふうんと言うように目をみはって、カネと、そしてきよとを見ている。

「二人とも、かぁかになるんだ」

思わずきよと顔を見合わせた後で、カネはもう一度、うん、と頷いた。いつかは分かってしまうことなのだから、隠しておいても仕方がない。

「リクさんのとこも、きっとまた授かるわ。ね」

「ほうだら、旦那さんだってやっと帰ってきただもん」

きよも、リクを励ますように言う。それでもリクはつまらなそうに口を噤むばかりだった。

きよが女の子を産んだのは、明治十八年の正月が明けた六日のことだ。暮れから、やれ忘年会だ慰労会だ、さらにカムイノミだと男たちは宴会ばかり続けていて、そのまま年が明けてもアイヌを含めた互いの家を行き来しては村中の酒を飲み尽くす勢いで騒ぎ続けている、その最中のことだった。

第四章

1

〈家畜ノ餌〉
豚一頭ノ一日分ノ食料。
芋二升五合、大麦一升五合、小麦一升二合。
山羊一頭ノ一日分ノ食料。
牡麦五合。
牝麦四合。イズレニモきゃべつ半個。

〈豚ノ一生〉
生後六カ月過ギカラ三週毎ニ発情。
妊娠スレバ発情ハセズ。
妊娠後凡《およ》ソ十六カラ十七週デ出産。
凡ソ三週間授乳。
一週間程デ発情。

二月に入ると、勝と兄上たちは依田さんが作った「養豚山羊契約書」というものに調印をした。

これによって、晩成社はいよいよ正式に新規事業として牧畜に乗り出すことになった。そうとなったら山羊や豚のことを少しでも知っておかなければならない。ちょうど、大津へ大工の頼まれ仕事に行っていた吉沢竹二郎から「縁談アリ」という電報が来たこともあって、兄上は取るものも取りあえず大津へ向かうことになった。

「もしかしたら、お嫁さんを連れて帰ってくることになったりして」

カネが半ばからかうように言うと、兄上は「馬鹿を言え」と顔をしかめる。

「今は嫁取りより豚取りだ」

すると勝が「何を言っとるんだ」とはっぱをかけた。

「来てくれるというおなごがおるなら、さっさと連れてくることだがや。贅沢は言っておれん、この際、見た目は二の次だ」

「おい、勝、人のことだと思って――」

「なあ、銃太郎、夫婦はいいぞお」

だが兄上は「嫁など養う余裕はない」と苦笑するばかりだ。それでも勝は引っ込まなかった。

「俺とカネを見てみぃ。こうやって夫婦で何とかやっとるでなゃあか。その上、今度は赤ん坊も生まれるもんだで。これで、オベリベリに渡辺家ありとなるわ」

すると兄上は勝とカネとを見比べてから、カネは特別なのだと肩をすくめるようにした。

「俺が先に来ていたし、何と言っても父上がやる気満々だったのだから、半分は家族で移住するような心持ちだったのに違いない。それに、元はと言えばその父上がお前との縁談を勧めたんだからな。小さな時から父親っ子だったカネにしてみれば、まずその時点で覚悟は決まっとったはずだ」

それに、と、兄上はにやりと笑ってこちらを見る。

「何しろカネは勝に惚《ほ》れているからな」

そのひと言を聞いた瞬間、カネは自分の顔がかっと熱くなるのを感じた。

「見ておれば分かる。あんなに学問一筋、女学校一筋だったんだぞ。しかも、相当に意地が強いときている。いくら父上がすすめたって、その辺の男が相手ならば、おいそれと従うような妹ではないことは、俺がよく承知しておる。それが、これまでの生き方をすべて捨ててでもオベリベリに来ようなんて、たとえ天主さまの思し召しで父上の誘いがあったとしたって、相手が勝でなかったら、とてもではないが素直に従ったとは思えんよ」

「そうかなぁ」

「そうさ。相手がおまえだからこそ、こんな土地での暮らしにも耐えているのだ、なあ、カネ」

カネが思わず「兄上！」と睨みつけても、兄上は「本当のことだろう」と涼しい顔で笑っているばかりだ。

「それに勝だって、危ういところで顔も知らぬ娘を嫁にするところだったと、前に言うておったではないか」

勝は「そらぁあそうだが」と、どこか居心地の悪そうな顔で首の後ろなど掻いている。「だから」、と兄上が一つ息を吐いた。

「俺も、俺のことや、ここでの暮らしについても、よくよく承知した上で嫁に来てくれるというおなごを探したいだけさ」

そう言い置いて大津へ向かった兄上は数日して無事に戻ってくると、内地からの便りの束やいつもの新聞、それに糀《こうじ》やフランス麻の種などを抱えてカネたちの家を訪ねてきた。そうして懐から取り出してきたのが、黒々とした墨で書かれた「家畜ノ餌」「豚ノ一生」という二枚の紙だったのだ。依田さんが内地から買い付けてきた豚と山羊とは、寒さにも耐え抜いて大津で無事にしているらしい。兄上は、そこで餌やりの方法なども教わってきたということだった。

「帳面に書きつけたものを、この家用に写してきてやった。壁に貼っておけばいいと思ってな」

今、この小屋の壁には、小枝を組みあわせて作っただけの小さな十字架と、大津の江政敏さんがくれた今年の暦、それに寒暖計がかけられているだけだ。いつか余裕が出来たら、そのうちに絵の一枚でも飾ってみたいと思っているのに、それが「家畜ノ餌」と「豚ノ一生」になったのかと、その殺風景なことに、カネは苦笑しないわけにいかなかった。

「山羊はともかくとして、豚はよぅけ食うんだなぁあ。これを見ると、一日で五升以上も食らうことになるがね。それにまあ、育つのも早ぁときとる」

渡された紙を目の高さに持ち上げて、しげしげと見つめながら、勝はうーんと口をへの字に曲げている。カネも背後から紙を覗き込み、それだけの食料があったならどれだけ過ごせるものかと、腹の中で少しずつ大きくなっていく赤ん坊に「ねえ」と話しかけた。あなただって、生まれてきたらたくさん食べなければ大きくなれないのにね。

「一体それで、元は取れるのか。問題はそこでなゃあか」

呟いた勝の言葉に、兄上が「それがな」と即座に答えた。

「豚は、とにかく増えるらしいが、餌が必要なのは冬場だけで、それ以外の季節は、ほとんど心配いらんのだそうだ」

兄上が聞いてきたところによれば、まず、山羊という動物は一年中草ばかり食べていて、それで平気なのだそうだ。無論、与えれば麦でも野菜でも好むのだが、普段から粗食に耐える性質で、相当に硬い草や干し草でもよく食べるという。縄でつないでおけば届く範囲の草をどんどん食べていくので、草むしりの手間も省けるほどだと聞いて、勝が「そらゃ、ええがや」と眉を動かした。

「だろう? 刈り取った藁や籾殻《もみがら》なんぞもとっておけば、冬場はそれを食うのじゃないかな」

山羊は乳が出れば飲むことも出来るし、肉も食用になる。おそらく毛皮も売れるだろうと兄上はさらに語った。そんなに都合のいい生き物なのかと、カネも少しばかり興味が湧いてきた。

一方の豚はといえば、こちらは春になったら放牧してしまえば勝手にどこへでも行って、雪が降る頃まで戻ってこないのだそうだ。その上、おそらく放牧中に子を産むから、帰ってくるときには子連れになっているという話を聞いて、カネは目を丸くした。

「子連れで帰ってくるの? ちゃんと?」

「そういう話だ。しかも、一度のお産で犬よりもたくさん産むらしい」

「何て面白いんでしょう、ねえ」

畑仕事の忙しい季節に、これ以上忙しくなったらどうするのだろうかと心配だったのだが、そんなに手がかからないというのなら、問題はない。

「豚でハムでもベーコンでも作れば、日持ちもするし売りに行くこともできゃあすわな」

勝のひと言に、カネはさらに身を乗り出した。

「ハムやベーコン? まあ、懐かしい。うちで育てる豚から、そんなものが作れるようになるのですか?」

勝は、カネの方を見てにやりと笑う。

「だんだんと、女学校当時の食事に近づいとるということだがね。こらゃあ、ナイフとホークを使う日も近いんでなゃあか？」

「手作りのハムと、自分の家で生まれた卵を焼いて、採れたての野菜でも添えれば、見事なディナーじゃないか」

「そんときぁ、俺が自慢の腕でパンも焼いてやろう」

貧しい小屋の土間に立ち、梁がむき出しの天井を見上げて、カネは思わずうっとりと両手を組みあわせた。何て素敵なのだろう。この貧しい小屋に、真っ白いテーブルクロスを広げて、きらきらと光るナイフとフォークを並べ、そこにきれいな洋食器が配される様が思い浮かぶ。そして、皿の上には、すべて自分たちのところで採れたものだけが並ぶのだ。ああ、食卓には小さな花も飾りたい。

「それには、あなた、椅子とテーブルがいりますね」

ふと我に返って勝を見ると、勝は兄上と顔を見合わせて、「気が早ゃあでいかんわ」と笑っている。

「椅子とテーブルより先に、まず豚小屋を作らんといかんわ」

「そういうことだ。春までにはこっちに連れてくるから、それまでにまず準備だ」

ああ、そうだったと、目の前の現実に引き戻される。それでも山羊が来て豚が来て、やがてそれらが子を産んで、いつか皆でテーブルを囲める日が来たら、さぞ楽しいに違いないと、カネはまだ思いを巡らせ続けた。その頃には、この北の大地には今よりもずっと広大な畑が広がり、輝く陽射しの下でカネと勝の間に生まれた愛らしい赤ん坊が元気いっぱいに育っているのだ。

「きっと、そうなるわ。今年はきっと、いい年になる」

自分に言い聞かせるように心の中で繰り返しながらカネは土間に立ち、湯気を立て始めた鍋の中をかき混ぜていた。

「ところで銃太郎、嫁取りの話はどうなったがね」

「あれか。やはり断ろうと思っている」

「本人には会ったのか」

「いや。会った上で断ったら、なおまずかろう」

「もったいなゃあな。竹二郎くんは自分だって独りもんなのに、お前ゃあさんの心配をしてくれたんでなゃあのか」

「それはありがたいと思っておるし、本人にも礼を言ったが、これぱっかりは、な」

もしかすると兄上は以前の、牧師時代に受けた心の傷がまだ癒えていないのだろうかと、二人の会話を聞きながらカネはふと思った。結局、未だに詳しい話は聞かないままでいるけれど、兄上はあのとき、家庭のある女の人と妙な関わりを持ったか、またはそういう誤解を生んだせいで、牧師の資格を剝奪《はくだつ》されたのだ。正月間近の横浜の家で、兄上が「女は、こわいものだな」と呟いた言葉は、今もカネの記憶に鮮明に刻まれている。ただでさえ不便極まりないこんな土地で、父上と二人の男所帯では何をするにも不自由に違いないのに、それでも嫁取りを躊躇う理由といったら、それしかないのではないかという気がして仕方がない。

「またとなゃあ機会だったんでなゃあのか。こんなところに嫁に来るというおなごは、そうはおらんぞ」

「だが、聞けば小樽辺りから独りで流れてきたらしい娘で、農業も何も知らぬというんだ。まず流れてきたっていうところで、何かわけがあると思うじゃないか」

「流れてきたのは俺らも同じでなゃあか」

「いやちがう。我らは目指してきたんだ」

「ああ、そうか」

「あてどなく来たのとわけが違うだろう？　とにかく、そんな娘が気まぐれのようにオベリベリまで来たとして、すぐさま逃げ出されたりしたら、俺も立つ瀬がない。父上も言うておられるが、嫁取りは縁だ。ここまで来たからには、気長に探すさ」

「爺さんになるまで探さゃあ、ええがね」

そんな風にいつも通りに話していたのに、兄上が帰ってしまうと、勝は急に陰鬱な表情になって黙り込んだ。実はこの数日、こんなことが続いている。狭い小屋に何ともいえない重苦しい空気が広がって、正直なところ、カネは居心地が悪くて仕方がない。兄上には「結婚はいいぞ」などと言いながら、カネに何か不満でもあるのか、来客も途絶えて二人きりになるのが、それほど気まずいのだろうかと、カネはずっと考え続けていた。だから今日は思い切って、「あなた」と勝の前に膝をついた。

「私に、何かご不満でもあるのですか」

勝は「べつに」とそっぽを向いている。こういうはっきりしない態度が、カネは何よりも好きではなかった。

「仰《おつしや》って下さい。私の何かに腹を立てたりしておいでですか」

「何でもなゃあって」

「何でもなくて、そんなに不機嫌な顔をしていらっしゃるの？　おかしいです。あなたらしくもない」

じり、と相手に詰め寄ると、勝は唇をぎゅっと曲げて、まだそっぽを向く。それでもカネが繰り返し「あなた」と顔を覗き込むようにすると、勝はようやく諦めたように肩の力を抜いた。

「何か、よう分からんが」

「何が――」

「分からんが、こんところ、不快でならなゃあもんで」

「何が、でしょう？　私の何――」

「ちがうわ――そのう――妙に疝気《せんき》が走るんだがや」

「疝、気？」

勝は気まずそうな顔つきで、自分のへその下の辺りをぐるりと指でさし、ここに妙に痛みがあるのだと言った。

「その、あたりに？」

「おなごには分からんだろうが。それに、そう我慢出来にゃあという程でもにゃあから、カネには気づかれにゃあだろうと思ってたもんで」

カネは呆れて背筋を伸ばし、腹に手をあてながら「気づかないはずがないでしょう」と顎を引いた。

「私たちは夫婦ですよ。それに、こんな狭いところに二人でいて」

勝は、それにしてもこの不快な痛みは男にしか分からないものだと繰り返した。

「伊豆を発つ前に虫下しをかけてきたんだが、まだ虫が残っておるのかも知れんな」

「それなら大津に行って、病院で虫下しをいただいてこなければ」

「そんでも、他の病気ってことも考えられるがね。虫で腹ぁ下すんなら分かるが、こんな風な感じになるってことは、聞いたこともなゃあし」

それでな、と、勝はこれまでにも何度となく繰り返して、隅から隅まで読んだはずの古い新聞紙を押入の片隅から持ち出してくると、それをカネに差し出した。勝が指さすところを見ると、横浜の薬商が出した広告が載っている。

「取り寄せてみようか」

だが、カネがよく見るとそこには「脳病及び神経の妙薬」と出ている。この人は自分の身体の何を疑っているのだろうと、カネはその方が不安になった。いつも豪放にしているはずの勝が、急に気弱で頼りない存在に見えてきてしまう。

「原因も分からないうちから高いお薬を取り寄せるくらいなら、やっぱり一度、大津へ行く方がよくありません？」

「そうかなぁ」

「もしかすると、冷えたせいではないですか。このところ毎日、狩りに出ておいでだし、雪の深いところにも入ると言っていらしたでしょう？　冷えは大敵といいますから」

風呂を沸かしてよく温まり、温湿布などもして、何ならカネのように腹帯を巻いてみてはどうかと言うと、勝は「俺は妊婦か」と不愉快そうに鼻を鳴らしたが、それでも、それから毎日のように寒い中で風呂を沸かすようになった。カネも、少しでも身体の温まるものを食べさせようと、普段よりも多めに南瓜やニンジン、ゴボウなどを鍋に入れるようにした。さらに味噌も使う。アイヌの人たちが、シサムから分けてもらう味噌を使うと、不思議と身体が温まると言うからだ。彼らは陰口をたたいたり侮蔑的なことを言っているらしいときには和人をシャモと呼ぶが、それ以外の時にはシサムと呼んだ。

それから数日後、依田さんが珍しく機嫌の良さそうな顔を見せた。何事かと思ったら、これまで再三再四、札幌県に申請し続けては却下されてきた土地の下付願が今度こそ受け入れられたのだという。

「一月二十日付の書類だら。これで、正々堂々と晩成社の旗を掲げられることになったがね」

これには勝も「やっとか！」と表情を明るくした。

「まーったく、どえらゃあ長ゃあこと待たせてくれよって。役場ってのは、どうしてこうも勿体《もったい》つけやぁすかなも」

「そんでも、許可が下りたのは十三万坪ぽっちだら。我らが当初の目標としておる百万坪に遠く及ばねえずら」

しかも向こう三年の間に開墾しろという条件付きなのだそうだ。依田さんは、再びいつものように口をへの字に曲げてしまう。だが勝は、文句を言うならそれだけの土地を拓いてからにしようと依田さんをなだめた。

「出来てもおらんのに、晩成社は口先ばっかしじゃなゃあかと言われるのも小癪に障るわ。なあ、それでなんだが、依田くん」

依田さんにトゥレプ湯を出した後は、カネは火鉢の傍に戻っていた。ちょうど、兄上から預かったフランネルの生地でシャツを仕立てようとしていたところだ。洋服の仕立てなどまるで経験がないが、そんなことも言っていられないから、これまで何度も継ぎを当てて着られるだけ着たおし、もはやボロ同然になった軍からの払い下げのシャツを一枚ほどいて、袖や身頃の型をそのままなぞり、読み古した新聞紙を糊《のり》で継ぎ合わせたものを使って型紙を作った。この型紙をもとにすれば、これから何枚でも同じシャツを縫うことが出来る。

やってやれないことはない。

これがオベリベリに来てから、カネがことあるごとに唱えている言葉の一つだ。

「やっぱ馬を使うことを考えてみんか」

勝の言葉に依田さんは、囲炉裏端で腕組みをしたまま、もう難しい顔に戻っている。勝は囲炉裏の火をいじりながら、本気で開拓に挑むのなら、馬の導入は必要不可欠だと思うと言った。

「暮れに皆で集まったときも、ヤマニの話にもなったろうが？　皆が馬を必要だと思っとるのは間違いなゃあ。しかも我ら晩成社、晴れて役所からの許可も得て、いよいよ本格的にこの地を拓こうとしておるときでなゃあか。三年で十三万坪を拓こうっていうんならますますもっと知恵を働かせて、効率的な方法を考えんといかんがね」

息をひそめるようにしながら、暖かく柔らかいフランネルの生地に取り組むカネの耳に、少し間を置いてから、ふうう、という長い息が聞こえた。

「俺らは自分たちの手だけで前人未踏の大地を切り拓くという目的で――」

「分かっとる、分かっとる。この手でやることに変わりはなゃあがや。ただ道具を使うだけでなゃあか。そうでなゃあと今度こそ村の連中は逃げ出すぞ。一昨年、去年とで、連中はほとほとくたぶれとる。身体もえらゃあに違いなゃあが、あんまりにも甲斐がなゃあもんで、こころが、もうくたぶれきってまうが」

「馬なんぞ――そんなもん入れて、何か起きたら、どうするら」

「なあに、最初のうちは馬の扱いにも慣れてらゃあして、取りつける機械のことやら何やら、教えてくれる人さえおらゃあ、何とでもなるわ。ちゃっちゃとやらんと、手遅れになるがゃあぁ」

少し年老いておとなしくなっている馬ならば扱いも楽に違いないし、おそらく値段も安く済ませられるのではないか、と勝はこのところ塞ぎ込んでいたことなど嘘のように熱っぽく語った。

だが、依田さんの方は相変わらず口をへの字に曲げたまま、容易に首をたてに振る気配もない。

「そんでも、いざ何かあれば責任は――」

「なーんも、おまさんだけに責任をおっかぶせようなんて、誰も思っとらんがや。少なくとも俺と銃太郎がおるで」

依田さんの頑固さは、カネももう十分に知っているつもりだ。その依田さんの気持ちを変えられるとしたら、それは勝か兄上しかいないとも思っている。カネは、床に広げたフランネルの生地にまち針を打ちながら、心の中で勝に「頑張って」「もっと言って」と声援を送っていた。すると最後には、依田さんはいつもの難しい顔つきのまま、それでも「考えてみる」と言って腰を上げた。

「あちゃあ、入れるな。馬を」

カネが「分かるのですか」と振り返ると、勝は満足そうな表情で、依田さんは一度、自分なりに納得したことには、良くも悪くも考えを曲げることはないと言った。

「いやだと思うことは何が何でも突っぱねるのが依田くんだがね。その依田くんが『考える』と言ったってことは、まあ大体、そんならどこで馬を買い付けて、どうやって扱いに慣れた人を探してくるか、そういう段取りを考えようってことだわ」

満足げに頷いている勝は、ふと思い出したように懐中時計を取り出して、「そろそろ陽も暮れるな」と呟くと、妙に落ち着きのない様子になった。

「さて、と。そんなら、彦太郎んとこにでも行ってくるかな。利八んとこは、赤ん坊が泣くもんだで」

カネは縫い糸を噛み切りながら、もう腰を上げようとしている勝を見上げた。このところ少しばかり酒も控えめにしておとなしくしていたと思ったら。

「呑んでいらっしゃるの？」

「役場から許可が下りたことも教えてやりたゃあし、まあ、ちいとだ。ちいとばっかしな」

「お身体は？」

「ああ、もう、なんともなゃあ」

それだけ言うと、囲炉裏の上にしつらえてある火棚に乾してある蓑笠や藁靴を身につけようとする勝に、カネは「お気をつけて」と笑いを嚙み殺しながら頭を下げた。どうやら、横浜から薬を取り寄せる必要はない様子だった。

2

三月に入ると、勝は疝気のことなど頭の片隅からも消え去ったといった様子で、やはり毎日、狩りに出かけていった。ところが、アイヌ救済策について話し合う必要があるといってトシペップトまで行き、一泊して帰ってきた途端、今度は目が痛いと言い出した。なるほど、確かに目が赤い。

「どえらゃあことだわ。一度、目を閉じたらジンジンして、もう開けておられんもんで」

「困ったわ。何かの病気をもらってきたかしら」

正直なところ、アイヌたちには衛生上の問題がある。これまで勝に連れられて、カネも何度か訪ねたことのあるアイヌのコタンも、お世辞にも清潔とは言いがたいものだった。小屋の中に饐えたような臭いが立ちこめていることも珍しくない。アイヌたちはその環境に慣れているから平気なのかも知れないが、慣れていないものが不用意にそこいらのものを触った手で目などこすったりすれば、眼病にかかったとしても不思議ではないと思う。

「ホウ酸があれば、それで洗えばいいと思うのだけれど」

「ホウ酸、あったんでなゃあか」

「生憎《あいにく》少しだけ残っていたのを、この前、彦太郎さんのところの子に使ってしまいました」

勝は「うーん」と唸って目を押さえるばかりだ。カネも途方に暮れた。

「それは、おそらく雪にやられたんだろうな」

ところが、晩飯に間に合うようにと煮豆を持ってきてくれた兄上が、勝の顔を覗き込んだ後、陽の照っている雪原を歩き回っていると、雪のまぶしさに目がやられてしまうらしいと教えてくれた。

「アイヌがよく言ってる。冬場、雪の中を狩りに出るときには気をつけんと、雪目というものになると。雪目には、ホウ酸はどうなのかな」

「じゃあ、どうしたらいいのかしら」

カネが眉をひそめている間に、兄上は「そうだな」などと言いながらふらりと小屋を出ていき、しばらくしてアンノイノというセカチを連れて戻ってきた。アンノイノは、ゴボウのように見える木の根らしいものを持っている。

「これで目を洗うといいんだそうだ」

てっきり、自分の家に戻ってホウ酸を持ってきてくれるのではないかと思っていたカネは、兄上とアンノイノとを見比べて、その手にもっている木の根に目を移した。

「それは、ペヌプではないの？　あなた方が魔除けに使うものでしょう？」

以前、教わったことがある。アイヌはこの根を輪切りにしたものを首からかけて魔除けにしたり、また、夜道を一人で歩いたりするときには、この根をかじったものを辺りに吹き散らしながら行くという。それを、どうやって目の痛みに使うのだろうかと思っていたら、アンノイノは自分専用の短刀であるマキリを取り出して、ペヌプの根を薄く削り始めた。

「怪我したら、これを貼ると治る。だけど目は貼るの出来ない。だから水に入れてどんどん温めるんだ。ペヌプのカムイが水のカムイに移ったら、それで目を洗う」

そんなことをして大丈夫なのだろうかとカネが不安に思っている傍で、勝は「本当かぁあ！」と声を上げている。

「そんなら、すぐに煎じてちょう。ほれ、カネ」

兄上も興味津々《しんしん》といった表情で頷いているから、カネもそうしないわけにいかなくなった。大丈夫。この人たちは、こうして生きてきたんだから。

受け取ったいくつかのペヌプの切片を鍋の水に放ち、囲炉裏にかけるとさほど間を置かずに鍋から湯気が立ちのぼり始めた。アンノイノはそれを何度か覗き込みながら「まだ」「まだ」と繰り返し、湯量が半分ほどになったところで自ら鍋を囲炉裏から外した。

「雪で冷ましてくる」

片手に鍋を持ったまま、さっさと小屋の外に出て行くから、カネも後に従った。アンノイノが小屋のすぐ前の根雪になっている場所に鍋を置くと、鍋からもうもうと湯気が立ちのぼり、やがてすぐにその湯気が薄らいでいった。

「奥さん、きれいな布あったら、それでニシパの目を洗ったらいいよ」

「あ、ああ、そうね。そうするわ」

すぐに小屋にとって返し、端布ばかり放り込んでいる箱をかき混ぜにかかった。紅絹《もみ》の布でもあればいいのかも知れないが、絹などあろうはずもない。綿紗《めんしゃ》の端布を見つけている間に、アンノイノも鍋を提げて戻ってきた。ペヌプを煎じた汁は、もう人肌ほどに冷めている。カネは綿紗をその汁に浸し、軽く絞ったもので勝の目をそっと拭った。勝が「うーん」という声を上げる。

「何か知らんが、じんわり、気持ちええわ」

兄上も腕組みをしたまま、その様子をずっと見守っている。

「不思議なものだなあ、魔除けに使ったり、煎じて目を洗ったり」

「一体誰がこんなことを思いつくんでしょうね。文字のないこの人たちが、よくも昔からの知恵をこうして覚えているものだわ」

「これ、一日に何回もやるといい」

アンノイノはそれだけ言うと、残りのペヌプをカネに手渡し、じゃあ、と帰ろうとする。カネは急いで彼を呼び止め、米びつから白米を二合ほど測って「ありがとう」と差し出した。アンノイノははにかんだような表情で米を受け取り、風のように去っていった。勝の目の痛みは、それから二日ほどできれいに退いたようだった。

そうして三月は、勝はキツネ猟、カネは仕立物に明け暮れ、ようやく四月に入ると春の陽射しが溢れて、福寿草の花なども顔を出すようになった。家の裏の川も氷が溶けて、ささやかで軽やかな流れの音を聞かせるようになる。カネのお腹はますます大きく膨らんできて、少し動いても息切れがしたり腰が痛むようになってきた。もう少ししたら大津へ家畜を引き取りに行くからと、勝と兄上とは吉沢竹二郎に引いてもらった図面をもとにしてそれぞれの家の傍に簡単な小屋を建て、また、大津から運んでくるときに使う豚箱を組み立てるための木材も用意し始めた。そんな頃、依田さんがまた村の人たちを集めるという知らせが回ってきた。今回は、カネは留守番していることにして、勝だけが出かけていった。

「何も今、言わんでもよかったことではないかと思うがな」

するとタ方になって、「玉蜀黍《とうもろこし》を煎《い》って茶を作ってみた」と言いながら現れた父上が、少しばかり困ったことになったと、会合の様子を教えてくれた。何でも依田さんは、いよいよ今年の畑が始まるというこの時期に、今年から地代の徴収を始めると皆に言い渡したというのだ。

「それも、今年がどんな作柄になるかも分からんのに、たとえば小豆なら一反歩《いったんぶ》に一石二斗《いっこくにと》は収穫するものと決めてかかって、その十分の二を納めろと、こう言うんだな」

その他にも宅地は一反歩につき一円、耕地は一反歩三円で計算して、それぞれの家に早くも請求書を渡したのだという。

「しかも、去年まではその半額で計算してやったのだから有り難く思えと、まあ、そういう風に受け取られても仕方がないような言い方じゃった」

「そんな——それでは、拓けば拓くほど、お金がかかるということではないですか」

「それだけの収穫が見込めるから構わんだろうという理屈じゃろうが」

「だって、またバッタが来るかも知れないし、いつ霜にやられるかも分からないのに」

「それは計算の中に入れてはおらんのじゃ」

カネは父上が持ってきてくれたばかりの玉蜀黍茶を急須で淹《い》れながら、「なんですか、それ」とため息をついた。暮れにあれだけ反感を買って、皆の中に溜まっている不満も、それなりに理解したのではないかと思っていた。あのときに提示され、証文を取られた借金だって、どの家も一文たりとも払えていない。とにかく長い冬をやっと越えて、皆どうにか新しい季節を迎えようとしているのだ。そんなときに、どうして依田さんはわざわざお金の話を持ち出すのだろう。

「あら、美味《おい》しい、このお茶」

「そうじゃろう。なかなか香ばしい」

本物のお茶の葉も少しだけあるのだが、何かの時のために大切にとってある。だからこんな代用品でもありがたかった。父上も両手で厚手の湯飲み茶碗を包み込み、お手製の茶の味を楽しむ表情を見せたが、それでも出るのはため息だった。

「依田くんにはあれほど、とにかく焦らぬことじゃ、五年、十年の周期で物事を考えなければ開拓などという大事業は成功せぬと、何度も言い聞かせたつもりじゃが、まったく耳に届いていなかったということかな」

父上は、心なしか肩を落として見える。カネは、これもまた伊豆の実家の顔色をうかがってのことなのだろうかと考えた。うがった見方かも知れないが、このオベリベリに根を張って、何年かけても見事に拓いてみせると言いながら、言葉とは裏腹に、依田さんはずい分と焦っている感じだし、何よりもその目は、いつでも伊豆の方ばかり向いているような気がしてならない。それとも、これは依田さんのような立派で頼れる本家を持てずにいる、没落士族のひがみなのだろうか。所詮は、この地を選んで海を越えてきた心構えそのものが違っているということか。

「しかも、依田くんの出してくる数字はすべて机の上で計算したことばかりじゃ。実際に汗水たらして畑を耕している人らにしてみれば、現実離れしているとしか言いようがないじゃろうに」

だから無論、村人全員が反発したし、今回は兄上も、そして勝も、依田さんの肩を持つようなことはせず、むしろ依田さんに賛成しかねる様子だったのだそうだ。

「それはそうでしょう。うちの人だって、疝気が走る、目が痛いと言いながら、それでも毎日のように猟に出て、キツネや山鳥や、白鳥まで獲って、それを売って何とか暮らしを立ててきたんです。いつだってカツカツの毎日なのに、今からもう今年の収穫に合わせてお金を払えなんて言われたって」

ふう、と一つ息を吐いて、カネは父上と向かい合った。お腹が大きい上にこの頃は少し浮腫《むく》みも出てきているから、行儀が悪いとは思いつつ、とても正座はしていられない。父上は柔和な表情で「無理をするな」と言った後は、また難しい表情になる。

「その一方では、今度は大津に出張所を置くと言うておった。吉沢竹二郎くんを大津に行かせたままなのも、その腹づもりがあってのことだったんじゃろう。出張所を置けば、誰か一人は晩成社のものにいてもらわねばならぬだろうから」

「出張所なんて。建てるか買うかするということですか？　そんなことをしたら、また出費になるではないですか」

「いや、依田くんにしてみれば、必要なことには金を使っているのだから、我らにも約束は守れと言うつもりで、この時期に皆を集めたのかも知れんのじゃが」

どうも、間合いの計り方がうまくない、と父上は腕組みをする。言っていることが間違っているわけではないし、経営者側としては当たり前のことをしているだけだという意識なのだろうとは思うが、どうも依田さんという人は話を聞かされる側の気持ちなり、その立場なりを考えることが非常に不得手か、または、そういうことが出来ない性質なのかも知れないと父上は言った。

「確かに、そういうところが、ある方なのかも知れないですね」

カネにはカネで思い当たるところがあった。一粒種の息子を亡くしたことを知った後も、依田さんは久しぶりに再会したリクに対して慰めの言葉をかけるわけでも、ましてや詫びるわけでもなく、ただひと言「諦めろ」と言っただけだったという話を、リクから聞かされていたからだ。リクとしては、ただ一緒に泣いてほしかった、両親から引き離されて独りで逝ってしまった我が子を悼《いた》んでほしかったのだが、依田さんは厳《いか》めしい顔で口を噤むばかりだったのだそうだ。男子一生の大望に向かっているときに、いつまでも喪《うしな》った子のことばかり思ってはいられないとも言われて、リクは夫を恨めしく思うことすら嫌になってしまったとも言っていた。

「それで、うちの人は」

「銃太郎と、彦太郎さんの家に行くと言っておった。立場上は皆の衆をなだめにゃあならんだろうが、こういう日は呑んで憂さでも晴らしたいと思うじゃろう」

兄上もいないのならと、今夜は父上と二人で夕食をとり、その後は、いつものようにやってきたアイランケや金蔵たちに勉強を教えて、カネはその晩を過ごした。ざわついた気持ちも、そうしている間は鎮めることが出来る。余計なことを考えず、生活の不安も横浜への未練も忘れていられる。そんなひと時を持てることが、カネにとっては何よりもありがたかった。

「依田くんは依田くんなりに、考えてはおるんだわ。いつの間にか、畦《あぜ》立《た》て機のひな形なんぞを取り寄せてあってな、それを自分たちで作りさえすれば、作業はもっとはかどるに違ゃなゃあとも言っとったし、馬の買いつけについても方々に手紙を出して、いいあてがなゃあか、探しとるとか言っとったもんで」

数日後の朝食時、勝がそんなことを言った。カネは、ふん、と鼻を鳴らした。

「それくらい考えて下さるのが、当たり前です」

東京では洋装の上流夫人が洋館で舞踏会に明け暮れ、英語の勉強を始める人も増えていると新聞の記事にも出ていた。たまに函館から来る桜井ちかさんからの便りにも、新しい教会が建ち、役場や銀行も増えて、一時は大火災のために壊滅的な打撃を受けた函館の街が見事に生まれ変わりつつある様子が事細かに書かれていた。時代はどんどんと変わっているのだ。それなのに、このオベリベリだけが未だに御維新前と変わらないどころか、原始のままではないか。地代を払え、開墾料を払えというのなら、それなりの道具でも何でも用意してくれるのが当然だ。

「文明開化と言われる時代なのですから」

カネが口を尖らせると、勝は「恐《お》そがゃあ」と笑っている。

「本当、損な性格しとるがね、依田くんは。無骨というのか何というのか。いらんとこでおなごにまで怒られて」

「だって――」

「そんでも、この晩成社のことを誰よりも考えとるのは、依田くんであることは間違いなゃあ。いつだって必死で考えて、この地で生き抜くためのあらゆる方法を、それこそ夜も寝んで考えていらゃあす。そこんとこは、分かってやらんとな」

やはり、この人と依田さんと、そして兄上とはチームなのだ。時に腹を立てながらも、こうして相手を信頼し、理解しているからこそ、共に同じ明日を夢見、今の暮らしにも耐えていられるのだと、カネは彼らの友情を羨ましく思った。自分も同じチームの一員でありたいと常に思っているけれど、やはりこの男同士の関係には、入り込むことは出来そうにない。

四月十五日。勝はいよいよ豚と山羊とを引き取るために、兄上と共に大津に向かうことになった。ヤマニから二艘十円で買い取った丸木舟に、旅の途中で泊まらせてもらう家や大津の江政敏さんらに土産として持っていく大根や葱《ねぎ》、豚箱のための木材、また、売り物にする沢庵や卵も詰め込む。

「向こうでは吉沢さんにもお会いになるのでしょう？」

「もちろんだがね。竹二郎には向こうで豚箱の仕上げをしてもらうことになっとるし、出張所にする家についても、我らも一度ちゃんと見ておいた方がええもんで」

「よろしく伝えて下さいね。お独りで心細い思いをしていらっしゃらないといいんだけれど」

「それよりカネ、ええな、必ず親父どのに来てもらわんといかんぞ。そんで、もしも産気づくようなことがあったら、すぐにでも利八んとこに行ってもらえよ」

「まだ大丈夫ですから」

「そんでも、必ず来てもらえ」

「承知しました」

いつものように舟着場まで送るというカネを土手の上までで構わないと制して、勝は兄上と共に丸木舟に乗り込んでいった。今回は、帰りに家畜を積んでくることを見越してセカチは六人頼んである。その中にはアンノイノの姿もあった。誰もがカネとも顔見知りになっているだけに、皆が笑顔で手を振りながら川を下っていった。

3

「大変だっ、ニシパのチプが沈んだ！」

アンノイノが息を切らせて家に駆け込んできたのは、それから十日近くが過ぎた日の夕方のことだ。今回の大津行きはずい分と時間がかかっているようだ、豚や山羊を運ぶのに手間取っているのだろうかなどと、朝に晩に父上と話し合いながら、そろそろ畑を起こす準備も始めなければならないし、出産のための産屋《うぶや》のことも考えなければならない、予め家畜の餌も用意した方がいいのだろうかなどと、相変わらず忙《せわ》しなく過ごしながら、その日も夕食の支度に取りかかろうとしていた矢先だった。水屋に立ち尽くして、カネは手にしていたザルを取り落としたのにも気づかないほど、一瞬、頭の中が真っ白になった。

「何ですって、どういう——」

「ニシパが、ニシパが」

すっかり息が上がっているアンノイノに、父上が、まず水を飲ませてやった。そして、落ち着け、落ち着けと繰り返し、背を押すようにしてアンノイノを囲炉裏の脇に腰掛けさせる。

「どっちのニシパじゃ」

「どっちも。パラパラニシパも、チキリタンネニシパも、どっちも落ちた」

「落ちた？　川にかね」

「全部、川に、落ちた」

「全部？」

「ニシパも、他の荷物も全部。金も、色んな紙も、ランプ、米、食い物、全部。チプが壊れた」

「それで、ニシパは？」

「ニシパは川から上がった。上がって、火を燃やして、服を乾かした。でも、荷物は分からなくなった」

「家畜もか？」

「かちく？」

「豚や山羊もか？」

「豚や山羊は俺たちのチプだ。俺たちのチプは沈まなかったからな」

「では、その豚や山羊は？」

「舟着場に置いた」

濃い眉の下の、黒目がちの瞳で父上とカネとを見比べながら、アンノイノは懸命に父上の質問に答えている。要するに、勝と兄上を乗せた丸木舟が転覆して積み荷がすべて川に落ちたということらしい。それでも勝たちは岸に上がることが出来たようだ。今は迎えのチプを待っているというアンノイノの言葉を聞いてようやく、カネは止まりかけていた心臓が動き出したような気持ちになった。お腹の子が、ぐりん、と動いた。

「二人が無事なのなら、まあ、何よりじゃ」

父上も胸を撫で下ろしている様子で、それならば、今と同じ話を依田さんのところにも伝えてくれないかとアンノイノの肩を叩いている。

「依田さん？」

アンノイノは少しの間きょとんとした顔をしていたが、村の中ほどにある、犬を飼っている家だと説明をすると、ようやく「ああ」と頷いて、すぐに小屋を出て行った。その後ろ姿を見送ってから、カネは思わず囲炉裏端にへたり込んだ。

「いつかはそんなことになるのではないかと思っていたのです。あんなに頼りない丸木舟なんだもの」

「とにかく生命だけは助かったようじゃから、それだけでもひと安心じゃ」

「それにしても、ヤマニは何というものを売りつけてくれたんでしょう」

「まあ、ここは落ち着くとしよう。腹の子に何かあるといかん」

父上も、やれやれといった表情で、何度となく深呼吸を重ねていた。そうして翌日、勝と兄上とは、舟ではなく陸伝いに戻ってきた。セカチらに言っておいたから迎えの舟は来たものの、今日は風が強すぎて、これではまた転覆する恐れがあるからと、陸路を選んだということだった。とはいえ道らしい道などあるはずもない土地だ。雪解けの泥濘《ぬかるみ》の中を歩いてきたらしく、足もとだけでなく尻端折《しりはしょ》りした着物やマント代わりの毛布にまで無数の泥跳ねを飛ばして、大津行きのときには必ず持って行く仕込み杖の先に風呂敷包みをくくりつけ、それを肩に背負っている姿は、まるで落ち武者か敗残兵のようだった。

「いやはや、今度ばかりはまいったがゃあ」

何はともあれ温かい風呂に浸かって汚れを落とし、上から下まで洗い立てのものに着替え、ようやく囲炉裏端に落ち着いたところで、勝はカネが燗《かん》をつけてやった酒をひと口呑むと、腹の奥底まで酒が染み渡るような声を上げた。

「危うく、その子をててなし子にするところだったがや」

「私も、アンノイノがここに飛び込んできた瞬間には、頭の中をいっぺんに色々なことが渦巻きました」

「どんな」

「こんな村ではまともなお葬式も出来はしないのに、とか、生まれてくる子にどう聞かせようかとか、いくら何でも赤ちゃんと二人きりでは、このオベリベリで生きてはいかれないでしょうから、兄上まで駄目だったのなら、これは父上と三人で引き揚げるしかないだろうか、とか」

勝は、それでは完全に後家さんになるつもりだったみたいではないかと苦笑する。カネは「だって」と、つい唇を噛んだ。それが現実ではないか。墓場もないようなこの土地で、キリスト教の弔《とむら》いの仕方など何一つ知らない人たちと、果たしてどうしたらいいだろうかと思うに決まっている。

「確かに、この村だゃあまだ誰も経験しとらんもんで、俺が死んどったら、村で最初の葬式になったのは間違いなゃあわな」

「笑いごとではありませんよ。牧師さんどころか、お坊さん一人いらっしゃらないところで、どうやって天国までお送りすることが出来るものか、真剣に考えたのですから」

「まあ、ええでなゃあか。こうして無事に生きとるんだ。そんで、明日は葬式にならなかった代わりに、山羊と豚が来るもんで、そっちのことを考えんと」

勝の話によれば、連れてくるつもりだった山羊の何頭かは、寒さのせいか数日前に死んでしまい、豚の方は思ったよりも成長が早くて、もう丸々と大きくなっているのだという。それで連れてこられるだけの豚四頭と山羊二頭とを運んできたのだそうだ。家畜に関しては、当初は村のみんなで世話をしようではないかという話になっていたのだが、先日、依田さんが地代の話など持ち出したせいで村の人たちの反発が強くなった。畑を拓くだけでも精一杯なのに、これ以上、自分たちの仕事を増やしてほしくないと言われて、結局は勝が豚二頭と山羊一頭、兄上が豚二頭、依田さんが山羊一頭の世話をすることになった。

「依田さんは、豚の世話はなさらないのですか？」

「つがいでなゃあことに、子が生まれんだろうが。豚は、まず増やさんと」

「それでは、依田さんのところには豚は来ないのですか？」

もしかして、豚の世話は人に押しつけるだけなのだろうかと、喉元まで出かかった言葉をカネがぐっと呑み込む間に、依田さんのところが飼う予定の豚は、まだ大津に残してあるのだと勝は言った。

「じきに連れてくることになるだろうが、そういっぺんには運べん。何しろ、大《で》かゃあもんで」

勝は、ふう、と大きなため息をついた。その顔が、もう赤く染まり始めていた。

「まあ、何だわ。このオベリベリというところは、豚どころか山羊一頭飼うのさえ、一筋縄ではいかんてことだが。せめて道さえ通っておったら、はるかに簡単に済むはずのことが、何しろ川一本しかなゃあもんで。この川一本に、命の全部を預けんといかんというのもなあ」

疲れているせいもあってか、今日の勝はことに酒の回りが早いようだ。こういうときには気をつけないと、ほんのちょっとしたひと言が癇にさわるらしく、勝は突如として「何ぃ」などと気《け》色《しき》ばむことがある。カネとしては特別なことは何も言っていないつもりなのだが、ほとんど難癖をつけるように突っかかってこられて時としてびくっとなることもあった。特に、何か面白くないことがあったときなどは余計にそうだ。それは、兄上や依田さんと呑んでいるときでも、またはよその家に行って呑むときでも同じらしく、突如として声を荒らげることがあるとは何回か耳にしている。ひと晩たってしまえばけろりとしているのだが、そういう癖があると分かってきてからは、カネは、勝がいつもよりも速い調子で酒を呑み、また、早く酔い始めているらしいときには、努めて刺激しないことにしようと自分に言い聞かせていた。身ごもっている身としてはなおのことだ。

「カネもまた忙しなるが、まあ、いい塩梅《あんばい》ゃあでやってちょうよ」

「――やってみます」

「それ見て、依田くんも、これから自分のとこに来る豚の飼い方を考ゃあるに違いなゃあ」

なぜいつも、うちと兄上のところばかり実験材料のようになるのだ、という言葉も、ぐっと腹の底に沈める。依田さんは、単に自分のところで飼うはずの豚を先に譲ってくれたのに過ぎない。そう考えるべきだ。すべては天主さまの思し召しだ。その晩は、カネは勝が何を言っても、後は相づちを打つ程度にしていた。丸木舟が沈み、生命を落としかけ、泥まみれになってやっと帰り着いて、疲労困憊《こんぱい》していたに違いない勝は、あっという間に酔いが回り、早々と目をとろりとさせて、その晩はおとなしく眠りについてしまった。

翌日、豚二頭に山羊一頭が、カネたちの家に運ばれてきた。山羊は丈夫な荒縄でつないでみると、なるほど早速、雪解け後の地面から生えてきた柔らかい草を食み始める。多少の麦なども与えてみたが、それらもひたすら食べ続けた。

「変な目をしているのねえ、山羊って」

カネはしげしげと山羊の顔に見入ってしまった。

一方、急ごしらえの柵の中に入れた二頭の豚はといえば、取り立てて興奮したり緊張した様子もなく、柵に入るなり互いに全身に泥をつけて地面に寝転がった。

「大津におる間に大体、一人前になったげな。もう、いつ子作りを始めてもおかしくないそうだがや」

なるほど大層大きいし、餌も大量に食べそうな体つきだが、とはいえ、そうそう貴重な芋ばかりやっていられないと考えて、カネは、いちばん大きな鍋に馬鈴薯や南瓜、豆など、去年の畑から出た中から出荷も出来ないクズ野菜を何でも入れて、そこに、さらにガラボシを戻したものも加えて煮てみることにした。よく煮込んだそれらのものを金だらいに移して与えてみると、二頭の豚は先を競うようにして金だらいに顔を突っ込み、ブゥブゥと鼻を鳴らしながらよく食べた。

「こらゃあまた、よく食うがね」

勝も感心したように眺めている。これではひっきりなしに餌の用意をしていなければならないことになりそうだ。いずれにせよ囲炉裏の火はいつでも熾《お》きているのだから、自分たちの食事を煮炊きするとき以外は、大鍋をかけて豚の餌を煮ていればいいだろうということになった。

「ぬくとなるまでの辛抱だ。あとは柵から出したって、本当に冬までに子連れで戻ってくるかどうか、試してみらゃあええだけだがや」

鍋に入れるクズ野菜は丁寧に洗い、ガラボシは水で戻して、ごろごろと鍋に放り込み、あとはたっぷりの水を加えて、自然に煮えるのを待つ。次第に湯気を上げ始める鍋を眺めているうち、カネはふいに、女学生の頃に食べたシチューを思い出した。バターとミルクの何ともいえない香りがして、噛みしめると味が染み出てくる肉の塊なども入っていた。あの時は、普段は苦手にしているニンジンさえ甘く感じたし、タマネギもとろけるように美味しかった。ああ、あの味が懐かしい。いつかは、またあんな料理を食べられる機会が来るだろうか。

とにかく、兄上が調べてきた「家畜ノ餌」に従わなくても、文句も言わずにひたすら旺盛な食欲を見せつける豚たちにひと安心して、カネは餌を与える度に「早く増えておくれ」と念じた。

数日後、雨が降った。勝は舟から放り出されて以来、どうも風邪気味で熱っぽいと言うし、こんな日は外での仕事はやめにして、家で本を読むなり手紙を書くなり、ゆっくり過ごしたらと話していたら、午後になって依田さんが豚の様子を見に来た。

「あれからも、ちゃんと飯は食っとるかね。山羊の方は、どんな具合だら」

庭に回り込み、勝と一緒にしばらくの間、山羊と豚の様子を見ていたらしい依田さんは、何はともあれ豚たちが無事で安心したと言った。

「苦労して連れてきた豚や山羊まで沈んだかと思ったら、あんときゃあ、目の前が真っ暗になっただら」

まるで、勝と兄上のことは心配ではなかったかのようではないかと、カネは密かに面白くない気持ちになる。だが、勝の方は特段、意に介する気配もなかった。

「あいつらは泳げるに違がゃあなゃあけど、何しろ豚箱に入っとったもんでね、川に放り出されとったら箱ごとぷかぷか浮いて、そのまま流されとったかも知れんな」

「そんで、どっかのコタンで拾われとったら、桃太郎さながらだがね。豚太郎だら」

自分でつまらない冗談を言っておいて、依田さんはふふふ、と笑っている。へえ、依田さんでも笑うことがあるのかと、カネは少しばかり薄気味の悪いような、皮肉な気持ちにとらわれた。無論、悪い人でないことは分かっているのだ。人間なのだから、笑うことだってあって当たり前だとも思う。それでも、どうにも依田さんの言動が理解できない、納得出来ないという気がして仕方がない。勝にとっても兄上にとっても大切な友人だと分かっていながら、どうにも打ち解けることが出来ないのは、もしかするとカネの方に問題があるのだろうかとも考えてしまう。

反省しなければならないのは私の方かも知れない。

天主さま、だとしたら、どうぞ私をお導きください。

その証拠に、依田さんはほとんど連日のように顔を出すし、カネに気兼ねする気配もなく、話が弾めばいつまでも腰を上げようとしない。難しい顔をしている割には、居心地悪そうにしている感じでもないのだ。要するに依田さんは、この家をそれなりに気に入っているということに違いなかった。ただ、そう見えないから損なのだ。結局その日も二人は豚を見た後は、「こんな天気だから」と言いながら早々と酒を飲み始めた。すると、まるで見計らったかのように、兄上が「よう」と顔を出した。

「なんだ、依田くんはここに来ておったのか」

つい今し方、依田さんの家に寄って米を借りてきたところだと言いながら、兄上はその半分をカネの家の米びつに分けてくれる。それから勝たちに加わって、一緒に茶碗酒を傾け始めた。こうなると、もう長引くと相場が決まっている。何か酒の肴でも用意しなければと思うが、囲炉裏には豚用の鍋がかかっているし、漬物と塩いくらだけは出したものの、他はまず水で戻さなければならないものばかりだ。時間がかかる。さてどうしたものかとカネが腰に手をあてて考えているうち、勝がカネを呼んだ。

「箸と椀を出してくれんか」

「でも、まだお出しできるものが」

するとと勝は目の前の鍋を指さして、「これでいい」と言った。

「だって、あなた、これは豚の」

「えぇわね。煮崩れしとらんとこ、ちいとつまめば。そんな身体なんだから、バタバタ動かんでえぇ」

兄上と、依田さんまでが、うん、うん、と頷いているから、カネは三人に箸と椀を出し、それから炉端に味噌、醬油、塩の壺を並べた。三人は木杓を使って銘々に、豚用の餌を煮ている鍋から野菜やホッチャレを取り分けていく。好みによって、味噌をつけたり塩を振りかけたりして、豚の餌をポツポツとつまみながら、三人はまたも晩成社はどうだの、大津の景気は好くなりそうにないだのと話を続けるのだった。

屋根を叩く雨の音は、いつまでも途絶えることがない。もう五月になろうとしているのに、こんな雨の日にはひんやりとした湿気が土間まで入り込んできて、足もとから冷たくなった。それでも雪の季節に比べれば、日ごとに暖かさが増す最近の雨音はあくまでも優しく聞こえる。カネは、竈の前に置いた小さな腰掛けに腰を下ろして、雨音を心地良く感じながら豆が煮えるのを待っていた。

「うん、一句出来たがや」

急に勝が声を上げた。あぐらをかいた膝に手を置いて、自慢そうに兄上たちを見比べている。

「どうだ、聞くか」

「よし、聞こう、聞こう」

「どれ、詠んでみい」

すると勝は、わずかに背筋を伸ばし、得意げに顔を上げて「落ちぶれた」と、いつもの朗々と響く声を上げた。

「落ちぶれた　極度か豚と　一つ鍋――どうだ」

一瞬、間があった。雨音が小屋の中に広がって、兄上と依田さんとはそれぞれに首を傾げたり天井の梁を見上げたりしている。

「それは、あんまりでねえか」

「そんなことを言うもんでなゃあ。哀感が漂っとって、ええだろう」

「哀感が漂いすぎだ。いくら何でも惨《みじ》め過ぎる」

「惨めなんてもんでねえ」

二人が同時に批判的な言葉を口にする。すると勝はホッチャレを口に運びながら「そうかな」と口を尖らせた。

「我らが現実を、これほど写実的に詠んでおる句は、そうはなゃあと思うが」

「確かにそうかも知れんが、それにしても少しばかり悲惨すぎる気がする。極度とは、また」

「第一、落ちぶれたと言ったらいかんがね。わしらは今、この何もないとっから這い上がろうとしとるんだで。その気概が見えんというのは、どうもいただけん」

カネも、まるで人間が豚と一緒に鍋に顔を突っ込んでいるような様が思い浮かんで、これは笑うに笑えない句だと思った。

「そんなら、どう詠む」

「そうだな、一つ鍋、これは、まあ、よしとしよう」

「そんなら、これはどうだ。落ちぶれて　なるかと向かう　一つ鍋」

依田さんが言うと、今度は勝と兄上が「だめだめ」と顔の前で手を振る。

「豚が入らんと、一つ鍋が生きてこんがね」

「この句は豚と歩み始めた記念の句になるはずだからな」

「では、そういう銃太郎なら、どう詠む」

兄上は「そうだな」となり、しばらく考えてから「俺なら」と口を開いた。

「一つ鍋」

「お、一つ鍋を上の句に持ってきたかね」

「一つ鍋　豚と分かつも　春の雨」

勝と依田さんが競い合うように「だめだめ」と顔の前で手を振った。

「意味が分からん」

「これはこれで感傷的すぎるがね」

それから三人は「豚」と「一つ鍋」を活かしてどう詠むかということで、侃々諤々《かんかんがくがく》の議論になった。そうこうするうち、鍋の中身が少なくなったと勝が声を上げる。カネは「はいはい」と応えて、竈にかけていた新たな鍋を囲炉裏に移した。こちらでも新たな豚用の餌を煮始めていたのだ。

「いくらでもどうぞ」

「おう、気前のいい話だ」

「遠慮せんでええというのも気が楽だらな」

「依田くんが遠慮したことがあるか」

互いに言い合っては、わっはっはと笑っている。酒が進む。時々は話が脱線して歌が飛び出したり、誰かの噂話になったりしながら、また俳句をいじりだす。そうして過ごすうち、すっかり外も暗くなった。雨音に混ざって、ひそかに小屋の戸を叩く音がした。

「うちの人、来てるかな」

顔を出したのはリクだった。いつものように、どことなく淋しげに見える笑みを目元に浮かべてそっと囁くように言う彼女は、椎茸《しいたけ》の佃煮《つくだに》とみかんを持ってきてくれていた。

「まあ、珍しい！」

「伊豆から届いたのの、おすそわけだら。他にも何かあったようだけんど、この間の舟でおおかた沈んだんだって」

リクは「少しだけど」と言いながらみかんを差し出し、それからおずおずと小屋に入ってきて男たち三人の方を盗み見ている。

「何の話、してるら？　また難しい話？」

「違うのよ。うちの人の詠んだ句がね、出来がひどいからっていって、三人でいじってるとこ」

「なーんだ、遊んでるだらか」

リクは少しばかり安心した、また呆れたような顔つきになって、それからカネの隣に立ち、ひっそりとした声でカネの体調などを聞いてくる。カネは、最近はずい分と下がってきたように感じる丸い腹を撫でながら、実はだんだん出産が心配になってきたのだと打ち明けた。何しろ初めての経験だ。母上も近くにいなければ産婆もいないところで、果たして大丈夫なものかと、今さらながらに思うようになった。アイヌのメノコたちの中には、産後にいいからという薬草などを持ってきてくれる人がいるものの、それを使う以前に、果たして無事に産み落とせるものかどうかが心配で仕方がなかった。

「ねえ、痛いんでしょう？」

「痛い、痛い」

「ああ、怖い。どうしよう」

カネが思わず眉をひそめると、リクは「皆、経験してることだら」と、そっと微笑む。

「生まれてきた子を見たとたんに、痛かったことなんか全部、忘れちゃうもんでね」

「きよさんも、そんなこと言ってたけど。本当に、そんなもの？」

「そうでなければ、二人も三人も産めんでしょうよ。私は、まだ二人目は出来んだけんど——それに、もうここまで来たら、逃げようもないもんでね。おしるしとか、まだないら？」

「おしるし？」

「生まれる前んなったら、そういうのがあったりするんだわ」

ひそひそとやり取りしている間にも、男たちは「いやちがう」「じゃあ、これはどうだ」とやり合っている。それからしばらくして、「よし、分かった」と依田さんの声が響いた。

「こういうのは、どうだら」

「どれ、聞こうか！」

「いいか、開墾の――」

「お、開墾の、ときたか」

「ふむ、開墾の」

「初めは豚と　一つ鍋――さあ、どうだら」

うーん、と腕組みをしていた兄上が、ぽん、と膝を叩いた。

「まずまずだな！」

「開墾の初めは豚と一つ鍋、か。まあ、なかなかいいんでなゃあか」

「そうだろう、いかにも晩成社らしい句になったろうが」

「すごくいいとまでは言わんが、まあ、よかろう。落ち着いたところに、落ち着いたってとこだが」

「何を言う、名句だ。ただ惨めなだけでもねえし、未来への希望もある、だけんど、現実の苦労も滲んでるら」

なるほど、その句なら、カネもよしとしようと思った。リクは、よくわけが分からないといった表情で男たちを眺め、また、カネを見て、あきれ顔で肩をすくめるようにしていた。

「家ではにこりともせんくせに」

「うちにいらしたときでも、あんなのは珍しいのよ」

カネが小さく笑って見せると、リクは余計に呆れたような、面白くなさそうな顔をしていた。

4

大地のすべてが息づく季節を迎えていた。カネと勝は毎朝夜明けと共に起き出して、まず鶏小屋を確認し、山羊を小屋から出してつなぎ、また豚に餌をやって、それから畑に入った。

「奥さん、フチも連れてきたよ」

働き手が足りないと嘆いていると、セカチが自分の祖母なども連れてくるようになる。

「ありがとう、ウルテキ。じゃあ、フチに手順を教えてあげて」

「奥さん、うちのフチも来た」

「まあ、メモシのところも？　助かるわ」

口の周囲に入れた入れ墨も色褪《あ》せて、顔中が深い皺に囲まれているアイヌの老婆は、実際の年齢がいくつくらいなのかも分からない上に、彼女たちは和人の言葉を理解しなかった。けれど、おそらく家族や同じコタンの仲間からカネや勝、晩成社の話などは聞いているのだろう。無論、ごくわずかだが、日当を出しているせいもある。彼女たちは作業の合間でもカネと目が合うと、顔をくしゃりとさせて微笑み、後は黙々とよく働いてくれた。

エンドウ豆に茶豆、夏大根、カブ、トウガラシ、スズナ、春菊に南瓜、胡瓜、キャベツ。手に入っていた種は、とにかく蒔く。その間に鶏は卵を孵すし、猫はねずみを獲り、山羊は数日ごとにつなぐ場所を変えた。ちょうどよい季節だからと、二頭の豚を野に放ってみると、遠くに逃げていく素振りもなく、しばらくの間は気ままにその辺を歩き回っていたが、やがてどこかに見えなくなった。

「これで、一つ鍋の季節は当分、来んな」

見えなくなった豚の姿を追うようにして、勝が笑った。

日によって、勝は依田さんと周囲の土地を測って道路を引く線を決めるために歩き回っている。蒸し暑い日には早々と蚊が出てきて、またヨモギを燻さなければならなくなり、蘆の原ではブヨが飛び交った。栂野四方吉さんが、ひょいと顔を出す日もあって勝を喜ばせ、そんな日にはアイヌの救済策で話が盛り上がった。

「やあ、奥さんの腹は、そんなにでっかくなったのかい」

久しぶりに吉沢竹二郎が大津から戻ってきた。まずは丈夫な山羊小屋を作ってくれ、畦立て機を作り、それから勝からの頼みだといって、彼は貧しい小屋の中らしからぬ、障子の仕切り戸を作ってくれた。カネの出産のためだ。

「納屋で産もうかと思っていましたのに」

勝は当然のことだと首を振った。

「納屋なんぞで産ませられるか。ただでさゃあ何もなゃあとこで産むんだ。ここで出来る精一杯のことは、しとかんとな」

そうして障子戸も出来、それだけでも小屋の中がまともな家らしくなったねと話し合っていた六月四日、カネは突然の腹痛に見舞われた。午後から雨になって、セカチたちも帰っていったし、勝も早めに仕事を切り上げて小屋に戻ってきたなと思ったときのことだった。

「あ痛、痛たたた——」

竈の脇に崩れるようにうずくまると、たらいの水で土の汚れを落としていた勝が「来たかっ」と顔色を変え、飛び上がるようにして山田勘五郎さんのところから、女房ののよさんを連れてきてくれた。

「もう生まれるんでねぇかっ」

「落ち着いて、落ち着いて。まず、産屋に行こう、それからだ」

「で、どうなんだっ、生まれるかっ」

「ああ、まだだね、まだだ」

出来たばかりの狭い産屋に布団を敷いてもらい、そこに横たわって、カネは、のよさんの声を聞いた。さっきの痛みは嘘のように退いていたが、また同じ痛みに襲われるのかと思うと、それだけで恐ろしい気持ちになった。

「のよさん、私——」

「大丈夫、昔っから言うだろうが、案ずるより産むが易しだよ。先生なら、それくらいの諺《ことわざ》、知ってんだろう？」

四十代半ばになるのよさんは、普段はへりくだったようにカネを「先生」と呼ぶ人だったが、こういうときには落ち着き払ったものだった。そうして、出産にはまだ間があるからと、今日のところはさっさと帰ってしまった。ところが翌日、やはり陣痛らしきものに見舞われると、勝は、今度は大慌てで父上を呼んできた。

「よいか、カネ、武家の娘として、気をしっかり持つんじゃぞ」

はい父上、などと言っているうちに、痛みは退いていく。息を切らしていると、障子越しに、勝が父上に、兄上やカネたちが生まれたときはどうだったのか、などと聞いている声が聞こえてきた。

「うちの場合は産婆が来ておったし、わしはお城に上がったりお勤めに出ておって、傍にいたこともなかったからなあ」

カネの妹たちが生まれるときも同じだったと思い出した。父上はおらず、無論、初産《ういざん》でないせいもあったかも知れないが、母上は陣痛に見舞われても落ち着いたもので、痛みが退いている間に米を研ぎ、布団を敷き、湯を沸かしたり必要なものを揃えたりして、カネを産婆のもとに走らせ、さほど大騒ぎすることもなく妹たちを産んだ。

私もそうありたい。

母上、私をお守り下さい。

陣痛が治まっている間に、とにかく何か口に入れて、空腹になりすぎないようにする。するとまたしばらくして猛烈な痛みがやってくる。それを繰り返すうち、六月七日頃には、今度は腰の痛みがひどくなった。こちらはほとんど途切れることがなく、まるで腰の骨が割れるのではないかと思うほどの痛みだ。

「カネ、カネ、だゃあじょうぶかゃあ」

勝が声をかけてくるが、返事をする余裕もなかった。口を開けば「痛たたた」といううめき声が出るばかりだ。腹が大きいからどっちを向いて寝ていても苦しいし、途中で父上も様子を見に来てくれたが、もう日にちの感覚が分からなくなり始めていた。

「ちょっと、勝さん。カネさんひどい熱だわ」

八日の早朝、またもや勝に連れてこられたのよさんが、カネの額に手をあてるなり驚いた声を出した。

「えっ、熱？　カネ、いつからだゃあ？」

「何か——分かりませんけれど、昨夜から何だか寒気がして——」

朦朧《もうろう》とした意識の中で息を切らしながら答えると、のよさんが「お産だからって、熱なんか出やしない」と言う。

「そんで、何だぁあ、この熱はっ」

懸命に押さえているのは分かるが、勝の声が耳にびんびんと響いて、カネは思わず顔をしかめずにいられなかった。あなた、大丈夫ですからと何度も言おうと思うのだが、痛みがひどくて、とてもではないが「大丈夫」などと言うことは出来なかった。

「ひょっとして、おこりじゃねえの？」

こんな時に限って、ついに自分までおこりにかかってしまったのだろうかと、カネはうんうんとうなり続けながら、勝たちの話を聞いていた。

「そんなら、例の薬を飲ませたら」

「キニーネか。いかん。あれは劇薬だぞ。赤ん坊に何かあったら、どうするんだ」

そうだ。今はお腹の子のことを一番に考えなければいけない。それにしても、何という痛みだろうか。腰も腹も、どこもかしこも痛くて、身体の下半分を切り落としてしまいたいくらいだ。

「頑張ってくれ、頼む、カネ」

途中で勝が額の汗を拭い、何度か手を握ってくれた。

「カネさん、ほれ、気張って！　ほれ、もう一回！」

のよさんの声がする。痛みが激しくなる度に、握りこぶしに力が入りすぎるせいもあってか、いつの間にか手ぬぐいを持たせてもらっていた。どんなに黙っていたくても、うめき声が洩れた。汗がしとどに流れる。

天主さま。
ああ、天主さま。
天にましますわれらの父よ
願わくは
願わくは

いっそのこと、気絶でも出来たらと思うのに、痛みが激しすぎてそれも出来ない。カネはとにかくひたすら祈りを唱え続けた。

我らの日用の糧を
今日もあたえたまえ

どれくらいそうしていただろうか。気がつくと、猫とも何とも違う、聞き慣れない泣き声が辺りに響いていた。

「生まれたっ」

「生まれたっ！」

「えっ、生まれた？」

「生まれた生まれた！」

「どっちじゃ！」

「女の子だよ！」

わんわんと、いくつもの人の声がする。枕につけた頭の後ろから、すうっと力が抜けていくようだった。急に首筋の辺りから涼しくなってきて、何度も呼吸を整えているうち、自分の胸元に、柔らかく温かいものが押しつけられた。

「カネさん、よく頑張ったね。可愛い女の子だよ。ほうら」

のよさんの声が聞こえた。見ると、くしゃくしゃの顔をした小さな小さな赤ん坊が、少しだけ口を開けて、産着に包まれている。

これが、私の赤ちゃん。

徐々に痛みが遠のいていくのと同時に、猛烈な眠気が襲ってきていた。それでも、この子だけは手放すまい、どんなことがあっても離さないと、カネは必死で赤ん坊を抱きとめていた。六月九日、早朝のことだった。

長女は勝によって「せん」と名付けられた。水の美しいオベリベリで、なお美しく湧き出る泉のようにという意味で、漢字は「泉」を宛てることにするという。

「せん。せんちゃん」

産後の痛みと、周期的に襲ってくる高熱に喘がなければならない日が続いた。

「いかん、うちのキニーネは全部もう切れとった。親父どののところから分けてもらってくるがね」

せんが生まれて数日後、勝が父上のところからキニーネをもらってきてくれて、カネは初めてキニーネの苦みを知った。

「こんな苦いものを、みんな、飲んでいたのですね」

床の上に起き上がって、勝が湯に溶いてくれたキニーネを飲み、カネは思わず顔をしかめた。人にはさんざん「飲みなさい」と言い続けてきたが、なるほど、この苦みは大変なものだ。だがキニーネを飲めばすっと楽になり、熱も下がる。それでも結局六月の間中、カネは何度か発熱に見舞われることになった。子どもが生まれればすぐに身軽になって動けるようになるかと思っていたのに、まさか、おこりが一緒にやってくるとは思わなかった。熱に喘いでいる間は、せんの顔をじっくりと眺める余裕もないほどだった。

七月に入るとようやく床上げも出来て、カネは久しぶりにたっぷりと陽の光を浴びることが出来た。畑を手伝いに来るセカチらがカネの周囲にやってきて、祝いの言葉を投げかけ、せんの顔を見ていく。すやすやと眠っているせんの頬に触れたり、握りしめたままの小さな手の中に自分たちの指を挟んだりしては、彼らは「ポン」「ピリカ」という言葉を口にした。

「ポン、小さいこと。ピリカ、可愛い」

「ポン、ピリカ、せん」

トレツの女房も何度も同じ言葉を繰り返しては、いつの間に用意したのか、せん用の小さなアットゥシまで作ってきてくれた。何よりも蚊やブヨにやられては困るから、カネはせんの全身を綿紗ですっぽりくるみ、その上から産着とアットゥシを着せて、懐に抱きながら畑に出た。

「お七夜《しちや》は出来なかったから、今日がその代わりだ」

十一日には兄上が酒を担いでやってきて、「ご苦労だったな」と、カネ以上に勝の労をねぎらった。確かにカネが産気づいてからというもの、畑の仕事はもちろん鶏や山羊の世話から煮炊きまで、何から何までやっていたのだから、勝も大変だったに違いない。

「おカネは、今日はせんを連れて父上のところに行ってくるといい。そうすれば、俺らの世話もせんですむし、父上も喜ばれるに違いない」

「よろしいのですか？」

「おう、それがええがね。行ってこい、行ってこい」

勝も、どこかほっと力が抜けた様子で言うから、カネはせんを抱いて、父上の家に向かうことにした。

「ずい分と人間らしくなってきたな」

三日にあげず様子を見に来ているくせに、父上はせんを抱き上げるとこの上もなく嬉しそうな顔になって、これでようやく我々の血がこのオベリベリで受け継がれていく実感が生まれたと言った。

「うちの人も同じことを言っています」

「そうじゃろう。これで銃太郎も嫁をとってくれたら、ますます安泰じゃ」

こんな風に嬉しそうに、また穏やかに笑う父上を、そういえば久しぶりに見ると思った。いや、もしかしたら初めてに近いかも知れない。カネが記憶する限り、幕府が倒れて時代が変わり、家禄と主君を失って、いつでも何かに追いかけられるように自分と自分たち家族が進む道を探しあぐねてばかりいるように見えたのが、父上の半生だったかも知れない。そんな父上が信仰を得て、髷も落とし、北海道にまで来て鍬や鋤を手に汗を流すようになり、そうして今ようやく、ほんの小さな孫を抱いて微笑んでいる。

「母上にも、ご覧いただきたいです」

「文は出してあるが、直も、自分がばばになったと知ったら、少しは考えが変わるかも知れん」

その日は小さなせんを脇に寝かせて、カネは父上とゆっくり話をし、兄上が作り置きしておいてくれた汁粉に舌鼓を打って、のんびりと過ごすことが出来た。オベリベリの夏の陽射しはあくまでも明るく、拓かれた畑を渡って吹き抜けてくる風は、さらりと乾いていて心地良かった。アイヌの人たちが特別な神、土地を守るカムイだと言っている柏の大木が、風に吹かれる度に大きな葉を揺らしていた。

5

この夏は、雨が降るときは土砂降りになるし、照れば照ったで凄まじい陽射しになり、苦しいほど暑くなった。降ろうが照ろうがせんは泣く。そうでなくとも家の用事は途切れることなくあるのだし、年がら年中、村の誰彼やアイヌの人たちなどの出入りがあるから、相変わらず朝から晩まで忙しく動き回っているカネをよそに、こんな天気では外での仕事は無理だと思うときは、勝は日がな一日文机に向かい「南総里見八犬伝」を読んで過ごすようになった。何でも、このところ名をあげている坪内逍遙《つぼうちしようよう》という若い学士が、この前時代的な伝奇小説を批判しているとかいないとかで、それについて「君はどう思うか」という手紙を添えて、東京の友人が送ってきてくれたのだ。

「いや、こらゃあなかなか馬鹿にならん。というよりも、さすがに長い間読まれてきただけのことはあるがゃあ。この、曲亭馬琴《きよくていばきん》という書き手は、ようく考えてらゃあすし、八犬士という設定が、何というても面白れぁ」

オベリベリに来て以来、勝の日常は大半が真っ黒になって身体を動かすばかりで、机に向かうことがあるといっても内地へ文をしたためるときか、または役場に提出する上申書などを書くときがほとんどだ。新しい新聞が届けば貪《むさぼ》るように読むし、また詩を詠むようなこともないわけではないが、総じて文字を読み書きする時間は減っていた。そんな勝にとって、肩の凝らない読本を一人のんびりと楽しむ時間は実に思いがけない骨休めであり、大切な気分転換になっているのかも知れなかった。

文机の脇にキナと呼ばれるアイヌの茣蓙を広げて、そこにまだ首のすわらないせんを寝かせ、せんが泣いたりむずかったりすれば、本を片手に「おーい」とカネを呼ぶから、そのときはカネがかけつける。勝がそばにいてくれると思うと、カネも身軽に家の外に出て、洗濯でも水汲みでもすることが出来るから、そう考えれば、読書の日も悪いものではない。

ちょうどこの頃、カネたちの村から二里ほど西にあるフシコベツのコタンに宮崎濁卑《みやざきだくひ》という人が入ってきて、勝や兄上たちとの間で行き来が増えてきていた。宮崎さんは富山《とやま》の出身で、県庁の梱野四方吉さんが主任官を務めるようになったアイヌへの授産教育のために教師として派遣され、フシコベツへの定住を決めたという人だそうだ。

「宮崎くんは、この先、富山からの移民も募るつもりでおるそうだ。これから教育を受けていくアイヌたちも、和人が増えて一緒に働くのが当たりまゃあになれば、自然と暮らしは変わっていくに違ゃあなゃあ。そういうコタンが増えることで、ゆくゆくは十勝全体のアイヌが今の暮らしから抜け出すだろう。死ぬほど飢えることもなくなって、土地ももっと拓けることになるがね」

その宮崎さんに招かれて、兄上と一緒にフシコベツでのカムイノミに行った翌日など、勝は「おれたちも負けとれんぞ」と張り切って畑に出ていく。それでも天気がすぐれない日には、また「八犬伝」に吸い寄せられるのだった。

「そんなに面白いのですか」

せんに乳をやっているときなど、カネが尋ねると、勝は返事をするのも煩わしいといった顔で、本から顔を上げないまま「うーん」と、わざとらしいほど難しげな声を出す。やれやれ、時間さえ許すならカネだって読んでみたい、徳川さまの時代の読本なんて、もうどれくらいページを開いたことさえないものかとため息をつきながら、カネはせんを寝かしつけ、また次の仕事に取りかからなければならなかった。それでも、せんの泣き声に続いて勝の「おーい」と呼ぶ声が聞こえてくるときなどは、ああ、家族になったのだなと実感する。

横浜で、ただ結婚式を挙げただけの、文字通り夫婦とは名ばかりの状態で何もないこの土地に来て、掘っ立て小屋から始まった勝と二人の生活が、貧しいながらも少しずつ体裁を整え、こうして赤ん坊の泣き声が響くようになったのだ。庭では鶏が餌をついばみ、猫が日向《ひなた》でまどろんで、山羊が草を食んでいる。最初に暮らした小屋、次に住んだ小屋も今は納屋となり、今度の小屋はこれまでで一番しっかりしている。裏の川へ通じる小道も少しずつ踏み固められて、雪解け水や洗い物をした水などが流せるように溝も掘られたし、一方、家の前には何にでも使える大きめの縁台を置いて、畑の作物を広げたり、布団を干したり、またセカチらと一緒に食事をとるときなどにはそこに料理を並べることもあった。

畑も徐々に大きくなってきている。その証拠に、以前は遠く蘆の原の中にぽつり、ぽつりと見えていたはずの柏やハルニレの木が、今は意外と近く、また根本まではっきりと見えるようになったし、視界全体が開けてきている。青々とした葉を広げて育っている野菜畑の中では、日によってセカチたちの働く姿を見ることも出来た。

「今年はバッタが来ませんね」

「そういやあ、そうだなも。そろそろ来てもおかしくなゃあ時期だが」

「このまま来ないといいのですけれど」

カネがバッタの話題を持ち出すときだけは、勝も本から顔を上げて「まったくだ」と頷く。昨年の今ごろは最初のバッタがやってきて、ブリキ缶を叩く音に息を呑んだのだ。だが今年は嘘のように平穏だった。これで気候も安定して、確実に収穫さえ上がっていけば、今よりずっと生活しやすくなるのにと思いながら過ごしていたある日、依田さんのところのリクが、伊豆に暮らす実姉を亡くしたと泣きながら知らせてきた。しかも、その人はリクの実姉でありつつ、依田家当主である長男の佐二平さんの妻でもあったのだそうだ。つまり、姉妹で兄弟に嫁いでいたのだということを、カネは初めて教えられた。

「うちらのせいかも知れんだら」

リクは手ぬぐいで泣き腫らした目元を押さえ、いかにも切なそうに眉尻を下げて、鼻をすり上げた。

「なんでリクさんのせいなの？」

「だって、うちらが俊助を預けて、こっちに来たんだもん。その俊助があんなことんなったもんで、姉さんは、えらいこと気に病んでたに決まってる。それで身体をこわしたんだ、きっとそうだら」

カネは、唇を嚙むリクの手を握ってやることしか出来なかった。

「ここからじゃあ、もしもご病気と分かったって、簡単に駆けつけて差し上げることも出来ないものね。お気の毒だったわねえ」

リクは手ぬぐいで目頭を押さえながら、ただ、うん、うん、と頷いている。

「ふんとに間が抜けた話だよねえ。野辺の送りも何もかも済んだ頃になって、やっと知るんだもん。俊助んときとおんなじ」

線香の一本もまともに手向けられずにいるのだからと、リクは深々とため息をついたかと思うと、「どうも、お邪魔さま」とだけ言い残し、肩を落として帰っていった。この村の女たちはみんなそうだ。どうしてもひと言、思いを吐き出さずにいられない、ため息をつきたい、毒づきたいとき、こうして互いの家をふらりと訪ねて言いたいことだけを言い、後はさっと帰っていく。それ以上に話し込んでいる暇はないし、そうかと言って自分の中だけにため込んでいるのはあまりに辛いから、そうしている。

「今のは依田くんのとこの、ごっさんでなゃあか？」

畑に出ていた勝が、ちょうど入れ替わりのように戻ってきて、「今日は何だって？」と言いながら首筋の汗を拭う。カネが、リクの姉の訃報だったと答えると、勝は「ふじさんが」と手ぬぐいを持った手を止めた。そういえば、依田さんの家の食客だったこともある勝が、リクの姉を知らないはずがなかった。

「依田さんのお兄様の、奥さまなのだそうですね」

「あんだけの旧家を切り盛りしとるだけあって、どえらゃあしっかりした人だった。そんな、身体が弱わゃあようにも見えなかったと思うがなゃあ」

そんな人がいなくなったら、今ごろは依田家も大変なことになっているだろう。この晩成社の最大の理解者であり、大いに力を注いでくれている佐二平さんだってさぞ力落としに違いないし、屋敷全体が、おそらく火が消えたような淋しさに包まれているのではないかと、勝は物思いにふける顔になり、それから一つ大きなため息をつくと、手にしていた島田鍬を脇に立てかけ、頭を垂れて身体の前で両手を組みあわせた。カネも、せんを抱いたままで黙禱《もくとう》した。

天主さま。

このようなところにいれば、たとえ家族の病を知ったところで、私たちはこうして祈ること以外に出来ることがありません。

天主さま。

どうか、私たちを思いながら離れて暮らす人々をお守り下さい。そして、気の毒にも亡くなった方には、安らぎをお与え下さい。

リクの力になれることはないだろうか、どうしたら少しでも慰めることが出来るだろうかと思いながら、日々のことに追われて何一つ出来ないまま、八月に入ると早くも夕暮れ時の風などに秋の気配を感じるようになった。だが全体には、やはり雨の日が多い。結局、バッタは来ないようだが、このままでは、雨のせいで作物が駄目になってしまうのではないかと、今度はそちらが心配になる。それでも、どういうわけか豆類と馬鈴薯は、どこの家でも順調に育っている様子だった。

「去年も馬鈴薯は悪くなかったな」

「ひょっとするとこの土地は、豆と芋に向いとるのかも知れんな」

ある雨の夕方、兄上がやってきて、早くも勝と酒を酌み交わしながら、そんな話になった。

「実は昨日、栂野さんと宮崎さんがうちに寄っていったんだ。そのときにも、やっぱり馬鈴薯の話になってな」

最近になってカネは子どもたちへの授業を再開していたし、幼いせんを気遣ってか、兄上だけでなく村の人たちも、夜はあまり来ることがない。勝自身ももっぱら自分から出かけて行く方が多かったから、その勝が家にいて、誰かとゆっくり話をしながら酒を呑むのは、実は案外久しぶりのことだ。「八犬伝」は手元にあった上の部を読み終えてしまっていて、今は下の部が届くのを心待ちにしている。だからこんな天気の日は昼間から手持ち無沙汰だったに違いなく、勝はさも嬉しそうだった。すすめられれば断るということのない兄上も、当たり前のように茶碗に酒を注がれている。

「馬鈴薯がここの土に合うのなら、馬鈴薯に的をしぼって作ればよい。アイヌにもいっぺんにあれこれ教えるのでなく、まず馬鈴薯の育て方から指導すればよいのではないかと俺が言うと、栂野さんも賛成してな、それにしても、プラウさえあれば、今よりももっと仕事ははかどるだろうにと言うんだよな。アイヌにも、プラウの使い方くらいは教えたいものだと」

「プラウなあ」

カネもつい手を止めて兄上たちの方を振り向いた。兄上は、自分もプラウについてはよく分からなかったから、依田さんのところに聞きにいったのだと答えた。

「だが依田くんは大津から、まだ戻っとらんだろう？　親父どのも」

カネは、父上と依田さんが大津に向かった日から今日までを指折り数え、そろそろ一週間になるのだから、もう戻ってもいい頃ではないかと考えながら水屋に向かい、背中で二人の会話を聞いていた。

「それでも文三郎くんが何か知らないかと思ってな。文三郎くんは、依田くんの持っている農事に関する本をひっくり返してくれた。すると、出ていたよ。何のことはない、前々から言っていた畦立て機のことなんだ」

「なんだ、そうかね」

「ただな、驚いたのは、プラウには俺らがひな形から作ったものよりもずっと大型で、馬に引かせるものがあるということだ」

「ふうん。すると、やっぱり馬か」

「馬だな、何と言っても」

「そんで、いつ来るんだ、その馬は」

「依田くんは、秋には着くはずだと言うておったが」

つまり、そのプラウを馬に引かせて土を耕すことが出来れば、畑の作付け面積は格段に増えるということだ。もしも本当に、ここの土が合っているのなら、馬鈴薯の収穫量も相当な量になるはずに違いなかった。

「ほんでも、芋ばっかりそんなに穫れたところで――」

「だろう？　そこで俺は考えたわけだ」

兄上は大きく息を吸い込んで、いかにも意味ありげににやりと笑う。

「澱粉だよ、澱粉。馬鈴薯から澱粉を作るのは、これはどうだ」

「澱粉？」

「そうだとも。澱粉だ。馬鈴薯は澱粉が豊富だからな。トゥレプよりも何倍、何十倍の澱粉が作れるはずだ」

「なるほど、澱粉――澱粉か」

言ったきり、二人はしばらくの間、黙って囲炉裏の火を見つめている。振り向いたカネの方が、息をひそめる格好になって、そんな二人を見ていた。

プラウ。馬鈴薯。澱粉。

そういえば、馬鈴薯は皮をむいて少し水にさらしておくだけで、白い粉のようなものがたらいに沈む。包丁にだって、何やら白っぽいものが残るではないか。

「あの白いものが澱粉なのね」

思わず一人で納得していると、二人は同時にこちらを振り向いた。そして勝が「何かつまみはないか」と言うから、また急いで流しに向かって漬物を刻み、水で戻している干し野菜の具合を見る。

「澱粉にすれば保存も利く。季節に関係なく出荷も出来るし、第一、馬鈴薯よりも高く売れるがね。そらぁあ、ええわ！」

「それで、また依田くんのところに行ってきた」

「またか」

兄上は、矢も楯もたまらなかったのだと笑った。

「馬用プラウの確保と澱粉製造、この両方について、是非とも依田くんの承諾を得たい。そこに晩成社の運命がかかっているとも言えるかも知れん。いや、かかっていると思うんだと、そう文三郎くんに伝えてきた。依田くんが戻ったら、いの一番にその話をしてほしいと」

「ほんなら、とにかく早ぁとこ帰ってきてもらうことだがや」

誰かが大津へ行くと、村のみんなはいつでも首を長くして彼らの帰りを待つ。外へ出ることのない女房連中はなおさらだ。大津にさえ行けば、男たちはどんな場合でも手ぶらで帰ってくるということはない。必要な食料や調味料などはもとより、農機具、日用品、小間物から、薬、新聞、内地からの便り、そして巷《ちまた》の噂まで、あらゆるものを持ち帰る。それらを、カネたちはいつでも首を長くして待っていた。

そして翌日、父上と依田さんが無事に戻ってくると、兄上と勝とは早速、澱粉製造とプラウの導入について依田さんに談判し始めた。

「ちぃと待ってくれと言っとるに。まだ馬も来とらんし、何より今日は、うちの豚が今にも子を産みそうだもんで、まずはそれを見てやらんと」

早く話し合いの時間を持とうとせっつく兄上たちに、新聞や郵便物などの他、大津土産だと焼酎を持ってきてくれた依田さんは、珍しく困惑した表情を見せた。

「なに、豚が生まれるか」

「そんなら、まずそれを見てからだな」

勝と兄上は頷き合って、三人一緒に依田さんの家に向かい、しばらくすると、二人揃って酔っ払って帰ってきた。

「いや、豚が子を産むのを待っておる間、澱粉製造の話をしておるうちに、何となく呑み始まったのだ」

「銃太郎は、こう見えて熱いからなあ。議論が白熱すれば酒もすすむがや。カネ、飯にしてちょう。腹ぁ減ったわ」

お雑炊でも作りましょうかと水屋に立ちながら、カネが「それで、豚はどうなりましたか」と振り返ると、勝は再び兄上と茶碗酒を呑み始めながら、依田さんのところの豚は無事に出産したと言った。

「それも、六匹だ、六匹！」

「そのうち一匹は、生まれてすぐに死んだがな。だが話に聞いていた通り、多産だ」

「俺らんとこが放した豚も、大勢の子豚を連れて帰ゃあってくれればいいがなゃあ」

「うちの豚も大分、腹が膨らんできてるからな、この分だともうすぐだ」

二人はともに赤い顔をして、豚の増え方は望みがある、とか、それにしても、やはり澱粉製造に望みを託すべきだとか、また同じ話を始めた。

豚と澱粉。

これからの晩成社が目指す道は、それなのだろうか。闇雲に何でもかんでも畑に蒔いていた昨年や今年から、的を絞るときに来ているのだろうか。

「どっちでも構わないわ。とにかく、少しくらいバッタが来ようと早や雨が続こうと、安定した収入が出来て、ちゃんと暮らしていかれるんなら」

雑炊の鍋を囲炉裏に移しながら「豚だって澱粉だって」とカネが言うと、兄上たちは互いに顔を見合わせ、「もっともだ」と声を揃えて陽気に笑っている。そんなにおかしなことを言っただろうかとカネは小首を傾げたが、要するに二人はただ単に酔っ払っているだけのことだった。

6

八月末は大雨が続いて、キュウリ棚が崩れたり麦の刈り込みを急がなければならなかったりの忙しさが続いた。それでも兄上は、畑仕事の合間を縫っては自分なりに澱粉の製造をあれこれと試しているらしい。何日か置きにせんの顔を見にやってくる父上が「取り憑かれとる」と苦笑するほど、夢中になっている様子だ。一方の勝の方は、収穫した麦でビールを作ってみたり、父上が大津まで届いていたものを受け取ってきてくれた「南総里見八犬伝」の下の部を読み始めたり、また文三郎さんと麦の穂に群れるスズメ獲りを試したりしていた。せんは、もう少しすると首がすわってきそうだ。そんな毎日にてんてこまいを続けていたある日、依田さんがひょっこり顔を出した。またもや相変わらずのぶっきらぼうな表情で、少しの間、黙ってカネを見ている。

「あの、主人なら畑の方に」

「リクをな」

ぼそっと言った言葉がよく聞き取れなかった気がして、カネは仕事の手を止めて依田さんを見た。依田さんは、口をへの字に曲げたままだ。

「しばらくの間、帰そうと思っとる」

「――リクさんを、ですか。帰すって――伊豆へ？」

「どうも、身体ん調子がよくないら。このまんま寝込まれても困るし、あんたみたいに働けんもんで」

手ぬぐいを握りしめて目頭を押さえるリクの顔が思い浮かんだ。そういえばこのところのリクは、前にも増して顔色もすぐれないし、姉の死を知ってからは余計に表情も曇って見えるようになった。

「いつ、ですか」

依田さんは、自分は明日から再び大津へ行くので、そこで晩成社の用事をすませ、ついでに函館行きの船の手配もしてくるつもりだと言った。そして、一旦戻ってきてから今度はリクを連れて行くということだ。すると、そう先のことではないのだなとカネは微かにため息をついた。

「もう、九月ですものね。お帰りになるなら今の頃でないと、どんどん寒くなるでしょうし、冬の波は荒れますものね」

「――本人は帰らんと言うとるだけんど、ただ意地張っとるだけに決まっとる。心ん中じゃあ、ずーっと、いつだって帰りたかったはずだもんで」

「でも、また戻ってこられるのでしょう？」

依田さんは、いつもの難しい顔のままで大きくため息をつき、それには答えないまま「渡辺くんと話してくる」と言い残して出て行ってしまった。せんが泣いている。ついぼんやりしそうになっていたのを、その泣き声が我に返らせた。

「リクさんがねえ、伊豆に帰るんですって」

襁褓《むつき》を替えてやりながら、カネはまだ何も分からない赤ん坊に「どうしましょうねえ」と話しかけた。

「せん。せんちゃん。また淋しくなっちゃうわ。あなたが生まれたオベリベリは、まだまだ、何もないのよ。せめて、お友達が欲しいわねえ。きよさんのところのツネちゃんだけじゃねえ」

もしもリクが帰りっぱなしになったとしたら、果たして依田さんはどうするのだろう。女手なしで、ずっと暮らしていくつもりなのだろうかと、ふと思う。それにしても、あそこの夫婦はどうしてこんなにもすれ違いが多いというのか、一緒に過ごすことが出来ないのだろう。依田さん自身が引っ切りなしに留守にしている上に、今度はリクがいなくなったら、夫婦はいよいよ落ち着いて過ごすことなど、ほとんどなくなるではないか。リクもいない、依田さんも留守で、その間にも豚の子ばかり増えたら、一体どうなるのだろう。文三郎さんがすべて一人で面倒を見られるのだろうか。

翌日から依田さんが大津に行き、数日後に帰ってくると、その次の日、いよいよ馬がやってきた。丸木舟に乗せるわけにはいかないから、依田さんがセカチを手配して大津から陸路、連れてきたのだという。

「馬だ！」

「馬が来た！」

「思ったよりでけえな」

「こりゃあ力もありそうだ」

集まった村の人たちは馬を取り囲んで、口々に驚きの言葉を上げた。

「静かに、静かに。馬が怯えるといかん」

依田さんが皆を手で制する。それでも村の人々は、半ば怯えたような、それでいて嬉しそうな顔で容易に馬から離れようとしなかった。

「これで俺らの仕事も楽になるのかい」

「何とかいう道具を引っ張ってくれるんだろうな」

十分にあてにしている一方で、では取りあえず誰が馬を管理するかという話になったときには誰も手をあげようとしなかったことを思い出して、カネは少しおかしくなった。だから結局、兄上が当面は面倒を見ることになったのだ。だがその日、実際に兄上が馬を曳いていって、自宅の脇に作った馬小屋につなぐと、馬はその晩のうちに逃げ出してしまった。翌日、村の人が見つけて無事に連れ戻すことは出来たものの、その日のうちにまた逃げられた。要するに馬は逃げるものだということが、村中の人々の頭に焼きつけられた。

「そんなんで、本当に役に立つのかね」

「いざっていうときにいなくなるようじゃあ、どうしようもねえ」

ブツブツと文句を言う村人たちを横目に、勝や兄上たちも額を寄せ集めた。

「アイヌたちにも言っておいた方がいいな。もしもどこかで見かけたら、放っておかないで連れ戻してくれと」

「食われちゃたまらんもんで。あいつら、野にあるものは何でもかんでもカムイからの贈り物とか言うからな」

「晩成社の馬だってことを、ちゃんと札にでも書いて首から下げた方がええがや」

こうなったら、よほどしっかりした綱で、頑丈に結わえ付けておかなければならないなどと相談しあい、勝も小屋の補強を手伝いに行った翌日、今度は、依田さんの家でリクの送別会が開かれるという知らせが来た。

「何とも忙しなゃあな。馬との追っかけっこが始まったと思ったら、今度は依田くんのごっさんが行くか」

その日は朝から雨になった。カネはせんをしっかりと抱きかかえた上から蓑笠をかぶった格好で、依田さんの家を訪ねた。

「あ、カネさんも来たね」

赤ん坊のツネを負ぶっているきよが、にっこりと笑う。せんよりも半年ほど早く生まれた利八の子は、カネにとってはせんの成長を知るための一つの目安にもなっている。だから本当はもっと子どもの成長について話をしたいところなのだが、お互いになかなかそんな暇が作れない。たまに顔を合わせたかと思ったら、こんな別れの席なのだ。

「みんな、よく来てくれたな」

依田さんが、いつになく神妙な様子で皆を見回した。

「うちのは、もともと身体があんまり丈夫でねえとこにきて、ここんとこは妙な咳までしとるもんで、一度、帰らせて病気を治させることにした。元気になったら戻ってくると本人も言うとるもんで、そんときはまた、よろしく頼む」

依田さんが話す隣でリクは唇を噛み、いかにも肩身が狭そうな様子で俯いている。カネは、その白い顔を眺めながら、彼女にとって、このオベリベリで過ごした月日とは何だったのだろうかと思わずにいられなかった。

可愛い盛りの息子と引き離されて、挙げ句その子には死なれてしまい、頼るべき夫は一年の半分以上も家を留守にするし、そのせいでどの家と比べても畑の拓け具合は遅く、そして今度は姉の死を知らされた。聞けば親同士が兄弟という、いわば従兄妹《いとこ》同士の間柄で生家も依田の一族だから、やはり何不自由なく育ったのだそうだ。そんな人が、この何もない、気候風土の厳しい土地で暮らすのは、最初から無理だったのかも知れない。カネのように父上と兄上が人生最後の切り札として開拓を決意したのとも、ひと目見たときからこの人と添い遂げるのだと決めてしまった相手が待っていたのとも違うのだ。

帰る場所があるのなら、その方が幸せとも言えるのかも知れないけれど。

考えている間に、リクが「あの」と小さく声を出した。

「ふんとうに、色々ようしてもろうたのに、逃げ出すみたいで、すんません。きっとまた、帰ってくるに」

小さく頭を下げて、また涙ぐんでいる。集まった人たちも何を言うことも出来ず、座の空気は重く沈んだ。

「依田さんも一緒に行くだらか」

依田さんたちと歳の近い山田彦太郎が尋ねた。すると依田さんは、自分は大津で少し面倒な用事もあるから、それらを片づけた後で帰ることになると答えた。途中、札幌や青森《あおもり》にも寄っていくそうだ。

「鈴木くんと渡辺くんから建議が出ておる澱粉製造のことは、皆も多少は聞いとると思うが、それを本当に晩成社の柱とするためには、手作業なんかではとってても無理だら。そんなもんでは事業にはならん。だもんで、澱粉製造の機械についても、詳しく調べてくるつもりだ。それに、せっかく馬が来たもんで、プラウとかハローとか、そういう機械のことも、次の春までには届くように手配するつもりでおる」

しんとした空気に包まれていた空間が、その言葉に動いた。馬は来た。その馬に働いてもらうための道具の手はずは整えると依田さんは請け合った。そして、次は澱粉製造だ。ようやく何もかもが動き出す感じがする。そのために動いているのだと分かれば、誰も依田さんに不満など抱くことはなかった。

「さ、そうと分かったら、今日は食ってくれ。仕事のあるもんは、持って帰ってくれてもいい。ああ、子どものいる家は、土産にもな」

小さなちゃぶ台の上には、リクが作ったというぼた餅と、つい数日前に文三郎さんが初めてつぶした豚の肉がゆで豚になって並んでいた。一頭の豚をつぶすのがどれほど大変かという話は、勝がその作業を手伝ってきたからカネも聞いている。

「おう、肉だ、肉。こんなごっつぉう、そう食えるもんでねえぞ、おい」

山本初二郎が、勉強を教わりに来ている息子の金蔵を小突きながら、いつになく嬉しそうな声を上げたから、それを合図のように皆が料理に手を伸ばし始めた。やがて、男たちが車座になって酒を呑み始める脇で、女は女たちでまとまり、リクとの別れを惜しんだ。

「ふんとは、私らだって帰りたいよう」

きよが、頬の肉を揺らすようにして口を開く。すると他の女房たちも、それぞれにゆで豚やぼた餅を頬張りながら、うん、うん、と頷いた。

「ふんと、ごめんねえ」

リクがうなだれた。それでも、きよがさらに何か言おうとしたから、カネは彼女の腕に手を置いて目配せをした。ただでさえ気落ちしているリクに、それ以上のことを言うものではない。だが、他の女房が「そんでもさ」と口を開いた。

「しょんねえよ。依田さんとこは、うちらとは違うもん」

「そうだよ。うちらは何もかも引き払って、こっちに来たんだもん、帰ろうにも、もう帰る場所はないもんでね」

「そういうことだら。水呑《みずのみ》百姓なんて、そんなもんずら」

「船に乗るお金だって、ないもんねえ」

「第一、文字だって読めやしねえんだから、どっちに行きゃあいいのかも分かんねえずら。だまされて、売り飛ばされっかも知んねえ。ああ、恐ろしや」

「ちいっと、あんた、子持ちのおばさんなんかを、どこに売ろうってんだよ」

言い合っては、あっはっはと笑っている。たくましい女房たちに囲まれて、リクはさらに小さく身を縮めているように見えた。

二日後、依田さんに伴われて丸木舟に乗り込み、リクは何度も頭を下げながら、川を下っていった。ただでさえ小さな村から、また人が減ったと思うと、何とも言えない侘しさがこみ上げてくる。だが、そんな感傷に浸っている暇はないとばかり、勝は畑仕事の合間を縫って自分のところにも馬小屋を作るからと、セカチらと必要な木材の伐り出しに取りかかるし、兄上の方も畑仕事はもちろん、豚と馬などの世話をしながら、相変わらず澱粉製造のことで頭がいっぱいの様子だった。カネはカネで、起きるとすぐに鶏の様子を見ることから始まり、あとは一日中せんを負ぶいながら食事の支度に掃除洗濯、畑仕事に追われ、山羊と猫の餌やりに近所づきあいも忘れず、夜は夜で繕い物をし、子どもたちの勉強を見て、時間があれば家族や知人に便りを書く日々を送った。勝が酔って帰ってくるのは大体そんな時刻だから、最近では寝る前にシケレペニを水に浸しておくことも欠かせない。そうすれば翌朝、すぐに煎じて飲ませることが出来るからだ。こんな調子だから、いつでも夜の祈りを捧げた後は、疲れたと言う間もなく眠りに落ちる。毎日が飛ぶように過ぎていった。

九月二十七日には、せんの生後百十日にあたるということで「お食《く》い初《ぞ》め」をしようと父上が来てくれた。簡素ながらも麦飯と汁物、鮭を焼いたものを用意して、父上がせんを膝に抱き上げ、簡単に食事の真似事をさせる。小さな口もとに、ちょこ、ちょこ、と食べ物をつけられても、せんはむずかることもなく、きょとんとした様子で、大人たちにされるままになっていた。

「こんな頃を、写真にでも撮れたらええんだろうがなあ」

勝もしみじみとした表情で父上の仕草を眺め、一連の儀式が終わると「まずは一献」と、自分で作ったビールを父上に勧めた。父上も、儀式の間は珍しく緊張した様子を見せていたが、ほっとした表情になり、泡の立つ黄金色《こがねいろ》の酒を呑んだ。

「去る人がいれば、こうして育っていく命もあるものじゃな」

ふう、と一つ息を吐いて、父上はあらためてせんを抱き上げ、自分の方を向かせて小さな顔に笑いかけている。その柔らかな眼差しは、孫にだけ向けられる特別なものだ。父上にこういう表情をしてもらえるだけでも、せんを産んでよかったと、カネはいつも思った。出来ることなら母上にもこうして笑ってほしい、母上のこんな表情を見てみたいと思うが、それは今のところ夢のまた夢だ。

　勝の言葉ではないが、せめて今のせんを写真に残すことが出来れば、それを送って成長を知らせることも出来ようというものだが、まず幼いせんを丸木舟に乗せて大津の写真館まで連れていくこと自体が、とても考えられない。以前、勝たちの舟が沈んだときのように、いつ何があるか分からないからだ。道がないとは、そういうことだった。そして、道がない限りは、こんなに広い土地にいながら、特にカネたち女房連中は囚われの身であるのと大して変わりはなかった。

　畑の収穫もあらかた終わり、冬の気配が漂い始めた十月、勝は兄上や高橋利八をはじめとする村の男たちと総出で村路を作り始めた。これから澱粉の製造工場を建てるとなると、今のようなあぜ道に毛が生えたような道しか通っていないのでは、機械一つ運ぶのにも必ず不都合が生じる。これを機に一定の道幅を持ったきちんとした道を作ろうということになったのだ。

　半日は畑に出て、半日は道を作る。たまにヤマニが馬の背に荷を載せて野道を来るときがあると、ヤマニの馬に乗らせてもらうこともあった。これからは自分たちも馬に馴れていかなければならないという考えからだ。

「こらゃあ、結構な高さになるもんだがや！」

「そんた、おっき声出すんでね。馬っこ、びっくりするべ」

　ヤマニを屋号としている大川宇八郎という人は、聞けば東北の出で安政二年の生まれだというから、勝よりも一つ年下だった。だが、十勝に来てからの年月がものを言うのか、または本人の気質によるものか、いかにもどっしりと構えている様は、勝より年長の依田さんよりも、さらに年上に見えるくらいだし、まるで生まれつきの土地の人間のような力強さに満ちていた。

「俺らぁ、何せ無学文盲だから、度胸と根性だけで、こうして生ぎでぎでるがら。俺の頼りっていえばあ、この腕だけだもの」

　自分の腕をぽんぽんと叩いて見せながらヤマニは黄色い歯を見せてにまにまと笑う。商売人という点ではなかなか抜け目のないところがあるが、それでもカネたちが欲しいと言うものは鹿の皮でもアイヌの丸木舟でも、必ず見つけ出してきてくれるし、移民の先輩として色々と教えてくれることもある。晩成社もいよいよ馬を飼うことになったと知れば、こうして商売の合間に、少しでも馬に馴れるようにと協力してくれるような男だった。

「こいづぁ、頼りんなる。言葉は話さねえけど、人の思うごど、分がってるんでねえがど思うごど、いっぺあるがら」

　ぎこちない様子で馬にまたがる勝を時折振り返っては、あれこれと注意を与えながら、ヤマニは綱を引いてしばらくその辺を歩いてくれる。

「馬っこは人のごど値踏みするがらな。なめられれば駄目だぁ。鈴木さんどっから年がら年中逃げるって聞いだども、そらあ、馬っこになめられでるがらでねえが」

　カネは、いちいち感心してヤマニの話を聞き、一方で馬上の勝を眺めていた。もともと長身の勝がこうして馬に乗っている姿は、まるで西洋人のように立派に見える。服装さえ違っていれば、横浜の煉瓦道を通っていたって何の不思議もないだろう。やっぱりこの人は姿がいいと、カネは久しぶりに嬉しい気持ちになった。せんの目元は勝に似ている。将来は、ぱっちりとした眼の可愛い娘になるに違いない。

「手はかがるども、めんこいもんだ、馬っこは」

　それなら馬の面倒も見てみてもいいかもしれないなどとカネが一人で考えていたある冷え込んだ朝、鶏の様子を見るために家から出てみると、庭先に八匹の子豚を連れた親豚が鼻を鳴らしてうろついていた。

「あなた、あなたっ」

「ああ――まだ早ゃんでなゃあか」

「起きて下さいな。豚ですよ。豚が帰ってきましたってば」

カネが「ねえ」と腕を揺すっても、最初は「ううん」とうるさそうに寝返りを打とうとしていた勝は、ようやく頭がはっきりしたらしく、「帰ゃあってきたか」と起き出した。

「こりゃあ、ええ。またまた『一つ鍋』の季節が来たがや」

依田さんの豚も生まれ、兄上のところの豚も生まれた。放牧という方法を選んだ我が家は果してどうなるのだろうかと心配だったたから、カネもほっと胸を撫で下ろした。今はまだ愛らしく見える子豚たちも、次の春までには一人前に育つことだろう。それまではせっせと屑《くず》野菜やガラボシを煮て食べさせなければならない。依田さんは留守だが、兄上と二人でまた句会でも開けばいいなどと思っていたら、ある日、その兄上が急き込むようにやってきた。

「札幌に行ってくる」

いきなり札幌と聞いて、カネも、また勝も目を丸くした。

「依田くんから便りがあってな、澱粉工場の視察をしてきて欲しいというんだ。うまくいけば、購入だぞ！」

もう購入という話になるのかと、カネは勝と顔を見合わせ、いかにも意気込んでいるらしい兄上を改めて見た。

「いきなり、そんな話？」

「なあに、こっちの心づもりは十分に出来ている。せっかく依田くんが札幌で手づるを掴んできてくれたんだ。金も用意するという。だから、まず俺が行って、機械の使い方や澱粉の製造方法を見学してくる。大丈夫なようなら、手金を打ってきても構わないという話だ」

「そらまた、えらぁ具体的な話だがね」

「それにしても、いいわねえ、兄上。札幌なんて」

思わず本音が漏れてしまった。すると兄上は半ば困ったように口もとをほころばせた。

「まあ、そう言うな。これも仕事だ。その代わりに、必ず澱粉製造を成功させるから」

「当たり前《ま》ゃあだ。こうなったら晩成社の未来は、銃太郎、お前の肩にかかっとるでよう。気張ってちょうよ」

勝は兄上の肩を何度も叩きながら「頼むでよう」と繰り返す。

「その間に、こっちは雪が降るまでの間、少しでも道を作っておくでよ」

今回は、大津へ行くのとはわけが違う。兄上が出発する前日には、カネの家で送別会が開かれることになり、村中の人たちが集まった。その席で、兄上の留守中は、勝が晩成社の帳簿を預かることが発表された。それまで社の金銭の出入りはすべて兄上が管理しており、几帳面に帳簿をつけ続けていたから、それを預かるということは、勝にとっては少なからず負担になる。だがこの村に、他に帳簿のつけられる男はいなかった。

「まあ、うちの場合は、ほれ、このカネがおるで心配いらんがや。俺なんかより、よっぽどきっちりしとる」

勝は涼しい顔で笑っている。大鍋一杯に作った野菜と塩出しした豚肉の煮込みなどを振る舞いながら、カネはつい苦笑するより他なかった。これで勝が働かないのなら文句の言いようもあるが、このところは「八犬伝」も途中までしか読めていないまま、手に新たなマメをいくつも作りながら村路作りに励んでいるのを見ていれば、カネだって出来ることはしなければという気持ちになる。これ以上どうやって時間をやりくりすればいいのだろうかということは心配になるが、まあ、何とかなる、何とかなると自分に言い聞かせることにした。

「銃太郎さん、何年ぶりだね、大津より外に出るのは」

山田彦太郎に聞かれて、兄上は即座に「三年と四カ月」と答えた。ああ、兄上は今日までの日々を、こうして指折り数えていたのだろうかと、カネは胸に迫るものを感じないわけにいかなかった。

誰よりも早い時期に依田さんと二人、この地に入って、ただ蘆の原が生い茂るばかりだったところに住み着き、たった一人で長い冬を乗り切ったのだ。時代が変わって髷を落としたときと同じように、牧師という立場をきっぱり諦めて、最初は力と知恵を借りるばかりだったアイヌらに「泣き虫ニシパ」と呼ばれながら、今では彼らの救済策に奔走するまでになっている。兄上にとってのこの月日は、決して短いものではなかったはずだ。

「札幌で用事を済ませたら、すぐに戻ってくるのかい」

今度は山本初二郎が尋ねた。それには兄上は、ついでに内地へも行くつもりだとだけ答えた。

「何だい、嫁取りかい」

「それも考えねばな」

人々の間から笑いとも冷やかしとも、また声援ともつかないものが上がった。

今回、兄上は次弟の定次郎を訪ねるために高崎まで足をのばす予定でいる。母上や末の妹・ノブが一緒に暮らしているせいもある。だが何よりも定次郎に後を託したい思いがあるのだろうということは、カネも感じていた。

口にこそ出さないが、鈴木家の嫡男である兄上は、内地を離れてでも鈴木家の再興を果たすと言いながら、未だに仕送りの一つも出来るようにならず、長男の務めを果たせないでいることを、ひどく気にしている。だからこそ、不甲斐ない自分に代わって鈴木家を頼むぞと、定次郎に後を託すような気持ちになっているのに違いなかった。

「そんなら銃太郎さん。いいお嫁さんを探してもらっておいでよ」

「こんな土地に、そう簡単に来てくれる嫁ごがおるかな」

「下手な鉄砲も、だよ」

「行く先々で、頼んどいで。どっかに残りもんがいるかも知れないし」

村人たちから口々に言われて、兄上は苦笑いするばかりだった。カネも、もしも兄上がお嫁さんを連れて帰ってきてくれるなら、そんなにめでたいことはないと思った。ここは、定次郎にも頑張ってもらいたいところだ。

「とにかく、せっかく行くもんだで、色々と楽しんできたらええがね。ほんで、今の世の中がどんなことになっとるか、よう見てきてちょうよ」

勝が話題を変えて、とにかくもう一度乾杯をしようと言うと、兄上はようやくこの話題から解放されたという表情になって、いかにも気持ちよさそうに乾杯の茶碗酒を乾していた。

7

寒い朝には霜が降り、鮭が遡る季節になった。兄上が発った後は馬の面倒もカネのところで見ることになり、晩成社全体と各家の収支についても勝が調べて歩くようになったから、毎日は余計に忙しくなった。それでも十一月に入る頃には村に警察の巡回があり、また、大津の医師が初めて来てくれて、せんやツネはもちろん、村中の人たちの健康状態を診ていってくれた。それだけで村の人たちは大喜びだった。どちらも、まだ大津に留まっている依田さんが手配してくれたことだ。

「私たちが世の中から忘れ去られているわけではないということを、確かめられた気がしましたものね」

「当ったり前ゃあだ。誰が何と言っても、この村のことを一番に考えとるのは依田くんに間違ゃあなゃあ。いつでも、皆のことを気にかけとるがね」

勝は「それこそが依田くんだ」と自分の手柄のように自慢気にしていたが、その依田さんからの電報で、今度は勝が急遽、大津へ向かうことになった。電報には、出来るだけ早く来てほしいと書かれていたからだ。

「前々から、江政敏さんと、名越友太郎《なごしともたろう》さんとの談判に手間どっとったもんで、今度ぁ、それの証人として立ち会って欲しいってことだがね」

他の村人たちは知らないことだが、実は依田さんは以前から世話になっている大津の江政敏さんに加えて名越友太郎という、やはり大津の漁業権を持っている二人に、金を融資してやっているのだそうだ。何しろ、依田さんの手元には晩成社の運営資金、つまり現金がある。一方、江さんや名越という人は大津では手広くやっているとはいえ、彼らの主な収入源は魚の漁獲高だ。不漁が続けば収入は減り、それで不景気になって町から人が減れば、他の商売からの売り上げも落ちて、さらに資金繰りにも困ることになる。大津は昨年からの不漁続きで、二人はそのあおりを受けているということだった。そこで、これまでのよしみもあるからと頼まれた依田さんが、金を用立てたのだそうだ。

「依田くんは、ああ見えて金離れがいいというか、気前のいいところがあるもんでね」

「やっぱり、お坊ちゃまなんですね」

「まあ、そういうことだわ」

ところが、貸したはいいものの、約束の期限が来ても金が返ってこない。いくら催促してものらりくらりとかわされるばかりで、そのうちにさすがの依田さんも、このままでは踏み倒されるのではないかと心配になってきたらしい。リクを送っていった後も大津に残っていた大きな理由とは、その返済を迫ることだったと勝から聞いていたが、どうやらその話がこじれているらしい。だからこそ依田さんは、未だに大津から離れられずにいるのだ。

「もしかすると足もとを見られたんでなゃあかって、前々から言っとったもんで」

旅の支度をしながら、勝は憂鬱そうな顔をしてため息をついた。

「何せ向こうは歳だって俺らよりようけいっとるし、言うなれば海千山千、煮ても焼いても食えんような連中を束ねとるようなお人らだもんだでよ。自分らだって、そうそう一筋縄でいくようなお人でなゃあ。それは、俺が見たって分かることだがや。依田くんは、しかつめらしい顔しとったって、要は素封家の坊ちゃまだもんで。江さんらから見りゃあ、まあ、世間知らずの青二才っていうところかも知れなゃあんだわ。言いくるめるなんてことは、赤子の手をひねるぐらゃあ、簡単なことかも知れんなぁ」

要するに体裁のいいことを言って依田さんから金を引き出し、後は頬被《ほおかぶ》りするつもりだったのかも知れないということだ。カネは、何という恐ろしい話なのだろうかと、思わず寒気さえ感じる気分になった。第一、依田さんが立て替えたお金というのは、依田さん個人のものではなく、晩成社の運営資金だというのだから、つまり、そのお金が返ってこなければ、この村の全員にも何かしらの影響が出てしまうかも知れないではないか。それに、日々の暮らしにも困っている村の人たちが、もしもそんなことが起こっていると知ったら「俺たちには厳しく取り立てるくせに」と、また反発を買うに違いない。

「それが分かっとるもんで、依田くんも焦って電報を寄越したんだなぁ。一人では、もう、どうにもこうにも太刀打ち出来んと踏んでのことでなゃあかゃあ」

　髭に囲まれた口をへの字に曲げて、腕組みをしている勝を見つめながら、カネの中には、では、勝が駆けつければ話はうまく運ぶのだろうかという新たな心配がこみ上げていた。勝だって、年齢そのものからして依田さんよりも下なのだし、いくら剛毅《ごうき》に見えていても、そんな海千山千の荒々しい男たちに太刀打ち出来るかどうかは、正直なところあやしいものだ。何せこのオベリベリに来るまでは、日々聖書をひもとき、あとは伊豆の学校の教壇に立って日々少年たちに日本の将来について熱く語っていただけの人だ。

「こういうときは、うちの父上に出て行ってもらった方がよろしくはないですか」

　すると勝は「いかんいかん」と首を横に振る。依田さんは、江政敏さんたちに金を貸していることなど、他の誰にも知られたくないのだそうだ。

「まあ、喧嘩をしに行くわけじゃなゃあしよ。じっくりと腰を据えて話し合ってくるまでだ」

　そうして十一月に入った雨の日、フシコベツから雇ったアイヌたちに舟を出してもらって、勝は大津へ向かっていった。これで、晩成社の三幹部がすべて不在になったことになる。こんな時、万に一つも火事など出しては大変だから、いつにも増して気を引き締めていこうと、高橋利八や他の家の人たちとも話をしつつ、カネは今回、一人で家を守ることにした。どちらの家にも家畜の世話があるから、父上に来てもらうというわけにもいかなければ、こちらから行くことも出来ない。せんもいるし、夜は子どもたちも来るお蔭で淋しいなどと言っている暇はなかったが、それでも狭い家の中は急に広くなったように感じられた。しかも、いつもなら五日から一週間もあれば帰ってくるはずが、今回は十日過ぎても帰ってくる気配がない。ついに雪の降る日もあって寒さは厳しくなり、いよいよ心配していたら、結局、二週間以上もたってから、勝は疲れた顔で帰ってきた。

「話はうまくいかなかったのですか？」

翌日、朝から「酒」と言い出した勝に、カネは遠慮気味に聞いてみた。勝は、何度となくため息とも深呼吸ともつかないものを繰り返しながら、一度開いた「南総里見八犬伝」も読むつもりになれないらしく、結局、囲炉裏端でちびちびと酒を呑み始めた。

「そんなこと、あるもんか。この俺が行ったんだ、うまくいかんはずがなゃあ」

だが、とにかく気疲れする毎日だったのだと勝はまた大きく息を吐き出した。江政敏さんたちの言うことに嘘がないかどうかを確かめるため、ほぼ毎日、海に行っては漁の様子を見守り、その他は談判が続いたらしい。そんな日々の連続の中で、江さんの雇っている船頭が川に落ちて、外海にまで流されてしまうという事故もあったのだそうだ。

「助かったからいいようなもんの、陸から見えとって助けられねぁような有様《ありさま》で、もう大騒ぎになってな」

「恐ろしい、そんなことが」

「つくづく、何をするにせよ舟を使うしかなゃあというのは、あの世と背中合わせだと思ったもんだがや」

勝は話している途中で虚空を眺めるような表情になり、それからまた、大きなため息をつく。最終的には、依田さんと二人一緒に繰り返した談判でも現金は返してもらえず、その代わりとして江氏らが所有している漁場のうち、五カ所を依田さんの名義にすることで、何とか話は落ち着いたのだという。漁場が手に入ったことで、これからは毎年、その漁場代が依田さんに入るのだそうだ。

「とにかく、なゃあ袖は振れんて、こればっかしだもんでね。何かっていうと『海を見ろ』『漁を見ろ』ばっかりで、まるっきり埒《らち》が明かんわ」

「でも、そうなるとこれからは毎年、鮭に困ることはなくなるのではないですか?」

「まあ、そういうことかも知れんが。それも、約束が守られれば、の話だがや」

途中で晩成社の支店を守っている吉沢竹二郎と過ごす日もあったし、ちょうど札幌の兄上から送られてきた手紙をいち早く受け取ることも出来たから、そういう意味ではよかったのだが、何しろ居心地が悪くて気疲れするばかりだったと、勝は手酌で酒を呑みながら繰り返した。

「江さんには最初っから世話んなってきとるし、それなりにお人柄も分かっとるつもりだったが、いざ金の話、商売の話となると、目つきそのものが、もうどえらゃあ変わることが、今度という今度はよう分かったがね。こう、蛇みたぁに空恐ろしくなってよう」

言いながら、身震いのような真似をする勝に、カネはつい笑ってしまった。何かというと「武士とは」「士族として」などと口にすることの多い勝だが、実は大の苦手がある。それが蛇だった。オベリベリで迎えた最初の春、初めて勝の悲鳴を聞いたときには、カネは何事が起きたのかとこちらの方が肝を潰すほどだったが、草むらから小さな蛇が出てきただけだと分かった途端に、あまりにも意外なことと、勝の逃げ方がおかしくておかしくて、一人で笑い転げてしまったことがあった。世の中に怖いものなど何一つとしてないような顔をしていながら、それが勝の弱点だった。

「そう、蛇みたいになるんですか」

「ほうだがね。蛇だぞ、蛇。特に、名越って人がなあ、もう、背筋が寒くなるような目をしとって」

カネは、蛇など恐ろしいと思ったことがない。だから、勝が逃げていった後で、小さな蛇の顔をとっくりと見つめたものだが、黒くて丸い、存外つぶらな瞳をしているものだと感心した記憶がある。だが勝にとっては、蛇の印象はあくまでも不気味で恐ろしいものらしかった。

談判などという慣れないことを何日もして、よほど気疲れしたのか、その日は一日中、だらだらと酒を呑んではごろ寝をして過ごした勝だったが、翌日からはまた普段通りに働き始めた。豚小屋を補強し、鶏小屋を作る。また、新たな納屋を作る。人手を借りる必要がある作業が続いたことから、利八やパノ、シノテア、チャルルコトックなどがやってきて、セカチらはそのまま泊まっていく晩もあった。そうかと思えばモチャロクや宮崎濁卑さんが来て、また酒を酌み交わし、プラウの話をしたり、兄上が文に書き送ってきた澱粉製造機械の話になったりする。一つの囲炉裏と二つの竈には常に大鍋がかかっていて、豚の餌にするのはもちろん、いつ誰が来ても何かしら口に入れられるように、カネはそのことばかり気にしながら、せんを負ぶって朝から晩まで動き回った。

幸い晴れる日が多かったから、勝は毎日のように鮭漁に出たし、カネもメノコらとホッチャレを拾い歩き、それらを捌いたり乾したり、また塩漬けにする作業が一日の中でも大きな仕事になっていた。勝は馬の餌が足りないからと、フシコベツまで草刈りに行く日もあれば、冬支度の薪を採りに歩く日もある。そうして師走も半ばを過ぎようという頃に、兄上が帰ってきた。実に二カ月ぶりだ。しばらく見ない間に何となくこざっぱりして、いかにも都会の水で洗われてきたように見える兄上を、カネは「おかえりなさい」と言いながら、一瞬、上から下まで眺め回してしまった。

「定次郎が、俺だと分からなかったのだ」

兄上は、半ば照れ隠しのように顔をしかめながら、札幌から内地へ渡り、高崎に着いたときの話をしてくれた。高崎駅からほど近い竜見《たつみ》町《ちょう》という、カネも文を送るから住所だけは知っているところに弟の家を探し当てていったところ、最初、定次郎は「どちらさん」とあからさまに警戒した顔つきで言ったのだそうだ。さらに定次郎の妻という女性などは家の奥に逃げ込んでしまって、障子の穴から兄上をこっそり観察したのだという。

「まあ、無理もなかったのだ。髪も髭も伸び放題で、まるで野人のようだったからな。これはいかん、と、すぐに散髪屋に行って風呂も使って、さっぱりしたよ」

すると定次郎は「確かに兄上だ」と納得して最初の非礼を詫び、母上や妹たちも数年ぶりの再会を大喜びしてくれたという。母上などは「何と人騒がせな」と怒ったふりをしながら、目に涙を浮かべていたそうだ。その様子が容易に思い描けて、カネは懐かしく、また胸に迫るものを感じた。

「女学校にも寄ってきて下さったのでしょう?」

「無論だ、行かれるところはすべて行った」

そうして兄上は、懐かしい名前をいくつも出しながら横浜や東京での話をしようとしたが、勝の方は、まずは札幌で見てきた澱粉製造機械の話を聞きたがった。

「それについては、土産のブランデーを呑みながら話さないか」

「ブランデー？　何の酒だ」

兄上が差し出したガラス瓶は、いかにも西洋のものらしい素敵な形をしていて、中の液体は琥《こ》珀《はく》色に輝いている。葡萄《ぶどう》から作られた酒だというから、カネも香りだけ嗅がせてもらったが、それだけで咳き込むほどの、何ともいえず強烈で芳醇《ほうじゅん》な香りだった。

8

兄上は、札幌で無事に澱粉製造の機械を買い付けてきていた。

「岡田佐助《おかださきち》という人の店でな、もう金も払った。こっちの準備が整い次第、送ってもらう手はずになっている」

その経緯を一通り聞いて勝は興奮し、さらにまた、自分はまだ一度も訪れたことのない札幌という街の様子や、新しく出会った人の話などを聞いて、しきりに感心したり面白がったりしていたが、呑み慣れないブランデーを調子に乗ってぐいぐい呑んだせいか、瞬く間に酔いが回ったらしかった。

「こらぁ、どえらゃあ旨まゃあ酒だが、いつも呑んどる酒とはまた、こう、加減がちがっとるもんで」

ふうう、と大きく息を吐き、とろんとした目を天井の梁に向けていたかと思うと、勝はそのまま炉端に横になってしまった。

「ああ、気持ちええでいかんわ。久しぶりに銃太郎の顔も見れて、澱粉の機械の話も聞けたもんで、こう、何やら心持ちがほうっと弛んどる。ちいとだけ、こうしながら話を聞くがね」

その場で肘枕をし、目を閉じたまま、勝は少しの間は兄上の話に「ほんで」「なるほどなあ」などと相づちを打っていたが、少し間が開いたかと思うと、ほどなくして軽い寝息が聞こえてきた。

「いやだ。本当に眠ってしまって」

カネが「風邪をひきますよ」と声をかけたのを合図のようにして、ごろんと仰向けになり、勝はいかにも心地よさそうな表情で、今度は大きく胸を上下させ、軽いいびきまでかき始めた。お行儀の悪い、と言いそうになったカネを、兄上が「いいではないか」と引き留めた。

「寝かせておいてやれ。こういう姿を見ると、こっちも気持ちが和む。やっと帰ってきたんだなという気分になるよ」

兄上は、静かな表情で、まだ茶碗に残っているらしいブランデーを、ちびり、ちびりとなめるようにしている。

「せんも、少し見ない間に大きくなったじゃないか」

「そう見える？」

「ああ、大きくなった。こんなに何にもない土地でも、人は育つのだな」

本当にね、と頷いてから、カネは「それより」と兄上を見た。勝には直接関係のないことだし、さほど興味のない話かも知れないから、むしろ眠っていてくれる方が気をつかわずに済む。

「母上たちの話をもっと聞かせて。それから、横浜の話も」

話の相手をしながら繕い物でもしようと、カネは裁縫道具を引き寄せた。

「ねえ、定次郎の家ってどんなところにあるの？　高崎ってどんな場所？　城下町だっていうんだから、それなりに開けた町なんでしょうね。お母さまはどんなご様子だった？　高崎での暮らしには、もう慣れていらした？　ノブは？　あの子こそ、さぞ大きくなったでしょう」

兄上は「順繰りに話すから」と苦笑交じりで炉端に並べられた酒の肴に箸を伸ばし、髭に囲まれた口をもぐもぐと動かす。その静かな表情を見ていて、カネはふと、兄上の小さな変化を感じた。もともと激しい性格の人ではないが、だからといって取り立てて物静かというわけでもない。その兄上が、二カ月ぶりに会ったら妙に「ひっそり」とした雰囲気をまとっているように見える。物憂げというのでもないが、どこか侘しげな雰囲気だ。もしかすると、久しぶりに内地の空気に触れて、もうオベリベリには帰ってきたくなかったのではないか、やはり都会で暮らしていたいと感じたのではないだろうかと、カネの中に訝しい気持ちが広がった。兄上は、そのままの雰囲気で、定次郎のことや高崎のことなどを話してくれていたが、やがて箸を置くと、「まあ、あれだ」と、一つ大きなため息をついた。

「要するに、俺にとってのこの三年と、内地で暮らしておる人らの三年とでは、時間の流れがまったく違うということだな。つくづく、それを感じたよ」

横浜も東京も、それは目をみはるほどの発展ぶりだそうだ。前にも増して人力車の数が増えたし、道行く人は誰も彼も忙しそうに動き回っていて、モタモタしていたらすぐにぶつかりそうになる。以前よりガス灯が増えたお蔭で、夜も明るい場所が多くなったと思ったら、これからは電灯という、火を使わない明かりも増えていくということだった。

「火を使わんから、火事の心配もいらない。風が吹いても消えんというし」

道行く人の中には洋装姿も多く見かけるようになった。女性の髪型なども変わってきたように見えたという。二十年ほど前、彰義隊《しょうぎたい》が負けた戦の舞台となった上野《うえの》には新しく鉄道の駅が出来て、かつての惨状など忘れ果てたような賑わいだった。そこからは、今では栃木県《とちぎ》と呼ぶようになった下野国《しもつけ》の宇都宮《うつのみや》までも汽車で行くことが出来るようになったのだそうだ。さらに浅草《あさくさ》には「水族館」という、珍しい魚を見せる施設まで出来ていた。兄上の口から次々に出てくる話は、カネにはにわかには想像もつかないような、華やかで変化に満ちていて、また珍しいものばかりだった。

「目が回りそうだわ」

「俺だって同じさ。まるで浦島太郎よろしく、何を見てもきょろきょろする有様だ」

自嘲気味に笑う兄上を見ているうちに、何とも言えず淋しい気持ちになってきた。女学校にいた当時、カネは自分の生活が一般の庶民に比べたら、ずっと西洋化されて進んだものであることを自覚していたし、誇りにも思っていた。また、礼拝の度に横浜の街を歩けば時代の変化というものを肌で感じることが出来た。自分は常に文明開化の真っ只中、いや、その前列にいるのだということを、常に感じられる日々だった。だがオベリベリに来て以来、そんなものとは一切、無縁になってしまった。

「そういう中でずっと暮らしておられる母上でさえ『とてもついていかれない』と言っておられたしな」

「そう――そうでしょうね」

つい、ため息をつきそうになって、今さら愚痴《ぐち》をこぼしてどうなるのだと、自分に言い聞かせる。切なく、空しくなるばかりのことは口にはしない。そう自分に言い聞かせている。

「それで、母上はどんなご様子だった？　高崎に引っ越されて、急に弱られたり、困っておられるご様子はなかった？」

気を取り直すように尋ねると、兄上は、あの母上がそう簡単に変わるはずがないだろうと小さく笑った。

「むしろ以前よりもシャキシャキしておられた。世の中がどう変わろうと、自分は武家の妻として夫の留守を守っているのだと、そう言っておられた」

「父上のお戻りを待っておいでなのね」

「そういうことだ。ご自分からこっちへ来る気は毛頭ないらしい」

その母上を引き取って、定次郎もよくやっているという。定次郎の妻という人も、まずまず出来た人のようだし、つましいながらもきちんと行き届いた暮らしを送っている様子だったと兄上は語った。末っ子のノブだけは母上と一緒だが、現在、その上のみつは横浜の共立女学校におり、次弟の安三郎《やすさぶろう》は築地《つきじ》にいる。つまり、兄弟姉妹みな散り散りになっていた。今回、兄上は、その弟妹たちとも全員と会うことが出来たことを、中でもいちばん喜んでいた。

「俺がしっかりしていないのに、みんな、頑張ってくれている」

そして、父上や兄上が自分たちを置いて北海道へ来てしまったことに対しても、誰一人として恨みがましい思いなど抱いていないことを確かめることが出来たと語ったときには、兄上は心底嬉しそうな、またほっとした表情をしていた。ことに定次郎は、最初に兄上が現れたときの野人のような姿を見ただけで、北の地でどれほど必死に生きているかを感じ取り、胸が熱くなったとも言っていたという。

「『一日も早く、オベリベリの地に新たなる時代の鈴木家が根付くことを願っています』とも言われたよ」

「それなら安心した。定次郎はしっかり、役目を果たしてくれているのね」

「あいつは、俺が散歩中でもついつい畑に目が行くのに気がついて、近所の農家を訪ねてくれてな。それで俺も、高崎あたりの作柄から、今年の出来高やら土のことやら、あれこれと聞くことが出来た」

一方、横浜でも共立女学校は変わることなく、ピアソン校長やクロスビー先生たちは揃ってカネを懐かしがり、母親になったことを祝福し、いつも祈っていると伝えて欲しいと言われたと兄上から聞いて、カネは、また胸がざわめくのを感じた。

今の私を見て、どう思われるか。

いつの間にやら手も足もすっかり荒れて日焼けしており、着た切り雀の格好にアイヌのアットゥシなど羽織って、気がつけば髪だって乱れたままでいることがある。それでも、今もランプの灯火を頼りに聖書を開くことを欠かしたことはなく、朝に晩に祈りを捧げながら生きていることに変わりはないのだ。女学校で教わった通り、可能な限り清潔を心がけて日々を過ごしているし、これほど何もない生活の中でも、何事もおろそかにせず、投げやりにならず、勉強を教わりに来る子どもたちにだって感謝のこころと、挨拶をはじめとする折り目正しさを教えている。この村の誰に対しても、またアイヌにも、いつでも誠実に、分け隔てなく接しようと努めているつもりだ。

だから、恥じることはない。決して。

そう自分に言い聞かせて、それからもカネは針を動かす手を休めずに、兄上の話をしばらく聞いていた。

「みんな、収まるところに収まっていくのかな」

ふと、兄上が呟いた。そのしみじみとした口調に、カネはつい針を持つ手を止めて顔を上げた。

兄上はしばらくの間、囲炉裏の火をじっと眺めていたが、やがて「実はな」と口を開いた。

「札幌で、辻元《つじもと》という人と知り合ったんだ。薄荷《はっか》の製造をしようとしている人だが、肺を病んでいるとかで、難儀しているということだった」

さっき新しく足した薪が、ぱち、ぱち、とはぜて火の粉が踊った。カネは針を針山に戻して、わずかに姿勢を変えた。兄上は、手にした茶碗をゆっくりと揺らしている。薪のはぜる音と勝のいびきだけが、狭い小屋の中に広がった。きれいなガラス瓶に入っていたブランデーは、もうほとんどなくなろうとしている。この瓶を何に使えるだろうかと、頭の片隅でちらりと考えた。

「札幌にいる間に何度か会って飯も食ったし、色々と世話になった」

「いいご縁だったのね」

「その人がな」

兄上は、ブランデーをそっと口に含んだ後、一つ息を吐き出した後で、「その人が」と繰り返した。

「俺が独り身だと知ったら、こう言うんだ」

「何て？」

「妻を娶《めと》るんなら、下等社会から選んではどうかと」

思わず「下等？」と兄上の顔に見入ってしまった。下等社会。何という嫌な響きの言葉だろう。話の続きを聞かなくても、愉快な話ではないことが感じられる。実際、兄上自身、まるで口に合わないものを食べてしまったときのような、何ともいえない顔になっていた。

「うちだって、惨めな没落士族だ。しかも、こんな、道の一本も通っておらんような僻地中の僻地で鍬を振るって生きている。そんな男のところに、内地から条件の揃った婦人が嫁に来るはずがないと、こう言うんだ。だから、下等社会に暮らす婦人はどうだと」

そして、辻元という肺を病んでいる薄荷商は、実は一人、心当たりがあると言ったのだそうだ。会津《あいづ》生まれの十九歳になる娘で、見た目も悪くない上になかなか賢いところもあり、裁縫のうまい娘だという。

「つまり、縁談を持ち込んで下さったの？　その――下等社会の娘さんとの」

兄上はちらりとこちらを見て、小さく頷く。

「辻元さんが言うには、その娘は幼いときに両親を亡くして、行き場を失ったんだそうだ。そのせいで色々と苦労もあったんだろうが、結局いまは――札幌で人の妾《めかけ》になっているということだった。だから、もとはどうだか知らんが、今は下等社会の娘というわけさ」

「ちょっと待って。じゃあ、人のお妾さんを、兄上のお嫁さんにどうかっていうの？」

「まあ、そういうことだ」

兄上は、憂鬱そうに口もとを歪めてため息をついている。

「どういう縁で、辻元さんと知り合いなのかは聞かなかったが、とにかくその娘が言うんだそうだ。出来ることなら妾なんかやめて、ちゃんとした人の妻になりたいと」

「だからって、兄上に？　今も、お妾さんなんでしょう？　そんな――」

「無論、辻元さんにしてみれば、親切のつもりで言ったんだろう」

「それで、兄上は何と答えたの？」

「そんなもの、すぐに答えられるはずがないじゃないか」

その話が出た日の晩は、もともと札幌を発って小樽に移動することになっていたから、話はそのままになっているという。だが、おそらく辻元という人は、兄上にその気さえあるのなら、きっと連絡があると考えて、今ごろは返事を待っているはずだと、兄上はため息をついた。

「どうするの？　旅をしている間に考えたんでしょう？」

「どうするもこうするも、本人と会ったわけでもないしな。俺は——下等社会とか、人の妾とか、そういうことにこだわろうとは決して思わないんだが——思ってはならぬと自分に言い聞かせているんだが——だからといって、そういう人を鈴木の家に迎えるのはどうなのかと考えたりもするし——それが主の思し召しなら、受け入れるまでとも思うし」

兄上が悩むのも無理もない話だ。最初から「下等」呼ばわりされていると知っていて、さらにまた、誰かの囲われものだと承知していて、何のわだかまりもなく妻に出来るものだろうかと、カネだって考えないわけにいかない。第一、その娘が悪い人ではないにしても、噂はきっと駆け巡るに違いない。誰がどこで聞きつけてくるか分からないが、オベリベリの鈴木家では人の妾を嫁にもらったと、きっと言われることだろう。噂には尾ひれがつき、好奇の目を向けられ、あるいは蔑《さげす》まれることとさえあると思う。そんな状態に、兄上も父上も、そして、その娘自身が耐えられるものだろうか。第一、この環境だ。札幌で、人のお妾さんとして暮らしている人なら、おそらく物質的には何不自由なく生活しているのに違いない。この何一つない僻地で汗を流し、土にまみれて生活など出来るものか。

カネがあれこれと考えている間に、兄上は残りのブランデーを茶碗に注いで、それからまたため息をついた。

「俺だって、もう三十だからな。人が心配するのも分からないではないのだ」

実際、高崎の定次郎の家に行ったときにも、おそらく母上が尻を叩いたからだろうが、定次郎はあれこれと縁談を探して歩きまわったのだそうだ。この機会を逃しては、また当分、嫁をもらえる望みが絶たれることを、母上も感じていたのに違いない。

「近所でも評判だという世話焼きのおばさんのところを訪ねたり、知り合いにも声をかけたり、色々としてくれた。嫡男としては、何とも面映ゆいというか格好がつかんところだったが」

「それで、そっちは、どうだったの？」

兄上は、力ない笑みを口もとに浮かべて首を横に振る。

「北海道と聞いただけで、にべもないとさ。おそらく、五、六軒には声をかけてくれたと思うが、まず、そこだったそうだ。北海道。しかも、武家は武家でも没落士族で開拓農民。この二つで、どこもかしこも門前払いに近かったそうだ」

「――それに言い返せるだけの材料も、ないのは確かだものね」

「母上は『だから言わないことではない』と、何年かぶりで会ったというのに、もう目を三角にしてな、その三角の目に涙さ。まいったよ」

これが横浜にいるときならば、兄上ほどの人のところへなら女学校の関係でも教会関係でも、お嫁さん候補など苦もなく探せたと思うのだ。だが、何しろここはオベリベリだった。正直なところカネだって、同性として「是非いらっしゃい」とは言い難い。西洋の文化がどんどんと入ってきて、日々、便利になっていく生活に慣れてしまっている人から見たら、信じられない環境だ。苦労は目に見えている。カネ自身、いくらここで生き抜く覚悟をしているつもりだとは言え、それでも「愚痴は言うまい」と自分に言い聞かせるのは日常茶飯事だし、もしも勝や父上たちが「もうやめた」と言ってくれたら、どれほど嬉しいだろうかと思うことが、数え切れないほどある。

「まあ、独りなら独りで、それも俺の人生だとは、思ってはいるんだがな」

少しして、兄上は半ば諦めたように呟いて、長いため息をついた。

「それに、やっとの思いで嫁さんを探し出してきたとしても、あっという間に逃げ出されたのでは余計に困ることになる。何しろ、女は豹変《ひょうへん》するから」

「そんな女の人ばかりじゃないわ」

「もともと俺には、要するに女運がないのかも知れんのだ。牧師時代にも一度、手痛い目に遭っているわけだし」

そんな淋しいことを言わないでちょうだいと言いたかったが、単なる気休めのような気もして、口に出せない。カネに出来ることがあればいいのだが、それも思いつかなかった。

「――じゃあ、今度の旅は、楽しいばかりじゃなかったのね」

「いや、楽しかったさ。どこに行っても得るものばかりの、実に収穫の多い旅だった。ただ、そういうこともあったということを、カネくらいには聞いて欲しくてな」

兄上は大きく背をそらすようにしてようやく表情を和ませた。

「ここにいれば、やることは次から次へとある。正直なところ、嫁のことなど考えている暇はないさ」

「それはそうだけど――」

「まあ、なるようにしかならん。それも、主の思し召しだ」

カネがどう応えようかと思いを巡らせていたとき、勝が急に大きく咳き込んだ。身体を折り曲げるようにして、苦しげな顔で何度か咳をしていたが、それでも目を覚ますことはなく、咳が治まればまた深い寝息を立て始めた。カネは、兄上と顔を見合わせて笑ってしまった。

「寝ていても人騒がせな奴だ」

「駄目ね、このままじゃあ本当に風邪をひくわ」

立ち上がって掛け布団だけでも持ってこようとしかけたとき、兄上も腰を浮かせた。

「俺も、帰って寝るとするか」

「――そう？　帰る？」

「父上も、待っておられるだろう」

少しばかりおぼつかなくなっている足取りで、兄上は火棚に手を伸ばし、乾かしてあった蓑笠や藁靴を下ろす。

「さすがに、こっちは寒いな」

「もう、根雪になっているんだもの。帰り道、滑らないでね。大分、呑んだわ」

「心配いらん、身体が覚えてるよ」

ゆっくりと身支度を終えてから、兄上は「じゃあな」と軽く手をあげて父上の待つ家へと帰っていった。兄上が出ていった代わりに、土間には冷たい師走の夜風に飛ばされた細かい雪が舞い込んでいた。

第五章

1

明治十九年の正月もオベリベリは変わらなかった。依田さん夫妻の姿こそなかったものの、まず互いの家を行き来しては新年を祝いあい、酒を酌み交わして三が日が過ぎる。その後も勝はアイヌの家に招かれてはカムイノミを楽しんで、時として帰りが翌日になることも珍しくなかった。一方、父上が例年通り「大学」を講義することになったから、そのときだけは欠かさず兄上の家に通って静かな時間を過ごし、また、読みかけだった「南総里見八犬伝」を開く日もあった。昼間はセカチらと狩りに出たり川に魚を獲りに行ったり、また冬場はフシコベツのコタンに預けている馬の様子を見にいったりして過ごす。そうやって一月が過ぎ、二月が過ぎていった。

カネの方はといえば、季節を問わず朝一番の鶏の見回りから始まって、豚の餌を絶やさないように鍋を火にかけ続け、ねずみを獲っていれば猫を褒めてやり、あとはいつものおさんどんと仕立物、そして子どもたちの授業に明け暮れて過ごした。無論、子育てもある。吹雪いてでもいない限りは、引っ切りなしに誰かが顔を出す。父上が二、三日、泊まっていくこともあった。次から次へと用事が出来るから、一日の大半は、まとまって何かを考えるということが出来ない。それでも、たとえば畑が始まったら着ることになる勝や兄上たちのシャツを縫っているときなど、ふと思うことがあった。

もしも、兄上がこのまま一生、嫁を迎えなかったら。

おそらくカネは、これから先もずっとこうして兄上たちの着るものを仕立て続けていくことになるのだろう。場合によっては父上の世話だって引き受けることになるかも知れない。この先さらに子が生まれるようなことにでもなれば、カネは今以上に忙しくなり、家は賑やかさを増す一方だろう。その傍らで、兄上だけがひっそりと一人で暮らし続けるのだろうか。この何もない土地で、頼るべき家族を手に入れることが出来ないとしたら、兄上は何を支えに生きていけばいいのだろう。

「どこかで兄上のお嫁さんになってくれるような人を見つけられないものかしら」

ある夜、食事の時につい切り出すと、一人で茶碗酒を傾けていた勝は、いかにも意外な話を聞いたという顔になった。

「銃太郎は、嫁が欲しいと言っとるのか」

「あなたには、言いません？」

勝は、そんな話は聞いたことがないと首を傾げた。

「今、銃太郎の頭の中は澱粉工場のことで一杯ゃあだがや。それとアイヌのことでよう。最近はフシコベツだけじゃなゃあ、シブサラのアイヌも、銃太郎んとこに働きに来てらゃあすもんで、連中にどういう仕事を割り振りゃあええもんか、畑が始まるまでの間は何を覚えさせようか、そんなことばーっか言っとるがや。メノコにセカチと同じ仕事はさせられんもんでとか、もっとお互ゃあの気持ちをやり取りしたゃあと思うが、今さらカネんとこに勉強を教わりに来させるわけにもいかんし、とか。どえらゃあ忙しのう動いとるもんで」

確かに、ここに顔を出すときでも、最近の兄上は昨年、旅から戻ってきたときの、あの夜の侘しげな表情が嘘のように、いや、むしろ以前よりも潑剌《はつらつ》として見えることがある。だが、それさえもカネには兄上が無理をしているのではないかと思えてしまう。

「あなたは何とも思わないのですか？」

「何を」

「ですから、兄上がいつまでも独り者でいることを」

「思うも思わなゃあも、これも縁だもんで」

「たとえば大津に行ったときなどに、誰かに頼んで下さるとか」

「前に吉沢竹二郎が口をきいたでなゃあか。それを断ったのは銃太郎だろうが。あいつはああ見えて、なかなかに好みがうるさゃあとこがあるもんで」

確かにそんなこともあった。カネは思わず「選り好みをしている場合かしら」と自分の頬をさすった。

「まあ、どこをどう探したところで、カネみたゃあにあっさりとここに来るおなごなんぞ、そうはおらんわな」

「あら、あっさりだなんて」

カネが心外だというつもりで唇を尖らせると、勝は「違っとるか」と、いかにも驚いたという顔をする。今日はアイヌのカムイノミもなく、他に出かけるあてもなかったらしく、嬰児籠《えじこ》の中で機嫌良く笑っているせんの顔を眺めながら、勝は夕暮れから一人でちびちびと酒を呑んでいる。日中は雪の中を南に六キロほど離れたウレカレップという場所まで猟に行ったのだが、帰ってきて風呂にも入ったから、身体はほどよく温まっている様子だった。その証拠に、つやつやとした頬のあたりに赤みがさしている。

「ほんで、迷ったのか」

「考えないわけがないじゃありませんか。母上は猛反対だったし、女学校の仕事も何もかもなげうって、しかもこれほど何もない土地に来るのですもの、簡単に決心できるはずがありません」

茶碗をぐい、と傾けながら、勝は「ふうん」と唸るような声を出していたが、やがて、にやりと口の端で笑った。

「そんでも決心したってことは、だ。つまるとこ、そんだけ、この俺に惚れたってわけだなも」

一瞬言葉を失い、それからカネはつん、とそっぽを向いた。勝は「ほうだがね」と言って、一人でわっはっはと笑っている。

「そりゃあまぁ、仕方なゃあな、俺が、こんだけいい男だもんで」

自分の髭を撫でつけながら、いかにも愉快そうに笑っている勝に向かって、カネはつい「それなら」と顎を突き出すようにした。

「あなたは、どうなのです」

意表を突かれたように、勝の笑顔がそのままになった。カネはその顔をあらためて見つめた。

「あなたは、どうして私を選んだのです？」

勝は宙に浮かせていた茶碗をゆっくりと口に運んでから「さあな」と首を傾げる。その白々しい態度に、今度は少しばかりむっとなった。

「あなただって、たった一度会ったきりの私に――」

「そらゃあ、親父どのが熱心にすすめるし、何といっても銃太郎の妹だし――第《だ》ゃあいち、北海道に行くのに嫁がおらんとなると、そらゃあ何かと不便に違ゃなゃあと、周りからさんざん言われたもんで」

「それだけ？」

「他に何がある？」

「まあ、憎らしい」

　カネが本気で腹を立てかけているのに、勝はさも愉快そうにわっはっはと声を上げて笑っている。それにつられたかのように、嬰児籠の中でせんまでが笑い声を立てた。勝は、ここぞとばかりせんの顔を覗き込んだ。

「なあ、面白ぇなあ、せん。おまゃあのおっかさまが怒っとるぞ。おー、ほれ、怖ゃあ顔しとるがや。うん？　何だ？　なになに？」

　笑っているせんに顔を近づけ、耳を傾けてふん、ふん、と頷いていた勝は、ゆっくりと姿勢を戻した後で、にやりと笑った。

「せんが、言っとるがや」

「何をです」

「ハヤク、オトートガホチー」

　そのふざけた口調と悪戯っぽい表情に、カネは「知りません」とそっぽを向いた。それでも勝は大きく身体を傾けて、カネの顔を覗き込んでは「うん？」「どうした？」などとしつこく言うものだから、最後にはカネの方も根負けして笑い出してしまった。勝がこんなふうにカネの前だけでふざけて見せるのが、実のところ嫌ではない。普段は雄々《おお》しい姿を見せている勝が実に無邪気で愛らしくさえ見えるからだ。どれほど厳しい冬も、我慢を強いられる日々であっても、こんなひとときがあるからこそ乗り越えられるのだと思う。そんなことを感じるとき、やはり頭の片隅では、兄上のことが気にかかっていた。

　天主さま、兄上に祝福をお与え下さい。

　三月に入ると、兄上たちはいよいよ「澱粉同盟」を設立するために動き始めた。当初は村の全員に声をかけたのだが、最終的に兄上のもとに集まったのは、勝の他は五十を過ぎた山本初二郎と、同世代の山田彦太郎、そして最年少の高橋利八という顔ぶれだけだったという。

「そんでも工場さえ出来りぁ、次の収穫から早速、機械を動かすことが出来るがや。澱粉を出荷出来るようにならゃ、そんだけ収入も安定してくる。それを見て、みんな飛びついてくるに違がゃあなゃあ」

まずは五人で工場を建てるための角材の伐り出しからだと、勝も張り切って毎朝、出かけていくようになった。ところが、始めて十日もしないうちに、もう山田彦太郎が姿を見せなくなってしまったと、午前のうちに帰ってくる日があった。

「ただでさえ少なゃあ人数で動いとるもんで、一人でも欠けたら、そんだけで物事がよう運ばんようになるのは重々、分かってらゃあすはずだなも。なのに、みんなで様子を見にいったら、『気が乗らん』とか『うまくいくと思われん』とかしか言わんもんで、とうとう呆れて帰ってきたわ」

「だって、あんなに前々から皆に説明して、誰もが十分に納得した上で、始めたことなのではないですか」

カネも、ここまで来て何を迷うことがあるのだろうかと思わず眉をひそめた。それでも勝は「この村の連中は」と、ため息をつくばかりだ。

「最初っからそうなんだわ。まず皆でまとまろうって考え方がなゃあわな。開墾が進んでそれぞれ軌道に乗るまでだわ、とにかく皆で力合わせて、何をするにも協力し合っていこまゃあと、さんざん言っとるのに、小屋建てるだけでも、もう手伝わん奴は出てくるわ、勝手に休むわ。そんで余計に歩みが遅くなるばっかりでなゃあかって、どんだけ言って聞かしても、まるで効き目があれせん」

囲炉裏端に腰を下ろし、がっくりとうなだれる格好で、勝は「まったく」と低く呟いた。そういえば、これまでにもそんなことがあったと、カネも一つ一つを思い出していた。だからこそ、依田さんも皆の気持ちを一つにしようと聖書の朗読会を思いついたことさえあった。だが、あれも三回ほどで続かなくなってしまった。

翌日も、やはり山田彦太郎は作業に顔を出さず、それにつられるように、山本初二郎も迷うような素振りを見せ始めて、澱粉工場は建て始める前から早くも頓挫《とんざ》しそうな気配が漂ってきた。

「見事にやる気を殺いでくれるよ」

その日、午後になって顔を出した兄上も、半ばお手上げだという表情で肩をすくめていた。

「これは皆のための事業なんだと、何度繰り返し言っても、『どうして俺が他人のために働く必要があるんだ』とか『他にもやらなければならないことがある』と、こうだ。他人のためではなく、結局は自分のためだと、どれだけ説明しても分からん。それに、ここにいる全員が一つのことにかかりきりでなんていられないのが、オベリベリでの暮らしじゃないか。そんなの、とうに分かりきっているはずだ」

「今日は、初二郎さんまで言っとったがや。『おまゃあら馬鈴薯ばっか作れ作れと言っとるが、その馬鈴薯がようけ穫れなんだら、どうしてくれるんだ』とな」

「確かに、この土地の性質が、まだ分からん部分はある」

「ほんでも、去年も一昨年も、他のもんが駄目でも馬鈴薯だけは何とかなったでなゃあかと、いくら言ってもそっぽ向きおって」

勝はしばらくの間、頭を掻いたり髭を撫でたりしていたが、大きく一つ息を吐くと、「どうする」と兄上を見た。

「いっそ今回は、諦めるとするか。銃太郎と俺、それに利八の三人だけでぁ、どうにもならん」

だが兄上は、即座に「まさか」とかぶりを振った。

「そんなわけにいくか。機械だってもう買ってしまったんだぞ。おいそれと諦めるわけにはいかん。予算は晩成社から出ておるんだし、それが一日も早く俺たちの暮らしを安定させる一つの方策だと、さんざん話し合ったではないか」

「それでも、皆さんの意見が一つにまとまらないのでしょう？　いくら兄上一人が一生懸命になったところで、多分、皆さんには余裕がないんだと思うのよ。時間も体力も、あと、気持ちの点でも」

思わずカネが口を挟むと、兄上は口を大きくへの字に曲げていたが、それでもやる意志は変わらないと言った。

「ほんでも今のままでぁ、おそらく晩成社としての事業にはならんだろう。依田くんも、『ほんなら止めだ』と言い出すかも知れんぞ」

兄上は、頭を整理するように口を引き結んで真っ直ぐに前を見据えていたが、それでも考えに変わりはないと言った。

「これが実際に利益の出る、自分たちにも都合のいいものだと分かりさえすれば、連中も涼しい顔をして後から乗っかってくるんだろうと思うんだ。言っては悪いが、そういうちゃっかりしたところがあるからな」

わざわざ札幌まで行って、機械のことから何から調べ上げ、ようやく工場を建てようというところまでこぎ着けた兄上にしてみれば容易に諦めるわけにいかないのも頷ける話だ。カネは兄上が気の毒でならなくなった。

「もしも私が男なら、『しっかりしろよ』って皆の前で言いたいくらい」

勝が「またお前は」と難しい顔をする。

「お前が言ったところで変わらんさ」

兄上も苦笑するから、結局カネは、その場で握りこぶしを小さく振ることくらいしか出来なかった。

「とにかく、あんまり、がっかりしないでね」

帰りがけ、兄上に声をかけると、振り向きざまに兄上はにっこり笑った。カネは、また「おや」と感じた。こんな状況になっているとも思えない、不思議なほど穏やかに見える笑顔だったからだ。

「兄上――何か、あった?」

戸口に向かいかけていた兄上は、「え」という表情で振り向く。

「どうしてだ」

カネは、前掛けで濡れた手を拭いながら兄上を見上げて小首を傾げた。

「何か、いいことでもあったのかなと思って」

「どうして」

「どうしてっていうこともないんだけど」

「――そんなことあるわけないだろう。工場を建てる件が早くもこんな状態で」

それはそうねとカネが頷く間に、兄上は「じゃあな」と帰っていった。その後ろ姿を少しの間、見送ってから、カネは勝の方に向き直った。

「ねえ、あなたは感じません?」

「何を」

「ですから、兄上」

「銃太郎が、なんだ」

「何か、雰囲気が違うような」

勝は「いつもの銃太郎だ」と言ったまま、鉄砲の手入れを始めている。それでは自分の気のせいだろうかと首を傾げていたとき、せんが泣き声を上げたから、そんなことも忘れてしまった。

兄上がいつになく改まった様子で顔を出したのは、さらに日がたった三月末のことだ。このところ晴れた日が続いたせいもあって雪もずい分と減ってきて、草の芽がぽつぽつと見え始めたし、陽射しばかりでなく小鳥のさえずりなどからも春を思わせる日だった。

「うちの人は今、薪を採りに出かけてるのよ」

だから勝に用事があるのなら、と言いかけている間にも、兄上は家に入ってきて何となく手持ち無沙汰な顔つきで土間をウロウロとしたり、嬰児籠の中のせんを覗き込んだりしている。

「なあに」

カネが声をかけると、兄上は黙って懐に手をやった。取り出されたのは、折り畳んだ紙だ。カネは、手紙のように見えるその紙を見つめていた。ひょっとして内地にいる家族の誰かからか、または横浜から来た手紙だろうかと思ったからだ。

「ちょっと、見てくれないか」

カネは差し出された紙を受け取って、兄上を一瞥した後でそっと開いてみた。一見して兄上のものだと分かる几帳面な書体で、七言絶句の詩が書き連ねてある。

「なあに、これ」

よほど自慢の詩でも詠めたのだろうかと想像しながら目を通し始めてすぐ、カネは自分の心臓がとん、と跳ねるのを感じた。

「兄上、これ——」

見上げると、兄上はひどく緊張した顔で、髭に囲まれた唇を引き結んでいた。

2

郎吾妻男且搢紳　妾蝦夷女身殊貧
世評難逸従来在　速垂恩寵結親姻
雪浄胡天春尚寒　晩来小女吹笳嘆
老婆頑固都如鉄　遮莫有情意不安
白日尋思解語花　夢為胡蝶戯南華
無情昨夜蕭蕭雨　一朶紅桃含露斜

あなたはヤマトの身分のあるお方。

私はアイヌで貧しい身の上。

本当なら、世間に何を言われるか分からない。

それでも神のお恵みと共に、私はあなたのものになりたいのです。

雪は蝦夷地の空を清め
春になってもまだなお寒い。
日暮れどき、あの娘は嘆くような音色であし笛を吹く。
それにしても年老いた彼女の母親の、なんと鉄のようにかたくななことよ。
どれほどの気持ちがあったとしても、それが心を不安にさせる。

昼間は花のようなあの娘を思い続け
夢と現実の狭間が分からないような眠りに、荘子《そうし》の胡蝶《こちょう》の夢を思い出す。
無情にも、昨夜は雨がもの悲しく降った。
あの美しい娘にも似たひと枝の紅桃《こうとう》の花が、露を含んでさらに枝垂《しだ》れていた。

胸が詰まるような気持ちになった。これほど率直に飾り気なく人を想う詩を、かつて読んだことがあっただろうか。しかもこれは、目の前の兄上が作ったのだ。何と言ったらいいのか、咄嗟に言葉が思い浮かばなかった。

「これを――」

何度か繰り返し兄上の文字を追った後、ようやくそっと紙を畳みながら、カネはまだ自分の中で言葉を探していた。知らなかった。まさか、兄上の身にこんなことが起きていたとは。こんな形で兄上の気持ちを打ち明けられる日が来ようとは。

「――お相手には、見せたの?」

紙を返しながら何とも決まりが悪いというのか、気恥ずかしい思いで、やっと兄上を見上げる。

兄上は「いや」と小さく首を振った。

「書いてある通り、相手はアイヌの娘だからな。文字は、まるで読めん。会話もごく簡単なものばかりだ」

「――ええと、どこの、何という人？」

「名はコカトアン。シブサラの惣乙名、サンケモッテの娘だ」

「コカトアン――歳は？」

「十八だと言っていた」

十八歳のアイヌの娘に、この兄上が恋をしたというのか。そして詩を読む限り、彼女との結婚を望んでいる。立場の違いや周囲の風当たりは承知した上で、しかも相手の母親まで反対しているというのに。

「彼女の気持ちは本当に確かめたの？　簡単な話しか通じないのでしょう？　そのう――兄上の、勝手な思い込みなどではない？」

「それが、アイヌには、互いの思いを伝える方法があるのだ」

兄上は自分の手を差し出して見せる。そこには刺繍を施されたアイヌの手甲《てっこう》が巻かれていた。少し前から使っているのは知っていたが、兄上のところに働きに来ている誰かが、親切心か何かの礼の意味でくれたのだろうというくらいに、簡単に考えていた。

「コカトアンが作ったものだ」

アイヌの女性は自分の思いを伝えるとき、こうして手作りの手甲を相手の男性に渡すのだと兄上は言った。男性がそれを身につけたとき、女性の気持ちを受け入れたことになる。対して男性からは、女性にマキリと呼ばれる小刀を贈る。女性が受け取れば、やはり男性の気持ちを受け入れたことになるのだという。

「そんな意味があるの？　兄上、よく知ってるわね」

「うちに来ているセカチらが、年から年中そんなことを言っているからな。自分もいつかきれいな娘から手甲を贈られたいとか、誰それにマキリを贈ろうと思うとか」

「それなら、兄上も、コカトアンにマキリを渡したの？」

「アイヌのように上手には彫れんが、それなりに苦心して作ったよ」

兄上は、ほう、と息を吐き出して、ようやく緊張が解けたらしい表情で炉端に腰を下ろす。カネも囲炉裏の反対側に腰を下ろして、やはり同じように大きく息を吐き出した。

「つまり、二人はもう、お互いの気持ちを確かめ合ったんだ——将来も、約束したということなのね」

アイヌの娘と、と、カネはまたため息をついてしまった。別段、アイヌが悪いというわけではないのだ。横浜にいたときだって、西洋人と結婚する日本人は見てきた。人を好きになるのに、髪や瞳や、肌の色などは関係ないと、それらの人々の幸せそうな表情が語っていた。それは分かっているつもりだが、一方では、なぜよりによってアイヌの娘なのだという気持ちもこみ上げてくる。

「父上は？」

兄上は俯きがちのまま、ゆっくりと首を横に振った。

「まだ話していないのだ。この前来たとき、お前に『何かあった』と聞かれて、お前の勘の良さに内心ひやりとなった。それで、お前には隠しておけんと思ったから」

「——父上は、何とおっしゃるかしら」

兄上は手甲をした両手を祈るように組みあわせている。

「まず、鈴木の嫡男という立場を、どう考えとるんだと、言われるだろうな」

「そう、でしょうね」

「だが、きちんと話せば分かって下さるはずだと思っている。これも主の思し召しだと、最後には許して下さると思うんだ」

「確かに、少なくとも、分かろうとして下さるとは思うけれど――でも父上は、私が勝さんと一緒になる前に言っておられたわ。『こういうことには釣り合いが大事なのだ』って」

「釣り合い、か」

「そういう点では、相手がアイヌでは、どう思われるか。惣乙名の娘と聞けば、立派な家なのかとも思うけれど」

「まあ――そうだな。それで、おまえはどう思う?」

カネは「私?」と、返答に詰まった。このところずっと、どうにかして兄上にいい縁談がないものかと考えていた身としては、出会いがあったことを心から喜んであげたいとは思うのだ。それでも、どうしても考えてしまう。人間そのものに変わりはないではないかと思う一方では、面倒なことになるのではないかという心配もあるからだ。暮れに聞いた「下等社会」の話とは違っていたとしても、やはり周囲から好奇の目を向けられることは間違いがない。この村の人たちは何かと新しいことを嫌うことは、もう分かっている。そして、頑なだ。そんな人たちが、兄上の嫁取りを心から祝福してくれるものかどうか。

「私は――」

それに、オベリベリで生活するようになって初めてアイヌと身近に接することで、カネなりに学んでもいた。彼らには彼らの文化があり、生活があり、そして神がいる。これは良し悪しや優劣の問題ではない。それほど異なる環境で生まれ育った人を妻にして、果たしてうまくいくものなのか。そこが分からない。それでもカネは、兄上に味方したいと思った。この兄上が、初めて添い遂げたいと思う人と出会ったのだ。

「私は——兄上次第だと思う」

兄上が、どこまでその娘を守ってやることが出来るか、和人の暮らしに馴染ませることが出来るか、そして、天主さまの教えを理解させることが出来るか。

視界の片隅では嬰児籠に入っているせんが、すやすやと眠っているのが見えている。そう、生まれてくる子のことだって考えなければならないだろう。二人の間に子どもが生まれれば、その子は間違いなく「あいのこ」と呼ばれることになる。女学校にいたときに何人も見たように、ただ両親のいずれかが和人でないというだけで、生まれ落ちたときから重荷を背負わされて生きなければならないとも限らない。

「兄上が、相当の覚悟をしないと」

立ち上がって、竃にかけてあった鍋を囲炉裏まで運びながら、カネは、「その人を守り切るだけの」と言葉を続けた。鍋を囲炉裏にかけ、ついでに薪を足しているとき、ふと思いついた。

「その人、刺青《いれずみ》は?」

アイヌの女性たちの多くは、未だに口の周りに刺青をしている。御維新のすぐ後に明治政府が禁止令を出したということだが、カネが見る限り、それが守られている様子は、あまりなかった。女性はある程度の年齢になったら刺青をしなければ神の怒りを買うと信じている人の方が多いからだ。カネの目から見ると、せっかくの美しい顔が刺青によって台無しではないかと思うような女性もいるのだが、彼女たちにとっては、それが文化であり、また誇りのようだった。兄上は、もちろんだというように頷いている。

「それでは、横浜などに行くことがあったら、さぞ目立ってしまうわね。横浜どころか、多分、函館だって」

「俺は、あいつをどこへも出すつもりはないんだ。あいつはここにいて、この土地で生きていく。それが一番の幸福だと思う」

そんなことを言ったって、もしも晩成社が立ちゆかなくなったときには、内地へ戻るより他どうしようもないのではないかと思ったが、それを口に出す前に、兄上が「俺は」と改めて前を向き、口を開いた。

「この地に根を下ろすと決めたのだ。鈴木銃太郎として、この地で生きて、生き抜いていく。どんなことをしても」

「コカトアンと？」

兄上は、今度はしっかりとカネを見つめて頷いた。滅多なことでは激することもなく、常に理路整然と物事を考えて、冷静に、生真面目に生きてきた兄上だ。だがその一方では、一つのことに夢中になると、寝食も忘れて打ち込むところがある。一途になりすぎる。開拓しかり、澱粉工場しかりだ。だからこそ、ここは早まらずに、落ち着いてよく考えて欲しいとも思う。

「もしも一緒になったら、生まれてくる子どものことも考えなければならないのよ」

「分かってる」

「母上や、弟たちのことも」

「ああ、分かってる」

「特に母上が、このことを知ったらどうなさるか」

「よくよく考えた」

兄上は膝の上で握りこぶしを作っていたが、「あの娘は」と、今度は手甲をつけた両手のひらを上に向けて、大切な何かを捧げ持つような仕草をした。

「まるで長い間、土の中に埋もれたままになっていた、澄みわたった玉のような娘なんだ。都会も知らず文明も知らない代わりに、誰よりも純粋で、何一つとして手垢のようなものがついていない。疑うことを知らず、どんなことも真っ直ぐに受け取る」

つい数カ月前には、いかにも侘しげな表情で、自分には女運がないのかも知れないと嘆いていた兄上だった。それが今こんな表情になっていることが、嬉しくもあり、また半ば信じられない思いでもあった。

それが天主さまの思し召しなら。

夕方になって勝が帰ってくると、カネは待ちかねたように兄上の話をした。

「何だって？　銃太郎が？」

手と足を洗いながら、勝も呆気にとられた表情で目をむいた。

「いつの間に、そんなことになっとったんだがや」

「お正月明けから手伝いに来てたシブサラの人なんですって。何とかいう惣乙名の娘さん――あなた、その人をご存じだった？」

「いや、知らん――知らんというか、知っとるかもしれんが、そんなつもりで見とらんもんだで、覚えとらんがや」

それからカネの話を一通り聞いた勝は、コカトアンの母親が承知していないらしいと知ると、

「お互いに丈母《じょうぼ》では苦労するというわけか」と苦笑を洩らした。

「まあ、俺の場合はこっちに来てまったから今になってどうってこともなゃあが、銃太郎は、これが厄介だがや」

囲炉裏端であぐらをかく勝の前に、いつものように晩酌用の徳利と湯飲み茶碗を並べ、囲炉裏にかけてあった鍋から、これもいつもと変わらない鮭と野菜の煮物を盛りつけながら、カネは「うまくいくものなのかしら」と、ため息をついた。

「出来ることなら周囲の皆から祝福してもらいたいのに」

「まずは本人がここぞとばかり気張らんことには、どうもならんがや」

とりあえずこの一杯を呑んだら、早速、銃太郎に会いに行ってこようと、勝は勢いよく茶碗酒をあおった。

「ついでに、そのコカトアンか、そのおなごにも会ってみたゃもんだ」

そそくさと出かけていった勝を送り、手早く夕食を済ませてしばらくすると、いつものように子どもたちがやってきた。その中には、兄上のところで働いているアイランケもいる。カネがオベリベリへ来た当初はまだあどけなさの残る少年だったが、最近は身体も大きくなって、目鼻立ちも男っぽく見えるようになった。兄上のところへはきちんと通ってきているようだが、勉強の方は前触れもなく姿を見せなくなって何日もそのままになったかと思うと、またしばらくしてひょいと顔を出すという具合で、今ひとつ集中しきれていない。

「パラパラ・ニシパのところには、セカチもメノコも増えたようね」

カネがさり気なく尋ねると、アイランケは面倒くさそうに頭を掻きながら「そんな感じ」と答える。

「ねえ、コカトアンというメノコを知っている？」

「ああ、シブサラの」

「どんな人？」

「よく、知らない」

「見た感じは？」

アイランケは、やはり頭を掻きながら「うーん」と考える顔をした後で、「きれい」と言った。

「そう、きれいなの。それから？」

するとアイランケはまた半ばふて腐れているようにも見える顔つきで、それでも一応は左右に首を傾げたりした挙げ句、「髪が長い」「笛がうまい」と言った。カネはアイランケに微笑みかけて、その埃《ほこり》っぽい頭をぽんぽん、と軽く撫でてやり、いつもの授業に戻った。

「まあ、なるようにしかならんわ。あとは銃太郎の頑張り次第ゃあだわ！」

夜が更けてから酔って帰ってきた勝は、それだけ言うと「呑んだ呑んだ」と繰り返し、さっさと布団に潜り込んでしまった。それからはカネがいくら身体を揺すっても面倒くさそうな声を出すばかりで、じきにいびきをかき始める。いつものことだが、呆れるほどに寝つきがいい。せんも、とうに寝ている。しん、とした狭い家の中で、カネは聖書を開いた。

〈――あなたがたが、いろいろな試練に会った場合、それをむしろ非常に喜ばしいことと思いなさい。あなたがたの知っているとおり、信仰がためされることによって、忍耐が生み出されるからである――〉（ヤコブの手紙第一章二、三）

兄上も、この言葉を思い出しているだろうか。祈っているだろうか。この言葉の意味することを、いつか、コカトアンという人にも教えてやることが出来るだろうか。カネは一人で様々に思いを巡らせながら、天主さまに祈り、そして眠りについた。

3

四月に入って早々、兄上が中心となってせっかく結んだ「澱粉同盟」が解消されることになった。山田彦太郎は何があっても再びこの計画には参加したくないと言って譲らなかったし、それに引きずられるように山本初二郎もやる気をなくして、結局は空中分解のような格好になったからだ。

「せっかく工場を建てるための角材だって伐り出したのでしょう？」

勝からその話を聞いたとき、カネは自分までやるせない気持ちになった。

「これっぽっちの小さな村で、どうして一つにまとまれないのかしら、もう」

「そんでもやっぱり銃太郎だがや。この前言っとった通り、一人でもやる気だもんでね。これまで皆で伐り出した角材はぜーんぶ自分が買い取ると宣言しおった」

勝は「言い出したら聞かん」と諦め半分に笑っている。

「嫁さんももらうもんで、余計に張り切っとるわ」

「でも、それではまた晩成社への借金が増えるだけではないですか」

それに、兄上一人で引き受けるのだとしたら、もしかしたら澱粉製造の機械まで、兄上の借金になってしまうのではないか。カネは、いよいよ心配になった。

「分からんぞ。澱粉がたくさん出来さゃあしたら、機械の借金なんかあっという間に返せるかも知れんわ」

そうなったら、勝もすぐに澱粉製造に加わろうと言って笑っている。

「そん時ぁ、他の連中も加わるに違がゃあなゃあ」

借金があるのは兄上の家だけではない。何しろ去年も一昨年も、ろくすっぽ収入がないままで、どうにか生きながらえてきたようなものなのだから、どの家も晩成社からの借金で、がんじがらめの状態だ。だからこそ、誰もが常にどこかで息苦しさを感じている。それが気持ちの余裕を失わせているとも考えられた。もっと畑が広がって、作物さえ順調に出来るようになれば、人々にも笑顔が増えるに違いないし、もっとゆとりが出てくるはずだ。今年こそ、その第一歩になって欲しい、澱粉工場は、その足がかりになるはずだったのではないかと、カネはまだ悔しい気持ちでいた。

翌日、兄上が雪道を跳びはねるようにやってきた。ちょうど外で指をかじかませながら洗濯をしている最中だったカネは、揃えた両手に息を吹きかけながら、肩を上下させて白い息を吐く兄上を「どうしたの」と見上げた。

「父上が、疝癪《せんしゃく》を起こした」

「えっ、お薬は？」

「百草丸《ひゃくそうがん》を飲んでいただいたが、効いてこないのだ。それで、カネを呼んで欲しいと言っておられる。おまえに背中を押してもらうと楽になるからと」

こうしてはいられなかった。カネは大急ぎで囲炉裏の火の具合を見た後、せんを負ぶって兄上と一緒に家を出た。勝は朝から薪を採りに行っている。

「それで兄上」

真冬の頃と違って、降ってもすぐに解ける雪の中を歩きながら話しかけた。

「あれから、どうなった？　結婚の話」

「どうもならん」

「まるで？」

「父上には話をしたが」

思わず歩みが遅くなりかけた。だが兄上は、それにも気づかないように、すたすたと先を行こうとする。小柄なカネと比べて、長身な上にズボン姿の兄上は余計に歩幅が広いから、あっという間に置いていかれる。カネは慌てて小走りに兄上に追いつき、「それで」と兄上を見上げた。

「父上は、なんて？」

「何も」

「何も？」

「『そうか』と言われただけだ」

ところどころ雪解け水がたまっている場所がある。ささやかな音を立てて細い川が流れる脇の、ただ踏み固めただけのような小道を、泥濘を避けて歩きながら、カネは、父上はどうお考えなのだろうかと心配になった。

兄上の家に着くと、父上は布団に横になって痛みに顔を歪めていた。せんを近くに寝かせて、カネは父上の背後に回り、父上の背中を撫でるようにしながら柔らかく押し始めた。父上がうめき声ともつかない息を吐く。

「ああ、少し楽になるようだ」

「百草丸が効いてくれるといいのですが」

しばらくそうして続けていると、父上は力のこもらない声で兄上を呼び、あとはカネがいるから大丈夫だと言った。

「仕事をすることだ。おまえがそこにいても、仕方がない」

「そうですが」

「こういうことは昔からカネが上手なのだ。だから、おまえはわしに構わんでいい。仕事をしなさい」

兄上が黙って外へ出て行った後もしばらくの間、カネは黙って父上の背中を押し続けていた。もともと疝癪の持病などないはずだが、考えてみれば御維新の後は、東京へ出てきて養蚕の仕事に失敗したときや、耶蘇教の講義所に襲撃をかけられたときなど、父上はこうして苦しみ出すことがあった。その度に母上は「情けない」などと嘆きながら薬を煎じ、またカネは幼いながらも今と同じように、父上の背をさすった。

「――おまえは、聞いておるか」

やがて、うめき声のようなものが次第に収まって、心なしか、硬く強《こわ》ばっていた背中も少しはほぐれてきたように感じられた頃、父上の声が聞こえてきた。

「何をです？」

「銃太郎の――結婚のことだ」

「――何日か前に」

「昨夜、聞かされてな――わしはすぐに返事が出来なんだ。あれこれと考えておるうちに外が白んできたと思ったら、急に癪が起きたのだ」

ああ、では、これは兄上のことが原因なのか。いきなりアイヌの娘と結婚したいと言われて、臓腑に響くほどの衝撃を受けたのかと思ったら、父上が気の毒になった。気がつけば、五十五も過ぎておられる。もしかしたらカネが思うよりも老いてこられているのかも知れなかった。

「昨夜、銃太郎は言いおった。もし、わしがこの結婚に反対するようなら、自分はもう一生、誰と所帯を持つこともなく、この地で、ただ一人で生きて一人で死んでいく覚悟だと」

うーん、と呻《うめ》くような声を出しながら、父上は身体の向きを変えて仰向けになった。そして、また大きく息を吐く。すっかり数を減らした白髪交じりの頭髪が乱れていた。

「この地で生きていくと決めた以上、ここに根付いて、鈴木の家として栄えて欲しいに決まっておるのに、あれは、そう言ったのだ。一人で死んでいくと」

「——それだけ一途に思っておられるのでしょう、その人を」

「親として、そんなことをさせられると思うか。無論、この村はまだこんな状態じゃ。わざわざ内地から来て、この暮らしに耐え、共に汗を流してくれるおなごが、そうはおらぬに違いないことも分かっておる」

「その娘さんなら、もともとがこの人なのですから、苦労を苦労とも思わずに耐えてくれるのではないですか？　兄上の暮らしぶりだって、よく承知しているのでしょうから」

父上はちらりとこちらを見てまた天井に視線を戻す。それから、まだ痛みが残っているらしく、ぐっと眉根を寄せて目を閉じた。呼吸にもまだ多少の乱れがあって、その都度、布団の下で胸が上下するのが分かった。

「——そうかも知れん。だが、アイヌじゃ」

「天主さまが、お導きになったのではないでしょうか」

父上は眉間の皺をぎゅっと深くして、ただ深い息を吐くばかりになった。兄上を、そしてカネを、さらにまた妹たちを耶蘇教へといざなったのは、もともとは父上だ。父上が聖書の教えに目覚め、自ら講義所を開いたり上田まで布教に行く姿を見ていなければ、子どもたちだって今とは違った道を歩んでいたに違いない。カネだって、勝と一緒になることもなかっただろう。そのことは、父上自身が一番感じているはずだった。

「それにしても、向こうのお母さまが、反対なさっているようですね」

「――それについては、とにかく真心を示すしかないと思っていると、そう言うておった。アイヌの世界では、結婚に関しては本人の意思がいちばんなのだそうじゃ」

「では、コカトアンの気持ちに間違いがなければ、一緒にはなれるということですね？」

「そうは言うても、出来ることなら親の許しを得たいに決まっておる。銃太郎も、そこはよく承知しておって、出来るだけの努力はするつもりだそうだ」

「兄上のことですもの、一生懸命にやるでしょう」

カネが微笑みかけたとき、父上がまたうめき声を上げた。

「向こうの母親は、何とか説得出来たとしても――」

「うちの母上、ですよね」

「おそらく、半狂乱になるじゃろう。直は耶蘇教も嫌いじゃ。北海道のこともアイヌのことも何一つ知らぬ。ただの思い込みで、どんなことを言うか分からぬ」

父上がまた横向きになったから、カネは再び父上の背を撫でたり押したりしながら、「ねえ、父上」と出来るだけ穏やかに話しかけた。

「兄上に味方をしてあげられるのは、私たちだけです」

「――分かっておる、分かっておる。だからわしは、もう、何も言うまいと思うておる。そう、決めた」

それが、父上が悩んだ上に出した結論のようだった。カネは、それ以上は父上に話しかけないまま、ひたすら背をさすり続けた。ずい分そうしていて、気がつくと、父上は眠りに落ちた様子だった。静かな寝息を確かめてから、カネはそっと布団から離れ、せんを負ぶった。しばらくはそばで様子を見ていたいと思うが、書き置き一つ残さずに出てきたし、洗濯も途中のまま、まだまだすることが山ほどある。

物音を立てないように外に出ると、雪がちらつく中で、兄上は薪割りをしていた。歩み寄って話しかけようとしたときに、その向こうで、小柴をまとめている若い娘の姿が目に入った。額にヘコカリプと呼ばれるアイヌの鉢巻きを巻いて、その下からは黒く艶《つや》やかな髪を波打たせ、はっきりとした濃い眉とすっと通った鼻をしている。遠目にも大きめに見える口もとは、刺青のために違いなかった。

「兄上」

カネが声をかけると、兄上と同時に、その娘も顔を上げた。カネはゆっくりと兄上に歩み寄りながら、視線はその娘に向けていた。兄上が気づいて、自分も娘の方を振り返る。それから娘に向かって手招きをした。娘が、気後れした様子で歩み寄ってきた。

「コカトアンだ」

カネは、その娘を真っ直ぐに見た。彫りの深いアイヌらしい顔立ちをしている。何よりも二重まぶたの美しい目元が特徴的だ。薄茶色の瞳で彼女は少しの間カネを見つめ、すぐに長いまつげを伏せた。

「カネです」

カネが自分から口を開くと、コカトアンは俯いたまま、「私はコカトアンです」と小さな声で言った。それから、そっとこちらを見る。カネは、その瞳に向かってにっこりと微笑んで見せた。するとコカトアンも、半ば躊躇うような表情のまま、ぎこちなく頬を緩める。

「コカトアン、前に言ったろう。カネは俺の妹だ。心配するな、怖い人ではないから」

兄上がコカトアンに話しかける。その表情を見ていて、カネはまた、「ああ」と思った。兄上の目つきが、この上もなく優しげに見えたからだ。兄上は本当に、この娘のことを思っているのだということが、それだけで分かる。むしろ愛おしくて愛おしくてたまらないのを、辛うじて表に出すまいとしているようにさえ見えた。そして、その視線を受け止めるコカトアンの方もまた、その大きな瞳一杯に、尊敬とも愛慕とも受け取れる、何とも言えない甘やかな表情をたたえている。カネは微笑ましいような気恥ずかしいような気持ちになりながら、改めてコカトアンに頷いて見せた。

「私は怖くありませんよ。安心してね」

どの程度の会話が出来るものかよく分からないから、とにかく微笑みかけながら彼女の二の腕の辺りにそっと触れて、それからカネは兄上に向き直った。

「父上、昨夜は一睡もなさらなかったみたい。今やっと少し落ち着いて眠っておられるわ」
二、三日は様子を見た方がいいだろうから、その間は毎日、顔を出すようにするとカネが言うと、兄上は静かに「分かった」と頷いた。そしてまた、コカトアンと顔を見合わせて微笑みあっている。見ている方が照れくさくていたたまれないほどだ。カネは、最後に改めてコカトアンに微笑んで見せてから、早々に帰路につくことにした。
背中のせんの重みを感じて歩きながら、家までの帰り道、何度となくコカトアンという娘の顔を思い浮かべ、兄上の嬉しそうな顔を思い出し、そして、痛みに耐える父上の背中を思った。父上にだって言いたいことは山ほどあるのに違いない。だが、兄上のために口を閉ざすと決めたのだ。そして、あの娘の舅《しゅうと》となる。嫁となるコカトアンに、果たしてどう接していくだろう。そして、これまで続けてきた男二人の暮らしは、どんな風に変わっていくだろうか。とにかく、穏やかで安らかなものであって欲しい。正直なところ、遠く離れている母上のことは、この際二の次になっても仕方がなかった。

依田さんが戻ったという知らせがもたらされたのは、その日の夕方のことだ。知らせてくれた高橋利八は、「そんでよ、そんでよ」と意気込んだ表情になっていた。

「新しい小作人も一緒だに」

「小作人？」

「大人が四人に、あと、女の子が一人おる。伊豆から連れてきたらしいわ」

利八は、おそらく依田さんがうまいことを言ったのだろうと言う。

「それで、依田さんは？」

「今まだ、舟から荷を下ろすのを、あれこれやっとるわ」

「リクさんは？」

「おるわけねえら」

利八が吐き捨てるように言ったとき、ちょうど勝が帰ってきた。利八から依田さんの帰りを知らされて、すぐに「そうかね」と家を出て行く。カネは再び自分の仕事に戻りながら、果たして依田さんは、兄上の結婚話をどう思うだろうかと考えた。だが翌日になっても翌々日になっても、依田さんは姿を見せない。どうやら、新しく着いた小作人の住まいの準備などで忙しい上に、長い留守の間にたまっていた仕事もあるらしいということだった。

三日ほどして、父上の体調もすっかり戻った頃、兄上がやってきた。今日もまた、これまでになく興奮した顔つきをしている。

「父上の許しが出たのだ。それから、向こうのおふくろどのも」

「おう、そうかね！　よくやったな、銃太郎！」

勝は早速、祝杯をあげようと言って、カネに徳利と茶碗を持ってこさせる。カネも思わず胸のつかえが下りた気持ちで、いそいそと酒と肴を用意した。

「おふくろどのはアイヌの言葉しか話さんのだ。コカトアンは、通訳出来るほど我らの言葉が話せるわけではない。だから、ここはモチャロクに頼んで一緒に行ってもらった。俺のこともよくよく説明してもらったよ」

「それぁ、モチャロクにはたっぷり酒を呑ませんといかんな」

「ああ、本当によくやってくれた。まず、コカトアンを嫁にしてもアイヌとのつきあいを断たせるつもりもないことを、何度も話して分かってもらった。それから、他に妻はとらん、コカトアンだけだということも。どうも、これまでの和人はアイヌの娘を無理矢理に犯したり、拐《かどわ》かしたり、ろくなことをしてこなかったようだ。それを、おふくろどのは心配しておるのだ」

「ほんで、最後には納得したわけか」

「まだある」

「何だ」

「よくよく聞いてみると、向こうの心配は、要するにこの先、自分がどうやって日々、暮らして、食っていくかということなんだな。惣乙名だったサンケモッテは何年か前に死んでいて、おふくろどのは足が悪い。コカトアンにはタカサルという兄貴がおるが何しろ若いし、家の中のことは出来んだろう」

「つまり、頼りになるのはコカトアンだけというわけか」

兄上は大きく頷き、だからこれから先は、自分はコカトアンの家の長兄にもなったつもりで、まず畑の指導をすると約束したのだそうだ。無論、自分たちの畑で穫れたものも運んでやる。猟の腕前はタカサルにはかなわないかも知れないが、それでも川で魚が釣れれば魚を、猟で獲物があったときにはその獲物を、可能な限り運ぶつもりだと言って聞かせたという。もちろん、コカトアンも時間さえ出来れば家に帰らせるようにする。

「大丈夫なの？　そんな約束をして、私たちの暮らしだって、さほど安定しているとは言えないのに」

カネが口を挟むと、兄上はこちらを振り返って自信に満ちた表情で頷いた。

「そうやって頼りにされた方が、こちらも励みになるというものだ。俺は、あの人たちのためにも畑を拓く。そう考えることにした」

カネは思わず勝と顔を見合わせた。

「愛だなも、愛！　アガペだがや」

勝は顔をくしゃくしゃにさせて茶碗を大きく傾け、一気に飲み干したところで、兄上に改めて乾杯しようと徳利を差し出している。兄上も即座に茶碗をあけて、新しい酒を注がれた。

「ほんなら、これからは益々やることが増えるでいかんわ。なあ」

「そうだとも。依田くんはプラウを馬に引かせる専門家を呼んだということだから、その人が着いたら、まず我々も使い方を教わらねばならん。その前に、フシコベツに預けてある馬を引き取りに行かねばな」

「すると、それまでに馬小屋をちゃんとせんといかんということだがや。豚や山羊と違っとるのは、連中はとにかく逃げるもんだでよう。こっちに連れてくるだけで、一仕事になるに違がゃあなゃあ」

「それに、雪が消えてきたところから、畑を広げなければならんしな。そういうときに何なんだが、なあ、カネ」

酒の肴を用意していたカネは、急に名前を呼ばれて水屋に屈み込んだまま顔を上げた。

「これから、コカトアンには和人の妻として色んなことを覚えさせねばならん。俺の方は、まず『いろは』から教えるつもりでおるが、カネ、おまえ、あいつに裁縫を教えてやってくれないか」

兄上はまだ興奮した顔をしている。

「何も針仕事が出来ないわけではない。アイヌのものは仕立ててきたのだから、和人の着物や、シャツやズボンの仕立て方さえ分かれば、呑み込みは早いと思うんだ」

コカトアンが裁縫を出来るようになったら、カネがこれまで引き受けてきた兄上や父上の衣服に関しては、コカトアンに任せることが出来る。肩の荷が下りるような、少し淋しいような気持ちになった。

「義姉《ねえ》さんに、なるんだものね」

この数日、父上の見舞いに行くたびに顔を合わせたが、コカトアンはいつもはにかんだ笑みを浮かべるばかりで、自分からは話しかけてくる勇気もないように見えた。あの娘が安心して心を開き、カネにでも相談ごとをしてくれるようになったらいい。互いに針を動かしながらでも、少しずつ色々な話が出来るようになって、やがて必要以上に遠慮などせずにいられる親戚同士になれたら、どんなにいいだろうかと、カネは改めて考えた。

結局その日勝と兄上とは二人揃って呂律が回らなくなるくらいまで、互いに酒を酌み交わし、大きな声で笑い合って過ごした。

「分かっとるか、銃太郎！　この、カネらってよう、それから、俺もだがや！　ろ、ろんらけお前の嫁取りの心配ゃあをしとったか」

「分かっておる、分かっておるって」

「よおし、分ぁっとるんだな！　よおし！　ほんなら、銃太郎、コカトアンを呼べ！　俺からコカトアンに、銃太郎の嫁となる心得を説いてやるっ！」

「今、何時だと思っておるんだ。コカトアンは今ごろはもう、俺の夢を見ておる！」

「な、なんらとぉ。おまえの夢を見るのか、コカトアンは！　くそぅっ」

少しばかり晩成社の話をしたかと思うと、すぐにコカトアンの話題に戻ってしまい、次に依田さんの話を始めても、いつの間にかまたコカトアンの話になるという具合で、際限がない。カネは呆れたり笑ったりしながら、酔っ払っている二人を見ていた。こんなに嬉しそうで、また饒舌な兄上を見るのは初めてかも知れなかった。

4

数日後の日暮れ時、今日も一日の仕事が終わって、勝が風呂に入ろうと川の水を運びに行っているとき、家の外で誰かの咳払いのようなものが聞こえた。夕食の支度をしていたカネは、一度は気のせいかと思ったが、少しして、今度はもう少し大きな咳払いが聞こえてきたから、腰を上げた。戸口から外を覗くと、少し離れたところに何人もの人影が見える。

「どなた？」

カネが声をかけると案の定、黄昏《たそがれ》の中から「チキリタンネ・ニシパはいるか」という声が聞こえてきた。アイヌは、人の家を訪ねるとき、決して最初から声を出したり戸を叩いたりということをしない。今のように咳払いをしたり、何かの物音を立てたりして、こちらが気づくのを待つのだ。

「チキリタンネ・ニシパに会いたい」

カネが返事をしようとする前に、家の裏手から勝の声が「おう」と応えた。ところどころに残る根雪がほの白く見える他は、薄闇に包まれようとしている中で、人影がわずかに動く。

「どうした、そんな大勢で」

風呂の方から回り込んできた勝が、カネの前に立ち塞がる格好で彼らと向き合った。

「チキリタンネ・ニシパに話したいことがあって来た」

一歩、前に進み出てきたのは、胸まで届くほどの長い髭を生やした男だ。カネは顔を知らないが、勝の方はよく知っているらしく、いぶかる様子もなく「そうか」と頷いている。

「まあ、入ゃあったらええがや」

薄暗がりの中にいた男たちは、誰もがひげ面に加えて彫りが深い顔立ちのせいもあって、表情を読み取ることが出来なかった。彼らは無言で、ぞろぞろと家に入り込んできた。数えたら、七人もいる。

「みんな、シブサラのアイヌだ」

全員を家に招き入れたところで、最後に入ってきた勝が、耳打ちするように低い声で言った。

カネは、それぞれに炉端に上がり込んでいる彼らと勝とを見比べながら、シブサラのアイヌたちが、どうしてこんなに大勢で押しかけてくるのだろうかと首を傾げそうになり、次の瞬間、これは兄上のことと関係があるのに違いないと思いがいたった。まさか、兄上の婚礼に反対するというのではないだろうなと、にわかに不安がこみ上げてくる。彼らは顔なじみになっているセカチたちと違って、中には白髪交じりもいる大人たちばかりだから、ある種の威圧感とも取れるほどの重々しい存在感があった。

「まあ、まず一杯呑むか」

全員が車座になったところで、勝がカネに向かって「おい」と手招きをしかけたところで、七人の先頭に立っていた男が「いや」と制した。

「酒は、呑まない、ニシパ。俺たちは今日これから、まだすることがある」

「何だ、そうかゃあ。ほんでは、まず話を聞こうか」

勝が身を乗り出すようにした。髭の長い男は、まずぐるりと周りの仲間たちを見回した後で一つ、咳払いをした。

「話は、コカトアンの結婚のことだ」

「おう。それがどうした?」

「ニシパたちの神、俺たちのカムイとは違うな」

「そうだがゃあ。違っとるわな」

男たちが全員で顔を見合わせている。カネは、話がどちらに進むものか、それはそれとして、白湯だけでも出してやった方がいいものだろうかと、落ち着かない気持ちで、彼らの話に耳を傾けていた。

「コカトアンは結婚するのに、アイヌのカムイに許しをもらう。これが決まりだ。ニシパ、アイヌの結婚式をするか」

勝が「うーん」と首を捻っている。その間に、男は「もう一つ」と言葉を続けた。

「コタンにトゥスクルがいる」

「トゥスクル？」

「俺たちとカムイをつなぐ。夢を見たら、トゥスクルに聞くとカムイの教え、伝えてくれる。コカトアンの婚礼の日、カムイが言う通りの日にしたら、コカトアンはずっと心配いらないで暮らせる。ニシパ、トゥスクルの言うこと聞くのは、どうだ」

「どうだかな。その辺は銃太郎とも相談せんことには」

「いや、パラパラ・ニシパの前に、チキリタンネ・ニシパだ」

「なんで」

「チキリタンネ・ニシパが『分かった』と言えば、俺たちはパラパラ・ニシパにそのことを言う。パラパラ・ニシパは『分かった』と言う」

勝が、必要以上とも思うほどの大きな声で笑い出した。

「何だ、そらゃあ。そんなこと、決まっとらんがや！　そらゃあ、我らは友でもあり、義兄弟《きょうだい》でもあるが、銃太郎には銃太郎の考えがあろうよ」

アイヌたちは上体を揺らすようにして互いを見合っている。太い眉の下の瞳に宿しているものが、怒りなのか困惑なのか、カネには判然としなかった。それでも、まったく動じている様子のない勝はよく響く声で「まず」と話し出した。

「ここは、忘れてもらってはいかんが、コカトアンは確かにアイヌの娘だ。ほんでも、銃太郎と結婚するということは、我ら和人、シサムの嫁になるわけだがや。なあ？」

男らは真剣な表情で大きく頷いている。

「ほんなら、婚礼の儀式については、シサムのやり方で行うのが、筋でなゃあか？　特に銃太郎は俺んとことおんなじ耶蘇教だもんで、あんたらの言っとるカムイとは違っとるが、俺らにとっての天主さま——カムイがおられる。俺や銃太郎が、あんたらのカムイのことも大切にしとるのは、知っとるな？」

男たちはわずかに躊躇う素振りを見せながらも、それぞれに頷いている。その目は揃って一心に勝を見据えていた。

「そらゃあ、たとえ俺たちのカムイとは違っとったとしても、友だちであるあんたらが大切だと思うもんは、俺らも大切にせないかんと思うからだ。そうだろう？　だから、カムイノミのときも、あんたらのしきたりを守る。熊送りに呼んでもらったときも、おんなじだがや」

「それは、知ってる」

髭の長い男が頷いた。勝が「そうだろう？」と身を乗り出した。

「だで、お互い様だがや。俺たちがそうするように、あんたらにも、俺らのカムイに頭を下げてもらいたゃあわけだわ。婚礼の儀式を挙げるということは、そのカムイに、だ、きちんと誓いを立てるということだがや」

髭の長い男が、ぎょろりと目をむいた。

「アイヌのカムイは駄目か」

「駄目なんぞと言うとらんがや。ただ、我らにも神がいることを分かってもらわんとならん」

「——パラパラ・ニシパも、同じことを言うか」

「おそらくな。それに、銃太郎の父上も、それを望まれるはずだなも」

アイヌたちはそれぞれに腕組みをして、中には大きくため息をついているものもいた。

「コカトアンは、アイヌのカムイには誓えないか」

勝は大きく背を揺らして「そんなこたはなゃあ」と顔の前で手を振ってみせる。

「まず、こっちのやり方で婚礼の儀式を執り行ったら、その後で、今度はシブサラに行ってやらゃあいいんでなゃあか？」

「コカトアンは、シサムの嫁になっても、俺たちのコタンに来るか？」

それまで口を噤んでいた別の男が、ぐっと身を乗り出してきた。すると、勝はまた必要以上に思えるほどの大きな声を出して笑った。よく響く大きな声が、目に見えない力となって男たちを押しとどめているように見える。

「当たり前ゃあでなゃあか！　俺らだって年がら年中、シブサラにでもフシコベツにでも行っとるだろうが、ええ？　べつにシサムの嫁になったところで、コカトアンはコカトアンだがや。それに、コカトアンにはおふくろさまがござるだろう？　ほんなら余計、ひっきりなしにシブサラに行くに違がゃあなゃあわ」

「パラパラ・ニシパは、それを許すか」

「もちろんだわ。もしも、だ、もしも、嫌だというようなことがあらゃあ、そのときは俺に言えばええがや。そんときは、俺が銃太郎に、ちゃあんと談判してやるもんだで」

男たちは、またそれぞれに身体を動かして互いを見合う。彼らの緊張が、わずかに和らいだようにも感じられた。勝が「ほんでな」と言葉を続ける。

「次に、婚礼の日取りだが、本当は、シサムにはシサムの暦ってもんがあって、それを気にする人は、やれこの日がいいだの、この日は駄目だのと、どえらゃあ言うんだわ。そんでも俺たちの神さまは、そこんとこは、あれこれこだわらなゃあもんで、そこは、あんたらの考えに従えばいいと思うわね」

「それなら、いつ婚礼するかの日は、俺たちのコタンのトゥスクル、カムイから聞いて決めるのは、いいか」

「銃太郎さえ承知するんなら、という意味だぞ。俺ぁ、ちっとも構わんと思う、といっとるだけだがや」

　男たちはうん、うん、と頷きながらまた互いに顔を見合わせていたが、低い声で何か呟きあったと思うと、もう揃って立ち上がろうとし始めた。

「何だ、せっかく来たんでなゃあか、一杯やっていかんか。支度は出来とるんだから、なあ、カネ！」

　カネは「そうですとも」と、思い切り愛想良く笑って見せた。だが男たちは揃ってかぶりを振り、もう腰を上げて靴を履こうとし始めた。

「俺たちはこれからパラパラ・ニシパの家に行く。チキリタンネ・ニシパが言ったこと、ニシパに伝える。パラパラ・ニシパのこころ、決めることに頼む」

　男たちは、誰もが真剣そのものの表情をしている。自分たちのコタンの娘が和人のもとに嫁ぐということを、彼らは自分たち全体の一大事として捉えているのだということが、ひしひしと感じられた。カネは、一歩前に進み出て、男たちを見上げた。

「コカトアンはこれから私の義姉《あね》にもなるんです。私たちは家族になります」

　男の一人がわずかに表情を変えた。何となく見覚えがあると思ったら、時々、手伝いに来るセカチの父親だと思い出した。

「奥さんは、コカトアンと家族になるか」

「そうですよ。パラパラ・ニシパは私の兄さんだから」

男たちはまた互いに小声で何か言い合い、改めてカネのことを見て、いかにも不器用そうに頭を下げた。

「奥さん、コカトアンを、見てやってくれ」

それだけ言うと、男たちはぞろぞろと一列になって家を出て行く。戸口に立って彼らを見送ったカネは、ふう、と思わず大きな息を吐いた。兄上は、コカトアンと結婚することで、彼女の母親だけでなく、シブサラのアイヌたち全員と関わりを持つことになるのだと、改めて思う。勝とカネのように、結婚しても遠くに来てしまって、両家の家族や親戚とほとんど関わらずにいるのとはわけがちがうのだ。

「やれやれ、せっかく風呂に入ろうと思っとったのに、もう真っ暗でなゃあか。腹も減ったし、風呂は明日にするか」

勝は「なかなか骨の折れることだなも」と、首の後ろを掻いていた。


本格的な春を迎えて、村はにわかに忙しくなった。今回の依田さんの手土産で最大のものは、何といっても馬にプラウを引かせる方法を皆に伝授する人を手配したことだ。一年という約束でやってきた田中清蔵《たなかせいぞう》という人は、プラウの準備が出来た家から順番に、馬にプラウを引かせて畑を耕す手本を見せて回り始めた。勝たちが手綱を引いても容易に思い通りにならず、フシコベツから連れてくるだけでもひと苦労した馬たちが、田中さんの手にかかると実におとなしく従順になり、黙々とプラウを引く様子を見て、カネばかりでなく村の全員が目をみはった。雪解け水を含んで黒々と湿っている畑が、みるみる掘り起こされていく。豊かな土の匂いが広がった。

「何とまあ、早えこと、早えこと」

「今まで、畑に這いつくばるようにしてたのが、嘘んみてえだら」

互いの畑を行き来し合っては、村の人たちは感心した声を上げ、我も我もと競い合うようにして田中さんが回ってきてくれるのを待ち、耕された畑には早速、裸麦や芋などを蒔いていった。

そうこうするうちに、兄上の婚礼の日取りが五月八日に決まったと連絡があった。

「銃太郎の、あんな顔を見るのは、初めてじゃ」

数日おきに顔を出す父上が、ある日、複雑な表情で言うことがあった。

「別人ではないかと思うほどじゃ。気がつけば一人でにやにやしておる。男が、そんなににやけておって、どうするのじゃと言いたくなるほどでな」

確かに、カネのところに顔を出すときでも、最近の兄上は浮かれているとしかいいようのない顔つきをしている。一つ屋根の下で暮らしている父上としては、さぞ居心地の悪いことだろうと思わずにいられなかった。

「その上、コカトアンも最近は、わしのことを『おとうさま』と呼ぶようになってな。無論、銃太郎が教えたのじゃろうが、まったく、返事に困るわい」

「コカトアンも一生懸命なのでしょう」

父上は、いつものように腕組みをして何か考える顔をしていたが、そのうちに、実は兄上は、コカトアンを正式に嫁にしたら、彼女の名前を変えるつもりらしいと言った。

「名前を？」

「いくつか考えるから、わしにも一緒に選んで欲しいと言うてきた。和人の家に嫁ぐ以上は、名前も和人らしいものにして、和人として生きてもらうつもりだそうじゃ」

「でも——それで、コカトアンは納得しているのですか？　それに、シブサラのコタンの人たちだって」

訪ねてきた男たちを思い浮かべて、彼らがそんなことを許すものだろうかと、カネは不安にならざるを得なかった。だが父上は、兄上はその点をコタンの人たちとも相当に時間をかけて話し合ったのだと言った。

「銃太郎が宮崎濁卑くんや、役場の人たちから聞いてきたんじゃが、政府はもう大分前にアイヌたちにも日本人としての戸籍を作ったのだそうじゃ。そして、和人と同じ姓名を名乗るようにと命じておるんだと。この辺りではまだ改名しているものはおらんが、じきに全員が和人と変わらぬ名前を持つことになるじゃろうということじゃった」

それは以前、勝も話していたことがあったかも知れない。戸籍云々《うんぬん》というものについてはカネ自身があまり気にしたことがなかったから、大して身を入れて聞いていなかった。

「コカトアンは、鈴木の家の嫁になる。じゃから、誰よりも早く和人の名前を持ったところで不思議ではないじゃろうと、そういうことじゃな」

そして今、兄上は夜になると半紙を広げて、思いつく名前をあれこれと書いては悩んでいるということだった。

「つまり、コカトアンは兄上のお嫁さんになった時から、鈴木コカトアンではなく、何か違う名前になるのね」

父上は腕組みをして、何とも複雑な表情を浮かべていたが、取りあえずは呼びやすい名前にしてくれれば、それ以上に文句を言うつもりはないと言って帰っていった。

五月に入ってすぐに、依田さんがまた大津へ出かけていった。やっと帰ってきたと思ったのに、カネはまともに顔を見ることもなかった。それればかりでなく、こんなときに行ってしまっては、兄上の婚礼までに帰ってこられないのではないかと思ったのに、依田さんは、それを承知で行ってしまったという。

「そんなに急ぎの用事だったのですか」

舟着場まで見送りに行ってきた勝に思わず不満を漏らすと、勝も今ひとつ合点がいかないという表情になっている。

「俺も聞いたんだが、『そんならそんで、仕方なゃあ』みたゃあな返事だったがや。そらゃあ少しばっか情がなゃあでなゃあかとも思ったが、依田くんは、何しろ社務が第一だと言ってな」

もともと依田さんは、兄上の結婚話を聞かされたときにも、今ひとつ祝福しかねるという表情だったとは聞いている。縁談を探していたのなら、自分が伊豆からでも、または函館や東北や、旅の途中で立ち寄る土地からでも探してきたものを、と言って、決心を変えるつもりはないのかとも尋ねたのだそうだ。つまり、アイヌとの結婚には賛成しかねるということかと、その話を聞いたときにカネは思ったものだった。だとすると、その理由は何なのだろうか。別段、依田さんの顔に泥を塗るようなことでも何でもない。それより何より、依田さんの留守中も几帳面に帳簿などの記録を取り続け、澱粉工場を造ろうと奔走したり、晩成社のために働いている兄上に対して、たとえ相手が誰であろうと、人生の一大事である婚礼にも列席しないというのは、あまりにも友だち甲斐がないのではないかと思う。仲間なら、何よりも大切にしそうな日ではないのか。

「兄上が気の毒だわ」

「なあに、あいつは今は、コカトアンさえおればいいような心持ちに違がゃあなゃあんだから。

まあ、気にするな」

いつもの通り、勝はけろりとした様子でそれだけ言うと、畑へと出て行った。カネは、何か今ひとつ割り切れない思いのまま、久しぶりに依田さんという人のことを考えた。

仲間じゃないの。チームじゃないの。

晩成社は依田さんと勝と、兄上との三人が揃ってこそのものではないのか。もしもその関係を大切にしたいと思うのなら、ここは少しくらい予定を変更してでも、兄上を祝ってくれてもいいものではないかと思う。相変わらずつき合いづらい人だ。

おそらく大津へ向かった依田さんの舟と、どこかですれ違ったに違いない。五月六日に大津から来た舟は、澱粉製造機を積んでいた。兄上は勝やセカチたちに手伝ってもらって機械を大八車に乗せて自分の家まで運んでいった。一人でも続けてみせると言い切った兄上は、結局、自宅のそばに澱粉工場を造ることにしたのだった。

「色んなことがいっぺんに起きるわね」

翌日、明日の婚礼のために必要だろうからと、家にある食器類などを兄上の家に運び込んだとき、カネが話しかけると、兄上は「そんなものだ」と笑った。

「人生の潮目が変わるときというのは、思いもしなかったものまでが、色々と変わるような気がするよ」

「そんなもの？」

「それまで見えていなかったものが、突如として見えたりな」

「何が見えたの？」

「まあ、色々だ」

そうして五月八日土曜日の夜、兄上はコカトアンとの婚礼の儀に及んだ。村中の人々とシブサラのアイヌらが詰めかけて、狭い家になどとても入りきれず、細かい雨が降る中に人々が溢れた。婚礼と言ったって、紋付き袴や晴れ着の用意などあるはずもなく、ましてや金屏風《きんびょうぶ》も何もない貧しい小屋の中で、兄上は野良着のまま、ただこの上もなく緊張した顔をしており、その隣のコカトアンはアイヌの服装に首飾りや耳飾りをして、目をみはるほど美しかった。

ろうそくの火を灯し、勝が厳かな声で聖書を読み上げるのを聞きながら、カネは自分の婚礼の時のことを思い出していた。三年前の春の宵、今から思えば幻のように思える人々の集いの中には母上の顔があり、弟妹たちの顔があり、そして、確かに依田さんの顔があった。明日は北海道に旅立つという慌ただしさの中でも、依田さんは列席してくれていたのだ。今、遠く離れて暮らしている母上たちが来られないのは仕方がないにせよ、本来なら同じチームを組み、運命まで共にしようとしているはずの依田さんの姿までも見えないのは、何とも淋しいことだった。

5

結婚を機に、兄上はコカトアンを常盤《ときわ》と改名させた。いつまでも変わることなく自分の妻であり続け、また今のまま美しくいて欲しいという願いを込めたことはカネにもすぐに分かったが、さらにもう一つの意味があると教えてくれたのは父上だ。

「常盤と言えば源義経《よしつね》の母じゃろう」

「ええ、常盤御前《ごぜん》」

父上は、白くなった髭を撫でながら、兄上は、常盤御前が幼い義経を手放してしまったことから「成長した義経を知らない」ことにかけたのだと言った。そして、カネが首を傾げているのを見て、義経のまたの名は何だと訊いてくる。

「牛若丸《うしわかまる》？」

「幼名はそうじゃな。他に」

「他には——義経は、九郎判官《くろうほうがん》、ですか」

「そう、九郎じゃろう」

兄上は義経の仮名である「九郎」と「苦労」とを掛け合わせたのだそうだ。「九郎を知らない」を「苦労を知らない」と転じて、つまり、常盤が苦労知らずの人生を送れるようにという願いもこめたのだという。

「よく、そこまで考えたものだわ」

それこそが兄上の真実の思いであり、また、妻となった女性への願いなのかと、カネは胸が熱くなる思いだった。それにしても我が兄ながら、何と純粋でひたむきなことか。コカトアンへの思いを詠んだ詩を見せられたときも、風流を飛び越えて大した夢想家だと思ったものだが、愛しい存在のためにはそこまで懸命に知恵を絞るのかと感心する。

「だけど、ここで生きていくのに苦労知らずなんて」

いつになったらそうなることかとカネが諦め混じりに呟くと、父上は「いや」と首を振る。

「あの娘にとっては今だって、わしらが思うほどの苦労ではないのかも知れん」

何しろ幼い頃から、こういう環境の中で育ってきた娘だ。飢えも寒さも貧しさも、決して特別なことではないのだろうと、父上はまた腕組みをする。

「現に今朝も『こうして食事のたびに米や麦の入ったお粥を食べられるのですか』と、目を丸うしておった。わしらにしてみれば、内地で暮らしていた頃からは想像もつかないほど粗末な食事でも」

それが婚礼翌日の、嫁の第一声だったと聞いて、カネも胸に迫るものを感じた。伝い歩きをし始めたせんが、ひっきりなしに動き回るから、父上が来ているときには孫娘を見守るのが父上の役割になっている。視線は絶えず孫娘に向け、いつでも手を伸ばせる準備をしながら、父上は、そんな嫁を「いじらしく思う」と言った。

「銃太郎が飯を作るのを手伝いながら、わしらの味付けを懸命に覚えようとしておる。あの娘は、ひょっとするとこの辺の女房連中より、よっぽど亭主に尽くして、よく働く嫁になるかも知れん」

まあ、ほんの少し見ただけのことじゃが、とつけ加えながら、それでも父上は存外、満足そうな顔をしている。

「それなら父上もひと安心ですね」

彼女が常盤と呼ばれることにも慣れて、やがて会話も不自由なく交わせるようになる頃には、今よりも父上との関係も深まることだろう。この先、孫が生まれれば、家はさらに賑やかになるに違いない。

この村に広々とした畑が広がる頃、家々からは子どもたちの笑い声が響くようになって、きっと活気に溢れる村になる。その日は遠からず、きっと来る。その情景を思い浮かべると新たな力が湧いてくるようだ。明日のため、子どものためと、まるで念仏のように繰り返しながら、その日一日、カネは上機嫌で鶏小屋の掃除をし、畑に水を撒き、蘆を刈った。

すると翌日、依田さんが姿を現した。ちょうど、せんに粥を食べさせるために畑から戻って、鼻歌交じりで鍋をかき混ぜていたカネは、いきなり戸口に現れたその姿に、思わず声を上げそうになってしまった。

「ああ、びっくりした」

こちらが「いらっしゃい」と笑顔を向けているのに、久しぶりに顔を見せた依田さんは、相変わらず口の中で「ああ」という程度でまともな挨拶の言葉もなく、いつもの難しい顔のまま、視線だけは嬰児籠に摑まって一人で遊んでいるせんに向けている。大きくなりましたでしょう、と言いかけて、ふと、この人は幼い息子を亡くした人なのだということを思い出した。しかも、リクは伊豆に帰ったままだ。それを思うと、難しい顔をしていればしているほど、哀れに見える気もしてくる。

「あの、お戻りになれなくて残念でした、兄の婚礼は一昨日無事に——」

「大津で」

カネの言葉を遮るように、依田さんが呟いた。

「——え？」

「うちの会社の塩倉が焼けてな」

「——まあ、火事ですか？　塩倉が？」

依田さんは口もとにぎゅっと力を入れて、わずかに顎を引く。

「俺が向こうに着いたときには、もうただの消し炭の山だら。吉沢竹二郎が駆け回ってくれたお蔭で、すぐに隣の家を買う算段がついたが、塩だけでねえ、味噌やら醬油やら全部焼けたし、もしかすると火事場泥棒にやられた分もあるかも知れん——とにかく何もかも、のうなったもんで。急いで補充せんとならん」

そんなことがあったから帰ってくるのが遅くなったのだろうか、だとしたら気の毒なことだったと考えている間に、依田さんは我に返ったように「渡辺くんは」と、初めてカネの方をまともに見た。

「畑におります。今日は田中清蔵さんが来て下さっていますから、一緒に馬を曳いて、ハロー掛けをしていて」

依田さんは、ふうんというように頷いて、今度は「鈴木くんは」と尋ねる。

「さあ――何か、ご用がおありですか？」

「二人に今夜、集まってもらいてえと思っとるんだが。ここを、使ってもええか」

「ええ――今日なら子どもたちも来ませんから。ただ、せんがいますから、途中で泣き出したりすると――」

「そんぐれえ、かまわん」

それから依田さんは「鈴木くんにも伝えといてくれや」とだけ言い残して、「そんじゃあ」と帰っていった。その後ろ姿をぽかんと見送って、少ししてから次第に腹が立ってきた。

「何だろう、あれ。婚礼に出られなくて済まなかったくらいのこと、言えないんだろうか。理由はなんであれ、それが礼儀というものじゃないのかしらね」

せんはまだ言葉が分からないし、他に聞いている人もいない。カネは、思い切り口を尖らせ、眉間に力を入れて「まったく」と大げさなほどに荒々しく息を吐き出し、手にしていた木杓で鍋のふたをコツン、と叩いた。ひとつ叩くと、もうひとつ叩きたくなる。コツン、コツンとやりながら「まったく」と、また苛立った声が出た。こんなに腹が立つのは久しぶりだ。

「一瞬でも、哀れだなんて思わなけりゃよかった」

ああいう人だと分かっていながら、どうしても腹が立つ。こちらから嫌おうとしているつもりは、さらさらないのだ。それなのに依田さんという人は、どうしてこうも人を居心地悪く、不快にさせるのだろう。

「私はあんたの召使いでも何でもないんだから。それなのに、人を顎で使うみたいにして、『伝えといてくれや』ときたもんだ。どうなんだろう、あの態度。偉そうに。素封家の坊ちゃんだか何だか知りゃしないけど、こっちだって落ちぶれたとはいっても武家の端くれだ。そこまで小馬鹿にしてもらっちゃあ困るっていうのっ」

また鍋のふたをコツン、コツンと叩いていたら、その音が面白かったのか、せんがきゃっきゃと笑い始めた。コンコン、コツン、コンコン、コツンと調子を取ると、せんは頭を振って手足を揺らし、踊るような真似までする。

「ねえ、せんちゃん、お父さまは、どうしてあんなおじちゃんと仲良しなのかしらねえ。あんな、憎ったらしい人」

コンコン、コツン。せんの踊りは、つい笑ってしまうほど愛嬌があって可愛らしかった。しばらくそうして遊んでやった後、まだ笑っているせんに「いい子ね」と笑いかけ、頬を撫でてやってから、カネは、ようやく大きく深呼吸をした。せんのお蔭で多少なりとも気が紛れた。とにかく、この苛立ちを呑み込まなければ。何といっても依田さんはチームのリーダーで、勝や兄上の大切な仲間だ。カネがどう感じていようと、三人の関係にひびが入るようなことになることだけは避けなければいけない。

嫌ってはいけない。

嫌ってはだめ。

呪文のように自分に言い聞かせ、最後には天主さまにも「お守り下さい」と祈ってから、カネはコツンコツンと叩いていた鍋のふたを取って、せんの粥を椀によそった。

6

その晩、久しぶりに三人が顔を合わせた席で、依田さんはまず兄上に、結婚の祝いだと女物の反物を手渡した。

「これからは、和人の服も着るだろう」

兄上は嬉しそうに頭を下げて、ちょうどカネに仕立物を教わらせるつもりだったのだと言った。そのときだけ、依田さんがちらりとこちらを見るから、カネも愛想笑いを浮かべたが、依田さんは「ふん」と言うように、すぐに視線を戻す。その顔を見たら、また昼間の怒りが蘇りそうになった。

「で、どうだら、新婚生活は」

「まだ二日だぞ。名前を呼ぶのにも慣れておらんくらいだ」

兄上は照れくさそうに笑い、それから少しの間、婚礼のときの様子や新婚生活の話になった。三人でいつものように、和やかにひとときを過ごすのかと思いながら水屋に立っていたカネの耳に、依田さんの「そんでな」という声が聞こえてきた。

「俺は明日から、また大津へ行く」

「ほうかね。塩倉のことは、まだ片は付かんのか」

「とんだ災難だったな。すぐに新しい家を買えたというのはよかったが」

大津の塩倉が焼けたということはカネから話してある。依田さんは少しの間、塩倉が焼けた顚末や吉沢竹二郎のことなどを二人に話していたが、やがて今回、大津へ向かうのは他の用事なのだと言った。

「以前も話したことがあったと思うが」

茶碗を囲炉裏端に置いて、依田さんは腕組みをし、少しの間、目を伏せ、それからぐっと顔を上げた。

「俺は、牧畜を始めることにした。今回は、その適地を探してくるつもりだもんで」

一瞬、間があってから勝が「牧畜？」と聞き返している。

「牧畜って——いきなり、そんなことを始めるっていうのかゃあ。それに、適地って何だ。依田くん、つまり、おまゃあさんはこの土地を見捨てるつもりか」

「いきなりじゃねえ。社則でも牧場をやることは明記しとる」

「そんなことは知っとるっ。だが、なぜ今なんだがやっ」

狭い家の中の空気がいっぺんに凍りついたように感じられた。こんな時に泣き出されては困るから、カネは負ぶっているせんをそっと揺すりながら、小さな声で子守歌を歌い始めた。

ねんねんころりよ　おころりよ
せんちゃんは　いい子だ　ねんねしな
せんちゃんの　お守りは　どこへ行った
あの山越えて　里へ行った

狭い土間を右へ左へと歩きながら小声で歌っている間、カネの背で、せんは元気に手足を動かして、何か喋っている。意味になっている言葉は何一つないが、とにかく話したくて仕方がないのだ。

「うるさゃあっ」

そのとき突然、勝の破鐘《われがね》のような声が響いて、思わず全身がびくんと跳びはねた。背中から、火がついたように泣き声が上がった。

「黙らせろっ！」

兄上が驚いたようにこちらを振り返る。カネは、慌てて家の外に飛び出した。せんが激しく泣いている。家の前で遊んでいたらしい仔猫たちが、驚いて走り去っていった。

「よしよし、びっくりしたね。泣かないのよ。泣かないの」

懸命に背を揺すり、せんの尻をぽんぽんと叩きながら、カネは何度も深呼吸を繰り返して気持ちを静めようとした。一瞬ぎゅっと縮んだように感じた心臓が、今は激しく波打っている。驚いたからか悲しいからか分からないが、涙がこみ上げてきそうになった。

これくらいのことで怒鳴るような人ではないはずなのに。

勝は、それほど苛立っている。依田さんは、いきなり何ということを言い出したのだろう。牧畜を始めると言っていた。このオベリベリ以外の土地で。せんが、身体を突っ張らせてひと際大きな泣き声を上げた。カネは、さらに身体を揺すって家の前を歩きまわった。

「ああ、いい子だから、泣かないで。お母さまはあの人たちのご飯の支度をしなきゃ。ねえ、せんちゃんはいい子でしょう？　いい子、いい子」

涙を呑み込むようにしながら何度もせんに話しかけ、繰り返し子守歌を歌って、ようやくせんがおとなしくなったところで、そろそろと家に戻る。家の中の雰囲気はさらに険悪になっており、三人が三人とも、囲炉裏の火を見つめるように俯いていた。カネは自分の気配さえ消すようなつもりで、そっと竈の前に屈み込んだ。やがて依田さんの声が「だから」と聞こえた。

「伊豆に帰っとる間も、俺は株主の集まりで、何度も突き上げを食らったと言ったら。一体いつになったら利益が上がる、配当はいつになったら支払われるんだと、それは厳しいもんだった。そのことは、向こうから帰ってきたときに報告したら？　そんとき俺は悟った。要するに、このオベリベリだけでは見通しが立たねえってことだら」

勝が湯飲み茶碗を乱暴に囲炉裏端に置いた。

「ほんでも、この地で生きていこうと決めたのは、依田くん、おまゃあさんでなゃあかっ。俺ら、どんな思いでこの三年を生きてきた？　株主がごたごた抜かすからって、ここで放り出したら、今までの苦労が全部、水の泡になるってことを分かってなゃあのかっ」

「放り出すとは言っとらん！　ただ、他にも開墾の地を探すべきだと思うと、これは前にも言ったでねえか」

「そらゃあ、ここの目処がついたらっていう話だったがやっ。しかも、そんで、牧畜か。ええっ？　これだけの人数しかおらんのに、そっから割いて、連れてくっていうことか！」

「なあ、依田くん。一体、依田くんは、株主たちに何を吹き込まれてきたのだ」

兄上の口調にも厳しいものがあった。三人が集まって、ここまで重苦しく、また緊張した雰囲気になったことはない。カネは、一体どんな風に話が進んでいくのかと気が気ではなかった。

「何も吹き込まれてなんぞ、おらん。俺はいつでも、こっちの立場を株主に説明しておる。好きで借金を返せんわけでないことも、くどいほど言うとる。そんだけんど、株主らが言うことも、それはそれでもっともだら。晩成社の社則では、二年目からは地代を払うことになっとる。その約束を守れておらんのは、小作の方だに」

「だから、払えるもんなら払っとると、分かっとるはずじゃなゃあかっ」

怒りが渦を巻いているのが見えるようだ。特に勝の猛々《たけだけ》しい声が恐ろしく聞こえて、カネは、ほとんど耳を塞ぎたい気持ちになった。せんが怯えてはいけないから、とにかくひたすらあやし続けて、あとは身を縮めているより他にない。

「俺は、この晩成社を率いるものとして、村の衆に責任を感じておる。だが、それと同じように、株主にも申し訳ないと思うとるのだ。これまで、我らは株主の金を食い潰してきたようなものだからな」

「食い潰すだと？」

今度は兄上の方が声を荒らげた。

「依田くん、今の言い方は撤回すべきだっ。我らはまだ途上にあるというだけではないか。誰が食い潰したというのだ、そんなことを言う株主がおるのかっ」

重苦しい沈黙が続いた。しばらくして、依田さんがようやく「撤回する」と呟いたが、だからといって雰囲気は変わらなかった。料理はあらかた用意出来たものの、今それを出すような感じではない。手が空いたらすぐにでも何か他の仕事をしたいと思うが、かといって部屋に上がって針仕事でも始めたら、また「邪魔だ」と怒鳴られかねなかった。結局、水屋の片隅に屈み込んで、カネは彼らの話に聞き耳を立てているより他なかった。やがて、勝の「なあ」という声が聞こえた。幾分、落ち着きを取り戻したようだ。

「依田くん。鈴木の親父どのが常日頃から言ってござることを、よもや忘れてはおらんわな？」

「――何のことだ」

「親父どのは、ことあるごとに言われとるだろうが。短気を起こしてはいかんと。我らは何のために『晩成社』という名前を選んだのかと。それこそ五年、十年と耐え忍ぶだけの覚悟がなゃあことなゃあ、開拓なんぞという事業はやっとられん、実りの時を迎えるまでは相当な年月を覚悟しまゃあと、その意味でつけた名前でなゃあか」

そっと見てみると、依田さんが難しい顔で黙り込んでいる。勝が、ぐっと身を乗り出した。

「それなのに、たった三年ぐらゃあで今度は牧畜か？　このオベリベリを捨てて？　そらゃあ、ちいと短慮が過ぎはせんか」

すると、依田さんは唇をぎゅっと引き結んで「それは違う」と目をむく。

「何度も言うたら？　今のままでは尻すぼみになるばっかりだって。だもんで、ここは新しく適地を探して、そこで牧畜を始めて、この開拓事業の、晩成社の、だ、いいか、晩成社の、新たなる突破口にしようと、そう考えてのことだら」

依田さんは、自分の決断が晩成社を救うことになるはずだと、ぐっと胸を反らせた。

「いいか、聞いてくれ。俺は、このオベリベリに見切りをつけるなんて言ってねえ。そんな気もさらさらねえ。オベリベリこそが我らの本拠地と決めておる。そんでも我らが生き抜くためには、何でも構わん、とにかく見込みのあるものから始めるべきだと言っとるんだ。農業も牧畜も関係ねえ。一つ格好がつきさえすりゃあ、株主も納得するし、運営資金も殖やせて、そうなりゃここにいる連中にだって回せることになる。結局はそれが全体のためになる」

それから依田さんは、新たな土地を見つけて牛を飼うことについて、自分の考えを饒舌に語り始めた。

明治という元号に変わってから二十年近くが過ぎて、この国は今、変化の真っ只中にある。西洋の文化は日々、怒濤《どとう》のように流れ込んできていて、それが一般の日本人の生活を瞬く間に変えつつあるのは誰もが感じていることだ。その一つとして食文化がある。洋食は、これから日本人にもますます取り入れられていくことだろう。その勢い、速さというものを、依田さんは旅する度に東京でも横浜でも、また函館や札幌などでも感じるのだという。だからこそ、これが大きな弾みになると考えたのだそうだ。

「西洋人は肉を食うら。その風習が日本人にもどんどん広がって、日本人も肉を食うようになってきとる」

「肉か――」

「洋食、な――」

カネの脳裡に、女学校にいた当時の食事が思い浮かんだ。あの頃は、自分たちは特別なのだと思っていたが、ああいった食事風景が、やがて日本人全体にも広がっていくのだろうか。皆が当たり前にナイフとフォークを握って肉を切り、スプーンでスープをすくい、パンと生野菜を食べるようになるのだろうか。

「俺らの強みは、何というてもこれだけの広さがある土地に住んどるということだら。だからこそ牛が飼える。肉を出荷して、乳も搾って、そう、バターも作れる」

牛飼いならば、まず畑を拓いて土を耕す必要はないし、バッタの被害などを心配することもない。やれ霜が降りた、大雨が降った、いや干ばつだと、その度にオロオロする必要もないから安定的な収入が見込める。たとえ雪の季節であっても仕事を続けられるというのが依田さんの考えだった。

「だが、万一それが出来たとして、肉だのバターだのそんなものを、どうやって買ってくれる人のところまで運ぶ」

兄上がぼそりと呟いた。

「育った牛をまるごと運ぶのか？　舟賃はどれだけかかる？　さばいたとしたって、生肉なんぞ、そう日持ちはせんだろう」

依田さんが、大きな目をさらに大きくして身を乗り出した。

「そうだら？　なあ？　だもんで、ここよりもっと海に近い場所を探すと言うとるんだ。そんなら舟賃がかからん。出来たもんを大津から函館んでも東京んでも、すぐ出荷出来る場所で牧畜をやるわけだ！」

依田さんは、さらに意気込んだ様子で兄上たちを見ている。

「いいか、このオベリベリでの開拓を少しでも前進させるために、今、我が晩成社に必要なのは時間と金だら。何といっても役所が、この十勝の開拓に二の足を踏んでおるからな。そんでも、こんだけ肥沃で広い土地を、お上が放っておくわけがねえ。遠からず、ここに目を向けるはずだに。だけんど、そんときまで、ただ指をくわえて待っとるというわけにはいかんのだ。そんな悠長なことをしとったら、わしら全体の顎が干上がる。だもんで俺は牧畜で、その時間と金を稼ごうと言うとるんだら。もちろん、こっちにもちゃんと目を向けるし、農業も諦めん」

「言うことは分からんことはなゃあが——どっちつかずに、なるんじゃなゃあか」

勝が低く呟いた。カネも内心で同じことを考えていた。ただでさえ依田さんは、これまでも一年のうちの半分以上は留守にしていて、とてもではないが農業に対して本気で取り組んでいるようには見えない。無論、必要があって出かけていたのだろうとは思う。それでも、どうしても腰が落ち着かないように見えてしまうのだ。

その上、今度は牛を飼うという。

それもやはり大半は人任せにして、自分は函館だ、内地だと駆け回るのだろうか。そんなことで、簡単に牧畜が出来るのか。

南瓜一つ、大根一本だって、手をかけ思いをこめて育てていかなければ絶対にうまくいかないし、それでもなお、天候や気候に左右されて失敗するのが現実だ。その都度おろおろしなければならないやるせなさを、わずかこの数年でも、カネは骨身に沁みるほど学んでいる。そんなにあっさりと、こちらの思うようになることなどどこにもないことを、依田さんはどこまで分かっているだろう。

「それで、人はどうする。今だって、たった九戸の家だけで細々とやっているのに」

兄上が聞いた。すると依田さんは、まず弟の文三郎さんと山田喜平を連れていくつもりだと答えた。落ち着いたら先日、伊豆から連れてきた新しい小作人たちも移すつもりだし、さらにオベリベリのアイヌも雇い入れて、もっと小作人を増やすつもりだという。

「ちょっと待ってちょうよ。文三郎は、まあ、あんたの弟だもんで言うことは聞くだろう。ほんでも喜平まで連れていく気かゃあ。あんな半人前の子を、また何もなゃあところに連れていくのか」

山田喜平は、まだ十四歳の少年だ。初めてオベリベリに来たときには十二歳になるかならないかだった。その頃に比べれば背も高くなったし顔も大人びてきてはいるが、それでもまだまだ一人前と言えるものではない。もともと親兄弟のいない子だそうで、それなら思い切って新天地で一花咲かせないかと誘われて晩成社に加わったと聞いている。今は親戚筋にあたる山田彦太郎さんの家に厄介になっているが、そんな子が一人でまた他の土地へ移っていくということなのだろうか。もしかすると彦太郎さんの家の居心地がよくないのだろうか。

「ここの連中は根っからの百姓だら。今になって牛飼いになれと言っても動くもんじゃゃねえ。そんでも文三郎は俺と同じで、もともと百姓仕事に慣れてるわけでもねえだに。それから喜平には、こないだ尋ねた。畑と牛と、お前はどっちを選ぶらってな。そうしたらあれは、とにかく腹一杯食っていけるんなら、どっちでも構わねえと答えた。だもんで、俺が来いと言えば、俺についてくる」

身寄りのない子の哀しさを思わないわけにいかなかった。喜平は、カネがオベリベリに来た当初、勉強を習いに来ないかと誘ったときにも頑なに首を横に振った少年だった。自分の立場をよく分かっていて独立独歩の気持ちが強いように見えた。何度か重ねて考えを変えさせようとカネなりに努力してみたが、自分には学問は必要ないと考えていること、それより一日も早く一人前の百姓になって家を構えたいことなどを、ある種、挑戦的なほどの眼差しで答えたものだ。それでカネも無理には誘えないと諦めた。以来、どこかで顔を合わせるようなことがあっても、向こうも一向に打ち解ける気配がないし、カネも容易に話しかけられないまま、結局は何となく疎遠になっている。

「だから明日は、文三郎と喜平を連れて大津へ発つ。その足で、いい場所を見つけてくるつもりだら」

依田さんの表情からは、これは既に決まったことであり、何があっても翻意はしないという頑ななほどの強い意志が感じられた。ああ、これが依田さんだと、カネはまたも思い知った気持ちだった。この頑なさのせいで、リクが幼い我が子を連れてきたいと言ったときにも頑として受けつけなかったし、家財道具などの持ち物さえも制限したと聞いている。今だって、こうしてせっかく仲間が三人揃っているのだから、どうして皆の知恵を集めて、よりよい考えをまとめようとは思わないのだろうか。なぜこうも唐突なのか。

「――もう、決めたのだな」

「決めた。兄貴の了解も得てあるもんで」

「――佐二平さんも了解しておるというんなら」

少し間を置いてから、勝はため息混じりに「依田家の問題だがや」と呟いた。

「一銭の金も出しとらにゃあ我らには、何を言うことも出来はしにゃあわ」

それだけ言うと、勝は思い出したようにこちらを振り返り、「おい」とカネを呼ぶ。カネは黙って囲炉裏に鍋を運び、用意しておいた料理のいくつかを三人の前に並べようとした。ところが、それを制するように依田さんが腰を上げた。

「明日の支度があるもんで、俺は、これで帰るわ」

勝も、兄上も、依田さんを引き留めなかった。カネは和え物を盛った小鉢を手にしたまま、黙って依田さんを見送った。何か声をかけなければとは思ったのだが言葉が出なかった。

7

依田さんが牧畜をするために選んだのは、オイカマナイという場所だった。大津から少し南に下った海沿いの湿地帯だそうだ。その知らせを受けた日は五月も下旬だというのに霜が降りて、せっかく育っていた南瓜などがやられてしまったから、勝は朝から畑に出ずっぱりだった。そういうことに一喜一憂すまいと自分に言い聞かせながらカネが家の用事をしていると、大津から戻ったばかりだという文三郎さんがやってきて、その話をしてくれた。依田さんと喜平はまだ大津に残っているが、自分だけ先に帰ってきたのだという。

「オイカマナイ——どういう意味なのかしらね」

文三郎さんは、案内してくれたアイヌの説明によれば、もともとは沼だか川だかの名前らしいが、とにかく「流れ込む」というような意味らしいと言った。

「ここより、なんぼか大津に近いとこだら」

「道はあるの？」

「あるわけねえら。こっちみてえに大津から流れてる川もねえし、海沿いを歩くしかねえとこだらな」

大津の土産だと言って酒とマッチ、それに溜まっていた郵便物や新聞などを届けてくれた文三郎さんにいつものトゥレプ湯を振る舞いながら、カネはオイカマナイという、まるで馴染みのない名前を口の中で転がしてみた。

「それで、文三郎さんから見て、どんなところ？」

文三郎さんはトゥレプ湯の湯気を吹きながら「うーん」と少し考える顔をした後、「霧が深いところ」だと言った。

「大津からだと、長節湖《ちようぶしこ》だろ、湧洞沼《ゆうどうぬま》、オイカマナイ沼、その先にホロカヤントウっていう沼もあってよう、とにかく沼だらけだら。で、日によってはどこもかしこも霧が立ちこめて、周りが真っ白で何にも見えねえようになるに。大津だってそんな日はあるけんど、何たって人なんか全然いねえとこだし、海が近えからかなあ、何かひっそりしてるとこだら」

「牛は飼えそう？」

文三郎さんは、また「うーん」と首を傾げる。考えてみれば文三郎さんだって、牛飼いなど初めてどころか、本物の牛を見たことだって、ほとんどないかも知れなかった。そのオイカマナイという土地が牛飼いに適しているかどうかなど、分かるはずがない。

「だけんど、兄貴は『ここだ！』って言ってたもんでね。大津で道案内に雇ったエトマップっていう親父も、それから、湧洞に入ってる佐藤嘉兵衛《さとうかへえ》って和人のおじさんも首傾げてたけど、兄貴はもう自信満々だったら」

「どうしてかしら。依田さんの、勘？」

「そんだけでもねえだろうな。オイカマナイ沼ってえのは、もう、すぐ前が海なんだ。海と沼の仕切りになってる砂地を取っ払っちまえば、沼はそのまんま港になるって、兄貴は言ってた」

「港に？」

文三郎さんは、まるで自分の手柄のように得意げな顔になって、依田さんは、そこに新しい港が出来れば、育てた牛でもバターでも、すぐ目の前から出荷出来るようになるし、もしかすると大津以上に開けた町が生まれるかも知れないと言っていたと教えてくれた。

「へえ、港ねぇ」

「だもんで、きっと今ごろは大津で地所の貸付願の手続きをしているはずだら」

つまり、もう決めてきたということだ。カネはふうん、と大きく息を吐いた。港を作るだなんて、依田さんは一体どれだけ先の風景を思い描いているのだろう。そんな夢のような話が本当に実現出来るものなのか。無論、もしも実現したら、それほど素晴らしい話はないとは思うが。

「それで、文三郎さん、本当に向こうに行くの？」

「俺も喜平も、向こうに籍を移すようにって言われたもんで」

「籍まで移すの？　じゃあ、こっちからはすっかり引き払うということ？」

文三郎さんは、土地を拓くに当たっては、おそらく誰かがその場所に住んでいることを証明できないと駄目なのだろうと思うというようなことを言った。

「淋しくなるわ」

何しろ文三郎さんとは横浜から同じ船に乗って、父上と三人でここまで旅をした間柄だ。貴重な思い出を共にした仲間意識のようなものがカネにはあった。だが、まだ二十歳を過ぎたばかりの文三郎さんは案外けろりとした様子で「いつでも戻って来られるもんで」と笑っていた。

それから二、三日すると依田さん自身も帰ってきて、勝と兄上をはじめ村の男たちを集めて、新規事業への着手について説明会を行った。

「こっちで飼っとる豚も、半分は連れていくげな。ほんで、落ち着いたら向こうで畑どころか、田んぼもやるんだと」

集まりから帰ってきたときの勝は、何とも言えず割り切れないといった表情で囲炉裏端に腰を下ろし、しばらくの間ぼんやりと放心したような顔をしていた。

「まだ、牛の一頭も飼っとらんのに、港を開く話までしとったがや。まったく、依田くんは、とてつもないことを思いついては突っ走る。何せ金があるもんだで、大概のことが出来てまうで、ようけ考えんのだわなあ」

「それで、他の皆さんからは、質問や文句は出なかったんですか？」

勝は諦めたように薄く笑い、もともと依田さんは自分たちとは身分が違うという目で見られているし、大してこの村にいないのだから、村の人たちもそう気にもしていないようだったと皮肉な顔をした。

「依田くんがオベリベリから離れることより、牛飼いで成功して利益を上げてくれりゃ、自分らも楽になると思ったんじゃなゃあか」

兄上が常盤を娶って少し賑やかになるかと思ったら、依田さんが文三郎さんと山田喜平を連れてオイカマナイに行くという。その出来事が、村に確実に違う空気をもたらしたような気がした。何となくざわざわと落ち着かない、嫌な感じがすると思っていたら、今度は数日後、兄上が「シブサラを拓く」と言い出した。前日から勝と二人でフシコベツまで行っていた帰りに、カネのところに立ち寄ってのことだ。

「シブサラ？」

シブサラといえば常盤の実家がある土地だ。すると、兄上までが若い妻に引っ張られるように、またもこの土地から離れるつもりなのかと、カネの気持ちは今度こそ大きく揺れた。

「そんな風にして、みんなが出て行ってしまったら、このオベリベリはどうなるの」

つい、感情的な言い方になった。

「何なの、依田さんが牧畜をやるって言い出したと思ったら、今度は兄上まで出ていくって。どういうこと」

兄上は、面食らったような顔で目を瞬いている。

「出ていくなんて言ってないだろう。ただ、シブサラを本格的に拓くことにしたというだけだ」

「だから、どうして？　常盤さんが、そうして欲しいとでも言ったの？」

手と足を洗っていた勝が「まあ待て」と顔をしかめながらこちらを見る。

「何だっていうんだ、カネ。どうしてそうキンキンした声を出しとるがや」

指先から雫を垂らしながら眉根を寄せている勝を一瞥して、それでもカネは容易には引き下がれない気持ちだった。どうして男たちは、こうも勝手に何でも決めてしまうのだと言いたかった。なぜ三人で力を合わせて進むことが出来ないのだ。勝は濡れた足を拭いながら「実は今日な」と口を開いた。

「フシコベツの帰りに、山に登ってきたんだがや」

「――やま？」

「ちょっとした高さのある山だ。アイヌの連中はシカリベツオチルシと呼んどったが、そこの天《てっ》辺《ぺん》まで登ったらなあ、辺り一帯が、どえらゃあよう見えたがや」

そのオチルシ山の上に立つと、滔々《とうとう》と流れる十勝川が緑の大平原の間を、それこそ大蛇のようにうねりながら流れるのが見え、そして広々としたシブサラもまたよく見えたのだという。常盤の実家もあるシブサラのコタンは十勝川の支流が流れる、ほんの片隅にあったという。

「上から見なければ、そうはっきりとは分からなかったろうが、このオベリベリに勝るとも劣らぬ土地だ。川も近いし、あれだけの沃土なら、畑さえ拓けばコタンの生活も十分に潤う、その価値がある土地だと、俺は思った」

勝の言葉を引き継ぐようにして、兄上も確信を持ったように頷いている。それでもカネは納得出来なかった。

「価値があるからって、どうして兄上が拓くの？　セカチたちを指導して、やらせればいいんじゃないの？」

兄上は勝と顔を見合わせて、仕方がないというようにため息をついている。

「考えてみてくれ、アイヌだけで出来ることだと思うか？　フシコベツには宮崎濁卑さんがいる。メムロプトには新井二郎《あらいじろう》さん。それぞれに毎日、汗を流しておる。だからこそ少しずつでも格好がついてきているんだ。もともとアイヌには毎日、同じ作業をするという習慣がないんだぞ。その習慣や考え方を変えさせて、しかもやる気を出させなければ、畑なんか出来ないんだ」

それくらいのことはカネだって承知している。狩猟と採集で生きてきたアイヌの人たちが自分たちの畑から作物を穫れるようになれば、以前のように鮭が獲れなくても鹿が少ない年でも、どんな厳しい冬でも飢えて死ぬようなことはなくなる。だからこそ、彼らに農業を教えたいというのが兄上たちの考えだ。もう二度と、飢えて死んでいく人たちを見たくないと、勝もことあるごとに言っている。そのために二人は熱心に周囲のコタンに通っているのだし、セカチらに仕事を手伝わせているのも、わずかばかりでも報酬を与えたいという思いと共に、農作業に慣れさせたい考えがあるからだ。するとつまり兄上は、ついに自分が授産教師になろうというのだろうか。宮崎さんや新井さんのように。

それが天主さまのお望みなら。

何しろ一時は聖職者として生きていくつもりだった兄上だ。それを考えると、カネの中には、瞬く間に諦めの気持ちが広がろうとする。それが天のお導きなら、カネにはどうすることも出来ない。

「つまり、兄上は、アイヌのためにシブサラを拓くということなのね。ここまで頑張ってきた畑を捨ててでも」

カネの不機嫌を察してか、勝が珍しく自分で酒の支度をして、兄上と二人分の茶碗に酒を注いでいる。兄上は、注がれた酒に軽く口をつけた後、しばらくの間、自分の中に浮かび上がってくる様々な思いを、ゆっくりと噛みしめているような顔つきをしていた。そして「俺は」と口を開いた。

「この三十一日で、横浜を発ってから、丸四年になる」

はっとなった。

あの日、横浜の港で、遠ざかる船のデッキで依田さんと並んで手を振っていた兄上は、一つの覚悟と大きな夢を抱いていた。マントのように毛布をまとい、仕込み杖を持って、瞳を輝かせていた。あの姿を見送ってから、もう丸四年の歳月が流れたことになるのか。

「――四年」

ここにいる皆にとって何と起伏の多い、そして、どれほど重い年月だったことだろう。兄上だけでなく、カネにとっても、勝にとっても、まさしく激動の四年間だった。

四年前まで、三人は確かに文明の中で暮らしていた。幕府だ戦だ明治政府だと、色々な言葉が飛び交う中で、幼い頃に見ていた丁髷《ちょんまげ》姿が次第に消え失せ、代わって西洋人が歩きまわるようになり、街が表情を変えていく様を、ずっと眺めながら育ってきた。何度となく住む家を失ったし、明日の暮らしも分からない不安に襲われる日もあったが、それでも文明開化の波を受けながら信仰と学問の道を見出し、新たな発見に心躍らせて、未来を夢見て過ごしていた。

それでも、国も城も、殿様も失った没落士族には、新たな生き方を見つけるのは容易なことではなかった。足もとの定まらない不安が常にあった。だからこそ、新たな未来を見つけようとしたのだ。文明の波にもまれ、押し流されて、自分が何をすればいいのかも分からないまま年齢を重ねるくらいなら、無限の可能性にかけた方がいいと思った。そんな中で、牧師の資格を失ったと思ったら、誰よりも早くこの地に入って、たった一人で冬を越した兄上の、人生の急転ぶりはまさしく凄まじいものがあったに違いない。

「この四年間、俺は生まれ変わったつもりで、それこそ身を粉にして働いてきたつもりだ。晩成社の幹部として、精一杯のことをやってきた」

背を丸めて茶碗の酒をちびり、ちびりと呑みながら、兄上は、いつになくしみじみとした口調になっていた。

「だが、最近になって思うようになった。一体いつになったら、俺たちはこの土地に根を張ることが出来るんだ？　こんなにも働いて、働いて、傷だらけになってくたびれ果てて、これ以上ないという程に窮乏した暮らしを続けているのは、何のためだ」

思わず勝の方を見た。黙って茶碗を覗き込むようにしながら、勝も何か考え込む顔つきになっている。

「これほどの貧しさに耐えて、必死で働いても、暮らしは楽になるどころか、借金だって一文も減っていかないのが現実だ。むしろ金利のせいで膨れ上がっている──それは、そういう社則だからだ」

兄上の瞳には、いつもの兄上とは異なる、痛いような悲哀が感じられた。

「俺たちは、このままでは、いつまでたっても小作人でしかいられないんじゃないのか。北の大地に鈴木の家を根づかせるなんて、夢のまた夢なんじゃないのか」

鈴木の家がこの地に根づけないというのなら、渡辺家も同じことだ。どちらの家も、これ以上さすらう必要もない自分たちの城を持ちたいと思ったからこそ、開拓農民になることを選んだというのに。

「苦労というものは、いつか報われるという希望があるからこそ、出来るものだ。そうじゃないか？」

「つまり──兄上は、このままオベリベリにいたのでは、苦労は報われないと思っているの？　あなたも？」

勝は面倒くさそうに髪をかきむしり、酒をぐいとあおっている。

「そうは、思いたくはなゃあ！」

思いたくないが、そうなのだろうか。ここまで必死で拓いて、耕してきた土地は、このままでは永遠に自分たちのものにはならないのだろうか。

カネは、胸がふさがれるような思いで、それぞれの茶碗に目を落としている兄上と勝とを見つめていた。

8

その晩、どうにも気が晴れないまま、誰かに便りをしたためようかと思っても考えがまとまらないし、聖書を開いても文字を追うつもりになれなくて、一人で文机に向かってぼんやりと頬杖をついていたら、勝がむっくり起き出してきた。

「何だ、まだ起きとるのか」

「——あなたは？」

「小便」

言うなりごそごそと立ち上がって外の厠《かわや》へ行き、戻ってきて甕《かめ》の水を飲んでいる。そのまま自分の寝床に戻るのかと思ったら、勝はカネの背後までやってきて、カネが振り向こうとするよりも早く、カネの両肩に手を置いた。

「何しとる」

「——何も」

すると勝はカネの横に回り込んできて、その場にあぐらをかく。ランプの灯を受けて、勝の瞳がきらきらと輝いて見えた。

「灯油がもったいなゃあぞ」

「——もう、休みますから」

「銃太郎がシブサラを拓くのが、そんなに気に入らんのか」

「そんなことはありません」

「ひょっとして、常盤に焼き餅でも焼いとるんでなゃあか。小姑《こじゅうと》根性を出して」

嫌な言い方をする。そんなはずがないでしょうと言おうとして、カネは勝を睨みつけてから、そっぽを向いた。こんな夜更けに喧嘩をしても仕方がない。

「何だ、そのため息は」

「――何でも」

「何でもなゃあ顔はしとらんがや。たんまり言いたゃあことがありそうでなゃあか」

それなら申しますが、と口を開きかけたところで、勝がカネの手を握ってきた。ざらざらとした、荒れた手の感触が伝わってくる。

「もう遅いもんで。今夜は寝よう」

「どうぞ、お先に」

「カネもだ。話は布団の中で聞くがや」

手を摑まれて、ついでにランプの灯も消されてしまった。仕方なく、手を引かれるまま家の隙間から入る月明かりを頼りに、そろそろと布団まで進んでいく。けれど、勝と枕を並べても目が冴えてしまって一向に眠くならなかった。カネは闇の中で目を凝らしたまま、深々と息を吐いた。すると隣から「眠れんか」という声がして、勝の腕がカネの肩を抱いた。

「銃太郎がシブサラを拓くのは、確かに、一つには常盤のためでもあるだろう。近くにおれば、身体の不自由なおふくろどのも心強いし、常盤も安心には違いなゃあ」

「――そうでしょうとも」

「それは即ちコタンのためっていうことだがや。実際、シブサラはいい土地だ。あそこに畑を拓きさえすらゃあ、アイヌだって飢えんようになるに違いなゃあ」

勝の低い声が振動になって響いてくる。ああ、この人は自分の夫なのだ。これから先も一生涯、共に過ごすのはこの人なのだと感じるのはこういうときだ。穏やかに話すときの勝の声はカネを安心させる。少しくらい気に入らないことがあったとしても、忘れることにしようと思わせる。そこが、この人の得なところでもあり、ずるいところだ。

「ほんでも、銃太郎が自分で言っとった通り、晩成社から少し離れたいとも思っとるというのが、本音の部分かも知れんなあ」

「――晩成社から？」

闇の中で顔を起こそうとすると、すぐに勝の大きな掌《てのひら》が、カネの頭を押し戻した。

「アイヌの嫁さんをもらった以上、銃太郎は何が何でも、この地にい続けないかんと、真剣に考えたんだろう」

「晩成社にいては、そう出来ないのですか」

勝の胸が大きく上下した。

「今みたゃあな小作人扱いじゃなゃあ、ちゃんとした土地持ちになって、自分の畑を耕せるようになるのは、この分では俺たちが最初に考えていたより、ずっと先のことになるでなゃあかな。銃太郎は、それを見切ったのかも知れんなあ」

依田さんが留守の間はすべての帳簿類を預かって、几帳面に各戸を回っては記録をつけ続けている兄上の目には、その現実がより一層、強くうつっているのだろうと、勝の話は続いた。

「オベリベリはいい土地だ。ほんでも、一筋縄ではいかん。どえらゃあ時間がかかる。それが分かったからこそ、依田くんも他の土地を見つけて牛飼いだなんて言い出したんだからなあ」

聞いているうちに、カネの中にはますます不安な気持ちが広がっていった。すると兄上は、依田さんとはまた異なる形で、というよりも、むしろ依田さん以上に早く、この晩成社に見切りをつけるということなのだろうか。

「では、兄上は、シブサラを拓いたら晩成社をやめるのですか」

「――そうすぐには辞めれんだろう。銃太郎には晩成社の幹部としての責任がある。それに、ひと口にシブサラを拓くといったって、これから測量して、図面も引いて、何もかもを始めるわけだもんだでよ。それも、こっちでの仕事と折り合いをつけながら、段取りを踏んで少しずつ拓いていかなならんもんで、そう簡単にはいかんわな」

「――あなたは？」

カネは寝返りを打って勝の胸の上に手を置いた。

「あなたは、どうなさるの」

「俺か」

カネの手に、再び勝の手が添えられた。ふと、この人は北海道へ来る前はどんな手をしていたのだろうかと思う。結婚前には手を握ったことなどなかったし、婚礼の次の日に、勝はこちらへ来てしまったのだから、教師をしていた頃の勝の手を、カネは知らない。畑仕事も大工仕事も知らなかった頃の手は、おそらくまめもなければ節くれ立ってもおらず、今よりもずっと柔らかく、しなやかだったに違いない。そんな頃を知らなくて幸いだった。知っていたら、今のこの感触が辛すぎる。

「まずは、銃太郎を手伝ってやらんことには」

「でも、あなたはシブサラには行かないのでしょう？」

「アイヌのことを考えてもな。他にももっと新しく拓かんといかんだろうと思っとるでな」

「では、結局はあなたも、兄上と同じようにどこかを拓くのですか？」

「そうだなぁ」

「それで、あなたも晩成社から離れるおつもりなんですか」

するとは再び大きく胸を上下させ、自分は、まだ当分はそのつもりはないと言った。

「どうして？　あなただって、兄上のように考えていらっしゃるんじゃないの？」

それはそうだが、と言いながら、カネの肩に回した手に力がこもった。抱き寄せられながら、カネは「約束がある」という勝の声を聞いた。

「約束？」

「佐二平どの――依田くんの兄上と、約束をしとるもんで」

「――何て？」

勝の手が浴衣の胸元から滑り込んでくる。その手を押しとどめるようにしながら、カネはもう一度「ねえ、何て」と繰り返した。

「少なくとも最初の五年は、依田くんと共におると」

乳房の上に勝の手を感じながら、カネは「約束したがや」という勝の声を聞いた。

「あの家には、ようけ世話んなっとる。特に、佐二平さんにはなゃあ。あのお人のお蔭で、俺は生きのびられたようなもんだ。恩人だ。だから、約束は守らなゃあとならなゃあ」

「依田さんのお兄さんは、どうしてそんな約束をあなたにさせたのでしょう？」

衣擦《きぬず》れの音が大きくなって、勝が姿勢を変えてきた。

「依田くんは、ああいう男だがや。それを、佐二平さんはよう分かっておられるんだなも。そばにおって、周りとのつなぎ役になるようなもんが必要だと」

「それをあなたに頼むっていうことですか」

「まあ、そういうことだ――もう、少しおとなしくせんか。雰囲気が出んわ」

勝の息づかいを聞きながら、カネは、その佐二平という人も、また厄介なことを勝に頼み込んだものだと考えていた。

翌日から、勝はこれまで以上に周囲のコタンに出かけるようになった。兄上につき合ってシブサラに行き、測量の手伝いをしたかと思うと、その翌日にはシカリベツプトに行ってそこを測量し、その合間にフシコベツやメムロプトにも足を伸ばしては、宮崎濁卑さんや新井二郎さんとも会い、酒を酌み交わしながら何ごとか話し合って帰ってくるという具合だ。一体どれほど歩いているのかと思うほど草鞋の消耗が激しい。こうなると家の畑を守るのは自然、カネに回されることが増えていった。せんを負ぶい、セカチらと共に日がな一日、畑にいる。

六月に入ると途端に天候が不順になり、雹《ひょう》が降ったり霜が降りたりして、せっかく育ち始めていた作物が駄目になった。カネは、がっくりと力が抜けて、立ち上がる気力も出ないほどになったが、勝の方は「しょうがねぇな」などと言いながらセカチらと川へ釣りに行き、チョウザメを何匹も釣って帰ってきた。

「畑が駄目なら漁があるがや！」

意気揚々とカネに釣果を自慢して、大きなチョウザメを自分でさばき、それを分けてやるからと兄上の家にも行って、また酔って帰ってくる。高いびきでよく眠り、次の日はまたどこかへ出かけてしまう。カネの目から見ると、勝はこの大地を実に自由に、のびのびと飛び回っているように見えてならなかった。そんな夫を横目に、自分ばかりが家と畑にへばりついているのが、どうにも割に合わないように思う。女なんて、損なばかりだ。何てつまらないのだろうかと、そんなことばかりが頭に浮かぶようになった。

この頃、何のためにこの地に来たのか分からなくなることがあります。どれほど苦心して育てても、畑の作物はたった一度の雹や霜で簡単に枯れ果ててしまうのです。何度も何度も同じ目に遭いながら、地を這うようにして畑を拓き続けなければならない意味が、分からなくなりそうになります。

天主さまは一体、私に何をお望みなのだろう。

日に幾度となく、そんなことを思います。これは、試されているということなのでしょうか。今の私は木偶《でく》の坊のように何も考えない方がよろしいのでしょうか。そして、夫の留守を守り、子を育てて、ただ与えられた仕事をしていれば、それでよろしいのでしょうか。だとしたら、私は何のために女学校に行き、あれほど努力して、学問をして過ごしたのでしょう。


誰に出すとも知れない便りを書き、次の日には竈にくべてしまうことが何度となくあった。こんな狭い家では、どんなものも隠しておくということが出来ないからだ。だからといって本当に誰かに宛てて投函してしまったら、手紙を受け取った相手は、カネの身を案じて胸を痛めるに違いない。こちらの意地だってある。結局、カネの本当の思いは、汗になって畑の土に染み込んでいくか、または、竈の灰になるしかなかった。

そんな日々の中で、カネの心を支えているのはやはり、子どもたちに勉強を教えることだった。最近は山本初二郎さんのところの金蔵が、ますますやる気を出してきて、算術なども熱心にやるようになった。アイランケは相変わらず来たり来なかったりだが、シノテアやチャルルコトックといったセカチも読み書きを教わりに来ることがある。ランプの頼りない灯の下で瞳を輝かせながら「先生」とこちらを見る子どもたちと接していると、どれほど疲れ、また鬱々となりそうな一日を過ごしてもカネの心には小さな希望の火が灯り、また明日もやっていかれるような気持ちになる。

そうこうするうち、せんが満一歳の誕生日を迎えた。何もない土地で、大した病気もせずによくぞ一年間育ってくれた。

「あなた、今日は家にいてくださいね」

「分かっとる」

この日ばかりは勝もカネの言うことを聞き入れて、セカチらと共に朝から家の周りや家畜小屋などの掃除を始めた。夕方には、兄上と常盤も来ることになっているし、最近、兄上のところに住み込んで働くことになったアイランケも一緒らしかったから、カネは張り切って朝から餅を作る用意に取りかかった。アイヌからもらった鹿の干し肉も戻して、いつもよりご馳走を作るつもりだ。

「せんちゃん、よかったねえ。皆がお祝いしてくれるのよ」

背中のせんに何度も話しかけながら、休みなく働いていると、昼を過ぎた頃に利八の家のきよが、やはり子どもを負ぶってやってきた。

「依田さんが帰ってきたよ」

そのひと言に、思わず勝を振り返った。せんの誕生祝いに依田さんを呼ぼうと言い出されたらどうしようかと思ったのだ。せっかくのお祝いの席なのに、依田さんが来てしまったら雰囲気が壊れるかも知れないと、一瞬のうちに警戒する気持ちになった。

「ちいっと、会ってくるか」

古新聞を読んでいた勝が、即座に「よし」と立ち上がる。

「あなた、依田さんもお誘いになるおつもりですか？」

草履をひっかけている勝に尋ねると、勝は不思議そうな顔になってカネを振り返った。

「べつに、構わんだろう」

「――でも、今日は身内で」

「身内っていったって、アイランケも来るんだし、後からモチャロクも来ると言っとったぞ」

「――そうですけれど」

勝はまだ何か問いたげな様子だったが、取りあえず行ってくるとだけ言い残して、さっさと出かけていってしまった。

鈍感。

思わず舌打ちが出た。どうしてもう少し、こちらの気持ちに気づいてくれないのだろう。兄上と三人で集まって、また気まずい話になったら、どうするのだ。せっかくの、せんの誕生祝いだというのに。

「ちょっと、いい匂いしてるじゃん」

ふいに声がして振り返ると、きよが遠慮なく鍋のふたを取って中を覗き込んでいるところだった。カネは気持ちを入れ替えるように「味見する？」と笑いかけた。

「ねえ、依田さん、一人で帰ってきたの？」

料理を小皿にとりながら尋ねると、きよは、文三郎さんも山田喜平も一緒だと答えながら鹿肉の煮付けを頬張り、うん、うん、と何度も頷いた。

「よく煮えてるわ」

「少し持って行く？」

「もらってく、もらってく。そんで、依田さんはさ、一週間くらいこっちにいて、また行くんだってさ。オイ、なんだっけオイマカナエ？」

「オイカマナイ」

「そっちに移る準備とか、色々しなきゃならないんだってさ」

それからきよは、ちょっと周囲をうかがうような素振りを見せた後で、カネとの距離を縮めて「大丈夫だらか」とカネの顔を覗き込んでくる。

「――何が？」

「依田さんだけ、こっからまんまと逃げだそうっていうんじゃないんだらか」

反射的に「まさか」と返したものの、言った後で自分の中にもそんな不信感があることに気がついて、カネは密かに動揺した。自分は依田さんを信用していないのだろうか。勝や兄上の仲間なのに。チームのリーダーだというのに。

「うちの人だって言ってるら。依田さんと、あんたんとこの兄さんと、どっちかについてくことになるって言われたら、銃太郎さんについていくって」

「うちの？」

お互いに背中の子を軽く揺すりながら、きよは頰の肉を震わすようにして、しっかりと大きく頷いた。

「ほら、銃太郎さんが今度シブサラの土地を拓くって話だら？　そっちがいいようなら自分も行きたいみたいなこと、言ってるに」

何と言っても、利八から見て依田さんより兄上の方が信頼出来るからに違いないときよは言い、少しばかり鼻息を荒くして「依田さんは」と口を尖らせた。

「伊豆にいるときと変わんない、ずっと若旦那さんのまんまだもん」

「若旦那さん？」

「向こうからこっちに来るときには、自分も皆と一緒に汗をかくし、土にまみれて、肥だめにだって手を突っ込んでみせるって言ってたんだに」

「肥だめに、手を？」

「まあ、全部嘘だとまでは言いたくないけんど、私らみたいな百姓は、それが毎日だもんね。一日だって休みなんかない、朝から晩まで、ただただそれを続けるのが百姓だら？　依田さんは、ちょっと汚れたら、すぐ大津。ちょっと働いたら、すぐ東京」

やはり皆がそういう目で見ているのだなと思った。依田さんは、あくまでも経営者側の人であり、この村の人たちは仲間というよりも、管理すべき相手なのかも知れない。少なくとも肩を並べて前へ進もうとする仲間ではない。おそらくお互いに、そう思っている。

「まあ、なるようにしかならないわ」

自分が抱えている不安をきよに悟られないように、カネはわざと明るい声を出し、きよの背中できょろきょろと辺りを見回している子どもの方に話題を移した。せんや、この子が大きくなる頃には、せめて学校が出来ていて欲しい。ちゃんと学べる環境を作ってやりたいのだ。それには、もうそれほど時間はないはずだった。

結局その日、依田さんはせんの誕生祝いには現れなかった。その代わり、祝いだといって酒を一升と切手を数枚、そして、数本の西洋歯ブラシが届けられた。

悪い人じゃない。

それらを手に取りながら、カネは何とも割り切れない、侘しい気持ちになっていた。見捨てられるのは自分たちの方かも知れないのに、なぜだか依田さんを突き放してしまっているような気分だった。

第六章

1

四年前の七月十五日、依田さんと兄上は川を上って初めてオベリベリの地にたどり着き、そして、この地こそ我らの未来が開ける地だと定めた。そこからすべてが始まったことをいつまでも忘れるまいと、この日を開拓記念日と定めることになった。

「そんで今年からは神さまにもお詣《まい》りをしよう。我らを守ってくださる土地の神さまを大切にせんといかん」

七月に入ってすぐ、依田さんは村の人々を集めてそう提案した。伊豆にいた頃には氏神様《うじがみ》をはじめとして道祖神やお地蔵さんなどに、朝に晩に手を合わせてきた人たちには、心の拠《よ》り所は是非とも必要だ。依田さんの発案で、カネたちが聖書の朗読会を開いたこともあったけれど、結局、彼らに必要なのは、やはり昔から信仰し続けている八百万《やおよろず》の神さまと仏さまなのだった。

「何年かうちには祠《ほこら》も立てる。そんときは俺が責任をもって御神体を分けてもらってくるもんで、それまでは、この村でいちばん大きな東の端の柏を村のご神木としてお詣りしよう。アイヌも昔から、神が宿っとるという木だ」

さらに、その日は仕事も休みにして、互いの苦労をいたわり合いながら一日ゆっくり過ごすことにしようと言い、依田さんは「餅くらいは用意する」とも請け合った。正月以外で初めて楽しみが出来たと、村の人々は皆が表情を輝かせ、揃ってその日を心待ちにすることになった。

するとこ開拓記念日の前日、ほとんど日も暮れかかった頃に高橋利八が「大変だ」とカネの家に駆け込んできた。

「依田さんのとこに、女が来た！」

ちょうど竈の火を熾していたカネは、いぶる煙から顔を背け、前掛けで涙を押さえている最中だった。見上げると、利八が肩で息をしながら、口をぱくぱくさせている。

「女って――リクさんじゃないの？」

半泣きの顔のまま、カネは利八の慌てぶりに笑いそうになった。女房のきよも含めて普段からいちばん親しくつき合っているし、カネよりも二歳年下の利八には、つい気安い話し方になる。だが利八は余計に慌てた顔つきになって、大げさに顔の前で手を振ってみせる。

「奥さんなんかであるもんかよ。顔かたちも全然、別人だら。その女が、餅やら酒やら運んできたみてえだに。依田さん家に、入ってった！」

カネは思わず勝と顔を見合わせた。今ひとつ、頭の整理がつかない。

「また利八のうっかりでなゃあのか。薄暗がりの中で見間違ったとか」

フシコベツから帰ってきたばかりの勝は、ちょうど上半身裸になって身体を拭いているところだった。その手を休めることなく、冷やかすような顔つきで利八を見ている。すると利八は憮然とした表情になって、今度は大きく首を横に振った。

「また、勝さんまで。見間違うもんかよ。俺ぁ、この二ぁつの目ん玉で、はっきり見たんだから。そうだな、年の頃は三十になるかならねえかの、ちょっと垢抜けた感じもする年増女《としま》だら。こう、下ぶくれのよう」

「あなた、心当たりあります？」

首を傾げて勝を見ると、勝も口を尖らせて「知らん」と首を傾げるが、よく見ると、心なしか目を泳がせている。その表情を見た瞬間、カネは、いや、勝は知っている、と直感した。何かごまかそうとするときに、勝はこういう顔をするのだ。

「――どこの女の人かしら。ねえ？」

探るように言ってみる。それでも勝は空とぼけた様子で、口をへの字にして唇を突き出したままだ。

「大方、大津の酒屋か餅屋あたりの女房が、明日の開拓記念日に皆に配るもんを届けに来たんでなゃあか。依田くんが注文しとったもんを」

「おいおい、勝さんよ、酒屋のばばあなら俺だって知ってるら。それとは別人だに。第一、大津から年増女がわざわざ一人で来るもんだか？　こんなとこまで？　いっくら商売だってよう」

利八が、いかにも疑わしげな表情で言うから、カネもそれに合わせて「そうよねえ」と頷いた。すると勝は、だんだん立場が悪くなってきたのを感じたのか、「腹ぁ減ったな」などと辺りを見回している。

「あなた、知ってらっしゃるんでしょう」

利八が帰って勝が晩酌を始めると、カネは正面から切り出した。今日は朝からせんが熱を出してカネを慌てさせたが、今はすっかり下がった様子で、さっき粥も食べた。

「何を」

「だから、依田さんのこと」

最初は「だから知らんがや」などと言いながら漬物を突いていた勝も、カネがずっと見つめていると、やがて「誰にも言うなよ」と観念した表情になった。

「おそらく大津の、布団屋のお上だがや」

「布団屋？　依田さんとは――」

カネが身を乗り出すと、勝は仕方がないというように右手の小指を立ててみせる。カネにはその意味が分からなくて、指切りでもするように自分も同じ格好をしてみた。勝が呆れた顔で「おんなだ」と言った。

「おんな――それはつまり、特別な間柄の女の人という意味ですか？」

「決まっとるがや。依田くんも、ああ見えてなかなか隅に置けんとこがあるもんで」

カネは「まあ」と言ったまま、しばらくは言葉が出なかった。

「あの依田さんが」

「そらゃ、女房は戻らんまんまだし、依田くんだって淋しいこともあるだろう」

そうかも知れないとは思う。それでも、嫌悪感の方が先に立った。第一、リクが気の毒だ。

「いつから知っていらしたの」

勝は、もう隠す必要もなくなったと思ったのか、実にあっさりと昨年の暮れだと応える。

「大津に行ったとき」

そういえば昨年の暮れ近くに、依田さんが勝を大津に呼び出したことがあった。確か、江政敏さんらに貸した金の返済について、一緒に談判して欲しいという用件だったはずだ。ちょうど兄上が札幌や内地に旅しているときだった。あの時、勝はずい分と疲れた顔をして帰ってきたのを覚えている。

「依田くんは気にしとらんようだったが、こっちはそんな女がそばにおれば、気ぃつかうに決まっとるがや。何か居心地が悪うて、えらゃあこと気詰まりだったがや」

「じゃあ、その頃からつきあってたっていうことですか？」

「そういう関係になったのは、もっと前ゃあからだろうな」

「つまり、まだリクさんがこっちにいたときからということですか？」

勝は「そうかも知れんなあ」と言った後、そこまでは知らないと言い直して、とにかくこのことは利八やきよはもちろん、他の誰にも話してはいけないと念を押す。

「兄上にも？　常盤さんにも？」

「銃太郎は――知っとるがや」

「――呆れた」

これで関係が壊れるのかと思うほど激しい口論になることがあるかと思えば、その一方でこの三人は、互いに秘密を共有して仲間を守り合っているということだった。それが男同士というものなのだろうか。それにしても、これからは依田さんを見る目も変わってしまいそうだ。どんなに難しい顔をして、反っくり返るような姿勢でこちらを見下ろしてきても、この人には別の一面があるのだと思ってしまうと、これまでのようには接することが難しいような気がする。

「あなたは大丈夫でしょうね」

ふと思いついて、カネはもう一度勝の顔を見つめた。勝は馬鹿馬鹿しいというようにそっぽを向く。

「そんな暇も金もあるわけなゃあがや」

「暇とお金があったら、あなたも大津へ行って、そういう人を作るのですか？」

勝は憤然とした表情になって何か言いかけては口を噤み、それからぐいと酒を呑む。カネが繰り返し「ねえ」と尋ねると、今度は湯飲み茶碗をぐい、と差し出してきた。

「俺は、こっちの方がええもんでよ」

「では、お酒を呑む人は、浮気はしないのですか？」

勝は「しつっこいなゃあ」と、わずかに目を細めて顎を突き出し、カネをじっと見つめる。

「ええか。こう見えても、俺ぁ、耶蘇教徒だがや。痩せても枯れても、天主さまの教えは忘れなゃあ。依田くんと一緒にすんでなゃあわっ」

「あら、それは失礼いたしました」

カネは頭を下げて見せながら、思わず笑いをかみ殺していた。たとえ冗談でも、よそにも女を作る気があるなどと言われたら、そのときは即座にせんを負ぶって、父上のところに家出してやろうかと思っていた。

翌日の開拓記念日は村の東の外れにある大きな柏の木にしめ縄を巻いて御神酒《おみき》を捧げ、皆で揃ってお詣りをした。勝とカネ、そして父上たちは少し離れたところから彼らの様子を眺め、その後の宴会から参加した。約束していた通り、依田さんは粟餅と焼酎とを用意しており、あとは各家が簡単な料理を持ち寄ってのささやかな宴会だ。

「常盤も遠慮しないで、いただきなさい」

兄上に背を押されて、常盤も緊張した様子で少しずつ人の輪に加わろうとする。彼女にとっては、これが初めての村の集まりだった。村人の中には、常盤の美しさか、または口もとの刺青が気になってか、不躾なほどじろじろと見つめるものもいたが、きよなどは親しげに「常盤ちゃん」と手招きをして何かと話しかけ、常盤も懸命にそれに応えようとしていた。

「来年も再来年も、この先ずっと、今日という日を忘れずにいような！　オベリベリの歴史は四年前のこの日から始まった。そして我々の手でつながれて、これからも未来永劫、続いていくんだ！」

依田さんはいつもの無愛想が嘘のように上機嫌だった。

「今年はバッタも来ねえようだから、きっといい秋が迎えられる」

拡げたアイヌ茣蓙のキナに膝をついて、誰彼となく話しかけ、酒を注いで回っている依田さんを眺めながら、カネは、「分からない人だ」とつくづく思っていた。

ここまでオベリベリに愛着があるようなことを言いながら、他の土地で牧畜を始めるという。牧畜など、農業以上に無知な素人なのに。周囲の不安をはね除けるほどまでに熱心に開拓と新事業のことしか考えていないのかと思えば、一方では女を作っている。しかも、こんな小さな村に連れてくれば瞬く間に噂は広がるに決まっているのに、そんな人に酒などを運ばせる。

何を考えているんだか。

もしかしたら、女はまだこの村にいるのかも知れない。たとえば自分の家にでも隠しているのなら気が気でないはずなのに、依田さんは珍しいほど屈託ない表情で村人に酒を勧め、楽しげに笑っていた。よほど緻密に物事を考える、真面目で几帳面なばかりの人かと思っていたが、もしかすると意外に鈍感で無思慮なのか、またはどこか一つ抜け落ちているところがあるのかも知れないと、カネはちらりちらりと依田さんを観察しながら考えていた。

翌日、依田さんは朝早くに再び大津へと旅立っていった。いよいよオイカマナイの開拓に本腰を入れるという話で、今回は豚を四頭連れていたが、「女も一緒だった」と教えてくれたのは、金蔵の父親の山本初二郎さんだった。

「あれだっていうんだら？　大津の、布団屋の後家さん」

それにはカネも、また勝も驚いてしまった。実は、村の人たちはもう誰もが依田さんの女のことを知っているというのだ。

「そりゃあ、大津に行けば、そんな話も耳に入ってくるら。ここと違うっていったって、所詮は小さい町だもんで」

「ほら、カネさんとこは若旦那さんとも近いし、耶蘇教のお偉い先生に下世話な話を聞かしてもいけないと思って」

それから数日間は、誰かがやってきてはそんな前置きをした上で、依田さんの「おんな」の話をしていった。その結果、依田さんの「おんな」という人は大津の貸し布団屋の未亡人で、もともとは東北の人だということが分かった。名前はタネといい、今年で二十八だか九になるが、四、五年前に大津の貸し布団屋に後妻に入ったと思ったらすぐに夫に先立たれ、今は一人で店を守り続けているらしい。何しろ陽気でよく喋る人で、そういう意味ではリクとは対照的な人らしいということだった。

「まさか、オイカマナイで、その女と暮らすっていうんじゃないだろうね。それとも、もう一緒にいたりして」

あるとき、木綿糸を借りたいと言って顔を出したきよが、またいつものように身を乗り出してきた。

「ちょっと。やめてよ」

カネは、こみ上げてくる嫌悪感に思わず顔をしかめた。カネたちの天主さまは「姦淫《かんいん》してはならない」と教えている。依田さんだって、かつては勝と同じワッデル塾に通っていたことがあるのだから、それくらいのことは知っているはずだと思う。いくら今、信仰が違っているとはいえ、出来ることならすぐにでも悔い改めて欲しいのだ。

天主さま、哀れな依田さんをお守り下さい。そして私がこれ以上あの人を嫌ったりしないように、どうかお導き下さい。

真夏の太陽に照らされながら、カネは思い出すとは、そう祈っていた。

七月の下旬に戻ってきた依田さんは、しばらくは留まるということで、農作業の合間に村の人たちを集めて道路を作ったり、川に橋を架けたりということをしていた。また、勝や兄上たちと一緒にモチャロクのカムイノミにも参加したという。無論、自分の浮気が村中の噂になっていることなど、知るよしもない。普段は意見がまとまるということの少ない村の人たちが、そういう点では結束が固いというのか、同じ気質というのか、見事なほどにしらばっくれていた。そして、何も知らない依田さんは、これまでと変わらずに皆を指図する立場で動いていた。

「いい気なものだわ、依田さんは」

ある日、夕食のときについ呟くと、勝が「え」という顔をした。

「陰で笑いものになっているのも知らないで」

「笑いものっていうことはなゃあだろう」

難しい顔になる勝に、カネは「ないことは、ないでしょう」と言い返した。それでも勝は「うんね」と首を振る。

「そんなもん、男の甲斐性だとみんな思っとるがや」

カネは膨れっ面になって勝を見据えた。

「そんなことを男の甲斐性と言うのなら、妻を泣かせるなと言いたいです」

すると勝の方もいかにも不愉快そうな顔になる。

「ええな、このことは忘れろ。男の顔に泥を塗るもんでなゃあ」

よほど「泥を塗られるようなことをする方が悪いのでしょう」と言いたかったが、これ以上言うと勝が本気で怒り出すと分かっていたから、結局は黙っていた。それでも、言いたいことは溜まっていく。祈っても祈っても、もしも今、依田さんと顔を合わせてしまったら自分がどんな態度をとるか分からないとさえ思うようになった。下手をすると、本人を目の前にして、思うままを言ってしまいそうな気さえする。

みんな知ってるんですよ。

この村の人たちも、みんな。

リクさんは今どんな思いで伊豆で療養してると思うんです。

子を死なせた上に、今度はこんな形でリクさんを裏切るんですか。

この村の人たちが泥だらけになって働いているときに、依田さん、あなた、よそでどんな風に羽を伸ばしているんです。

言ってやりたい言葉が次から次へと思い浮かんできて、止まらなくなってしまいそうだ。

何よ、えらそうに！

言ってやれたら、どれほどすっきりするだろう。だが、そんなことになったら、もう取り返しがつかない。勝にだって恥をかかせるし、兄上も同様だろう。決して盤石《ばんじゃく》とは言い切れない雰囲気になってきた三人のチームが、そんなことをきっかけにして崩れてしまわないとも限らない。それだけは避けなければならなかった。

こうなったら、何とかして依田さんと会わないようにするしかない。カネはあれこれと考えた挙げ句、当分の間は毎日休みなく子どもらを集めて勉強を教えることにした。つまり、勝が家で酒を呑めないようにするのだ。そうすれば自然と依田さんも来なくなる。

「俺のことは気にするな」

子どもたちへの教育に関しては常に協力的な勝は、カネが「授業を頑張りたい」と言うのを疑う様子もなく、かえって気楽に飲み歩けると言って、毎晩のように「カムイノミ」に出かけるようになった。よくもそれだけ訪ねる先があると感心するほど、ときにはフシコベツまでも足を延ばして、深夜にひどく酔って帰ってきたり、あるいは泊まってくることさえある。夏の間中、そんな日の連続になった。

九月に入って依田さんがまたも大津に行く頃には、村の人たちも噂話に飽きたらしく、誰も何も言わなくなった。気がつけば、オベリベリは静かな秋になっていた。

「この夏は馬鹿に呑んで歩いたなも」

空気が入れ替わり、空がぐんと高くなった頃、勝にはようやく落ち着いて家で過ごす晩が戻ってきた。少しずつ言葉を覚え始めているせんと遊んでやる様子などは、カネの目から見ていても穏やかでいいものだ。こうなると自然に夜の来客も増える。ときには田中清蔵さんが兄上とともにやってきて、ハム作りの相談をしていったりすることもあった。それぞれの家で飼っている豚がわずかずつ数を増やしていることから、一定数をハムとして加工すれば日持ちもするし、新たな収入源にもなるというのだ。作り方は田中さんが知っているという。この土地にいてハムが食べられるなどと想像したことさえなかったから、その話にはカネも心を躍らせた。

「俺は、これから澱粉作りを本格化させるつもりだから、ハムの方は勝に先頭に立って、頑張ってもらいたいんだが」

「おう、悪くなゃあな。やるか」

新しい目標が出来て、勝たちはまた楽しげにそのことを語り合うようになった。そこに依田さんの姿はない。そのことが、もはや当たり前のようになりつつあるのが、カネには何となく侘しくも見えた。時折、依田さんはそのオイカマナイという土地で、誰を話し相手にどんな思いで過ごしているのだろうかと思ったりもした。

2

この秋、オベリベリは開拓四年目にして初めて豊作に恵まれた。煙草の葉が大きく開き、粟は穂を垂れ、蕎麦も刈れたし、豆がはじけた。掘れば掘るほど芋が出てきた。乾いた秋風が汗を飛ばし、村は喜びに沸いた。

「こうでなけりゃいかんがや！　これでこそ我らが新天地、これでこそ黄金が眠るオベリベリだわ！」

勝はこれまでよりも多くのセカチを雇い入れて、毎日張り切って収穫作業に明け暮れた。時を同じくして鮭が上ってくる季節になったから、年に一度の機会を逃してはならないと、そちらの漁にも出かけていく。兄上や田中清蔵さんと相談して始めることになったハムの製造に関しては依田さんの賛成も得られたことから、収穫作業が落ち着いたらいよいよ工場の建設に取りかかろうということになっていた。工場の名前は「ラクカン堂」と決まった。「臘乾《らかん》」と「楽観」とをかけ合わせたもので、常盤を命名した時と同様に文字遊びと語呂合わせが好きな兄上の発案だ。

鶏は卵を産み、馬は隙あらばすぐに逃げ出すし、豚は餌をねだる。山羊は黙々と草を食むばかりだが、こんなときに猫まで子を産んで、こうも忙しくなってくると、さすがにカネも夜の授業をしばらく休みにせざるを得なくなった。

「カネ先生、大丈夫だら。俺んとこも、今は新五郎だって畑へ出ねぇとなんねえぐれえ忙しいもんで。俺だけ『勉強がある』なんて言ったら、父ちゃんにひっぱたかれるら」

教室の優等生でもある山本金蔵が物分かりのいいことを言ってくれたときには、カネもほっとして、ここは割り切るべきだと心に決めた。そして、とにかくこの秋の間は、ひたすら収穫のために汗を流すことにした。

夜明け前から起き出す忙しさはこれまでと変わらなくても、気持ちの張りと手応えそのものが、まるで違う。村の誰と顔を合わせても、互いに「忙しいね」と言いながら、それでも顔がほころんだ。女同士が集まるときなどは、ことに賑やかになる。

「今度の正月は、うんまい雑煮が食べられるかもしんねえら」

「雑煮もいいけんど、うちは今年こそ、布団の打ち直しをしたいんだよね」

「うちだっておんなじだら。着るもんだって新しくしたいもん」

「うちは父ちゃんも子どもらも、みんな、わしの襦袢を割いて下帯にしてるら」

「それよか、新しい小屋を普請してもらいてえ。狭いし寒いし、ねずみの糞だらけだもんで」

「そりゃ、あんたが掃除しねえからだよ」

みんなで集まって漬物をつけるときなどは特に賑やかだ。これまでは惨め過ぎて口に出来なかったような話題も、今や過去の笑い話だというように、みんなでけたたましい声を上げて笑っている。若い常盤は、まだすべての言葉を理解出来ているわけではないし、何より女たちの勢いに気圧《けお》されたような表情をしていたが、それでも彼女らに混ざってせっせと働き、熱心に、和人の漬物の方法を教わっていた。

「やっぱりさ、夏に神さまをお祀《まつ》りしたのがよかったんじゃないかね」

「もっと早くやりゃあよかったんだ。ここに来たら、いちばんに」

「そういうとこが、若旦那さんは今一つぼんやりっていうかさ、抜けてるとこだら」

「あれまあ、算盤勘定《かんじょう》と女を見つけるには抜け目なくてもかね」

また、あっはっは、と笑い声が上がる。常盤が怪訝《けげん》そうに目を丸くしているから、カネは、そっと目配せをするように首を振って見せた。余計なことは知らなくてもいいという合図だ。常盤が無防備に、ここで聞いてきた話を何でも兄上に語ったら、兄上が不快な思いをすると分かっている。

ただでさえ兄上は九月の末からいよいよ澱粉製造に取りかかり始めて、このところ特に忙しくしているようだった。札幌から取り寄せた機械が、満を持して役に立つときが来た。もしも澱粉製造がうまくいって、まとまって出荷出来るようになれば、晩成社の一つの大きな収入源になることは間違いない。

舟着場には引っ切りなしにチプと呼ばれる丸木舟がつながれて、保存のきかない野菜類から順に荷積みされていく。こうなると、晩成社が持っている舟だけでは足りなくなって、近くのコタンからも借りていた。舟着場には荷積みを手伝うアイヌの言葉が飛び交い、三日にあげず大津へと運ばれていく様子を、カネはせんの手を引いて土手の上から眺めることがあった。丹精込めて出来上がった作物が運ばれていくのを眺める嬉しさは、女学校にいた頃に教え子が巣立っていくときにも似ていて、誇らしささえ感じた。

天主さま。私たちの苦心の賜物《たまもの》が、どうか無事に大勢の人の手に届き、彼らの一日の糧となりますように。

そうなれば自然に、カネたちのところにも対価が入ることになる。それが何よりも嬉しかった。春からの苦労が、ようやく報われるのだ。

もし、少しでも収入が増えたら。

欲しいものはいくらでもあった。まず最初に、せんに新しい着物を縫ってやりたい。勝の仕事着だって、もうボロボロだ。冬に備えて家族の夜具も揃えたかった。それから金蔵のために新しい教本と辞書、読本も取り寄せてやりたいと思っている。少し考えただけでも、次から次へと欲しいものが頭に浮かぶ。

「ねえ、私も一度、大津へ行きたいのですが」

ある日、夕食のときに勝に切り出してみると、勝は酒を注いだ湯飲み茶碗を手に、怪訝そうな顔になった。

「大津へ行って、何するだゃあ」

「お買い物」

「買い物？　何を」

「何でもいいんです。小さなもので。ただ、お買い物がしたいの」

今日は、裏の川を上ってきたばかりの鮭を一尾、勝が自分で三枚におろした。その大きな身に酒で溶いた味噌を塗り、油を塗った鉄板の上でじっくりと焼いたものを、勝は「うまゃあうまゃあ」と突いている。確かにそれは香りもよく、一緒に焼いた野菜と共に大変なご馳走になった。そのご馳走を肴にしながら、わけが分からないという様子で首を傾げている勝に、カネは、焦れったくなって唇を尖らせて見せた。

「考えてご覧になって。私、ここへ来てからただの一度もお買い物というものをしたことがないんですよ」

勝は、だから何だというように、ただ口をもぐもぐとさせるばかりだ。カネはますます焦れったくなった。

「ヤマニの大川宇八郎さんが来てくれるときだって、支払いはほとんどツケだし、品物なんて選べるほどないでしょう？　だから、縫い針の一本でも糸の一把《いっぱ》でもいいから、私、お店に行って自分で選んで、自分でお金を払って買いたいんです」

　気持ちが浮き立つのを抑えられなくて、つい両手を胸の前で合わせて祈るような格好になったとき、勝が豪快すぎるほどの笑い声を上げた。周囲の空気が大きく揺れる。父上が木を削って作ってくれた小さな匙を使って、一心に粥を口に運んでいたせんが、ぽかんとした顔で勝を見上げた。

「おまゃあはまた、おかしなことを言い出した。ヤマニから買おうが大津で買おうが、針は針、糸は糸でなゃあか。あんなもん、選ぶ必要があるか」

「そういうことじゃなくて」

「大津まで行けば、どえらゃあ安く買えるってわけでも、なゃあだろうが」

「――ですから」

「ああ、ああ、分かった分かった。針でも何でも、大津で好きなものを買ってくるがええがや」

　勝は、いかにも愉快そうに身体を大きく揺らして笑っている。

「なあ、おカネだって買い物の一つぐらゃあ、したゃあに決まっとるって、そういう意味だがや、なあ？　横浜にいたときみたゃあに、煉瓦道を歩いて小間物屋を見つけたら飾りボタンの一個、リボンの一本も買うってわけにいかんもんなあ。そういうもんだって欲しいに違ゃあなゃあわ」

「飾りボタンなんて――」

　そんな贅沢品を買いたいわけではないと言いたいのに、勝はなおも笑い続けている。

「しかたんなゃあわ、女子《おなご》だからなあ。せんと同《おんな》じだがや。本当はまっと可愛らしいもんでも欲しいんだ、なあ？」

「憎らしい仰り方。人を子ども扱いして」

こちらが思い切り膨れっ面を作っても、勝がずっと笑い続けているから、カネの方も次第に馬鹿馬鹿しくなってきて、先を続ける気が失せてしまった。それより何より、これほど愉快そうに笑っている勝を見るのは久しぶりだ。何とも言えず嬉しかった。暮らしの不安が少しでも薄らぐとは、こういうことなのかと思う。

「ほんで、いつ行くって？」

「そんなにすぐ、行かれるわけがないじゃありませんか」

本当は、十分に分かっているのだ。この忙しさをべつにしたって、ただでさえ幼いせんを連れて丸木舟で川を下るのは危険が伴うし、第一、大津へ行って戻るまでには日にちがかかる。途中、ろくな宿もないようなところで、せんと野営するわけにもいかないし、そう何日も家を空けるわけにいかないに決まっていた。しかも、これからオベリベリは長い冬に向かう。その支度だって急いで取りかからなければならない時期だ。本当に大津へ行かれるとしても、どんなに早くても来年の春のことだろう。ただ、「もしも」と仮定してそんな話が出来ることだけで嬉しいのだ。出かけるのも、また買い物をするのも、横浜にいた当時ならごく当たり前に出来ていたことの何もかもは、実は、暮らしにゆとりがなければ出来ないことだと、ここへ来てつくづく思い知らされた。

「とにかく、豊作って、いいものだわ」

ねえ、せんちゃん、と娘に笑いかけ、せんの口もとと小さなてのひらを布巾《ふきん》で拭ってやりながら、カネは自然に自分も笑顔になっていた。

十一月に入って毎朝のように霜が降りるようになった頃、依田さんがほぼ二カ月ぶりに戻ってきた。オイカマナイの開拓に取りかかりつつ、その合間を縫って青森まで牛を買い付けに行ったりしていたという依田さんは、例によって笑顔の一つもなければ挨拶の言葉もなく、焼酎を一本だけぶらさげて、のっそりと現れた。

「明日からでも早速、社納品の計算を始めたいと思っとるもんで、渡辺くんも来てくれや」

「おう、分かった。どうだ、一杯、やっていかんか」

「いや、いらん。これから鈴木くんのところにも行ってくる」

勝の誘いをあっさり断り、水屋に立っていたカネには一瞥もくれずに、依田さんはそのまま出て行ってしまう。誰もいなくなった戸口に向けて、カネはまたため息をついた。

「相変わらずだわ」

「あれが依田くんだがや。カネも、もう好い加減に慣れたろうが」

苦笑する勝に、肩をすくめて見せながら、カネは、依田さんが帰ってくると、また何か一波乱あるのではないかと考えていた。この頃いつもそうだ。

カネの予感は当たっていた。数日後、勝や兄上と共に、村全体の今年の出来高を調べた依田さんは、これまでに出荷した野菜も含めて、収穫した豆、麦、芋などから計算して、決められた量を「年貢として」社に納めるようにと、村の全員を集めて言い渡したのだ。晩成社の小さな事務所は水を打ったように静まりかえった。カネもせんを負ぶったまま、年貢、という言葉を噛みしめた。依田さんは実に落ち着き払った表情で皆を見回している。

「分かっとるだろうと思うが、これまでの借金も、少しでも返済してもらわにゃあならん。無論、その利息もあるもんで、そこも忘れんようにな」

今度は方々から深いため息が聞こえてくる。人々の頭がそれぞれに、ぐらりと揺れたように見えた。その雰囲気に、さすがの依田さんも何か感じ取ったらしい。

「いや、みんなよくやってくれた。株主は喜ぶに違えねえ。俺も面目《めんぼく》が保てるし、これでようやく我が晩成社にも明るい未来が見えてきたと、ここにいる全員が、肌で感じることが出来とるはずだら」

「――結局、俺たちは株主のために働いてるだけってことかよ」

山本初二郎さんが吐き捨てるように言った。依田さんは、すかさず顎を突き出すようにして初二郎さんの方を見る。

「社則には従ってもらわにゃあ、ならん」

ここしばらく浮き立っていた気持ちが、いっぺんに萎《しお》れたように、誰もがしょげかえった。カネも、毎日のように頭の中で思い浮かべていた様々な買い物の希望が、すべて泡のようにはじけ飛んでいく気分だった。

「社則、社則、社則だ」

その晩、常盤と連れだってやってきた兄上は、勝と晩酌を始めると、いかにも苦々しい表情でため息をついた。

「まったくなあ。依田くんも、皆の気を殺ぐのがうまゃあでいかんわ」

勝も無理矢理笑おうとしているかのように口もとを歪めながら、それでも憂鬱そうな表情は変わらない。

「社則なゃあ――あれに、こうも苦しめられるとは思わなかったがや」

「それに、さっき依田くんが言った言葉を覚えているか」

常盤と並んで水屋に立ちながら、カネは勝たちの会話に聞き耳を立てていた。幼い頃から家事をこなしてきたらしい常盤は手際もいいし、兄上からも教わっているから、見よう見まねで和人の家庭料理をずい分覚えてきている。着付けや帯の結び方はカネが教えて、この頃はアットゥシよりも和服を着ていることの方が増えていた。常盤なりに、少しでも和人の妻らしくなろうと懸命なのが、見ていてもよく分かった。

「依田くんが、何と言った？」

「ほら。年貢だ。年貢を納めろと、そう言ったろう」

「そういえば、そう言ったな」

兄上が、ますます険しい表情になる。

「要するに、俺たちは完璧に小作人扱いだということだ。晩成社が一つの会社だというなら、俺たちは社員であるはずだ。それなのに、だぞ」

勝は難しい顔をして俯いている。

「ましてや、勝と俺は幹部ではないか。共に晩成社を背負って立とうと、やってきている仲間のはずだ。そういう相手に、年貢という言葉を使うか？」

「まあ――そこは依田くんが油断したというか、口を滑らせたのかも知れんし」

「油断ですむことか？　依田くんは、そんなに無神経な男だということかっ」

兄上の口調はいつになく激しいものだ。常盤も時折小さく振り返っては、そんな兄上の様子を心配げに見ている。カネは、そっと常盤の手に触れた。

「お食事が終わったら、お裁縫をしましょうか。それとも、少し勉強をする？　文字はもう、ずい分書けるようになったのでしょう？」

常盤は恥ずかしげに頷いて、懐から小さく畳んだ紙を出してきた。開いてみるとカタカナでイロハが書かれている。カネが微笑みながらその紙を眺めているとき、兄上の「俺たちは」という荒々しい声が聞こえた。

「小作人になるために、ここまで来たのかっ」

「まさか」

「そうだろう。俺たちはこれでも武家の端くれだ。どれほど土にまみれ、身をやつしていようと、その誇りは失っておらんっ」

どうやら今夜は兄上の方が感情を高ぶらせ、普段は喜怒哀楽の激しい勝の方がそれをなだめる役割のようだった。常盤が、何とも言えず心細げな顔で兄上を見ていた。

3

明治二十年の正月、例年通り互いの家を行き来し合って、男たちはアイヌも含めて、これまで以上によく食べ、よく騒ぎ、よく呑んで新年を祝いあった。「年貢」は取られたが、とにかく豊作だったことが人々の気持ちを明るくしていたし、祝いの席に依田さんがいないことも、もしかすると皆をのびのびとさせていたかも知れない。依田さんは師走の半ば頃には再びオベリベリを後にしていた。

「例の、ほれ、江政敏さんらに貸した金が、結局は返ってこんことになったもんで、大津で、その話もせんといかんと言っとったわ」

せっかく畑の方が豊作だったのに、そちらの問題は引きずったままだったということを、暮れも押し詰まってから勝に聞かされて、カネは「やれやれ」と肩をすくめたものだ。大津の江政敏さんらは当初、借金を返す代わりに鮭の漁場の権利をいくつか渡すと言い、依田さんもそれを承知したはずだったが、素人に漁場の管理などうまく出来るはずもなく、結局はその漁場も手放すことにしたらしい。

「でも今年、鮭は豊漁じゃないですか。もう少し我慢して持っていればよかったのに」

「持っとったとしたって、それを管理する人間がおらん」

「吉沢さんに、お願いすることは出来なかったんですか？」

そのとき勝は「竹二郎には」と腕組みをしていたものだ。

「出来んことも、なかったろうが」

もともと大工の吉沢竹二郎が晩成社支店の管理人を任され、大津に行ってもうずい分になる。だが、支店の管理と言ったってそういつも忙しいわけでもなく、仕事といっても出入りする荷物の管理くらいしかないから、竹二郎は大半のときは方々から大工仕事を請け負って、それで収入を得ているという話だった。

「あの人に時間の余裕があるのなら、漁場の管理だって頼んでもよかったのに」

「今さらそんな話をしても、どうしょうもなゃあわな。もう手放してまったんだで」

勝と話しながら、そういえば吉沢さんはこの正月にも戻ってこないつもりなのだろうか、だとしたら、大津でどんな風に新年を迎えるのだろうかと、カネは気にかかった。雰囲気も話し方も、いかにも江戸の職人らしい、気っ風のいい人だ。この家を建てた後だって、何度となく顔を出しては本職らしく、炉燵の縁やら水屋の棚やら、細かなところまでよく手を入れてくれた。

「あいつは独りもんだから、呑気に好きなことをやっとるだろう」

「独りだから心配なのではないですか。お正月に一緒に過ごせる家族もいなければ、淋しいに決まっています」

吉沢竹二郎は勝や兄上たちよりも年上だ。ここへ来た当時で三十五歳くらいだと言っていたから、そろそろ四十に手が届く頃かも知れなかった。

「吉沢さんのお嫁さんのことも、心配して差し上げた方がいいのではないかしら」

「心配いらんて。大津におれば自然とつきあいも増えて顔も広くなる。こんな土地にいる俺たちより、よっぽどいいあても出来るに違がゃあなゃあ」

そうは言われても、冬の厳しいこの土地で、独りで過ごすのはさぞ心細いに違いないと、カネはやはり吉沢竹二郎のことが心配だった。同じ村にいるのなら、温かい食べ物を差し入れるなり風呂に呼んでやるなりということも出来るが、大津ではそれも出来ない。

「風邪でもひいていなければいいけど」

それからも時々、カネは竹二郎を思い出しては何となく気にかけていた。実際この冬は、昨年以上に寒さが厳しく感じられたせいもある。一月の半ばには、生まれてからふた月とたたない子山羊が凍え死んだほどだ。母山羊に寄り添っていたというのに、前の晩からあまりの寒さに子山羊は震えが止まらなくなり、干し藁の上でほとんど動けなくなっていた。

「これはいかん」

心配した勝はありったけの服を着込み、布団を被って、夜通し子山羊を抱きながら小屋の中でひと晩過ごしたが、朝になると子山羊は冷たくなっていた。

「可哀想に。せっかく生まれてきたのに」

つい昨日までは、寒さの中でも元気に跳ね回っていたのに、オベリベリの寒さは小さな生命をいとも簡単に奪い去ってしまうのかと、これにはカネも涙がこぼれた。何を考えているのか見当もつかない、不思議な形の瞳をしている母山羊は、我が子が死んだことも分からない様子で、ただもぐもぐと草を食んでいる。そんな姿もかえっていじらしく見えてならなかった。

それから一週間程して、今度は老いた山羊が、また凍え死んだ。このときも、勝は懸命に山羊の身体をさすり、藁まみれになって夜を過ごしたが、その甲斐なく、翌朝には息絶えた。

「いかんな。山羊は寒さには弱いのか」

温かい湯を満たしたたらいに足を浸け、朝から茶碗酒を呑んで、冷え切った身体をどうにか温めようとしている勝のために急いで雑炊を作りながら、カネは改めてこの土地の厳しさを思い知らされていた。まさしく生命の危険を感じる寒さなのだ。生きとし生けるもの、何もかもを凍りつかせ、生木を裂き、無言で息の根を止める。この苛酷な寒さを乗り切るには、人間も動物も、ひたすら身を寄せ合って互いの温もりを分け合うより他にない。

「早く春が来るといいわねえ」

カネが新しく縫ってやった綿入れの上からウサギの毛皮で作った袢纏《はんてん》も着て、ふくら雀のようにまん丸になっているせんを抱き寄せながら、カネは心の底から祈った。

天主さま。お守り下さい。

そして、一日も早く春が来ますように。暖かくなりますように。

これほど寒い日が続いても、勝は毎日のように猟に出て、アイヌから教わったアマッポという置き弓を仕掛けに行き、山鳥やウサギを獲ってくる。これには、大したものだと言わざるを得なかった。つい数日前もシマフクロウを獲ってきて、このときはアイヌたちも招いて我が家で「カムイノミ」をした。アイヌたちはシマフクロウを「コタンコロカムイ」と呼んで崇めている。熊を送るときのようにイオマンテという儀式をするほど、村の守り神として大切にしているのだ。そのシマフクロウを獲ってきたのだから、あだやおろそかには出来なかった。勝はアイヌたちに手伝ってもらって、取りあえず簡単な儀式を執り行い、そして、フクロウ鍋にして皆で食べた。

「いやあ、あれは旨まゃあでいかんわな。また獲ってきたゃあもんだ。これほど寒いときには、余計に精のつくものを食わんと死んでまうからな」

確かに、フクロウ鍋は美味しかった。しかも、風切羽や尾羽のような大きくてしっかりしている羽は、白鳥を獲ってきたときと同様に束ねて箒を作れば立派な売り物になる。それ以外の柔らかな羽毛は綿代わりに衣類などに詰めて使える。無駄なものは何一つない。どんなものでも生活の足しにする。そのために、どれほど寒かろうと、勝は毎日のように外を歩き、この大地から手に入れられるものなら何でも獲ってくる覚悟のようだった。

「天がつかわされたものは何一つ、無駄にはせん。その辺のところは、アイヌの考え方は正しいと、俺は思うわ」

そして、わずかでも現金を得たら、とにかく晩成社への借金を返していきたい。それが、一年でも早く「小作人」の身から脱する方法だ。あの晩、兄上と酒を酌み交わしながら、二人でたどり着いた結論がそれだった。だからこそ頑張っている。シブサラの開拓が進められない冬の時期でも、兄上は兄上で、常盤やアイランケ、アイランケの義兄のコサンケアンらと共に澱粉作りに精を出しているし、やはり勝と同様に猟に出たり木挽きにと歩き回っている様子だった。

二月の下旬、子豚が七頭生まれた。お産は軽く、勝もカネも大喜びしたが、その晩のうちにすべて死んでしまった。ほぼ同じ時期に兄上のところでも子豚が八頭生まれたが、こちらはすべて順調に育っていると聞いて、勝はすぐに兄上の家に飛んでいった。

「これといって違うところはなゃあんだがな。うちの豚は、何がいかんのだ。小屋か？　母豚の餌か？　何なんだ」

帰ってくると勝は寒い中でずい分長い間、仁王立ちのまま豚小屋を見つめていた。

「きっと次にはうまくいきますよ。それを祈りましょう」

勝を慰め、自分にも言い聞かせるようにしながら、心の中で祈りを捧げ、あとは何事もなかったかのように普段の生活に戻る。夜の授業も再開した。そういえばこの冬、父上はこれまでのように兄上や勝に講義をすると言わなかった。

「わしはもともと、依田くんのために講義をしたいと思っておったからな。依田くんに考える時間を持たせたかったし、己を振り返ることも教えたかった。じゃが、ここにおらぬのでは、どうしようもない」

せんを負ぶい、作ったばかりの団子など持って、雪の中を歩いて父上のもとを訪ねたある日、父上は炬燵の火をいじりながら、静かに諦めた表情でそう言った。兄上が結婚してからは「別荘」と呼ぶ小さな小屋をべつに建てて、父上は外での作業がないときはそこで内地への文を書いたり、兄上に頼まれた書類の整理をしたりして過ごしている。

「それに、もしもここにおったとしても、依田くんはもう、わしの講義は聞かんだろう」

そうかも知れない、とカネも思った。依田さんは、おそらく人の言うことを聞かない人なのだ。もしかすると、敬愛する兄さんとやらの意見ならば聞く耳を持つのかも知れないが、それ以外の人が何を言っても、ぐんぐんと走り続ける依田さんの手綱《たづな》を引くことは出来そうにない。

「まあ、オイカマナイがうまくいくことを祈るばかりじゃな。あとは何とも言えん。何しろ、わしらは小作人の一家じゃから」

やはり、父上もそのひと言が胸に刺さっているのだ。信州上田藩の会読《かいどく》頭取、武学校お目付役を兼務し、その後は藩校の舎長、会計局判事として殿様に仕えてきた父上だ。今でこそ髷も落として畑仕事に汗を流す農夫に見えても、身体の中を流れているものは武士以外の何ものでもない。

その父上にしてみれば、依田さんのあの不用意な発言は、兄上や勝が感じた以上の、屈辱だったに違いない。それが分かるだけに、カネは父上が気の毒に見えて仕方がなかった。今から考えても、どうしてあのとき「誰に向かって言っているのですか」と噛みつかなかったか、悔やまれるほどだ。

「この先、あの男は苦労するじゃろう」

父上がぽつりと呟いたひと言が、カネの中に深く沈んでいった。

4

大津から飛脚がやってきたのは三月の上旬、次第に陽の光が力を取り戻し、日によって春の気配が感じられるようになってきた頃のことだった。

ちょうど、父上が来ていた。このところ晴れの日が続いていたせいもあって、庭先の陽だまりに出て、せんを遊ばせてやっている父上と、時折、言葉を交わしながらカネが洗濯物を干しているとき、ふいに畑の向こうの冬枯れの蘆原の奥からガサガサという音がした。もしや、冬眠から早く目覚めた熊でも現れたのだろうかと一瞬、肝を冷やしたカネの視界に飛び込んできたのは馬に乗った男だった。男は馬の背にまたがったまま、白い息と共に「鈴木銃太郎さんの家は」と話しかけてきた。カネは慌てて兄上の家の方を指さした。父上も、何事かという表情でこちらを見ている。

「西の外れです。あの――」

「電報だ」

「電報？」

「大津からだよ。鈴木銃太郎さんにな」

男はそれだけ言うと馬の腹を軽く蹴り、雪の中を進んでいった。電報など、これまで一度として届いたことはない。一体誰が、どんな用事で兄上に電報など寄越したのだろうかと考えていると、それから一時間もしないうちに、今度は兄上が慌てた様子で雪を散らしてやってきた。

「勝は？」

「田中さんと木挽きに」

「場所は分かるか」

「すぐそこのはずだけど。音が聞こえるでしょう？」

よし、と頷いて、兄上はそのまま勝を探しに出て行く。カネは父上と顔を見合わせ、今度こそ落ち着かない気持ちになった。しばらくして勝と共に帰ってくると、兄上たちは藁靴を脱ぐのももどかしげに、とにかく父上と三人揃って囲炉裏を囲み、そこで初めて、懐から一通の文を取り出した。

「文三郎くんからだ」

「文三郎が、何て」

「吉沢竹二郎、出奔《しゅっぽん》」

パチッと薪が爆《は》ぜた。カネは息を呑んで三人を見つめていた。

「――いつのことじゃ」

父上が重々しい声を出す。兄上は、この文によれば、先月の下旬らしいと答えた。

「先月の二十日過ぎに、文三郎くんがオイカマナイから訪ねていったときには、何も変わったことはなかったそうです。それが一昨日また行ってみると、支店はもぬけの殻で――会社の金も、なくなっていたと」

「――やりやがったな、竹二郎」

勝が眉根をぐっと寄せて、あぐらをかいている自分の太ももを殴りつけるようにした。兄上は難しい顔をしたまま、改めて文三郎さんからだという文を読んだ。それによると、文三郎さんは大津中を探し回り、周囲の人からも話を聞いて歩いたが、その結果、ここ一週間以上、誰も吉沢竹二郎の姿を見ていないことが分かったという。

「それと同じ頃に、『だるまや』という宿屋から飯盛り女が一人、姿を消したという話もあると書かれています」

「その女のことは、何か知っておるのか」

父上が尋ねると、兄上も勝も首を横に振る。

「では、今の段階では、竹二郎と関係があるかどうかは分からんな」

「ねえ、飯盛り女って？」

つい口を挟むと、父上が即座にこちらを見て、険しい表情で小さく首を横に振った。カネは慌てて口を噤んだ。今、何か言うべきではなかった。そっと竈の前に立って、思わず深々とため息をつく。

あの吉沢さんが。

しかも、このところ妙に思い出すことが多く、どうしているかと案じていたところだった。こうしていても、笑顔で大工仕事をしていたときの様子が思い浮かぶというのに、あれほど気の好い人が何も言わずに消えてしまうなんて、にわかには信じがたい話だった。しかも、晩成社の金まで奪って。

「とにかく、こうしてはおれん。大津に行って、確かめて来んことには」

父上がようやく大きく腕組みをしたまままわずかに姿勢を変えた。勝が即座に頷く。

「そんなら俺が行ってくるがや」

「いや、俺が行こう。万に一つも、こっちに戻ってこないとも限らん」

「こっちに？」

「竹二郎が今、何を考えてどういう状態でいるか、まるで分からんからな。だが、もしも追い詰められているとしたら——家に男がいなくなるのはまずいだろう。用心に越したことはない。うちは父上がいて下さる」

父上も、それがいいと頷いている。兄上は、その代わりに、自分が支度をしている間、勝には依田さん宛の文を書いておいて欲しいと言った。

「それはお安いご用だが、依田くんは今、どの辺にいらゃあすかゃあも」

さて、と兄上と父上とが顔を見合わせている。昨年の暮れにオベリベリを発った依田さんは、その後、伊豆に向かった。便りだけは頻繁に届くから、時間差はあっても消息は分かっている。そういえば少し前に来た依田さんからの便りでは、三月に入ったらこちらに戻ってくると書かれていた。カネも見せてもらったから、よく覚えている。

「ちょうど今ごろ、そろそろ横浜を発たれる頃ではないかしら。今度はオイカマナイで働いてもらうために、お義兄《にい》さんと、そのご家族も一緒だからって」

そうだったそうだったと男たちが頷いた。するとつまり、こちらからの便りは函館の常宿に宛てれば大丈夫だろうということで話がまとまった。兄上と父上とは、夜になったらまた来ると言い残して慌ただしく帰っていき、彼らを見送った勝は、すぐに文机に向かって墨をすり始めた。カネは、何とも落ち着かない気持ちのまま、しばらくは仕事も手につかない状態で、ただ吉沢竹二郎の笑顔を思い浮かべていた。

「信じられない――あの竹二郎さんが」

「まったく、やられたがや」

「ねえ、あなた。飯盛り女って――」

よちよち歩きするようになったせんが勝の背中を押しながら、しきりに「たーた、たーた」と話しかけている。本当は「とと」と勝を呼んでいるつもりなのだろうが、カネの耳には「たーた」に聞こえた。

「せん、こっちにいらっしゃい。お父さまはお仕事なのよ」

「たーた」

「たーたは、お仕事」

それでもせんは、勝の背中から離れようとしなかった。その微かな力を感じているに違いないが、勝はせんの相手をすることはなく、ただ黙々と墨をすり続けながら、ふいに「飯盛り女か」と呟いた。

「竹二郎も、またよりによって」

「旅館の、女中さんのような人ですか」

「おまゃあが知るようなことではなゃあが、まあ、酌婦《しゃくふ》みたゃあなもんだ」

「酌婦？　それは、お酌をする人？」

「客に酌もするし、給仕もするし、場合によっては、それ以上のこともする」

「それ以上の――」

「さあ、せんを連れてってくれ」

カネがせんを抱き寄せると、勝は筆をとり、大きく一度肩を回してから姿勢を改める。

「依田くんの、苦虫を嚙みつぶしたような顔が目に浮かぶがや」

カネも、勝からの知らせを函館で受けることになる依田さんの顔を思い浮かべた。さぞ衝撃を受けるに違いない。怒り狂うかも知れない。だが、後の祭りだ。竹二郎さんを、ずっと一人でいさせたのが悪いとも思う。誰に見とがめられる心配もなく、目の前に現金があるとしたなら、竹二郎さんでなくても心が揺れるときがあるに決まっている。魔が差すときだってあるだろう。

しかも、女の人が一緒なら。

飯盛り女だか酌婦だか知らないが、要するに春をひさぐような身の上にある女の人を、竹二郎さんは好きになってしまったのだろうか。その女の人を苦界から救い出すためには、一緒に逃げるより他なかったということなのだろうか。もしもそうだとしたら、天主さまは竹二郎さんをどう裁かれることだろう。

勝が書いた文を懐に兄上が大津へ向かったのは翌日のことだ。十日ほどして一度はオベリベリへ戻ってきたものの、竹二郎さんがいなくなった後に、今度は晩成社の支店に泥棒まで入っていたということで、騒ぎはさらに大きくなっており、すぐにまた大津へとんぼ返りしなければならなかった。結局、竹二郎さんの行方は杳《よう》として知れず、警察に届けだけは出したものの、おそらくもう北海道にはいないかも知れないと言われたという報告を持って兄上が戻ってきたのは月が改まった四月上旬、根雪もずい分と姿を消し、そろそろ畑の準備に取りかからなければならないという頃だった。

「依田くんも、今度ばかりは参っていたな。函館から帰ってくるなり、俺も一緒に立ち会って竹二郎の荷物を何度もひっくり返して見てみたし、ありとあらゆるところを訪ねて話も聞いたが、その間中ほとんど鬼の形相だ。無論、例の『だるまや』にも行ったしな」

大津から戻ってきた晩、兄上は文三郎さんを伴ってカネたちの家を訪ねてくると、疲れ果てたという表情で大津での一部始終を語った。途中からは高橋利八も加わり、誰もが重苦しい表情のまま、囲炉裏の火を取り囲む格好になった。

「あの竹二郎さんがなあ」

利八も相当に衝撃を受けた様子で何度となくため息をついている。最初に竹二郎さんがいなくなったことに気づいた文三郎さんは、自分さえもっとこまめに大津まで行っていれば、こんなことにならなかったのにと打ちひしがれている。兄上は兄上で、ほぼ一カ月の間ずっと留守にしていたせいもあるのだろうか、頬の肉まで少し落ちたようだった。

「それで、依田くんは」

皆の茶碗に酒を注ぎながら、勝が兄上を見る。兄上によれば、依田さんは四月いっぱいは大津に留まるという。竹二郎さん出奔の後始末もしなければならないし、帳簿の確認もしなければならない、盗まれたものを調べて必要なものは補充しなければならないし、改めて「道路開削願書」や「拝借牛願書」などといった書類の提出も必要だと言っていたそうだ。

「第一、今、支店を留守にすることは出来んだろう」

カネは、日増しに重くなるせんを負ぶって水屋に立ち、せっせと酒の肴を用意しながら、自分も暗澹《あんたん》たる気持ちになっていた。

「竹二郎さんは、やはり、その女の人と一緒なのでしょうか」

思わず呟くように口をついて出た言葉が意外に大きかったらしい。少しして、兄上の「そうらしい」という返事が返ってきた。

「『だるまや』に、竹二郎がちょいちょい顔を出していたのは本当のことらしいから」

竈の前から離れて囲炉裏の方に進み出ると、兄上はこちらをちらりと見た後で、ふう、とため息をついた。

「行く度に同じ女に相手をさせていたというのも本当のことらしい。トヨという女だそうだ」

「『だるまや』のトヨ――知らねえな」

「当ったり前ゃあだがや。俺らが大津に行ったたって、そんな宿屋になんぞ泊まれせんから」

「その人は、いくつくらいの人なんでしょうね」

カネが尋ねると、兄上は、トヨという女はおそらく二十歳になるかならないかといったところらしいと言った。大津へは、ほとんどだまされるような格好で売り飛ばされてきたのだそうだ。東北の訛《なま》りがあったから、おそらくそっちの出だろうが、無口で陰気くさいから旅館の方でも親しく口をきくような間柄の人間はいなかったし、飯盛り女をわざわざ指名するような物好きもいないから、トヨは大概、一人でいたらしい。

「竹二郎さんは、そんな女と一緒だらか」

「よりによって」

「どうだかなあ――カネ、酒がなくなった」

勝に徳利をぶらぶらとされて、カネは「はい」ときびすを返しながら、竹二郎さんと同時に姿を消したという女の人を思い描いていた。

飯盛り女と呼ばれる人を、カネは実際には見たことがない。果たしてどんな格好をして、どんな化粧をしているのかも想像がつかなかった。それでも大津のような小さな港町で、ひっそりと春をひさぐ仕事をして生きていたのかと思うと何とも言えずもの悲しい気分になる。竹二郎さんは、そんな女性を放っておけなかったのかも知れない。そのために、図らずも会社の金に手をつけて姿をくらましてしまった。そう、思いたい。

「とにかく、依田くんも言っていたんだが、早急に支店を任せられる人が必要だ」

徳利に酒を満たし、肴になりそうなものも並べると、兄上は箸を伸ばしながら、依田さんとしては何よりも信頼できる人に頼みたいと思っていると言った。

「そらゃあそうだがや。こんなこと、二度とあったらたまらんもんで。きっちり、安心して任せられるようでなゃあと」

「大津辺りで、そんな人が見つかるだらか」

利八も旺盛な食欲を見せながら思案顔になっている。文三郎さんは、自分が竹二郎さんの代わりになりたいくらいなのだが、依田さんがそれを許さないのだと言った。

「また親戚のもんも来たし、アイヌにも来てもらってる。オイカマナイのことをいちばん分かってんのは、俺だもんで」

「それは、そうだら」

「何といっても、これっぽっちの人数だからよう」

「それで、だ」

兄上が、ぐい、と茶碗を傾けた。

「依田くんは、うちの父上に頼みたいと言ってるんだ」

「親父どのにか」

「親長さんに？」

「うちの父上？」

文三郎さんと勝と、三人同時に声が出た。兄上は難しい顔をしてゆっくり頷く。

「うちの父上ほど、信頼の出来る方は他にはおらんからな」

「それはそうだけれど――」

カネは急に不安になった。何だかんだと言ったって、父上ももう六十に手が届きそうな年齢になった。そんな父上が、兄上夫婦やカネたちからも離れて、たった独りで大津で暮らすなどということを、そう簡単に承知してよいものだろうかと思ったのだ。それに、父上は時々でも癪を起こす。もしも一人でいるときに具合が悪くなったらどうするのだ。

「他におらんだろう。俺たちはもう少ししたら畑で忙しくなる。何より開拓を一番にしなければならないときに、それを放り出して大津に行くわけに、いかんから」

「親父どのが、どう言われるかだがや」

「決して嫌とは言われないと思うわ」

兄上もゆっくり頷いている。

「鈴木の親父どのが大津へ行ってしもうたら、村はまた一人、数を減らすことになるだらなあ」

利八が憂鬱そうな顔になった。

「減る一方だ」

「そう言うな、利八。おみゃあさんのとこだって、うちだって、子どもが生まれとるじゃにゃあか。もっと生んで、もっと増やすしかにゃあわね。そのうち、銃太郎んとこにも生まれるから」

利八はあぐらをかいたまま身体を左右に揺らして、まるで駄々っ子のように、生まれた子らが何とか仕事を手伝えるのは何年先だと思うのだと情けない顔をする。

「せめて文三郎とかよう、こっちにおってくれりゃあいいのに」

下唇を突き出して、利八が不満げに言ったところで、兄上が「そうだ」と表情を変えた。

「今回は、オイカマナイにも行ってきた」

勝が「本当かぁあ」と身を乗り出す。

「ど、どうだった、オイカマナイは」

カネも、土間に立ったまま兄上を見守った。兄上はゆっくりと酒を呑み、文三郎さんを見ている。文三郎さんは何となく照れ笑いのような不思議な顔つきになった。

「何しろ海沿いを行くからな、びしょ濡れだ」

もっと寒ければ氷が張るからかえって歩きやすいのだが、今の時期は中途半端に氷も弛んできて、歩きにくいことこの上もなかったと兄上は語った。

「まあ、よくもあんな場所を見つけてきたものだと思うよ」

「それで、喜平ちゃんはいた？　山田喜平は」

身寄りのない喜平が、オイカマナイでどうしているかも、カネが常に気にかけていることの一つだった。何しろ依田さんは、オイカマナイにだってそう腰を落ち着けているわけではない。文三郎さんはいるものの、まだ頼りない。きっと大人に頼りたい年頃だろうに、喜平はどんな思いで日々を過ごしているのだろう。

「もちろん喜平もいたし、アイヌも何人か働いてた。元気そうだったよ。牛も入っていたから、まあ、何となく牧場なのかな、という感じにはなっていたがな」

「見込みのありそうな土地か」

勝の質問に、兄上は「さあ」と首を傾げる。

「牧畜のことは、まったく勉強しておらんから、俺には何ともいえん。今いる牛がちゃんと育って、繁殖して増えていけば、それはいい土地だということだろう」

「文三郎は、どう思ってるら。見込みはありそうだらか」

今度は利八が丸い瞳をきょろりとさせて文三郎さんを見た。文三郎さんは曖昧に笑いながら、

「まあ、がんばっとるもんで」と言うばかりだ。しばらく会わない間に顔つきがずい分と男っぽくなったようだが、よく見ると目の下にはうっすら隈が出ているし、何となく覇気がないようにも見える。

「でも今度は義理の兄さんも来たし、それと一緒に源兵衛《げんべえ》さん一家も来たもんで、だんだん賑やかになってるら。人さえおりゃあ、仕事だってはかどるもんでね」

半ば自分に言い聞かせるような口調で文三郎さんはそう言うと、小さくあくびをかみ殺した。このところは吉沢竹二郎さんの件に振り回され続けで、兄上も、また文三郎さんも、余計な部分で気疲れしているのかも知れなかった。

5

カネが想像していたとおり、父上は大津行きを迷うことなく承諾した。

「これで、しばらくの間はせんの顔も見られんからな」

大津行きが決まると、父上は当分の別れを惜しむようにカネの家に泊まりに来た。その日は明るいうちから勝が風呂を沸かし、父上はまずせんと一緒に風呂に入って、その後は勝とゆっくり会話を楽しんで過ごした。ちょうど、兄上が大津から戻ってきたときに運んできた荷の中に、ワッデル先生が送ってくださった本が七冊あったから、勝はそれらの本を父上に見せ、二人で楽しそうに話をしていた。一度、故郷のアイルランドに戻ったワッデル先生だったが、今年に入っ

てまた来日されたことを、勝は添えられていた手紙で初めて知ったのだ。

「ワッデル師も、勝くんのことを常に気にかけておられるのじゃろう。ありがたい。いつまでも、師は師じゃな」

「こんな生活だもんで、東京で学んだことなんか何一つ生かせとらんし、ワッデル先生に申し訳なゃあ気がしとるんですが」

「せめて晴耕雨読をすすめたいところだが、君の場合は降れば昼間から呑むからなあ」

「いや、これは痛ゃあところを突かれたがや」

本を片手に楽しげに笑っている声を聞き、夕食の支度をしながら、カネは急いで父上の襦袢と軽衫《さん》を仕立てていた。鈴木家の仕立てものは、これからはすべて常盤に任せるつもりでいたのだが、今度ばかりは例外だ。それに、いくら隣町とはいったって、やはり大津は遠い。それほど長い別れになるとは思いたくないが、父上がせめて不自由なく日々を送ってくれるだけの準備をしたかった。

「それにしても、大津支店御留守居役とは、また依田くんも肩書だけは考えたもんです」

「この歳になって必要とされとるんじゃから、わしは有り難いと思うとる。生活は何かと便利になるわけだし、時間も出来ることじゃろう。まあ、せいぜい机に向かう時間を増やすとしよう」

やがて日が暮れると、二人はゆっくりと酒を酌み交わしながら、オベリベリに来てからの思い出話などをし始めた。勝にとっては、父上が冬の間だけ行う「大学」の講義が、何と言っても印象に残っているようだった。

「普段は畑のことと、狩や漁のことしか考えとらん頭が、あの時だけはビリビリッと、こう、痺《しび》れたように別の動き方をするのが自分でもよく分かりました。いやあ、学問はええもんだがやと、そのたんびたんびに感じました」

勝のいかにも素直な感想を、父上は穏やかに聞いている。早めに食事を終えさせたものの、せんは、その後も「じぃじ」と繰り返して父上のそばから離れなかったが、やがて、ことんと眠ってしまった。

「六月が来れば二歳じゃからなあ、どうやら一緒に祝ってやれそうにないのが残念じゃが」

「せんも、しばらくは親父どのを探すに違がゃあなゃあです。何しろこんだけ懐いとるもんで、『じぃじんとこに行く』と言われたら、俺たちも困るがや」

カネにしてみても、何となく心細い気持ちがあった。幼い頃から、母上が嫌な顔をするくらい、カネは父上のそばにいたがる子だった。耶蘇教と出会い、女学校に入り、勝と結婚した、そのすべては父上がいたからこそ開けてきた道だ。父上がいたから、今のカネがある。その父上が、たとえ大津ほどの距離であったとしても離れていってしまうのは、どうにも心許《こころもと》ない気がしてならなかった。

これで、泣いて駆け込む先がなくなった。

実際にそんなことをしたことは一度もない。だが、いざとなったらせんを抱いて父上のところに逃げ込めばいいと、そう思うことで、カネは時として酔って短気を起こしたり、横暴な振る舞いをすることのある勝にも耐えられてきた。だがこれからはもう、泣きつく先はない。本当に勝だけと生きていくことになる。

父上は二泊して、四月十四日に大津へ向けて発っていった。同じ丸木舟には文三郎さんと、そして、一年間だけ馬耕の指導をするという約束でオベリベリに来ていた田中清蔵さんも乗り込んだ。舟着場には村のほとんどがやってきて、それぞれに別れを惜しみ、手を振った。

「父上、行ってらっしゃい！」

「清蔵さん、達者でな！」

「文三郎、またすぐ来い！」

「清蔵さん、ありがとな！」

口々に誰かの名を呼ぶたびに、遠ざかる舟の上から、父上たちが手を振り返してくる。棹を握る一人はコサンケアンだった。今年に入ってからは義弟のアイランケと同様に兄上のところに住み込んでいるコサンケアンは、無論、父上ともよく会話してきたはずだ。

「コサン、父上をお願いね！」

人目も気にせずに大きな声を出すと、コサンケアンは長い棹を振り回すようにして合図を送ってくれた。

「舟の別れは嫌なもんだなも」

ふいに、隣で勝が鼻を鳴らした。見ると心なしか目が潤んでいる。それを見て、カネはつい笑いそうになってしまった。そういえば勝は常に自分が見送られるばかりで、こんな風に親しい人を見送るということがほとんどなかったのだ。いつだって、その場に残され、見送り、帰りを待ち続けてきたのはカネだった。

「さあ、帰ろう。湿っぽくなっている暇はない」

舟が見えなくなったところで、兄上がみんなに声をかける。カネもきびすを返しかけて勝の方を振り向いた。するとたった今、涙ぐみそうになっていた勝が、今度は胃のあたりをさすりながらしかめっ面になっている。

「また変なのですか？」

一週間程前から、勝は胃の具合がよくないと言っている。痛みというよりも胸焼けと吐き気のようなものが続いているらしく、好きな酒も呑まずにいるほどだから、よほど調子がよくなかったのだろう。そう思っていたら、昨日と一昨日は父上と楽しげに呑んでいたので、てっきりもう治ったのかと思っていた。

「昨日、あんなに呑まなければよかったのに」

勝は「そんなわけにいくか」としかめっ面のままカネを睨みつける。

「女には分からなゃあんだ。男と男が酒を酌み交わす意味ってもんが」

「好きで呑んでいるだけではないですか」

「たぁけ！」

「たぁけって――」

「うるさゃあっ！　大体おまゃあには、人の気持ちってもんが分からなゃあんだ！　女学校でいくら勉強してきたって、そこが分からんことには人間のくずだっ。一体、誰の親に気ぃつかってると思っとるんだっ！」

土手を帰りかけていた村の人たちが振り返るほどの大声を上げて、勝は憤然とした表情でカネとせんを置き去りにし、一人でぐんぐん歩いて行ってしまう。またいつもの短気が始まったと思い、呆れて後ろ姿を眺めている間に、せんの小さな手がカネの着物を引っ張った。

「たーたは？」

「たーたはね、ぽんぽんがイタイイタイなんですって」

せんの手を握り直して、ゆっくりと歩き始める。

「困ったわねえ、たーたは」

「こまったわねえ」

カネの口まねをするせんに、思わず微笑みながらもため息が出る。父上は行ってしまった。これから先は、勝がどんなに短気を起こして、どんな言葉でカネを傷つけようと、泣いて逃げ込む場所はない。そのことを、よくもすぐに思い知らせてくれるものだと思う。だが、それはそれとして、やはり勝の体調が心配だった。何しろ医者のいない、薬局もない土地だ。せんも、カネも時々具合を悪くするが、その度に実に心細い思いをする。

結局それから四、五日しても勝の具合はよくならなかった。いつもなら短気を起こしても割合すぐにけろりとするのに、今回は寝ても覚めても不機嫌なままだ。そうして、ついに自分から兄上のところに行って、常盤が持っている熊胆《くまのい》を分けてもらってきた。

「苦がゃあでいかんわ、これは。キハダも苦がゃあが、いい勝負だ」

熊胆をほんの少し口に含み、すぐに水で飲み下して、勝は思いきり顔をしかめ、さらに苛立ったような顔をしていたが、そのまま這うようにして布団に潜り込むと、やがてすやすやと寝息を立て始めた。ずっと具合が悪かったせいで、夜もあまり眠れていなかったらしい。

「たーた、ねんね」

せんが、眠りこける勝に添い寝するように、自分もころりと寝転がり、まるで母親がするように、勝の身体をぽんぽんと叩き始めた。それでも勝は起きる気配がない。その様子を見ていて、カネはふと、オベリベリに着いた日の晩のことを思い出した。長い旅の果てにようやく出会えたというのに、あのときの勝はおこりにやられていて、夜になると高熱に喘ぎ始めた。カネは、ワッデル先生からもらってきたキニーネを、おそるおそる勝に飲ませた。あの時も勝は今のように、寝息を立てて眠りに落ち、その寝顔を見つめながら過ごしたのが、カネにとっての、オベリベリの初めての夜だった。

「うん、だゃあぶ楽になってきた」

翌日、勝は起きてくるなりそう言ったが、それでも本調子には戻っていない様子で、日がな一日、ワッデル先生から送られた本を読んで過ごした。翌日も、その翌日も同じだ。ずい分と雪解けがすすんできたから、本当はぐずぐずしているときではない。それでも、何か言って怒鳴られたくないと思うから、カネはセカチらとひと冬越えた芋を掘り出すために自分だけが日がな一日、畑に出ていた。

「よう、勝さんは、まだ寝てんのかい」

父上が大津へ発ってから一週間以上も過ぎた金曜日、山田勘五郎さんが訪ねてきた。カネがもう起きていると答えると、勘五郎さんは、実は家の屋根がだいぶ傷んでいるから、勝に屋根葺きを手伝って欲しいのだと言う。ずっと、ろくなものも食べずにいた勝が、屋根に上ったりする力が出るものだろうかと心配になったが、そのことを伝えると、勝は急に張り切った表情になった。文机の前から立ち上がり、思い切り大きく伸びをする。

「そんでぁ、明日は勘五郎の家の屋根葺きか！」

「もう、体調はよろしいのですか？」

カネが推し量るように見上げると、勝はにやりと笑って、いきなりカネの腰に両手を回すと、そのままカネを抱き上げようとする。カネは驚いて勝の首にしがみついた。

「だゃあじょうぶだがや！　今すぐ子どもでも作るとするか、うん？」

「あなた――せんが見ています」

すると、勝はカネを下ろして今度はせんを高く抱き上げる。せんが、きゃっきゃと笑い声を上げた。

「なあ、せん！　せんも弟が欲しいな？　妹でもいいか？　うん？　どうだ！」

のびのびと張りのある勝の声と、せんの楽しげな笑い声が混ざって、狭い家の中に溢れかえった。カネは、やれやれ、と密かに安堵のため息をもらした。機嫌さえ良くしてくれていれば、こんなにいい夫はいない。よく働き、子どもを可愛がり、カネが授業を続けることにも協力的だ。短気さえ起こさず、酒も呑みすぎなければ申し分ないのに、そこが何とも残念だ。

たっぷりと休んだ分を取り戻すかのように、勝は再び猛然と働き始めた。よく猟へ行くウレカレップという場所に別荘を建てると言い出して、まず、そこまでの道を整備し始めたかと思えば、芋掘りに汗を流し、また、冬の間に雪で傷んだ村内の家々の修理を手伝う。その間に、宮崎濁卑さんが泊まりに来ることもあれば、また夜通し呑んで話し込む日もあり、翌朝からは馬を曳いて畑のハローがけをするという具合だ。そんなとき、フシコベツとオトプケのアイヌ世話係を頼めないかという話が、宮崎濁卑さんを通じて持ち込まれた。

「俺が、世話係だと」

話を聞いて帰ってきた勝は顔を上気させ、目をらんらんと輝かせていた。

「俺が最初から言っとったことが、受け入れられたということだがや！　アイヌとはお互いに手を携える関係だ。そのアイヌが飢えずに暮らせるようにすることが、俺たちの使命だと言ってきたことが」

「お引き受けになるのですか？」

今以上に忙しくなっても大丈夫なものかという思いからカネが尋ねると、勝は目をぎょろりと剝いて「当ったり前ゃあだ！」と鼻息を荒くする。

「俺以外に誰がいる。俺がやらなゃあで、他に誰がやるんだっ」

勝は明らかに興奮し、そして、はしゃいで見えた。こうなったら、止めたからといって止まるものではない。

「俺が世話係か。一農民に過ぎない身の上になった俺が」

気がつくと、勝は同じことを一人で呟きながら、顎を前に突き出して、しきりに髭を撫でたりしている。これほどやに下がっている勝を初めて見た。

この人。

アイヌのために働けることはもちろん嬉しいのに違いない。だがそれ以上に、自分の存在が村の外の人にも認められたことが嬉しくてならないのだということが、カネには痛いほど感じられた。いくら天主さまが見守って下さっているとはいっても、やはり外の世界とつながり、渡辺勝という人間がいることを知られたい、畑を耕すばかりでない知恵の使い道を見つけたい、そんな思いが、もしかしたらずっと渦巻いていたのかも知れない。

「そうとなったら、見事にお勤めを果たさなければなりませんね」

催促される前に徳利と湯飲み茶碗とを前に置いてやると、勝は「おっ」と言って、それは旨そうに一杯目の酒を呑んだ。ついこの間まで、今にも死にそうな顔つきで寝込んでいたとも思えない、生き生きとした表情だった。

6

二日後の午後、アイランケが兄上の書き付けを持ってきた。用事があるので、夕方までには行くから勝に待っていて欲しいというものだ。

「わざわざ書き付けまで寄越すとは、何ごとかな」

ちょうど明日から大津へ行くという日だった。首を傾げながら荷造りをして、勝はそのまま待っていたが、兄上はなかなか現れない。次第に日が傾いてきた頃、村の男たちが続々とやってきた。

「何なんだ、みんな揃って」

勝とカネが目を丸くしていると、男たちは銃太郎から集まるようにと言われたのだと口を揃える。

「俺んとこにか？」

「そういうことだったら」

「銃太郎さんとこに住んでる、アイヌの子が来てよう、そう言ってったんだら」

なあ、そうだよなあ、と皆が頷きあっているから、どうやら間違いはない様子だ。一体、全員を集めてどんな用事があるのだろうかと皆して首を傾げたが、とにかく兄上が現れないことにはどうしようもない。狭い家の中に詰め込まれ、誰もが勝手知ったる様子でそれぞれに囲炉裏端や上がり框《かまち》に腰を下ろし、手持ち無沙汰なまま、兄上を待つ格好になった。

「なかなか来ねぇな」

「もうそろそろ、来んだろう」

いきなりこれだけの人数が集まってしまうと、酒を出そうにも量が足りないし、肴も用意しきれない。出せるものといったら、いつものトゥレプ湯くらいのものだ。男たちは、最初のうちはカネが出したトゥレプ湯をすすりながら雑談などしていたが、次第に皆、不審そうな顔つきになっていった。

「遅ぇな」

「何だってんだろうな、人を呼びつけておいて」

外はどんどん暗くなり、ついにランプに火を灯さなければならないくらいになった。一人で待つなら本でも読んでいたいところだろうが、こうも人がいては、それもままならない。勝も手持ち無沙汰の様子でせんを膝にのせているし、カネも気が気ではないまま、黙って夕食の支度をしていた。

「いや、すまんすまん！　遅れてしまった」

外がとっぷり暮れて、男たちがいよいよ痺れを切らしかけた頃、ようやく兄上が現れた。にこにこと笑いながら「いや、出がけに、うちに来ているコレアシがな」と息せき切ったように話し始める。

「見よう見まねでプラウを作ったっていうもんだから――」

「そんなこたぁ、どうでもいいらっ！」

破鐘のような声を響かせたのは山田彦太郎さんだった。男たちの中でも抜きん出て体格がよく、頬骨の高い精悍《せいかん》な顔立ちをした彦太郎さんは、兄上よりも四、五歳上といったところだと思う。決して気性《きしょう》の荒い人ではなかったが、今日は眉根をぎゅっと寄せ、握りこぶしを作って兄上を睨みつけている。

「一体どんだけ待たせたら気が済むらっ」

兄上は一瞬、鼻白んだ表情になり、それでも何か言いかけたとき、彦太郎さんがふん、と鼻を鳴らして立ち上がった。

「コレアシだか何アシだか知んねえが、要するにあんたって人は、いつだってアイヌ、アイヌなんだらな」

「そんなことは――」

「あるだらっ。そりゃあ、言葉もろくすっぽ分かんねえようなアイヌを集めて、ニシパとか呼ばれてお山の大将になってりゃあ、気持ちはいいだら、なあ。だけんど、俺たちにも俺たちの都合ってもんが、あるだら！」

皆が相当に苛立った様子を見せていることに、ここにきて兄上も気づいた様子だった。一瞬、言葉を呑むようにして周囲を見回した後、兄上は皆の気持ちを静めようと、改めて口を開きかけた。そのとき、彦太郎さんはまたしても「えらそうに」と、吐き捨てるように言った。

「どうせ俺たちゃあ、文字もろくすっぽ読めねえ、根っからの水呑百姓だら。あんたや勝さんみてえに理屈でものなんか考えねえしよ、働けるだけ働いて、おまんま食って、あとはぶっ倒れて寝るだけだ」

「なあ、彦太郎さん、俺はなにも——」

「馬鹿馬鹿しい」

「ちょっと、聞いてくれ。確かに、遅くなったのは俺が悪かった。なあ、皆に申し訳ないことをした。この通りだ」

兄上が深々と頭を下げる。方々からため息が洩れ、中には彦太郎さんの肩を叩いてなだめようとする人もいた。

「まあ、そんじゃあ、お話を聞くとしようか。どうせ、帰ったって他に何の楽しみがあるわけでもねえだら、なあ。口の周りに墨つけた恋女房が待ってるってわけでもねえしな」

カネが、こめかみの辺りにひやりとした感覚を覚えるのと、兄上の「おいっ」という怒声が響くのとが同時だった。

「何だ、その言い方は」

彦太郎さんが、にやりと笑う。

「本当のことだら？　俺ぁ、あれ見るたんびに、こう、首根っこ捕まえて、川に顔突っ込んでよう、洗ってやりたくなるら」

「人の女房に向かって、何ていうことを言うんだっ」

兄上の顔は見る間に青ざめ、握りこぶしが震えている。その一方で、彦太郎さんはますます皮肉っぽい顔つきになっていた。

「謝ってもらいたい！」

「なんでだら。俺ぁ親切ごころで言ってやったんじゃねえか。洗ってやりてえって」

「あれはアイヌの風習だ！」

彦太郎さんが、ふん、と鼻を鳴らした。

「あんなもんは、野蛮人のすることだら」

今度は勝が「おいっ」と声を上げた。

「彦太郎さん、言い過ぎだがや」

彦太郎さんの前に進み出ようとする勝を、兄上が制した。紙のように白い顔になって、目をぎらぎらとさせながら、兄上は彦太郎さんを睨みつけている。

「野蛮人と言ったか」

「おう、言ったがどうした」

「あんた、ずっとそういう目で見てきたのか、アイヌの人たちを」

「違うだらか、ええ？」

「俺たちが、今日までどれくらいあの人たちに助けられてきたか、まさか忘れたとは言わせんぞっ」

小さな家の中に男たちが溢れかえり、その中央で兄上と彦太郎さんとがにらみ合いを続けている。もしもこのまま殴り合いにでもなったらどうしようかとハラハラしながら、カネは人の間をすり抜けて勝に歩み寄り、せんを抱き取った。

「どうなんだ、彦太郎さん！」

「その分、こっちだって世話しとるじゃねえかっ！　鍬の持ち方一つ知らねえような野蛮人にいちいち教えて、煙草でも食いもんでも分けてやってんじゃねえかよ！」

「当たり前のことだ！」

「なあにが、当たり前ぇなんだっ！」

「ここはもともとアイヌの土地なんだぞ！」

家中の空気が怒りに震えているように感じられる。カネはせんを抱きしめて、水屋の片隅に立ち尽くしているより他なかった。こんなに怒っている兄上を、かつて見たことがない。

「――そんなの、知ったことか。俺らはただ、依田の若旦那に連れてこられただけだからな」

兄上は長身だが細身だ。それに対して彦太郎さんは背丈もあれば肩幅などもがっちりと広い。その体格で、彦太郎さんはまるで兄上を挑発でもするように、四角い顎を突き出した。

「それに初《しょ》っぱな、ここを拓くことにするって決めたのは、銃太郎さん、あんただろう」

兄上は唇を噛んで、ひたすら彦太郎さんを睨みつけている。

「すると、あんた、野蛮人の土地だって分かってて、ここを拓けって言ったのか」

「野蛮人という言い方をするなっ！」

「野蛮人は野蛮人だろうがよ！」

「何だとっ」

ついに兄上が、彦太郎さんの襟首につかみかかった。すかさず勝が二人の間に割って入り、兄上を羽交い締めのようにする。

「やめよう、なあ、やめよう！　もとはと言えば、銃太郎、お前が遅れてきたのが悪いんだがや。みんな、仕事を途中でおっぽり出して来とるんだ」

「だから、それは謝ったじゃないかっ！　そのことと、彦太郎さんの物言いとは関係がない。アイヌに対する侮辱だ、うちの女房に対する侮辱だ！　謝ってもらいたい！」

「誰が謝るか！」

勝に抑えられながらも、兄上がなお彦太郎さんに向かっていこうとするから、勝は「いいから、頭を冷やせ」と言いながら、兄上を引きずるようにして、家の外に連れ出していった。彦太郎さんの方も憤然とした顔のまま、肩で息をしている。

「馬鹿馬鹿しい、俺ぁ帰るら！」

それだけ言うと、彦太郎さんは乱暴に家を出て行った。集まった他の男たちは、どうしたらいいのか分からないといった表情のまま、取り残された格好になった。

「俺、ちょっと行って、話してくるから」

利八が取りなすような言い方をした。

「いや、俺が行こう」

山本初二郎さんが捻《ねじ》り鉢巻きにしていた手ぬぐいを外しながら、利八の肩をぽんぽんと叩いて出ていく。金蔵に勉強を続けさせているように、初二郎さんは、皆の中ではもっとも冷静で、また、ものの道理の分かる人だった。初二郎さんに続くように、他の人たちも皆、何とも気まずい雰囲気のまま、ぞろぞろと帰っていった。後には殺伐とした空気と人数分の湯飲み茶碗だけが残った。カネは、おんぶ紐でせんを負ぶうと、鉛でも詰め込まれたような気持ちのまま、それらの茶碗を水屋に戻し、一つ一つを洗い始めた。

「かーか、まんまは？」

「まんまね。もうちょっと待ってね」

「かーか、まんまは？」

「もうちょっと、もうちょっと」

せんをなだめ、竈に火を入れながら、兄上と彦太郎さんのやり取りを思い出す。

野蛮人。

彦太郎さんは、アイヌをそんな風に見ていたのかと思う。そして、常盤の刺青についても、やはり好奇の目を向けていた。無論、ある程度は予測していたことではある。だが、それを口にしないのが気遣いというものだと信じていた。これっぽっちの小さな村で諍いを起こし、互いにいがみ合うことが、どれほど醜く益のないことか、誰にだって分かっていると思っていた。

煮物の鍋を囲炉裏に移し、火の具合を調整して、漬物を刻んでいるとき、ようやく勝が戻ってきた。

「兄上は？」

「帰ゃあった」

「もう、落ち着きました？」

勝は大きなため息をつくと口もとを歪めて首を傾げている。

「後を引きずらんとええが――銃太郎は、今日は皆に自分のとこで生まれた子豚を分けてもええと、それを言うつもりだったんだげな」

兄上のところでは豚が順調に増えている。子豚は一頭あたり五円で売れるから、どんどん子が生まれれば、それだけ借金を早く返すことが出来る。だから兄上も勝も豚を飼育することに懸命だったが、これまで畑仕事しか経験していない他の人たちは、なかなか豚を飼おうとしなかった。それで兄上は、とにかく皆が少しずつでも借金を返せるようにと、まずは自分のところで増えた子豚を、希望する家には無償で与えてもいいと申し出るつもりだったという。

「だったら、自分の家に呼べばよかったのに」

「常盤がな」

「常盤さんが？」

「怖がったんだと」

え、とカネは目を瞬いた。

「常盤さん、村の人を怖がってるの？」

勝は腕組みをして、また難しい顔になっている。

「皆というわけでぁにゃあ。ただ、たまに会うと、ものすごくジロジロと見てくる輩がいるそうだ——見られただけで怖く感じると言ったんだと」

「まさか、それが彦太郎さんとか？」

勝はいや、と首を横に振り、それが誰だかは常盤は話していないらしいと言った。そう、とカネもため息をつくしかなかった。カネにも覚えがあった。この村に来てすぐの頃、マラリアの患者が出たと聞く度にキニーネを抱えて家々を飛び回ったことがある。あの時、何とも薄気味の悪い、なめ回すような目つきで見られたことがあったのだ。いくら「まさか」と思っても、こんな蘆の原ばかりの土地だから、どこかに連れ込まれて犯されないとも限らないと想像して身震いをした。おそらく、常盤も同じ思いをしたのだろう。ましてや常盤はアイヌだった。村の女たちは、もう彼女に慣れているが、男たちは未だに好奇の目を向けているのに違いない。

「そんでも、このまんまじゃしこりが残るわな」

「今、初二郎さんが、彦太郎さんのところに行ってます」

「こういうことは、出来るだけ早いとこ和睦させるのが一番だがゃあ。ほんでも俺は明日、朝が早ぁし」

「きっと、初二郎さんがうまくやって下さると思いますから。私も明日になったら一度、初二郎さんのところに行ってみます」

「かーか、まんま！」

せんが、背中から大きな声を上げた。勝も我に返ったように囲炉裏端にあぐらをかく。何とも落ち着かない気持ちのまま、それでも今日も一日が終わることを天主さまに感謝して、カネたちはいつもの貧しい食卓についた。

翌日は生憎雨降りになったが、勝は予定通り、早朝には大津へ向けて出かけていった。昨年の収穫の頃、自分も一度大津へ行きたいと言っていたことを思い出しながら、カネはせんを負ぶって勝を見送った。

行かれない。どこへも。

この広い広い牢獄で、ただ働くしかない。とぼとぼと戻りかけ、思いついて初二郎さんの家に向かう。すると初二郎さんは、もう菅笠《すげがさ》に蓑を被って畑に出ていた。

「ひと仕事終えたら、彦太郎を連れて銃太郎さんのとこに行くつもりだら」

初二郎さんは、カネの顔を見るなり用件を察したように頷く。

「昨日のあれは、彦太郎の言い過ぎだ。昨日もあれから懇々《こんこん》と言って聞かせたら、しまいにゃ本人も『悪かった』って言ってな。だから先生、そう心配しなくていいよ」

幸い今日はこんな天気だから、仕事の邪魔になるとも言わないだろうと初二郎さんは落ち着いた表情で頷く。カネは、深々と頭を下げた。

「もとはと言えば、兄があんなに遅れたのが悪いんですから」

「先生が気にすることじゃねえら」

初二郎さんは、カネが何度「やめてください」と頼んでも、カネのことを先生と呼ぶ。金蔵が習いに来ているのだから仕方がないといえばそうなのだが、カネにしてみればくすぐったい呼ばれ方だった。

その日の夜、兄上が常盤と二人でやってきた。勝もいないことだし、夕食を一緒にとろうと言う兄上は、もう普段の兄上に戻っていた。文机の上の本に気がつくと、「へえ」と言いながら、勝の本をぱらぱらと読み始める表情も静かで穏やかなものだ。

「彦太郎さんと仲直りは出来たの？」

水屋に立ちながらそっと囁くと、常盤は微笑みながら小さく頷いた。喧嘩の原因は、彼女は知らないに違いない。だが、これから先も、村の誰かから心ない言葉が吐かれ、それを常盤自身が耳にしないとも限らない。常盤も傷つき、兄上も傷つくことになる。カネは義姉妹《しまい》になった自分が、今後はさらに気をつけて彼女を支えていかなければならないのだと、改めて自分に言い聞かせていた。

第七章

1

宮崎濁卑さんから正式にアイヌ農業世話係を引き継いだ勝は、以来、毎日のようにフシコベツとオトプケに通うようになり、一日ずっとオベリベリにいるということが、ほとんどなくなった。

「その分、おまゃあさんらに頑張ってもらわんとな」

勝はアンノイノらセカチにはっぱをかけて、毎日のように「頼むぞ」と彼らの背を叩き、意気揚々と出かけていく。ハロー掛けに使っていないときには馬に乗って行くこともあった。自然、カネが畑に出る時間が増えることになる。頼りになるのはセカチらだ。だが、手綱を引く者がいなくなると、彼らはすぐに気を散らして仕事に身が入らなくなる。どうにかして飽きずに一つの仕事を続けさせるためには、何かにつけて彼らをほめるだけでなく、とにかく美味しい食事を提供するのが一番だった。カネは、いつでも大鍋一杯の粥を炊き、おかずも野菜の煮物ばかりでなく、日によって鮭、山菜、干し肉、きのこなどを加えて、味付けも可能な限り工夫した。

折しも種まきの季節だった。エンドウ豆、夏イモ、カブ、カキナ、夏大根、仙台《せんだい》カブ、キャベツ。土を起こして畦を立てた畑に、次から次へと種を蒔く。種まきが終われば馬のための草を刈り、また次の畑を耕す。そういう毎日を過ごしていたら、あるとき利八が転がるようにしてやってきた。

「泥棒だらっ、泥棒がとっ捕まった！」

たった今、山田勘五郎さんの息子の広吉と山田彦太郎さんとが二人がかりで捕まえたところだと、利八は息を切らしながら彼らの家の方を指さす。例によって勝のいないときだった。

「泥棒って、誰のこと」

カネが首を傾げると、利八は「よそもんだら」と、地団駄を踏むような格好をする。

「よそから来た人？　こんなところに？」

カネは半信半疑のまま、それでも利八が手招きをするから、せんの手を引いて畑の中を歩き始めた。

「奥さん、泥棒って？」

アンノイノが後ろから話しかけてきた。振り返ると、ペチャントへと一緒になって、ついてくる気らしい。カネは「えーとね」と首を捻った。盗むというアイヌ語は教わった記憶がある。

「イッカ――」

するとペチャントへが「イッカ？」とアンノイノの隣で濃い眉の下の目を、大きく見開いた。

「イッカクルか？」

「あ、そうね。イッカクル」

イッカは盗む、クルは人。それを合わせると泥棒になるのかと納得しながらカネが頷いている間に、ペチャントへは興奮した様子で「イッカクル！」と声を上げ、カネを追い越して利八の後を追っていく。せんが「イックク―」と真似をした。カネも一緒になって「イッカクル」と頭に刻み込むように繰り返しながら、彼らについていった。アイヌとのつきあいが長くなるにつれ、カネの方でもアイヌ語をずい分と覚えてきた。女学校時代も英語の勉強が好きだったし、きっと知らない言葉を学ぶことが好きなのだと思う。少しずつでも彼らの言葉を覚え、その言葉でやり取りできるようになることが、カネにとっては楽しみにもなっていた。

せんと歩いていくと、やがて、ちょうど依田さんの家の前辺りに小さな人だかりが出来ているのが見えてきた。利八が「ほら」と言うように、立ち止まって手招きをしている。ペチャントへはもう人だかりの中だ。近づくにつれ、男たちの隙間から、荒縄で縛られ、うなだれたまま地べたにへたり込んでいる男の姿が見えた。すぐそばには見覚えのないセカチが立っている。

「泥棒だなんて――本当ですか？」

誰にともなく尋ねると、山田広吉が、そばに立つセカチを顎で指し示して、彼がメムロプトから追ってきたのだと教えてくれた。何でも、そのセカチが外から戻ったら、この男が家族の服を何枚も着込んだ格好で、鍋に手を突っ込んで飯を食らっていたのだという。そして、セカチに気づくと着ていた服を全部脱ぎ捨てて、猛然と逃げ出したのだそうだ。そのとき、もう片方の手には小刀であるマキリが握られていたし、首には、いくつもの首飾りがかかっていたと、セカチは懐から奪い返した品々を取り出して見せた。

「これは、俺の家族のものだ。こっちは違う家の」

広吉の父親の勘五郎さんが、大きなため息をつきながら男のそばに屈み込む。

「そんで、おめえ、名は何というだら」

「――言ったら放してくれんのかよう」

男から、弱々しげな声が聞かれた。勘五郎さんは皆を見回した後、改めて男と向き合う。

「とにかく、聞かせろや。名前も名乗らねえような野郎にゃあ、この村にいる限り、飯の一粒だって食わしてやんねえぞ。よう、何てえ名だら」

「俺ぁ――越後《えちご》国の岩野権三《いわのごんぞう》ってもんだ」

村の人たちは口々に「越後国」と呟いて顔を見合わせている。

「越後って、どこだら」

「馬鹿、越中《えっちゅう》の隣だら」

岩野権三と名乗った男は、それまで力尽きたようにがっくりとうなだれていた顔をわずかに上げた。目は落ちくぼみ、頬骨が目立っていて、ひどく貧相な顔をしていた。年の頃は三十歳前後というところだろうか、日焼けなのか垢じみているのか分からない色の肌をして、男は絶望的な瞳で自分を取り巻く人々を見上げている。

「越後国のもんが、何だってこんなとこにいるだ」

「——去年、広尾《ひろお》に、開拓に入ってよ」

村の人たちは、また顔を見合わせている。

「広尾だってよ」

「広尾ねえ」

それから男は勘五郎さんに問われるままに、ちょうど一年前、その広尾に開拓に入ったものの、何一つとしてまともに収穫出来ず、秋には入植地を捨てたのだと語った。その後は着の身着のまま、大津や白糠《しらぬか》などをさすらってきたという。カネは男を見ながら、吉沢竹二郎のことを思い出していた。竹二郎だけではない、池野登一や、進士五郎右衛門のことも思い出す。共に開拓に入ったのに村を出ていったそれらの人たちは、今ごろどこに落ち着いているのだろう。見知らぬ土地をさまよい、どこかで、この男のように食い詰めて罪を犯してはいないだろうか。

「頼む——見逃してくれ——」

男は呻くような声で懇願し、またうなだれる。

「もうやんねえから——ほんの出来心ってやつなんだ。それに、相手は土人じゃねえかよう、どうってこたぁねえ。和人のものは盗らねえ、約束するよう」

「土人も和人もあるかっ」

勘五郎さんが破鐘のような声を響かせた。

「信用できねえら。開拓に入って半年と続かなかったような奴は」

彦太郎さんも吐き捨てるように言った。

「そんなこっちゃあ、何したって、やってけるわけねえだら。俺たちが何年かかって、ようやっとここまで来たか、分かるかっ」

初二郎さんもそう言って、それから村の男たちは、この逃亡者の扱いについて相談し始めた。自分たちに実害がなかったのだから、そのまま逃がしてもいいのではないかという意見もあったが、それでは示しがつかないと、大方のものが首を横に振った。

「第一、俺たちで勝手に決めて、それが間違ってたりしたら、また銃太郎さんか勝さんから怒られるら」

「あの人らは規則が好きだもんで、規則通りにしようって、きっと言うに違げえねえ」

「規則って？」

「やっぱ、お上に突き出すことだらな」

「警察か」

結局、誰かが大津の警察に知らせて、この岩野権三という男を引き取りに来てもらうか、または大津まで連れていくしかないということになった。この頃ではさほど間を置かずにオベリベリと大津との間では舟が行き来している。今日明日にも、大津からの舟が着いてもおかしくない頃だった。

「先生、勝さんは夜には戻るんだらなあ？」

初二郎さんに聞かれて、カネは「はい」と頷いた。

「今日もフシコベツに行っていて」

「銃太郎さんは、どうしたんだら」

「あの、主人はシブサラです」

皆の輪のいちばん隅っこに、いつの間にか加わっていた常盤が、おずおずと答えた。人々は一斉に常盤の方を振り返り、ふうんと頷いて、それなら、とにかく勝か兄上が戻ってくるまでは、この男をしっかり縄で縛って、晩成社の事務所にでもつないでおくことにしようと決めた。

「飢え死にしねえかな」

「盗みに入った先で何か食らってたんだら？　そんなら水だけでいいら。人間そう簡単に死にゃあしねえ」

最後に山田勘五郎さんが言って、人々はまた自分たちの畑に戻っていく。この辺りが小さな村のちょうど中央部だ。カネの家は東の端にあり、兄上の家は西の端にある。常盤と少しくらい話したいとも思ったが、戻る方向は正反対だった。それに、お互いに家の主人が外へ出ているのだから余計に茶飲み話などしている暇はない。カネが常盤に「またね」と手を振ると、せんが「ときあちゃーん」と声を上げた。

「ときあちゃーん、またねー」

常盤は嬉しそうに微笑んで、軽く頭を下げてから一人足早に戻っていく。その後ろ姿はどこか毅然としていて、ある種の緊張感のようなものが感じられた。常盤は今でも、この村の男たちに対する警戒心を解いていないのに違いないと、その後ろ姿を見ていて思う。それでも、兄上がいないときにもこうして声をかけられれば出てくるのは、彼女が少しでも村の人たちに溶け込もうとしている証拠だ。

「こんな場所に、泥棒とはなあ」

帰り道、利八が半ば感心したように呟いた。

「俺ぁ、伊豆でだって見たこたあねえら」

「私も初めて見たわ。泥棒で捕まった人なんて」

「こんな村に来たって、盗ってくようなもんなんて、何ひとつねえのになあ」

「本当だわ——それはそうと、きよさんの様子はどう？」

カネがふと思い出して尋ねると、利八は、ここのところようやく落ち着いたようだと頷く。きよは二人目の子を身ごもっていた。だが悪阻がひどいという話で、彼女にしては珍しく、このところカネのところにも顔を出さなかったからだ。

「女房が具合の悪いときに泥棒になんか押し入られたら、たまったもんじゃねえ。腹ん子だって、おったまげるに違えねえら」

「本当ね」

「けど、これで監獄にでも入りゃあ、あの男も、かえって飯にはありつけるってもんじゃねえか？」

なるほど、当てもなく各地をさまようよりは、その方がいいのかも知れないと、カネも考えた。この土地で、いつまでも放浪など続けられるものではない。やがて冬が来れば、今度こそ凍え死ぬか行き倒れになるかも知れないのだ。それならば今のうちに牢屋に入って罪を償《つぐな》って、新しい道を探る方がいい。

その晩、帰ってきた勝に昼間の出来事を話すと、勝は取りあえず罪人の様子を見にいった。

「メムロプトのセカチが見張っとったがや。今度の舟で、自分も一緒に大津へ行くと言っとった」

勝も「泥棒なあ」と、やはり驚いた顔になっている。これまでアイヌの他はヤマニなどの行商人か、数人の役人以外、外から誰か来ることなどまずなかっただけに、犯罪とも無縁だったし、カネたちも「用心」などという言葉はすっかり忘れていた。これからは、少しばかり気をつけるようにしなければいけないなどと話し合っていると、翌日になって、今度は越中の斉藤重蔵《さいとうじゅうぞう》と名乗る人物が村に現れた。

「この村に住むのには、誰の許しを得てどうすりゃあいいか、聞きてえんだって」

知らせてきたのは、山本金蔵の弟の新五郎だ。金蔵と一緒にカネのところに勉強に来ているから、いかにも勝手知ったる様子で「せんせー」と言いながら戸口に立った。

「ほんなら、会ってくるか」

そのときは勝がいたから、勝がまず斉藤という人に会うことになった。そして、昨日捕まった泥棒がひと晩過ごした晩成社の事務所で話を聞き、あっという間に彼を受け入れることに決めて帰ってきた。理由などないに等しい。ただ、この村には一人でも多くの人が必要だということからだ。

「まずはしばらくの間、うちの畑を手伝いながらでも、ここでの暮らしと仕事を見てもらうことにしたわ。そんでな、斉藤くんは、カネ、おまゃあに勉強を教わりたゃあと言っとったがや」

勝の決断の早さにも驚いたが、その申し出に、カネはもっと驚いた。

「いくつくらいの方なんですか」

「二十六になるげな。カネの話をしたら、どえらゃあ喜んでな。自分は無学文盲のまま今日まで来てまったもんで、いつもそれで苦労してきたんだと。まさか、こんなとこに来て勉学に触れることが出来ようとは思ってもなゃあことだったと言って、是非にも生徒にしてちょうだゃあと、こういうことだ。どっか空いとる小屋に住めゃええと言っとるが、とにかく荷を解いて落ち着いたら、すぐにでも来たゃあと言っとったもんで」

そういうことなら、喜んで新しい生徒を受け入れたかった。昨日は泥棒、今日は新しい入植者で、なおかつ生徒。何となく、本当に新しい風が吹き始めたような感じがする。

そして実際、斉藤重蔵という人は、その二日後からは畑を手伝うようになり、また、夜はカネの教室にやってきて、読み書きを習い始めた。もっさりした風貌の重蔵さんは、実際の年齢より幾分老けて見えたから、下手をするとカネどころか勝よりも年上のような雰囲気だったが、それでも緊張した面持ちで、カネに合わせて「あいうえお」などと呟きながら石盤に文字を書き連ねていく姿は初々《ういうい》しいものがあった。金蔵と新五郎の兄弟や彦太郎さんの息子の健治と扶治郎、そしてアイヌの子どもらが珍しそうに、そんな重蔵さんを眺めていた。

「はい、よそ見はしないでね。皆それぞれに、自分のお勉強をしましょう」

カネが注意すると、子どもらはぱっと顔を伏せる。重蔵さんは耳まで赤くして、それでも真剣そのものだった。

「あの人が、この村に馴染んでくれるといいですね」

翌日、夜明け前から起き出してひと仕事終えた後、カネが少しは重蔵さんの話をしたいと思っても、勝は慌ただしく粥をかき込みながら、ただ、うん、うん、と頷くばかりで、まるで真剣に話を聞く様子がない。少しでも早くフシコベツに行きたいのだ。

「よし、そんなら、行ってくるでよ」

「そんなに急ぐと、また胃を悪くしますよ」

「だゃあじょうぶだっ。銃太郎はシブサラで汗を流しとる。俺も負けとれんがや」

こうなると、カネが何を言ったって聞くものではない。まるで、自分が一日でも行かなければ、フシコベツのアイヌが農作業を放り出して、せっかく拓いた畑も最初の原野に戻ってしまうとでも思っているかのようにさえ見えた。

それから十日もしないうちに、今度は浦河《うらかわ》郡の役場から小野彦四郎《おのひこしろう》という丈量員《じょうりょういん》がやってきて、オベリベリの土地を正式に測量していくということがあった。これはいよいよ本当に空気が動き出したのではないかとカネは気持ちが浮き立つのを感じた。

「役場さえ動いてくれたら、オベリベリの開拓は飛躍的に進むぞ」

何日か置きに顔を出す兄上も張り切った様子で、その小野さんという人をシカリベツの漁場に案内したり、またオチルシ山まで連れていって、山の上からオベリベリの位置を測るのを手伝ったという話をしていった。依田さんは大津にいるかオイカマナイかのどちらかで、このところオベリベリには帰ってこない。こうなると、対外的なこともこなさなければならないのは兄上と勝の役割ということになる。

「これからは間違がゃあなく人の出入りも多なるな」

授業のない晩、茶碗酒を傾けながら、勝は一人で考えをまとめるように口を開いた。

「そうなれば、頼ってくるのは最初っからここにおる、俺らということになるがや。ほんなら、そういう人らを、まずは泊めたれる場所を用意せんことにはな」

「泊めてあげる場所?」

旅館でも始めるというのだろうか。ただでさえ忙しくなってきたというのに、何ということを言い出すのかと、カネは内心ひやりとしながら勝の顔に見入った。勝は相変わらず何か考える顔つきのまま、うん、うん、と一人で頷いていたが、やがて、家の裏にもう一軒、来客専用の小屋を建てようと言った。

「それが出来れば、誰が来たって、そこに泊まってもらやあええがや。客がおらんときにはセカチらが泊まったってええわけだから、そういう場所があれば皆、安心するに違がゃあなゃあ」

確かに、それはそうだった。この家は狭すぎて、しかもせんがいるから落ち着かない。誰かが泊まっていくことがあっても家族に混ざって雑魚寝《ざこね》のような格好しかないし、とてもくつろいでもらえる環境ではなかった。納屋は納屋で、夜はどんな生き物が入ってくるか分からない上に、年がら年中ネズミが駆け回るし、とても落ち着いて寝られるような状態ではない。もしもそういう建物が新しく出来れば、カネだって自分たちの生活を何もかも見知らぬ他人にまでさらす必要はなくなるだろう。相手にだって、余計な気兼ねをさせずに済む。

「よし、そんなら種まきが一段落したら、建てるとするか」

六月に入り、勝は本当に別棟として「臨水亭《りんすいてい》」と名付けた家を建て始めた。家といったって、簡素この上もない小屋だ。アンノイノやシトカン、そして重蔵さんも手伝ってくれて、作業は面白いほどはかどった。

「これで、おまゃあらも帰りが遅くなった日や、急に天気が悪《わる》なったときでも、泊まれる場所が出来たもんだでね」

屋根を葺き終えたところで勝がセカチらを労いながら言ってやると、彼らは「俺らも泊まっていいのか」と、それは嬉しそうな顔をしていた。いちばん最初に、勝がオベリベリに来たときには、まずアイヌから買い受けた小屋から始まった。それから次々に新しい小屋を建てては古いものを納屋にしていって、ついに「臨水亭」までが出来た。粗末な建物ばかりだが、それでも数を増やしていくことは、そのままこの土地での年月を物語り、また、わずかずつでも暮らし向きが落ち着いてきていることの証拠に見えた。これは何もカネたちの家に限ったことでなく、村の人たち皆が次々にそうして小屋を増やしているから、遠くから眺めると、オベリベリは以前とは見違えるほど、賑やかに見えるようになった。

六月九日にはせんが満二歳の誕生日を迎えた。昨年の今日は父上もいて、皆で誕生日を祝ったが、その父上も今年は大津に行ったきりだ。カネは酒餅を作り、兄上や利八の家だけでなくアンノイノらにも餅を配って、ささやかにせんの誕生日を祝った。この頃ずい分と喋るようになってきたせんは、今やセカチらの人気者で、彼らは代わる代わるせんと遊んだり、話しかけたりしてくれる。

「せんちゃん、早く大きくなろうな」

「おっちくなるう」

「せん、もう少ししたら俺が草摘みに連れてってやるよ」

「大きくなったら、せん、俺が木登りを教えてやる」

何を言われても、うん、うん、と、よろけるほど大きく頷くせんに、誰もが笑いを誘われた。この子が学校に行く年齢になるまでに、本当に何とかしてこの村が整備され、今のような張りぼての賑わいではなく、本物の賑わいを持ってくれることを、カネとしては祈るばかりだった。

2

依田さんが帰ってきたのは、その数日後のことだ。日も暮れかけた頃、利八が依田さんの腕を抱えるようにして現れたときには、カネは一瞬、誰が来たのかと我が目を疑った。

「――どうしたんですか」

「銃太郎さんとこにいたんだら。もう、びしょ濡れでよう、真っ白な顔してガタガタ震えながらやって来たんだってよ。だもんで、銃太郎さんが風呂沸かして入れてやって、卵酒も呑ませたらしいら」

利八が囲炉裏端に座らせてやると、依田さんはふうう、と長い息を吐き、疲れ果てたように背を丸める。いつもなら小柄な身体を反っくり返らせて、何とかして人を見下ろそうとするのに、そんな依田さんばかり見てきたカネの目に、その姿は思った以上に小さく、また、ひどく弱々しく見えた。

「どこか、お具合が悪いのですか」

「――腹を、下した」

「何か、悪いものでも召し上がった？」

いや、と低く呟きながら、依田さんはもう立ち上がって「ご不浄」と言いながら外へ出て行く。その足取りもふらふらと頼りないものだ。

「トシペツプトから歩いてきたんだと」

その後ろ姿を見送ってから、利八がやれやれというように肩をすくめる。

「何日か前から浦幌《うらほろ》まで行って、馬を見てきたらしいら。そっから川上《かわかみ》に行って、ヤッカビラだら、で、トシペツプト」

「ずっと一人で歩いていらしたの？」

「途中までは誰かと一緒だったみてえだけどな。このところの雨のせいで地面がぬかるんでひでぇことになってたもんで、水かさは多くなってたけど、かえって川に入って歩いた方が早いと思ったらしいわ」

「川の中を歩いてきたの？　ずっと？」

「そんで、すっかり身体を冷やしたんだら」

カネは「そう」と頷きながら、さてどうしたものかと考え始めた。とにもかくにも、下痢《げり》を止めなければならない。それに、見たところ疲れきっている様子だった。それなら身体を温めて休ませることだが、依田さんの家には誰もいない。長い間ほとんど使っていないのだから、埃だって溜まっているだろうし、布団は湿気《しけ》り、部屋は隅々まで冷えきっているに違いなかった。とてもではないが、病人が安心して身体を休められる状態とは言えない。

「兄上のところでは、ゲンノショウコは飲んだのかしら」

利八は「卵酒だけでねえだらか」と首を傾げる。下痢が止まらないのなら、何はともあれゲンノショウコを煎じて飲ませるのがいちばんだ。それからトゥレプの粥がいいだろう。

「――少し、横にならしてくれ」

しばらくして戻ってきた依田さんは、やはり前屈みの姿勢で、よろよろと頼りなく土間から上がり込むと、そのまま肩で息をするように囲炉裏端にうずくまった。カネは、利八が帰っていった後ですぐに奥の間に布団を敷いた。せんを産むときに勝がこしらえてくれた、狭い空間だ。

「その服は、乾いているのですか」

「――まあ、大体」

「大体ではいけません。主人のものを出しますから、着替えてください。それから横になって下さいね」

勝の下着や寝間着を出してやり、布団の上に置いて、カネは「奥にどうぞ」と声をかけた。依田さんは、やっとというように立ち上がり、そのままの姿勢で奥の間へ向かう。そろそろ勝が帰ってくる頃だった。カネは食事の支度の傍らで、依田さんのためにゲンノショウコを煎じ、また、トゥレプの粥を作り始めた。アイヌの人たちは、トゥレプもまた下痢に効き目があると言っている。

それからしばらくして、外から「おーい、飯だぁ、腹ぁ減ったぞぉっ！」という勝の声が響いてきた。最近の勝は、機嫌がいいときはいつもこんな風に外から大きな声を出す。すると、せんが「たーただ！」とはしゃいだ声を上げて迎えに出るのを知っているからだ。

「ああ、今日もよう働いたがや。どうだ、せん、いい子にしとったか」

意気揚々と帰ってきて、まずせんの頭を撫でている勝に、カネは慌てて「あなた」と声をひそめながら、奥で依田さんが休んでいることを伝えた。

「依田くんが？　そんで？」

「横になりたいって言うから、奥で休んでもらいました。今、お薬を煎じているところ」

勝は、奥の間の方をうかがうような仕草を見せてから小さく頷き、依田さんを気遣うように静かに手足を洗うと、そっと囲炉裏端に腰を下ろす。

「たまに戻ってきたと思ったら、具合が悪いんじゃあなあ。そんでぁ、酒に誘うどころじゃにゃあな」

「そうですとも。紙みたいに白い顔をしてたもの。ずっと、川の中を歩いてきたみたい」

「何でそんな無茶なことしたんだがゃあ」

ふうん、と頷いて、勝は一人で晩酌を始める。待ち構えていたせんが、その膝に上った。この頃のせんは、勝の酒の肴に作っている和え物などを、ほんの少し口に入れてもらうのが嬉しくてならないのだ。勝も面白がって、せんの小さな口もとに、いくらの粒など入れてやって、せんがどんな顔をするかを見て笑っている。

「依田さん、お薬飲んで下さいな」

ゲンノショウコを煎じたところで依田さんのところに持って行くと、依田さんは着ていた服を脱ぎ散らしたまま、布団の中で身体を丸めていた。まだ腹が痛むのかも知れない。

「じきに効いてくると思いますから」

人肌に冷ました湯飲み茶碗を差し出してやる。依田さんは、何も言わずに茶碗を受け取り、ごくごくと喉を鳴らして薬を飲んだ。

「いま、トゥレプのお粥も炊いていますからね」

「――食えねえら」

「そんなこと言わないで、ひと口でも召し上がらないと。お熱は、どうですか？」

「熱は――出とらんと思う」

「きっと無理をなさったから。出来たら持ってきますから、それまでもう少し、休んでいて下さいね」

立ち上がって障子戸を閉めようとするときには、依田さんはもう布団に潜り込んでいた。小山のような布団の膨らみは、それだけでも勝のものとは違って見えて、布団からはみ出しているぼさぼさに乱れた髪も妙に病人臭く、哀れに感じられた。カネは、そっと床に膝をついて、脱ぎ散らされていた衣類を引き寄せた。今夜のうちに洗っておけば、明日中には乾くはずだ。明るいところで改めて見てみると、依田さんは手甲、脚絆をつけていたというのに、ズボンもシャツも泥はねだらけで草のシミなどもついており、かぎ裂きの破れもあるし、シャツはボタンが二つも取れて、袖のつけ根にも袖口にも綻《ほころ》びが見えた。

何かと不自由している。

一人なのだから当たり前だ。しかも、もともとの育ちからして、身の回りのことは人任せにしてきた人に違いない。自分だけでは行き届かないのも無理はなかった。それなのに、どこへでも好きに飛び回っているように見えながら、これほど具合を悪くしても待っている人一人いない暮らしが、初めて気の毒に思えた。

ゲンノショウコが効いたらしく、下痢の症状は治まった様子だったが、結局、依田さんは次の日も一日中、眠りっぱなしだった。翌々日になって勝がフシコベツに出かけていった後、ようやく布団から抜け出して、顔を洗ってから、自分の服がきれいに洗われ、また繕われていることに気づいたとき、依田さんは初めてカネに頭を下げた。

「——色々、世話になった」

こざっぱりした様子になり、顔色も戻った依田さんは、カネが作った温かい粥を食べながら、ぽつり、ぽつりと、自分の日常について語り始めた。オイカマナイの開拓ももちろんだが、何しろ役場へ提出する嘆願書や書類を書かなければならない手間が多いのだという。また、役場の人たちの作成した図面などを書き写させてもらうのも、かなり時間のかかる作業だということだった。さらに最近では、十勝地方を回ってくる役人が増えてきたことから、それらの機会を逃してなるものかと、少しでも情報を得ればありとあらゆる人たちに面談を申し込み、あるいは視察先で待ち構えて、オイカマナイの農場を見てくれるようにと懇願しては案内しているのだそうだ。オイカマナイでは文三郎さんと、山田喜平と共に、牛の好む草などを工夫して試しながら、一方で田畑も拓き始めていると、依田さんは語った。

「お役人さんには、オイカマナイはもちろんだが、このオベリベリに足を向けてもらわねばなんねえ。じかに見てもらわねえことには、分かんねえからな。その嘆願も、誰か来るたんびにしとるら」

依田さんは沢庵を一切れ口に放り込み、こり、こり、と音を立てながら、天を仰ぐような格好になってため息をつく。

「まるっきり、コメツキバッタだ。お役人さんを追いかけて、役場、舟着場、宿、どこへでも出かけていっては、平身低頭お願いして回っとる。きりがねえぐらいに」

この依田さんが、コメツキバッタほど頭を下げている様子など、容易に想像がつかなかった。

「――そんなご苦労があるのですか」

実際に身体を動かし、汗を流して農民たちを引っ張っているのは勝や兄上で、依田さんはといえば、せいぜい必要なものを内地から買い付けてきたら、あとは行き当たりばったりのことをしているのではないかと、そんな風にばかり思っていた。依田さんには依田さんなりの苦労があることを、カネは初めて知った。

「まあ、俺には責任があるから」

依田さんの肩書は晩成社の副社長だ。たとえ社長は伊豆にいる親戚であり、いちばん実権を握っているのがお兄さんだとしても、この土地にいて会社を率いている実質的な責任者に他ならなかった。ただ算盤を弾いて、みんなの借金や利息の計算をしているだけでは済まない、他にも副社長としての職務と責任があるらしいことを、どうしてそれほど考えなかったのだろうかと、カネは密かに自分を恥じた。この人を、少しばかり誤解していたかも知れない。

「色々と、気をつかうこともおありなんでしょうね」

「普通、気をつかって痛めるのは、胃の腑の方なんだがな。今度ばかりは、胃袋より腸が気をつかったんだらか」

腸が気をつかうってと、カネは一瞬まじまじと依田さんの顔を見てから、どうやら冗談を言ったらしいと気がついて、つい小さく笑った。すると依田さんは奇妙な形に口もとを歪めて、ちらりとこちらを見、すっと真顔に戻ろうとする。それが笑いと照れ隠しだと気づくまでにも、また間があいて、カネは今度こそ本当に笑ってしまった。そんなカネをちらりと見ては目を伏せて、依田さんは、何となく満足げな顔をしている。

この人は。

どうやらカネが思っていた以上に不器用なのだ。たしかに勝からもそう聞いていたとは思うが、これほどだとは思わなかった。不遜で、傲岸で、決して人の言うことを聞かず、頑迷な上に計算高く、融通《ゆうずう》が利かない割に一方ではちゃっかり女を作ったりする、そういう人なのだとばかり思っていた。

「はい、おかわりどうぞ」

頃合いを見計らって手を差し出すと、依田さんは、また何とも言えず気後れした顔つきのまま、黙って空になった椀を差し出してきた。

「――うまいなあ」

勝など、この頃はそんなことを言ったことさえないのに、依田さんは妙にしみじみとした表情で、うまい、うまいと繰り返した。そして、食事が済むと誰が待っているわけでもない、自分の家へと帰っていった。

天主さま。依田さんをお守り下さい。そしてリクさんが一日も早く戻ってきてくれますように。あの方は、一人では無理な方です。そばにいて、支える人がいなければ。きっといつも精一杯、気を張って、虚勢を張って、副社長さんをやっているのです。

その晩、カネは初めて依田さんのために天主さまに祈った。あの人がしっかりしてくれなければ、勝と兄上とのチームは壊れてしまう。そのことを依田さん本人にも、是非とも強く感じてほしかった。

依田さんはオベリベリにいる間、勝や兄上たちの畑を見て回り、カネのところに来ているセカチらを借りて自分の畑の草を刈り、また、兄上とは札内川までの測量などもしたということだった。そうして四、五日も過ごしていたかと思ったら、もう大津へ行ってしまった。

「何だ、一度もゆっくり呑めんかったなあ」

本当ならフシコベツやオトプケにも行って、実際に見てもらいたかったと勝はひどく残念そうにしていた。

それから間もなくして、栂野四方吉さんに代わってアイヌの保護授産責任者となった松元兼茂《まつもとかねしげ》さんという人がやってきた。

「おまゃあさんが、うちの『臨水亭』に泊まる最初のお客さんだがや！」

どこかおっかなびっくりに見える松元さんを誰よりも歓迎したのは勝だ。農業世話係としての気負いのようなものもあるのだろう、勝は松元さんを完成間もない「臨水亭」に案内し、カネに料理を運び込ませて、夜更けまで語り合って過ごした。カネにしてみれば、来客があろうと勝が呑んでいようと、これで夜の授業に差し障りが出る心配もないと思うと、「臨水亭」は思った以上に有り難い存在だった。

「おーい、そこのメノコ！」

次第に夏らしくなっていく中で、アットゥシの上からせんを負ぶってカネが畑仕事をしていたある日、聞き慣れない男の声が響いた。腰を伸ばすと、見慣れない男がこちらを見ている。

「メノコは、イタク、エラマン？　よう、おめえは和人の言葉は喋れるかって聞いてんだよ」

カネは改めて男の方に向き直った。ほつれ毛が汗で額にも、首筋にも張りついているのを感じる。畑仕事ばかりしているときに、髪のことなどそうそう気にしてはいられないから、ここしばらくはきちんと髷に結うこともせず、ただ元結いで簡単に結び、あとは手ぬぐいを被っているだけという有り様だ。しかもアットゥシを着ているのだから、アイヌと間違われても無理もないかも知れなかった。

「何だ、分かんねえのかよ」

そばにいる馬に、何やらたくさんの荷を背負わせている男は、上着のポケットからマッチの箱を取り出して、それをカネに向かって振り始めた。

「よう、毛皮はねえか。うん？　あれば、これと取り替えてやるぜ。分かるか、これはマッチだ。マ、ッ、チ。必要だろう？　チロンヌプ、ユク、キムンカムイ、あったら取り替えてやる。どうだ、ええ？」

カネがじっと見つめていると、男は焦れったそうな表情になり、今度は身振りを交えて、チロンヌプ、つまりキツネの皮なら十枚、鹿なら五枚、熊なら一枚と、そのマッチとを取り替えると言った。カネは小首を傾げた。

「そのマッチひと箱にしか、ならないのですか？」

薄笑いを浮かべていた男はぎょっとした顔になり、それからにわかに愛想笑いになる。

「な、何だよ、喋れるんじゃねえか。ひょっとして、和人なのか」

「毛皮十枚にマッチひと箱なんて、ちょっと釣り合わないように思いますけれど」

「へ、へへ、人が悪りぃな、奥さん。何も和人によう、そんなことしようなんざ、思ってやしませんって」

「では、アイヌになら、そういう商売をなさるんですか？」

「何でぇ——うるせえあまだな」

男はごまかし笑いを浮かべていたが、ふいに開き直った表情になって、畑に向かって、ぺっと唾を吐いた。

「紛らわしい格好してる、あんたが悪りぃんじゃねえかよ。何だってえんだよ」

恐怖が、むくむくと頭をもたげてきそうになる。だがカネは、大きく一つ息をしてから、わざと一歩前に進み出た。

「主人を呼びますので、主人とお話しになってください」

本当は、勝はそのときもフシコベツだった。それでもカネは、わざと口もとに手を添えて大きな声を出した。

「あなたぁっ、毛皮商らしい人！　キツネの皮十枚で、マッチひと箱だけなんですってぇっ！」

それからカネは、男の方に向き直り、胸の鼓動を鎮めるようにまた大きく息を吐き出した。

「うちの主人は、お役人から頼まれてアイヌの農業世話係をしている人です。もしも、アイヌに対してだけそういう値段で毛皮を取引しようとおっしゃるんでしたら——」

カネが最後まで言い終わらないうちに、男は「また来らあ」と言い残して、まるで逃げるように馬を曳いて去っていった。

「奥さん、どうしました」

カネの声を聞いたのか、離れたところで作業をしていた斉藤重蔵さんが、慌てたように畑の畝《うね》の間を跳びはねてきた。カネは、ほっと力が抜けるのと同時に、今度は猛烈に怒りが湧いてくるのを感じた。

「何なんだろう、あの男。何ていう嫌な目つきなんだろう」

陸の孤島そのものだったオベリベリに、明らかに新しい風が吹き始めていると思う。それは待ちに待ったものではあるけれど、風は往々にして厄介なものも運んで来ることを、カネは改めて思い知った気分だった。

3

「先生、カネ先生！」

アイランケが家に飛び込んできたのは七月十五日のことだ。この日は開拓記念日に当たるが、今年は依田さんもオイカマナイに行ったきり戻ってこないことから、村の人たちは朝早く、ご神木と定めた木の傍まで行って御神酒を供え、それぞれに祈りを捧げただけで、あとは特に何を行うということもなかった。昼過ぎになって、ちょうど、せんに粥を食べさせていたカネは、息を切らして家の土間に仁王立ちになったアイランケの様子に、ほとんど反射的に腰を浮かせた。

「ニシパから――これを先生に渡してこいって。ニシパ、泣いてたよ」

アイランケは懐から何枚かの紙を出してきた。カネは飛びつくようにして、それらの紙をアイランケの手からひったくった。少し前から内地との間で通じるようになった電報が、あわせて三通あった。それに、父上からの手紙が添えられている。電報を開く前から、胸が早鐘のように打ち始めた。

ノブコシス。

殴られたような衝撃が走った。一瞬、息が止まり、この短い文章を頭にか胸にか、どこに納めればいいのか分からなくなった。

「――なに、これ」

他の二通を見る。

ノブコワルシ。

ノブコキトク。

つまり、これは末の妹のことを言っているのだろうか。何だってノブ、延子《のぶこ》が死ななければならないのだ。あの子はまだやっと十五になったところではないか。混乱したまま、今度は震える手で父上からの手紙を開く。

〈――遠く北地にありては愛子の死に顔を見る能わざる――〉

父上の文字を追いかけるうち、ようやくこれが夢でも冗談でもない、紛れもない事実なのだという思いが広がり始めた。

延子が。

改めて電報の発信者を見れば高崎の弟、定次郎とある。訃報は、七月十二日付だった。つまり四日前に、あの子は逝ってしまったというのだろうか。

「先生、俺、もう帰っていいか？」

アイランケが、おずおずと聞いてくる。カネは頷きかけて、いや、と思い直した。

「アイランケは馬に乗れるんだったわね？」

するとアイランケは今も馬で来たのだと頷いた。

「ニシパが急げって言ったから」

「じゃあ、アイランケ、悪いけど、あなたまた馬に乗ってフシコベツまで行ってくれない？　うちのニシパがフシコベツにいるから、これを渡して欲しいの」

兄上から受け取った電報と手紙をそのままアイランケに渡すと、最近はまったく授業に現れないから、少し会わないでいる間にまた大人っぽくなったアイランケは「うん」と頷いて家を飛び出していく。馬の蹄の音が遠ざかった。その音を聞いているうち、胸の奥底から突き上げるような悲しみが襲ってきた。

ノブ、延子。あなたが、死んだっていうの？　本当なの？

一体、何があったというのだろう。電報がまとめて届いたということは、よほどの急病だったのだろうか。

「かーか」

せんが素足のまま土間に降りてきて、カネの着物の裾を引っ張った。何度も引っ張られて、ようやく我に返ってその場に屈み込み、カネはせんの小さな背を抱きしめた。

「かーか、泣いてるー」

せんの温もり、せんの柔らかさ、せんのすべてが、幼かった頃の延子を思い出させる。

「かーか、泣いただめー」

カネはうん、うん、と頷きながら、それでも涙を止めることが出来なかった。

勝は、まだ明るいうちに帰ってきた。既に目が腫れるほど泣いたのに、カネは、勝の顔を見て、また涙がこみ上げてきた。自分がこれほど泣けるとは思わなかった。勝も何とも言えない顔つきになっている。

「延子ちゃんといえば、まだ子どもでなゃあのか」

「私と十三違うから、やっと十五――」

「十五か。可哀想になあ」

「あの子ももちろん哀れでならないのだけれど、父上のことも気になって。今ごろお一人で、どうしておいでかと思って。きっとご自分を責めていらっしゃる」

「お互がゃあ、こうも離れとっては、どうすることも出来んがや――」

土と草の匂いをさせたまま、勝はカネを抱き寄せて、背中をさすってくれる。勝に言われるまでもなく、それは痛いほど分かっていた。横浜を発つときに、これが今生の別れになるかも知れないと覚悟もしたつもりだった。だが、いつかこういう思いをする日が来るにしても、それはもっと先のことだと思っていた。しかも、いちばん年下の、あの時まだ十一歳だった末っ子が逝くとは。

「祈ろう」

このところ忙しく動き回るばかりで、落ち着いた会話さえほとんど交わせなかった勝が、静かな口調で祈りの言葉を口にする。カネは頭を垂れ、自分も懸命に祈った。

天主さま。願わくば、延子をお近くに。あの子は耶蘇教徒ではありませんが、どうか、あの子をおそばに置いてやって下さい。そして、我が子を亡くした母上をお守り下さい。母上も耶蘇教ではありませんが、今、悲しみの淵にいるはずなのです。ことに父上が私たちと共にこの地に来てからは、何もかも一人でやってきた人です。どうか。どうか。

「銃太郎も、さぞ気落ちしとるに違がゃあなゃあ。ちょっと行ってくる」

カネが落ち着くのを待ってから、勝はカネが用意した酒の肴と徳利を提げて、兄上のところに出かけていき、せんが寝付いた頃に戻ってきた。

「見とるこっちが辛らゃあぐらゃあ、男泣きに泣ゃあとったがや――自分を責めて。嫡男でありながら、家を守るどころか、何一つやってやれなかったと――身につまされた。俺だって同じことだからなぁ」

聞いているだけで、兄上が嘆き悲しむ姿が目に浮かぶ。カネは、またこみ上げる涙を拭いながら、「もう一杯だけ」と言って囲炉裏端に腰を下ろす勝に酒を運んだ。

「でも、あなたが行って下さったから、兄上も慰められたことでしょう」

「そうだといいが――何とか元気を出させようと思って、俺が銃太郎からこの前引き受けた豚をフシコベツに連れていったろう、あの豚にハロー掛けをさせてみた話をしたったがや。そうしたら、あいつ、ようよう笑ってな」

「豚に――そんなことを、なさったの？」

それにはカネも目をみはった。勝は、うんうんと笑いながらうまそうに酒を呑む。

「やっぱり豚は豚だなあ！　馬や牛のように言うことなんぞ聞けせん。動けと命じれば立ち止まり、止まれと言えば走り出す。それも、真っ直ぐには走らんもんでね。あっちゃ行き、こっちゃ行き、あれぞまさしくとん走だがや」

あっはっは、と笑っている勝を見ているうち、カネもつい表情がゆるんだ。豚にハローを牽かせようなどということを、よくも思いつくものだ。豚の方だって迷惑したに違いない。

「試しにセカチの一人が豚にまたがってみたんだが、これもすぐに振り落とされたがや。あらゃあ、乗り物にもならんぞ、豚は」

そうしてまた笑っている。その笑い声を聞いているうちに、カネは、胸の奥底から喉元まで、まるで鉛でも詰められたように感じていたものが、すうっと溶け落ちて楽になっていくのを感じた。勝がいてくれて、よかった。この人と一緒になってよかったと思った。

「こうして私たちの毎日は過ぎていくんですものね」

思わず深々と息をつく。痛いほどの悲しみが通り過ぎたと思ったら、代わって今度は静かで淋しい諦めの気持ちが広がってきた。

「――仕方がないのよね。諦めるよりほか」

勝も静かな表情で、大きく息をついている。この出来事は、誰にとっても人ごとではない。勝にだって名古屋に両親と弟がいる。次には勝の家から不吉な知らせがないとも限らないのだ。そしてまた、自分たちは何一つ出来ないまま、おろおろと嘆き悲しむことになるのだろう。

ふと、リクのことを思い出した。伊豆に残してきた我が子が死んだことを知ったときの、彼女の衝撃と悲しみが改めて胸に迫ってくる。あの時、自分はどんな言葉で彼女を慰めたのだったろう。依田さんへの呪詛《じゅそ》とも思える言葉を聞いて、そっちの方に気を取られてしまったような気もする。今ならば、もっと言葉を尽くして、または彼女の身になってやることが出来るだろうと思う。今度、彼女が帰ってきたら、そのときには彼女にひと言詫びて、そして、互いにもっと色々な話が出来るようになっていたい。

こういうとき、ずっと身体を動かしていなければならないのはかえって有り難かった。夢中で土に向かい、汗を流している間は、忙しさに取り紛れて悲しみも忘れていられる。それでもふとした瞬間に、やはり幼かった頃の延子の姿が思い浮かんだ。父上のことも気にかかる。せめて父上に宛てて文でも届けたいと思っていたら、訃報が届いた翌々日、日暮れ時になって大津発で依田さんからの文が届いた。

「急いで大津へ来いと書かれとる。何でも、道庁の偉い理事官が来るんだそうだがや。今度は大人数で来るらしいと。オベリベリも視察するから、当然、大津でご一行様を出迎えた方がいいということだ」

こうしちゃおれん、と勝はすぐに支度にかかる。カネはその晩、急いで父上への文をしたためた。勝はその文を持って翌日、夜明けと共に大津へ向かい、驚いたことには二日後にはもう戻ってきた。帰りは舟ではなく馬を使ったのだそうだ。

「それぁもう、依田くんの張り切っとることといったら。こっちもえらゃあことケツを引っぱたかれて、飛んで帰ゃあってきたがや」

何でも依田さんによれば、この度の理事官の視察は今後のオベリベリの発展を左右しかねないくらいに重要なものなのだそうだ。そして依田さんは、かねてから父上にも相談しながら書き上げておいた意見書を提出するつもりでいるのだという。その意見書では、この十勝の将来性について、実際に開拓してきたものとしての経験を踏まえて論じており、そして、十勝を栄えさせるための提案が書かれているということだった。

「何といっても、大津や釧路《くしろ》からの交通路がなゃあのが致命的だと、それをはっきり書いたそうだがや。道さえ出来たら、十勝は劇的な発展を見せることは間違がゃあなゃあと」

それから勝は懐から一通の文を取り出した。

「親父どのから銃太郎あての文だがや」

勝はカネに、その文を兄上に届けて欲しいと言った。理事官視察に関しての指示なども書かれているのだそうだ。カネは二つ返事でせんの手を引いて家を出た。

「どこ行くの?」

「常盤さんのところ」

「ときあちゃんのところ!」

「そうよ。せんの大好きな常盤さん」

「ときあちゃん、ちゅきー」

「おじちゃんは?」

「おじちゃん、ちゅきー」

せんの手を引いて、のんびりと歩く。果てしなく広がる空には入道雲が湧き、辺りから夏の虫の音が波のように聞こえていた。踏み固めただけのような小道の先をきれいに光る小さなトカゲが横切っていく。遠くに見えるハルニレの木が、ゆったりと風に葉をそよがせているのが、いかにも心地よさそうだ。以前はひたすら蘆の原だった。それがこうして次第に風景を変えて、兄上の家も遠くから見渡せる。

これが、私たちのオベリベリ。私たちが拓いてきた景色。

兄上の家に近づくにつれ、庭先に人の姿が見えてきた。兄上が腰に手ぬぐいを下げて、ぼんやりと空を見上げている。カネは「兄上！」と声をかけた。同時にせんが、ぱたぱたと走り出す。一度転んだが、すぐに立ち上がって、また走る。それを、兄上が待ち構えていて抱きとめた。少し歩いても汗ばむ日だったたが、木陰に入るとすっと涼しくなる。

「今日もシブサラに行ってるかと思った」

「今日は一日、休みにしたんだ。このところ疲れが溜まってたから」

せんを抱き上げて薄く笑いながらも、やはり兄上の顔には生気がない。

「常盤さんは？」

「中にいる。常盤に用か？」

カネは首を横に振って、父上からの文を取り出した。

「――道庁の理事官が来るのか」

文を読み始めた兄上が呟いた。

「依田さん、ものすごく張り切ってるらしいわ」

「これにも書かれてる。それで俺には、村の連中にそのことを知らせてほしいと言ってるんだぞうだ。あとは、何を質問されてもいいように、特に去年の収穫高を調べておくようにと――何で依田くんが直接、伝えてこないのかな。父上にこんなことまで書かせて」

兄上はゆっくりと文を畳み、大きく一つため息をついて、また空を仰ぐ。

「――それなら、澱粉工場の掃除もしておかんとな」

兄上は何ごとかを自分に言い聞かせるように、うん、と一つ頷いてから、父上からの文には、延子の死について「不憫《ふびん》だ」と書かれており、「己の不徳の致すところ」とも書かれていたと教えてくれた。

「他には？」

「武士は、それ以上には語らんだろう」

そうだろうな、と改めて思った。それが、武士として生きてきた人だ。

「あ、お姉さん、いらっしゃい」

そのとき、家の中から常盤が出てきた。今日も和服を着て、髪も丁寧に結っている。せんが「ときあちゃーん」と駆け寄っていくと、彼女は優しげに笑いながらせんを抱き上げた。

「せんちゃん、いらっしゃい」

「せんちゃん、いらったまった」

微笑む常盤と、その隣に立つ兄上を眺めて、カネは、兄上が結婚していてよかったとつくづく思った。こんな時に独りでいたら、いくら兄上だって耐えがたかったかも知れない。

それからの数日は大忙しになった。何しろ道庁のお偉い役人様が見えるのだ。少しの粗相があってもいけない。自分たちの仕事ぶりをよくご覧いただきたいし、一方で、ゆっくりお休みいただくための準備も必要だ。もしも「臨水亭」を使われるのならと、念入りに掃除もして風呂までよく洗い、カネはもてなしのために干し鮭と干し肉などを戻し、豆を浸し、餅を作る支度をした。その傍らで、大急ぎで勝の新しいシャツを仕立てた。いつもの野良着ではあまりにみすぼらしいと思ったからだ。

七月二十三日早朝、依田さんが帰ってきた。

「もうすぐ、北海道庁の堀基《ほりもとい》理事官さまが七名でお着きになる。皆の衆、お出迎えを頼むぞ！」

まず村の人たちを集めて、依田さんは今回の理事官の視察がどれほど大切なことかを、そっくり返って演説した。

「そんなもんで、俺もまず理事官さまご一行が大津を発つのをお見送りした後、馬でこっちまで戻ったというわけだ。お出迎えもせんとならんからな」

息を弾ませ、目をらんらんと輝かせている依田さんの様子は、ついひと月前に腹を下したときとは別人のように見えた。もともと目鼻立ちははっきりした人だから、こうして胸を張っている姿は、ちょっとした役者のようにさえ見える。だが、それにしても馬で来たという割に馬の姿が見えないと思っていたら、途中で落馬して、馬には逃げられてしまったのだと依田さんは言った。そこから先は歩いてきたのだそうだ。これには村の人たちも一様に驚いた様子だった。

「途中から歩いたとは、若旦那もどえれえ根性出したもんだ」

「見送りして、出迎えもするんだらか」

人々が小声でやり取りしている間に、依田さんは懐から風呂敷で包んである四角いものを取り出した。

「そんで俺は今日、大決心をしておる。理事官さまに、このオベリベリをご覧いただいたところで、これ、この意見書を提出するら。これは『十勝興農意見書』と題したもんだ。この十勝の、オベリベリの農業を、この先いかに興していくかについて、考えに考え抜いたものを書き上げた！　今度の視察で必ずや、新しい道が開けるための方策だら！」

村人の大半は、依田さんが言っていることをあまり理解出来ていない様子で、「一体、何を騒いでいるんだ」という顔をしていたが、それでも依田さんは張り切った表情のままで、まずは数人のセカチを川べりに見張りに立つように命じ、その上で、兄上と勝を交えて念入りに打合せを始めた。

「こっちをご覧いただいた後は、何が何でもオイカマナイにも寄っていただくつもりでおる。ちょうど先週、田植えもしたところだもんで」

「田植えをしたのか！　あの土地で？」

兄上は驚いた顔をしていたが、依田さんは澄ましたものだった。そして、理事官を出迎えるにあたっては勝に大津まで来てもらったから、今度は兄上に理事官たちと行動を共にして案内と説明もし、大津へも一緒に下ってもらいたいと言った。

「そんで、そのまんまオイカマナイまでお連れしてもらいてえ。俺はまた、先に戻って待っとるから」

兄上は、腕組みをしながら何か考える顔をしていたが、やがて、一つため息をついてから、うん、と頷いた。

「そんで、俺たちは、どうしてればいいだら」

カネの隣にいた利八が、手持ち無沙汰の様子で呟いた。その向こうにはきよがいて、ずい分と大きくなってきた腹を撫でながら、うん、うんと頷いている。

「私たちは、普通にしていましょうよ。何も私たちを見に来られるわけじゃなくて、この土地と農業の様子を見に来られるんだし」

ねえ、と周囲を見回すと、利八ばかりでなく他の村の人たちも、どこか醒《さ》めた表情で、それぞれに頷いていた。ただでさえ忙しいこの時期に、妙なことに駆り出されても迷惑だと、その表情が語っていた。

堀基理事官一行は、その日、嵐のようにやってきて、嵐のように去っていった。勝と兄上は、依田さんと共に慌ただしく動き回り、理事官の視察にも同行したし、ことに兄上は依田さんの依頼通り、理事官と一緒の舟に乗り込んでオベリベリよりも奥の方までも案内し、そのまま翌日は大津へ向かって舟で下るということだった。

「そんじゃあ、俺は行くもんでね」

自分でも「コメツキバッタ」と言っていた通り、理事官にも、そのご一行様にも、とにかくやたらと頭を下げ、ほとんど揉み手でもしそうな勢いで懸命に話し続けていた依田さんは、理事官と兄上を乗せた舟が上流に向かっていくのを見届けると、自分は下りの舟に飛び乗って、見送る人たちに手を振ることもせずに去っていった。勝とカネとは、何となくぽかん、となったまま、舟着場でその姿を見送った。

「理事官に、この村には今、何軒の農家があるのかと聞かれたもんで、『九軒です』と答えたら、絶句してござったがや。それにしちゃあ道もちゃんと出来て川には橋もかかっとるし、ようやっとると言っておられた」

土手を下りて家に帰る途中、勝が新しいシャツでお目にかかれてよかったと笑った。そう言われるとカネも嬉しい。ちょっと身ぎれいにしていただけで男ぶりが上がるのだ。

「私たちの苦労を分かって下さるといいのだけれど」

そうだにゃあ、と頷きながら、勝はもう「さあ、仕事仕事」と、家に向かって大股に歩き出していた。

4

山本金蔵が「学校に行きたい」と言い出したのは、その頃だ。もともと聡明な子なのだと思う。日中は畑仕事を手伝いながら、いつでも熱心に勉学に励んできて、今や相当に難しい計算式まで解くようになった金蔵は、気がつけばもう十九歳になろうとしていた。

「学校って、何を学びたいとか、どこか考えているところはあるの？」

「農芸伝習科に行きてえんだ」

「札幌農学校の？」

札幌農学校は北海道開拓や農業開発を主な目的として学生たちを学ばせている学校だと聞いたことがある。その中でも、この春に開設された農芸伝習科は北海道の気候に適した農産物や農業技術について、実践的に学ばせるらしいという話をしてくれたのは、ヤマニの大川宇八郎さんだった。宇八郎さん自身は文字も読めないまま来ている人だが、驚くべき記憶力と情報収集力とで、村に来る度に外の世界の様々な動きをこの村に伝えてくれる貴重な存在だ。

「俺、農業っていうのをちゃんと学んでみてえんだ。オベリベリで育てるものだって、霜に強いとか、バッタに強いとか、そういうものがきっとあると思う。土地に合ったものを作っていけば、うちの父ちゃんも、村のみんなも、きっともっと楽になるら？　そういう勉強をしてえ」

ある日、意を決したように打ち明けに来た金蔵の言葉に、カネは驚き、また胸を打たれた。読み書きさえままならなかった少年が、よくぞここまで成長し、自分の考えを持つようになってくれたと思うと、教師としてこんなに嬉しいことはなかった。

「本人が勉強したゃあなら、そらゃあ何としてでも行かせてやらんといかんがや」

その晩、兄上と連れだって戻ってきた勝に早速その話をすると、多少の酔いも手伝ってか、勝は自分のことのように興奮した表情になった。

「よし、行かせよう！　行かせてやらゃあええがや、なあ！」

勝よりも早く囲炉裏端にあぐらをかき、やはり鼻息荒くカネに「もう少し呑みたいんだが」などと言っていた兄上も、同様に大きく頷いている。

「未だ陸の孤島のこの村から、こんなに早く、学校に行きたいなんて言い出す子どもが出てくるとは思わなかった。これも、カネが地道に指導してきた賜物だ。おい、カネ、よくやった！」

だが、そう単純に喜んでばかりもいられない。考えれば考えるほど、この村から札幌の学校に進むなど、無理な話ではないかという思いが強くなるからだ。

「まず、金蔵くんのご両親が承知して下さるかどうか分からないし、第一、費用の問題があるでしょう？」

「初二郎さんならだゃあじょうぶだ！　あの人はものの分かる人だ、倅《せがれ》の思いを必ず分かってくれるがや」

「札幌農学校は、官立だろう？　それなら、費用だって、そうかからないんじゃないか」

「官費生になれたら、そうかも知れないけれど――そうは言ったって、最低限のお金は必要でしょう？」

カネが酒を運び、多少の酒の肴を並べてやると、二人はまた互いに酒を酌み交わし始める。

「ただでさえ借金だらけの私たちに、自由になるお金なんてないもの。そんな状況で、どうやって学校に行かせてあげられるものか」

　さっきまで勝を待つと言って猫と遊んでいたと思ったら、もうすっかり眠そうな様子になってきたせんを抱き上げ、その背をぽんぽんと叩いてやりながら、カネはついため息をついた。

「私たちのときには、ワッデル先生やピアソン先生がいてくださった。だから学校にも行けたし、学問も続けられたわ。だけど、ここではそういうことも期待できないし、そのためだけに教会に頼るのも本末転倒でしょう？」

「だが、せっかく学びたいと言っているのに、その気持ちを汲んでやれないのは、あまりにも残念だ」

　それから勝と兄上とは、しばらくの間、酒を呑みながらああでもない、こうでもないと言い合っていたが、やがて勝が「よし」と膝を打った。

「そんなら、依田くんに出させるより他なゃあわな」

　言うなり立ち上がり、勝は押入から手文庫を持ってきて、中から「晩成社規則」と書かれた冊子を取り出した。ページをパラパラとめくって、「ここだがや」と、ある箇所を指し示す。

「ええか？　第八条。もともと晩成社は、利益が出た暁には『大にしては国家の義挙に応じ、本社は国民の義務をつくさんとして成立する主義を振張するものとす』と、ここに決めとる」

　兄上が手を伸ばして勝から冊子を受け取った。二人とも、この社則なら何度となく熟読しているはずだったが、それでもしばらくの間、勝が指し示した辺りを丁寧に読んでから、兄上は「そうだな」と頷いた。

「はっきり書いてあるものな。『利益を積み立てて、殖民の小学校、病院、道路費及び救恤《きゅうじゅつ》等を補助する』とも」

「そうは言ったって、その利益がまだ出ていないんだし――」

カネがそれだけ言ってから、ぐっすり眠ったせんを抱いて、奥の間に敷いた布団に寝かせに行っている間にも、囲炉裏の方からは二人の声が聞こえている。

「利益はまだ出とらんが、晩成社は、まず会社設立の志として、こういうことを明記しとるわけだがや。ここが、だゃあ事なところだもんだでね」

「カネは、これまで生徒たちから一文もとらずに授業を続けてきた。これを義挙と言わずに何だっていうんだ？　大にして国家のことを思うなら、カネは小にしてこの村と子どもたちのために、慈善と慈悲の心で今日までやってきたわけじゃないか」

勝が続きを引き受ける。

「ここの子どもが、農業を勉学をしたゃあということは、ゆくゆくは晩成社の役に立ちたゃあということだ。それは、ひいてはお国のためになるということだがや！」

「そうだ、よくやった、カネ！」

カネとしては、そこまで深く考えて子どもたちに読み書きを教え続けてきたというわけではない。ただ、カネ自身がせっかくあれだけの学問を修めさせてもらい、教壇に立っていた経験を、まったくの無にはしたくなかったし、たとえどれほど未開の場所にいても、学びの場を与えたいという思いから続けてきたまでのことだ。だが勝と兄上は、これまで一度として、そんなことを言ったことなどなかったくせに、今日に限っていきなり「義挙」だの「慈善と慈悲」だのという言葉を使い始めた。要するに二人とも酔っているのだと、途中でカネも気がついた。

「そうだがや！　これは何としてでも実現させせないかん！」

男二人は声を合わせ、そしてまた茶碗酒を傾ける。

「今度、依田くんが帰ってきたときに、必ず話そう」

「待って。その前に、金蔵くんがどうやったら農芸伝習科に入れるかを調べないと」

酔っ払い相手に本気になってもと思いつつ、ついカネが口を挟むと、勝と兄上とは一瞬、顔を見合わせてから、互いになるほど、と頷きあい、では、取りあえず急いで父上に便りを出して、その辺りのことを調べてもらおうということになった。まとまった話が出来たのは、そこまでだ。兄上の方が「もう呑めん」と言い出し、「そうか」と答える勝の方も、もう目が半分、とろけそうに見えた。

「そんならカネ！　頼むぞ！　金蔵を行かせてやってくれよ！」

「おう、銃太郎も頼むぞ！」

「――任せておけ！」

一体、誰に何を言っているか分からないまま、とにかく大きな声を出し合って、「じゃあな」と帰っていく兄上の足取りは、完璧に千鳥足だった。

その後、大津の父上が調べてくれたところ、札幌農学校の農芸伝習科はこの春に開設されたばかりでまだ学生も少ないことから、この秋からの入学も認められているが、そのためには入学試験に合格する必要があるということが分かった。入学試験は札幌まで行く必要はなく、釧路で受けられるという。

「そんなら、まずその試験に受かることだ」

試験は八月の末にある。その前に、とにかくにも依田さんにすべてを話して金蔵の進学に賛成してもらい、経済的な支援を約束させなければならなかった。そうでなければ、釧路までだって行ける状態ではない。

「依田くんが近々、戻ってくるそうだ」

八月に入った頃、兄上がようやく待ちわびていた知らせを持ってきた。

「大津の戸長から、いよいよ道路を引くつもりがあるから、その予定地を歩いてみて欲しいと言われているそうだ」

「ほう。いよいよか。どこから歩くって？」

「トシペッツプトと書かれていた」

一瞬、身を乗り出しそうな勢いで意気込みかけていた勝が「なんだ」と力を抜く。トシペッツプトと言ったら、オベリベリよりも東だが、大津までは、まだまだ遠いはずだった。兄上は、ちょうどトシペッツプトの辺りで十勝川が大きく流れを変えるから、その辺りが一つの目印になるのかも知れないというようなことを言った。

「そんなら、大津まで延びるのは、まだ先になるか」

「まあ、動き出したことは確かだ。それより、佐二平どのが来られるそうだぞ」

勝が、今度こそ「えっ」と身を乗り出した。そして、兄上が懐から取り出した便りを受け取ると、熱心に目を走らせている。佐二平さんといったら依田さんの兄であり、依田家の当主、そして、この晩成社の一番の大黒柱だと聞いている。その人が、入植五年目にしてやっと現地視察に来てくれるという。

「佐二平さんって、どんな方？」

勝が依田さんからの便りを読んでいる間に尋ねると、兄上は、見た目は依田さんにそっくりだ、と薄く笑った。

「じゃあ、中身もそっくり？」

「いや、中身は大分違うな。陰と陽というか、器の違いというか。俺はほんの数回しか会っていないが、依田佐二平という人は、ひと言でいうなら『陽』のかたまりみたいな雰囲気を持ってる、文字通りの大旦那だ」

なるほど陰と陽ね、と何となく分かったような気持ちになっている間に、勝が依田さんからの便りを読み終えた。

「俺が勤めとった豆陽学校を作ったのも佐二平さんなら、富岡式《とみおか》の製糸工場を作ったり、汽船会社を作ったり、県会議員もやっとるような人だがや」

「議員さんも？　では、人望の篤《あつ》いお方なのですね」

「何より、先を見るのに長けとるんだろう。それに、思いついたことを実行に移せるくらいに、とにかく依田家は金持ちなんだわ。言葉で言っても、カネにはちいと想像がつかんぐらゃあ、そらゃあもう、どえらゃあ資産家だもんだでよ」

学校まで創ったような人物なら、この村にもっと勉強したいという子どもが現れたことに理解を示してくれるに違いない。金蔵の進学について、もしも依田さんが賛成してくれない場合は、その佐二平さんにかけ合えばいいのではないか、とカネは考えた。だが勝は、佐二平さんという人物は、そう軽々と話しかけられるような人ではないのだと言った。これにはカネは少しばかり引っかかるものを感じた。たとえ相手が素封家で大人物とはいったって、もともと武家の自分たちが、どうして話しかけられないなどということがあるだろう。

「依田家の当主といやあ、武家も百姓もなゃあ。その土地の殿様みたゃあなもんだからなあ。その上、今や議員先生だもんだでね。俺はずい分長がゃあこと、あの家には食客として世話になっとったから、顔を合わせれば向こうから話しかけられることはままあったが、だからって、こっちから『佐二平さん』なんて、気易く声をかけられるような人だゃあ、なゃあわな。歳だって、依田くんより七つ上だから、今はもう四十を過ぎておるだろうし、こう、いかにも大物っていう雰囲気を、どーんと出しとる人だがや」

　勝は両手を前に押し出すように、身振りを交えて語る。だが、いわゆる「偉い人」という存在を、カネはこれまで見たことがない。女学校時代、立派な先生方とはずい分出会ってきたが、「偉い」という理由で近づきがたい人というのが、どうもうまく想像出来ない。

「取りあえず、今ごろ依田くんは、この前の理事官が来たとき以上に張り切っておるに違いない。そんなときに、学校もないこの村から農業伝習科に行きたいと言い出すところまで育った少年が出たということは、佐二平さんに認められることの一つになるはずだ。だったら、金蔵のことを切り出すのには、ちょうどいいかも知れんな」

　兄上は腕組みをして、佐二平さんの名前を出すだけでも、依田さんの気持ちは大きく動くはずだと言った。

「何しろ佐二平さんは、依田くんの自慢であり、憧れであると同時に、大きな目標でもあるはずなんだ。自分もいつか偉大な兄さんと肩を並べられるように、この十勝で事業を立ち上げて、立派に成功したいと強く思っておるからな」

　依田さんが農業そのものでなく、その「事業」に主眼を置いているらしいことは、これまでの言動を見ていてカネにも分かってきていた。その目標となるのが佐二平さんということなのかと、初めて得心がいった。どんな人なのか、容易に近寄りがたい「偉い人」というものを、カネも見てみたいものだと思った。

「そんでぇ、金蔵のことは俺が話そうか」

「いや。俺から話そう。彼には他にも話したいことがあるから」

「何の話だ？」

「晩成社の、今後について」

兄上は口もとを引き締め、よほど何か考えているような顔つきになっていた。

依田さんが現れたのは辺り一面に虫の音が広がる八月十六日、夜もずい分と更けてからのことだ。カネと目が合っても、相変わらず挨拶の一つもなく、依田さんはただ「渡辺くんは」と言った。勝は、ちょうどパノと共にシノテアの家にカムイノミに行って、戻ってきたところだった。酔っ払って、既に大あくびをしていた勝は夜更けの客を喜んで、大げさに手招きをして依田さんを囲炉裏端に座らせる。

「ずい分と遅い到着だったな」

「いや、着いたのは昼過ぎだ。さっきまで、鈴木くんのところにおったのだ」

旅姿のままで草鞋を解き、依田さんは疲れた様子で囲炉裏端に腰を下ろすと、「ところで」と、そこで初めてカネの方を見た。

「今晩、泊めてもらってもいいか」

カネは、もう眠そうにしている勝に代わって「かまいません」と頷いた。

「それなら、臨水亭に泊まって下さい。その方がゆっくり出来るし」

依田さんはほっとした様子で頷き、それからようやく勝の酒を受けた。ひと口呑んで、大きく息を吐く。

「まいった」

「――うん？　何かあったかゃあ」

依田さんは、やれやれといった表情で、実は兄上のところでも泊まれと言われたのだが、半ば逃げ出してきたのだと言った。

「逃げ出すだ？　また、なんで」

「いや、鈴木くんの話が長げえんだ。最初はなあ、金蔵の——ああ、金蔵といえば」

依田さんは思い出したように、今日は兄上の家で金蔵本人とも、また、金蔵の両親とも話をしてきたと言った。

「鈴木くんは、とにかく『金を出してやれ』の一点張りだもんで、まず本人の意思を確かめて、親の同意も得んことにゃあ、どうにもならんと言ってな、来てもらったら」

「——それで、いかがですか？」

このときばかりはカネも仕事の手を止めて囲炉裏の傍に立った。依田さんはいつもの難しい顔のまま、ぎょろりとした目をむいてこちらを一瞥した後、「あんたも」と口を開いた。

「行かせてやりてえんだら？」

「もちろんです。あの子は優秀な子ですし」

「あんたが、そこまで育てたんだもんな」

「育てただなんて」

依田さんは注がれた酒をまたひと口呑んで、ため息と共に一つ、頷く。

「明日、俺は兄貴を迎えに川を下る。そのときに金蔵を連れていくことにしたら。まずは、その入学試験か、それに受からんことには、どうしようもねえからな」

目の前がぱっと開けたような気持ちになった。

「本当ですか。依田さんが、あの子を連れていって下さるのですか」

「願書だ何だ、必要な書類は、親長どのに頼んで書いてもらおうということになった。その後、釧路行きの船に乗るまでは、まあ心配いらんだろう」

「費用のことも？　試験に受かったとして、その後も含めて、でしょうか」

依田さんは、口をへの字に曲げたままで、うん、とゆっくり大きく頷く。

「鈴木くんにも、今こそ義挙に出ずして、いつ義挙に出るのだと、散々言われたもんで。未だ晩成社としての利益は出ておらぬものの、社則にも定めた最初の志に変わりがねえんなら、今動き出さずしてどうするのだとな」

さすが兄上だ。きっと晩成社の規則も持ち出して、懇々と説得したのだろうと思っていたら、依田さんは、また「まいった」と繰り返して頭を掻く。

「今日の鈴木くんは、とにかく社則を手放さねえ。その上、話し出したらまあ長げえこと、長げえこと。金蔵の話がまとまって、やれやれ、今度こそ俺の方から兄上が来たときの相談でもしようと思っとったのに、まるで喋らせてもらえんかった」

兄上は一体、何を言い出したというのだろうか。社則を手放さなかったということは、あの規則書について、さらに何か言うべきことがあったのだろうかと考えているとき、軽い寝息が聞こえてきた。見ると、勝が囲炉裏端であぐらをかいたまま、もうこっくり、こっくりと舟を漕ぎ始めていた。

5

八月上旬、藤江助蔵さんが妻のフデさんと共にオベリベリを去った。入植した当初から村を捨てては行き場がなくて舞い戻り、それでも「嫌だ嫌だ」と言い続けていた二人を、もうこれ以上引き留める人はいなかった。彼らが去ったことで、晩成社としてオベリベリに入植した家は当初の十三軒から六軒にまで数を減らした。

「なあに、今が踏ん張りどきだがや。道さえ通れば人は入ってくる」

勝は歯を食いしばるような顔つきで、何度となく同じ言葉を繰り返した。

中旬を過ぎると、依田佐二平さんが函館に着いたそうだ、いや、既に函館を発ったと、依田さんや松元兼茂さんが頻繁に知らせてくるようになった。村の人々は「大旦那様がおいでなさる」と、誰もがそわそわと落ち着かない様子になり、助蔵さんが去った衝撃も忘れたかのように表情を輝かせた。

「無理もなゃあ。あの佐二平どのだぞ。村の衆でなくても、こう、気持ちが沸き立ってくるがや。佐二平どのがご自分の足で歩いて、ここを見て下されば、きっともっと力を貸してくださるに違がゃあなゃあ」

勝も興奮を隠せない様子で、佐二平さんが来たら貴重な子豚を一頭つぶして丸焼きにしようとか、口汚しにごま団子を作ったらどうだなどと言い始めた。皆がこれほど心待ちにしている佐二平さんとは果たしてどんな人なのだろうかと、カネもだんだん楽しみになってきた。

朝晩は秋風が立ち始め、今週末にもいよいよ佐二平さんが着くだろうという月末の日曜日、このところずっと手伝いに来ているフシコベツのウプニという娘が、昼に粥を食べた後で急に具合を悪くした。食べたものをすべて吐き戻した上に、ふらふらすると言い出して土間にへたり込んだのだ。助け起こそうと手を伸ばすと、カネ以上に小柄な上に痩せているウプニの全身が熱く汗ばんでいる。その額に手をあてて、カネは慌てた。

「いやだ、すごい熱だわ」

ついさっきまで笑って粥をすすっていたはずなのに、この急激な体調の変化はどうしたことかと、取りあえず奥の間にウプニを寝かせて、仕事の合間に様子を見ているうちに、日暮れ頃になって勝が帰ってきた。ウプニは、もう胃袋に何も残っていないほど何度も吐いたのと高い熱にすっかり弱り切った様子で、アイヌ莫蓙の上で喘ぎながら細い身体を丸めていた。

「こらぁあ、フシコベツまで帰らせるわけにいかんな」

気遣わしげな表情でウプニの顔を覗き込む勝に、カネも「悪いものでも食べさせたかしら」と首を傾げていたのだが、その夜遅くなって、今度はカネの体調に異変があった。妙に息苦しくて目が覚めたときには、もう吐き気がこみ上げそうになっており、嘔吐《おうと》した後は全身に悪寒《おかん》が走って、瞬く間に熱が出てきたのだ。実は、少し前から二人目の子を身ごもったのではないかと思っていたから、最初こそ「悪阻だろうか」という思いがよぎったが、これほど熱が出るのはおかしい。それに、これはウプニと同じ症状だった。そのまま朝を迎えて、隣でようやく目を覚ました勝が、驚いたようにカネの肩を揺すった。

「何だ、どうした」

「——朝までに治るかと思ったんですけれど」

「おまゃあまでか」

朦朧とする中で、勝が髪をかきむしりながらチッと舌打ちするのが聞こえた。

「間が悪《わ》るいでいかんわ、こんなときに限って」

「——すみません」

「とにかく、今日中に治さんといかんぞ」

「——はい」

「そんで、どうする」

「どうするって――」

自分でも目が潤んでいるのが分かる。胃は石のように硬くなっている気がしたし、喉を通る息は熱い。それに、身体の節々が妙に痛かった。そんなカネを見下ろして、布団の上にあぐらをかいたまま、勝は苛立った顔をしていたが、やがて「まあええわ」と吐き捨てた。

「ちいっと、ウプニの様子を見てくる」

そう言って奥の間に行き、またカネの横にあぐらをかく。

「全然、下がっとらん。おまゃあら、本当に何か悪いもんでも食ったんでなゃあのか。まったくもう――」

目をつぶり、自分の荒い呼吸を聞きながら、カネは、「どうして」と心の中で呟いていた。どうして「大丈夫か」のひと言がないのだろう。何が「まったくもう」なのだ。どうして、こんなに情のない言い方をするのだろう。自分の女房が隣で苦しんでいるというのに、この人は平気なのだろうか。

「しょうもなゃあ、どうするんだゃあ」

「あなた、せんを、私から出来るだけ遠ざけて。出来れば兄上の家に――何かの流行り病だったら困りますから」

切れ切れの息の中から言うと、勝は「流行り病？」と、初めて真剣な表情になった。

「普通の風邪ではないような気がして――」

勝はにわかに慌てた様子で、まだ眠っているせんを抱き上げ、そのまま家を出ていった。その間にカネは、やっとの思いで起き上がり、よろけるように土間に下りた。とりあえず葛根湯《かっこんとう》を煎じてみようと思う。他に思い当たる薬がなかった。

戻ってきた勝は、カネが土間の片隅にうずくまっているのを見てさすがに少しばかり気の毒に思ったのか、「寝ていろ」と言い、そこからは煎じた葛根湯をカネとウプニに飲ませたり、粥を炊いたりしてくれた。裏の川から冷たい水を汲んできて、額にのせた手拭いも替えてくれたが、その手拭いがあっという間に温くなる。翌日も、翌々日になっても変わらなかった。

「流行り病ではなゃあようだがなあ。他に、こんなことになっとる家はなゃあもんで」

さすがに次第に深刻な顔つきになってきて、勝はカネの額に手をあてる度にため息をついた。時折、兄上や常盤が様子を見に来ては、アイヌに伝わる薬草だと言って何かを煎じたり、粥に混ぜたものを作ってくれたりしたが、カネにもウプニにも、一向に効き目がなかった。

もしかしたら、このまま死ぬんだろうか。

自分の荒い呼吸を聞きながら、何度となくそんな思いが頭をかすめる。

天主さま。私をお召しになるのですか。新しい命を授かったに違いないと、密かに喜んでおりましたのに。もし、お召しになるのでしたら、後に残されるせんを、どうぞお守り下さい。あの子が強く健康に育ってくれますように。

どうか、どうか、と祈りながら、また意識が途切れる。

「おい、おい、カネ。お着きになったがや」

何日目だろうか、相変わらず熱でうつらうつらしていたら、勝に肩を揺すられた。ぼんやりした頭で「どなたが」と呟くと、即座に「佐二平どのに決まっとる」という答えが返ってくる。もうお着きになったのかと、そのときだけは少しばかり頭がしっかりしたが、強ばった身体は一向に言うことを聞かない。

「——すみません。お出迎えも出来ずに」

それだけ言うのがやっとだった。すると、ふいに身体が揺れるのを感じた。地震か、または寝ながらにして目眩《めまい》を起こしたのだろうかと思っている間に視界が動く。布団ごと引きずられているのだと気がついたときには、カネはウプニが寝ている奥の間まで運ばれていた。

「佐二平どのはうちにも来られるつもりらしい。見苦しいとこは見せれんもんで。しばらくここで我慢しやあ」

それだけ言うと、勝はぴしゃりと障子戸を閉めてドタドタと音を立てて出かけたらしかった。少しして人の気配がなくなったところで布団から這い出して、とにかく水をはった桶と土瓶に湯飲み茶碗だけ枕元に置き、それからは夢から覚める度に息を切らしながら土瓶の薬湯をウプニに飲ませ、自分も飲んで、カネは、手拭いを濡らしては額を冷やすことを繰り返した。

時折、外で人の声が聞こえた。朦朧としていても、ああ、依田さんの声だ、あれは宮崎濁卑さんの奥さんだ、などと聞き分けることが出来る。

「いや、それは心配だな」

ふいに、聞き慣れない声が聞こえてきた。障子戸の向こうが何やらざわざわと落ち着かない様子なのが伝わってくる。そのうちに、誰かの気配が近づいてきた。

「今、起こしてきますので――」

障子戸がかたん、と動いた。カネは力の入らない手で必死になって髪を撫でつけようとした。そのとき、「渡辺くん」という声がして、障子戸の動きが止まった。

「やめておきたまえ。病人に無理をさせるもんじゃあ、ないよ」

「ですが、せっかく――」

「こんな土地で寝込むほど心細いものはないだろう。それよりも、大津まで連れていかなくていいのかね。一度、医者に診せたらどうなんだ」

「もともと丈夫な女ですから、そうは心配はいらんと思うんだがなも――」

ああ、あの声が佐二平さんに違いない。どんな風貌の方かは分からないが、さすがにある種の落ち着きと、何とも言えない余裕のようなものが感じられる声だった。カネは、「心配いらない」と言い切る勝を、また腹立たしく思いながら、せっかくの佐二平さんの来訪に、きちんと挨拶も出来ない自分を情けなく思った。勝の台詞ではないが、よりによってどうしてこんな時に寝込むことになったのだろうかと改めて思う。

「わしも才媛の誉れ高い鈴木親長どののご息女と話してみたいと思っておったが、まあ、まだ時間はある。とにかく早く治してもらうことだ。じゃあ、行こうか」

ざわめきが去っていき、家の中はまた静寂に包まれた様子だった。隣でウプニがごそごそと動いた。

「奥さん、誰だろう、今の」

「――依田さんの、お兄さんだと思うわ」

「依田さん?」

最近になって手伝いに来るようになったウプニは、今や滅多に戻ってくることのない依田さんを知らないのだと気がついた。だが、それを説明する力が残っていない。カネは「そう、依田さん」とだけ呟いて、また目をつぶった。

「お姉さん、お姉さん」

どれくらい眠っていたか、額にひんやりした感触があって、目をあけると常盤がこちらを覗き込んでいる。

「なかなか熱が下がらないですね」

常盤の黒目がちの瞳をこんなに間近で見るのは初めてだった。カネが名を呼ぼうとして口を開きかける間に、常盤は長いまつげに縁取られた目を優しげに細めてカネを横向きに寝かせ、器用に片腕ずつ着物を脱がせると、温かい湯を張った桶に浸した手拭いを固く絞って背中や首筋、腕などを丁寧に拭ってくれ始めた。さんざん汗をかいているから、その感触は何とも言えずに心地好かった。

「あのね、お姉さん。利八さんの奥さんが女の子を産みましたよ」

「――え？　生まれたの？」

ああ、そうだった。きよの出産が近かったのだと、そのときになって思い出した。手伝いにも行かれなくて申し訳なかった。自分もまた、きよの後を追いかける格好になったみたいよと話したかったのに。息を切らしながら「それで」と尋ねると、常盤は母子共に元気だと背中越しに教えてくれた。

「せんちゃんと一緒に見にいってきました。せんちゃん、赤ちゃん見て『可愛い、可愛い』って。自分のところにも赤ちゃんが来ればいいのにって」

「――せんは、どうしてる？」

「大丈夫、元気です。毎日、『かーかは？』って何回も言いますよ」

ああ、せんに会いたかった。あの子とこんなに離れているのは初めてだ。

「ウプニの身体も拭いたら、お粥を炊きますね」

常盤が部屋を出て行くと、カネは薄がけ替わりのアットゥシを襟元まで引き上げて、ウプニに背を向けて涙をこぼした。このまま治らなかったら、せんは兄上と常盤に託すしかないのだろうか。勝がそれを承知するだろうか。そして、おなかに宿ったかも知れない命は、このまま誰に知られることもなくカネと一緒に葬られるのだろうか。

ごめんね。せんちゃん。

ごめんね。赤ちゃん。

ああ、天主さま。

祈りながら、いつの間にかまた眠りに落ちる。まるで自分の身体が骨も肉も溶けていくのではないかと思うような感覚だった。

翌日も、ウプニ共々熱は下がらず、やはり佐二平さんの声が聞こえる時があったが、朦朧とした中で、そうらしいと思うだけだった。元気で動き回っているときとは比べものにならないほどに時間の流れは速く、気がつくと朝になり、また気がつくと外から夜の気配が忍び寄っている。しばらくして、障子戸が開けられ、外の空気がすうっと入ってきた。そしてまた、戸が閉まる。

「寝とるわ——まあ、座ってくれ。カネがこんな具合で、たぁあしたつまみも出せんが」

「珍しいことだらな。いつも元気なおカネさんが、こうも長患いするっていうのも」

「小さい頃から考えても、こんなのは初めてだな。ほとんど風邪一つひかない子だったのに」

「おこりでもなゃあし、まったく厄介なことになったでいかんわ」

三人は囲炉裏を囲んで酒を酌み交わし始めたらしい。いつもの光景のようだが、三人揃うのは、実は久しぶりのことかも知れなかった。

「そんで、鈴木くんが今朝、うちの兄貴に渡した、あれは何だら」

兄上の「あれか」という声が、いつもより重々しく聞こえた。このまままた眠りに落ちるだろうと思っていたが、その次に「建白書だ」という言葉が聞こえて、カネは耳をそばだてた。

「建白書?」

依田さんの声に被さるように、勝の「ついに出したか」という、うなり声に近い呟きが耳に届いた。

「そんなものを渡しただらか。何だってまた急に」

「急ではない。俺は前から依田くんに言っておったではないか。今のままでは、晩成社は立ちゆかなくなるときがきっと来る。何より、農民らが疲弊しきってしまうと」

このところの兄上が、依田さんのやり方に対して何か思うところがあるらしいことはカネも感じていたことだ。だから、シブサラの開拓を始めると言い始めたときにも、このまま依田さんと袂《たもと》を分かつつもりではないかと不安になった。

「今は明治の世の中だぞ。ようやくこぎ着けようとしている国会の開設だって――」

「そういえば、佐二平どのは国会議員にならゃあすおつもりだと聞いたが、あれは本当かゃあ」

勝が話の腰を折った。依田さんの声が「そのようだ」と聞こえる。

「三年後に向けて、もう色々と動きだすつもりだって、言ってたら」

「いよいよ議員さまか！　たゃあしたもんだがや！」

「その国会にしたところで、もとをただせば板垣退助《いたがきたいすけ》と後藤象二郎《ごとうしょうじろう》らが建白書を提出したところから始まったんだ。つまり、これからの時代、我らはまず声を出すことから始めねばならんということだ。声を上げて、動かしていかねばならん」

「ほんで、うちの兄貴に、何を建白しようということだったら」

「無論、この晩成社についてだ」

「また始まった――例の、社則をどうにかしろっていうことだらか。それについては、この前、俺が無理だと言ったら」

「ああ、だからだ。依田くんが駄目だというのなら、晩成社本社の株主を動かすしかないじゃないか」

しばらくの間、沈黙が流れた。社則をどうのと言っていたが、一体、兄上は佐二平さんにどんなことを建白したのだろう。それで晩成社に何か変化は起こるのだろうかと考えながら、カネはまた眠りに落ちていった。

6

翌日になるとウプニがようやく熱も下がり、吐き気もすっかり治まったと言ってフシコベツへ帰っていった。だが、残されたカネの方は相変わらず高熱が続いていて、勝が作った薄い粥をすする元気さえない。

「食わんと死んでまうぞ」

勝は苛立った様子でカネの枕元にあぐらをかき、「ほれ」とさじですくった粥を突き出してくる。カネは目をきつく閉じ、口も閉じたまま、小さく首を振った。

「ええがゃあ、死んでまっても」

「――あなたは、その方がいいとでも思っていらっしゃるんですか」

肩で息をしながら、やっとの思いで目を開けて勝を見上げた。すると勝はいかにも心外だという顔つきになってひと際大きく目を見開いている。ウプニがいたときには遠慮もあったが、今なら言いたいことを言える。いや、言わずにいられなかった。カネはアットゥシを握りしめて力を振り絞った。

「このところの、あなたの仕打ちはあんまりです」

「――何言っとるんだ」

「そうではないですか。私だって、好きでこんな具合になったと思ってらっしゃるの。それを、やれ間が悪いだの、迷惑だの」

「だって、そうでなゃあかっ。何も佐二平さんがおいでになるというときに――」

「仕方がないではないですかっ」

言いながら、涙が滲んだ。勝は、さらに驚いた顔になって、粥をすくったさじを宙に浮かせたまま、ぽかんとしている。

「大体、あなたは鈍いのです」

「何だと」

「鈍すぎますっ。どんなことを言われたら人が傷つくか、何も分かっていらっしゃらない。何度も言いますが、好きでこうなったと思いますか？　苦しい思いをしているのは、こちらなのですよ。それに、流行り病だったら皆にも迷惑をかけると思うから、こうしていたって気が気じゃないし、その上――」

ここまで話すだけで十分に息が切れる。だが勝は、口を大きくへの字に曲げて目をぎょろつかせ、今にも売られた喧嘩を買おうとでもいうかのように椀にさじを戻して、ぐっと顎を突き出してきた。

「その上、何だ。言いたゃあことがあるのなら、言ったらええがや」

額に青筋を立てて、いつもは涼やかで優しげな瞳も、こういうときにはいかにも陰険そうな光を帯びて、嫌らしく見える。

「その上――」

「ほれ、言うてみろ。その上、何だっ」

「――お腹の子にさわったらと」

その瞬間、勝の瞳がさらに大きく見開かれ、頬の辺りがぴりっと動いた。カネはがっくりと力尽きたように目をつぶった。

「――こんな形で言いたくはなかったのに」

勝の機嫌のいいときを見計らって、もっと喜んでもらえるように伝えたかった。

「おい、カネ――」

「苦しい――疲れました」

そのまま目をつぶっていたら、がさがさと立ち上がる音がして勝は部屋を出て行った。狭い空間だが、ウプニがいなくなった分だけは広くなり、それだけに心細さが増す。

ノブ、延子。

可哀想な延子。

私を迎えに来るの？　お姉ちゃんに会いたい？

私だって、心からあなたに会いたい。けれどね、延子、お姉ちゃんはまだ死ぬわけにはいかないのよ。

私はここで、生きなければならない。

分かってね、延子。私を守って。

幼かった頃の妹が、しきりに思い出された。その笑顔を追いかけるうち、いつの間にか延子がせんに変わり、きゃっきゃっと笑い声を立てながら庭先を駆けている夢を見ていた。

「カネ、おい、カネ」

気がつくと遠くから勝の声がする。呼吸は相変わらず苦しく、額からも首筋からも、汗が伝って落ちた。やっとの思いで目を開くと、勝の顔がこちらを見ていた。

「川を、鱒が上ってきたぞ」

「――そうですか」

「だもんで、獲ってきたがや。早速、粕汁《かすじる》を作ったもんでよ、これで精をつけんといかん」

言うなりカネの肩に手を回して布団の上に抱き起こす。そして、カネの目の前に湯気を立てている椀を差し出してきた。確かに桜色をした鱒の切り身が、白濁した汁の中から顔を出している。その椀に目を落としてから、カネは改めて勝の顔を見た。勝は、さっきとは打って変わって、別人のように柔らかい表情でカネを見ている。

「ややこが出来とるんなら、どうして言わなんだ」

「――言おうと思った矢先に、こんなことになったのですもの」

「だゃあ事にせんといかん時じゃなゃあのか」

「――多分」

「そんなときに、ウプニの奴は一体ぇあ何をうつしてくれたんだ。なあ」

言いながら、カネの手をとり、椀をのせようとする。さっきから、どれほどの時間がたったのだろう。だが、何しろ大急ぎで裏の川で鱒獲りをしてきたのに違いない。そして、懸命にこれを作ってくれたのだろう。それが、勝という人だった。

「少しでいいから食ってくれ。汁を飲むだけでもいい」

「――いただきます」

何はどうあれ、これが自分の夫なのだと思う。この人と生きるために、すべてを捨てて船に乗り、はるばるこんな場所まで来た。そうして子をなし、今さら後へは退けないところまで来てしまった。

「そんなに熱くにゃあと思うがな。どれ、湯気を吹いてやろうか、うん？」

何度も促されて、カネはそっと椀を口に近づけた。食欲などまるでないし、正直なところ、熱のせいか匂いもよく分からない。それでもひと口すすってみる。味も、よく分からなかった。ただ温かいものが喉を通り、胃に染み込んでいくのだけは分かった。

「うまゃあか」

「――あったかい」

「卵も入っとったもんで、チポロも漬けたがや。夜には、それで粥を作ってやろう」

「――それより私、バタートーストとクリームシチューがいただきたい」

勝の顔が「えっ」というように変わった。一瞬また怒り出すのかと思ったら、今度は困り果てたように眉を寄せて、がっくりと肩を落としてため息をついている。その顔を見て、カネはようやく密かに胸のすく思いを味わった。一矢報いたと、つい口もとがほころびそうになったが、すると、いつの間にか出来ている熱の華が引きつれて鋭い痛みが走った。

「バタートーストかゃあ――」

「冗談ですってば」

勝は何とも情けない表情でカネを見て、それからそっとカネの手に自分の手を添えてきた。

「不自由かけとるな――特に、横浜育ちのおまゃあさんには辛いことも多いのは、よおく承知しとる。だがな、依田くんが言っとったんだわ。牛飼いが軌道に乗ったら、きっとバターも作るつもりだと」

「本当に？　バターを？」

依田さんはそんなことまで考えているのか。バター作りなど、本当に実現出来るものだろうかと思いながら、それでも何となく嬉しくなった。もしもバターが手に入ったら、こんな鱒の汁にもバターを落としたい。それだけで香り豊かなシチューになるだろう。たとえば畑の馬鈴薯をふかして、そこにひとかけらのせるだけでも、きっとご馳走になるに違いない。ああ、風味豊かなバターの味わいが恋しかった。

「佐二平さんは？」

「さっきまで『臨水亭』におられた」

「豚の丸焼きは？」

「銃太郎の方で作った」

「そうですか――私はとうとう、ご挨拶出来ないままかしら」

「仕方がなゃあ。佐二平どのも、よく承知しておられるし、どえらゃあ心配されとったがや」

申し訳ないのと同時に、依田さんによく似ているという佐二平さんを見てみたかったと思うと残念でもあった。

翌日、またも佐二平さんがやってきて、カネに薬を置いていってくれた。これほどまでに熱が長引くのは、どうやら単なる風邪ではなく、流行性の感冒なのではないかと、それに効くという漢方薬を試してはどうかということだった。早速、勝が煎じてくれたものを飲んでみたところ、間もなくして本当に熱が下がり始めた。

「さすが佐二平さんだがや！　いやあ、生命の恩人だ！」

勝は躍り上がらんばかりに喜び、カネも、せめてひと目でも会って礼を言いたいと思った。だがそのときには、佐二平さんは既に依田さんと一緒に川を下っていった後だった。五日間にわたったオベリベリ滞在で、果たして何を見、何を感じて下さったか、せめてその一端でも聞きたかったと、カネは残念に思い、そして、布団の上で手を合わせた。

翌朝には、すっかり楽になっていた。平熱とまではいかないが、ほぼ十日ぶりに床を上げて、身体に力は入らないし多少はふらつくものの、出来るだけいつも通りに過ごそうとしていたら、陽が高くなった頃に勝がせんを迎えに行ってくれて、兄上も一緒に戻ってきた。

「かーか！」

せんは、カネの顔を見るなり駆け寄ってきて、しっかりとしがみつく。思わずよろけそうになりながらも小さな娘を抱き留めて、カネは胸がいっぱいになった。ああ、生きていて、この子をまた抱きしめることが出来てよかったと、心から思う。

「大丈夫なのか、もう」

兄上が「痩せたな」と、いかにも痛ましげな表情でカネを見ているときに、ちょうど初二郎さんが「よう」と顔を出した。

「先生が病気って聞いたもんでよ」

初二郎さんは、勝と兄上に「二人もお揃いだらな」と言いながら、おずおずと木桶を差し出してくる。

「うんどんを作ってみたもんでよ、こんなら病人も食えるんでねえかって、うちの母《か》かぁも言うもんで」

木桶の中には、打ちたてのうどんが入っていた。

「金蔵も心配しとるら」

「そういえば、金蔵くんの合格通知は、まだでしたか」

初二郎さんは曖昧に笑いながら「まだだら」と頭をかく。

「試験を受けさしてもらえただけで、おめえ、もういいんでねえかって、俺なんか言っとるら。だけんど金蔵は、『いや、俺ぁ自信ある』とか言いやがって」

普段は口の重たい人だが、最近は息子のこととなると饒舌になる。カネだって、金蔵が農芸伝習科に受かっていてくれたらいいと心から願っていた。

「せっかくだから、すぐに茹でていただきましょう。よかったら、兄上も食べていって」

しばらく立ち話をしてから初二郎さんが帰っていくと、カネは早速、かまどの火を熾しにかかった。「ゆっくりでいいぞ」と勝が声をかけてくるが、自分がやろうとは言わない。

「じゃあ、呼ばれるかな。ちょうど今日から常盤が母親のところに行ってるから」

兄上は、実は明日から大津へ行くのだそうだ。すると、留守中は常盤が一人になる。それなら実家に帰っていればいいだろうと、シブサラへ帰したのだと言った。せんと一緒に一週間も過ごしたものだから、いなくなったら淋しくなると、常盤は少ししょげていたのだそうだ。それで、気持ちを切り替えるためにも里帰りさせたらしい。

「そんで、佐二平どのは何か言われたか」

湯が沸くのを待つ間にも、勝は昼だというのに酒を持ち出してきて、カネの視線に気づくと「にっ」と笑った後、二つの湯飲み茶碗に酒を注いでいる。毎度のことながら、笑っては呑み、怒っては呑み、本当にこの人はお酒との縁を切れないらしかった。兄上は慣れた手つきで注がれた茶碗を受け取り、それを見つめたまま「ああ」と、大きく一つ息を吐いた。

「受け入れられんとさ」

途端に、勝が「なにっ」と大きく眉を動かした。

「ここにいる間に、もう、そういう答えを出していかれたのか」

「一蹴《いっしゅう》されたよ」

「そりゃあ、にゃあがや。まずは伊豆に持ち帰ゃあって、株主と相談するとも言わにゃあでか？」

「その必要は感じないと言われたよ――それから、今後も一切、社則は変えられん、変えるつもりはないとも言われた」

そういえば熱に浮かされて夢うつつで過ごしていたとき、兄上が、勝と依田さんに何やら話していたことを思い出した。茹であがったうどんをよく水で締め、器に取り分けて、上から大根おろしと勝が先日漬け込んだ初物のいくら、刻みネギとを惜しみなく盛りつけて生醤油をひと垂らししたものを皆の前に出しながら、カネはつい「それって」と兄上を見た。

「建白書のこと？」

丼を手に、兄上は一瞬訝しげに勝を見ている。口出ししてはいけないことだったかと思ったが、もう遅い。

「この前、寝ているときに依田さんと三人で話すのが少し聞こえたものだから」

「そうか――俺なりにずっと考えていたことを、この機会に伝えねばならんと思ってな」

何ごとか考える顔をしたまま、兄上は「取りあえず食おう」と箸に手をつけ、勢いよくうどんをすすり始めた。

「おっ、うん、うまい」

「おう、こらゃあ、ええわ」

勝もうんうんと頷いて箸を動かす。

「やっぱり、カネの作る飯は旨まゃあ」

せんも「美味ちいねえ」と嬉しそうにうどんを一本ずつ口に運んでは、すぼめた小さな口で、つるつると吸い込むように食べている。カネも久しぶりの喉ごしと歯ごたえを楽しんだ。薄い粥ばかり、それも布団の上で食べていたのだから、食感も何もかもが新鮮で、ことのほか美味しく感じられた。

食事が終わり、よもぎ茶を淹れたところで、兄上は改めて話し始めた。

「要するに、社則を変えて欲しいと訴えたのだ。我々の借金に一割五分の利息がつくことも、収穫の中から二割を納めなければならんのも、すべては社則に決められているからだが、それが我々の困窮の原因の一つなのだ。しかも、まだ畑も広がっておらず、収穫など何もなかった二年目から、俺たちはずっとこれに縛られている」

そのことは、カネも常々考えていたことだった。働いても働いても、暮らしは楽になるどころか借金ばかりが増えていく。とにかく利息だけでも早く返さなければと、鶏から始まって山羊や豚を飼い、冬は冬で勝は毎日のように猟に出てはキツネやウサギを獲り、鷲や鷹の羽まで売りものにしているというのに、そうまでしても追いつかないのが現実だ。

第一、この土地では畑の広さの問題は別として、バッタの害や天候の不順などのせいで、まるで安定した収穫が見込めない。収穫がなければ、衣食住から始まって、すべてにおいて借金でまかなわなければならないことになる。こんな繰り返しでは、いつまでたっても自分たちの土地を持ち、自信をもってオベリベリに根付いているなどと言えるものではない。

「もともと晩成社の当初の目標は、十五年で一万町歩を拓くというものだった。だが、見てみろ、五年たって、やっと三十町歩拓いただけなのが現実ではないか。これは俺たちだけの責任か？」

兄上はわずかに頰を紅潮させて、この部分も建白書で訴えたのだと言った。せっかく株式会社として設立したのなら、そして、出来るだけ多くの配当を受けたいと真剣に望むなら、どうして株主たちはもっと開拓事業に興味を持ち、毎年のようにでもこの土地まで来て視察でも何でもしないのか。自分たちが出資した会社の事業がどうなっているのか、もう少し気にするべきではないのか。もっと働き手を増やす方法を考えるべきではないのか。それに、たとえば、あれほど馬を使って耕作しようと訴えたときだって、実際に馬を入れるまでに、どうしてあんなに時間がかかったのか。

「あれぁ、依田くんの頑迷さもあったなあ。一頭入れるだけでも、えらゃあこと時間がかかったもんなあ」

「依田くんだけに任せておくから、ああいうことになったのだ。もっと柔軟に物事を考えられる人がこの土地を見て判断すれば、迷うことなくごく早い段階で馬を入れただろう。原始の時代ではない、今は明治の世だぞ。便利な道具や機械はどんどん西洋からも伝わってきているのに」

兄上はまた、明治政府が発布した北海道土地払下規則にも触れたと言った。昨年発布され、今年の五月には北海道庁長官・岩村通俊《いわむらみちとし》の演説が官報に載せられており、そこでも触れられていたという。それによれば、個人または会社で最大十年以内に最大十万坪の土地を開墾して認められれば、千坪一円で払い下げられ、十年間は税を免除するという。つまり国が開拓者を支えようとしている、国をあげての事業として北海道開拓に乗り出しているということだった。晩成社もこの保護を受ける条件を満たしているのだから、ぜひとも届け出て優遇策を受け、その分を小作人たちに分け与えるべきではないか。

「晩成社は、もともと資金そのものが足りていないんだから」

北海道開拓は大事業だ。船会社を経営したり学校を持つなどという事業とは、その規模も、軌道に乗るまでの年月も、まったく違うということを、出資者にはもっと感じてもらわなければならない。

　時に囲炉裏の縁を指先でとんとんと叩きながら滔々と語る兄上を見ていて、カネは改めて、兄上の中に長い間渦巻いていた鬱憤と疑問とを感じていた。もしも以前のように、常に勝と依田さんとの三人が集まって、夜通しでも話し合う時間さえ持てていれば、その都度小さな問題でも解決していくことが出来たに違いない。だが、それがまず無理になった。そのことを思うと、やはり依田さんの行動が性急に過ぎ、また独りよがりだったとも思えて、今さらながらに歯がゆくなる。今となっては、確かにオイカマナイも大切だろう。オベリベリの開拓が思うように進んでいないからこそ、依田さんだって焦っているのに違いないとも思う。だが結局は、それが逆効果になってしまってはいないか。勝と兄上、三人の力が分散してしまっては、突破できることもできないのではないだろうかという気がしてならない。

「そういったことを一つ一つ建白書に書いて、それが受け入れられなかったっていうことなの？私が聞いている限りでは、きちんと理屈が通っていると思うのに」

　食事が終わって落ち着くと、せんはカネから離れて猫と遊び始め、やがてとことこと外に遊びに出た。小さな後ろ姿に「遠くに行かないでね」と声をかけて、カネは再び兄上の顔を見つめた。兄上は「そういうことだ」と口もとを歪めた。

「しかも、晩成社の出費の多くは、役員の報酬に割かれてるんだ。何一つしているわけでもないのに。俺と勝を見ろよ。俺らは晩成社の幹事だぞ。ただ畑仕事だけしていれば済むというものではない。実測、帳簿付け、その他の雑多なことはすべて我々で片づけていて、それについてはまるで無給ではないか。つまり、小作人扱いの連中より、さらに仕事量ばかりが多くて、まったく報われておらんということだ。おかしくないか、これは」

勝が難しい顔で「そうなんだわ」と、深々とため息をつく。

「村の連中も、おんぶに抱っことというのか、何でもかんでも俺たちにやらしとけば大丈夫だという気になっとるもんでね」

「それに依田くんだって、実のところは会社経営というものが分かっておらんのではないか。まず基本的に、労働には対価がつきものなのに、未だに庄屋気取りだ。俺たちに対してだって、彼は、何かすれば実費を支払う他は『心付け』とか『日当』とか、せいぜいそんな形でわずかな金を置いていくだけじゃないか。それも自分の金を使っているのだから、文句を言うなという姿勢だな」

「依田くんの得意技は、前へ前へと突っ走ることだもんでよ。あとは、自分が号令をかければ誰でも言うことを聞くものと思っとるようなところは、確かにあるわな」

勝は「お坊ちゃんだもんで」と、皮肉っぽい表情で首の後ろを掻いている。

「それに、あの兄さんのそばにおれば、そりゃあ自分まで偉くなったような気にもなるってもんだがや」

「――佐二平さんという方も、そんなに立派な方なら、どうして兄上の建白書を、せめてすぐにはね除けないで、もう少し時間をかけて吟味するつもりには、なって下さらなかったのかしら」

カネは、胸の中に不安が広がっていくのを感じないわけにいかなかった。晩成社の屋台骨である三人のチームが、ついに今、揺らぎ始めている。

「まあ、明日、大津へ下ったら、父上ともよく話してみるさ」

兄上は言うだけ言ってしまうと、吹っ切れたような表情になり、にっこり笑いながら「ごちそうさん」と腰を上げた。

その晩、久しぶりに親子水入らずで囲炉裏を囲みながら、勝は一人ちびちびと酒を呑んでは時折、ため息をついた。

「銃太郎も一本気な男だからなあ。こうと決めたら、てこでも動かんとこがある」

「でも、決めるまでにはとことん考える人です。今度のことだって、建白書まで出そうと決心するからには相当に色々と考えていたんじゃないかしら」

勝は、うん、と頷き、兄上の考えていることは前々から聞いていたのだと言った。建白書を出そうと思っていることも予め知らされていたという。

「そのとき、あなた、賛成なさったんですか？」

「賛成も反対もなゃあわ。銃太郎の言うことはいちいちもっともだし、この村の全員が思っとることだ。それに、俺は多少なりとも佐二平さんを知っとるつもりだったからな。こうも簡単にはね除ける人だとは思っとらんかったがや。いや、むしろ銃太郎に痛たゃあとこ突かれて、面白なゃあ思ったかも知れんな」

カネは、結局は声しか聞くことの出来なかった佐二平さんという人のことを考えてみた。素封家の当主で、こんな開拓事業にぽんと出資するほどの財力と度量があり、ゆくゆくは国会議員の選挙に打って出るかも知れないという人は、少なくともカネの病状を心配して薬を置いていってくれるような気配りの人でもあった。それなのに、どうして兄上の意見を真剣に聞き、自分たちが作った社則を再検討するつもりにはなってくれなかったのだろう。それなりの考えがあるのなら、そこを説明して欲しかった。それとも、「小作人風情」が文句を言うなとでも言いたかったのだろうか。人は財力で測られるものなのか。

「兄上は、どうするのかしら」

「親父どのが、どう考えておられるかにもよるだろう」

兄上の一本気と武家としての誇りは、そのまま父上から受け継いだものだ。しかも建白書まで提出して、それが受け入れられなかったとなれば、父子ともども「けじめをつける」と言い出すことは、まず間違いがない。そうなれば、結論は目に見えているようなものだった。

「あなたは、大丈夫なんですか」

囲炉裏越しに勝を見ると、勝は「うん」と聞き返すように眉を動かす。

「兄上と行動を共にするとか——」

勝はしばらく何か考える顔をしていたが、やがて「心配ゃあするな」と、わずかに皮肉っぽく頬を緩めた。

「もう一人家族が増えるというときに、そう無茶なことは考えにゃあ」

「——佐二平さんとの約束も、あるんですものね」

少なくとも五年は依田さんの傍にいるという約束をしたと、以前、勝は言っていた。だが、今年が入植五年目なのだから、そろそろ約束の期間も終わりになるはずだ。つまり、もう、いつ離れてもいいようなものだった。

「銃太郎と俺と、二人いっぺんに抜けたら、晩成社は本当に駄目になるがや」

湯飲みに残っていた最後の酒を一気にぐい、と呷ると、勝は「飯にするか」と言って、せんに「なあ」と笑いかけていた。

7

兄上が大津へ下って四日目の夜、兄上の乗った舟を操っていったパノが戻ってきて、兄上からの文と共に、金蔵の合格通知を届けに来てくれた。カネは戸口に立ったまま、即座にその通知を開いた。

「受かった！　受かったって、ねえ、あなた、金蔵くんが受かったって！」

朝から雨の降り続く肌寒い日だったから、今日は一日家にいた勝も、「本当かっ」と炉端から飛び出してきた。

「よしっ、初二郎さんに知らせて来るがや！」

言うが早いか、もう雨の中を駆け出していく。カネは実に久しぶりに気持ちが浮き立つのを感じながら、急いで酒の支度を始めた。こうなったら酒盛りにならないはずがないのだ。

「ウプニ、納屋からお漬物を出してきてちょうだい。それと、馬鈴薯とタマネギも」

「どれくらい？」

「そうね、ザルに一杯」

竈の火を大きくして湯を沸かし、その間に徳利の用意をしたり、漬物を出したり煮物の鍋を囲炉裏に移したりしている間に案の定、勝は初二郎さんを伴って戻ってきた。その後ろから、金蔵も照れくさそうに笑いながら顔を出す。

「よかったわねえ、金蔵くん！　おめでとう！」

この何もない中から、よくぞ頑張ってくれたと思うと、思わずカネも胸に熱いものがこみ上げてくる。

「まさか、うちから学校に行くようなもんが出るとは思わんかったら。こんな、先祖代々の水呑百姓の家から」

初二郎さんは、半ば信じられないというような顔つきで、むしろ慌てているようにさえ見えた。

「これからの時代は、農民でも誰でも、望めば学問できるようになりますよ」

「そんでも、びた一文持っとらん、こんな村の百姓だもんだでよ。いやあ、カネ先生がおらんかったら、どうもこうも、無理な話だったで」

初二郎さんと金蔵とは、身体が二つに折れ曲がるほど深々と頭を下げる。カネは恐縮しながら「さあさあ」と彼らを家に招き入れた。その間に勝が自分で徳利に酒を注ぎ、湯の沸いた中につけている。

今夜は特別ということで、金蔵も最初の一杯だけ、お相伴にあずかった。そうこうするうち彦太郎さんがやってきて「聞いたぞ！」と金蔵を祝福した。続いて利八が来て、山田勘五郎さんが来た。これで村の男たち全員が、金蔵を祝福することになった。

「そんで、いつ出立だら」

「銃太郎さんからの便りだと、十三日には大津を出た方がいいんだそうです。入学に必要な書類は鈴木親長さんが書いて下さるそうですから、それを持ってオイカマナイに行けと。まだオイカマナイにおいでの依田佐二平さんが、内地にお帰りになるのに、札幌までついていけばいいからって」

猪口《ちよく》一杯の酒で顔を赤くして、金蔵はいかにも嬉しそうに兄上からの手紙を広げて読み直している。「これがすらすら読めるんだらなあ」と彦太郎さんが感心したように「ふうん」とうなり声を上げた。

「十三日に大津を出るっていうことは、その前の日には向こうに着いとらんといかんわけだから——何だ、遅くとも明後日の朝には、もう出んといかんがや！」

「明後日だらかっ！」

「もう、日がねえだら！」

男たちが口々に声を上げるのを聞きながら、初二郎さんは黙って猪口を傾けている。赤銅色に日焼けして深い皺の刻まれているその顔には、嬉しそうでもあり淋しそうにも見える、何とも言いがたい表情が浮かんでいた。帰りしな、カネが「きっと立派になって戻りますよ」と声をかけると、初二郎さんはわずかに酔った様子で、ただ何度も頭を下げていた。

九月十二日は朝から気持ちよく晴れ渡る日になった。おそらく昨日一日で、母親のとめさんが仕立てたのだろう、一張羅に身を包んだ金蔵は、初二郎さんと彦太郎さんも同行する形で村中の皆に見送られ、大津へ下っていった。

母上からの便りを受け取ったのは、その数日後、金蔵とともに大津に下った初二郎さんたちが戻ってきたときだ。悪阻が始まって、日によっては気分のすぐれない日もあったから、母上からの便りは何より元気をもらえるものと、カネは喜び勇んで封を切った。ところが、懐かしい母上の文字を紙の上に追ううちに、言いようのない重苦しい気持ちが胸に広がっていった。

〈――一体いつまで、夢物語のようなことを続けているのでしょうか。可哀想な延子が逝ってしまったと知らせたときに、せめてあなただけは飛んで帰ってくるものと待っていましたが、その様子もまるでなく、この哀れな母を気遣う様子もないというのは、どういう了見なのですか。忙しい、子どもが小さい、費用が捻出できないと、あなたのことだからさぞ色々と理屈を並べるに違いないけれど、要するに誠意がないのだと母は感じざるを得ません。そのつもりさえあれば、どんなことだって出来るはずではないですか。そちらに行って、はや五年にもなろうというのに、あなたは本当にこのまま母や弟妹たちと会えなくなってもいいと思っているのですか。いいえ、思っているのでしょうね。

あなたは鈴木家の長女としての責任を、どのように感じているのでしょう。あのような男に嫁いだばかりに、母や弟妹たちに、どれほどの不便をかけているか、分かっていますか。もともと銃太郎は、牧師になると言ってみたり、蝦夷地へ行くと言ったり、はなから長男としてはあてにはならないのです。あなた方の父上という方も、耶蘇教に染まってからというもの、私の言うことなど耳を貸して下さらなくなった。それならば、せめて教師という恥ずかしくない仕事について、それなりの収入も得られていたあなたこそが頑張るべきだったのに、そんなことも投げ捨てて百姓仕事などを面白がっているあなたの気持ちが、母にはまるで分かりません――〉

何度読み返しても、そこには「元気か」のひと言もなければ「孫に会いたい」などという言葉も見当たらなかった。勝を「あのような男」と書き、父上や兄上のことまで悪し様《あざま》に言って、母上がいきり立っているのが、あまりにも生々しく伝わってくる。カネは背中から力が抜けていく気持ちだった。

なぜ、そうも感情のままに文をお書きになるのですか。それでご自分だけが溜飲《りゅういん》を下げて、受け取る側はどうすればいいのです。

離れているからこそ、互いに思いやらなければならないはずなのに。

カネだって時間を見つけては母上や弟妹たちに便りを出している。その都度、心配をかけてはいけないと思うから、大変だ、苦しいなどということは口が裂けても書けないと自分に言い聞かせて、それでも慣れない畑仕事や人間関係に右往左往していること、冬の厳しさ、親となった今こそ母上からの助言が欲しいことなどを、精一杯に書き記しているつもりだった。兄上だって必死で頑張っている。少しでも生活にゆとりが出来たら、仕送りでも何でもしたいと、互いに語り合っていることも繰り返し書いている。それでも母上には、何も伝わっていないのかも知れない。

変わらないといえばそれまでだが、これが母上という人だった。

すっかりしょげかえっていた翌日、きよが生まれて間もない子を抱いてやってきた。

「あら、この子はきよさんに似てるみたい」

「だもんで、うちの人が『可哀想になあ』とか言ってるら。何ていう亭主だろう」

笑っているきよに、カネは出産を手伝えなかったことを詫びて、それから自分もどうやら二人目を身ごもったらしいと伝えた。すると、きよは「また一緒だらか」と、へえ、と嬉しそうに笑っている。

「村に子どもが増えんのは、いいことだら」

「そうよね。そのうちに、もっと増えていけばいいわ」

「だけんど、もう二人の子持ちになっちゃったら、こっから逃げ出すなんて、出来やしなくなったよねえ」

「本当ね――ねえ、きよさん。きよさんは、お母さんはお元気なの？」

例によって、竈にかけてある鍋の中を覗き込んで「いい匂いするら」などと言っているきよのために、味見用の器を棚から取り出しながら尋ねると、きよは、「え」という顔になってこちらを振り向き、親ならとうに死んでいると答えた。

「おっとうもおっかあも、どっちも」

「そうだったの――ごめんなさい」

だが、きよはけろりとした表情で、たとえ生きていたとしたって、読み書きの出来ない自分には、カネのように便りのやり取りが出来るわけでもないのだから、かえって死に別れていた方が気苦労がなくていいのだと言った。なるほど、そういう考えもあるかと、カネは密かにため息をついた。いなければいないで、何かと心細いときもあるに違いないが、実際こうして遠くにいながら悩まされていることを思うと、不謹慎にもきよが羨ましいような気持ちにもなる。

「これ、うんめぇら。どうやったの」

「最初に油で、軽く焼いたの。ほら、佐二平さんがお土産にって、皆の家にも配ったでしょう?」

「あの油を使っただらか?　あれ、口に入れても平気なもん?」

「もちろんよ。ごま油だもの」

鍋の中には今年の鮭と馬鈴薯、ニンジンとの煮物が出来上がっていた。この前、勝とバターの話をしたら、どうにもバターが食べたくなって、それは無理な話だから、せめて風味づけだけでもしてみようと、煮物を作るときに予め少しの油で焼き色をつけてみたのだ。ごま油だから、バターとはまったく違うが、香ばしい独特の香りを放っている。

「そんじゃあ、この匂いは、ごま油だけ?」

「あと、プクサも少し」

「プクサ?　へえ、そんなに臭くないねえ」

「水で戻したのを使ったからかしらね。これも最初に油で炒めて、香りだけ出してね」

きよは「へえ」としきりに感心しながら、それからもまだ生まれて間もない赤ん坊を抱いたまま、ひとしきり雑談をした後、カネが取り分けてやった煮物を入れた器を抱えて嬉しそうに帰っていった。

きよは、おそらくバターの味など知らないだろう。ジャムも、ピーナッツバターも、七面鳥も知らないと思う。親には早く死なれ、読み書きも出来ず、それでも彼女は実に屈託なく、たくましく生きている。もう以前のように「帰ろう」とも言わなくなり、彼女は確実に、この地に根を下ろしているように見えた。

自分もきよを見習わなければとカネはため息をついた。母からの便り一つで、こんなにも気を滅入らせていては、とても日々を過ごせない。きよの言葉ではないが、二人の子の親になったら、いよいよここから逃げ出すことなど出来なくなるのだ。ここで、勝と生きていく。それしかなかった。

数日後、勝が今度は「湯殿を建てる」と言い出した。

「風が吹いても雪の日でも、安心して入れる風呂場を作ったるがや。何せ、風呂桶から出たときの風は、身体が切れるほど冷たゃあもんで、前からたまらんと思っとった。ちゃんと板で囲って、洗い場もある湯殿を造ろう」

それに、これからは「臨水亭」に泊まる客も増えていくに違いない。客に風呂をすすめてやることを考えても、やはりもう少しまともな湯殿があった方がいいだろうと勝は言った。カネに異論のあろうはずがない。そういえば、初めてこの土地に来て、勝が最初に見せてくれた優しさも、カネのために鉄砲風呂を据え付けてくれたことだったのを思い出した。つい最近のことのようにも、ずっと昔の出来事のようにも思える。

「よし、風呂だ、風呂だ！　こういうときは余計なことを考えんように、次から次へと仕事を見つける方がええに決まっとる」

勝が「こういうとき」と言う意味は、今年の畑が駄目だったことを指している。春からずっと汗水たらして懸命に働いてきたし、バッタの被害もなかったから、途中までは安心して皮算用までしかけたのに、最後の最後になってまったく見事なくらい不作の年になった。佐二平さんが来た頃までは順調に育っているものも多かったのだが、その後になって早霜が降りたのだ。それからも霜が何度か続いて、収穫直前だった作物はほとんどやられてしまった。昨年の今ごろは豊作に沸いて、誰もが笑顔で正月を楽しみにした秋だったのに、今年はまた逆戻りだった。

「冬場、どっかに働きにでも出ねえと、また借金が増えるら」

「だけんど、大津も景気はよくねえっていうしなあ」

村の人たちも、顔を合わせる度にため息をつきあった。一年の苦労が、収穫直前になってたった数回の霜で水の泡になってしまう虚しさは、他の何でも埋めようがない。佐二平さんに励まされた興奮も醒めて、人々の間にはまたも沈鬱な雰囲気が流れ、ついに彦太郎さんが嘆願書を出したいと、勝のところに言ってきた。

「嘆願書って、誰に」

「決まっとる。会社の一番えらい人だら」

「そんなら社長か」

「そういうことだらな。つまり、善六《ぜんろく》さんだら」

依田善六さんは、依田さんや佐二平さんの従兄弟《いとこ》に当たる人で、以前は園という名だったが、その後改名して今の名前になったリクさんの兄だそうだ。伊豆松崎《まつざき》にある「ぬりや」を屋号とする依田分家の当主だということだった。本家の佐二平さんと同じように土地の名士であり、また、最近は汽船会社も始めて、やはり実業家として名を馳せているらしい。聞けば聞くほど、伊豆の依田家はすごいらしいことが、ここへきてカネにもようやく分かってきた。そんな家の息子である依田さんが、よくもこの未開の地で頑張っているものだと思えば、それはそれで感心する。だが一方では「だから駄目なのか」という気持ちにもなった。いざとなれば、依田さんには帰るところがあるのだ。何なら絹の布団でだって眠れることだろう。このオベリベリに張りついて、爪を立ててでもこの地に残ろうと思っているようなものとは、根本的に違っている。

「まあ——そんなら、全部の収穫が終わったところで、考えてみるか」

本当なら、こういうことは兄上の方が得意なはずなのだが、以前、兄上と大喧嘩したことのある彦太郎さんとしては、今は仲直りもしてわだかまりなどないと口では言っているものの、やはり何となく頼みづらいのかも知れなかった。

「佐二平どのがあんな調子だったのに、善六さんが動いてくれるとも思えなんだがなあ。どっちかっていったら、名前を貸しただけの、頼まれ社長だもんで」

勝は、取りあえず再び誰かが催促してくるまでは、自分からは動かないことにすると言った。普段は何ごとにもすぐに熱くなって、真っ先に動き出すようなところのある勝にしては、その腰は重く、さらに、晩成社の経営陣に対して相当に懐疑的になっているらしいことが、カネにはありありと感じられた。兄上だけでなく勝もやはり、この五年の間に晩成社への思いが変わってきているのだ。

こんな時に依田さんは何をしているのだろう。

そう思うと焦れったい。無論、依田さんだって今ごろは大変なのだろうと思う。多少なりとも、それは分かっているつもりだ。オイカマナイで四苦八苦しているのに違いない。だが、このままではチームは空中分解する。そのことを、依田さんは感じていないのだろうか。

収穫作業の傍らで造り始めた新しい湯殿がいよいよ出来上がろうとしていた九月の末、朝は霜が降りてひどく冷え込んだ日の夕暮れ時に、兄上がひょいと顔を出した。ほんの数日前にも勝とさんざん呑んで結局泊まっていくことになった兄上は、家に入ってくるなり「今日は早く帰るからな」と宣言して笑っている。勝は区切りのいいところまで仕事をするつもりらしく、まだ湯殿作りの金槌の音が聞こえていた。

「いいな、湯殿は。俺のところも造るかな」

「これから寒くなったら、お風呂ほどありがたいものはないものね」

「常盤も風呂が好きだから」

いつものように穏やかな口調で「よし、造るか」と言いながら草鞋を脱ぎ、囲炉裏の火に手をかざそうとする兄上の膝に、せんが早速よじ上っていく。取りあえず勝が仕事を切り上げるまではとトゥレプ湯でも出そうとしていると、背後から「今日な」という呟きが聞こえた。

「依田くんに、辞表を送ったよ」

カネは「え」と振り返って、思わず兄上に歩み寄った。せんを抱いた兄上は、実に静かな表情をしていた。もうすっかり腹が決まっているという顔だ。

「――やめるの？　晩成社を」

いつか、そういうことになるのではないかとは思っていた。三人で築いてきたチームがついに今、ほころび始めた。

「――父上は、何て？」

「俺がやめるのに自分だけ残っているのもおかしなものだから、父上も身の振り方を考えると言っておられる」

「身の振り方って？」

「今のまま大津に一人でいて、留守居役を引き受けておられるのは、そろそろ終わりにするという意味だ。それに、出来れば一度は内地に戻って、延子に線香を上げてやりたいとも言っておられた」

兄上の前にトゥレプ湯を置いて、ついため息をつきながら、カネは囲炉裏端に腰を下ろした。

「依田さんは、どうするのかしら」

兄上はトゥレプ湯の湯気を吹き、ひと口すすって、「うん」と小さく頷いた。

「まず、伊豆にお伺いを立てるんだろうな。向こうから返事があるまでは、俺としては粛々とこれまで通りにやっていくだけさ」

それで、もしも辞表が受理された場合、または、受理されなかった場合は、兄上はどうするのだろう。カネが尋ねると、兄上は、受理されないはずはないと思うと言った。

「建白書まで出した俺が、晩成社の方針に合っていないことは、もう十分に伝わってるだろうからな」

「そうしたら、兄上はシブサラに移るの？」

「あそこも、いい土地だぞ。少しずつだが、目鼻もついてきたし」

「そうは言ったって――せっかくここまでオベリベリを拓いたのに」

　このオベリベリに真っ先に入って、たった一人で冬を過ごし、誰よりも耐え忍んできたのは、兄上だ。それなのに、ついにその土地を捨てる覚悟をした。依田さんの気持ちは、とうに離れている。そうなると結局、ここに残るのは勝だけということになってしまう。

「おおっ、さぶ。外はだゃあぶ冷え込んできたがや」

　勝が慌ただしく戻ってきて、兄上に向かって「先にやっとってちょうよ」と笑いかけた。

「兄上、辞表を送ったんですって」

　カネが伝えると、手を洗おうとしていた勝も「えっ」という表情になって兄上の方を振り返った。せんを膝に抱いたまま、兄上は相変わらず静かな表情で、口もとだけで微笑んでいた。

「そうか、出したか」

「ああ、出した」

　もしかすると、勝は既にその話を聞いていたのかも知れない。その晩は、特に兄上の去就について話し合うことはなく、それよりも兄上が取りかかっているシブサラの開墾の話が中心だった。二人が抱える目下の問題は、互いの家で順調に数を増やしてきている豚のことだ。勝はフシコベツにも豚を運んでいる。この豚を、もっと増やして貴重な収入源にするためには、やはりある程度の広さと世話をする人手、そして、流通の方法とが必要だった。

「よし、取りあえずはシブサラを、俺も手伝うとするか」

「だが勝、フシコベツとオトプケだけで手一杯だろう」

兄上が湯飲み茶碗を手に尋ねると、勝はそのときに初めて、そろそろアイヌの農業世話係をやめようかと思っているのだと言った。

「ちょうど、フシコベツにアイヌの土人事務所を建てようとしておると、前に言ったな」

勝は兄上の茶碗に酒を注いでやりながら、ようやくそこまでこぎ着けたのだとわずかに口もとをほころばせる。

「俺がつきっきりでおらんでも、自分らで畑に取り組んでいく気持ちが、フシコベツの連中にも出来上がってきたと思うもんでね。何も、このまま放り出すというわけでなゃあ。ただ、こっちも手一杯の状態だ。そんなもんで、ここらで一旦、お役御免でええんでなゃあかと思っとる」

それに、ある程度の収穫作業が終わったら、そろそろハムを作ろうかとも思うのだと勝は言った。以前、田中清蔵さんがいた頃に作り方を伝授していってくれたハム製造工場の「ラクカン堂」を、いよいよ稼働させようということだ。

「これからはカネの腹も大きなる一方だもんで、栄養もつけさせないかん。もちろん売りもんにしたゃあからだが、カネには旨ゃあもんを食わせんと」

このところにしては珍しく優しいことを言うから、カネもつい笑顔になった。勝は、ちらりとこちらを見てにやりと笑い、そしてまた兄上と酒を酌み交わしていた。

翌十月の半ば、ほぼ半年ぶりに父上が戻ってきた。

「せん、大きくなったなあ」

孫娘を見て目を細める父上は、さらに頭髪が白く少なくなり、頬がそげたように見えた。父上を覚えていなかったせんは、最初のうちこそカネの後ろに隠れたりしていたが、もともとさほど人見知りしない子に育っているから、じきに父上に抱かれて、教えられるがままに「じぃじ」と繰り返すようになった。

「依田くんにも申し出てな、一度、内地に帰ってくることにした」

「すぐに、ですか？」

　出来れば年内には高崎の定次郎のところに行って、まず延子の墓参りをしたいのだと、父上は少し遠い目になった。末娘の訃報を一人で受け止め、その死を噛みしめて、おそらく今日まで周囲の誰にもほとんどその話をしてこなかったに違いない父上は、そのことだけでも疲弊しているように見えた。父上も、確かもう五十七になる。老いたという言葉はまだ使いたくないが、還暦間近ともなれば、以前に比べて気力も体力も、衰えていても無理はなかった。

「行っていらして下さい。そうして私の分も、是非とも祈ってきてくださいね」

　父上は、うん、うん、と頷き、それからは何日かごとに泊まりに来てはカネととりとめもない話をしたり、せんの相手をしたり、また夜は勝と酒を酌み交わして過ごした。日中は、自分が不在だった間にオベリベリがどう変わったかを確かめて歩き、その景色を心に刻むように過ごして色々と記録をつけていた。

「父上は、こちらに向かうときからずっと、帳面をつけ続けておいででしたものね」

「時間が出来たら、書物としてまとめたいとも思ってな。我らが歩んだ北海道開拓の道のりは、おそらく、後から来る人々の役に立つに違いない」

　内地に戻ったら、そんな時間も作りたいと思うなどと話していた父上は、大津から戻ってちょうどひと月後の十一月十七日、内地へ向けて旅立っていった。さすがに父上に対しては、多少なりとも礼儀を通そうと思ったのか、数日前にオベリベリへ戻ってきた依田さんも、その朝は舟着場まで来て父上を見送った。

「どうせなら、親長殿と一緒に帰らせればよかっただらか」

遠ざかる舟を眺めながら、依田さんがふと呟いた。カネがちらりと見ると、依田さんも、やはりちらりとこちらを見てため息をつく。

「文三郎の調子がよくねえもんで。この前もなあ——血を吐いたら」

「血を？　文三郎さんが？」

つまりそれは、肺を病んでいるということではないのか。このところ、ずっと顔を見ていない文三郎さんが、そんなことになってしまっているのかと、カネは思わず眉をひそめた。

「よほど、無理をさせ過ぎたのではないですか」

「分かっとる」

「一度ちゃんとお医者様に診せた方が」

「分かっとるって」

苛立った声を出してから、はっと我に返ったように口をつぐみ、しばらくして依田さんは「俺だって心配しとるんだら」と目を伏せた。

文三郎さんが一人で伊豆に向かって旅立ったと聞かされたのは、それから一カ月ほどした師走の半ば過ぎのことだ。既に厳寒となり、ありったけのものを着ていても火を絶やすことが出来なくなっていた。カネと一緒に横浜から船に乗り、何を見ても一緒に歓声を上げていた青年が、血を吐いて弱り切り、たった一人で、どんな思いで故郷への道をたどるのかと思うと、カネは何とも切なく、また文三郎さんが気の毒に思えてならなかった。

天主さま。

あの若者をお守り下さい。どうか、健康を取り戻しますように。

洋犬を連れて笑っていた文三郎さんの姿を思い出しては、カネは祈った。

父上が大津から戻った頃に、村の男たち六人全員の連名で提出した嘆願書を却下するという知らせが届いたのは、それから間もなくのことだ。今年は霜の害があまりにひどく、地代を支払うどころか自分たちの食料さえもままならなくなりそうだ、どうにかして今年の地代は免除にしてもらいたいと懸命に訴えたものだったが、伊豆の本社からの返事は「一切受けつけられぬ」のひと言だった。

「また社則だがや！　何でもかんでも社則を楯にしくさりやがって」

勝は我慢がならないというように、あぐらをかいた自分の足を拳でなぐりつけ、その場にいた利八も「俺らより、社則が大事だらか」と肩を落とした。

「だからって、今さら帰れねえら。赤ん坊だって生まれたばっかだしよう、身動きなんか出来ねえら」

「当ったり前ゃあだっ。今、ここを放り出したら、俺らの負けになるでなゃあか！」

誰にもぶつけようのない怒りばかりが、皆の中で膨らんでいく。どう気持ちを切り替えようとしてみても、日に日に寒さは厳しくなり、お陽さまさえ凍えて空から落ちてくるのではないかと思うような日が続くと、カネの気持ちもどうしても塞ぎがちになった。

十一月末、勝はアイヌの農業世話係を辞任したいと届け出ていた。色々な意味で疲れが溜まっていたせいもあるだろうと思う。仕事ばかりが増えていき、実りをもたらすものがほとんどないことへの、ある種の虚しさのようなものもあるのかも知れなかった。

第八章

1

明治二十年も押し詰まった頃、常盤のおめでたが分かった。ちょうど鮭を獲るのに夜じゅう川辺にかがり火を焚いて、働きに来ているセカチらも一緒に総出で川に入り、数百匹も獲ったなどと兄上が自慢した直後のことだったから、カネは自分もずい分と目立ち始めたお腹を抱えて兄上を叱った。

「こんなときに身体を冷やすのが何よりよくないんだから」

「俺だって、分かっていたらそんなことはさせなかったに決まっているじゃないか。そのう――知らなかったから――」

初めて父親になる喜びと戸惑いとで、兄上がひどく慌てているのが、カネには微笑ましくてならなかった。これでようやく兄上も新たに守るべきものが出来るのだ。日頃からせんを可愛がり、自分も早く子どもを授かりたい様子だった常盤も、「お姉さん色々と教えて下さい」と、実に嬉しそうにしている。

「いいなあ、コカトアンはハポになるんだ」

兄上か常盤のいずれかが顔を出すたび、ウプニが羨ましそうにため息をつくから、カネは「ウプニだって、そのうちになれるわよ」と笑いかけた。

「お母さんになりたかったら、もっと丈夫にならないとね」

秋にカネが寝込むきっかけを作ったウプニは、もともとが病弱な体質なのか、今もひっきりなしに具合を悪くする。最近ではほとんど住み込みのような形で、家の雑事から子どもの世話などをしてくれているのだが、何しろ少し元気でいたかと思うと、すぐに熱を出したり腹が痛いなどと言って寝込むのだ。そうなれば結局、カネの仕事が余計に増えることになる。これでは何のために手伝いに来てもらっているのか分からないと、ついため息をつきたくなることも少なくなかった。

「奥さん、私を帰さないで。家は嫌だよ、帰りたくない」

具合を悪くする度に、ウプニはカネに懇願した。ウプニの父親はペチャントへという男で、実は血のつながりはないという。カネから見ると寡黙で働き者の印象のあるペチャントへだが、ウプニは時々フシコベツに帰り、戻ってくる度に、またペチャントへに叩かれた、昨夜も食事を与えてもらえなかったなどと言うことがあった。幼い頃からそういう目に遭ってきたのだという。満足な食事もさせてもらえないから、これほど痩せて、身体も弱いのではないかと、カネは考えずにいられなかった。

「一度、ペチャントへと話をした方がいいのではないでしょうか」

勝にそう提案してみたこともある。だが、勝は腕組みをしたまま、首を縦には振らなかった。

「ペチャントへはそこまで細かゃあ日本語を理解せんから、ただ文句を言われたと思うだろう。それに、ウプニが俺たちに告げ口をしたと思って、余計に辛く当たるようになったら、これはこれで困りもんだがや」

そう言われてしまうと、カネも何とも言いようがない。

これまで病死者や餓死者の多かったアイヌは、親を亡くした子どもを養子にして育てている場合が珍しくない。そう聞けば、アイヌの人たちの情愛の深さを感じるというものだが、だからといって、どの家でも必ず子どもたちが可愛がられ、我が子同然に育てられているわけではないことは、この数年の間にカネも学んでいた。ただでさえ貧しい人たちにとって、食い扶持が増えることはそのまま死活問題につながる。そのため、引き取った子どもたちは、単なる働き手に過ぎないという場合も多いらしかった。ウプニの場合は思ったほど働き手として役に立たないことから、ペチャントへを苛立たせるのかも知れない。そして、この哀れな少女は、カネの家にいることが生き延びるための唯一の術だと、ほとんど本能的に感じ取っているのに違いなかった。それなら、置いておいてやるまでだ。大した報酬は与えてやれないが、それでも元気なときは、ウプニは機嫌良く働く娘だった。それなりの気働きも出来るし、せんのことも可愛がる。具合を悪くしても大抵の場合は二、三日も休めばまた起きてきて働くのだから、それでよしとすべきだった。そして、夜の授業にもウプニは参加するようになった。少しずつ読み書きを覚えていくにつれて、ウプニの表情が明らかに変わっていくのが、カネには嬉しかった。

　不作だった年の瀬は何とも侘しく、明治二十一年の正月は、もう以前ほどには賑わわなかった。何しろ六軒しかない村だ。村人全員が集まったところでたかが知れている。斉藤重蔵さんのように移住の意思を示す人も何人か現れはしたのだが、結局は誰一人として長続きしなかった。

「だゃあじょうぶだ。もうしばらくしたら、まずヲビヒロ川に橋を架けることになっとる。いよいよ動き出すんだ。ここからが、俺らの踏ん張りどころだがや、なあ！」

　それでも勝は、雪を踏んで誰かが訪ねてくる度に酒をふるまい、同じ言葉を繰り返した。

「オイカマナイの方は、どんな様子なんだらな」

　時折、皆で寄り集まったときなど、誰ともなく言い出すことがあった。オベリベリよりも可能性があるからと依田さんが選んだ土地が、今どんな状況になっているか、村の男たちは常に気にかけている。もしも牛飼いに成功して、田畑まで拓けてきたというのなら、自分たちだって呼び寄せて欲しいという思いもあるのだ。オイカマナイに足を運んだことのあるのは、勝の他は兄上くらいのものだから、自然、みんなの視線が勝たちに集まる。その度に、勝も兄上も曖昧な表情になって「向こうも大変らしい」と言うのがせいぜいだった。

「あそこは海が近かゃあもんで、潮風が強いでいかんし、何しろ湿地ばっかりなもんだでよ」

「まず、牛が肥っていかないらしいしな。田んぼも畑も、まるで駄目だったと」

ふうん、と、誰もが浮かない表情でため息をつく。それでも、今年こそ、今年こそと、合い言葉のように言い合うしかない。

数日後、村の男たちが総出で材木の伐り出しなどを手伝って、いよいよヲビヒロ川に初めて橋が架かることになった。依田さんが案内役となって、役場の人間と技術者が来たから、指示を受けながら皆も手伝って一週間程で架かった橋は、さすがにこれまでの丸木橋に毛が生えたようなものとはまったく違う、しっかりとした橋だった。

「これで、荷車でも馬や豚でも、簡単に渡らせることが出来るら」

凍てついた身体を熱い燗酒で温めながら、男たちはこのときばかりは歓声を上げた。ほんの少しの距離なのに、川が隔てているために永遠に届かないのではないかと思っていた向こう岸が、たった一本の橋によってまるで魔法のように近くなったのだ。危険を冒して舟で渡ったり、水に直接入る必要もなくなった。

「この橋の向こうに、こう、ずっとな、道が出来ていけばいいんだよな」

「ああ、目に浮かぶようだらなあ。この橋を渡って、色んな人や物がよう、この村をめがけてやってくんだ」

このところ意気消沈することばかりだった村に、ようやくわずかながら活気が戻ってきたと喜んでいたら、数日後、兄上がまたもや沈鬱な表情でやってきた。

「依田くんから知らせが来たんだが――喜平が、逃げたと」

「喜平？」

一瞬、誰のことかと首を傾げかけて、カネもすぐに思い出した。

「山田喜平くんのこと？　逃げたって、オイカマナイから？」

身寄りのない少年が、たった一人で晩成社に加わってこのオベリベリに着いたときは、たしか十二歳になるかならないかだった。とにかく一日も早く独り立ちをしたい、食っていかれるようになりたいのだと言って、いくらすすめても文字を覚えようともせず、ただひたすら働いて、たった一人で依田さんとオイカマナイに移っていった少年は、今は十六か七のはずだ。

兄上のところに届いた依田さんからの文によれば、ちょうどヲビヒロ川に橋を架ける作業に取りかかっていた最中に、喜平は誰にも何も言わず、一人で姿を消したらしいということだった。あのときは依田さんもこちらに来ていたから、当然のことながらオイカマナイにはいなかった。その隙を狙ったのに違いなかった。

「こんなに寒いときに――無事でいてくれればいいけど」

「まったく――それぐらゃあ、オイカマナイにいたくなかったということだがや」

勝も、兄上から便りを見せてもらった後、苛立った様子で顔をしかめた。

「文三郎が身体をこわして帰ることになったと思ったら、次には喜平か――一体ぁ全体ぁ依田くんは、やつらをどんな風に扱ってたんだがやっ」

二人とも、晩成社の中では若い世代の、つまりオベリベリの未来を担っていく中心的役割のはずだった。ことに喜平は、依田さんを唯一の頼りとして、だからこそ依田さんに従ってオイカマナイに行ったのだ。それなのに、挨拶ひとつするでもなく、何もかも捨てて逃げ出したということは、よほど耐えきれないことがあったとしか考えられなかった。

「依田くんを呼ぼう、呼べっ」

まなじりを決し声を荒らげて、勝はもうその場に立ち上がりそうになっている。兄上が「やめろ」となだめた。

「今さら、無駄だ」

「たとえ無駄でも、あの面を見て、じかに言ってやらんことには気がすまんがや！　苦しいのはお互がゃあさまだと、例によって依田くんはまた宣《のたま》うつもりかも知れんが、喜平は、まだ子どもだがやっ。心細さもあって当たりまゃあだし、大人が傍にいて支えてやらんことには心が駄目になるに決まっとるがや。それを、依田くんは怠ったってことだがやっ！」

「でも、あなた――もう、喜平くんは行ってしまったんですから」

カネも、自分の腹を支えるようにしながら勝をなだめる方に回った。実際にもう手遅れだという気持ちが強かったし、ここで三人がさらに仲違いして、余計にそれぞれの溝が深くなることが恐ろしかったからだ。

「それより、喜平がこっちに戻ってきたら、面倒を見てやって欲しいと依田くんは書いてきているから――」

囲炉裏の火がぱちぱちと爆ぜるのを眺めながら、兄上が、来るのならもう着いていていいはずだとため息をつく。逃げ出したと思われる日から、既に一週間余りが過ぎていた。喜平にしてみれば、本当なら唯一の頼れる場所に違いないが、ここに帰ってきてもまたオイカマナイに連れ戻されると考えたのかも知れなかった。彼は、もはや誰のことも信じられなくなってしまっているのかも知れない。カネの脳裡には、この冬景色の中を寒さに震え、飢えた背を丸めてさまよう喜平の姿が浮かんで仕方がなかった。

「行き倒れになど、なっていないといいんだけど——」

「オイカマナイから大津までなら、この時期は浜辺も沼地も凍ってるから、かえって歩きやすい。無事に大津に着いて、船にでも潜り込んでくれていることを祈るより他にないな」

兄上も、何とも痛ましげな表情をしていた。こんな形で若い仲間を失うのは、本当にいたたまれない。それでもカネに出来ることは、ただ祈ることしかないのだ。

天主さま。

オベリベリにいる限り、一体どれほどの人を見送り、失い、心配し続けなければならないのでしょう。

何とか気持ちを奮い立たせたいと思っても、明るい話題が見つからない。しかもこの冬は、ことのほか寒さが厳しく、雪が多かった。たったひと晩のうちに五、六十センチも積もる日があって、利八の家では鶏小屋が潰れたし、兄上のところでは澱粉工場が一夜にして傾いて使い物にならなくなった。そして、カネたちの家のすぐ裏に何本も生えていたドロノキは、夜の間に何本も凍って破裂した。しん、と静まりかえった寒い晩に、ビシーン、バーンという激しい音が響き渡る。すると翌朝には、背の高い木が折れて、納屋の一つを押しつぶしていたりするのだ。とにかく鶏や山羊、豚たちが凍え死なないようにと、勝は常に家畜たちの心配をして日に何度も家畜たちを見て回り、カネはせんやウプニに風邪を引かすまいと羽毛を詰めた綿入れを着させ、囲炉裏の火を絶やさないように気を配った。そうして何とか毎日をやり過ごした。

四月に入っても寒さが弛むことはなく、まだ大雪の降る日があった。カネはいよいよ臨月に入って、いつ産気づくか分からないから、いざという時にどうすればいいかをウプニに教え込んで、あとはいつも通りに動き回っていた。家の中での仕事ばかりでなく、外に出て雪の下に埋もれているニンジンやダイコン、芋などを掘り起こさなければならない日もある。大きな腹を抱えて凍てついた畑に立つのは息が切れるし、何しろ腰が痛んだ。そんな頃に、兄上が今度はぼた餅を持って現れた。戸口に立つなりぼた餅を差し出されて、驚いて兄上を見上げると、兄上は白い息を吐きながら「誕生日じゃないか」と笑う。

「誰の？」

「おまえのだよ」

カネが何を答えるよりも先に、勝の「あっ」という声が響いた。振り返ると、鉄砲の手入れをしていた勝が悪戯を見つけられた子どものような、何ともばつの悪そうな顔で半笑いしている。

「そうだった。今日はカネの誕生日だがやあ」

「えっ、あら――そうだったわ」

「何だ、夫婦揃って忘れてたのか」

苦笑する兄上が囲炉裏端に腰を下ろす間に、ウプニが「お茶だよね」と、もう竈の火を大きくしている。

「次の誕生日は一緒に祝えるか分からないからな」

確かにこのところ、兄上は本格的にシブサラに家を建てる計画を立て始めている。提出した辞表が受理されるかどうかの返答はまだ来ていないが、生活の基盤そのものを移すことになれば、当然、今のように気軽に行き来はできなくなるだろう。

「せめて無事に赤ん坊が生まれるまでは、俺も傍にいてやりたいと思ってるし」

「そんなに早く引っ越すの？」

「いや、まだまだだが」

「驚かさないで。その拍子で生まれるかと思った」

冗談を言い合って笑いながら口に含む出来たてのぼた餅は、甘くて柔らかく、美味しかった。せんも「おいちぃー」と、文字通りほっぺたが落ちそうな顔をしてにこにこと笑っている。そんなせんを眺めて穏やかに笑っている兄上を見ていると、やはり年月というものを感じないわけにいかなかった。

「早いものだ。お前が、もう二十九になるんだものな。来年で三十か」

兄上も同じことを思っているらしかった。実際、十九や二十歳だった頃には、まさか十年後の自分がこれほど未開の地にいて、しかも困窮に喘ぎながら百姓仕事をしているとは想像すらしなかった。

「十年前の私が今の暮らしを見たら、どう思うかしら」

つい呟くと、勝も兄上も、もぐもぐと口を動かしながら何とも言えない顔つきになっている。

「十年前っていったら、俺は神学校を出て、宣教師の資格を取ったばかりの頃だ。聖書の教えに従って、主の導かれる道を歩むことしか考えていなかったな」

勝も「うーん」とうなり声を上げる。

「俺は伊豆におって、ちょうど豆陽学校の教頭になった頃だがや。毎日、教壇に立ってなあ、言うことを聞かんガキどもを怒鳴りつけとった」

そう考えると、誰にとっても文字通り波乱の十年だった。

「波乱の始まりは、すべて依田さんね」

兄上も勝も、依田さんとさえ知り合わなければ、こんなことにはならなかったのだと、改めて思う。今さら責める気などないが、その張本人がこの場にいないことだけが、何とも割り切れない。

「シブサラに移ったら、兄上は、もう、依田さんとはつきあわないつもり？」

思い切って聞いてみると、兄上は「まさか」と笑う。

「何かあれば助け合っていくさ。ついこの間だって、オイカマナイに行って豚を増やす件を相談してきたばかりだしな。今は、何かしようと思ったら、まず依田くんから金を借りなければ身動きが出来んというのが正直なところだ。依田くんも、俺が社を辞めるからと言ったって、別段、敵になるというわけではないことは百も承知しているからこそ、金を用立てる約束もしてくれるんだ」

要するに、と、ぼた餅を食べ終えた兄上は、ウプニが淹れた温かいよもぎ茶をすする。

「俺は、依田くんとは、あくまで対等な関係でいたいのだ。というより、どうあっても小作人のままで終わるわけにいかんという気持ちが譲れんのだな。鈴木家の嫡男として」

「そらゃあ、渡辺家も同じだがや」

勝もよもぎ茶をすすって息を吐く。

「そうそういつまでも、今のままの立場で甘んじておられるはずがなゃあ」

カネは勝と兄上とを交互に見て、お腹の重さと腰の痛みに背を反らしながら、「それなら」とため息をついた。

「これまでのような三人のチームは、もう終わり、なのかしらね」

勝も兄上も、それには何も答えず、それよりも最近、オイカマナイの周辺やこの辺りでも再び頻発している野火の話をし始めた。鹿の角を拾い集める業者が、雪がなくなった今ごろを見計らって草地に火を放ち、鹿の角を見つけやすくするのだ。その火が、オイカマナイの農場に近づいてくることもあって、今のところ依田さんの頭を一番に悩ませているらしい。

「どんなことをしてでも放火犯をとっ捕まえて、警察に突き出してやると言っておった」

「もらい火でもしたら、たまったもんじゃにゃあからな。依田くんも、次から次へと気苦労が絶えんことだ」

依田さんは依田さんで、伊豆の親戚をはじめとして内地から連れてきた数人を雇い入れているし、アイヌの人たちにも働いてもらっているという。だから、文三郎さんや喜平がいなくなっても、まったく一人になってしまったというわけではない。だが、かつてこの家で勝たちと豚の餌を突きながら俳句をひねったときのように、仲間として囲炉裏を囲んで呑み、笑い、何でも話し合えるような、そんな相手はいないに違いなかった。

「せめて、ぼた餅でも作ってくれる人がいればいいんだろうけれど」

いつだったか、腹具合を悪くして依田さんが泊まっていったときのことを思い出した。何の変哲もない粥を「うまいなあ」と言って嬉しそうに食べていた依田さんは、リクさんも戻らないいま、どうやって過ごしていることだろう。

二週間ほどした四月二十六日早朝、カネは前回同様、山田勘五郎さんのところの、のよさんに取り上げてもらって、無事に元気な女の子を出産した。せんのときほどお産そのものも重たくはなく、あの時のようにマラリアにかかっているということもなかったから、その点ではさほど苦しまずに済んだのは有り難かった。

「うわぁっ、赤ちゃんだ！」

カネが産気づいてからは常盤のところに行っていたせんは、ウプニに手を引かれて家に戻るなり赤ん坊を見つけて大喜びし、それ以来、赤ん坊のそばから離れようとしなくなった。

「せんちゃんは、もうお姉ちゃんね。赤ちゃんを可愛がってね」

「せんちゃん、お姉ちゃん！」

勝によってナカと名付けられた小さな赤ん坊を見ているのは、以来、ウプニ以上にせんの役割になった。お蔭で、カネは早々と床を上げていつも通りに身体を動かし始めることが出来た。

カネの出産のときには家に来てくれた兄上は、落ち着くとすぐにシブサラの家の建築に戻っていき、また、勝の方は松元兼茂さんに懇願されて、一度は辞任した「土人世話係」と、さらに「芽室《めむろ》村事務所在勤農業世話係」まで再び引き受けることになった。その話を聞いたときには、カネはナカに乳をやりながら、思わず「また？」と眉をひそめそうになった。もう手一杯だ、これ以上は無理だと言って辞表を提出したはずだったのに、どうしてこうも、人から頼み事をされると断れないのだろうか。

「大丈夫なんですか？」

「仕方がなゃあ。何せ、俺は和人からもアイヌからも頼りにされとるもんでよ。俺がやらんことには、どうにもならんと言われて頭まで下げられたら、そりゃあ引き受けんわけにいかんがや」

ナカのごく小さな握りこぶしを、今や節くれ立ってどこから見ても農民の手となった指先で微かに突きながら、勝は満更でもないという顔で笑っている。

「赤ん坊のためにも、俺はまだまだ頑張らんといかん。見てろ、そのうちオベリベリに渡辺勝ありと、十勝中、いや、北海道中のアイヌと開拓者たちに知れ渡るぐらゃあの、ひとかどのもんになったるもんで」

さあて、ますます忙しくなるぞ、と、勝は勢い込んだ様子で立ち上がり、また意気揚々と出かけていった。

2

五月に入ってすぐ、勝は大津へ向かうと言い出した。道庁の理事官で、この頃えらく権勢を誇っているると、オベリベリまで噂が流れてくるほどになった堀基さんに会って、前々から兄上にも相談しながら少しずつまとめていた「士人教育ノ議ニ付建白書」を手渡すのだという。

「ナカのお七夜がまだですよ」

ただでさえ本当の生後七日目は過ぎてしまっているのにと、カネがつい責める口調になると、勝は初めて思い出したという顔つきになって、「土産を持って帰るもんで」と機嫌を取るような笑みを浮かべた。

「ナカが生まれた記念になるもんを、な」

「記念て――お金もないのに」

「だから、お七夜は銃太郎に祝ってもらえ。俺からも言うておく」

「兄上に祝ってもらったって、父親のあなたがいらっしゃらないのでは――」

「だから、仕方がなゃあもんで――」

「それは、あなたが次には男の子を望んでいらしたことは分かっていますが――」

途端に「うるせぁっ！」という怒鳴り声が響いた。勝は目をむいて、食いつきそうな顔になっている。

「そんなこと、誰も言っとらんがやっ！　ええかゃあ、男には、赤ん坊の祝いよりだゃあ事にせんといかんことがあると言うとるんだがやっ！　堀理事官さまは、いつでも大津におられるわけでなゃあんだぞ！　今、お渡しせんことには、次はいつになるか分からんで、行ってこなならんと言っとるんだっ」

最後には癇癪を起こして声を荒らげ、その勢いにカネがつい怯むと、勝はまた急に猫なで声になって「悪りぃな」と言いながら、カネの懐に抱かれて眠っているナカの頬をちょっと撫でてから、跳びはねるようにして出かけていってしまった。つい数日前にはメムロプトまで行ってこれまで世話係をしていた粟屋三郎《あわやさぶろう》さんから「農業世話係」の事務に関する様々なものを受け取ってきたばかりだ。生まれたばかりの赤ん坊をゆっくりと抱いてやる暇もなく、それほどまでにあちらこちらに手を広げて、果たして大丈夫なのかとカネとしては気がもめてならないのだが、勝は逆に、こうして可能な限り責任を背負うことで自分を奮い立たせているのだろうと兄上が言った。

「広い目で物事を見ているのだ。と、思ってやれ」

結局、生後十日目、ようやくナカのお七夜を祝ってやることが出来たとき、ずい分とお腹が大きくなった常盤を伴ってやってきた兄上は、ナカの命名書を半紙に向かって書き上げてくれてから、穏やかに笑った。

「あいつだって、これで二人の子の父親になったんだ。一日も早く、今より少しでもまともな暮らしにしたいと思っているのは、間違いないんだから」

それはカネだって承知しているつもりだ。別段、大津で遊んでくるわけでもないことだって分かっている。それでも、こういう大切なときくらいは家族揃って過ごしたいと思うのがそれほど贅沢なことだろうかと、カネはまだ納得しきれないものを感じていた。

「一生に一度のことなのよ。生まれてから最初の、お祝いなのに」

「それはそうだが、まあ、本人にはまだまだ分からないんだし」

「じゃあ、兄上でも同じことをする？　この先、常盤さんが子どもを産んで、さあお七夜だっていうときに、わざわざ大津に行くなんて」

推し量るように兄上を見て、それから常盤を振り返ると、せんと遊んでいた常盤は何とも不安げな表情を兄上に向けている。兄上は「俺は」と言ったきり、困ったように常盤とカネとを見比べて腕組みをした。

「まあ、しないだろうな」

「ほら、そうでしょう？　よかったわねえ、常盤さん」

「だが、確かに堀理事官に会える機会は滅多にないんだ。あいつは俺以上にアイヌへの思いが熱いっていうことだよ」

常盤が、カネを励ますかのように大きく頷いているから、カネもこれ以上、愚痴をこぼすのはやめることにした。勝がアイヌのために動いていることを、常盤は日頃から「嬉しい」「ありがたい」と繰り返し言っている。そんな勝の行動を非難するようなことばかり言っていては、まるでカネがアイヌのために動くことを嫌がっているように思われるかも知れない。それは本意ではなかった。

結局、勝は欠けていたけれど、山本初二郎さんや宮崎濁卑さんらも代わる代わる顔を出してくれたから、その日は賑やかに過ぎた。貧しい壁には墨痕《ぼっこん》鮮やかな命名書が飯粒で貼り付けられて、来る人ごとにナカの顔を覗き込んでは、すやすやと眠る小さな赤ん坊を見て笑顔になった。

兄上が正式に晩成社の幹部を解任されたと知らせてきたのは、それから四日ほどした日のことだ。勝は大津から戻るなり今度はメムロプトに行っていて、やはり不在だった。せんがナカを見ていてくれるから、その間にウプニには掃除を頼み、自分は溜まった襁褓を洗っていたカネは、青空の下でたらいの前に屈み込んだまま、兄上を見上げた。

「――そう。知らせが来たの？」

カネが立ち上がろうとする間に、兄上は桶に積み上げてあった洗い終えた襁褓に手を伸ばして、手早く物干し竿に通してくれ始めた。

「やっとな。これで、すっきりした」

実際、吹っ切れたような表情の兄上は、手早く襁褓を広げていき、カネが三股を使わなければならない高さにまで、ひょいと物干し竿を上げてくれる。以前なら、赤ん坊の襁褓どころか自分の洗濯物にだって指一本触れるような兄上ではなかったことを思うと、今さらながらに兄上は変わったと思う。どこかで鶯《うぐいす》が鳴いた。

「ああ、ようやく本格的な春が来たな」

兄上が手を止めて空を見上げる。

「これからは、きっと、いいことがある」

よく響く鶯の声に耳を澄ますように目を閉じて、兄上は深々と息を吸い込んでいる。

「この時期の、この辺りの匂いは本当に何とも言えん。甘くて、清々しくて、胸の底まで洗われるようだ」

「晩成社から離れたから、余計にそんな気がするんじゃない？」

「そうかも知れん。それでも、ここの畑は晩成社の名義だし、借金だって相当なものだ。本当の意味で対等な関係になるまでには、まだまだ時間がかかるだろうさ」

だが、これでもう細かく帳簿をつけたり、晩成社の事務仕事などに忙殺されることもなくなり、自分の仕事に集中出来る。何よりも、自分とは方針が異なると分かっていながら、依田さんや会社と折り合いをつけなければならないという精神的な負担から晴れて解放されたと思うと、心持ちがまるで違うと兄上は笑った。

「うちの人も、本当はそう思いながら続けているのかしら」

兄上に「なんで」と振り向かれて、カネは曖昧に首を傾げた。うまくは言えないが、何となく最近、勝が以前とは少し変わってきたような気がするのだ。日々の暮らしを共にする中で、どことなく以前のように生き生きとしている感じがせず、逆に常に何かしら他のことに気をとられているように思われる。アイヌ関連の仕事も増えて、どれにも熱心に取り組んでいるはずなのに、その成果についてもあまり語らなくなった。酒の量ばかりが増えているわりには、気がつけば以前のように酔ってふざけるようなこともなくなった。他愛ない冗談を口にしてカネを笑わすようなことも、めっきり少なくなったと思う。

「やっぱり兄上と同じように、辞表を出したいと思ってるんじゃないのかしら」

「だが、勝の場合は俺なんぞよりもずっと、依田家との縁が深いからなあ。佐二平どのとの約束にも縛られてるかも知れんし、それを息苦しく感じているとしても、無理もない」

佐二平さんは、最低五年は依田さんを支えて欲しいと勝に頼んだという。その五年目は、もう過ぎようとしている。とはいえ今、勝までが抜けてしまったら、晩成社は間違いなく空中分解するだろう。利八は兄上と一緒にシブサラの開拓に乗り出しているし、山本初二郎さんは息子の金蔵が学問を修めて帰ってくるのを待つ楽しみがあるが、山田勘五郎さんと山田彦太郎さんの一家は、下手をすればオベリベリを放り出すかも知れない。だが、放り出したところで帰れる土地があるわけではないのだ。一家揃って、ただ路頭に迷うことになりかねない。ただでさえ義理と人情だけで生きているようなところのある勝が、自分が抜けることでそんな事態が生じることを、何よりも避けたいと考えていることは明らかだった。

　それでもカネから見ていて、近ごろの勝は、どこか破滅的というのか、希望に向かって進んではいないような気がしてならない。ただ、その心の裡を問いただす勇気が、カネの方にもなかった。本当は何もかも投げ出してしまいたいなどと言われるのが怖い。無論、内地へ帰るとでも言い出してくれたらと夢見ないこともないのだが、実際に勝がそんなことを口にしたら、それはそれでカネは困惑し、懸命に押しとどめなければならないような気もするのだ。いずれにせよ、自分たちはもう引き返せないところまで来てしまっている。

　ところが、カネがこんなに気を揉んでいるというのに、翌日メムロプトから戻ってきた勝は見るからに上機嫌で、背負子《しょいこ》には見事な桜の枝を何本か差し込んでいた。まるで勝自身が、春を背負って戻ってきたように見えて、カネは思わず「どうしたのです」と目を丸くした。枝にはいくつものつぼみがついていて、そのうちの半分ほどは、今まさに開こうとしている。横浜などで見かけていたものよりも幾分色が濃く感じられる可愛らしい花びらが、勝の背後でいくつも揺れていた。

「ほれ、ナカへの土産だがや。大津では何も見つけてやれんかったからな」

　背負子を下ろしながら、勝がいかにも自慢気に言うから、カネも「まあ綺麗」と喜んで見せたものの、心の内では苦笑するしかなかった。子どもの誕生祝いというからには、ナカが成長するまで残しておけるようなものを考えてくれるのではないかと思っていたのだ。それなのに勝という人は、どこかしら空とぼけたところがある。それでも、こういう花に目を留める気持ちの余裕があるのは、安心の材料になった。このところの勝が変わったように感じたのは、カネの杞憂《きゆう》に過ぎなかったのかも知れない。

「ほうら、ナカちゃん、ととさまからのお祝いよ」

まだろくに目も見えていないはずの赤ん坊に向かって桜の枝を差し出しながら、「よかったわねえ」と話しかけると、勝はそれだけで満足そうな顔になっている。

「どれ、銃太郎のところにも分けてやってくるとするか。常盤が喜ぶだろう」

「そういえば兄上の所に、正式に解任の通知が来たんですって」

「ほうか。来たか」

なるほどというように頷いて、勝はそれなら尚更のこと、すぐに行ってくると、桜の枝の一本を手に取って、もう片方の手には酒瓶を提げ、意気揚々と出かけようとするから、カネは慌てて呼び止めた。

「あなた、せんにも声くらいかけてやってくださいな。最近ずっといらっしゃらなかったんですから。この子だってずっと、お帰りを待っていたんですよ」

すると勝は「あ、ほうか」と言って、ナカの傍に座り込んでいるせんの方を向き、カネの手から桜の枝を取り上げると、「ほれ、せん」と話しかけた。

「どうだ、きれいだがや。これが桜の花だぞ。せんに、持ってきてやったもんでよ」

「それ、ナカのじゃないの?」

じきに三歳になろうとしているせんは、さっきのカネたちの会話を聞いていたに違いなく、何となく怪訝そうな表情をしていたが、それでも桜の花を見て「きれい」とあどけない笑顔になった。幼いなりに親に気をつかっているように見えて、カネにはいじらしく思える。だが、勝は「そうだろう」と自慢気に笑っているばかりだ。そして、カネが前から兄上に頼まれていた黒大豆二升も背負子に入れて、「ほんじゃな」と出かけていった。結局、帰ってきてから一度も草鞋も脱がず、腰掛けもしないままだった。

「ととさまは、忙しいからしようがないんでしょう？」

せんに見上げられては、カネも「そうね」と頷くより仕方がなかった。やれやれ、とため息をつきながら空いている桶に水をはって桜を活けていたら、少しして山田彦太郎さんが「依田さんから」と、りんごの苗を持ってきた。最近、彦太郎さんは大津に行くことが多く、依田さんの使い走りのようなことをすることも増えていた。もしかすると、それで多少の小遣い銭でももらっているのではないかと、山田勘五郎さんの女房が耳打ちしに来たことがある。

「青森のもんだと。赤ん坊が生まれた祝いにすりゃあええって言ってたら。今し方、銃太郎さんのところにも持ってってたら、『シブサラに植える』って言うて喜んどった」

苗は、全部で五本あった。りんごの木が、この土地の寒さにどれくらい耐えてくれるものか分からないが、五本もあれば一本くらいは根付いてくれるのではないかということだった。

「まあ、依田さんが」

兄上のところでは夏に生まれるはずの子が、この家ではナカが、それぞれ物心つく頃には、りんごは赤い実をつけるかも知れない。そう考えると、今はずい分と離れてしまった感のある依田さんだが、決して自分たちや、このオベリベリを忘れたわけではないのだと思うことが出来た。それどころか、勝の桜よりもよほど誕生祝いらしいではないか。

「どこに植えようかしらねえ」

カネが苗木を家の横に並べていると、せんが手伝おうとして苗木を持った。この子はまだりんごを知らない。あの大きな赤い実がなったら、どれほど喜ぶことだろうかと想像するだけで、カネの気持ちも弾んできた。

「一つは、ナカの木ね。それで、これはね、せんの木にする！」

「はいはい、そうしましょうね」

ちょうど種まきや植え付けが忙しい時期だった。勝が方々を飛び回っている分、いくらセカチらに手伝いを頼んでいても、カネがまったく畑に出ないというわけにはいかない。鶏は毎日卵を産み、何日かに一度はまとめて出荷出来るほどの数になるし、雛《ひな》も順調にかえっている。山羊や馬の世話もしなければならず、豚も増えつつあったから、餌の用意だけでもひと仕事だ。頼みのウプニは相変わらず、引っ切りなしに具合を悪くする。せんが、幼いなりに懸命にナカをお守りしていてくれるから、ずっと負ぶっている必要はなかったが、それでも離れていればいたで、ひっきりなしに「ナカが」と呼ばれるから、その度にカネは畑からでも川べりからでも駆けつけなければならなかった。子どもたちへの夜の授業も再開した。そんなてんてこ舞いの日々を送っていたら、ナカが生まれてひと月ほどしたころ、カネは強烈な歯の痛みに襲われた。顔が大きく腫れて、食事はおろか、まともに話すことも出来ない。その顔を見て、勝が笑った。

「とんでもなゃあ、お多福顔になったもんだがや」

またもやこういう無神経なことを言うのかと、カネは思わず勝を睨みつけた。それでも勝は「お多福が睨むか」などと言ってさらに笑っている。

「あなたって、本当——いやな人」

濡らした手拭いで冷やしながら、やっとの思いで口を開いても、勝は、歯痛ならばイケマの根を噛めばいいだろうなどと涼しい顔をしている。以前、勝が雪目になったときに煎じて使ったことのあるイケマだ。アイヌの人々が魔除けと信じている草の根だが、ウプニが言うには、歯痛には掘ってきたばかりで汁が出るような柔らかい根でなければ効き目はないという。つまり、どこかの草むらまで行って掘ってこなければならないということになるが、花の咲く季節ならまだしも、今の時期にどうやって探せばいいのかと、カネは顔をしかめながらため息をついた。野の草を細かく見分けられるほどの眼力は、まだ備わっていない。ただでさえ貧相な体格のウプニは「分からないよ」と心細げな顔をするばかりで、まるであてにはならなかった。

そのままひと晩たっても痛みは一向に治まらなかった。勝は「そんなに痛むなら、いっそ抜くか」などと、本気とも冗談ともつかないことを言いながら、さっさとメムロプトへ出かけてしまい、カネは「人のことだと思って」と、本気で腹を立てた。

「自分はやれ胃が痛いだの、頭が痛いだの、泣き言ばかり言っているくせに。私がこうなったら、あの有様よ」

こうなったら本当にセカチの誰かに頼んで、イケマの根を掘って来てもらわなければならないだろうかと考えていたら、ちょうど松元兼茂さんと、戸長の大笹守節《おおささもりとき》さんがやってきた。

「奥さん、どうしたんです、その顔」

戸口に立ったカネの顔を見るなり目を丸くしている客に、カネは「お恥ずかしい」と無理矢理のように顔を歪めて見せながら、ことの顛末を話した。

「歯痛ですか。それなら、僕がいいものを持っていますよ」

松元さんは雑嚢《ざつのう》袋をごそごそと探って、黒い丸薬を取り出してきた。

「ケレヲソートです。腹下しに抜群に効くんですが、歯痛にも効くと聞いたことがある。これを痛む歯に押しつけて、強く噛んで」

はい、と手渡された丸薬は独特の匂いがあって、とても口に入れたいようなものではなかった。それでも、この痛みから解放されるならと、カネは目をつぶって口の中に丸薬を含み、痛む歯に押し当ててぎゅっと噛みしめた。力を入れただけで脳天に突き上げるような衝撃が走る。

「しばらく、そうしているんですよ」

「――はい」

「それで、今日はご主人は」

昼だけ動かして「メムロプトに」と答えると、松元さんたちはしばらく何やら話し合っていたが、それなら明日また寄ってみると言い残し、カネに、あと三粒、ケレヲソートを置いていってくれた。

「強い薬ですからね、しょっちゅう使うものじゃない。また痛みが出て、もう我慢ならないときのためです」

カネは、小さな丸薬を押しいただくようにして二人を見送った。しばらくは息を殺すようにして竈の傍で目をつぶっていたら、やがて嘘のように痛みが退き始めた。

ウプニが心配そうに顔を覗き込んでくる。カネは「大丈夫よ」と微笑んで見せた。顔の腫れも退いてきたようだ。

「奥さん、どう？」

ああ、助かった。

天主さま。

こうして、どこからともなく、救いの手が差し伸べられるのですね。

全身から、ほうっと力が抜けていくようだった。それと同時に、さっきまでの怒りとは異なる、静かな諦めのようなものが新たにカネの中に広がった。勝のことだ。

もう、あてには出来ない。

そう思うべきだった。あの人は、開拓のこととアイヌのことしか頭にない。こうなったからには、今後はどんなことがあろうともカネ自らが判断して、動いて、子どもたちと自分と、そしてウプニらを守っていかなければならない。まだ少し腫れている頬の辺りをゆっくりとさすりながら、カネは、「あてにしない」という言葉を繰り返し、自分に言い聞かせていた。

3

六月に入って、せんが三歳の誕生日を迎えた頃、二度にわたって強い霜が降りた。遅い雪解けを待って土を起こし、種をまいた作物が、ようやく芽を出しすくすくと育ち始めたときだというのに、それらすべてが霜枯れしてしまった。

「またか」

これには、勝もただ呆然と畑を眺め回すより他にない様子だった。セカチらも腑抜けたような顔つきで、ぼんやりとしている。カネも、天を仰ぎたい気持ちだった。育てても育てても、こういう思いをしなければならない。働いても働いても、どうしてこうも叩きのめされるのか。

「やっぱり、豚の方がいいのかも知れんわな」

腕組みをして何度となくため息を繰り返しながら、勝が難しい顔で呟く。たしかに、豚はこのところ順調に数を増やしている。だが問題は、さほど売れないということなのだ。

冬場ならいざ知らず、まず生肉を消費地まで運ぶのに日数がかかりすぎる。この辺りで豚肉を大量に消費する土地と言ったら、真っ先に思い浮かぶのは函館と、せいぜい釧路だが、いずれにせよ、まずは大津まで舟を使って運ばなければならず、その先も船なのだから、時間も費用もかかりすぎた。それらの輸送費は肉の値段に上乗せされて、結局はかなり高額になる。そうなれば余計に売れ行きは伸びなかった。

「でも、今の状態では、生肉では無理があるし、ハムを作っている暇だって、そうないじゃないですか」

「そこなんだわなあ。だゃあいち、ハムはまだ、味さえしっかり決まったものが出来ん状態だしなあ」

以前、一年だけこの村にいて馬の使い方などを指導してくれた田中清蔵さんにハムの作り方を教わって、「ラクカン堂」と名付けた工場まで建てたはいいが、やはり素人の仕事には限界があった。張り切ってハムを作る度に塩味が強すぎたり、肉が締まりすぎたり、または逆に生っぽさが抜けなかったりして、今一つ品質が安定しないのだ。肉の部位によっても仕上がりがまったく違うことも分かってきた。そういうことを少しずつ学びつつはあるのだが、何よりもハム作りにだけ集中していられる余裕が、今の勝にはどこにもありはしない。ハム、ハムと簡単に言うものの、片手間で出来るような仕事でないことは、もう十分に学んでいた。そんな豚にすべてを賭けるのは危険過ぎる。

「豚だけじゃあ、やっとられんし。こうしてぼんやり見ていれば、作物が息を吹き返すわけでもにゃあ」

勝は難しい顔のまま霜枯れした畑を眺め回していたが、やがて大きく一つ息を吐き出すと、のしのしと畑に踏み入っていって、昨日まで青々と天を目指して育っていた作物を片っ端から引き抜き始めた。それに倣《なら》ってセカチらも畑に入っていく。

天主さま。

私たちは何度同じ思いを繰り返さなければならないのでしょうか。これほどまでに何度も私たちをお試しになる、その理由があるのでしょうか。

あるのなら、教えて欲しい。

つい、ぼんやりしかかっていると、せんがちょこちょことやってきて畑に入り、自分も大人たちと一緒になって霜枯れした作物を引き抜き始めた。小さな手で、一本一本を無心に引き抜く姿を見ているうちに、カネの胸に熱いものがこみ上げて来た。


〈よく聞きなさい。心をいれかえて幼な子のようにならなければ、天国にはいることはできないであろう。この幼な子のように自分を低くする者が、天国でいちばん偉いのである〉（マタイによる福音書十八章三、四）

思わず身体の前で両手を組み、目をつぶって、カネは「天主さま」と囁いた。

感謝します。また気づかせていただきました。

この子のように、ただひたすらに土に向かい、また新たに種をまいていきます。

霜の害を受けたのは、カネたちの家ばかりではない。兄上のところもシブサラやメムロプト、フシコベツなどの畑も、また他の家でも等しく作物の大半がやられたから、新しくやり直すには、とにかくそれぞれの家に残っている種を融通し合うしかなかった。六軒しかない家々は、足繁く互いの家を行き来しては、麦だの豆だのを貸し借りして、何とかしのごうと相談し合った。

「やっぱり、このことをよう、早えうちに社長に手紙を出して、今のうちから伝えといた方がいいんでねえか」

兄上と一緒に開墾しているシブサラに出作に通っている利八が、収穫期になって文句を言われても困るから、今のうちから手を打っておこうと言ってきた。

「これからもう一回種まきしたって、時期がこんなにずれちまってたら、それだけでも収穫は落ちるら。こっから先だって、何があっか分かんねえんだしよう」

「それはそうだが――そういう文章を書くのは、俺より銃太郎の方が得意とするところなんだがなあ」

「んじゃあ、行こうよ。銃太郎さんに頼もうよ」

利八にせがまれて勝も兄上の家に向かい、そして、もう晩成社の幹部ではないのだからと渋る兄上を説き伏せて帰ってきた。

「清書は俺がやるもんで、文面だけ考えてくれるので構わんと言ったらな、そんなら今度は俺が憎まれ役になるだろうと、結局、銃太郎が便りを出してくれることになったがや」

戻ってきた勝は、やれやれといった表情で、早速、冷や酒を一杯あおっている。

「本当は俺が憎まれ役になったって、一向に構わなんだがな」

常になく力が抜けたような、憂鬱そうな顔つきの勝をそっと見て、カネはまたもや、勝が何かしらの踏ん切りをつけようとしているのではないかと感じた。兄上が晩成社を辞めて、今となっては事実上チームは崩壊している。それなら勝だって辞めてもいいのではないかと、カネも考えるようになっていた。だがここでカネが下手に口出しをすると、かえって依田さんや佐二平さんへの義理の方を大切にしようとして、意地でも辞めないと言い出しかねないのが勝だ。だから、何も言わない。

どうにかこうにか種を融通し合い、気持ちも新たに畑を作り直して、その合間には札内川に上ってきたチョウザメを見にいったり、森の向こうから七尺にも育ったフキを見つけてきて、山ほどのきゃらぶきを炊いたりしている間に、鬱々とした気持ちもやがて消えていった。ちょうどヤマニの大川宇八郎さんがやって来て、国のお偉い方々が十勝の海岸線の視察に回ったらしいという話をしてくれたせいもある。

「その中さ、大井上輝前《おおいのうえてるちか》さまっていう、典獄《てんごく》さまがおいでになったんだど」

いつものように馬を曳いて、その馬の背に山のような荷を積んできた宇八郎さんは、カネの家の前に置かれた縁台に、頼んでおいた品物を並べた後、のんびりとキセルをふかし始めた。せんが、いかにも珍しそうに見慣れない品々を眺めては、そっと手を伸ばしたりしている。ナカを負ぶっていたカネは、小さく身体を揺すりながら「てんごくさま？」と首を傾げた。真っ先に思い浮かんだのが「天国」という文字だったからだ。

「んだ。監獄のよ、いちばんお偉い方なんだど。今は釧路の集治監《しゅうじかん》のな、典獄さまだそうだ。その人ぁ、あれだべ。奥さんらと同じでよ、アーメンの人なんだど」

「ああ、その典獄さま」

カネが大きく頷いている間に、その大井上典獄の一行には、他にもどこかの県知事やら長官やら、政府の偉い人たちが含まれていて、オイカマナイにいた依田さんは、わざわざ歴舟《ベルフネ》村まで出向いていって、一行に謁見を申し込んだらしいと宇八郎さんは話を続けた。

「依田さんも、自分の農場を知ってもらうのに、本当に一生懸命なのね」

「んだども今度は、オイカマナイを見せでえっていうより、あれだ。このオベリベリさ、監獄をおっ建てでもらいでえって、そういう話をしたらしいんだ」

「ここに、監獄を、ですか？　監獄？」

カネが目を丸くしている間にも、宇八郎さんは「んだよ」と頷く。

「そんな、物騒な」

「物騒なんてごどあるわげね。奥さん、考えでみれ。本当に監獄が出来るってごどになれば、まんず、そのための人足らが大勢、来るごどになるべ、なあ？　んで、その人らの腹ぁ満だすために、食いもんの世話するものどが、寝泊まりする場所どが何どが、出来るごどになるべ。監獄で働く役人だって、大勢、来るんでねえべが。中には家族連れでよ」

ああ、と、初めて目を開かれた気持ちになった。

「そう——そうね。そうだわ」

ただただ不気味な犯罪人たちを閉じ込めておく牢屋を造るだけのような印象を受けたが、考えてみれば、そうだった。それなりの規模の監獄が出来るとしたら、宇八郎さんの言う通り、それなりの人手が必要になる。

「第一、道が通るわね」

「んだ。まんず、でっけぇ道が通るべ。釧路の方だば、監獄に入ってる囚人連中さ駆り出しで、道路工事さ、させでるんだど。これが、はがぁ行ぐって話だ」

「それで——人が集まれば、町になる」

「んだ。店も建づんでねえが」

何という夢のような話だろう。その監獄をオベリベリに造ってほしいと、依田さんが役人たちにかけ合ってくれたということか。

「さすが、依田さんだわ」

「んだども、あん人も今、大ぇ変なんだど。今年は野火が、何度も何度もオイカマナイに迫ってなあ、牛っこの餌にする草がら何がら焼げそうになってしまっだっで、もうカンカンでよ。当縁《トーブイ》の郡長にあてて、何とかいう嘆願書出しだり、色々とやってでるんだど。放火の犯人さ自分でつかまえで、警察さ突ぎ出しだりもしでな」

こんこん、とキセルを縁台の縁で叩きながら、宇八郎さんはそれからもひとしきり、オベリベリの外で起きている様々な出来事について話してくれ、そのお礼の意味も込めて、カネは粥を一杯振る舞ってやった。宇八郎さんは、せんを抱き上げて「めんこぐなっだなあ」と歯の抜けた顔で笑って、また馬を曳いて去っていった。

「今度という今度こそ、いよいよこのオベリベリにお役人の目が向くかも知れんな」

帰ってきた勝にその話をすると、勝も久しぶりに表情を輝かせた。それからは、たまに勝が家にいて、家族で夕食をとるときなどは、いつでも監獄の話が主になった。そうして家の空気も明るくなってきていた矢先、依田さんから勝に便りがあった。いよいよいい知らせかと、カネも胸を躍らせて勝が文を開くのを見つめていた。

「――文三郎が、死んだそうだ」

ところが、囲炉裏端で立ったまま封を切って便りに目を通すなり、勝は遠い目になった。てっきり、監獄建設の話でも書かれているのではないかと期待していたカネも、言葉を失いそうになった。

「――いつ、ですか」

「六月の、十九日だそうだ――肺をやってまったら、やっぱりなあ、もう、助からんがや。あんなに若くて元気なヤツだったのに」

依田さんとオイカマナイに移ってから、果たしてどれほどの無理をしたのか、肺を病んで血を吐いたという文三郎さんが、カネたちに別れの挨拶もないまま一人で伊豆に発ったのは、去年の暮れ近くだった。それから半年たつかたたないかで、彼は天国に旅立ってしまったということになる。依田さんとはあまり似ていなくて、いつでも穏やかに笑っているような青年だった。横浜で初めて会って、このオベリベリに向かうまでの旅の思い出が、カネの中には今も鮮やかに残っている。見るからに健康そうで、あんなに潑剌としていた文三郎さんが、もうこの世にいなくなったとは。

「――殺されたようなものだわ」

つい呟くと、勝がぎょろりと目を剝いた。

「誰にだっ。おい、カネ！　言ってみやあ。誰に殺されたっていうんだ！」

依田さんだと言われるのではないかと、勝が咄嗟に身構えたのが分かった。つまりは勝だってそう思ったに違いない。だからこそ、いきなり怒り出したのだろうと思った。カネの中にもそう言ってしまいたい気持ちがあるから、よく分かる。まだ大人になりきってもいない山田喜平を、一人で逃げ出すほど追い詰めたのだって依田さんだ。そしてついに、弟まで死なせた。いくら開拓に必死だって、依田さんのやり方はどこか間違っている。だが、それをそのまま勝にぶつけてしまうわけにはいかないと、カネは咄嗟に判断した。

「おいっ！」

「――いいんです」

「ええもんかっ。言えっ、誰に殺されたって思っとるがやっ」

「強いて言うなら――この土地でしょう。この自然、天候、この厳しさにです」

勝は唇を嚙んで拳を震わせている。まるで、今にも頰を張られそうな鬼気迫るものを感じながら、それでもカネは「そうでしょう」と、毅然として勝を見上げた。

「この土地は、そう簡単には私たちを受け入れてはくれない。太古の昔から、アイヌの人たちが守り続けてきた土地は、よそ者の私たちを、まだ受け入れようとしてはいないんです。ここを去っていった人たちも、文三郎さんも、結局は、この土地に負けたんです」

「そんで、どうしろって言うんだっ」

視界の片隅で、ウプニがせんを抱き寄せたまま、恐怖に引きつったような顔をしているのが見えた。それでもカネは、もう一度大きく息を吸い込んで、勝から目をそらさなかった。

「勝つしかないでしょう」

勝が目の下をぴくりと震わせている。

「たとえ私たちの代では無理だとしても」

「何ぃっ、カネ、おまえは俺たちでは無理だというがやっ！」

「そうではありませんっ。ただ、たとえそうだとしても、私たちの代が、耐えて、耐えて、この土地の捨て石になるつもりでやっていかなければ、この土地は、そう容易くは私たちを受け入れてはくれないと言っているのです。天主さまは、私たちを、お試しになっているんです！」

せんの小さな声が「こわいよう」と聞こえた。その途端、瞳からすっと力を失ったのは勝の方だった。依田さんからの便りを握りしめたまま、勝はその場にどっかりとあぐらをかいて、うなだれている。それから小さな声で「酒だ」と言った。

「あなた、胃の調子がよくないのに――」

「いいから、持ってこいっ！」

ウプニを振り返ると、ウプニは素早くせんの傍から離れて土間に降りていく。その間にカネはせんを抱き寄せて「大丈夫よ」と囁きながら、小さな頭を撫でてやった。幼いせんは、カネにぎゅっとしがみついて「こわいよう」と蚊の鳴くような声で繰り返した。

「ごめんね、せんちゃん」

この子は日増しに物事が分かるようになっている。この澄んだ瞳が常に自分たちに向けられていることを忘れてはならないと、カネは茶碗酒をあおっている勝を見つめながら、自分に言い聞かせていた。

4

常盤が元気な男の子を産んだのは七月十二日のことだ。兄上の喜びようは想像以上のものがあった。カネは大急ぎで赤ん坊の産着を仕立ててナカを負ぶい、せんの手を引いて兄上の家を訪ねた。一年でもっとも暑い時期にさしかかり、その日も焼けつくような陽射しになった。

「まあ、しっかりした顔立ちの子ねえ」

せんやナカのときとは異なり、生まれたばかりでも男の子らしいとでも言うのだろうか、鼻筋も通っているし、髪の毛も黒々としている。これがアイヌの血が混ざっているということなのかと思った。カネは赤ん坊が頭にうっすらかいている汗を綿紗で押さえてやりながら、「元気に育ってね」と柔らかく話しかけた。

「そして、もう少し大きくなったら、うちの子たちとも遊んでやってちょうだいね。初めての従弟《いとこ》だものね」

カネが話しかけるのを、少し離れたところから常盤の実母がじっと見つめているから、カネは彼女にも笑いかけて「ピリカ」と言った。可愛らしいという意味だ。口の周りの刺青も色褪せて、額や目元に深い皺の刻まれている常盤の母は、表情は変えないまま、ただゆっくりと頭を下げて

「イヤイライケレ」と呟く。アイヌ茣蓙の上に起き上がっている常盤も「お姉さん、ありがとう」と、こちらは日本語で頭を下げた。その表情は生き生きと輝いて、前にも増して美しく見えた。

「常盤さん、ご苦労さまでした」

常盤は嬉しそうに微笑んで、いかにも愛おしげに生まれた子を見つめている。そんな母子を見ている兄上もまた、この上もなく嬉しそうだ。ふと、自分の思いを七言絶句にしたためて、カネに見せに来たときの兄上を思い出す。あの時からついに、念願の子どもを抱く日を迎えるところまで来たのだと思うと、カネも感慨深かった。

「父上に、この子の名前をつけていただこうと思っているんだ。文を書いた」

「父上も、さぞ喜ばれるわね」

何しろ、オベリベリの鈴木家が、これでつながることになる。父上の安堵する顔が思い浮かぶようだ。問題は母上だが、実際にこの子を見たら喜ばないはずがない。

「でかしたもんだがや、常盤は。どうだ、カネ、次はうちも男の子にしにゃあか。なあ」

以来、勝は、少し機嫌のいいときにはそんなことを言ってくるようになった。だが、実のところほとんど家にもいないほど忙しい毎日が続いている。フシコベツに行ったかと思えばメムロプトに行き、ウレカレップに行って、大津へ行くといった具合だ。それぞれに小屋を建ててあって、行けば何日か泊まってくることも少なくない。その上、兄上や利八の話を聞いているうちに、シブサラの土地にも心が動いたらしく、自分もシブサラの開拓に加わるとまで言い出したものだから、勝が家でゆっくり出来ることなど、滅多になかった。そして、勝の不在が増えれば増えるほど、カネは一歩たりとも家から離れることは出来ずに、近所の家を訪ねることもなく、ただひたすらコマネズミのように家事と育児と家畜の世話と、そして畑仕事とに明け暮れた。

その月の末、久しぶりに依田さんがやってきた。ちょうど数日前から、寺沢定徳《てらさわさだのり》さんという測量技術官が「臨水亭」に泊まっていたから、その相手をする必要もあって珍しくオベリベリに留まっていた勝は、依田さんとの再会をことのほか喜んだ。依田さんはといえば、例によってカネの顔を見てもろくに挨拶もせず、ごく当たり前のような顔で「りんごはどうなったら」と聞いてくる。

「五本とも、ちゃんと根がつきました。ナカがもう少し大きくなる頃には、実がなるかも知れませんね」

依田さんは「ふうん」と頷いて、それからカネが嬰児籠から抱き上げてきたナカを、初めてしげしげと見つめた。

「どっち似だらか」

「どうかしら。村の人たちは私に似てるみたいだって言いますけれど」

依田さんは、また「ふうん」とナカを見つめていたが、カネの後ろに隠れるようにして立っているせんに気がつくと、「大きくなったなあ」と、今度は少しばかり驚いた顔になった。

「知らん間に、子どもは育つもんだらなあ」

そういえば、この人は息子を亡くした人なのだと思い出す。永遠に大きくならない子のことを、今、依田さんは思い出すことはあるのだろうか。

「依田くんのところも、早ゃあとこ子どもを作らゃ、ええがや」

早くも徳利と湯飲み茶碗を持ち出してきた勝は、「女子どもがいると邪魔だ」と言って、早々と依田さんを「臨水亭」に連れていこうとする。促されるままに家から出て行きかけた依田さんが、ふいに振り返った。

「奥さん、今夜は泊めてもらってもかまわんか」

当然そうなるだろうと思っていたから、かえって意外な気持ちになりながらカネが「もちろんです」と頷くと、依田さんはわずかに口もとを歪めた。

「そんならな、そのう——団子をな、作ってもらえんだらか」

「お団子、ですか?」

「何かこう——ここんとこ、しきりに食いたくてな」

「ええ、作りましょう」

カネの返答に、依田さんはほっとした顔つきになって、そのまま勝の後を追っていった。

「かかさま、おだんご作るの?」

「奥さん、あの人、前にも来た人だよね?」

せんとウプニが同時に話しかけてきた。カネが頷いて見せると、せんは「おだんご、おだんご」と繰り返しながらはしゃぎまわり、ウプニは「やっぱり」と一人で納得したような顔になっている。嬰児籠に戻そうとしたナカが声を上げて泣き出した。賑やかな声に囲まれながら、カネは、とりあえず酒の肴を支度することにした。

その夜、勝は依田さんと寺沢技官と、飽きることなく語り合ったらしかった。母屋に戻ってきたのはもう空も白む頃で、あちらこちらにぶつかりながら、崩れ落ちるように布団に倒れ込んだかと思うと、すぐに大いびきをかいて眠り、そして目覚めるとすぐにキハダを煮出したものを「苦ぎぁでいかんわ」と顔をしかめながら、それでも湯飲み一杯をごくごくと飲んだ。

「ちいっとも慣れんがや、この苦さには」

「そんなに苦いものを毎日飲まなければならないほど、お酒を召し上がらなければいいんです」

カネが呆れて見せても、勝は知らん顔だ。それでも、案外すっきりとした顔をしているところを見ると、昨夜の酒はいい酒だったらしかった。

「やっぱり、ええもんだがや」

「——何がです？」

「昔からの仲間というもんは」

いつになくしみじみとした表情になり、勝はさも気持ち良さそうに大きく伸びをして、それから思い出したように「団子は」とカネを見た。

「依田くんが、楽しみにしとったがや。カネの飯はうまゃあでいかんとも、言っとった」

「依田さんが起きてこられたら、すぐに作れるように用意してありますよ。小豆も昨日から煮てあるし」

勝は「ふうん」と言いながら顔を洗いに行き、戻ってくると珍しく竈の鍋の中などを覗き込みながら「そんなもんかな」と呟いている。

「何が？」

「俺はいつも食っとるで、どうとも思わんが、こんな飯でも依田くんにはうまゃあのかにゃあ」

本当に小憎らしいことを言う。カネは「どいてどいて」と、勝を軽く突き飛ばすようにしながら、ついでに背中をどん、と叩いてやった。

「痛てっ、何するんだ、もう」

「邪魔ですってば」

「クソ力ばっかり、つきやがって」

そのひと言には、カネも呆れた。たった四、五年で、人はここまで変わるものかと言いたくなる。かつては可愛いだの小さいだのと言ってはカネを抱き上げ、髭が痛いと言っているのに頬をすり寄せてきた男が、何と思いやりのないことばかり言うものか。

「このクソ力で、子どもを育てて畑から何から、やってるんじゃないですか！　あなたが出かけてばかりいるからっ！」

思わず本気で怒鳴っていた。まだ多少、眠気が残っている勝の顔が、わずかに動いた。また癇癪を起こされるかなと一瞬、身構えたのだが、勝は何度か目を瞬いてから、「さてと」などと呟いて、肩をすくめて出て行ってしまった。

あんな顔になど、だまされるんじゃなかった。

一人でぷりぷりしていると、少したってから起きてきた依田さんは、嬉しそうに出来たての団子を頬張った。米粉を湯でこねて、茹でただけの団子だが、たっぷりの粒あんをのせたものと、味噌を塗って軽く炙ったものを用意した。

「うん、これだ、これだ。これが食いたかった」

依田さんが一人で頷きながら団子をいくつも食べるのを、向かいにいる勝は大して面白くもなさそうな顔でしげしげと見ている。それでもカネがわざと「あなたは召し上がらないのですか」と言ってやると、憮然とした顔で「食うに決まっとるがや」と団子に手を伸ばすのが何ともおかしかった。

「ごちそうさん」とだけ言って帰っていった依田さんは、その後はまず兄上の家に寄って、赤ん坊の誕生祝いだと布地を一反贈り、また、オイカマナイの農場で働いてくれるアイヌを何人か斡《あっ》旋《せん》してくれないかと頼んでいったということだった。一方、兄上は依田さんから子馬を二頭、買い取る約束をしたという。晩成社の仲間としての縁は切れても、二人の関係がこれまで通り続いているらしいことを知って、カネは胸を撫で下ろした。勝だって、こんな形で依田さんとの関係が続いていくのなら、晩成社から離れてもいいのだ。とにかく、誰とでも助け合わなければ、とても生き抜いていかれないのがこの土地だ。それさえ守られるなら、もはや晩成社にこだわるべきではないのかも知れなかった。

「早けらゃ九月頃には、道を拓く人足が来るっていう話だがや」

寺沢技官も去って、家族水入らずのときを過ごしたその晩、さすがに今日は酒を控えると言って、勝は膝にせんをのせ、いつになく穏やかに話し始めた。

「依田くんの言うことだから、間違がゃあなゃあ」

「では、いよいよ外の世界とつながる時が来たっていうことなんですね？」

「そうなるな。せいぜい、色んな人を迎えてやらんとならんだろう」

「それなら『臨水亭』も今より活躍することになるかしら。でも、そうなると、賄いだけでも大変になるわ」

「ウプニの他にもう一人ぐれえ手伝いを見つけても、いいかも知れんな。今度は、もうちっと丈夫なのを」

そうですね、と頷きながら、カネは、たった一本の頼りない道しか通っていないこの村が、次第に町になっていく様を思い浮かべた。どこまで広がり、どこまで人が増えるものだろう。その様を、つぶさに見届けたかった。そうして子どもたちが大きくなったときに語って聞かせるのだ。昔はね、と。まるで、ロビンソン・クルーソーのような暮らしだったのよ、と。

子豚が八頭生まれた。翌日には、雛が六羽かえり、卵が五十個生まれていた。新しい命が次から次へと誕生していくことが、カネにとっての力の源になった。

「父上から、やっと便りが届いてな。あの子の名前は『勇一《ゆういち》』と決まったぞ」

赤ん坊が生まれてからひと月以上が過ぎて、兄上が晴れ晴れとした顔つきで教えてくれた。

「勇一くん。いい名前ねえ」

「これでようやく出生届が出せるよ。勝に書式を教わらないとな」

その日はカネの方が兄上の家を訪ねていたから、常盤に負ぶわれている赤ん坊の顔を覗き込むと、生まれた直後よりもさらにはっきりした顔立ちになった子は、意味の分からない声を出してしきりに一人で喋っている。その様子が愛らしくて、カネはつい笑ってしまった。自分も大きく背を傾けて、負ぶっているナカを勇一の方に向けてやる。

「ほうら、勇一くんだって。ナカちゃん、ゆ、う、い、ち、くん」

常盤の方も嬉しそうに、やはり勇一の名を呼びながら「ナカちゃんだよ」「お姉ちゃんだよ」などと話しかけている。この頃の常盤は日本語の発音も滑らかになったし、言葉の数も増えて、実に淀みなく話をするようになった。それだけ兄上が熱心に教えているのだということが、よく分かる。こんな常盤を見たら、父上はさぞかし安心して、また喜ぶに違いない。母上にだって、見てもらいたいものだった。

九月に入ると、本当に七人の人足がやってきて、カネたちの家の小屋を一つ貸すことになった。毎日、埃まみれの泥だらけになって帰ってくるから、さすがにお役人なども泊めるつもりの「臨水亭」は使わせられないと、納屋として使っていた古い小屋の荷物を片づけて宿舎として提供したのだ。

「これで、頼んます」

男たちは自分たちが食べる分の米と、いくらかの金をカネに差し出して頭を下げた。はい、と頷いて笑顔を向けたものの、やはり見も知らぬ男たちが七人も寝泊まりするのは、何とも言えず薄気味が悪い。カネは、彼らがいる間だけは泊まりがけで出作《でさく》に行くのはやめて欲しいと勝に頼み込んだ。

「うちには小さな子どももいるし、あなた以外に男はいないのですから。何かあってからでは取り返しがつきません」

カネが、いつになく強い口調で迫ると、さすがの勝も嫌とは言えない様子になった。

「そんなら、今のうちに小屋の修理でもするか」

家にはウプニに加えて、メムロプトのヘタルカという娘が手伝いにくるようになっていた。こうなると、ますます手狭《てぜま》だ。この際だから家を大きくして、直せるところも直そうと、兄上や山本初二郎さんたちもやってきて、連日、手伝ってくれることになった。

道路人足が七人に、建て増しの手伝いの人たち。彼らの食事の世話が増えて、カネの毎日はさらに忙しくなった。ヘタルカという娘は、ウプニとは対照的に大柄で骨太な体格をしており、川から水を運ぶの一つでも器用に天秤棒を使って、実に手際よくせっせと汲んできてくれるから、その分は助かったが、料理だけはカネが作らないわけにいかない。夜明け前から起き出して竈に火を熾し、まずは人足たちのための粥を炊くことから毎日が始まった。人足たちが出かけていった後は、家族の分と建て増しの手伝いに来てくれる人たちのための用意だ。その間に豚の餌もある。二穴の竈と囲炉裏には常に鍋がかかり、それでも足りなくて、家の外にも急ごしらえの炉を組んで、塩豚やガラボシの戻したものを煮たり、畑から掘ってきた馬鈴薯を焼いたりした。

「奥さんの飯は、うめえなあ」

それでも、誰かがそう言ってくれると、何とも言えずに嬉しくなる。少しでも精をつけて欲しいと思って、塩豚の脂身の部分を使ってみたり、ごま油で野菜を炒めてから煮物を作ったり、時には少し贅沢をして溶き卵を回し入れたり、カネなりに工夫しているのだ。

人足たちは、一体どこから集められた人々か分からなかったが、朝起き出すとすぐに黙々と粥をかき込んで早くから出かけていき、日の暮れる頃に帰ってくると汗臭い身体で裏の川へ入って行水をする。そろそろ秋風を感じる頃になっていたから、それでは寒いのではないかと思うのに、彼らは「構わんです」と言うばかりで、日焼けした身体を乾かした後は、銘々が自分たちの衣類を洗濯し、カネが用意した夕食を済ませて、そそくさと眠りにつく毎日だった。勝が酒に誘ってみても、それに応じることもない。

「土地の人に迷惑をかけてはなんねえと、上からきつく言われてるんで」

現場監督の男は、愛想笑いを浮かべてそう言うばかりで、これには勝も鼻白んだ様子だったが、最後には根負けしたように「たゃあしたもんだ」と肩をすくめた。

小屋の建て増しは数日で終わり、また、十日ほどで、十勝川からビバイルまでの道も通った。ビバイルは、オベリベリからはずい分と離れているし、カネなどはそちらへ行く用事さえなかったから、実際に見にいくことも出来なかったが、その道が、ゆくゆくは監獄を造るために役立つのかも知れないと勝に言われれば、そうなのかと、蘆ばかりが生い茂る大地を真っ直ぐな道が貫く様子を想像して楽しんだ。とにかく実際に、村の外から役人以外の人が来て、何かしらのことをしていった。それだけでも、また空気が変わったような気がした。

5

今年は六月の霜の影響はもちろんのこと、その後も低温の日が続いたために、せっかく秋になっても大豆、小豆、玉蜀黍と、いずれも収穫は皆無に近かった。寒さに強い大麦と小麦、馬鈴薯だけは辛うじて収穫出来たものの、量はわずかだ。ある程度、覚悟はしていたものの、この結果はやはり皆の気持ちを沈ませた。それでも今年は村はずれに道が通ったことや、もしかしたら近い将来、監獄が建設されることになるかも知れないという話が、辛うじて村の人々の希望の灯火になった。

「こうなったら、依田さんに頑張ってもらうしか、ねえだら」

「監獄造るっていったら、お国の仕事んなるんだら？　そんなら佐二平さまに一つ、力こぶ入れてもらってよう」

男たちは、寄ると触るとそんな話をするようになった。道路人足が去ってからは、勝はまた出作に通うようになり、家にいるときはアンノイノらと一緒に鮭を獲るためのテシという梁《やな》と、テシ小屋を作ったりしていた。畑が駄目だったのならなおさらのこと、これからの季節は森に分け入って木の実やきのこを採り、獣を捕まえ、また鮭を獲って鳥を撃ち、少しでも食費を浮かせて、収入の足しにするしかないからだ。

「子どもだけ増えたってさあ、かえって食べさすもんに苦労するだけなんだもん、もう、文句を言う気力も失せたよ」

きよはカネの家に顔を出す度、いつもお約束のように竈にかけてある鍋を覗きこみ、味見をねだりながら、「これどうやったの」と決まり文句を口にした。利八も言っていたが、きよという人は料理に工夫をしないという。放っておけば一年三百六十五日、ほとんど代わり映えのしないものばかり作り続けているというのだ。だから、カネの家の食事が気になる。カネにしてみれば自宅暮らしだった少女の頃も、女学校時代も、おそらく二日と続けてまったく同じものは食べたことがなかったと思う。ひもの一枚、スープの一杯でも必ず違うものを口にしてきた。だから、こんなに貧しい環境でも、とにかく毎日何かしらの工夫をするのが当たり前だと思ってきたのだが、それを、きよは「やっぱり学のある人は違うら」と、しきりに感心する。

「まずさ、頭ん中に詰まってるもんが違うんだよねえ、カネさんとあたしらとじゃあ」

「大して違いやしないわよ。きよさん、本当は嫌いなんでしょう、おさんどん」

カネがからかうように言うと、きよは「えへへ」とごまかす笑いを浮かべて、何しろ何も思い浮かばないのだから仕方がない、それでも、もしもこの先もっと働きやすい水屋になったら、もう少しは工夫するようになると思うと言った。

「だって、ほら、うちの水屋ときたら、あの狭さだら？　あっちにぶつかり、こっちにぶつかりで、落ち着いて菜っ葉も刻めないもんね」

「それなら、もしもこの先シブサラに移ったら、そのときは頑張れるわね。畑は順調に広がっているんでしょう？」

もしかすると、場所は近くてもシブサラの方が土がいいとか、違う特色があるのかも知れないと、勝も言っていた。だからこそ、その分だけでも期待が持てるというのだ。だが、きよは「ふん」と鼻を鳴らして、たとえ少しばかり土がよかったとしても、天候だけはシブサラもオベリベリも変わらないのだから、大きな期待は持てないはずだと言った。

「けどまあ、水もいいし、畑も拓きやすいみたいだから、張り切っちゃいるけんど。要するにうちの人は、銃太郎さんについていきたいんだら」

「そうなの？」

利八が言うには、依田さんに従うより兄上を信じていく方が、信頼も出来るし未来も開ける気がするというのだと、きよは言った。そんなふうに言われれば、妹としては悪い気はしない。ふうん、と頷いていると、きよは急に、周囲に誰かいるかのように辺りを見回して声をひそめた。

「だって、ここだけの話。依田さんについてったらよう、さんざっぱらこき使われて、最後は喜平みたいに逃げ出すか、文三郎さんみたいにおっ死《ち》ぬか、どっちかかも知んねえって、誰だって、そう思ってるもん。セカチでさえ逃げ出すのがいるってよ。『銭はいらねえから、勘弁してくれ』って」

　それにはカネも返答に困った。そう思うのも無理もないと思う。実際、オイカマナイの農場を見たことはないが、どうにも人がいつかないという話は聞いているし、せっかく青森辺りから仕入れてくる牛も、なかなか太れないどころか病気で死んだり、飢えて死ぬ場合もあるとか、そんな話ばかりが聞こえてくる。牛ばかりか豚もうまくいかない。一方では今年も田植えをしたのに、それも全部、失敗したのだそうだ。

「とにかく、悪い年ばかり、そういつまでも続きはしないわ。諦めずに続けることしか、出来ないわよ」

　来年が駄目でも再来年。そうして期待をつないでいくより他にしようがない。きよは、つまらなそうに唇を尖らせてため息をついていたが、例によってカネの作った料理を分けてやると、負ぶった子と共に、丸っこい身体を弾ませるようにして帰っていった。

　気がつけば九月も下旬にさしかかっていた。前日は晴れ間が見えたが、その日は朝から細かい霧雨が降っていた。秋風が絶えず吹き抜ける中で、カネは午後から畑に出た。インゲン豆の収穫時期になっていたから、たとえわずかでも採ってしまわなければならない。畑の作物は、一日でも待っていてくれないのだ。風は肌寒くなっていても、ナカを負ぶっているだけで十分に暖かかった。ねんねこ替わりに羽織っているアットゥシは、もともと着物のような衽《おくみ》がないうえに丈が長いから、寒い日の羽織り物として使うのにはしごく便利だった。

「かかさま、こんなお花も咲いてる！」

せんは、細い絹糸のような髪を風に散らしながら、さっきから畑のあちらこちらを歩きまわっては、いつの間にか花開いた小さな野の花を摘んで、一人で遊んでいた。時折、森から出てきた鹿が、畑の向こうからじっとこちらを見ている。周囲の色が昨日にも増して秋の色へと変わっていた。


天主さま。

もうすぐ雪の季節がやってまいります。

長い長い、冬です。

ここの冬は何もかも凍らせてしまう、それは恐ろしい寒さです。けれど、私は嫌いではありません。よく晴れた朝などは、本当に天主さまがお降りになったかと思うほど、息を飲むように美しい光景が見られます。白鳥や丹頂鶴《たんちょうづる》が飛ぶ神々しい姿には、これこそ天主さまのお使いだと感じることができます。ああ、あの大きな大きなフクロウは、さすがにアイヌがコタンコロカムイと呼ぶほど美しい。

初めてオベリベリで迎えたお正月のことを、私は一生涯忘れないと思っています。それほどこの大地は神々しく、美しく、本当に天主さまが、すぐそばにおいでになられるように感じたものでした。

けれど、それほど美しくても、この大地は私たちをまだ受け入れてはくれない。それは、なぜなのでしょう。天主さま。天主さまは、アイヌの言うカムイたちを、ご存じでいらっしゃるのでしょうか。カムイたちがどういう思いで私たちを受け入れてくれないのか、全能の神である天主さま、ぜひとも私たちにお教えくださいませ。

祈りなどというものではなかった。ただただ、天主さまを相手に好き勝手なことを話しかけているだけのことだ。日頃、入れ替わり立ち替わり現れる人たちと、ひっきりなしに言葉は交わしているものの、心の裡を明かすことが出来る相手はいなかった。大半はアイヌの若者たちだし、勉強を教わりに来る生徒たちはさらに幼い。きよや他のお上さん連中とは、日常の他愛のない話しか出来ない。勝はといえば、頭の中は開拓のこととアイヌのことで一杯で、あとはいつでも酔っているか、外を飛び回っているかのいずれかだ。とてもではないが、カネの心の叫びを聞くつもりなど、さらさらないことは明白だった。

母校や実家に手紙を書いても、悩みや苦しみを打ち明けることは絶対に出来ないと自分に言い聞かせている。もしも近くに礼拝所があれば、すぐにでも駆け込みたいところだが、それはないものねだりだった。それでも、澱《おり》のように溜まっていくものを吐き出し、ため息をつきたいときが、カネにだってどうしてもある。結局その相手が、今は天主さまになってしまっていた。

だって天主さま、お聞き下さい。

次第に陽が傾く中で、ただブツブツと囁くようにしていたら、風の音とは何か違うものが聞こえた気がした。鹿が近づいてきたのだろうかと顔を上げると、せんが慌てたような表情で、懸命にこちらに向かって走ってくる。その背後に、山高帽《やまたかぼう》を被った洋装姿の男性が、背嚢を背負って畑を横切ってくるのが見えた。カネが腰を伸ばして眺めている間に、その人の方でもカネに気がついたらしく、「おうい、バッコ！」と手を振った。バッコとは、老婆の意味だ。

「バッコ、日本語は分かるかい」

カネは、急いで豆を摘んでいたカゴを地面に置き、乱れるままになっていた髪を手早く束ね直して、簡単に笄《こうがい》でとめた。アットゥシを着ているのだからアイヌに間違われるのは仕方がないにせよ、老婆に見られるとは、我ながらだらしのない格好をしていたと恥ずかしくなる。

カネが慌てて身繕いをしている間にも、男の人はずんずんと近づいてきて、やがて間近にカネを見ると、はっとした顔つきになった。面長の輪郭に銀縁の眼鏡をしている。眼鏡の奥の丸い瞳は、穏やかな人柄を感じさせた。

「あ、いや、シャモ――シサムですね」

「――はい、和人です」

「これは、失礼しました」

男の人は帽子に軽く手を添えて、小さく会釈《えしやく》の真似をする。それに合わせてカネも会釈を返した。

「ひょっとして、晩成社の方ですか」

カネが「さようです」と頷くと、男の人はいかにもほっとした様子で大きく息を吐き出し、自分は北海道庁の殖民地選定主任をしている内田瀞《うちだきよし》というものだと名乗った。

「内田さんて――晩成社がこの土地に入るときに、たしか、色々とお力添え下さった方ではないでしょうか」

そんな話を聞いた覚えがある。すると、内田さんという男性は「そうです、そうです」と大きく頷いた。

「今度も仕事で来たのですが、大津からずっと歩いてきたら、今日になって川の水がひどく増えていて、渡ろうかどうしようか、この辺で野宿しようかと思案にくれていたんです。そのとき、こっちの方から犬の声やら鶏の声やらが聞こえてきたものだから、誰かいるのではと、思い切って川を渡ってきました」

川を、と聞き返しながら内田さんという人をよく眺めると、なるほど腰から下の服の色が変わっている。どうやらそのままの格好で、川を渡ってきた様子だった。確かに三日ほど前の雨のせいで、この辺りの川は昨日あたりから水かさを増していた。

「そうしたら、この女の子がいたものだから」

内田さんはせんを見て、口もとをほころばせながら「ありがとう」と声をかける。だがせんは怯えたような表情で野の花を握りしめたまま、さっとカネの陰に隠れた。カネは苦笑しながら「すみません」と頭を下げて、そのまま内田さんを家まで案内することにした。

「まず、その服と靴を乾かさなければなりませんね。もうずい分と寒くなってまいりましたから、冷えるとすぐに風邪をひきますわ。炉棚にあげておけば、すぐに乾きます」

「それはありがたいことです」

片方の手に収穫した豆を入れたカゴを持ち、もう片方の手でせんの手をひきながら歩き始めると、内田さんの声が追いかけてきた。

「お世話になるついでに、図々しいお願いごとになりますが、今晩、泊めていただくわけにいかんでしょうか。庭先でかまいません」

カネはくるりと振り向いて、当たり前のように「どうぞどうぞ」と頷いた。細かい霧雨を受けて、ぼんやりと霞んで見える眼鏡の向こうから、内田さんの目が細められたのが分かった。

「うちは、よそからお客さまが見えたら、いつでも泊まっていただくことにしているんです。そのための離れもございます。この辺りには宿屋などもございませんでしょう？　ですから」

そうなんですか、という声に、振り返りもせずに「ご遠慮なく」と続けながら、カネは家まで戻った。庭先で薪割りをしていたヘタルカが、まず客人に気づいて「こんにちは」と笑顔になり、同時に、家の中からウプニが顔を出して「いらっしゃいませ」と、カネが躾けた通りに丁寧に頭を下げた。

「うちの仕事を手伝ってくれている子たちなんですが、お客さまをお迎えするのにもだんだんと慣れてきました」

それからカネは、ヘタルカに風呂を沸かしてくれるように頼み、ウプニには納屋から干し肉と漬物、それから今朝生まれた卵をいくつか出してくるようにと言いつけた。客人には、少しでも豊かな料理を味わってもらいたい。

「あのう、ご主人は――」

家に入ると背嚢を下ろして山高帽を脱ぎ、土間で所在なげに立っていた内田さんが、さり気なく家の中を眺め回しながら尋ねてきたから、カネは慌ててアットゥシを脱いだ。背中からナカが「あー」と声を上げる。内田さんは、カネが赤ん坊を負ぶっていることに初めて気づいた様子で「あれ」と目を瞬いた。

「赤ちゃんも一緒でしたか」

「申し遅れました。晩成社幹部、渡辺勝の家内の渡辺カネと申します。主人は、この辺りの土人世話係をしておりますものですから、本日はフシコベツの方にまいっておりまして、明日には戻ると思うのですが」

内田さんはわずかに改まった表情で「いや」とか「ああ」とか言っていたが、それから「渡辺カネさん」と、改めてこちらを見た。

「先ほどは失礼しました。バッコだなんてお呼びして——ああ、赤ちゃんがいたから、背中が丸く見えたんだな」

カネは自分も恥ずかしくなって、一度まとめたはずの髪に軽く手を添えた。

「こちらこそ、お恥ずかしい姿をお見せしましたわ。いつも忙しくしておりまして、自分の身の回りのことは、ついつい後回しになってしまうものですから」

カネが話す間、内田さんは、どこか不思議そうな表情で、軽く小首を傾げるようにしている。そんなに真っ直ぐに見つめられること自体が久しぶりで、カネはつい恥ずかしくなった。

「もう少しお待ちくださいね。とにかくお風呂に入っていただいて、それからすぐにお食事にいたしましょう。ああ、お荷物は『臨水亭』にお持ちいただいて」

「『臨水亭』、ですか」

「先ほどお話ししました、離れです。川の近くに建てたものですから、主人が名付けました。うちは、このように小さな子もおりますから落ち着きませんし、何しろ手狭ですのでね」

とにかく囲炉裏端で少し休んでいてくれるようにとすすめて、内田さんが靴を脱ぐ間も、せんはずっとカネの着物の裾を握りしめたままだ。その緊張した様子に、カネは思わず我が子の顔を覗き込んだ。

「どうしたの、せん。お客さまに『いらっしゃいませ』しないの？　ほら、『こんにちは』って。いつも、出来るじゃない」

カネがいくら促しても、せんはイヤイヤをするように首を振るばかりだ。普段、どれほど髭を長く伸ばして、一見猛々《たけだけ》しいほどの面差しに見えるアイヌの老人が現れても、まったく臆することなく飛びついていく子なのに、洗練された洋装の和人は、この子の目にはどんな風に見えているのだろう。

やがて、風呂から上がってサッパリした様子の内田さんは服も着替え、囲炉裏端に腰を下ろした。カネは内田さんの前に、干し肉入りの粥に、野菜の煮物や漬物と卵焼き、それに山菜の和え物や、昨年の鮭だが、よく戻して煮つけたものなどを並べていった。

「何もございませんが」

「とんでもない。こんなご馳走にありつけるとは思いませんでした」

給仕するつもりでカネが傍に控えていると、内田さんは箸を動かすごとに嬉しそうにうん、うん、と頷きながら、「ところで」とこちらを見た。

「奥さんは、ご出身はどちらですか」

「生まれは江戸の真砂町《まさごちょう》です」

内田さんは「ほう」と言うように丸い目をさらに大きく見開く。

「失礼ですが、何年のお生まれですか」

「安政六年」

「六年ですか。じゃあ、僕より一つ、姉さんだ」

カネが「そうですか」と頷いている間に、内田さんは、江戸生まれの人間が、よくもこんな場所まで来たものだと、いかにも感心した表情になっている。そうでしょう、と、カネも小さく笑って頷いた。

「もともと父は信州上田藩士だったものですから、五歳の時には信州にもまいりました。その後、御維新の後に、また、江戸に戻りまして」

「なるほど。では、寺子屋のようなところへも行かれたのですか」

カネは「いいえ」と首を横に振り、漢文などは父上から教わったが、その後は横浜の共立女学校に行ったこと、卒業後も母校に残って教鞭を執っていたことなどを簡単に話して聞かせた。内田さんは「共立女学校ですか！」と、今度こそ驚いたという表情になった。

「いや、そうですか——道理でお話しぶりが違うと思いました。正直なところ、こんな未開の地で、奥さんのような話し方をする人と出会うとは、まったく思っていなかったものですから」

「見た目はバッコですけれど」

わざとからかうように言ってみた。すると内田さんは酒も飲んでいないのに顔を赤くして、しきりに恐縮して頭をかく。その様子を見て、カネは思わずくすくすと笑ってしまった。笑ってから、ああ、こんな風に笑うのはいつ以来だろうかと思う。こんな他愛ない言葉を交わすだけで、心が解けていくようだ。さっきまで、畑の中で天主さまを相手にぼやいていたときの胸のもやもやまでが、すっと晴れていく気がした。自分が、ただ土にまみれ、家畜の世話に追われているばかりの人間でないことを、世の中の誰かに知って欲しかったことに、改めて気づかされる。

「それにしても、よく決心したもんだな。もったいなくはなかったですか。そこまで学問を修めて、教鞭を執っていらしたような方が」

「私の父と兄が、まず、晩成社に加わることを決めておりまして、それに——主人も依田さんとのご縁から、晩成社を作るというときから、一緒にこちらに来ることを決めておりましたものですから」

「そういうことですか」

「それと、どんなところにいても、子どもたちには等しく学ぶ機会を与え続けたいというのが、私の一つの信念でもございました。そのつもりで最初からまいりましたし、母校からも何かとお助けいただいて、お蔭様でこちらでも子どもたちに教えることが出来ているんです。その甲斐あって去年この村から、札幌の農芸伝習科に受かった子が出たんですよ」

するると内田さんは「ほう」とまたもや感心したように頷いて、自分は札幌農学校の一期生なのだと言った。今度はカネが「さようですか」と感心する番だった。

「僕は、もともとは高知《こうち》の土佐《とさ》藩士の息子なんですが、上京して東京英語学校に行きまして、それから札幌農学校に入ったんです」

その後、開拓使勤務を経て北海道庁で働くようになり、現在は殖民地の選定の任務を負っているのだそうだ。

「英語学校ですか。うちの主人は名古屋の人なんですが、芝のワッデル塾で英語を修めまして、やはり一時期、学校で教えていたことがあるんですよ」

内田さんは、それは何となく話が合いそうだと、今度は嬉しそうな顔になった。

「ここでそういう方にお目にかかれるとは思いませんでした。何だかいっぺんに、近しい感じがしてくるものですね」

確かに、内田さんのたどってきた道筋を聞いていると、少なくとも途中までは勝やカネたちと似通っている部分がなくもないように思えた。だが今となっては、片や役所のお偉方となり、此方《こちら》は貧しい水呑百姓だ。どうにも埋めがたいほどの、雲泥の差がついてしまっている。

「晩成社は、役所に出されている届けを見る限りでは、依田勉三氏が副社長の立場でこちらにおられて、あと、幹事としてお二人の名前がありますね。つまり、ご主人は、その一人ということですか」

「さようです。もう一人は鈴木銃太郎と申しまして、こちらが私の兄なんですが、兄は、この夏で幹事は辞めさせていただきました」

「すると、あなたは依田勉三氏とも近しい関係なのですか」

カネは「そうですね」と少し曖昧に首を傾げた。

「今、依田さんはオイカマナイの方で牧場をやっておいでですから、そう頻繁に会うこともなくなりましたが」

それでも、こちらとしては近しいつもりでいる。だが、依田さんの方ではどう思っているのか分からなかった。これまで揺るぎない一つのチームとして晩成社を守り立てていくものとばかり信じていたものが既に崩壊しているとは、初対面の客には言えないことだった。

6

翌日の午前、フシコベツから戻ってきた勝は、道庁の内田さんが泊まっていき、朝早くに発ったことを伝えると、なぜもう少し引き止めておかなかったのだとカネを責めた。

「道庁の人なら俺だって話したゃあことが山ほどあったに。まったく、気がきかんヤツだな。『主人がもうすぐ戻りますから』とか何とか言って、どうして引き止めておかなゃあんだっ」

「そんなこと言ったって――」

何時頃帰ってくるかも分からないのだから、引き止めようがないではないかと言い返したくて、カネがつい膨れっ面になっているとき、当の内田さんが戻ってきた。札内川の水がまだ引かないために、渡るに渡れず、舟を出すことも出来なかったのだそうだ。

「ちょうどええじゃなゃあですか！　ほんなら、今日もうちに泊まってってちょうよ」

勝は大喜びで早速「臨水亭」に内田さんと共に行って、昼前だというのにカネに酒を用意させ、内田さんと話しこみ始めた。時折、母屋に戻ってきては手文庫をがたがたさせたり、押入の茶箱の中をひっくり返したりして、色々な図面やら資料を持ち出しては、また「臨水亭」にとって返す。そうこうするうち、午後になって今度はヤムワッカという村で勝と同じように土人世話係をしている新井二郎さんという人が勝を訪ねてきた。アイヌとのつきあい方や仕事の進め方などについて、話がしたいという。

「ひどく忙しくしておいでだと聞いてきたんですが、今日もお留守ですか」

「今日は珍しくおりまして、今ちょうど、道庁のお役人さんも見えておりまして、離れの方で話しているところです」

カネが案内してやると、新井さんはそのまま「臨水亭」に上がり込んで、それから三人は夜が更けるまで、ずっと話に花を咲かせていた。

「お蔭様でずい分と色々なことが分かりました。奥さん、お世話になりました」

翌日、内田さんが発つときには、勝はセカチに言いつけて舟を二艘、貸してやることにした。これからさらに奥に行くには川を上っていく方が早い。

「いやあ、あの人は話の分かる人だがや。年は若いが、頭がえらゃあこと切れるでいかん。ああいう人こそが自分の目で見て、判断してくれゃあ、間違がゃあなゃあ。これからの十勝は、変わるぞ！」

内田さんを見送って戻ってきた勝はまだ興奮が覚めやらぬ様子で、今度はまだ残っていた新井さんと呑み直しながら、話し込み始めた。ときどきカネが様子を見にいくと、二人は好い加減酔っ払った様子で、「そうだ」「そうじゃない」などとやり取りをしながら、アイヌに農業を教える難しさや、彼らに適した農作業の内容などについて、飽きることなく語り合っていた。

　羨ましい。

　カネは、いかにも楽しげに話している勝を見ていて、つくづく思った。勝にはああして来客と酒を酌み交わし、話をするという贅沢がある。本当の心の裡まで明かしてはいないかも知れないが、ああいう時間を持つことで、内に溜まっているものを吐き出すことが出来ていることは間違いがないだろう。だがカネには、そういうことも出来ないのだ。村の外から訪ねてくるのは男性ばかりだし、そういう相手とカネが話し込むことなど出来るはずもない。

　天主さま。

　結局こうして、天主さまにお話しするしかありません。どうか、おゆるしください。

　それから一週間程すると、山本《やまもと》さんという測量士が何人もの人足を連れてやってきた。さらに、その翌日には今度は内田瀞さんと同じく道庁に勤める柳本通義《やなぎもとみちよし》さんという人が現れた。話してみると、この人も札幌農学校の一期生で、内田さんとは学生時代からの仲間なのだという。四角いしっかりした顔立ちで、切れ長の目が特徴的な人だった。

「内田くんと手分けして、こうして殖民地の選定候補地を当たっておるわけです」

　既に何度か霜が降りて、その日も冷え込んでいたから、カネは柳本さんを母屋の囲炉裏端に案内し、やはり食事を振る舞った。すると、そこに計ったように新井二郎さんがやってきて、加えて松元兼茂さんやら小俣三郎《おまたさぶろう》さんらも来たから、結局、彼ら全員に泊まってもらうことになった。

「こっちにも炬燵を作らんと、いかんな、こりゃあ」

　家は常に活気に満ち、ヘタルカもウプニも、忙しく母屋と「臨水亭」とを行き来するようになった。そういう大人たちを眺めて、せんまでもが興奮した様子に見えた。最初は内田さんを見てもあんなに怯えていたのに、いつしか内田さんだけでなく、柳本さんにもすっかり慣れて、カネが注意しなければならないほど「内田のおじちゃん」「柳のおじちゃん」と呼んでまとわりつくほどだ。

勝の出作は続いている。セカチらも、勝の指示で方々へ行ったり、またオベリベリの畑を手伝ったりしているが、一方では鮭漁も始まっていた。早く粟を刈り、インゲン豆も採り終えなければならなかった。馬の新しい鞍《くら》が届いた。そうかと思えば、荷積みして大津へ送り出した舟が転覆したという報告が来て、皆を慌てさせたりもした。引っ切りなしに泊まっていく客のために、カネは毎日頭を捻り、献立を考え、大鍋一杯の煮物や粥を炊いた。

「おい、カネ、ちょっとこれを見てくれんか」

そんなある日、勝が新聞紙に目を落としたままカネを呼んだ。最近は来客がある度に新聞を持ってきてくれるから、次々に新しい情報が入るし、読むものに事欠かない。

「ほら、ここ。それと、こっちも」

勝から新聞紙を受け取り、カネは勝の指さすところを読んだ。


【広告】○神経脳病特効長寿丸　内外名医萬法秘術　人間生涯之宝　金壱円　送達費七銭

「なんですか、これ」

「どう思う」

「これだけじゃあ、分かりませんよ」

馬鹿馬鹿しい、と新聞を手放そうとすると、勝はもう一つの広告を指さす。

【広告】〇条虫《じょうちゅう》施治　一二時間ニテ条虫ノ頭尾ヲ下ス　東京芝公園地芝園橋交番所脇　虫痔専門　内外科医　市川甫虫治療所

「あなた、虫がいるのですか」

新聞を手にしたまま、今度はカネは、まじまじと勝を見てしまった。すると勝は口をへの字に曲げて首を傾げている。

「分からんけど――」

「では、この神経脳病というのは？」

重ねて聞いても、やはり曖昧な反応だ。カネは、眉をひそめて勝を見つめた。

「ねえ、どこか、おかしいのですか？　それをご自分で感じていらっしゃるの？」

勝は、口をへの字に曲げたままの顔で、「何となくそんな気がするのだ」と、鼻から大きく息を吐き出す。

「そんな気って。どうして？　どんな感じがするんです」

「だから――俺ぁ、脳でも悪いのか、腹ん中に虫でも湧いとるんじゃなゃあかと思うときがあるもんで」

「どうして？　どんな具合になるんです？」

「何かこう――妙に腹が立ってな、何でもかんでもぶち壊しにしたゃあときがあるもんで」

カネは思わず勝と向き合って座った。勝は、いつになく神妙な顔をしている。

「あなた」

「──ああ」

「いつも、そうなるのですか？　朝から晩まで？」

「そんな訳ゃあ、なゃあ。たまたま、何かのときに──」

「何かのときって、たとえば？」

「たとえば、誰かと呑んでて、とか──」

カネは一つ深呼吸をしてから、「誰かと」と勝の言葉を繰り返した。勝はばつが悪そうな、または不安を隠しきれないといった表情で、何かの拍子に相手の発言が急に腹立たしく思えてきたり、何でもいいからぶち壊してしまいたくなるのだと言った。

「ほら、よく言うだろう。腹に虫がおると、性格まで変わることがあるって。怒りっぽくなったり、暴れたり──それにしても俺は、こっちに来る前ゃあに一度ちゃんと虫下しをかけてきたんだがなあ。だから、だからだ、虫がおるのか、そうじゃなゃあんだとしたら、脳がどうにかなっとるか──」

「あなた」

「──うん」

「それはねえ、呑みすぎです」

「──ああ？」

半分、拍子抜けしたような顔で、勝がこちらを見る。カネは、居住まいを正して、今度こそ勝を正面から見据えた。

「いつも言っているではありませんか。呑みすぎですって。あなたの場合、呑んでそうなるのでしょう？」

首の後ろを掻きながら、勝は「まあ、そういえば」などと言葉を濁す。

「たとえば今年になって一体どれくらい、お酒を呑まない日があったと思います？」

「まあ――ほとんど、なゃあわな」

「そうでしょう。どんなに二日酔いだって、気分が悪くたって、また呑むんですもの。お客さまがいるときなど、時間に関係なく、明るいうちからでも。その上、いつもいいお酒ばかりとは言えないでしょう？　ちょっと変な酔い方をすれば、やたらとしつこくなったり、お客さまにだって失礼なことを言って声を荒らげることだって、あるじゃありませんか」

勝は自覚しているかどうか分からないが、それで気分を害することのある客人だって、決して少なくはないとカネは常日頃から感じている。そんな人には、翌日になってカネが頭を下げているし、何とか取りなしているつもりだが、「昨夜はまいりました」と苦笑されることも少なくないのが実際のところだ。特にこれから先、本当に役所が動き出して、このオベリベリが変わるということになれば、人の出入りはもっと多くなる。そんなときに、勝に酒で失敗して欲しくはなかった。これはいい機会だとばかり、カネは「いいですか」と勝に詰め寄った。

「あなたのは、脳病でもなければ条虫でもありません。呑みすぎなんですよ」

「――そうかなゃあ」

勝はしょげかえった様子で、それなら薬は必要ないだろうか、などと口の中で呟いている。

「ものは試しに、少しはお酒を控えてみればいいじゃないですか」

「――そうか」

「そうです。大変なことになってからでは、取り返しがつかないんですから。いいですね、ここは思い切って、お酒を控えて下さい」

ちょうどその頃から、内田瀞さんと柳本通義さんとは二人揃って来ることも増えて、ときには二、三日かそれ以上も泊まっていくことがあった。この地域に注目し始めた役場の人たちが、勝の家を基点にして入念に歩きまわり、測量したり土地の様子を調べたりしていることは間違いがなかった。彼らに悪い印象を与えてはならないと思ったせいもあるだろう、勝はぴたりと酒を呑まなくなり、いつも礼儀正しく穏やかに、また熱心に彼らと接するようになった。

内田さんたちがすっかり「臨水亭」の常連となり、せんも物怖じせずに抱き上げられたり、簡単な土産物などもらって喜ぶようになった十一月の上旬、たまたま顔を出した兄上が、内田さんたちのいる前で、自分のところで飼っている豚のことを話題にした。

「ことに牡豚が、ある程度よりも大きくなると気が荒くなって、これが実に扱いに困るんです。ときによって食い合いなんか始めようとしますからね」

すると、それまで内田さんよりも常に控えめな感じの印象だった柳本さんが、いとも簡単に

「去勢すればいいじゃないですか」と言った。それにはカネも驚いたし、兄上も勝も、一瞬ぽかんとした表情になった。

「去勢、ですか?」

「そう、去勢です。要するに、キンを抜くわけですな。そうすれば、もう、すっかりおとなしくなりますよ」

カネは両手で口もとを押さえたまま、話の成り行きを見つめていた。兄上は俄然、興味を持った様子で「キン抜きねえ」と身を乗り出している。

「いや、豚が奇妙なほど丈夫だということは知ってるんです。以前うちで生まれた子豚がカラスにやられまして、腹が裂けて臓物が飛び出したことがあったんですが、僕が臓物を腹に押し込ん

で、そのまま傷口を縫い合わせてやったら、あっさり治ったんですから。次の日、それまでと変わらずに、こうね、トコトコと歩いたときには、まったく驚きましたよ」

兄上は身振りを交えて、カネにしてみれば薄気味悪く感じる話を、実に生き生きと語った。手の指を使って子豚がトコトコと歩く様子まで表現して見せるから、男たちは声を揃えて笑い声を上げた。

「そうなんです。豚は何というか、まあ、丈夫なんだな」

「ですが、キンとなると――」

「なあに、わけはありません。何なら僕が教えましょうか。農学校でやっていますから」

そうと決まると早かった。柳本さんは、さっそく腰を上げ、兄上に案内されて出かけていき、ものの二、三時間で戻ってきた。

「明日まで様子を見て、それで大丈夫なら、もう心配いりません」

涼しい顔をしている柳本さんを見て、カネはつい「そのキンとはどんなものですか」と聞こうとしたが、何か誤解されそうな気もして、さすがに控えた。

翌朝、兄上が首を落としたばかりのまだ温かい鶏をぶら下げてやってきた。カネに、ぐいと差し出して、これでうまい鶏鍋でも作れという。

「柳本さんは大したものだ。豚はまるで元気ですよ。何ごとがあったのかといった様子で神妙にぶうぶう、餌を食っています」

ちょうど朝食の途中だった柳本さんは、兄上が鶏を持参したことを知ると、今夜の食事が楽しみだと笑った。

「何でもお出来になるんですねえ」

カネはつくづく感心して、柳本さんと隣で笑っている内田さんを見比べた。すると柳本さんは「とんでもない」と顔の前で手を振る。

「来る度にこうして旨い飯を食わせてもらっている上に、手足を伸ばして眠らせてもらってるんです。こんなことで、お役に立てるなら本望ですよ」

「よし、そんなら俺も、今度は豚の去勢をやってみたるがや」

勝も張り切った表情で粥をかき込んでいる。脳病だの条虫だのと騒いだ日から、ずっと酒を控えているせいか、胃の具合が悪いとも言わないし、その分、食欲も出たようだ。今度ばかりはカネの言葉が効いたのかも知れないと、カネは内心で胸を撫で下ろしていた。このまま呑まずにいてくれれば、家計もずい分と楽になるし、何より余計な心配をせずにすむ。呑んでいないときの勝は昔とそう変わらず明朗快活で、子どもたちと接する時間も増えたし、時にはカネと共に子どもたちに勉強を教えることさえあるほどだった。

「もしかすると、俺には酒は合っとらんのかも知れんな」

時々、冗談とも強がりとも取れることを言って、それでも何となく物足りなげにしていることがあるから、カネはほんの少し気の毒にもなったが、それでもやはり呑まない方がいいのだと思っていた。

そうこうするうち、十一月の半ばに初雪が降った。

〈先生、お変わりないですか。先日の豚の去勢の話は大変面白く拝見しました。それにしても道庁のお役人が農学校の大先輩にあたるとは、大感激です。たとえ今、家畜と関わる仕事をしていなくても、一度身についたものは、そのように役に立つものなのですね。

僕も日々、勉学に励んでおります。残念ながら豚のことは学んではおりませんが、十勝の寒さに耐えられる豆の品種改良などを習い、毎日、実験に追われている日々です。先生方は皆さん厳しくも愛情ある方々ばかりで、常に日本と北海道の未来について熱く語られます。僕も時間を大切にして、学べることは出来る限り学び、身につけて、きっと皆さんのお役に立てる人間になろうと、日々、思いを新たにしております。ところで、父や母、弟たちは元気にしておりますでしょうか。どうか、この手紙を読んで聞かせてやっていただければ有り難いです〉

月に、一、二度ずつ届く山本金蔵からの手紙からは、彼が日々、勉学に励んでいる様子が読み取れて、それもカネを嬉しくさせた。

時折、歯が痛くなる。脂汗が出るほど痛みがひどいときには、ケレヲソートを噛んだ。いちばん最初に松元兼茂さんから分けてもらった後は、内田瀞さんが持っていたものも少し分けてもらい、いざという時のためにそっと茶色い小瓶に貯めてあるものだ。

この冬が過ぎれば。

独特の匂いに耐えながら、歯の痛みが引くのを待つとき、カネは常に竈の前に屈み込み、天を仰ぐようにして目をつぶった。一番最初に、勝から「お多福」と笑われたときのことを思い出す。だが今となっては、腹も立たなかった。後になって、何もかもが笑い話になってしまえば、それでいいのだ。子どもたちが大きくなったとき、何もかも笑って聞かせられるようになれば、それでいい。

今度こそ、きっと明るい春が来る。

その希望さえ持ち続けることが出来れば、歯痛くらい、どうということもなかった。あとは、どれほど疲れていようとも、床につく前には必ず聖書を開いて心に刻む言葉を探し、天主さまに「お守りください」と祈る。天主さまとケレヲソートが今のカネにとってはもっとも大切な安定剤であり、心の支えだった。

十一月の下旬から宮崎濁卑さんと一緒に大津へ行っていた勝が帰ってきたのは、月末三十日のことだ。

「おい、明日、依田くんが来ると」

荷解きをしながら勝が言うのに、カネは「そうですか」と自分も手仕事をしながら軽く聞き流した。この頃は入れ替わり立ち替わり誰かしら来ているから、依田さんが来ると言われても取り立てて何か用意しようというつもりもない。要望があれば団子でも何でも作れるくらいの準備だけはしておけば、それでいいと思った。

「泊まっていかれるんでしょうかね」

「そうなるだろう。依田くんの小屋は、人が住んどらんだけに傷みが激しいから、この際、取り壊そうかっていう話をしとったし、他にあいつを泊めれるところなんぞ、なゃあんだで」

そうですね、と頷きながら、それなら風呂の支度だけでもしておこうかと考えていると、勝は「それと」と、ふと宙を見上げるようにした。

「そんときに、村のみんなを集めて欲しいんだと。銃太郎も」

一瞬、嫌な予感がした。この年の瀬に来て、依田さんが皆を集めるとなると、どんな話をされるかは大概、予想がつく。いや、火を見るよりも明らかだ。カネが黙って振り返ると、勝の方でもカネの方を向いて、小さく肩をすくめて見せる。これで、お互いに同じことを考えているのが分かった。

依田さんの用向きはまず間違いなく、今年の出来高と、晩成社に納めるべき「年貢」についてに違いない。今年は夏前から霜のことも報告してあるし、冷夏のお蔭で収穫も期待できないことは、もう秋口に報告済みのはずだが、それでも依田さんはいつものように難しい顔で皆の前に立ち、細かい数字を並べ立てるに違いなかった。

「でも、オイカマナイだって大変なんでしょう？　だったら、こっちの様子も分かって下さるんじゃないでしょうか」

「それはそうかも知れんが、依田くんが何とかしたゃあと思っても、伊豆の方から何かしら言われとるのかも知れんしな」

「また、株主ですか」

「まあ、晩成社は株主さまが一番だゃあ事だもんで。向こうから見りゃあ、俺らは単なる小作人だもんでよ」

つまらなそうな顔で首のあたりを掻いている勝は、本当は大津から戻ったときくらいは「一杯やりてぁ」と言い出したいはずだった。それを、じっと我慢をしているらしいのを見て、カネも少し気の毒になった。

「お燗でも、つけますか？」

勝は「うん」と顔を上げて少し考える顔をしていたものの、すぐに「いや」と首を横に振った。

「どうせ呑むんなら、明日、みんなと呑むわ」

それなら明日はせいぜい美味しい酒の肴でも用意してやろうと、カネも頷いた。

7

翌日、依田さんはまだ陽の高いうちに馬でやってきた。ちょうど昨日、勝が大津から買って帰った雑貨や食料品などを受け取りに来ていた兄上と顔を合わせると、三人は「よう」と、当たり前のように声をかけ合う。

「今年は雪が少なゃあみたゃあだな」

「今んとこな。馬で来んのにも、道中が楽だったら」

「それはよかったな。いくら馬だって雪道は好かんだろう」

カネの出したトゥレプ湯をすすりながら、まるでつい先週も会っていたかのように話している。ほとんど毎日こうして集まっては何かしら話していた頃を思い出して、カネは何となく懐かしい気持ちになった。

「うちの姉貴の亭主で、幾太郎《いくたろう》っていう男に留守番として、来てもらったら？」

依田さんの言葉に兄上が「ああ」と頷く。

「たしか、樋口《ひぐち》さんだったかな、樋口幾太郎さん。どうだ、達者で働いとるか」

すると依田さんはしかめっ面になって首を横に振る。

「それがもう、まるで見かけによらん。どうにも寒さに弱いらしいんだらなあ。毎日のように『伊豆と違う』と文句たれとる」

勝が「そりゃあ、しょうがなゃあ」と大らかな声を上げて笑った。

「ここの寒さを、最初っから文句も言わずに乗り切れるような奴は、銃太郎ぐらゃあしかおらんだろうよ」

「馬鹿を言え、俺だって死ぬ思いをしたんだぞ。ただ、それを言う相手がいなかっただけじゃないか」

そう言って三人は笑っている。

「幾太郎さんもそうなんだが、牛も寒さに弱えもんがいるみてえだ。このあいだ、官有のハイグレードっていう種牛を借り受けてきたんだが、種付けも、どうもうまくいかんし、何より痩せてきてな」

「やっぱり餌なんじゃなゃあか。その点、豚は楽だぞ。ほいほい子どもを作るし、何でも食うもんで」

勝が言ってやると、依田さんは皮肉っぽく口もとを歪めて「俺は牛と決めたんだ」と言い返している。

「ほんで、函館に店を構えて、そこに肉を出荷するら。バターも必ず作る。専門家に意匠を考えさせて、晩成社の、こう、立派な印を入れてな。それを東京まで出荷するんだ」

兄上が「さすがは依田くんだ」と笑った。

「そこまで考えておるとは」

「いつになるんだがゃあ？　そりゃあ」

「まあ、やるんだろうさ。頑固一徹、こうと決めたら動かんのだから」

「何を言うとる。銃太郎だって、譲らんときは譲らんだろうが。そんで、晩成社だって飛び出したんだら」

「飛び出したとは、威勢がいい」

また兄上が笑うのを見てから、依田さんは「とにかく」と言葉を続けた。

「来年はもっと牛に手間暇をかけてやらねばならんと思うとる。だもんで、こっちに来る回数は今よりもっと減ると思うら。それもあって、俺んとこの小屋を、そろそろ何とかせんとと思ってな」

「確かに、外から見ただけでも傷んできとるのが分かるからなあ。雪が積もるようになったら、この冬の間にも屋根が抜けるんじゃなゃあか」

それなら陽が暮れる前に三人で行って、思い切って依田さんが暮らしていた小屋を壊してしまおうということになった。

「ほんじゃあ行ってくるもんで、カネ、酒とつまみの用意を、な」

今夜は久しぶりに酒が呑めるとあって、勝は朝から機嫌がよかった。今夜、依田さんから聞かされる話が予想通りに気の重いものであったとしても、話が済んでしまえば、あとは皆で和気《わき》藹々《あいあい》、ひとつ忘年会といこうではないかと、そんな話もしていた。だからカネもそのつもりで、料理を用意することにしている。もちろん、夜の授業も今夜は休みだ。

「かかさま、あーん」

時折、せんがそばまでやってきて、普段は子どもたちが口に出来ない酒の肴を食べてみたいとせがんでくる。小さな口に、ほんの少し和え物などを入れてやると、せんは「しょっぱい」と顔をくしゃりとさせたり「おいしい」と笑顔になったりしては、またナカの傍に戻っていく。

「ウプニ、今夜はお食事が済んだら、あの子たちをなるべく早く寝かしつけてやってね。ああ、ヘタルカ、依田さんの荷物を『臨水亭』の方に運んでおいてくれるかしら」

二人の娘にあれこれと指示を出しながら、カネは忙しく立ち働いた。やがて陽が暮れて少しした頃、勝と依田さんが「寒い寒い」と首を縮めるようにしながら戻ってきた。兄上は一旦、家に戻って食事をしてからまた来るのだという。最近の兄上は、可能な限り常盤と勇一と共に過ごしている。そして、やれ勇一が笑った、勇一が何か話したと、会う度にそんなことを言っては、実に嬉しそうだ。

やがて、カネや子どもたちが食事を終え、ウプニに連れられて子どもたちが奥の部屋で寝床に入ってしばらくした頃、村の男たちが集まってきた。それぞれに「嬶から」などと言いながら、きのこの佃煮や鮭の味噌漬け、行者ニンニクの醬油漬けなどを持参している。兄上はラタシケプという、南瓜を煮つぶしてシケレペの実を加えた和え物と、どんぐりの和え物とを持ってきた。どちらもアイヌの料理だ。利八が「俺は手ぶらだ」と恥ずかしそうに頭を搔いた。

「うちの嬶は、こういう気の利いたもんは何一つ、出来ねえもんで」

「大丈夫、気にしないで。それに、もうこれだけご馳走が並んだんだもの」

カネはヘタルカにも手伝わせながら、次々に用意しておいた料理を出し、そこに男たちの持ち寄りの料理も加えた。湯飲み茶碗が回され、次々に酒が注がれていく。それでも、久しぶりに依田さんを迎えているせいか、何となく雰囲気がぎこちなかった。するとまずは勝が茶碗を片手に「そんでは」と男たちを見回した。

「今日から師走ってこともあるもんで、ここは一つ、早めの年忘れということでよ、まずは一杯いこうや。今年もまあ、色々と大変だったが、俺たちは、まず頑張った。なあ！」

男たちは、あまり景気がいいとも言えない声で口々に「おう」とか「ご苦労さん」などと応え、勝の「乾杯！」という音頭に、それぞれが茶碗酒に口をつけた。次の瞬間、勝が「くううっ」と、腹に染み渡るような声を上げた。

「うまゃあわぁ、うまゃあでいかん！」

目をつぶり、天を仰ぐような格好で、勝はしばらく口を噤み、実に久しぶりの酒を味わっているらしかった。それから気を取り直したように残りの酒を飲み干して、すぐに二杯目の酒を注いでいる。

それからしばらくの間は、男たちは互いにぽつり、ぽつりと言葉を交わしながら酒を呑み、料理に箸を伸ばしていた。カネは時折、料理の減り具合を確かめては、次の燗酒をつけた。それでもなかなか座の空気が和んでこないなと思っていたら、やがて依田さんが「そんでな」と口を開いた。

「みんなに集まってもらったのは、まあ、年忘れもいいんだけんど、まずは他でもねえ用向きがあるもんで。酒が回る前に、まずはその話を済ませねえとな」

依田さんが軽く姿勢を整えるのに合わせて、男たちもわずかに背筋を伸ばした。それぞれに箸を持つ手が止まった。

「俺ぁさっき、事務所の方も見てみたが、今年は、あれだなあ、荷積みもほとんど出来とらねえようだな。大津へ出せるようなもんも、ろくろくねえような状態か」

静まりかえった家の中に、いくつものため息が広がった。依田さんはあぐらをかいたまま、みんなの顔を見回している。

「今年は、それほどひどかっただらか」

「――ひでえなんてもんじゃあ、ねえです」

みんなの中で一番年長の山田勘五郎さんが口を大きく引き結んで顔をしかめた。依田さんが「うん」と頷く。

「それは、オイカマナイも同じだったら。六月の霜でな、そりゃあ、えれえことんなった。で、そのことで、こっちから本社に報告が行っとることも、知っとる」

「オイカマナイも同じなら、分かるら。六月にあれじゃあ、今年はもう諦めるよりしようがねえってなもんですわ」

勘五郎さんの言葉に、依田さんも難しい顔のまま大きく頷いている。その間も、勝だけが一人で茶碗に酒を注いでいた。

「もちろん、俺らだって、せめて夏の間に何とかならねえかと、必死だったら。んだけんど、夏だって、ああだったら？　ひんやりして、まるっきり気温が上がらなかったもんでよう」

「オイカマナイなんて、ここよりもっとひでえわ。何しろ海っぱただもんで、霧の日が多くてな、陽もろくに射さん日が何日も続いてなあ」

そんな具合で、田植えをした米もまったく育たなかったし、畑もうまくはいかなかったと依田さんは言った。男たちの雰囲気が、わずかに動いた。

「依田さんのとこもかい」

「そんなら――まあ、あきらめもつくな」

全員が何となくほっとした表情を浮かべかけたとき、依田さんが「そんでもな」と改めて男たちを見た。

「分かっとるとは思うが、納めるもんは納めてもらわにゃあ、ならん。晩成社は慈善事業をやっとるわけじゃねえからよ。まず株主を納得させにゃあならん」

男たちの表情が一瞬のうちに険しくなり、家の中がしん、と静まりかえった。ヘタルカは険悪な雰囲気を察したのか、そっとカネの方を窺うようにするから、カネも小声で「ごくろうさん」とヘタルカの背を押してやった。もう休んで構わないという意味だ。勘のいい娘は、そっと家を抜け出していき、一人になったカネは、水屋の方から男たちの様子を眺めていた。それにしても数を減らしたものだ。かつては今の倍以上もいて、狭い家に溢れんばかりに人が集まったのに、今は依田さんを含めてもたったの七人しかいない。その七人さえも、それぞれに異なる思惑を抱えていることが、離れたところから眺めているとよけいによく分かる。

依田さんが、いつもと変わらない難しい顔で、一点を見つめたまま口を開いた。

「俺だって毎年毎年、決まり切ったことは言いたくねえ。出来高が悪かったなら悪かったで、それは仕方がねえと、いつも言っとるら。そんでも支払いは生まれるもんだし、それに、去年までの貸付金の利息と、今年の貸付金の精算もせんことには――」

「ちょっと待ってくれよ」

口を開いたのは山田彦太郎さんだ。

「依田さん、そらあ、あんまりだ。俺らがどんな思いでこの一年を過ごしてきたか、あんた、分かるって言ったじゃねえか」

「払いたくなくて払わないんじゃ、ねえら。本当に、何にもないんだからよう」

利八も珍しく苛立った声を上げる。

「こんなことになってもらいたくねえから、あの霜にやられたときに、社長にあてて手紙を出したんじゃねえですか。それ、分かってくれてねえんですか」

依田さんは「分かってる」と言ったまま、難しい表情を崩さない。

「そんでもまた、規則だっていうんだらか」

利八があぐらをかいている自分の膝を叩くようにしながら、いかにも悔しそうに顔をゆがめてそっぽを向いた。それでも依田さんは「そうだ」と言ったまま、表情を崩さない。他の男たちは今度ばかりは譲れないという思い詰めた表情で依田さんを睨みつけていた。勝だけが、むっつりと酒を呑み続けている。

「俺ら、もうさんざん、これまでの借金だってかさんでるんですよ。好きでそうなってるわけじゃねえ。こんな土地に、あんたに引きずられてきたから、こんな思いをしてるんじゃねえか。そのことを、あんた、どう思ってるんだよ」

そろそろ還暦を迎えようという勘五郎さんが挑むような顔つきで言っても、依田さんはまるで動じる素振りもみせずに「それはそれだら」と言った。

「だから毎年毎年、同じことばっかり言わせねえでくれよ、なあ。いいか、みんな納得ずくでここに来たんだら、ええ？　証文も残ってる。五年もここにいて、その間には馬だって入れた、ハローや機械も入れた、澱粉の装置だって札幌から買い付けた。そんでも、思ってたように畑は広がらねえ、出来高も出荷量も伸びねえって話を、一体、どこの誰が納得するら」

「それは、ここを見てねえからじゃねえのかよう」

利八が、何とも情けない声を出した。依田さんが大きな顔を突き出すようにして、「そんなことはねえ」と眉根を寄せた。

「おれの兄貴が、依田佐二平が、わざわざ来たじゃねえだらか。あんだけ忙しい人が、時間を割いてだぞ、ちゃあんと視察してったら？　それが、つまりは株主だって、心配しとるっていう証拠だら」

佐二平さんの名前を出されてしまうと、一同はしゅん、となる。カネの目から見て、彼らのそういう姿こそが昔ながらの小作人なのだと思わざるを得なかった。まるで飼い慣らされた犬のように、地主の名前を聞いただけで、こうしてうなだれるのは、おそらく先祖伝来の小作人の血がそうさせているのではないかと思うほどだ。情けない、惨めだと腹も立つ。だが今は、カネ自身もその仲間の一人なのだ。

「まあ、俺からも、そう厳しい取り立てはせんでくれと、本社の方に頼んではあるもんで、なあ？　とにかく精算書だけは出さんとならん。あんたらが暮らせてるのも、株主がこらえてくれてるからだってことも、分かってもらって、だ」

それからも依田さんはしばらくの間、懇々と話を続けた。男たちは背を丸めたままで、ただ時折、茶碗の酒に口をつけ、箸を伸ばして料理をつまんだ。結局は、こうして説き伏せられて終わるのだろう。それは分かりきったことなのだから、どうせなら、このまま何とか座が和んでいってくれればいいと、カネはそればかり願う気持ちになっていた。

「来年はきっといい年んなる。そうなりゃあまた、みんなで旨い酒呑んで、わいわい騒いで、なあ、やりゃあいいら」

依田さんが少し口調を変えた。何とかして、みんなの気持ちをなだめ、諦めもつけさせようと、慰めるような言葉まで口にした。そうして重苦しいながらも、どうにか座がまとまりそうになるかと思ったときだった。それまでずっと口を噤んでいた山本初二郎さんが、「一体、いつの話をしとるんだら」と、ぼそりと呟いた。

「――大旦那さまがおいでんなったのなんてえのは、もう去年のことだら。そのことを、今になっても、まだ恩に着せるつもりかい」

最近、髪に白いものが目立つようになってきた初二郎さんは、ふうう、と長い息を吐き出して、それから、下からすくい上げるようにして依田さんを見る。

「さっきから黙って聞いてりゃあ――なあ、依田さんよう、あんた――そういう呼び方をしちゃあ、怒られんのかも知れねえが――そんでも、あんたぁ一体どっちを向いとるんだら、ええ？　株主か、俺たちか、ええ？　伊豆か、この十勝か、どっちだら」

普段は口も重いし、激するところなど見せたこともない初二郎さんが、眉間にぎゅっと皺を寄せ、目をぎらぎらとさせながら依田さんを睨みつけている。依田さんは、まるで胸もとに匕首《あいくち》でも突きつけられたかのように顎を引いて、背を反らす格好になった。

「俺ぁ、前からいっぺん聞いてみてえと思ってたんだ。ほら、答えてくんなよ。どっちだら」

「俺は――俺はもちろん、晩成社の副社長としてだな」

「そんなこたあ、聞いてねえっ、どっち向いとるんだって、聞いとるらっ！」

さっきから見ていても、初二郎さんは、まださほど呑んでいないはずだ。それでも顔から首筋までが真っ赤になって、血管が太く浮き出ているのが見えた。

「あんた、二言目には晩成社だの副社長だのと言うとるが、あんたの頭は、未だに依田家の若旦那のまんまじゃねえだらか。俺らを水呑百姓と思って、馬鹿にしくさって、年貢ばっか取り立ててよう」

「何ていうことを抜かすんだら。俺は――」

「そんなら、聞くぞ。いいだらか、ええ？　あんたは、俺らを捨ててとっととオイカマナイとかに行って、そこで好き勝手なことを始めてよう、さんざんぱら牛を死なせて、米の一粒も穫れねえ分を、晩成社には、どうやって支払っとるんだ、ええっ？　そこんとこ、聞かしてもらいてえ。社長だか副社長だか知らねえが、あんたも晩成社の一員だっていうからには、会社にそこまで損をこかせとるんだから、その分を、どうしとるんだっ」

依田さんの顔色も変わったように見えた。難しい顔のまま口を噤んでいる依田さんに「俺も聞きてえ」「そうだよなあ」と、他の男たちからも声が上がった。黙っているのは兄上と、黙々と酒を呑んでいる勝ばかりになった。

8

初二郎さんは怒りが収まらない様子で、「大体よう」と、また口を開く。

「結局、俺たちは金持ちの道楽につき合わされとるだけなんじゃ、ねえのか、よう？　こーんな何にもねえとこに連れてこられて、ほれ、畑を作れだの、豚を育てろだの、いいようにこき使われてよう」

依田さんの表情が変わった。

「――本当にそう思っとるんだらか」

初二郎さんは挑みかかるような表情のまま「おう」と頷く。すると今度は依田さんの方が気色ばんだ様子で、「そんなら」と顔を突き出した。

「あんたとこの、息子のことはどうなんだら。俺が兄貴に頼んで、口をきいて、そんで金蔵は上の学校に行っとることを、あんた、忘れとるわけじゃあ、ねえだらなっ」

初二郎さんが、大きく目を剝いたまま、喉の奥から「ぐう」というようなうめき声を出した。

「金蔵は優秀だ、可能性がある、だから上の学校にやってくれと、ここにいる銃太郎も勝も繰り返し言うもんで、俺だってそんならと、兄貴にも頼みこんで、試験を受けるときの旅費から学費から、何から何まで出してやることにしたんじゃねえだらかっ。それでもあんたは、俺が株主の方しか向いてねえと言うだらかっ」

「それは――」

初二郎さんが、いかにも苦しげに喉から声を絞り出したときだった。それまで黙々と酒を吞んでいた勝が「依田、勉三、か」と、低い声で呟いた。依田さんが、「うん」という顔をして勝の方を見る。

「依田勉三、なあ」

ゆっくりと顔を上げた勝の顔を見て、カネは息を吞んだ。目つきがすっかり変わっている。こんな顔つきの勝は、かつて見たことがなかった。

「依田家のお坊ちゃま、依田勉三、くん」

勝は大きく息を吐き、どろりとした目で依田さんの方を見ている。首が大きく揺らいでいた。

「あれか、依田勉三――貴様には、人の気持ちってもんが、分からんのか」

呂律が回っていなかった。ぐらり、ぐらりと頭を揺らしながら、勝はそれでも依田さんから目を離さない。兄上が「おい、勝」と声をかけたが、それには反応しなかった。

「依田勉三――金に縛られてる俺らの気持ちが、おまゃあなゃあ、分からなゃあんだ」

「勝――」

「どうだ――どうだ、依田勉三っ。武士の血筋でありながら、こんな地のはてまでやってきて、土にまみれて生きねばならなゃあ、その情けなさ、その苦しみが、おまゃあ――おまゃあに、わ――分かるかあっ！」

言うなり勝は立ち上がり、よろけながらも背後の押入に歩み寄って、力任せに荒々しく襖《ふすま》を開け、いつも茶箱にしまっている小刀を取り出してきた。投げ捨てるように鞘を抜き捨てて、ぐらぐらと揺れる身体で小刀を構える勝に、今度こそ男たちがどよめいた。

「おいっ」

「勝さん、やめろっ」

皆が一斉に立ち上がる。それでも、勝がぐるぐると狙いを定めず男たちに刀を向けるから、誰も身動きが出来なくなった。カネは思わず「兄上っ」と声を上げた。

「止めて！　あの人を止めて！」

兄上も頷いて、勝に近づこうとするが、すると勝は兄上にも小刀を向けた。

「動くんじゃなャあっ！　俺はなあ、この、依田、勉三、くん、に話をしてるんだ。誰も、邪魔ぁすんじゃなャあっ！」

皆が勝から離れて部屋の端に寄った。囲炉裏を挟んで、勝と依田さんだけが向き合う格好になった。依田さんも、さすがに顔を引きつらせている。

「勝、話は聞くから、とにかくその物騒なものをしまえ」

だが勝は、明らかに正体をなくしかけていた。ぐらぐらと上体を揺らしながら、焦点の合わない目で、ただ構えた小刀だけは下ろそうとしない。

「お――俺を誰だと思っとるんだ、ああ？　俺は源頼光の四天王の一人、渡辺綱の、だ、第、三十五代目だっ、ええかっ！　尾張――徳川家、藩士、槍術指南役――渡辺綱良の、嫡男だがやぁ！」

「――分かっとる、分かっとるから」

「その渡辺勝が、米粒一つ買うのにも、人に頭を下げて、帳面に記入して、女房や子どもらにも、薄い粥しか食わせられん――来る日も来る日も、朝から晩まで身を粉にして働いて、豚と同じ飯食って――」

何度も大きく息を吐きながら、勝は呂律の回らない舌で言葉を続け、それでも小刀を構え続けている。

「今の俺の、この姿を見たら、名古屋の父上は何と言われるか――馬鹿くさャあことはしとらんで、早ャあとこ帰ャあってこいと言われるに違ぁなャあ」

そういえば数日前に、名古屋の実家から便りが届いていたことを思い出した。何と書かれているのかは聞かなかったが、勝はずい分長い間、じっとその文に目を落としていた。勝は、父からの便りを読んで、何を感じたのだろうか——カネが考えを巡らしている間にも、勝の構えた小刀は、虚空に向かって突きつけられたままだ。

「そんでも、帰ゃあることさえ、出来なゃあわ、なあ。何でかって——おあしだ、銭だ。帰ゃあろうにも、帰ゃあることさえ出来ん——ここにいるみんなが、そうだ！」

勝は今にも嘔吐するのではないかと思うほどに青ざめた顔で、身体をぐらぐらと揺らしている。そして「依田、勉三！」と、また声を張り上げた。

「おまゃあさんに、分かるか。何のかんの理由をつけては、ひょいひょいと内地に帰ゃあっとる、おまゃあさんによう——ここに縛り付けられとるもんの気持ちが——分かんのかあっ！」

言うなり、勝が小刀を振り上げた。

「俺はもう——晩成社なんか、まっぴらだぁ！」

破鐘のような大声を出して、勝が依田さんに向かっていった。「おいっ」「やめろっ」という怒声が響き、その中を、小刀の鈍い光が走ったように見えた。あっと思ったときには、炉端に並べた料理がひっくり返って食器ががちゃがちゃと音を立て、囲炉裏から激しく灰神楽が立った。それと同時に依田さんが「あっ」と声を上げてその場にうずくまった。

「うわあっ！」

「やっちまった！」

男たちの声が上がる。さらに小刀を振りかざし、わけの分からない叫び声を上げながら、よろめきそうになっている勝に、ついに兄上が飛びついた。勝が獣のような声を出す。兄上は、その勝から素早く小刀を奪い取って、そのまま勝を突き放した。勝はいとも簡単に尻餅をついて、そのまま押入に倒れかかった。安普請の襖が外れた。

「あっ、血っ」

「血だ、血だ！」

囲炉裏からはしゅうしゅうと音を立てて、まだ灰神楽が立っている。狭い家の中はまるで修羅場のようになった。倒れかかってきた襖を背負うような格好で、勝はうなだれたまま動かない。一方の依田さんは、右手をかばって立て膝をついていた。カネの心臓は、もう爆発寸前だった。頭の中で「どうしよう」「どうしよう」という言葉ばかりが渦を巻いた。

兄上が、今度は依田さんの横にしゃがみ込んで、依田さんの手を見ている。

「大丈夫、大した傷じゃない。カネ、洗い桶を持ってこい――カネ！」

繰り返し兄上から呼ばれて、カネはようやく動き始めた。だが、甕から水を汲もうにも、手が震えて柄杓の水がこぼれてしまう。心臓は早鐘のように打っているし、何か分からない涙がこみ上げてきそうだった。

大変なことになった。

大変だ。

ああ、天主さま。

やっとの思いで水を満たした洗い桶を兄上のところへ持って行くと、兄上はもう依田さんの手を摑んで、その服の袖を押し上げている。依田さんの手の甲からは、驚くほど鮮やかな血が、すうっと線を引いて滴り落ちていた。その赤い色が桶の水に落ちては、ふわりと溶けて広がっていくのを、カネは見た。

「依田さん――」

「大丈夫だから」

依田さんではなく、兄上が答えた。そして、依田さんの手を持って、そっと洗い桶の水で傷口を洗い始める。その間、依田さんはほとんど表情を変えることもなく、ただ黙ってされるがままになっていた。他の男たちは立ち上がったまま、呆然とその様子を眺めている。

「カネ、膏薬《こうやく》があったろう。それと、綿紗があったら出してくれ。さらし布も」

「あ――ああ、はい。綿紗と、さらし、さらし」

言われるがまま、あたふたと動き回る。膏薬を出してきたとき、初二郎さんが、がっくりと座り込んだ。

「――俺のせいだら」

初二郎さんの声は震えていた。

「俺が、依田さんにあんなこと言って食ってかかったもんだからよう――勝さんは俺の肩を持とうと思って――」

兄上が、依田さんの手の傷を確かめながら、ゆっくり丁寧に、水を拭き取る。押さえても押さえても、後から新しい血が噴き出てくるようだ。その上から切り傷によく効く膏薬を塗りながら、兄上は「そんなことはないよ、初二郎さん」と言った。

「今日の勝は、妙だった。最初から、呑み方が普通ではないと思ったんだ。妙に一人でぐんぐん呑んでいるなあと思ったら」

皆の視線が勝の方に向けられた。利八が、勝に倒れかかっている襖を直している。それでも勝は、ぴくりともしなかった。

「眠っちまってるら」

その顔を覗き込んで、呆れたような声を出したのを合図に、彦太郎さんと勘五郎さんも、気が抜けたように腰を下ろした。それからは誰も口を利かないまま、兄上が依田さんの傷の手当てを終えるのを見つめていた。カネは、まだ胸の動悸が収まらず、震えも収まらないまま、それでも懸命に、ひっくり返った食器を片づけ、汚れた床を拭いた。

「大丈夫、かすり傷っていうところだ。傷口が塞がって出血さえ止まれば、二、三日で治るさ」

依田さんの手に白い布を巻き付け、端をしっかりと結わえたところで、兄上がほっとした表情になった。依田さんは静かな表情で「すまん」と頷き、それから大きく一つ、息を吐く。

「みんな、今日のことは、何も見なかったことにしてくれるな――酒の上での、ちょっとしたことだもんで」

依田さんの言葉に、誰もが神妙に俯いている。

「――銃太郎の言う通り、今日の勝の酔いっぷりは、普通じゃなかった。ずい分長いつきあいになるが、あんなのは初めて見たら」

「申し訳ありません！」

カネは、身体が折れ曲がるほどに深く頭を下げた。

「この程度の怪我で済んだからよかったようなものの、本当にうちの人は――何とお詫びすればいいのか――」

言いながら、安堵と恐怖と、悔しさが混ざって、どうしても涙がこみ上げてきた。カネは、何度も涙を飲み下しながら、肩で息をした。自分の声が震えているのは分かったが、それでも言わないわけにはいかなかった。

「うちの人は、このところずっとお酒をやめていたんです。自分でも呑みすぎだと思うことがあったらしくて、調子もよくないようでした――ですから今日は、皆さんと揃って久しぶりに呑めるのを、本当に楽しみにしていて——本当に、こんなことになるとは本人も思っていなかったはずなんです。それなのに、こんな——こんなことになってしまって」

依田さんの「いいんだ」という声に、ようやく頭を上げる。依田さんは、傷の痛みもあるだろうに、やはりいつもと変わらない表情のまま、「いいんだ」と繰り返した。

「俺も、きっと悪かったのだ。初二郎さんの倅のことまで言い出してな——初二郎さん、気を悪くせんでくれ」

軽く頭を下げられて、初二郎さんも身を縮めるようにしている。彦太郎さんも、勘五郎さんも、どうにも居心地の悪そうな顔だ。利八が、うずくまったまま眠っている勝を、そっと横にさせてくれた。

「精算書は、また改めてみんなに見てもらうことにするから。今年も苦しい思いをさせるがまあ、分かってくれや。俺も、本社の連中には、こっちの事情を分かってくれるように重ねて伝えるもんで」

ああ、こういうことになっても、譲歩はないのだなと思った。それが依田さんという人だ。ある意味で、あっぱれと言ってしまいたいほど、一貫している。

「とにかく、我らは晩成社だ。大器晩成。それを覚悟して、始めたことだ。だから、毎年毎年、この時期になれば、俺はやはり同じことを言い続けにゃあならん。みんなも、不作が続くなら毎年毎年、こうやって怒ればいいら。そうしてるうちに、五年が十年、十年が十五年になる。気がつけば、最後にはきっと全部、笑い話になるら」

それだけ言うと、依田さんは「どれ」と言って腰を上げた。

「ちょっと、疲れた。先に休ましてもらうわな——みんな、ゆっくりやっていきゃあ、いいら。

せっかく勝の女房が用意したもんで」

草鞋を履く依田さんの手の、白い布が痛々しかった。後に残された男たちは、何とも言いがたい表情で、お互いに顔を見合わせ、すっかり眠ってしまっている勝の方を見て、一様に大きなため息をついた。

「勝さんの、本音が出たな」

利八が、ぽつりと呟く。

「俺ら、生まれついての百姓でさえ、こんな思いをしてるんだ。世が世なら裃《かみしも》でも着けてお城に上がってたかも分かんねえお人が、こんなとこまで来て、誰よりも汗水たらして暮らしてんだもんよう」

彦太郎さんも、改めて茶碗に酒を注ぎながら顔を歪めるようにして頷いた。

「いくら依田さんが金持ちで庄屋だからってよう、武士が首根っこ押さえられてるような、こんな生き方ぁ、したかぁなかっただろうからなあ」

「刃傷沙汰まで起こしたからには、勝さんも、もうこれまで通りっていうわけには、いかねえかもな」

「依田くんは忘れてくれとは言ったが、当の依田くん本人が一番、忘れられないに違いないしな」

最後の兄上の言葉に、みんな何とも言えない表情になった。勝のいびきだけが、不気味なほど呑気に広がっている。カネの中には、「もうおしまいだ」という思いばかりが渦巻いていた。

終章

夏の草が生い茂り、周囲からは虫の音や鳥の声が身体の中まで染み込むほどに聞こえていた。カネは近くでヨモギを焚き、頭の上からすっぽり薄い綿紗を被った姿で、顎から汗を滴らせていた。今もマラリアが恐ろしいから、こうして蚊やブヨを除けている。

天主さま。

時折、耳元を蚊の羽音がかすめていくのを振り払うようにしながら、夏草を抜き、天主さまに語りかける。

どうか私をお叱り下さい。今日になってもまだ、母上の、あのひと言が頭から離れないのです。どれほど「ああいう人なのだから」と自分に言い聞かせても、やるせなくて、切なくて、どうしても恨めしい気持ちになってしまうのです。

天主さま。

どうすれば、私は寛容を身につけられるのでしょうか。そして、可哀想な母上の、目と心を開かせることが出来るのでしょう。私がこの七年間をどんな思いで、どのように過ごしてきたかを、少しでも察してくれる母上に、どうしたらなってもらえるのでしょう。

ああ、天主さま。

母上は、どうしてあんな方なのでしょう。

だけには気をつけているから、決して薄汚いというわけではないはずだった。

「渡辺さんは、よく働いているの？」

孫に向かって目を細め、一人一人に名前を聞いたり、年を聞いたりして笑って見せた母上は、勝が娘たちと定次郎を連れて外に出て行くと、改めて家の中をじろじろと見回しながら、カネに尋ねてきた。

「あの人のことだから、相変わらず、がぶがぶと呑んでいるのではないのですか？」

ここで母上を心配させてはならないから、カネは「近ごろはほとんど呑まないのですよ」と笑って見せた。やはり母上だ。相変わらず、鋭いところを突く。

二年前の暮れの夜、すっかり酩酊《めいてい》状態で依田さんに小刀で切りかかったことを、勝は記憶さえしていなかった。翌日になって自分が何をしでかしたかを知らされて、それこそ顔色を変えて依田さんに平身低頭詫びたときの勝の、打ちひしがれた表情といったらなかった。

「おまえ、好い加減、呑み方を考えろ」

依田さんは、許すとも許さないとも言わずに、静かにそれだけを言って、オイカマナイへと戻っていった。

その後も、依田さんはこれまでと変わることなく勝と接している。勝もまたしばらくは酒をやめていたものの、たとえばカムイノミに誘われれば断れないし、来客があれば、また呑んでしまう。そして、その後も度々泥酔することがあって、記憶を失ったり、またカムイノミの席で暴れ出した挙げ句に眠りこけて、セカチに背負われて帰ってくることなどがあった。その都度、カネは迷惑をかけた相手に頭を下げて回らなければならなかった。

「あなたという人は」

勝が酒で失敗するたびに、カネは全身からがっくりと力が抜けるような思いを味わわなければならなかった。勝は勝で「どうしてこうなっちまうんだろう」と頭を抱え、やがてずい分長い間、遠ざかっていた聖書をまた開くようになった。酒がやめられないのも、日によって異常なまでに酩酊するのも、これはおそらく病気に違いない。だから、天主さまのお導きで、どうにかして酒からの誘惑を断ち切ろうと考えたらしい。それで、すすめられて「禁酒会」に入ったりもしたのだ。それでも、やはりいつでもほんの小さなきっかけから、こつこつと積み重ねた努力は、いとも簡単に水の泡となった。

その辺りのことは、実は父上には話してある。去年、父上が戻ってきてすぐに、カネがすがりつく思いでかき口説いたし、兄上からも聞かされたらしく、父上は勝に懇々と説教をしてくれた。それでも父上は、母上にはそんな話は聞かせていないに決まっている。だからそのときも、父上はまるで素知らぬ顔をして、黙ってよもぎ茶を飲んでいた。そういえば、両親が並んでくつろいでいる姿を眺めるのもずい分と久しぶりのことだ。それだけでも、カネをしみじみと嬉しくさせた。

「外の暑さに比べれば、中は案外しのぎやすいのですね」

「そうでしょう？　東京や横浜の夏とは湿気が違うのです」

「隙間風かしらね、意外と涼しい空気が流れるようだし」

母上の、こういうひと言多い癖も変わっていなかった。だが、以前のカネならすぐに「そうではなくて」と言い返すような場面でも、人の子の親となった今では、これくらいのことは聞き流しておけばいいのだと思えるようになった。それよりも今こうして、すぐ近くに母上を感じられることを喜ぶべきだ。そして、お互いに積もる話をしたい、一体どこから話そうかとカネがあれこれと考えていると、母上は「それでは」と、当たり前のような顔つきで茶碗を置いた。

「さあ、じゃあ次は、あなたがたの住んでいるところを、お見せなさいな」

「――え？」

「物置小屋は、もう結構。偽物のお茶の味も分かりましたから」

あの時、カネは思わずそれまで黙っていた父上の方を見てしまった。父上はすぐに「おいおい」と、半ば咎《とが》めるような、または取り繕うような表情になった。

「物置小屋ではない。ここに、住んでおるのだ。一家四人で」

あの時の、母上の顔が忘れられない。まるで信じられないといった表情になり、眉をひそめて、母上は改めて家の中を眺め回し、それからまじまじとカネを見つめたものだ。

「あなたという子は。こんな、みすぼらしい暮らしをさせられているの。こんな、乞食小屋のようなところで」

乞食小屋。

あのひと言は、カネの胸に深く突き刺さった。「あんまりです」と言い返したかったのに、惨めさと恥ずかしさと、そして何とも言えない悲しみで、思わず涙がこみ上げたほどだ。これでも、最初に比べればずっとまともになったのだ。家の中にも雪が積もるほどの、粗末でみすぼらしかった掘っ立て小屋から七年かけて、ようやくここまでこぎ着けたというのに。それでも母上から見れば、単なる乞食小屋にしか見えないということか。

あの時の母上の顔。言葉つき。

今、思い出してもまた涙がこみ上げてきそうになる。

天主さま。

なぜ、頑張っているねとは言って下さらないのでしょうか。まったくの原野からここまで拓いたことを、母上はどうして分かって下さらないのですか。

だが分かっている。母上だって、気の毒なことは気の毒なのだ。夫と二人の子どもに北海道へ行かれてしまって、末の娘には早くに逝かれ、母上なりの苦しみが、きっとあったと思っている。それに、カネたちの家でしばらく過ごした後、母上は今度は兄上の家に行って、カネの家を見たとき以上の衝撃を受けたという。昨年の春、利八の一家と共に本格的にシブサラに居を移した兄上たちの家は、まだ新しく、必要最低限の造作しか出来ていない。母上は「カネの家よりもひどい」と言って泣いたらしい。

「鈴木家の嫡男が」

そう言ったきり、ただ涙を流していたと、数日前にやってきた定次郎から聞いたときには、カネもどんな顔をすればいいか分からなかった。

「母上には、開拓の現実は何もお分かりにならないのね」

兄上だってさぞ困ったろうし、面目ないと思ったことだろう。それより何より、常盤に対しては、母上はどうしただろうか。あの母上が、アイヌの娘を嫁として何もないままに受け入れてくれたかどうかが、気にかかった。定次郎は、今のところ母上は孫の勇一のことをしきりと「可愛い」とは言っているが、常盤のことは敢えて無視している状態だと教えてくれた。

天主さま。

私がこれ以上、母上を腹立たしく思わないように、母上に落胆してしまわないように、どうかお守り下さい。私に寛容の心をお与え下さい。

寛容を。

寛容を。

ひたすら天主さまに向かって語りかけ続けていたら、夏の虫の声をかき消すように、誰かが「カネさんはいるがい」と声を上げた。腰を伸ばすと、畑の向こうに鈴木源兵衛《げんべえ》さんの姿が見えた。去年の冬、依田さんのオイカマナイ牧場からオベリベリに引っ越してきた人で、何しろ農機具でも馬具でも何でも直してしまう。その上、木の伐り出しも手伝うし、炭も焼けるし、手先が器用だからある程度の大工仕事までこなせるという、実に有り難い存在だ。ことに兄上と利八とがシブサラに越していって、村に残ったのは四軒だけになってしまっていたから、勝は源兵衛さんの転居をひどく喜び、それからは何かと行動を共にすることが多かった。

「リクさんから、便りさ預がってきたよ」

こちらに向かって白いものを振りながら、源兵衛さんは人のいい顔で笑っている。カネも仕事の手を休めて、頭から被っている綿紗を引き上げながら、源兵衛さんの方に歩いて行った。

「オイカマナイに行ってらしたんですか？」

「おう、彦太郎さんに頼まれでよう、届けるもんがあったんでな」

そうですか、と汗を拭いながら、源兵衛さんから便りを受け取ると、素朴だが丁寧な筆で「わたなべかねさま」と書かれているのが目に飛び込んできた。間違いなく、リクの文字だ。

〈キタロウとなかよくできません。どうしたらいいでしょう。どうしてもシュンスケとくらべます。うちのひとは、もうじぶんのこはほしくないのでしょうか。ワタシはキタロウをむすことよべません。うちのひとにせめられます。かなしいし、はらがたってなりません〉

短い文面に、リクの怒りと絶望がにじみ出ていた。カンカン照りの陽射しの下で、カネはしばらく、その手紙を見つめていた。

「何だい、悪いしらせがね」

「――知らせというか、まあ、女房同士の、井戸端会議ですよ」

「面白ぇなあ、読み書きが出来ると、そういうことも出来んだな」

源兵衛さんが、あっはっはと笑う声が、熱い空気に溶けていく。

「依田さんの奥さんは、外で働くとすぐにくたぶれちまうし、話し相手が一人もおらんから家にいでもつまらんと、いつも言っていなさるからな」

リクが伊豆から戻ってきたのは、ちょうど一年前の今ごろだ。佐二平さんが、またもや視察に来ることになって、それと一緒にやってきた。佐二平さんは他にもオイカマナイの牧場で働く予定の人を数人連れており、それに加えて、依田さんの養子にと、松平毅太郎《まつだいらきたろう》という若者も連れてきたということだった。依田さんの後継者となり、片腕となるようにとの、佐二平さんの配慮からだったという話だが、「養子」という響きが、リクさんには最初からどうしても受け入れがたいものだったらしい。

「つまり、何だあ、依田の奥さんは、また何か文句言ってんだべ？」

文字の読めない源兵衛さんなら、どんな便りを託しても盗み見られる心配がいらないからと、そこはリクも考えていて、源兵衛さんがオイカマナイに行く度に、こうして便りを託してくる。カネは曖昧に微笑みながら、リクからの便りを懐にしまい込んだ。

「今度、源兵衛さんが向こうに行くまでに、こっちからも返事を書いておきますね。そうしたら、届けてあげてくださいね」

「それがいいや。何だか最近、またあんまり身体の調子がよくねえようなことも言ってなさるし、顔色もよくながったよ」

「――ハロー」

つい、口をついて出ていた。すると、心の中の何かがはじけ飛んだように、カネの中に言葉が溢れかえった。

「ハロー、ハロー！」

男性は、首を傾げるような格好で、こちらを見ている。カネは、首にかけた手拭いを取り、綿紗をたくし上げながら、男性の方へ向かって小走りで向かった。心臓が高鳴る。今、自分が発した言葉に、自分で驚いていた。近づいていくに連れ、男性の彫りの深い顔立ちが見えてきた。帽子の下から見えている髪の色も、はっきりと分かる。そして、肌の色。それは明らかに和人とも、ましてやアイヌとも違っていた。

「ハロー！　ウェア　ディドゥ　ユー　カム　フロム？　アー　ユー　ア　トラベラー？」

息を弾ませながら尋ねると、相手の表情が大きく変わった。

「ドゥ　ユー　アンダースタンド？」

カネは、思い切りの笑顔になって「オフコース」と頷いた。

ああ、何て嬉しいんだろう！

男性もこの上もなく嬉しそうな顔になって「ワオ」と、ため息とも何ともつかない声を発し、ゆっくりと馬から下りた。それから丁寧に帽子を脱いで、彼は改めて「イングリッシュ　オーケー？」と尋ねてきた。カネは大きく頷いた。心が弾んで、踊り出したいくらいだ。男性は、にっこりと感じの良い笑顔になって、自分はイギリス人のヘンリー・サーヴィジ・ランドーというものだと名乗った。二十五歳だという。

「私はイギリス人冒険家で、画家でもあるんです。それで今は北海道を、画を描きながら旅しているのです」

カネは、うん、うん、と頷きながら、自分が彼の言葉をきちんと理解していることに、改めて感動していた。女学校であれほど一生懸命に学んだ英語が、きちんと残っている。いや、染みついていることを、こんな形で確かめられるとは思ってもみなかった。

「それは、遠くからよく来て下さいました」

ランドーと名乗った若者は、灰色の、綺麗な瞳をしていた。髪の色は艶やかな栗色で、陽の光を受けて美しく輝き、ゆるく波打っている。

「失礼をお許しください。僕はいま、すごく驚いて、そして感動しているんです。まさかこんな場所で、英語で会話の出来る人と会えるとは思っていませんでした」

「私も、突然のお客さまに感動しています。ミスター・ランドー、私の家に立ち寄っていかれませんか？　よろしかったら、冷たいお水を差し上げましょう。お腹が空いていらっしゃるようなら、何か食べるものも用意しましょうか？」

カネの言葉に、若い白人画家はこの上もなく驚いたような、そして嬉しそうな顔で「サンキュー」と頷いた。カネは「ディスウェイ　プリーズ」と微笑みかけて、家に向かって歩き始めた。背後から馬の蹄の音が、かぽ、かぽ、とついてくる。さっきまでの重苦しい気持ちが、何もかも消し飛んでいた。

ああ、天主さま。

こうして贈り物を下さるのですね。

私がどうしようもなく苦しくて、身動きさえも出来ない気持ちになると、必ずこうして助けて下さるのですね。

そう。私には、こういう言葉を操る過去があった。祈りと教育だけに向かっていた時代があった。そして、すべての経験を背負って、今、このオベリベリにいる。

天主さま。

感謝をもって、この方をおもてなしします。

貧しい我が家が近づいてくる。家の前ではヘタルカが薪割りをしていた。今日は、ウプニはまた具合がよくないから、昼過ぎから別の小屋で休ませている。家の中からは、子どもたちの笑い声が聞こえていた。鶏が駆け回っている。暑さを除けて日陰に入り込んだ猫が、長く伸びをしているのが見えた。

「ここが、私の家です。まるで、乞食の小屋のようでしょう？」

振り返って青年を見上げると、ヘンリーという名の青年は、珍しそうに家を眺め回した上で、

「ポエティック」と呟いた。

「後でぜひ、スケッチをさせてもらえないでしょうか」

カネは「オーケイ」と頷いてから、「さあ、お入り下さい。私の家族を紹介しましょう」と、また歩き始めた。家の中にいるはずの父上と娘たち、そして、これから帰ってくるはずの勝が、青年を見てどんな顔をするかと思うと、まるで自分が大変な見つけものをしたような気持ちにさえなった。

だから、やっていかれる。

天主さま。

これからも、きっと私は大丈夫ですね。

これからも、私はこうしてオベリベリで生きていくのですね。

家族が暮らす貧しい家の向こうには、果てしなく広がる青空に、目映いばかりの白い夏雲が湧き上がっていた。

その後、英国人ランドーはカネの家に数日間滞在し、勝の案内で近くを見て回ったりして過ごした。そのときにカネの家をスケッチしたものは、後に油絵としてカネの家に送られている。また、他の旅先からインク壺を送るなど、交遊は続いたようだ。

大井上輝前典獄が帯広原野を分監予定地と決定するのは、さらに時がたった明治二十五年のことになる。そのときから初めて、帯広は本格的な開発・発展の端緒につく。

渡辺勝は明治二十六年、晩成社を去り然別《しかりべつ》方面の開拓を本格化。大正十年に脳溢血で倒れ、翌年六月、六十七歳で死去。豪放磊落《ごうほうらいらく》でアイヌにも慕われる性格で、五十代では第一期音更《おとふけ》村村議会議員に当選するが、晩年は酒に泥酔する姿を度々、目撃されることになる。

依田勉三は大正十四年、前年より患っていた中風が悪化し、帯広中心部で死去。七十二歳。一つの事業がうまくいかないと新たな事業を思いつくという繰り返しで、亜麻栽培、牛肉販売、製材工場、水田開発、酪農、バター・練乳の製造販売、薄板製造、椎茸栽培、缶詰製造、い草栽培などに乗り出すが、結局ことごとく失敗する。その間、最初の妻リクとは離婚し、再婚するも、ようやく生まれた子は早世し、後妻にも先立たれ、本人の頑なな性格もあって晩年は孤独だった。

鈴木銃太郎は妻・常盤との間に七人の子をもうけ、大正十五年がんのため死去。七十歳。臨終間近のときはカネの家に移っていた。

渡辺カネは昭和二十年十二月、八十六歳で死去。晩成社として帯広開拓に乗り出した男たち三人の、それぞれの人生を最後まで見守り続け、さらに帯広の誕生と発展とをつぶさに見てきた人生は、六人の子に恵まれ、晩年になっても人に教える、伝えるという意欲は衰えることなく、最後まで信仰と共にあった。

晩成社は開拓地が人手に渡ることなどもあったが、昭和七年、それまで残された集落ごとに農事組合が設立され、土地を小作人に解放することにより解散、五十年の歴史に幕を下ろした。

参考資料

『アイヌ植物誌』福岡イト子著、草風館
『十勝開拓史話』萩原実著、道南歴史研究協議会
『開拓者依田勉三』池田得太郎著、潮出版社
『拓聖依田勉三傳』田所武編著、拓聖依田勉三伝刊行会
『十勝開拓史』依田勉三著、萩原実編、名著出版
『明治の横浜 英語・キリスト教文学』小玉晃一・敏子著、笠間書院
『明治期キリスト教の研究』杉井六郎著、同朋舎出版
『焚火の焔一つ鍋 晩成社夜話』渡部哲雄著、柏李庵書房
『静かな大地 松浦武四郎とアイヌ民族』花崎皋平著、岩波書店
『鈴木銃太郎日記』柏李庵書房
『アイヌの昔話』萱野茂著、平凡社
『今こそ知りたいアイヌ』時空旅人別冊
『流転 依田勉三と晩成社の人々』吉田政勝著、モレウ書房
『十勝開拓の先駆者 依田勉三と晩成社』井上壽著、加藤公夫編、北海道出版企画センター
『凜として生きる 渡辺カネ・高田姉妹の生涯』加藤重著
『日本キリスト教会 函館相生教会創立一二〇年史』
『渡辺勝・カネ日記』帯広市教育委員会
『函館の建物と街並みの変遷 都市再生のヒストリー』五稜郭タワー株式会社

『横浜共立学園の１４０年』学校法人横浜共立学園
『図説横浜外国人居留地』横浜開港資料館編、有隣堂
『日本キリスト教歴史大事典』教文館
『日本キリスト教会 上田教会歴史資料集 第二巻』上田教会歴史編纂委員会
『濱のともしび 横浜海岸教会初期史考』井上平三郎著、キリスト新聞社
『ヨコハマの女性宣教師 メアリー・Ｐ・プラインと「グランドママの手紙」』安部純子訳著、ＥＸＰ
『エゾ地一周ひとり旅 思い出のアイヌ・カントリー』Ａ・Ｓ・ランドー著、戸田祐子訳、未来社
『アイヌ語で自然かんさつ図鑑』帯広百年記念館友の会
『とかち奇談』渡辺洪著、辛夷発行所
『続・とかち奇談』渡辺洪著、辛夷発行所
『開校五拾年史』学校法人横浜共立学園
『幕末・明治の横浜 西洋文化事始め』斎藤多喜夫著、明石書店
『レンズが撮らえた幕末明治日本紀行』小沢健志監修、岩下哲典編、山川出版社
『聖書』（新改訳 いのちのことば社）日本聖書刊行会

謝辞

晩成社の存在を知ったのは、確か二〇〇八年頃、初めて帯広を訪ねたときだったと思う。以来、目の前の仕事を一つ一つ片づけながらも、晩成社への興味は失せることはなく、少しずつでも資料を探したり本を読んだりしていた。これまで数多く残されている資料や読み物は、大半が依田勉三に注目したものであるが、晩成社の中心的人物であった鈴木銃太郎・渡辺勝も、それぞれに没落士族の嫡男としての苦悩を抱えつつ、帯広の開拓に情熱を燃やした人物であることを描いておきたかったし、これらの男たちの陰には、常に女たちの存在があったことも忘れてはならないと考え、主人公は渡辺勝の妻であり、鈴木銃太郎の妹であるカネにした。

明治維新という大きな時代の変わり目を体験した上に、それまでとまったく異なる世界に身を投じる若者たちの姿は、今、世界的な新型コロナウイルスの流行により、またもや大きな時代の変わり目を経験しなければならない私たちに何を思わせ、感じさせることだろうか。

最後になったが、本書の執筆に当たっては実に多くの方々にお力添えをいただいた。以下に、その方々のお名前をあげ、心から感謝を申し上げる。中には既に故人になられた方もおいでになり、本書をお渡し出来ないことを残念に思う。また、郷土史研究家、依田家、鈴木家、渡辺家のそれぞれの子孫の方々には、皆さんが大切に思う存在や祖先に対して、筆者が心からの尊敬の念を抱いていることをお伝えしたいと共に、ご理解いただきたいと願っている。

内田祐一（文化庁調査官）、大和田努（帯広百年記念館学芸員）、小澤伸男（横浜共立学園中学校高等学校校長）、髙塚順子（同資料室長）、荒木美智子（同資料室）、上山修平（横浜海岸教会牧師）、金田聖治（上田教会牧師）、久野牧（函館相生教会牧師）、西惇夫（故人・中札内農村休暇村フェーリエンドルフ前社長）、吉田政勝（芽室町郷土史家）、高山雅信（同）、合山林太郎（慶應義塾大学文学部准教授）、森秀己（松崎町観光協会）、松本晴雄（依田勉三研究家）、安田文吉（南山大学名誉教授、東海学園大学客員教授）、石田美保（名古屋市観光文化交流局文化歴史まちづくり部文化振興室学芸員）、阿部弘道（秋田魁新報）　敬称略

二〇二〇年五月六日

乃南アサ

本書は「群像」二〇一八年十二月号から二〇二〇年六月号まで連載された作品を、一部改稿し、単行本としてまとめたものです。

なお、この小説は実在の人物、史実を基にしたフィクションです。

作中の記述に、今日から見て不適切と思われる箇所がありますが、それらは作品の時代背景と歴史的意義を考え、当時の文献資料などから忠実に表現したものです。

乃南アサ（のなみ・あさ）
一九六〇年東京生まれ。八八年『幸福な朝食』が第一回日本推理サスペンス大賞優秀作となる。九六年『凍える牙』で第一一五回直木賞、二〇一一年『地のはてから』で第六回中央公論文芸賞、二〇一六年『水曜日の凱歌』で第六六回芸術選奨文部科学大臣賞をそれぞれ受賞。主な著書に、『ライン』『鍵』『鎖』『不発弾』『火のみち』『風の墓碑銘（エピタフ）』『ウツボカズラの夢』『ミャンマー 失われるアジアのふるさと』『犯意』『ニサッタ、ニサッタ』『自白 刑事・土門功太朗』『すれ違う背中を』『禁猟区』『旅の闇にとける』『美麗島紀行』『ビジュアル年表 台湾統治五十年』『いちばん長い夜に』『新釈 にっぽん昔話』『それは秘密の』『六月の雪』など多数。

チーム・オベリベリ

二〇二〇年六月三十日 第一刷発行
二〇二一年三月十七日 第四刷発行

著　者——乃南《のなみ》アサ

発行者——鈴木章一
発行所——株式会社講談社
東京都文京区音羽二-十二-二十一
郵便番号 一一二-八〇〇一
電話 出版 〇三-五三九五-三五〇四
販売 〇三-五三九五-五八一七
業務 〇三-五三九五-三六一五

印刷所——凸版印刷株式会社
製本所——株式会社若林製本工場

定価はカバーに表示してあります。
ISBN978-4-06-520114-5